Buch

England in den dreißiger Jahren. Die Liaison zwischen König Eduard VIII. und der geschiedenen Amerikanerin Wallis Simpson erregt die Nation. Die Abdankung des Königs wird unvermeidlich. Auch in kirchlichen Kreisen erörtert man die Fragen von Ehe und Scheidung. Alex Jardine, Bischof von Starbridge, ruft im Unterhaus den Unwillen des konservativen Erzbischofs von Canterbury hervor. Verbergen sich hinter Jardines Eintreten für ein liberaleres Scheidungsgesetz etwa eigene Interessen? Das Gerücht über eine Ehe zu dritt im Palais des Bischofs will nicht verstummen. Hier lebt neben Jardines Frau eine attraktive Gesellschafterin, und über die Rollen der beiden ist sich niemand so recht im klaren. In Dr. Charles Ashworth erhält Jardine einen erzbischöflichen Aufpasser. Aber während der junge Theologe dem Bischof, einem gebildeten und weltoffenen Mann, nachspioniert und dabei in einen Strudel von Lügen und Intrigen gerät, verliebt er sich ausgerechnet in jene Frau, mit der Jardine liiert sein soll. Durch die Heftigkeit seiner Gefühle, die ihn krisenhaft erschüttern, wird Ashworth gezwungen, mit sich selbst ins reine zu kommen. Seine unchristliche Spurensuche wandelt sich zu einem ihn befreienden Abstieg in die Tiefen seines eigenen Seelenlebens, und je mehr er sich dem Geheimnis nähert, das den Bischof umgibt, desto deutlicher erkennt er das Heuchlerische des Streits um Ehe, Ehebruch und Ehescheidung ...

Autorin

Susan Howatch wurde 1940 in der englischen Grafschaft Surrey geboren. Seit mehr als zwanzig Jahren schreibt sie höchst erfolgreiche Gesellschaftsromane, mit denen sie auch im deutschen Sprachraum weithin bekannt wurde. Außer dem vorliegenden Band sind von ihr als Goldmann-Taschenbücher erschienen die Romane »Die Sünden der Väter« (6606) und »Der Zauber von Oxmoon« (9123), als Goldmann-Paperback der Roman »Teuflische Liebe« (32505).

Susan
Howatch

Blendende Bilder

Roman

Aus dem Englischen von
Hermann Stiehl

GOLDMANN VERLAG

Ungekürzte Ausgabe

Titel der Originalausgabe: Glittering Images
Originalverlage: William Collins & Co. Ltd., London,
und Alfred A. Knopf, New York

Der Goldmann Verlag
ist ein Unternehmen der Verlagsgruppe Bertelsmann

Made in Germany · 1. Auflage · 4/91
Copyright © 1987 der Originalausgabe bei Leaftree Limited, London
Copyright © 1988 der deutschsprachigen Ausgabe
beim Albrecht Knaus Verlag GmbH, München
Umschlagentwurf: Design Team München
Umschlagfoto: Pritschet, München
Druck: Elsnerdruck, Berlin
Verlagsnummer: 9735
MV · Herstellung: Heidrun Nawrot
ISBN 3-442-09735-5

*Für Barbara
in Erinnerung an unsere Gespräche
über die beiden Herberts*

Inhalt

ERSTER TEIL
Das Rätsel
Seite 9

ZWEITER TEIL
Das Rätsel hinter dem Rätsel
Seite 253

DRITTER TEIL
Der Ruf
Seite 479

ERSTER TEIL

Das Rätsel

«Je tiefer wir in die Wirklichkeit eindringen, desto zahlreicher werden die Fragen, die wir nicht beantworten können.»

Geistliche Ratschläge und Briefe
des Barons FRIEDRICH VON HÜGEL

I

*«Ein Bischof, das sage ich mir immer wieder, ist nicht ganz
wie andere Menschen.»*

HERBERT HENSLEY HENSON
Bischof von Durham 1920–1939

I

Meine Prüfung begann, als ich eines Sommernachmittags einen
Anruf des Erzbischofs von Canterbury erhielt. Es war ein
heißer Tag, und draußen vor dem Fenster im Hof des Laud's College
flimmerte das dunstige Licht. Das Semester war beendet; die
friedliche Stille regte zur Arbeit an, und als das Telephon läutete,
ergriff ich ein wenig zögernd den Hörer.

Eine Stimme meldete sich mit «Lambeth Palace» und tat kund,
Seine Exzellenz wünsche Dr. Ashworth in einer äußerst dringenden
Angelegenheit zu sprechen. Offenbar steckte der Erzbischof seine
Kapläne noch immer mit seinem Hang zum Melodrama an.

«Mein lieber Charles!» Dr. Langs Stimme, stets volltönend,
schwang sich jetzt zu theatralischer Höhe auf. Er gehörte jener
Generation an, die das Telephon im schlimmsten Falle als einen
dämonischen Eindringling und im besten als eine thespische Herausforderung betrachtete. Als ich mich diplomatisch nach seinem
Befinden erkundigte, bekam ich einen Vortrag über die weniger
erfreulichen Aspekte des Greisenalters zu hören. Der Erzbischof
stand an diesem ersten Tag des Monats Juli 1937 im dreiundsiebzig-
sten Lebensjahr und war so gesund, wie dies ein Kirchenfürst nur
erwarten konnte, aber wie alle Menschen haßte er die Anzeichen des
Alters.

«... aber nun genug von meinen lästigen kleinen Wehwehchen», schloß er, als ich gerade die Mitra, die ich auf meinen Notizblock skizziert hatte, mit den letzten Feinheiten versah. «Charles, ich predige am nächsten Sonntag in Ely, und da ich Sie unbedingt sprechen möchte, habe ich es so eingerichtet, daß ich die Nacht im Haus meines alten Freundes, des Masters von Laud's, verbringe. Ich werde Sie nach dem Abendgottesdienst aufsuchen, aber ich möchte betonen, daß mein Besuch rein privater Natur ist. Ich habe einen Auftrag, mit dem ich Sie betrauen will, und dieser Auftrag», sagte der Erzbischof, den letzten Tropfen Drama aus der Situation herauspressend und die Stimme zu einem Flüstern dämpfend, «ist von höchst delikater Art.»

Ich fragte mich, ob er wohl glaubte, er könne in meine Wohnung gelangen, ohne erkannt zu werden. Erzbischöfen fällt es schwer, incognito zu reisen, und ein Erzbischof, der gerade erst bei der Abdankung eines Königs und der Krönung eines anderen eine führende Rolle gespielt hatte, zählte kaum zu den unbekannten Geistlichen.

Ich sagte höflich: «Selbstverständlich bin ich Exzellenz in jeder Weise behilflich.»

«Dann sehen wir uns also am Sonntagabend. Vielen Dank, Charles», sagte Dr. Lang, und nachdem er noch rasch einen Segenswunsch gesprochen hatte, legte er auf. Ich betrachtete noch eine Weile die schnell hingeworfene Mitra auf meinem Notizblock, doch allmählich wanderte mein Blick zu den letzten Worten, die ich vor der Unterbrechung geschrieben hatte:

«Der Modalismus kam der monotheistischen Tendenz der Kirche entgegen, aber in der zweiten Hälfte des vierten Jahrhunderts gelangte man zu der Ansicht, daß der modalistische Gott eine andere Gestalt annehme, um –»

Die Auswirkung des Modalismus auf die Lehre von der Dreifaltigkeit schien den Manövern des Dr. Lang sehr fern zu liegen.

Ich stellte fest, daß ich das Interesse an meinem neuen Buch verloren hatte.

Meine Prüfung hatte begonnen.

«Mein Auftrag», sagte der Erzbischof mit einem leichten Neigen des Kopfes, das die Bedeutung des Themas unterstrich, «betrifft den Bischof von Starbridge. Kennen Sie ihn?»

«Nur flüchtig. Er hat letztes Jahr im Advent in der Kathedrale von Cambridge gepredigt.»

Wir hatten die private Begegnung in meiner Wohnung arrangiert, und ich hatte dem Erzbischof eine Tasse seines Lieblingstees angeboten; einer meiner Londoner Freunde, der am Tag zuvor in Cambridge gewesen war, hatte den Tee direkt von Fortnum's mitgebracht. Dr. Lang, in sein erzbischöfliches Gewand gekleidet, trank ihn jetzt aus einer meiner kostbarsten Porzellantassen, während er in meinem bequemsten Lehnstuhl saß und ich im Chorrock unter der Doktorrobe damit beschäftigt war, das Verlangen nach einem Whisky zu unterdrücken. Meine Zigaretten hatte ich versteckt. Ich hatte sogar den ganzen Tag die Fenster weit offen stehen lassen, um jede Spur von Tabakrauch zu vertreiben.

Lang trank abermals einen Schluck Tee. Er war ein Mann, dessen Züge mühelos einen selbstherrlichen Ausdruck annehmen konnten, und als ich ihn jetzt so ansah, mußte ich an die Geschichte denken, die man sich damals in der ganzen Staatskirche erzählte, nachdem er einem Kreis von Bischöfen sein von Orpen gemaltes Porträt gezeigt hatte. Lang hatte nachdenklich gemeint: «Also – ich finde, die Kritiker haben unrecht, wenn sie behaupten, das Bild stelle mich aufgeblasen, stolz und prälatenhaft dar!» Worauf Dr. Henson, der sarkastische Bischof von Durham, gefragt hatte: «Darf man wissen, an welcher dieser Bezeichnungen Exzellenz Anstoß nehmen?» Der Erzbischof hatte durchaus seine Feinde in der Kirche, und als ich mich an Henson von Durham erinnerte, wandten sich meine Gedanken Jardine von Starbridge zu, der, wie Lang mir gerade gesagt hatte, Gegenstand des geheimnisvollen Auftrags war.

«Ehe ich fortfahre, Charles, eine Frage: Wie denken die Cambridger Theologen über Jardines Rede im Oberhaus vor zehn Tagen?»

Diese Frage war leicht zu beantworten. Während der Debatte über A. P. Herberts Gesetzesvorlage zum Eherecht, die eine großzügigere

Auslegung der Gründe für eine Scheidung vorschlug, hatte Dr. Jardine den Erzbischof in einer Rede angegriffen, die wie ein Funke ins Pulverfaß der englischen Staatskirche geflogen war.

«Wir waren alle entsetzt, Exzellenz.»

«Er ist natürlich ein brillanter Redner», sagte Lang, sorgsam der christlichen Tugend eingedenk, Ehre zu erweisen, wem Ehre gebührt. «Technisch gesehen war die Rede eine Meisterleistung.»

«Aber eine beklagenswerte Meisterleistung.»

Lang zeigte sich befriedigt. Er mußte meiner Unterstützung sicher gewesen sein, aber seit meiner Zeit als sein Kaplan waren mehr als zehn Jahre vergangen, und wie alle weisen Staatsmänner hielt er es zweifellos für unklug, Loyalität allzu leicht als selbstverständlich vorauszusetzen. «Jardines Attacke war gänzlich unentschuldbar», sagte er, hinlänglich beruhigt, um sich den Luxus des Unmuts zu erlauben. «Schließlich befand ich mich in einer keineswegs beneidenswerten Lage. Ich konnte keine Lockerung des Scheidungsrechts dulden; das widerstrebt mir moralisch. Andererseits wäre es zu einer für die Kirche schädlichen Kritik gekommen, wenn ich mich offen jeder Veränderung entgegengestellt hätte. Zwischen der Scylla meiner moralischen Ansichten und der Charybdis meiner politischen Pflicht», erklärte der Erzbischof, der einen hochtrabenden Redeschnörkel nicht unterdrücken konnte, «hatte ich keine andere Wahl, als eine neutrale Position einzunehmen.»

«Ich sehe das Problem genau so, Exzellenz.»

«Natürlich tun Sie das! Das tun alle vernünftigen Kirchenmänner! Aber der Bischof von Starbridge besitzt die bodenlose Frechheit, mir nicht nur vorzuwerfen, ich ‹drückte mich› – was für eine vulgäre Ausdrucksweise! –, sondern er vertritt auch die These, mannigfaltige Scheidungsgründe seien mit der christlichen Lehre vereinbar! Man darf nicht zuviel von einem Menschen erwarten, der sichtlich weit davon entfernt ist, ein Gentleman zu sein, aber hier hat sich Jardine mir persönlich gegenüber äußerst illoyal verhalten und weitgehende Gleichgültigkeit gegenüber dem Wohl der Kirche an den Tag gelegt.»

Sein Snobismus nahm wenig für ihn ein. Lang mochte seit langem das Gebaren eines englischen Aristokraten angenommen haben, aber er kam aus der schottischen Mittelschicht und war gewiß einst selbst als ‹Emporkömmling› betrachtet worden. Vielleicht glaubte er, dies verleihe ihm das Recht, beim Thema Klassenunterschiede gehässig zu sein, mir aber schien, diese Gehässigkeit betonte nicht Jardines, sondern seine eigene Herkunft.

Indessen verzichtete er auf jede Großsprecherei, um zu einer schonungslosen Schlußfolgerung anzusetzen. «Nach meiner Ansicht», sagte er, «ist Jardine nicht mehr nur ein Störenfried. Er ist zu einer gefährlichen Belastung geworden, und ich halte den Zeitpunkt für gekommen, etwas zu tun, um eine Katastrophe zu verhindern.»

Ich fragte mich, ob Böswilligkeit und hohes Alter irrationale Vorstellungen bei ihm ausgelöst hatten. «Ich gebe zu, er ist streitsüchtig, Exzellenz, aber –»

«Streitsüchtig! Mein lieber Charles, was Sie und die Öffentlichkeit bis jetzt gesehen haben, ist nur die Spitze des Eisbergs – Sie müßten hören, was auf unseren Bischofskonferenzen gesagt wird. Jardines Ansichten über die Ehe, über Scheidung und – Gott sei's geklagt! – über Empfängnisverhütung sind seit einiger Zeit in bischöflichen Kreisen offenkundig, und wenn er weiter seine zweifelhaften Vorstellungen vom Familienleben vorträgt, dann, so fürchte ich sehr, wird irgend so ein skrupelloser Schnüffler aus der Fleet Street schließlich Jardines eigene Familienverhältnisse unter die Lupe nehmen.»

«Sie wollen doch damit nicht andeuten –»

«Nein, ich spreche natürlich nicht von einem fatalen Fehltritt, aber Jardines familiäre Situation ist ungewöhnlich und könnte sehr wohl von einem Pressezaren ausgeschlachtet werden, der es auf uns abgesehen hat.» Er hielt kurz inne, ehe er fortfuhr: «Ich habe Feinde in der Fleet Street, Charles. Seit der Abdankung des Königs wünschen gewisse einflußreiche Leute nichts sehnlicher, als mich zu demütigen und Schande über die Kirche zu bringen.»

Die Rede war blumig, doch zum erstenmal hatte ich das Gefühl, daß er nicht nur von Bosheit getrieben war. Seine Worte spiegelten eine unbestreitbare politische Realität wider.

Ich hörte mich sagen: «Und was soll ich dabei tun, Exzellenz?»

«Ich möchte, daß Sie nach Starbridge fahren», sagte der Erzbischof ohne Zögern, «und sich vergewissern, daß Jardine sich keiner unheilträchtigen Unbedachtheit schuldig gemacht hat – denn sollte dem so sein, will ich alle Beweise vernichtet sehen.»

3

Lang äußerte sich vorsichtig und wohlwollend; er mochte den Bischof vor einem jüngeren Mitglied der Kirchenhierarchie nicht zu sehr anschwärzen, und wollte doch gleichzeitig deutlich machen, daß man bei Jardine fast auf jedem Alpdruck vorbereitet sein mußte. Jardine wurde nicht eines «fatalen Fehltritts» verdächtigt; das bedeutete Ehebruch, ein moralisches Vergehen, das einen Bischof und überhaupt jeden Geistlichen für sein Amt untauglich machen würde. Andererseits rechnete Lang aber mit der Möglichkeit, daß Jardine sich einer «unheilträchtigen Unbedachtheit» schuldig gemacht hatte, eine Formulierung, die alles bedeuten konnte, von einer unklugen Bemerkung über die jungfräuliche Geburt bis zum Händchenhalten mit einer zwanzigjährigen Blondine.

«Wieviel wissen Sie über ihn?» setzte Lang hinzu, ehe ich mich weiteren Spekulationen hingeben konnte.

«Ich kenne nur den ungefähren Verlauf seiner Karriere. Über sein Privatleben weiß ich nichts.»

«Er ist verheiratet mit einer recht einfältigen Frau, die jetzt Anfang Fünfzig sein muß. Jardine ist achtundfünfzig. Beide sehen jünger aus, als sie sind.» Das hörte sich an, als wäre dies ein Verstoß gegen den guten Geschmack, und ich spürte, daß sein Neid auf Jardines Jugendlichkeit mit seiner Antipathie zu tun hatte.

«Kinder?» fragte ich, während ich ihm Tee nachgoß.

«Keine, die noch leben.» Er nahm einen Schluck aus der nachgefüllten Tasse, ehe er hinzufügte: «Vor zehn Jahren, kurz nachdem Jardine Dekan von Radbury geworden war, hatte man eine junge Frau namens Miss Lyle Christie als Gesellschafterin für Mrs. Jardine eingestellt. Die arme kleine Mrs. Jardine wurde mit ihren neuen Pflichten als Dekansfrau nicht fertig, und alles ging drunter und drüber.»

«Und hat Miss Lyle Christie Ordnung in das Chaos gebracht?»

«Miss Christie. Wir haben es hier nicht mit einem Doppelnamen zu tun – die schlecht beratenen Eltern haben ihr den Vornamen Lyle gegeben statt eines anständigen christlichen Vornamens wie Jane oder Mary. Ja», sagte Lang, «Miss Christie hält den Haushalt ihrer Dienstherrschaft seit ihrer Ankunft hervorragend in Ordnung. Und diese harmlose kleine Dreierbeziehung, diese *ménage à trois* wäre normalerweise nicht weiter erwähnenswert, hätte die Situation nicht drei Aspekte, die – nach zehn Jahren – zu bedauerlichem Gerede Anlaß geben könnten. Zum einen ist diese Miss Christie eine gutaussehende Frau; zum anderen macht sie keine Anstalten, zu heiraten, und zum dritten besitzt Jardine das, was man nachsichtsvoll ein gesundes Interesse am anderen Geschlecht nennen könnte.» Lang, dem sein stattliches Aussehen während eines langen Junggesellenlebens einen ständigen Strom von Verehrerinnen zugeführt hatte, blickte bei diesen Worten zum Fenster hinaus, um keinerlei eigene Stellungnahme erkennen zu lassen. Als Christ mußte er ein gesundes sexuelles Interesse, das zur Ehe führte, billigen, aber ich wußte, er fand eine eingehendere fleischliche Beschäftigung mit Frauen verabscheuenswert.

«Mit anderen Worten», sagte ich, um ihm über das unangenehme Thema der Haltung Jardines zur Weiblichkeit hinwegzuhelfen, «Sie fürchten, wenn die Presse in Jardines Privatleben herumschnüffelt, könnte es zu peinlichen Schlußfolgerungen kommen, was Miss Christie betrifft. Aber ich sehe trotzdem nicht, weshalb Ihnen das Sorgen bereitet, Exzellenz. Selbst die Boulevardpresse ist nicht erhaben über die Gesetze gegen üble Nachrede und würde nie irgendwelche schlüpfrigen Anspielungen drucken, ohne über schriftliche Beweise zu verfügen.»

«Das ist es ja gerade, was mir Sorgen bereitet.» Lang legte endlich alle Verstellung ab und ließ den schlauen Schotten zum Vorschein kommen, der hinter seiner englischen Fassade lauerte. «Jardine führt ein Tagebuch. Angenommen, so ein Nachrichtenjäger besticht die Dienstboten und bekommt es in die Hand?»

«Aber das Tagebuch handelt doch sicher von geistlich-religiösen Dingen und befaßt sich nicht mit Alltagsproblemen –»

«Zu geistlich-religiösen Dingen kann auch eine Beichte gehören.»

«Ja, aber –»

«Ich will mich ganz klar ausdrücken. Ich glaube nicht, daß irgendein unbesonnener schriftlicher Beweis existiert. Vielmehr fürchte ich, daß ein harmloses Dokument aus dem Zusammenhang gerissen und entstellt werden könnte. Sie wissen, wie skrupellos die Boulevardpresse sein kann.»

Während der kurzen Pause nach diesen Worten gestand ich mir ein, daß ich abermals seine Vorstellung von einer unangenehmen, aber unbestreitbaren Realität teilte, denn ich sah ein, daß Jardines Privatleben, mochte es noch so harmlos sein, sich sehr wohl als die Achillesferse der Kirche in ihrem derzeitigen gespannten Verhältnis zur Fleet Street erweisen konnte. Man mochte einen neuen König gekrönt haben, aber die Erinnerung an seinen Vorgänger erweckte noch immer viel Sympathie, und Langs Rede, in der er Edward VIII. vorwarf, seine Pflicht verletzt zu haben, wenn er eine geschiedene Frau heiratete, war wegen ihrer Pedanterie in Fragen der Tugend weithin auf Kritik gestoßen. Unter diesen Umständen war ein Skandal um einen sexuell regen Bischof, der in einer fragwürdigen *ménage à trois* lebte, das Letzte, was Lang bei seinem Bemühen, verlorenen Boden zurückzugewinnen, gebrauchen konnte.

«Nun, Charles? Werden Sie mir helfen?»

Der Zirkusdirektor knallte mit der Peitsche, aber es hätte der Peitsche nicht bedurft. Ich stand loyal zu meiner Kirche und, trotz kritischer Einwände, auch zu meinem Erzbischof. «Natürlich helfe ich Euer Exzellenz», sagte ich ohne Zögern, und die Würfel waren gefallen.

4

«Wie soll ich anfangen?» sagte ich, meine neue Rolle als erzbischöf-licher Spion bedenkend und sogleich mit meiner großen Unerfah-renheit konfrontiert.

Lang schlug sofort einen besänftigenden Ton an. «Wenn Sie erst einmal im bischöflichen Palais Wohnung genommen haben, werden

Sie gewiß bald feststellen, ob meine Befürchtung tatsächlich begründet ist oder nicht.»

«Aber wie in aller Welt soll ich denn im Palais Wohnung nehmen?»

«Das ist ganz einfach. Ich rufe Jardine an und bitte ihn, Sie für zwei Nächte zu beherbergen. Er wird mir das bestimmt nicht abschlagen, ich werde ihm sagen, Sie wollten im Zusammenhang mit den Forschungen für Ihr neues Buch die Dombibliothek aufsuchen. Waren Sie schon einmal in der Dombibliothek in Starbridge? Sie wissen wahrscheinlich, daß ihr größter Schatz jenes frühe Manuskript von St. Anselms *Gebete und Meditationen* ist.»

«Aber mein neues Buch handelt von der Auswirkung des Modalismus auf die Christologie des vierten Jahrhunderts – es hat überhaupt nichts mit St. Anselm zu tun!»

Lang blieb ungerührt. «Dann schreiben Sie eben an einem Artikel für eine wissenschaftliche Zeitschrift – eine Neueinschätzung von St. Anselms ontologischen Thesen vielleicht –»

«Und während einer Diskussion über die ontologischen Thesen frage ich Jardine dann beiläufig, ob ich sein Tagebuch einsehen kann auf der Suche nach Perlen der Weisheit, die in der Verkleidung unreiner Gedanken an die Gesellschafterin seiner Frau daherkommen!»

Lang reagierte mit einem sehr schmallippigen Lächeln. Da ich wußte, daß mein leichtfertiger Ton Mißfallen erregt hatte, setzte ich rasch hinzu: «Ich bitte um Entschuldigung, Euer Gnaden, aber ich weiß wirklich nicht, wie ich vorgehen soll. Wenn Sie mich mit einigen elementaren Verhaltensregeln versehen könnten –»

Dieser Appell an seine Autorität glättete das gesträubte Gefieder. «Fragen Sie Jardine nach seinem Tagebuch. Es ist kein Geheimnis, daß er eines führt. Da es ungewöhnlich ist, daß ein Geistlicher dieser Art der spirituellen Übung bis ins reifere Alter treu bleibt, kann Ihr Interesse an diesem Thema durchaus gerechtfertigt sein. Ich will wissen, ob er es als Beichtstuhl benutzt. Weiter schlage ich vor, Sie sprechen einmal mit Miss Christie und versuchen herauszufinden, ob Jardine ihr schreibt, wenn er auswärts ist. Ganz offen gesagt, Charles, macht mir die mögliche Existenz verräterischer Briefe noch größere Sorge als ein Tagebuch, das wahrscheinlich hinter Schloß und Riegel aufbewahrt wird. Männer in Jardines Alter sind zu fast grenzenloser Torheit fähig, wenn es um junge Frauen geht, und wenn ich auch bezweifle, daß es unbedachte Äußerungen gibt, so ist doch immerhin möglich, daß ich mich täusche.»

«Aber Miss Christie würde einen verräterischen Brief doch gewiß verbrennen –»

»Nicht zwangsläufig. Nicht wenn sie ihn liebt – und deshalb möchte ich, daß Sie diesen Dreierhaushalt genau unter die Lupe nehmen und auf möglichen Zündstoff prüfen.» Lang, der in seiner Jugend romantische Romane geschrieben hatte, begann bizarre Phantasien zu äußern. «Es wäre zum Beispiel möglich», sagte er, «daß Jardine völlig unschuldig ist, die Frau aber im Bann einer großen Leidenschaft steht. Jardine wäre sie vielleicht gern los, zögert aber, sie fortzuschicken, weil er befürchtet, sie könnte Ärger machen.»

Die Fabel war zwar dramatisch, aber leider durchaus plausibel. Die Annäherungsversuche von Leidenschaft erfaßter lediger Frauen waren ein Berufsrisiko aller Kleriker, und nachdem ich durch eine kurze Pause angedeutet hatte, daß ich seine Theorie ernsthaft in Betracht zog, sagte ich rasch: «Angenommen, ich finde etwas Kompromittierendes – was tue ich dann?»

«Dann berichten Sie mir davon. Ich werde Jardine später aufsuchen und ihn anweisen, selbst etwas zu unternehmen. Er würde bei der Zensur seiner Papiere viel gründlicher vorgehen, als Sie das je könnten.»

Es beruhigte mich, daß Sabotage nicht zu meinen Aktivitäten zählen sollte, aber ich hatte dennoch das Gefühl, daß hier ein gewisses Maß von anrüchigem Verhalten sanktioniert wurde, und ich wollte diese Anrüchigkeit deutlicher definiert haben. Ich sagte leichthin: «Wenn sich das Tagebuch hinter Schloß und Riegel befindet, Exzellenz, dann verlangen Sie doch wohl nicht von mir, daß ich das Schloß aufbreche? Oder soll ich wie ein Jesuit verfahren: Zum Wohle der Kirche ist alles erlaubt?»

«Wir sind in der anglikanischen Kirche, Charles, nicht in der römischen. Um Gottes willen! Natürlich verlange ich von Ihnen nicht, daß Sie sich in einer Art benehmen, die einem Gentleman nicht ansteht!» rief Lang in indigniertem Ton aus, der beinahe echt klang, und da wußte ich, daß er gehofft hatte, ich würde ihn nicht drängen, die Grenzen meines Auftrags allzu scharf zu umreißen. Selbstverständlich blieb ihm nichts anderes übrig, als jede Andeutung, er könne ein zweifelhaftes Verhalten sanktionieren, zurückzuweisen. «Ich bitte Sie lediglich», sagte er in dem Bemühen, die Sache harmlos klingen zu lassen, «daß Sie sozusagen ‹die Wassertemperatur prüfen›, ehe ich mich hineinstürze. Im Augenblick ist mein Problem, daß meine Vermutungen eben nur Vermutungen sind und ich Jardine nicht mit ihnen konfrontieren kann; aber sollten Sie Argwohn schöpfen, nachdem Sie die Atmosphäre im Palais getestet haben, kann ich mich an Jardine wenden, ohne befürchten zu müssen, einen schwerwiegenden Fehler zu begehen.»

Diese Feststellung klang recht glaubwürdig, aber ich hielt es jetzt an der Zeit, herauszufinden, wie weit er mir vertraute. Je stärker er betonte, daß er Jardine einer Unbesonnenheit nicht für fähig hielt, desto mehr nährte er in mir die Vermutung, daß der Bischof ihm Alpdrücken der schlimmsten Art bereitete. «Besteht denn überhaupt die Möglichkeit, Exzellenz, daß Jardine in Schwierigkeiten sein könnte?»

Lang brachte einen sehr geduldigen Gesichtsausdruck zustande, als hätte er es mit einem naiven Kind zu tun, das eine törichte Frage gestellt. hat. «Mein lieber Charles, wir sind alle Sünder, und die Möglichkeit des Fehltritts besteht immer, selbst für einen Bischof, aber in diesem Fall ist die Wahrscheinlichkeit einer solchen Situation äußerst gering. Trotz all unserer Differenzen bin ich überzeugt, daß Jardine ein frommer Mann ist; hätte er eine Todsünde begangen, würde er zurücktreten.»

Auch diese Feststellung war glaubwürdig. Es mochte in der Vergangenheit Bischöfe mit lockerem Lebenswandel gegeben haben, doch heutzutage wurde keinem Bischof jemals mehr als Senilität vorgeworfen. Aber Jardine war nicht immer Bischof gewesen. «Hat es in seiner frühen Zeit irgendeinen Skandal gegeben, einen Skandal, der geschickt vertuscht wurde?» fragte ich.

«Nein. Er würde kaum seine Ernennung erhalten haben, wenn das der Fall gewesen wäre.»

«Aber Sie erwähnten dieses ‹gesunde Interesse› am anderen Geschlecht –»

«Er gibt gelegentlich bei einer Dinnerparty etwas zu deutlich zu erkennen, daß er eine Frau attraktiv findet, aber ich halte das eher für ein beruhigendes Zeichen. Wenn etwas nicht stimmte, würde er sich alle Mühe geben, ein solches Interesse zu verbergen.»

Ich hielt diese Beurteilung Jardines für scharfsinnig, und in dem Bewußtsein, es wieder mit dem schlauen Schotten zu tun zu haben, der den Kern seiner Persönlichkeit ausmachte, beschloß ich, das Verhör noch ein wenig fortzusetzen. «Was ist mit der unbedarften Gattin?» fragte ich. «Ist etwa bekannt, daß er mit ihr nicht zufrieden ist?»

«Nein. Zwar hält sich das Gerücht, die Ehe habe ihre Probleme, aber er spricht immer in sehr loyalem Ton von ihr, und zu dem Gerücht ist es vielleicht nur gekommen, weil sie ein so ungleiches Paar sind. Ziehen Sie keine voreiligen Schlüsse, was diese Ehe betrifft, Charles. Sehr kluge Männer heiraten oft sehr dumme Frauen, und nur weil die Jardines intellektuell schlecht zueinander passen, dürfen Sie nicht automatisch annehmen, sie seien unglücklich.»

Nach dieser weisen Warnung, nicht mit einer vorgefaßten Meinung an meinen Auftrag heranzugehen, glaubte ich ihm nur noch eine Frage stellen zu müssen. «Wann fahre ich nach Starbridge?»

«Sobald Jardine auf Ihr Kommen vorbereitet ist», sagte Lang, sehr zufrieden über den Eifer, den ich für seine Sache zeigte, und ließ endlich mehr Wärme in seinem dünnen, trockenen Politikerlächeln aufscheinen.

5

Ich dachte, er würde nun gehen, aber er blieb noch. Eine Zeitlang unterhielten wir uns über Collegeangelegenheiten; er wollte wissen, ob die Studenten noch immer für das evangelikale Christentum von Frank Buchmans ‹Groupisten› empfänglich seien, aber ich sagte ihm, dieser Einfluß sei meiner Ansicht nach im Schwinden.

«Die Tragödie solcher Bewegungen», sagte der Erzbischof, der den Buchmanleuten 1933 seine Sanktion erteilt und dies inzwischen bedauert hatte, «liegt darin, daß ihre guten Absichten so anfällig für Mißbrauch sind. Von Zweifeln geplagte junge Männer sollten eine Läuterung ihrer Seele in der Ohrenbeichte bei einem Geistlichen suchen, nicht in dem sogenannten ‹Teilen› schmerzlicher Erfahrungen mit einer Gruppe, die geistig nicht höher steht als der einzelne.» Er hatte das Gespräch so subtil in diese Richtung gelenkt, daß ich seinen Gedankengang erst bei der nächsten Frage bemerkte: «Hören Sie viele Beichten, Charles?»

«Ich lege es nicht darauf an. Ich betone immer, daß die Kirche von England nur sagt, daß man zwar beichten kann, aber nicht muß. Aber wenn nun ein Student zu mir kommt, höre ich mir seine Beichte natürlich an.»

«Und Sie selbst? Ich habe mich gefragt», sagte Lang, endlich den Kern seiner Neugierde offenbarend, «ob Sie vielleicht die Gelegenheit dieser so seltenen privaten Begegnung benutzen und irgendwelche Probleme zur Sprache bringen möchten, die vielleicht in vertraulicher Diskussion geklärt werden könnten?»

Ich ließ, ehe ich darauf antwortete, nur ein ganz kurzes Schweigen eintreten, doch ich wußte, daß mein Schweigen nicht nur zur Kenntnis genommen, sondern als Thema zukünftiger Spekulationen vorgemerkt wurde. «Wie aufmerksam von Ihnen, Euer Gnaden», sagte ich, «aber zur Zeit habe ich nur ein ernsthaftes Problem: Was ich in mein neues Buch hineinnehmen soll.»

«Ein Problem, das Ihr Intellekt zu gegebener Zeit lösen wird, dessen bin ich sicher! Aber darf ich Sie fragen, wer heute Ihr geistlicher Ratgeber ist?»

«Ich gehe noch immer zum Abt der Forditen-Mönche in Grantchester.»

«Ah ja, Father Reid. Ich wünschte, ich hätte die Zeit zu einem Besuch bei ihm, solange ich in Cambridge bin, aber leider hat man immer so schrecklich viel zu tun.» Lang machte eine theatralische Geste der Verzweiflung, sah auf seine Uhr und erhob sich. Die Audienz näherte sich dem Ende.

Ich bat ihn um seinen Segen, und als er ihn mir erteilte, wurde ich wieder seiner Gaben als Kirchenmann gewahr. Ich erinnerte mich daran, welche Stütze mir seine Obhut und Anteilnahme bedeutet hatten während der schwierigen Jahre vor und nach der Ordination; ich erinnerte mich daran, wie seine unverhohlene, blendende Geisteskraft das Verständnis in mir entzündet hatte, daß das Christentum nicht eine bläßliche, pedantische Lebensweise sein mußte, sondern eine strahlende Verwirklichung der höchsten Möglichkeiten eines Menschen. Der Mensch kann auf unendlich vielfältigen Wegen zum Christentum geführt werden, und es bestand kein Zweifel, daß ich durch Langs weltlichen Erfolg zu dem Glauben geführt worden war, der weltlichen Erfolg für unwichtig erachtete. Jenseits des blendenden Bildes lag die nackte, absolute Wahrheit. Dieses Nebeneinander faszinierte mich, seit ich den Entschluß gefaßt hatte, Geistlicher zu werden, doch als ich jetzt ohne Mühe an Langs weltlichem Glanz vorbei all die Mängel seiner starken Persönlichkeit vor mir sah, war ich mir der Verblüffung darüber bewußt, daß er einen solchen Einfluß auf mein Leben ausgeübt hatte. Wie hatte dieser eitle, hochtrabende, vertrocknete alte Junggeselle mich zu einer Jüngerschaft inspirieren können, die die Demut und Schlichtheit Christi betonte? Die Inspiration kam mir fast als ein Wunder vor, doch dann fiel mich ein Schuldgefühl an, weil ich, obwohl ich Lang so viel verdankte, ihn nicht mehr durch die rosarote Brille sehen konnte, die ich früher so bedingungslos und leicht getragen hatte.

Er ging. Das Alleinsein überkam mich wie eine Erleichterung, und ich begab mich sofort in mein Schlafzimmer, um Robe und Chorrock abzulegen, ehe ich mir eine Zigarette anzündete. Sogleich fühlte ich mich entspannter, und als ich mich umgekleidet hatte, ging ich ins Wohnzimmer zurück, mixte mir einen starken Whisky-Soda und begann über meine Mission in Starbridge nachzusinnen.

Je länger ich über die Situation nachdachte, desto weniger behagte sie mir. Ich würde mich auf ein Täuschungsmanöver einlassen; obschon jeder Student der Moralphilosophie damit argumentieren konnte, daß das Wohl der Kirche ein wenig Spionage durch den Handlanger des Erzbischofs rechtfertigte, widerstrebte es mir doch, mich in eine jener Situationen verwickeln zu lassen, in denen der Zweck die Mittel heiligen sollte. Als ich von jesuitischer Kasuistik sprach, hatte Lang praktisch mit der Shakespeare-Zeile «Dies ist der englische, nicht türk'sche Hof» geantwortet; dennoch fragte ich mich, während ich über unser Gespräch nachdachte, welches Spiel Lang wirklich spielte.

Jardine hatte ihn bei jener Debatte vor zehn Tagen im Oberhaus gedemütigt. «Was sollen die einfachen Leute in England denken», hatte der Bischof zornig gefragt, «wenn der Erzbischof von Canterbury zu einem der großen moralischen Tagesprobleme mit einem sichtbaren Mangel an Mut sagt, er kann weder für noch gegen dieses Gesetz stimmen? Ist das Führerschaft? Ist das der Ausdruck ecclesiastischer Weisheit, auf den so viele Menschen begierig gewartet haben? Ist dies das endgültige Schicksal der Kirche von England – in die Wildnis moralischer Verwirrung geführt zu werden von einem siebzigjährigen Schotten, der offenbar die Verbindung zu jenen verloren hat, denen er zu dienen vorgibt?»

Ich hatte den Eindruck, Lang wollte Jardine nach diesem Auftritt loswerden, und Lang konnte sich eines aufrührerischen Bischofs ohne einen Skandal nur entledigen, wenn Beweise für dessen krasses Fehlverhalten gefunden wurden, so daß unter vier Augen ein Rücktritt vom Amt erzwungen werden konnte. Mit anderen Worten: Ich vermutete, daß ich nicht lediglich dazu benutzt wurde, das Wohl der Kirche zu wahren, sondern auch um einen geheimen Krieg zwischen zwei der führenden Kirchenmänner des Landes in Gang zu setzen.

Ein höchst unerfreulicher Gedanke. Während ich mir wie jeden Sonntagabend in der kleinen Anrichte ein Käsesandwich machte, fragte ich mich, ob ich mich aus Langs Vorhaben herauswinden könne, aber ich sah keinen Ausweg. Ich hatte zugesagt. Ich konnte schwerlich jetzt eingestehen, daß ich unter quälenden Zweifeln litt. Lang würde sehr ungehalten sein, und das Mißfallen meines Erzbischofs zu erregen, war eine Vorstellung, bei der ich mich nicht lange aufzuhalten wünschte. Meine Hoffnung bestand darin, das Dilemma zu lösen, indem ich bewies, daß Jardines Privatleben so weiß war wie frischgefallener Schnee. Dann würden die machiavellistischen Pläne des Erzbischofs in sich zusammenfallen. Doch im nächsten Augenblick schon fragte ich mich, wie groß die Wahrscheinlichkeit wäre, daß es sich bei Jardine um einen bischöflichen Heiligen handelte. Selbst wenn man die Möglichkeit eines fatalen Vergehens ausschloß, blieb immer noch Platz für eine Vielfalt von Schmutzflecken auf dem frischgefallenen Schnee; der Gedanke an kokettes Benehmen bei Dinnerpartys war nicht gerade ermutigend.

Ich trank meinen zweiten Whisky, aß das Käsesandwich und machte mir etwas Kaffee. Dann beschloß ich, schon mit den ersten Nachforschungen zu beginnen und mit zwei Personen zu sprechen, die sicherlich mehr über Jardine wußten als ich.

Mein erster Telephonanruf galt einem Londoner Freund, der für die *Church Gazette* arbeitete. Wir hatten gemeinsam in Cambridge studiert, und später, als ich Langs Kaplan war und Jack als Journalist im kirchlichen Bereich arbeitete, hatte uns beiden daran gelegen, unsere Freundschaft aufrechtzuerhalten.

«Ich muß gestehen, ich rufe dich aus schierer Neugierde an», sagte ich, nachdem wir die üblichen Fragen nach dem gegenseitigen Befinden gewechselt hatten. «Ich werde mich demnächst ein paar Tage im bischöflichen Palais von Starbridge aufhalten – was kannst du mir über seine derzeitigen Bewohner sagen?»

«Ah, der Vampir, der sich vom Blut des aufgeblasenen Erzbischofs nährt! Frisch deine Theorien über die jungfräuliche Geburt auf, Charles, nimm eine Pistole und schieß schnurstracks aus der Hüfte – nach dem Abendessen in Starbridge, wenn die liebreizenden Damen sich zurückgezogen haben, wirst du im Gespräch garantiert auf alle theologischen Gangarten geprüft.»

«Willst du mir Angst machen?»

«Oh, du wirst es schon überleben! Er mag Theologen – bei denen kann er sich entfalten. Aber warum bietest du dich Jardine als Zielscheibe an?»

«Das frage ich mich selbst. Erzähl mir mehr von diesen liebreizenden Damen, denen ich bei Tisch begegnen werde.»

«Es geht das Gerücht, niemand erhalte eine Einladung zum Dinner, wenn er nicht eine attraktive Frau hat, aber das ist wohl eine Übertreibung.»

«Wie ist denn Jardines Frau?»

«Sie ist eine wunderbar nichtige kleine Person mit einem Herzen von Gold und einer verblüffenden Auswahl an Nachmittagskleidern. Alle verehren sie. Ihr liebstes Konversationsthema ist das Wetter.»

«Das muß ja nach der jungfräulichen Geburt eine willkommene Abwechslung sein. Und lebt da nicht noch eine gutaussehende Gesellschafterin im Haus? Worüber unterhalte ich mich mit der?»

«Nicht so stürmisch, Charles – zügle deinen natürlichen Hang zu unreinen Gedanken! Miss Christie ist die geborene Schöne aus Eis. Starbridge ist übersät von den Gebeinen derer, die an unerwiderter Liebe zu dieser Dame gestorben sind.»

«Nun, ich hatte auch nicht ernsthaft mit einer Nymphomanin im Bischofspalais gerechnet. –»

«Nein, Jardine weiß, wann er vorsichtig sein muß. Liebreizende Damen, vorzugsweise von Adel und stets von ihren langweiligen alten Ehegatten begleitet, sind eher sein Geschmack als Nymphomaninnen und Schöne aus Eis. Kein Skandal, natürlich. Er ist nur ein Augenmensch und plaudert gern.»

«Gewiß genießt er die Gelegenheit, über andere Dinge als das Wetter zu sprechen.»

«Ah, da ist dir also das Gerücht zu Ohren gekommen, die Ehe der Jardines sei an Langeweile gestorben, aber glaub das nur nicht, alter Junge! Mrs. Jardine ist noch ausnehmend hübsch, und ich glaube nicht, daß Jardine lange über ihren Intellekt nachdenkt, wenn im bischöflichen Schlafgemach das Licht ausgegangen ist.»

«Jack, bist du noch immer bei der *Church Gazette?* Du hörst dich an wie ein Schreiberling der *News of the World.*»

«Unsinn! Es ist nichts Skandalöses an einem Bischof, der mit seiner Ehefrau schläft. Die *News of the World* würden erst wach werden, wenn er mit einer anderen Frau schliefe, aber soviel ich weiß –»

«Ja, wieviel von deiner lüsternen Salbaderei ist denn nun Gerede und wieviel Information aus erster Hand?»

«Nun, ich stehe natürlich mit dem Kaplan in Verbindung, aber da er seinen Helden immer als eine Kreuzung zwischen dem Apostel Paulus und Ritter Galahad hinstellt, kommt er kaum als Quelle pikanten Tratsches in Frage. Ich besitze jedoch persönlich Erfahrung mit den Jardines. Ich war im letzten März in Starbridge eingeladen, um über eine Sitzung des Kirchenausschusses zu berichten, auf der man sich mit besonderen Krönungsgottesdiensten in der Kirchenprovinz Süd befaßte, Jardine als Vorsitzender spielte den Gastgeber. Natürlich sagt man ihm nach, er verspeise Journalisten zum Frühstück auf Toast, aber er war eigentlich sehr nett zu mir, und Mrs. Jardine war reizend. Sie reichte mir Ingwerplätzchen und sagte, ich erinnere sie an ihren Neffen.»

«Und die schöne Miss Christie?»

«Die hat mich mit einem kühlen Blick bedacht und mir gesagt, wo die Toilette ist. Aber ich glaube, du wirst die Jardines beide mögen, und du wirst deinen Besuch bestimmt mit Leichtigkeit überleben. Gürte nur deine Lenden, wenn der sündige edle Portwein zu kreisen beginnt, und hol tief Luft, wenn der Bischof mit der jungfräulichen Geburt loslegt . . .»

7

Als nächstes rief ich jemanden an, den ich auf dem theologischen College kennengelernt hatte und der jetzt in einer ländlichen Gemeinde der Diözese Starbridge das Pfarramt versah. Obwohl sich unsere Wege nach der Ordination getrennt hatten, waren wir brieflich in freundschaftlicher Verbindung geblieben, und ich glaubte in aller Aufrichtigkeit die Hoffnung ausdrücken zu können, daß wir uns bei meinem Besuch wieder einmal treffen könnten. Doch wie sich herausstellte, war das nicht möglich; er und seine

Familie waren im Begriff, zum erstenmal seit fünf Jahren in Urlaub zu fahren. Ohne etwas von meiner Reise im Frühjahr nach Frankreich zu erwähnen, sagte ich, Bournemouth sei bestimmt sehr reizvoll, aber ich unterdrückte doch ein Erschauern bei dem Gedanken an die billige Pension, die auf ihn wartete, als er mich nach dem Grund meines Besuchs in Starbridge fragte.

Zu offenbaren, daß der Bischof mich auf Betreiben von Dr. Lang zu sich eingeladen hatte, wäre unter diesen Umständen eine unverzeihliche Angeberei gewesen, und so sprach ich nur von meinem Wunsch, mich in der Dombibliothek umzusehen, und sagte, ich würde dem Bischof einen Höflichkeitsbesuch abstatten. «Was hältst du von Jardine, Philip?» fügte ich hinzu. «Ist er ein guter Bischof?»

«Ich finde, er ist ein Ärgernis, offen gesagt. Diese Rede im Oberhaus! Lang hat mir leidgetan. Ein Bischof hat seinen Erzbischof in der Öffentlichkeit nicht anzugreifen.»

«Aber wie ist er, wenn er seine Amtspflichten ausübt, anstatt die Presse mit Schlagzeilen zu versorgen?»

«Warum fragst du das mich? Ich sehe ihn gewöhnlich nur einmal im Jahr bei den Konfirmationen.»

«Aber sind Konfirmationen nicht ein guter Anhaltspunkt für die Gewissenhaftigkeit eines Bischofs? Es ist doch ein großer Unterschied zwischen einem Bischof, der kaum verbergen kann, daß er auf ausgetretenen Pfaden wandelt, und einem Bischof, der den Prüflingen das Gefühl gibt, daß der Anlaß für ihn ein genauso besonderer sei wie für sie.»

«Gewiß», sagte Philip zögernd. «Nun, ich muß zugeben, da kann man Jardine keinen Vorwurf machen – obwohl, als er Bischof wurde vor fünf Jahren, da wirkte er etwas zerstreut. Aber das lag wohl an seinem Mangel an Erfahrung. Das Jahr darauf war er ganz anders, sehr gesammelt vor den Prüflingen, ganz gelassen hinter der Szene, aber trotzdem ... ich habe gehört, er kann sehr eklig sein.»

«Inwiefern?»

«Nun, am schlimmsten soll er sein, wenn ein Geistlicher heiraten will. Für ihn scheint festzustehen, daß Geistliche durch nicht zu ihnen passende Ehefrauen zugrunde gerichtet werden, und wenn er den Eindruck hat, die Braut eines Geistlichen eigne sich nicht zur

Pfarrfrau, dann macht er aus seiner Meinung kein Hehl. Man fragt sich dabei, wie es um seine eigene Ehe bestellt ist – es heißt, Mrs. Jardine sei zwar reizend, aber inkompetent, und das wirkliche Sagen im Palais habe ihre Gesellschafterin.»

«Ja, ich habe von Miss Christie gehört. Jack Ryder schildert sie als *femme fatale.*»

«Was für ein Quatsch! Sie hätte es nicht auf zehn Jahre in einem bischöflichen Haushalt gebracht, wenn sie nicht die Schicklichkeit in Person wäre!»

«Aber sie ist sehr attraktiv, oder? Wäre es nicht sicherer gewesen, eine Gesellschafterin einzustellen, die wie das Hinterende einer Trambahn aussieht?»

«Jardine ist nicht der Mensch, den der Anblick des Hinterendes einer Tram allmorgendlich am Frühstückstisch erfreuen würde.»

«Philip», sagte ich belustigt, «ich habe den deutlichen Eindruck, daß du ihn nicht magst, aber ist das nur, weil er den Erzbischof in der Öffentlichkeit angreift und Pfarrersbräute heruntermacht? Keine dieser unglücklichen Angewohnheiten kann dich doch persönlich betroffen haben.»

«Nein, Mary und ich haben Gott sei Dank den Bund der Ehe geschlossen, als Jardine noch Dekan von Radbury war! Es ist nicht so, daß ich ihn nicht mag – er ist zu Mary und mir immer sehr freundlich –, aber ich kann ihm Tadel nicht ersparen. Ich halte ihn für viel zu weltlich, und er hat eine recht großspurige neureiche Ader, die man hätte ausbügeln müssen, ehe er auf ein Jahreseinkommen von mehreren tausend Pfund losgelassen wurde. Ich werde nie die Gartenparty vergessen, die er vor zwei Jahren für die Geistlichkeit der Diözese gegeben hat – extravagant ist gar kein Ausdruck! Ich war schockiert. Ich dachte ständig daran, was das alles gekostet haben mußte und wie vielen armen Leuten in meiner Gemeinde man damit hätte helfen können.»

«Mein lieber Philip! Urteilst du da nicht etwas knickerig über deinen großzügigen Bischof?»

«Vielleicht. Und vielleicht lebst du in einem Elfenbeinturm, Charles, und weißt nicht, was wirklich auf der Welt vorgeht. Wann warst du denn zum letztenmal in einem Haus, wo der Mann seit der

Depression arbeitslos ist, die Frau an Tbc dahinsiecht und die Kinder außer Rachitis auch noch Läuse haben?»

Es trat ein Schweigen ein.

Schließlich sagte Philip rasch: «Entschuldige, ich –», aber ich unterbrach ihn. «Glaube mir, ich weiß genau, daß es mir auf Gemeindeebene an Erfahrung fehlt.»

«Trotzdem, ich hätte nicht sagen dürfen –»

«Ist nicht wichtig.» Nach einer weiteren Pause setzte ich hinzu: «Ja, es ist schade, daß ich dich nicht sehen werde, Philip, aber vielleicht das nächste Mal –»

»O ja», sagte er. «Das nächste Mal.»

Aber wir wußten beide, daß «das nächste Mal» in weiter Zukunft lag.

8

Am nächsten Morgen rief mich der Erzbischof an, um mir mitzuteilen, daß ich mich am frühen Mittwochabend im bischöflichen Palais einfinden solle. Jardine freue sich darauf, mir seine Gastfreundschaft erweisen zu können, eine Freude, die nach Langs zynischer Vermutung aus Schuldbewußtsein und dem Wunsch herrührte, seine kriegerische Rede im Oberhaus wiedergutzumachen. «. . . und ich bin sicher, er wird Sie herzlich empfangen, Charles», schloß der Erzbischof trocken.

«Konnte er sich erinnern, daß wir uns letztes Jahr begegnet sind?»

«Gewiß! Als ich Ihren Namen nannte, sagte er: ‹Ah ja, der junge Kanonikus aus Cambridge, der glaubt, die Welt hat nicht mit Adam und Eva angefangen, sondern mit dem Konzil von Nicäa!›

Dann hatte Jardine zumindest in das Buch hineingeschaut, durch das ich in theologischen Kreisen bekannt geworden war. Er selbst hatte keine historisch-wissenschaftliche Arbeit veröffentlicht, aber das hielt ihn nicht davon ab, über die Publikationen anderer schneidende Kritiken zu schreiben, und ich war zugleich überrascht und erleichtert, daß mein Buch dem für ihn charakteristischen literarischen Abschlachten entgangen war. Ich wußte zwar nicht, weshalb er mich verschont hatte, aber vielleicht fand er jede Diskussion des Arianismus langweilig und hatte aus diesem Grund seine Feder nicht gespitzt.

Dieser Gedankengang erinnerte mich daran, daß ich mir noch nicht darüber klar war, was ich zur Begründung meiner Nachforschungen in der Dombibliothek von Starbridge angeben sollte. Es war wichtig, daß der Grund überzeugend klang, und ich sann eine ganze Weile über das Problem nach, bis ich mir eine List ausgedacht hatte, die es mir ermöglichen würde, die Wahrheit zu sagen. Ich plante schon seit längerem eine Revision meiner Vorlesungsnotizen über das mittelalterliche Denken. Jetzt sollten meine Studenten mehr über Sankt Anselm erfahren, und als gewissenhafter Lehrer fühlte ich mich natürlich verpflichtet, dieserhalb einen Blick auf Starbridges frühes Manuskript der *Gebete und Meditationen* zu werfen.

Einen Augenblick lang kämpfte ich mit einem gewissen Unbehagen, als ich die diesem Entschluß innewohnende Doppelzüngigkeit bedachte, doch dann richtete ich mich an der Überlegung auf, daß mir kein Nachteil entstehen konnte, selbst wenn Jardine in Apostasie verfallen und nicht mehr gläubig war. Im Gegenteil, Lang würde mir für meine Hilfe dankbar sein müssen, und die Aussichten auf mein Fortkommen in der Kirche würden zwangsläufig steigen.

Ich schüttelte die letzten Zweifel ab und begann mit den Reisevorbereitungen.

9

So erreichte ich also endlich Starbridge, das leuchtende bezaubernde Starbridge, unsterblich gemacht durch berühmte Künstler, photographiert von unzähligen Besuchern und von Reiseführern gerühmt als schönste Stadt westlich des Avon. Von einem Besuch während meiner Studienzeit her erinnerte ich mich noch deutlich der mittelalterlichen Straßen, der blumenreichen Parks und des trägen Flusses, der in einem Bogen den mit dem Dom gekrönten Hügel umfloß. Der Dom beherrschte nicht nur die Stadt, sondern das ganze Tal. Breiter als Winchester, länger als Canterbury, in einem ummauerten

Bezirk gelegen, der noch größer war als die Domfreiheit von Salisbury, verkörperte der Dom von Starbridge in bleichem Stein und farbigem Glas die glanzvollste aller mittelalterlichen Visionen.

Die Stadt selbst war klein. Auf drei Seiten vom Fluß umschlungen, bot sie noch immer ein geschlossenes Stadtbild trotz der in jüngerer Zeit entstandenen neuen Stadtteile im Osten. Sie lag behaglich inmitten ihres grünen Tals wie ein Juwel auf einem Samtpolster, und die sanften Hänge der sie umgebenden Höhen verstärkten noch den Eindruck, daß die Landschaft dazu geschaffen sei, die Stadt vorteilhaft zu präsentieren.

Die Diözese war von vorwiegend ländlichem Charakter, aber sie schloß auch die Hafenstadt Starmouth mit ihren ausgedehnten Slums ein, und der friedvolle Eindruck, den der Fremde auf den ersten Blick von der Gegend gewann, blieb nicht ohne düstere Schatten. Trotzdem war Jardine mit seiner letzten Beförderung wohl recht zufrieden. Die Diözese war reich; sein Einkommen zählte zu den höchsten unter den Bischofsbezügen. London war mit der Bahn leicht zu erreichen, was bedeutete, daß er mit den Zentren der weltlichen wie der kirchlichen Macht in enger Verbindung bleiben konnte. Das Bischofsamt verlieh ihm zudem Anspruch auf einen Sitz im Oberhaus, ein Privileg, das nur wenige Bischofssitze automatisch genossen, weil ihre Inhaber warten mußten, bis ein entsprechender kirchlicher Amtssitz frei wurde. Starbridge war nicht Canterbury und nicht York, aber es war vornehm und schön, und Jardine wurde gewiß von manchen seiner bischöflichen Amtsbrüder beneidet.

Ich hatte beschlossen, mit dem Auto nach Starbridge zu fahren. Nicht mit einem Sportwagen, wie ich ihn unweigerlich fuhr, wann immer ich von Autos träumte, sondern mit dem schicklichen kleinen Baby Austin, der im Betrieb billig war und sich in den verkehrsreichen Straßen von Cambridge leicht handhaben ließ. Wann immer ich mich nach einem MG sehnte, sagte ich mir sofort, daß ich mich glücklich schätzen könne, wenigstens einen Austin zu besitzen. Die meisten Geistlichen konnten sich keinen Wagen leisten, und Automobile wurden von den älteren Bischöfen tatsächlich noch immer als ein Übel betrachtet, das Pfarrer zu frivolen Vergnügungsfahrten verlockte.

Die Straße begann sich zwischen Anhöhen dahinzuwinden, als ich mich Starbridge näherte, und bald erblickte ich in der Ferne den Dom. Noch eine Kurve, der Turm verschwand, doch bei der nächsten Biegung war er wieder sichtbar, schlank und ätherisch, ein Symbol des menschlichen Verlangens, hinauf ins Unendliche zu greifen. Indes die Straße sich weiter dahinschlängelte, war mir, als spiegele sie das Leben selbst wider, als gestatte sie Ausblicke auf die Transzendenz, um doch gleich weiterzueilen, ehe die Transzendenz ganz erfahren werden konnte, aber schließlich lag die letzte Bodenfalte hinter mir, und ich sah die ganze Stadt unten im Tal aufschimmern.

Der Blick von hier über die Ansiedlung war sehr alt. Die Römer hatten ihre Stadt Starovinium auf dem verfallenen Feldlager des britischen Stammes der Starobrigantes erbaut, und dieser Name lebte noch in Landmarken der Stadt und auf offiziellen Dokumenten fort. Der Bischof, der theoretisch mit seiner Diözese verheiratet war, durfte bei seiner Korrespondenz den Zunamen Staro verwenden, und ich trug den Beweis für diese Tradition in der Tasche. Jardine hatte mich brieflich zu meinem Besuch in Starbridge willkommen geheißen.

«Mein lieber Dr. Ashworth», hatte er in kräftiger, ausdrucksvoller Handschrift geschrieben,

«der Erzbischof von Canterbury hat mir mitgeteilt, daß Sie zu Studienzwecken die Dombibliothek aufsuchen wollen, und ich möchte Ihnen hiermit versichern, daß Sie vom Abend des siebten Juli bis zum Morgen des zehnten im Palais herzlich willkommen sind. Seine Exzellenz meinte, Sie würden wahrscheinlich den Wagen benutzen, aber sollten Sie mit dem Zug kommen, verständigen Sie bitte telegraphisch meinen Kaplan Gerald Harvey, der dann veranlassen wird, daß mein Chauffeur Sie am Bahnhof abholt. Seine Exzellenz meinten auch, daß Sie nicht länger als drei Nächte bleiben würden, aber sollten Sie sich entschließen, Ihren Besuch zu verlängern, hoffe ich, daß Sie mir bei der Feier der frühen heiligen Kommunion im Dom am Sonntag assistieren. Ich freue mich auf die Erneuerung unserer Bekanntschaft, Dr. Ashworth, und wünsche Ihnen eine gute Reise.

Mit vorzüglicher Hochachtung
Ihr ADAM ALEXANDER STARO

Mein Besuch hätte unter keinem günstigeren Vorzeichen stehen können. Ich fuhr von der letzten Anhöhe ins Tal hinunter und endlich in die Stadt hinein.

10

Ich fuhr weiter, und im nächsten Augenblick erhob sich vor mir der Dom in seiner überwältigenden architektonischen Vollkommenheit. Es hatte keine späteren Anbauten, keine mißlichen Veränderungen gegeben. Erbaut in dem kurzen Zeitraum von vierzig Jahren, war der Dom einheitlich, unberührt, unverdorben geblieben, ein Monument des Glaubens, des Genies und der Herrlichkeit der englischen Spätgotik.

Ich fuhr die Nordpromenade entlang, den breiten Rasen des Kirchhofs zu meiner Rechten. Zu meiner Linken lieferten die alten Häuser, ungleich im Stil, doch harmonisch in ihrer individuellen Schönheit, den perfekten Hintergrund für den Glanz des Doms, und als ich nach Süden in die Ostpromenade einbog, verspürte ich jenes Gefühl der zeitlichen Kontinuität, ein Bewußtsein, das nirgends deutlicher ist als an einem Ort, an dem eine lange Zeitspanne Vergangenheit sichtbar gegenwärtig ist.

Am Ende der Ostpromenade öffnete sich das Palaistor, und Sekunden später sah ich mich dem Palais selbst gegenüber, einer victorianischen «Verbesserung» des ursprünglichen Tudorbaus, der :m vergangenen Jahrhundert einem Brand zum Opfer gefallen war. Dr. Jardines Wohnsitz war eine pseudogotische Travestie, aus dem gleichen bleichen Stein erbaut wie der Dom, aber insgesamt nicht ungefällig. Sanfte Rasenflächen und alte Buchen faßten das Gebäude ein. Über dem Portal war das Wappen von Starbridge in Stein gemeißelt in dem trotzigen Bemühen, mittelalterliches Brauchtum mit einer eigenwilligen victorianischen Illusion zu vereinen.

Ich parkte den Wagen in einem abgelegenen Winkel des Vorhofs, ergriff meine Reisetasche und hielt inne, um zu lauschen. Die Vögel sangen; das Laub der Buchen hob sich leuchtend grün vom wolkenlosen Himmel ab; die Stadt jenseits der Mauern der Domfreiheit hätte hundert Meilen weit fort sein können. Wieder empfand ich das

Zeitkontinuum. Ich stand im England des zwanzigsten Jahrhunderts und meinte doch nur einen Schritt von einer Vergangenheit entfernt zu sein, die die Saat einer verlockenden Zukunft in sich barg, und plötzlich vergaß ich die rauhen Realitäten der Gegenwart, die Schrecken Hitlers, die Agonie des spanischen Bürgerkriegs, die Verzweiflung jener, die unter der Depression litten. Ich war mir nur meiner privilegierten Glückssituation bewußt, indes ich mich von Starbridges subtilem Glanz verführen ließ. Ich eilte die Stufen zum Eingang hinauf und drückte auf die Klingel mit dem ganzen Eifer eines Schauspielers, der es kaum erwarten kann, auf sein Stichwort hin die Bühne zu betreten.

Die Tür öffnete ein Butler, der aussah wie eine Figur aus einem Roman von Trollope – eine weltliche Version von Mr. Harding vielleicht –, und ich betrat eine große dunkle Diele. Ich sah einige pseudogotische Möbelstücke von abgestufter Häßlichkeit. Eine schöne Treppe führte zu einer Galerie hinauf. Düstere Porträts von Herren des neunzehnten Jahrhunderts im geistlichen Ornat zierten die Wände.

«Wenn Sie mir bitte folgen wollen, Sir . . .» Der Butler hatte mir eben die Reisetasche abgenommen, als am anderen Ende der Diele eine Frau erschien. Da der Butler sofort stehenblieb, blieb auch ich stehen, und die Frau bewegte sich rasch, ruhig, lautlos durch die Schatten auf uns zu.

«Dr. Ashworth?» Sie streckte eine schlanke Hand aus. «Willkommen in Starbridge. Ich bin Miss Christie, Mrs. Jardines Gesellschafterin.»

Ich ergriff ihre Hand und wußte ohne das leiseste Zögern, daß ich diese Frau begehrte.

II

*«Ich versicherte ihm freundlich, nach meiner Überzeugung,
die sich auf die Erfahrungen eines langen Priesteramts
gründet, könne man, grob geschätzt, von der verheirateten
Geistlichkeit der englischen Staatskirche sagen, daß wahrscheinlich fünfzig Prozent von ihren Ehefrauen zugrunde
gerichtet und fünfzig Prozent gerettet würden.»*

HERBERT HENSLEY HENSON

I.

Niemand hatte mir eine Beschreibung von Miss Christie gegeben, und Jacks Anspielung auf eine Schöne aus Eis hatte mich
an eine stattliche Blondine denken lassen. Miss Christie war aber
eher klein, höchstens einsachtundfünfzig, und hatte grazile Fesseln,
eine schlanke Taille, rötliches Haar und schwarz bewimperte dunkle
Augen. Sie hatte auch hohe Wangenknochen, ein sanft geschwunge-
nes, aber kräftiges Kinn und einen zarten Mund, der irgendwie diese
Andeutung eines entschlossenen Charakters verstärkte, während er
gleichzeitig einen Eindruck von Sinnlichkeit erweckte. Sie war
zurückhaltend geschminkt; der graue Rock und die weiße Bluse
zeugten von dezentem Geschmack, wie es der Gesellschafterin im
Hause eines Geistlichen anstand. Ich fand sie über alle Maßen
anziehend, und mein erster klarer Gedanke war: Wie konnte er ihr
widerstehen? Doch ich wußte, das war eine unsinnige Frage, die an
der Realität der Situation vorbeiging. Wenn Jardine nicht für den
Glauben verloren war, blieb ihm gar nichts anderes übrig, als zu
widerstehen, doch so groß war die Verlockung, die von Miss
Christie ausging, daß ich zum erstenmal ernstlich die Möglichkeit in
Betracht zog, er könnte dem Glauben abgeschworen haben.

Sie brachte mich zu meinem Zimmer. Es gelang mir, einen höflichen Konversationston beizubehalten, während wir die Treppe hinaufstiegen, aber ich dachte die ganze Zeit an Jardine im Lichte dessen, was ich jetzt von Miss Christie wußte. Indes ich mich beruhigte, schob ich die melodramatische Vorstellung eines Abfalls vom Glauben von mir, doch nun begann ich mich zu fragen, ob Jardines Neigung zur Anknüpfung harmloser Freundschaften mit gutaussehenden Frauen seine Art der Abwehr einer Neigung darstellte, die keineswegs harmlos war.

Ich schob diese Spekulationen beiseite, als Miss Christie mir voran ein großes, helles, aber mit düster-massiven victorianischen Möbelstücken ausgestattetes Zimmer betrat. Vor dem Fenster erstreckte sich der Garten zum Fluß hinunter, und jenseits des glitzernden Wassers weideten Kühe zwischen den Butterblumen einer Wiese. Starbridge lag östlich dieser äußersten Flußkrümmung, und im Westen zog sich das Ackerland zu den Anhöhen hinauf.

«Was für ein schöner Blick!» sagte ich, als der Butler meine Reisetasche abgestellt hatte und gegangen war. Miss Christie trat zu der Kommode und stellte die Symmetrie des Blumenarrangements in einer Vase wieder her, indem sie eine störrische Rose zurechtrückte.

«Das Badezimmer ist am Ende des Flurs», sagte sie – offenbar fand sie meine Bemerkung über den Blick zu weltlich, als daß sie einer auch nur gemurmelten Zustimmung bedurft hätte. «Das Abendessen ist um acht, aber wir versammeln uns zum Cocktail im Salon schon ab Viertel nach sieben. Das Wasser ist jeden Abend ab sechs Uhr heiß. Ich hoffe, Sie haben alles, was Sie brauchen, Dr. Ashworth, aber sollte doch etwas vergessen worden sein, bedienen Sie sich bitte der Klingel neben dem Bett.»

Ich dankte ihr. Sie schenkte mir ein kurzes, förmliches Lächeln, und im nächsten Augenblick war ich allein.

Auf dem Nachttisch lag eine Bibel, um Besucher daran zu erinnern, daß sie sich trotz der pompösen Umgebung in einem geistlichen Haushalt befanden. Um mich von der Versuchung abzulenken, meine Gedanken auf fleischlichen Seitenpfaden wandeln zu lassen, blätterte ich in den Seiten auf der Suche nach einem erbaulichen Zitat. Dies Aufschlagen aufs Geratewohl förderte jedoch nur Hesekiels Schmährede wider die Hure zutage. Mit den Gedanken noch immer bei Miss Christie, arbeitete ich mich ins Neue Testament vor, und dort blieb ich schließlich an der Stelle hängen: «Denn es ist nichts verborgen, das nicht offenbar werde, und es ist nichts Heimliches, das nicht hervorkomme.»

Das schien mir ein gutes Omen für einen Spionageagenten. Ich schlug die Bibel zu. Dann, nachdem ich die prunkvolle Toilette aufgesucht hatte, die als Denkmal victorianischer Installateurkunst fortbestand, packte ich meine Tasche aus und setzte mich hin, um in meinem Brevier die Abendandacht zu lesen.

2

Als ich das Gebetbuch schloß, war es halb sieben. Ich entkleidete mich, wusch mich am Becken, um alle Spuren der Reise abzuspülen, und rasierte mich. Gewöhnlich rasierte ich mich nicht zweimal am Tag, aber ich wollte mich gepflegt präsentieren, nicht nur, um Miss Christie zu beeindrucken, ich dachte auch an den Bischof. Ich hatte das Gefühl, Jardine könne großen Wert auf die äußere Erscheinung eines Geistlichen in der Öffentlichkeit legen; er selbst hatte sehr elegant, sehr proper ausgesehen, als ich ihm vor acht Monaten in Cambridge begegnet war.

Der Abend war warm, und der Gedanke, ihn in mein geistliches Gewand eingezwängt zu verbringen, war nicht gerade verlockend, aber natürlich hatte ich keine andere Wahl, als im Namen der Konvention den Märtyrer zu spielen. Ich verweilte einige Zeit vor dem Spiegel, während ich mein Haar dazu brachte, flach zu liegen. Ich habe lockiges Haar, das ich kurz geschnitten trage, aber es hat launische Neigungen, die Wasser selten lange im Zaum halten kann. Dennoch benutze ich nie Haaröl. Damit sehe ich aus wie ein Prolet, und ich hatte immer eine eigenartige Angst davor, daß meine Erscheinung im Spiegel ein falsches Bild zeigen könnte.

Doch an diesem Abend fand ich mein Spiegelbild beruhigend. Da war kein Prolet, kein zweifelhafter Charakter aus einem modernen

Schauerstück, sondern ein Geistlicher, der siebenunddreißig Jahre alt war und jünger aussah. Squash und Tennis hatten eine Neigung zur Korpulenz in Schranken gehalten, als ich das dritte Lebensjahrzehnt hinter mir ließ, und obwohl ich ein wenig zu sehr gutem Essen und mehr als nur ein wenig zu sehr gutem Wein zugetan war, bewies meine Erscheinung, daß ich diese Schwächen unter Kontrolle hatte. Ich sah keine Polster ums Kinn herum, keine Tränensäcke unter den Augen, keine verräterischen Fältchen um den Mund. Ich sah aus wie der Mann, der ich sein wollte, und das Bild in dem langen Spiegel schien unerschütterlich, als ich es im goldenen Abendlicht begutachtete.

Ich blickte auf meine Uhr und sah, daß es Zeit war, mich unten einzufinden. Gleich würde der Vorhang über der Bühne von Starbridge aufgehen, und ich verließ mein Zimmer und eilte in die Kulissen, um auf mein Stichwort zu warten.

3

Ich fand den Salon ohne Mühe. Als ich die Treppe hinunterstieg, drang Stimmengemurmel durch eine offene Tür am anderen Ende der Diele. Eine Frau lachte recht angenehm, ein Mann sagte: «Nein, im Ernst! Ich habe *Peter Pan* immer für eine finstere Geschichte gehalten!», und ich schloß daraus, daß sich das Gespräch um Sir James Barrie drehte, der vor kurzem gestorben war.

«Aber Henry, du kannst doch ein harmloses Märchen nicht finster nennen!»

«Warum nicht? Captain Cook erinnert mich an Mussolini.»

«Dich erinnert jeder an Mussolini. O Darling, ich wünschte, du würdest Abessinien vergessen und zur Abwechslung einmal das Positive sehen – denk daran, wie gut es uns geht! Wir haben den Krieg, die Depression und die Abdankung überlebt – und nun da der gute Mr. Chamberlain dabei ist, das Land in ein einziges großes Birmingham zu verwandeln mit seiner herrlichen Geschäftstüchtigkeit, gehen wir alle einer rosigen Zukunft entgegen, da bin ich ganz sicher!»

«Das hört sich nach einem weiteren von Barries Märchen an. Kein Wunder, daß dir *Peter Pan* so gefällt, meine Liebe.»

Ich trat in den Salon. Die erste Person, die ich sah, war Miss Christie. Sie stand an der Terrassentür und wirkte ungeheuer distanziert. Im Gegensatz zu ihr verströmten die drei anderen anwesenden Personen jene lässige Kameraderie, die das Ergebnis einer langen, echten Freundschaft ist. Am Kamin stand ein älterer Mann mit einem offenen, freundlichen Gesicht und jener selbstbewußten Miene, die man nur durch ein Leben in privilegierter Umgebung erwirbt. Er trank einen Cocktail, bei dem es sich um einen trockenen Martini handeln mochte. Auf der Armlehne eines Sofas hockte eine schöne Frau, die ebenfalls mit einem Martiniglas spielte, und neben ihr saß eine untersetzte, hübsche grauhaarige Frau in einem üppigen lavendelfarbenen Abendkleid, die gerade nach einem Keks in einer Silberschale griff.

Aller Blicke wandten sich mir zu. Miss Christie schritt sogleich herbei, um die Vorstellung zu übernehmen, aber die untersetzte hübsche kleine Frau war näher und kam ihr zuvor.

«Dr. Ashworth!» rief sie aus und sah mich strahlend an. «Wie nett, Sie kennenzulernen! Ich hoffe, Ihre Autofahrt war nicht zu beschwerlich, aber Sie hatten ja schönes Wetter. Ist das Wetter nicht herrlich? Dieser viele Sonnenschein ist so gut für den Garten.»

Niemand brauchte mir zu sagen, daß es meine Gastgeberin war, die mich so ansprach. «Guten Abend, Mrs. Jardine», sagte ich lächelnd, während ich ihre Hand ergriff. «Es ist sehr freundlich von Ihnen, daß Sie mich eingeladen haben.»

«Keineswegs, es ist wunderbar für Alex, daß er einen klugen Menschen hat, mit dem er reden kann! Ich will Sie gleich mit allen bekannt machen. Miss Christie kennen Sie ja schon, und hier» – sie wandte sich zu dem Paar um, das über *Peter Pan* debattiert hatte – «sind Lord und Lady Starmouth, die immer so lieb zu uns gewesen sind, seit Alex Pfarrer von St. Mary's Mayfair war. Sie haben ein so entzückendes Haus in der Curzon Street, und Alex wohnt immer bei ihnen, wenn er in der Stadt ist wegen der Debatten im Oberhaus – o Gott, vielleicht hätte ich die Debatten nicht erwähnen sollen, wo Sie doch ein Freund des Erzbischofs sind – Lyle, habe ich da einen schrecklichen Fauxpas begangen?»

«Dr. Ashworth», sagte Miss Christie, «denkt wahrscheinlich nur daran, wie angenehm es für den Bischof sein muß, bei Freunden wohnen zu können, wenn er in London zu tun hat.»

Ich dachte jedoch daran, daß die gutaussehende Countess of Starmouth sehr wohl eine von Jardines «liebreizenden Damen» sein mochte, getreulich begleitet von einem jener Herren, die Jack «langweilige alte Ehemänner» genannt hatte. Diese wenig schmeichelhafte Beschreibung traf jedoch auf den Earl of Starmouth kaum zu, der sehr aufgeweckt und lebhaft wirkte, obwohl er wahrscheinlich schon über Siebzig war. Vielleicht hielt Lady Starmouth ihn jung. Ich schätzte, daß sie mindestens zwanzig Jahre jünger war als er.

«Meine Frau sammelt Geistliche», sagte Lord Starmouth zu mir, als wir uns die Hand schüttelten. «Sie reiht auch Sie in ihre Kollektion ein, wenn Sie nicht aufpassen.»

«Ich schwärme für Geistliche», gab seine Frau mit jener aristokratischen Offenheit zu, die die zurückhaltenderen Angehörigen der Mittelschicht stets peinlich berührt. «Das macht natürlich der Halskragen. Der läßt einen Mann so köstlich verboten erscheinen.»

«Was darf ich Ihnen zu trinken anbieten, Dr. Ashworth?» fragte Miss Christie, die Mittelschicht-Schicklichkeit in Person.

«Einen trockenen Sherry, bitte.» Kein ehrgeiziger Geistlicher trank bei einer bischöflichen Abendgesellschaft Cocktails.

Ein junger Mann in geistlichem Gewand stürzte herein, murmelte: «Entschuldigung! Kein Bischof!» und stürze wieder hinaus.

«Armer Gerald!» sagte Mrs. Jardine. «Manchmal frage ich mich, ob es klug war, ein Telephon installieren zu lassen. Es ist so schrecklich lästig für den Kaplan, wenn Leute zu ungünstiger Zeit anrufen...Oh, da ist Willy! Dr. Ashworth, das ist mein Bruder.»

Ich wurde einem Colonel Cobden-Smith vorgestellt, einem kräftigen Herrn in den Sechzigern mit rosigem Gesicht, weißem Haar und dem Ausdruck eines Cherubs. Er war in Begleitung seiner Frau, einer schlanken, energiegeladenen Dame, die mich an einen Windhund erinnerte, und eines riesigen Bernhardiners, der auf seinem Weg zur Bewässerung der Blumenbeete majestätisch durch den Raum zur Terrasse tappte.

«Ich verstehe nichts von Theologie», sagte Mrs. Cobden-Smith sofort zu mir, nachdem wir miteinander bekannt gemacht worden waren. «Ich sage immer zu Alex, daß ich nichts von Theologie verstehe, und ich will auch nichts davon verstehen. Für mich ist Gott Gott, die Kirche ist die Kirche, die Bibel ist die Bibel, und ich begreife nicht, was es da noch zu sagen gibt.»

«Komische Sache, die Religion», meinte ihr Gatte sinnierend, aber in so ehrlich bewunderndem Ton, daß kein Geistlicher daran hätte Anstoß nehmen können, und begann von einem buddhistischen Mönch zu erzählen, dem er in Indien begegnet war.

Der junge Kaplan kam in den Salon zurückgeeilt. «Tut mir so leid, Mrs. Jardine, aber Sie wissen ja, wie der Archidiakon ist, wenn er so überstürzt anruft...»

Ich wurde mit Gerald Harvey bekannt gemacht. Er war von kleiner Statur, Anfang Zwanzig, trug eine Brille und schien ständig außer Atem zu sein. Ich fragte mich, ob der Bischof von Starbridge seinen Kaplan regelmäßig in diesen Zustand verstörter Nervosität versetzte.

«...und ich habe natürlich von Ihrem Buch gehört», sagte er gerade, «aber ich gestehe, ich habe es nicht gelesen, denn bei all diesen alten Argumenten für und gegen die Dreifaltigkeit könnte ich mir einfach den Halskragen abreißen und mich zur Fremdenlegion melden – du liebe Güte, es hat geklingelt, und der Bischof ist noch nicht unten! Ich gehe lieber und sehe mal nach.»

Er stürzte wieder davon. Es überraschte mich, daß sich Jardine einen so hausbackenen und glanzlosen Kaplan ausgesucht hatte, doch ehe ich noch Spekulationen über eventuelle verborgene Tugenden anstellen konnte, die Harvey für seinen Posten qualifiziert haben mochten, meldete der Butler das Eintreffen eines Mr. Frank Jennings nebst Gattin. Jennings war, wie ich bald herausfand, gerade zum Dozenten für Dogmatik am Theologischen College der Domfreiheit ernannt worden. Er selbst wirkte unscheinbar, aber seine Frau war eine hübsche junge Blondine, und im Gedanken an die Anspielungen meines Freundes Jack fragte ich mich, in welchem Maße ihr gutes Aussehen zu der Einladung des Paares an den bischöflichen Abendtisch beigetragen hatte.

«Ich fand Ihr Buch höchst anregend», sagte Jennings freundlich zu mir, doch ehe er fortfahren konnte, rief seine Frau: «Du meine Güte, Frank, sieh dir diesen Riesenhund an!»

«Alex hatte einmal einen Hund», sagte die kleine Mrs. Jardine, als der Bernhardiner gemessenen Schritts in den Salon zurücktappte. «Er nannte ihn Rhetorik. Aber wir wohnten damals in London, und der arme kleine Rhet wurde von so einem ordinären Rolls-Royce überfahren – seitdem habe ich für Autos nicht mehr viel übrig... Haben Sie einen Hund, Dr. Ashworth?»

«Nein, Mrs. Jardine.»

«Sind Sie verheiratet, Dr. Ashworth?» rief Lady Starmouth und warf mir einen freundlichen Blick aus ihren schönen dunklen Augen zu.

«Ich bin Witwer, Lady Starmouth», sagte ich.

«Alle Geistlichen müßten verheiratet sein», verkündete die gebieterische Mrs. Cobden-Smith und hielt dem Bernhardiner eine Handvoll Kekse hin. «Es heißt, die katholische Kirche hat schreckliche Schwierigkeiten mit ihren ehelosen Priestern.»

«Es heißt, die Kirche von England hat furchtbare Schwierigkeiten mit ihren verheirateten Geistlichen», sagte von der Tür her eine kräftige, scharfe Stimme, an die ich mich noch gut erinnerte, und als wir uns alle umwandten, hielt der Bischof von Starbridge Einzug in seinen Salon.

4

Dr. Jardine war ein Mann von mittlerer Größe, schlank und wohlproportioniert, mit graumeliertem Haar und so hellen braunen Augen, daß sie fast bernsteinfarben leuchteten. Seine tiefliegenden Augen standen weit auseinander; sie waren das weitaus Bemerkenswerteste seines Gesichts und konnten auf der Kanzel einen funkelnden, hypnotischen Blick ausstrahlen, ein psychologischer Trick, von dem Jardine sparsamen, aber effektvollen Gebrauch machte, um seine beträchtliche Begabung als Prediger noch zu steigern. Der rasche, abrupte Gang offenbarte seine Energie und deutete auf seinen starken, rastlosen Intellekt hin. Im Gegensatz zu den meisten Bischöfen trug er seine Beingamaschen mit Elan, als wäre er sich bewußt, daß er die Statur hatte, um über diese altertümlich-absurde bischöfliche Gewandung zu triumphieren, und als er den Raum betrat, strahlte er jenes elektrisierende Selbstvertrauen aus, das seine Feinde als überheblich verschrien und seine Bewunderer als unbefangen verteidigten.

«Keine Angst», sagte er lächelnd, nachdem ihm seine Eröffnungsbemerkung unsere Aufmerksamkeit gesichert hatte. «Ich bin keineswegs im Begriff, nach Rom überzutreten, aber ich kann einfach nicht dem Drang widerstehen, den skandalös-dogmatischen Behauptungen meiner Schwägerin etwas entgegenzusetzen ... Guten Abend, Dr. Ashworth, ich bin erfreut, Sie zu sehen. Guten Abend, Jennings – Mrs. Jennings – nun, Mrs. Jennings, kein Grund zur Schüchternheit. Ich mag ja ein feuerspeiender Bischof sein, aber in Gesellschaft hübscher Damen bin ich äußerst zahm – nicht wahr, Lady Starmouth?»

«Zahm wie ein Tiger!» sagte die Countess belustigt.

«In Indien waren wir ein paarmal auf Tigerjagd», meinte Colonel Cobden-Smith. «Ich erinnere mich noch –»

«Ich habe im Zoo einmal einen herrlichen Tiger gesehen», sagte Mrs. Jardine, «aber ich bin sicher, er hätte sich in freier Wildnis viel wohler gefühlt.»

«Unsinn!» sagte der Bischof volltönend, während er sich von Miss Christie ein Glas Sherry reichen ließ. «Hätte sich das unglückliche Tier in seiner natürlichen Umgebung aufgehalten, wäre dein Bruder dahergekommen und hätte es abgeknallt. Sind Sie noch rechtzeitig zum Abendgottesdienst eingetroffen, Dr. Ashworth?»

«Leider nein. Der Verkehr bei London –»

«Nicht schlimm, ich vergebe keine schlechten Noten, wenn man einen Gottesdienst versäumt. Nun, Mrs. Jennings, nehmen Sie doch Platz und erzählen Sie mir von sich – haben Sie schon ein Haus gefunden?»

Während Jennings Frau vom Bischof mit Beschlag belegt wurde, begann ihr Mann mir von seiner mühsamen Suche nach einem Haus in den Außenbezirken zu berichten. Ich ließ ab und zu eine mitfühlende Bemerkung einfließen, aber die meiste Zeit nippte ich nur stumm an meinem Glas, lauschte den anderen Gesprächen und behielt verstohlen Miss Christie im Auge.

Plötzlich glitt Lady Starmouth in mein Blickfeld. «Sie müssen der jüngste Kanonikus sein, der mir je begegnet ist, Dr. Ashworth! Neigt die Kirche endlich der Ansicht zu, daß es kein Verbrechen ist, unter vierzig zu sein?»

«Das Amt des Kanonikus war mit der Stelle verbunden, Lady Starmouth. Als Erzbischof Laud im siebzehnten Jahrhundert das Laud's College und die Kathedrale von Cambridge gründete, bestimmte er, daß das College einen Doktor der Gottesgelehrtheit bestellt, der Theologie lehrt und als einer der am Amtssitz wohnhaften Kanoniker der Kathedrale fungiert.» Ich bemerkte plötzlich, daß Miss Christie geradewegs zu mir hinsah, aber als sich unsere Blicke begegneten, wandte sie sich ab. Ich beobachtete sie weiter, wie sie nach der Sherrykaraffe griff, aber Colonel Cobden-Smith verwickelte sie in ein Gespräch, ehe sie ihrer Pflicht des Nachschenkens nachkommen konnte.

«. . . und wie ich höre, waren Sie einmal Dr. Langs Kaplan», sagte Lady Starmouth gerade. «Wie kam es denn zu einer Begegnung mit ihm?»

Zögernd wandte ich den Blick von Miss Christie ab. «Er hat in meinem letzten Schuljahr die Preise verteilt.»

«Und Sie waren natürlich der Primus Ihrer Schule», sagte Jardine von den Tiefen des nahen Sofas her.

«Ja, tatsächlich», sagte ich überrascht, «ja, das war ich.»

«Wie klug von dir, Alex!» rief Mrs. Jardine aus. «Wie hast du das erraten, daß Dr. Ashworth Primus war?»

«Kein Junge erweckt die Aufmerksamkeit Seiner Exzellenz, wenn er nicht das Zeug zu einer wandelnden Reklame für kraftstrotzendes Christentum in sich hat.»

«Ich liebe kraftstrotzendes Christentum», sagte Mrs. Cobden-Smith.

«Wenn das Christentum noch ein wenig kraftstrotzender wäre, wäre es kein Christentum mehr», sagte der Bischof, abermals den Drang dokumentierend, mit seiner Schwägerin zu streiten. «Die Bergpredigt war kein Vortrag über Gewichtheben.»

«Was *ist* eigentlich kraftstrotzendes Christentum?» fragte Mrs. Jardine. «Ich bin mir da nie ganz sicher. Einfach Gruppen von gutaussehenden jungen Geistlichen wie Dr. Ashworth?»

««Engel und Boten Gottes, steht uns bei!»» sagte der Bischof, die Augen zum Himmel hebend, indem er *Hamlet* zitierte.

«Möchte jemand noch etwas Sherry?» sagte Miss Christie, die sich endlich von Colonel Cobden-Smith hatte lösen können.

«Das Dinner ist angerichtet, Mylord», sagte der Butler mit Grabesstimme von der Tür her.

5

Das Speisezimmer war so groß wie der Salon, und die Fenster gingen ebenfalls zum Garten und zum Fluß hinaus. Ich hatte überlegt, ob die Herren eine Dame zu Tisch führen mußten, aber Mrs. Jardine gab keine Anweisungen, und während wir alle zwanglos ins Speisezimmer hinüberschlenderten, hoffte ich insgeheim, den Stuhl neben Miss Christie einnehmen zu können. Es gab jedoch Tischkärtchen, und ein rascher Blick sagte mir, daß ich mich auf eine Enttäuschung gefaßt machen mußte. Der Bischof hatte dafür gesorgt, daß er von seinen beiden liebreizenden Damen des Abends eingerahmt wurde, Lady Starmouth und Mrs. Jennings; auch ich hatte meinen Platz neben Lady Starmouth, aber zu meiner Rechten saß die schwierige Mrs. Cobden-Smith, die wiederum Frank Jennings zum Nachbarn hatte, und Gerald Harvey nahm den Platz zwischen Jennings und Mrs. Jardine ein, die am anderen Tischende saß. Mir gegenüber, neben Mrs. Jennings, saß Lord Starmouth, und zu seiner Linken bekam es Miss Christie abermals mit Colonel Cobden-Smith zu tun, dem der Platz zwischen ihr und seiner Schwester, Mrs. Jardine, angewiesen worden war. Der Bernhardiner, der sich untadelig benommen hatte, nahm eine beherrschende Position auf der Matte vor dem Kamin ein und sank in Schlaf.

Nachdem der Bischof das Tischgebet gesprochen hatte, nahmen wir eine wäßrige Selleriesuppe in Angriff, ein kulinarisches Unglück, das anschließend wettgemacht wurde durch gedünstete Forelle, danach durch Lammbraten. Zum Hauptgang wurde ein superber Rotwein gereicht. Ich war nahe daran, den Bischof nach dem Jahrgang zu fragen, fürchtete aber, er könnte zu der Ansicht neigen, daß in Kirchenkreisen ein intensiveres Interesse an Weinen nur Bischöfen oder Archidiakonen und Kanonikern über Sechzig zugestanden werde. Unter Aufbietung übermenschlicher Willenskraft beschränkte ich mich auf zwei Gläser und war mir bewußt, daß der Bischof mich beobachtete, als ich ein drittes ablehnte.

«Sie wollen Platz lassen für den Portwein nachher, Kanonikus?»

«Oh, gibt es Portwein, Bischof? Wunderbar!» Ich machte eine ehrlich überraschte Miene.

Das Abendessen nahm seinen Fortgang, die Gespräche wurden lebhafter, indes der Rotwein seine Wirkung tat. Mrs. Cobden-Smith erkundigte sich nach meiner Herkunft, und nachdem sie mich gesellschaftlich genau eingeordnet hatte, war sie hinlänglich beruhigt, um mich in den Genuß ihrer Ansichten kommen zu lassen, die von der Sinnlosigkeit der Vergabe von Wohnungen mit Badezimmern an die Arbeiterklasse bis zu der Torheit reichten, die darin bestand, auf die Inder zu hören, die nach Unabhängigkeit verlangten. Als ich mich Mrs. Cobden-Smiths Aufmerksamkeit entziehen konnte, nahm Lady Starmouth mich aufs Korn, und ich sah mich einem bedeutend subtileren Verhör unterworfen. Lady Starmouth erkundigte sich nach meiner Frau, aber als ich auf ihre verblümten Fragen nur spärliche Auskunft gab, suchte sie meine Meinung zu einem aktuellen, die Ehe betreffenden Thema zu erforschen. Ich wurde gefragt, was ich von A. P. Herberts berühmter Gesetzesvorlage zum Eherecht halte, die Jardines Angriff auf Lang im Oberhaus ausgelöst hatte.

Das Bewußtsein, wieviel ich dem Erzbischof verdankte, verließ mich nie. Ich sagte höflich: «Ich bin – leider – dagegen, daß die Scheidung erleichtert wird, Lady Starmouth.»

«Mein lieber Dr. Ashworth, Sie überraschen mich! Ich dachte, Sie hätten sehr liberale, moderne Anschauungen!»

«Nicht, wenn er der Mann des Erzbischofs ist», sagte unser Gastgeber, seine Unterhaltung mit Mrs. Jennings unterbrechend.

«Ich bin niemandes Mann, nur mein eigener, Dr. Jardine!»

entgegnete ich sofort. Es ärgerte mich, daß er so mühelos hinter die Fassade meiner pflichtschuldig konservativen Haltung blickte.

«Gut gesprochen!» sagte Lady Starmouth.

«Sind Sie überhaupt für eine Scheidung, Kanonikus?» fragte Lord Starmouth interessiert.

Das brachte mich in ein neues Dilemma. Wollte ich mich Dr. Lang gegenüber, der sich in der Frage der Scheidung nach den Lehren des Markusevangeliums richtete, absolut loyal verhalten, mußte ich sagen, daß ich die Ehe für unauflöslich erachtete, doch jetzt wollte ich Jardine zeigen, daß ich kein bloßes willfähriges Sprachrohr des Erzbischofs war. Andererseits war eine gewisse Loyalität Lang gegenüber erforderlich; ich konnte schwerlich Jardines extremen und kontroversen Anschauungen das Wort reden. Ich entschied mich für den diplomatischen Mittelweg, indem ich Markus zugunsten von Matthäus fallen ließ.

«Ich glaube», sagte ich, «Ehebruch sollte ein Scheidungsgrund sein – für beide Geschlechter, wie es unser Herr gesagt hat.»

«Dann verwerfen Sie also den Rest von A. P. Herberts Vorlage?» fragte Jennings, der sich verspätet in das Gespräch einschaltete und das Verlangen des Lehrers offenbarte, ein verschwommenes Problem geklärt zu wissen. «Sie glauben nicht, daß man die Gründe für eine Scheidung weiter fassen und Grausamkeit, Geisteskrankheit und böswilliges Verlassen hinzunehmen sollte?»

«Nein.»

«Aha!» sagte Jardine, der keinen Augenblick länger mehr schweigen konnte und dessen bernsteinfarbene Augen bei der Aussicht auf eine Debatte funkelten. «Sie billigen also eine Scheidung, Dr. Ashworth, wenn ein Mann zehn Minuten in einem Hotelzimmer mit einer Frau verbringt, die er nie zuvor gesehen hat – aber Sie verweigern die Scheidung einer Frau, die von ihrem Gatten jahrelang auf grausamste Weise behandelt wurde?»

«Ich wäre in einem solchen Fall für das Mittel der gerichtlichen Trennung.»

«Mit anderen Worten, Sie verdammen sie in einen elenden Limbus, in dem sie sich nicht wiederverheiraten kann! Und das alles, weil Sie und die anderen Kleriker im Schlepptau der Hochkirche sich unbedingt an eine gänzlich falsche Auslegung der synoptischen Evangelien klammern!»

«Ich –»

«Sie glauben doch nicht im Ernst, unser Herr hätte über die Scheidung wie ein Anwalt gesprochen, oder?»

«Ich glaube, unser Herr hat das ausgesprochen, was er für richtig hielt!» Ich bemerkte, daß alle anderen Gespräche im Zimmer verstummt waren, sogar die Dienstboten bei der Anrichte waren erstarrt.

Jardine sagte heftig: «Aber er hat nicht in der Paragraphensprache gesprochen – er hat nicht, der christlichen Geschichte voraus, den Anspruch erhoben, ein zweiter Moses zu sein, der allerhöchste Gesetzgeber. Er war ein lebenspendender Geist, kein personifizierter Gesetzeskodex!»

«Er war in der Tat ein lebenspendender Geist», sagte ich, «und er hat das wahre Leben des Menschen sichtbar gemacht – er hat den Menschen die Prinzipien der rechten Handlungsweise erklärt, und ich glaube, wir ignorieren seine Lehre zu unserem Schaden, Bischof!»

«Aber wie genau lautete denn seine Lehre, was die Scheidung betrifft?» fragte Jardine und riß das Loch in meiner Argumentation auf. «Die Evangelien gehen da auseinander! Ich glaube, die Stelle, die bei Ehebruch die Scheidung erlaubt, wurde in das Matthäusevangelium eingefügt zu dem Zweck, die legalistische Art zu korrigieren, in der die frühe Kirche die Lehre Jesu gründlich mißverstanden hatte –»

«Das ist Brunners Theorie, ja, aber Brunner ist bekannt dafür, daß er das Christentum neu modelliert, um es dem zwanzigsten Jahrhundert anzupassen –»

«Brunner *legt* das Christentum *neu aus* im Lichte des zwanzigsten Jahrhunderts, und was ist daran verkehrt? Jede Generation muß das Christentum neu auslegen –»

«Bischof, wollen Sie damit sagen, daß A. P. Herbert die Lizenz besitzt, das Matthäusevangelium neu zu schreiben?»

«– und einer der vornehmsten Aspekte des Christentums ist, daß Christus Mitleid und Vergebung gepredigt hat, nicht unbeugsame Hartherzigkeit. Wie lange waren Sie verheiratet, Dr. Ashworth?»

«Drei Jahre. Aber –»

«Und während dieser drei Jahre», fuhr Jardine fort, «hatten Sie da keine Vorstellung von dem, was der Stand der Ehe für andere bedeuten könnte, die weniger Glück hatten als Sie?»

«Das hat absolut nichts mit dem theologischen Problem zu tun, von dem wir gerade sprechen!»

«Sie *waren* doch glücklich verheiratet, nehme ich an?»

«Ja, das war ich – und gerade deshalb bin ich dagegen, daß man die Institution der Ehe herabsetzt durch eine Reihe von zeitbedingten Scheidungsgesetzen, die weit über die Lehre Christi hinausgehen.»

«Die Ehe wird durch Menschen herabgewürdigt, nicht durch Gesetze – durch Menschen, die ein Ehepaar zusammengekettet halten wollen unter Umständen, die Christus zum Weinen gebracht hätten! Ach, sagen Sie, wie lange sind Sie jetzt schon verwitwet? Es muß Ihnen doch schwerfallen, allein zu bleiben, wenn Sie die Ehe für einen so glückseligen, so idealen Stand halten!»

Ich zögerte. Ich war inzwischen zutiefst verwirrt. Ich spürte, daß ich die Kontrolle nicht nur über die Debatte, sondern auch über mein inneres Gleichgewicht verlor, jenes Gleichgewicht, das ich bewahren mußte, um der Mann zu sein, der ich sein wollte, und wußte ich auch, daß ich das Gespräch beenden mußte, so war mir doch nicht klar, wie ich dies ohne beträchtlichen Gesichtsverlust bewerkstelligen konnte.

«Nun?» fragte Jardine. «Warum das lange Schweigen? Lassen Sie mich noch einmal fragen: Wie lange sind Sie schon verwitwet?»

Ich sah die Falle, die er mir stellte, um meine Heuchelei ans Tageslicht zu bringen, aber ich sah auch, daß ich ihr nicht entrinnen konnte. Die Verbindung von Stolz und Vorsicht machte eine glatte Lüge unmöglich. Trotzig sagte ich schließlich: «Seit sieben Jahren.»

«Seit sieben Jahren!» Die bernsteinfarbenen Augen leuchteten auf, als ich ihm die Antwort gab, die er hören wollte. Ich hatte das Gefühl, meine Seele würde geröntgt. Übelkeit wühlte mir in der Magengrube. «Sie überraschen mich, Dr. Ashworth! Sie reden so scheinheilig von der Institution der Ehe, aber offenbar haben Sie nicht das geringste Verlangen, wieder zu heiraten! Hängt das mit einem späten Ruf zur Ehelosigkeit zusammen? Oder ist Ihnen eheliches Unglück doch nicht ganz so fremd, wie Sie uns glauben machen wollen?»

Er hatte den Knoten so fest gezogen, daß mir nichts anderes übrig blieb, als nach dem schärfsten Messer zu greifen, um mich mit einem Hieb zu befreien. «Eheliche Tragödien sind mir gewiß nicht fremd», sagte ich. «Meine Frau kam bei einem Autounfall ums Leben, als sie gerade unser erstes Kind erwartete, und ich habe oft das Gefühl, ich komme nie über diesen Verlust hinweg.»

Ein Schweigen trat ein. Aus Jardines Augen verschwand das Leuchten, und ich sah kurz Kummer auf seinem Gesicht, als ihm eine schmerzliche Erinnerung in den Sinn kam. Am Tisch hatte sich niemand gerührt. Die Atmosphäre war erstickend.

Schließlich sagte Jardine: «Das tut mir sehr leid, Dr. Ashworth. Den Verlust einer Ehefrau kann ich persönlich nicht ermessen, aber ich weiß, was es bedeutet, ein Kind zu verlieren. Verzeihen Sie mir, ich habe sehr taktlos etwas berührt, was für Sie ein sehr großer und persönlicher Schmerz sein muß.»

Ich war so von Scham überwältigt, daß ich nicht sprechen konnte. Jardine mochte mich vielleicht nicht vor seinen Gästen als Schwindler entlarvt haben, aber er hatte mich mir selbst als Schwindler gezeigt, und ich wußte, daß ich, um meine Heuchlermaske zu wahren, zum schäbigsten Mittel gegriffen hatte, als ich mit dem Rücken zur Wand stand.

Ich rang noch Sekunden später nach Fassung, als die Damen sich zurückzogen und Colonel Cobden-Smith sogleich seine Absicht verkündete, sich ins Raucherzimmer zu begeben. Lord Starmouth erbot sich, ihn zu begleiten, und nachdem sie sich selbst ein Glas Portwein eingeschenkt hatten, gingen sie, Ruhe suchend, nach der Szene bei Tisch.

«Ich habe eine solche Abneigung gegen das Rauchen», sagte Jardine erklärend zu Jennings, als sich die Tür hinter dem letzten Dienstboten geschlossen hatte, «daß ich es nur in einem einzigen Zimmer meines Hauses dulde.» Dann wandte er sich höflich-besorgt an mich. «Aber vielleicht möchten Sie sich dem Colonel und Lord Starmouth anschließen. Rauchen Sie?»

«Ja, aber nicht, solange ich den Halskragen trage.» Meine Stimme klang erstaunlich lässig.

«Wie bewundernswert. Und Sie, Jennings?»

«Ich bin Nichtraucher, Mylord.»

«Noch bewundernswerter. Jennings, nennen Sie mich bitte ‹Bischof› oder ‹Dr. Jardine› und überlassen Sie das ‹Mylord› den Dienstboten. Ich finde, Bischöfe leiden schon genug unter Größenwahn, sie brauchen nicht noch angeredet zu werden, als wären sie im Purpur geboren ... Nun, meine Herren, Sie haben mich gerade von der schlechtesten Seite erlebt, jetzt muß ich alles daransetzen, mich von der besten Seite zu zeigen. Dr. Ashworth» – er reichte mir die Karaffe – «bitte schenken Sie sich ein recht großes Glas Portwein ein und erzählen Sie mir von Ihrem neuen Buch. Seine Exzellenz hat etwas von Christologie des vierten Jahrhunderts und St. Anselm angedeutet, aber da ich zwischen diesen beiden keinen Zusammenhang sehe, bin ich etwas ratlos – oder hoffen Sie, vielleicht zu beweisen, daß der Keim für das ontologische Argument schon im Konzil von Nicäa steckt?» Und er schenkte mir sein charmantestes Lächeln.

Ich lächelte zurück, um ihm zu verstehen zu geben, daß ich seine Bemühungen zur Wiederherstellung einer gastlichen Atmosphäre voll unterstützte, und begann meinen Plan zur Revision meiner Vorlesungen zu erläutern, aber es war Jennings, nicht Jardine, der mich auf St. Anselm ansprach. Der Kaplan flocht eine Bemerkung über die Dombibliothek ein, versank aber in Schweigen, als die Diskussion über St. Anselm zum ödesten akademischen Streitgespräch ausartete.

Unvermittelt sagte ich zu Jardine: «Entschuldigung, ich fürchte, ich langweile Sie –»

«Nicht im geringsten.» Er trank einen Schluck Portwein. «Ich frage mich nur, weshalb Sie der Gegenwart den Rücken kehren und sich in die ferne Vergangenheit vergraben. Aber vielleicht würde Sie die neuzeitliche Kirchengeschichte in neuzeitliche Kirchenpolitik verwickeln, ein Thema, dem man am besten aus dem Wege geht, wenn man mit seinen Ansichten den Machthabern nicht genehm ist.»

Mir war klar, daß diese listige und gefährliche Bemerkung keine

Attacke, sondern eine Frage darstellte; er gab mir Gelegenheit, zu bekunden, daß meine Karriere nicht durch diese besonders unschöne Art von Ehrgeiz beeinträchtigt worden war, und ich sagte sofort: «Ich finde einfach den Arianismus und den Modalismus anregender als die Oxford-Bewegung.»

Jardine griff die Anspielung auf den Anglokatholizismus auf. «Deutet das eine gewisse Ambivalenz bezüglich der Gruppe der Hochkirche an?»

Damit forderte er mich auf, mich von Lang zu distanzieren, und ich wußte plötzlich, daß er abermals jedes Treuebekenntnis sofort durchschauen würde, das nicht ganz ehrlich gemeint war. «Ich stand dem Anglokatholizismus bei meiner Ordination verständnisvoll gegenüber», sagte ich unbeholfen ausweichend.

«Ich auch – das überrascht Sie, nicht wahr? Aber jetzt sehe ich, daß ich nur meine Herkunft vom Nonkonformismus abschütteln wollte.» Er wandte sich plötzlich an seinen Kaplan. «Gerald, ich habe Mr. Jennings versprochen, ihm dieses Buch von Brunner, *Der Mittler,* auszuleihen. Gehen Sie doch bitte mit ihm in die Bibliothek hinüber und suchen Sie es ihm heraus.»

Jennings und Harvey gingen und ich war endlich mit dem Bischof allein, und fast noch ehe die Tür sich geschlossen hatte, kam es aus mir heraus. «Ich gelange allmählich zu der Ansicht, daß Sie alles durchschauen.»

«Es gelingt mir recht gut. Manchmal glaube ich zu wissen, wie das Leben für einen Musiker sein muß, der das absolute Gehör besitzt. Ich habe ein nahezu unfehlbares Ohr für falsche Töne in einem Gespräch.»

«Während unserer Debatte –»

«Während unserer Debatte wollten Sie verheimlichen, daß Ihre private Meinung über die Scheidung eine andere ist als die, die Sie nach außen hin vertreten. Ja, ich weiß. Und deshalb konnte ich der Versuchung nicht widerstehen, Sie auseinanderzunehmen, aber es tut mir aufrichtig leid, daß die Debatte so verkehrt gelaufen ist.»

«Schon gut. Ich habe für meine Heuchelei bekommen, was ich verdiene. Ich bedaure, daß ich zu einem so schäbigen Abwehrmittel gegriffen habe.» Das Gespräch war jetzt so weit von jeder Art Dialog

entfernt, die ich hätte voraussehen können, daß ich es nicht weiter-
führen konnte. Ich schritt, das Portweinglas in der Hand, auf den
Kamin zu und tat so, als betrachtete ich die Schnitzereien auf dem
Sims.

«Nun, das ist wirklich eine bemerkenswerte Entschuldigung»,
sagte Jardine. «Sie fangen an, mich zu interessieren, Dr. Ashworth.»
Ich kehrte ihm den Rücken zu, aber ich hörte es plätschern, als er sich
neu einschenkte. «Zuerst war ich versucht, Sie als einen weiteren von
Langs aufgeweckten jungen Männern abzuschreiben», fuhr er fort,
«aber die Wirklichkeit ist komplizierter, nicht wahr? Es fällt Ihnen
schwer, die erforderliche Schmeichlermaske weiter zu tragen.»

Ich trank mein Glas leer, ehe ich erwiderte: «Ich stehe tief in Dr.
Langs Schuld.»

«Natürlich tun Sie das. Männer der Macht bauen sich mit viel
Geschick einen großen Kredit auf, aber wenn man in einer Macht-
position ist» – Jardine kam mit der Karaffe in der Hand zu mir
herüber –, «muß man sich stets sehr davor hüten, seine Schuldner
durch unangemessene Rückzahlungsforderungen in den Bankrott zu
treiben. Noch etwas Portwein?»

«Danke – ja.» Ich hielt ihm mit ruhiger Hand das Glas hin.

«Darf ich Ihnen einen Rat geben? Ihre erste Pflicht, Schuld oder
nicht Schuld, haben Sie nicht dem Erzbischof gegenüber. Ihre erste
Pflicht haben Sie Gott gegenüber, der Sie als nicht wiederholbares
Individuum nach seinem Bild geschaffen hat, nicht als wundersames
Faksimile von Dr. Lang. Seien Sie Sie selbst, Dr. Ashworth. Seien
Sie der Mann, zu dem Gott Sie bestimmt hat, nicht der Kriecher, den
die Eitelkeit Seiner Exzellenz gern hätte. Und jetzt» – er hatte mir
neu eingeschenkt – «höre ich auf zu predigen, lenken wir uns noch
ganz kurz ab, ehe wir uns den Damen anschließen, indem wir über ein
Problem nachdenken, das mich viel mehr interessiert als die Medita-
tionen des alten Anselm. Ich meine die Suche nach dem historischen
Jesus – glauben Sie, es wird uns je gelingen, hinter dem blendenden
Bild, das die Evangelien überliefert haben, den Menschen zu
schauen, der er wirklich war?»

«Ich denke, es bringt wenig ein, hinter blendenden Bildern zu
sondieren», sagte ich, «und bei allem Respekt glaube ich, daß sich

Ihre Generation zu sehr mit der Menschlichkeit Jesu auf Kosten seiner Göttlichkeit beschäftigt hat.»

Jardine lächelte. «Sie meinen, im Verfolg der Vorstellung von der Immanenz Gottes im Menschen hätten wir Gott aus den Augen verloren und folgten dem durch Christus repräsentierten Menschen in eine historische Sackgasse?»

«So ist es. Ich für meine Person interessiere mich viel mehr für die modernen Doktrinen, die von der Transzendenz Gottes und der Bedeutung der Offenbarung ausgehen – ich glaube, wir sollten uns auf die Botschaft konzentrieren, die Christus uns brachte, nicht auf die verschwommene Gestalt hinter dem blendenden Bild», sagte ich in entschiedenem Ton, und indem ich mit großer Erleichterung in die Welt der Gelehrsamkeit entwich, begann ich von den Schriften Karl Barths und der Herausforderung der Krisentheologie zu reden.

6

Als wir in den Salon zurückkehrten, verkündete Jardine: «Ich kann zu meiner Freude sagen, daß Dr. Ashworth und ich unsere Differenzen völlig beigelegt haben, so daß also niemand wegen unserer Debatte beunruhigt sein muß ... Lady Starmouth, kommen Sie, wir wollen uns auf der Terrasse ein wenig die Beine vertreten!»

«Kaffee, Dr. Ashworth?» rief Miss Christie.

«Ja – bitte.» Ich bewegte mich gerade lebhaften Schrittes auf sie zu, als ich von einer besorgten Mrs. Jardine abgefangen wurde.

«Dr. Ashworth, es tut mir so leid – mein Mann war schrecklich bestürzt danach, das weiß ich – es war, als Sie das Baby erwähnten –» Als sie plötzlich verstummte, sah ich zu meinem Schrecken, daß ihr Tränen in den Augen standen.

«Meine liebe Mrs. Jardine, bitte, regen Sie sich nicht auf –»

Aber Miss Christie kam mir schon zu Hilfe. «Es ist schon gut, Liebes», sagte sie zu Mrs. Jardine. Mich verblüffte diese vertrauliche Anrede. «Dr. Ashworth versteht schon. Kommen Sie, setzen Sie sich – Mrs. Jennings und ich sprachen gerade über das Konzert der Chorknaben.» Sie reichte mir meine Tasse Kaffee und steuerte Mrs.

Jardine zu dem Gewirr von Stühlen hin, wo Mrs. Jennings wartete. Ich wurde der Gesellschaft der Cobden-Smiths überlassen, doch Lord Starmouth stand keine sechs Schritt von mir entfernt beim Kamin, und als sich unsere Blicke begegneten, sagte er ganz ruhig: «Der Bischof läßt sich manchmal von der Leidenschaft hinreißen, aber er ist ein guter Mensch.»

«Man erwartet bei einem Bischof keine Leidenschaft», sagte der Colonel recht bissig. «Gehört sich nicht.»

«Gehört sich wirklich nicht», pflichtete ihm seine Gattin bei, «aber wenn man von seiner Erziehung her natürlich nicht weiß, was sich gehört und was nicht, bewirkt man eben im späteren Leben zwangsläufig immer wieder ein Chaos.»

«Vorsichtig, Amy!»

«Aber Willy, Alex wäre der letzte, der abstreitet, daß seine Erziehung viel zu wünschen übrig ließ! Dieser merkwürdige alte Vater und dieses schreckliche kleine Haus in Putney –»

«Das Schöne am Bischof ist, daß er zu diesem kleinen Haus in Putney steht», sagte Lord Starmouth. «Ein Mann von geringerem Format würde einfach einen Schleier darüber breiten.»

«Er hatte den Schleier aber fest darübergezogen, als er Carrie kennenlernte», sagte Mrs. Cobden-Smith.

«Langsam, sag ich, Amy!» Der Colonel war jetzt sichtlich nervös. Er warf mir einen argwöhnischen Blick zu, aber ich interessierte mich mehr für Miss Christie; sie hatte Mrs. Jardine beruhigt, die sich jetzt fröhlich mit Mrs. Jennings über Chorknaben unterhielt, und näherte sich uns mit der Kaffeekanne.

«Fühlt sich Carrie wieder wohl?» fragte der Colonel leise, als ihm Kaffee nachgeschenkt wurde.

«Ja, alles in Ordnung, Colonel, keine Sorge.»

«Dr. Ashworth sieht noch immer ein wenig weiß im Gesicht aus», sagte Mrs. Cobden-Smith.

«Das spricht kaum für den Portwein des Bischofs», sagte Miss Christie trocken und eilte mit der Kaffeekanne davon.

«Ein sehr merkwürdiges Mädchen», meinte Mrs. Cobden-Smith nachdenklich, «aber sie kann so gut mit Carrie umgehen!»

Ich sagte beiläufig: «Sie muß im Haushalt ein Aktivposten sein.»

«Das ist noch untertrieben. Wenn ich an diese Zeit in Radbury denke, bevor sie kam –»

«Meine Liebe», sagte der Colonel in erstaunlich bestimmtem Ton, «ich glaube, darüber sollten wir jetzt nicht reden, ja?»

Ich war enttäuscht, und wider Willen dachte ich, daß es sich auszahlen könnte, Mrs. Cobden-Smiths Bekanntschaft zu pflegen.

Ich war anscheinend in meine Rolle als Spion geschlüpft. Bedeutete dies, daß ich nach der seltsamen Szene mit Jardine mein Gleichgewicht wiedererlangt hatte? Ich nahm es an, hatte aber weder Lust, ans Spionieren zu denken, noch das geringste Verlangen, bei wunderbaren Szenen zu verweilen. Ich bewegte mich behutsam von den Cobden-Smiths fort und erwischte Miss Christie am Beistelltisch, wo sie die Kaffeetassen auf ein Tablett stellte.

«Wann ist morgen Kommunion?» sagte ich. Es war die harmloseste Frage, die mir einfiel.

«Um acht Uhr. Frühstück ist um neun.» Sie blickte an mir vorbei zur Tür. «Da kommen Mr. Jennings und Gerald – würden Sie mich bitte entschuldigen? Ich muß frischen Kaffee für sie bestellen.»

Ich hatte sie wieder verloren, und da ging mir auf, daß ein ruhiger, höflicher Annäherungsversuch auf Miss Christie überhaupt keinen Eindruck machen würde. Aber wenn sie glaubte, sie könne mich mit dem bloßen Schwingen einer Kaffeekanne abschütteln, dann hatte sie sich sehr getäuscht.

Ich beschloß, in Zukunft eine härtere Gangart einzuschlagen.

7

Es war elf Uhr vorbei, als ich auf meinem Zimmer Zuflucht fand. Nachdem ich meine Kleider abgelegt hatte, rauchte ich eine Zigarette und versuchte mir darüber klar zu werden, was geschehen war. Zwischen mir und meinem Gastgeber schien eine eigenartige Verbindung entstanden zu sein, aber ich hielt es für meine Pflicht, sie zu ignorieren. Es war auch nicht meine Sache, Jardine zu mögen oder zu verabscheuen; ich hatte lediglich zu ermessen, wie anfällig er für einen Skandal war.

Doch war ich jetzt weniger denn je bereit, Lang bei irgendwelchen Machenschaften zur Verdrängung Jardines von der Bischofsbank zu unterstützen. Jardine war offensichtlich unschuldig. Ein Mann von solcher Integrität war nicht fähig, ein geheimes Leben als Verneiner des Glaubens und Ehebrecher zu führen, und er war gewiß viel zu klug, um sich in seiner Lebensmitte auf eine Torheit einzulassen, die an eine ehebrecherische Liaison grenzte. Seine Flirts mit den «liebreizenden Damen» waren offensichtlich harmlos, und Miss Christie betrachtete er längst als simples Zubehör zum Haushalt.

Dieses Untersuchungsergebnis war durchaus beruhigend, doch immer noch stand die Frage offen, was in Miss Christie vorging, indes sich Jardine als der gute Mensch benahm, der er zweifellos war. Jardine mochte sehr wohl ein Skandal drohen, wenn Miss Christie sich in den Kopf setzte, die neurotische alte Jungfer zu spielen, indem sie sich in einen Dampfkessel frustrierter Leidenschaft verwandelte, und erweckte sie auch kaum den Eindruck einer neurotischen alten Jungfer, so hatte ich doch das Gefühl, daß an ihrer außerordentlichen Selbstbeherrschung etwas Merkwürdiges war.

Ich sagte mir, daß ich die moralische Pflicht hatte, Miss Christie noch näher unter die Lupe zu nehmen, und die absolute moralische Pflicht, herauszufinden, wie groß die Wahrscheinlichkeit war, daß sie sich in einen Dampfkessel der Leidenschaft verwandelte.

Kein Jesuit hätte zu einer befriedigenderen Kasuistik gelangen können. Mit einem Lächeln drückte ich die Zigarette aus, legte mich zu Bett und begann, mir einen Spionageplan für den nächsten Tag zurechtzulegen.

III

*«Nach meiner Kenntnis sind so viele Karrieren von Geist-
lichen durch deren Ehe behindert oder (allem äußeren
Anschein nach) endgültig ruiniert worden, daß ich jedesmal
zusammenfahre, wenn ich von der Verlobung eines Geistlichen höre.»* HERBERT HENSLEY HENSON

I

Ich fuhr um sieben jäh aus dem Schlaf. Ich hatte natürlich von Miss
Christie geträumt. Es verlangte mich nach einer Zigarette, aber ich
sagte mir, daß es keinen Vorwand gab, gegen eine der kleineren
Regeln zu verstoßen, die mir zur Selbstdisziplin verhalfen, und zu
diesen Regeln gehörte es, nie vor dem Frühstück zu rauchen. Mit
einiger Anstrengung las ich das Morgengebet. Dann schlug ich
wieder aufs Geratewohl die Bibel auf und begegnete schließlich den
angemessenen Worten: «Suchet, so werdet ihr finden!»

Ich kleidete mich an, und dabei kam mir der Gedanke, daß ich
noch immer recht viele Fakten über den Bischof zu suchen und zu
finden hatte, ehe ich Lang in überzeugender Weise berichten konnte,
daß das Privatleben des Bischofs so weiß sei wie frischgefallener
Schnee; mein bloßer Eindruck von Jardines Unschuld würde wenig
Gewicht haben, wenn er nicht durch ein grundlegendes Verständnis
seiner Psyche untermauert war, und ich konnte schwerlich ein
psychologisches Porträt zeichnen, ohne bedeutend mehr über seine
Vergangenheit in Erfahrung gebracht zu haben. Abgesehen von der
Einschätzung von Miss Christies Fähigkeit zur Verwandlung in
einen Dampfkessel der Leidenschaft mußte es meine Hauptaufgabe
sein, mit möglichst vielen Personen über den Bischof zu sprechen,
ohne daß sie ein Verhör argwöhnten, aber das würde gewiß nicht

schwierig sein. Die Menschen reden immer gern über einen berühmten Mann, und wenn ein berühmter Mann ihnen persönlich bekannt ist, ist die Versuchung, zu zeigen, wieviel sie über ihn wissen, besonders groß.

Ich verließ das Zimmer und ging leise hinunter. Ich begegnete niemandem, aber ich hörte das ferne Hantieren von Dienstboten, die ihren morgendlichen Pflichten nachkamen. Als ich die Tür öffnete und hinaustrat, fiel mir helles Sonnenlicht in die Augen, so daß ich sekundenlang nur ein schimmerndes grünes Muster von Buchenlaub und Gras sah. Jenseits der Auffahrt ragte der bleiche Stein des Doms in einen wolkenlosen Himmel, und ich öffnete die weiße Tür in der Friedhofsmauer und schritt an der Nordseite des Bauwerks entlang zum Eingang.

Ein vorübergehender Küster verwies mich zur St.-Anselm-Kapelle, in der wochentags während des Gottesdienstes die Kommunion ausgeteilt wurde. Ich hatte keine Zeit, die Herrlichkeit des Kirchenschiffs zu bewundern; ich wollte im Hinblick auf den Gottesdienst meinen Sinn klären, und sobald ich mir in der Kapelle einen Platz ausgesucht hatte, kniete ich nieder, um meine Konzentration zu vertiefen. Ich hatte jedoch sofort bemerkt, daß Miss Christie nicht anwesend war.

Das überraschte mich nicht. An Wochentagen empfangen meist nur wenige Laien die Kommunion, und tatsächlich sah ich in der kleinen Gemeinde niemanden, den ich vom Palais her kannte. Dann huschte Gerald Harvey in die Reihe hinter mir, und Sekunden später, um acht Uhr, erschienen hinter dem Küster der Dekan und der Bischof.

Während des Gottesdienstes kam mir die bloße Vorstellung, der Bischof könnte das Sakrament spenden, wenn er nicht im Stande der Gnade war, absurd vor, und abermals erinnerte ich mich der Integrität, die von Jardine während unseres Gesprächs beim Portwein ausgegangen war.

Als die Reihe an mich kam, das Sakrament zu empfangen, löschte ich jeden Gedanken an meinen Auftrag in mir aus und richtete meinen Sinn ganz auf das spirituelle Erlebnis, dem ich mich hingab. Erst als ich zu meinem Platz zurückgekehrt war, erlaubte ich mir, wieder an Jardine zu denken. Ich nahm mir vor, nie zu vergessen, daß meine erste Pflicht nicht dem Erzbischof galt. Ich betete um die Kraft zur Überwindung meiner Schwächen. Und am Ende des Gottesdienstes ließ ich das vertraute Gebet Christi in meiner Seele widerhallen: *Nicht mein, sondern dein Wille geschehe.*

Langs Wille wurde sofort so unwichtig wie der meine. Ich fühlte mich erquickt, und als ich mich endlich erhob und aus der Kapelle trat, schritt Gerald Harvey im Seitengang auf und ab.

«Warten Sie auf den Bischof?» fragte ich mit einem Lächeln.

«Nein, auf Sie.»

Ich fand das sehr höflich und verspürte sofort ein Schuldgefühl, weil ich ihn als unfähig abgeschrieben hatte. «Wie freundlich von Ihnen», sagte ich. «Hoffentlich habe ich Sie nicht zu lange warten lassen?»

«Oh, Sie brauchen sich nicht dafür zu entschuldigen, daß Sie noch gebetet haben!» sagte Harvey bestürzt. Er war so jung und naiv, daß ich mir neben ihm alt und weltmüde vorkam. «Wie hat Ihnen der Gottesdienst gefallen?»

Ich zollte dem Bischof ein angemessenes Kompliment und war froh, daß ich nicht aus Höflichkeit unaufrichtig zu sein brauchte. Wir schritten durch den Eingang auf den Rasen hinaus. Jenseits der Kirchhofsmauer lagen die Häuser der Domfreiheit in der Sonne, und ein Pferd zog langsam einen Milchwagen die Nordpromenade entlang. In der Zeder neben uns hörte ich die Vögel singen.

«Ich gestehe, der Bischof fasziniert mich», sagte ich schließlich wie nebenbei. «Was würden Sie die Basis seines Glaubens nennen? Ist er auf Gott gerichtet? Auf Christus gerichtet? In der Dreifaltigkeit verwurzelt?»

«Wohl alles zusammen», sagte Harvey, «aber ich vermute, daß er im Grunde in Christus zentriert ist. Er glaubt bedingungslos nicht nur an Christi Barmherzigkeit und Vergebung, sondern auch an Christi Aufrichtigkeit und Wahrheit, und deshalb kann er Heuchelei nicht ausstehen – er sieht darin einen Nachvollzug des Verhaltens der Pharisäer, wie es in den Evangelien beschrieben ist, und fühlt sich aufgerufen, sie genauso anzugreifen, wie unser Herr das getan hat.» Er warf mir einen zaghaften Blick zu. «Bitte, verzeihen Sie ihm wegen gestern abend», sagte er rasch. «Er wollte Sie nicht verletzen. Er hat nur Ihre Aufrichtigkeit falsch eingeschätzt – ich glaube, er argwöhnte, Sie hätten nur aus Loyalität zu Dr. Lang diesen Standpunkt vertreten, und da hat er sich natürlich geirrt, aber jeder kann sich einmal irren, nicht wahr, und er ist wirklich der wunderbarste Mensch, der absolut beste, glauben Sie mir.»

Ich merkte zu spät, daß er meine Gesellschaft gesucht hatte, um seinen Helden zu verteidigen, und ich wußte, ich mußte ihm bedeuten, daß ich bereit war, mich von Jardines heldischen Qualitäten überzeugen zu lassen. Ich fragte in interessiertem Ton: «War er gut zu Ihnen?»

«Das wäre eine Untertreibung!» In seiner Begeisterung wurde Harvey vertraulich. «Als ich in Radbury die Domschule besuchte, starben meine Eltern, und Dr. Jardine – er war damals Dekan von Radbury – übernahm die Sorge für mich, bezahlte mein Schulgeld, holte mich in den Ferien zu sich – dabei war ich keines jener Kinder mit Engelsgesicht, die alle Auszeichnungen einheimsen. Später dann, als ich ordiniert werden wollte, da war ich mir nicht sicher, ob ich die Prüfungen bestehen würde, aber Dr. Jardine sagte nur: ‹Unsinn, natürlich schaffst du das!›, und als er sich erbot, in seiner Freizeit mit mir zu lernen, da wußte ich, er glaubte wirklich daran. Ich hätte es nie geschafft, wenn er nicht gewesen wäre, und als er mich dann fragte, ob ich sein Kaplan werden wollte... Nun, Sie können sich denken, wie ich mich fühlte! Natürlich hatte ich die größte Angst, ich könnte meine Sache nicht gut machen, und ich bin sogar überzeugt, er hätte einen besseren kriegen können, aber ich tue mein Bestes, und irgendwie scheine ich es zu schaffen.»

«Ich bin sicher, Sie schaffen es sehr gut.» Es war unmöglich, von seiner Aufrichtigkeit nicht gerührt zu sein, und plötzlich wußte ich, was Jardine an ihm angezogen hatte.

Wir hatten inzwischen das Tor zum Palais durchschritten, und ich überlegte mir rasch einige Fragen, mit denen ich seine mitteilsame Stimmung ausnutzen konnte. «Erzählen Sie mir vom Leben im Palais», sagte ich. «Miss Christie spielt offenbar eine wichtige Rolle im Haushalt – sie scheint Mrs. Jardine sehr nahe zu stehen.»

«Oh, Mrs. Jardine sieht in ihr eine Tochter, das weiß ich genau.»

«Wie kommt sie mit dem Bischof aus?»

«Das will jeder wissen», sagte Harvey und hielt inne, um seinen Schlüssel zu suchen, während wir uns der Eingangstür näherten, «und man ist immer wieder überrascht, wenn ich darauf sage: ‹Besser als am Anfang› und nicht ‹Prächtig›.»

«Hat es Reibereien gegeben?»

«Nun, nicht eigentlich *Reibereien* . . . aber sie waren zeitweise sehr distanziert. Das war zuerst, als sie nach Radbury kam – damals wohnte ich in den Ferien bei ihm –, und dann noch ein zweites Mal, als sie nach Starbridge kamen vor fünf Jahren. Ich weiß noch, daß ich einmal zu Lady Starmouth sagte, ich fürchtete, Lyle könnte gehen, wenn der Bischof noch abweisender würde, aber Lady Starmouth meinte, ich solle mir keine Sorgen machen. Sie sagte, es sei für ein Ehepaar nicht immer leicht, in enger Nachbarschaft mit einer dritten Person zu leben, und natürlich hat Lyle mit beiden Jardines viel mehr zu tun als ich. Ich existiere nur am Rande ihres Privatlebens, auch wenn ich mit dem Bischof beruflich sehr viel zu tun habe.» Er fand endlich den Schlüssel, doch als die Tür aufschwang, klemmte sie gleich an einem Stapel von Briefen. «Du liebe Güte, so viel Post!»

«Ist das mehr als üblich?»

«Ja, wir haben noch immer mit der Korrespondenz zu A. P. Herberts Gesetzesvorlage zu tun. Letzte Woche mußten wir sogar eine zusätzliche Schreibkraft einstellen», sagte Harvey, der bei dem Gedanken daran nervös wurde und sich eilends in die Bibliothek begab, als fürchte er, die Briefe in seinen Händen könnten sich noch vermehren.

Ich nahm mir vor, Lady Starmouth über die Schwierigkeiten zu befragen, mit denen ein Ehepaar zu kämpfen hatte, wenn es mit einer jungen attraktiven dritten Person zusammenlebt. Dann ging ich in Erwartung des Frühstücks ins Speisezimmer.

2

Es war noch früh. Ich traf niemanden im Speisezimmer an, aber die Morgenzeitungen lagen auf einem Beistelltisch, und ich begann im *Daily Telegraph* die Berichte über die Kricketspiele zu überfliegen. Ich sann noch über die schmerzliche Nachricht nach, daß Cambridge von Oxford geschlagen worden war, als Jardine hereinkam.

«Ich war froh, Sie beim Gottesdienst zu sehen», sagte er, nachdem wir uns begrüßt hatten. «Und ich war froh, daß ich selbst dabei war. Manchmal hat man das starke Bedürfnis, reinen Tisch mit sich zu machen, um mit frischer Kraft einen neuen Tag beginnen zu können.»

Es trat eine Pause ein, während wir beide an die Abendgesellschaft dachten. Die unschönen Erinnerungen daran waren uns jetzt von der Seele genommen, und ehe einer von uns noch etwas sagen konnte, betraten die Starmouths das Zimmer. Ihnen folgte Miss Christie, untadelig gekleidet in marineblauem Rock und weißer Bluse, und sogleich fielen mir die dezenten, wohlproportionierten Kurven ihrer Figur oberhalb der Taille auf; ich ertappte mich sogar dabei, daß ich mit dem erotisierenden Bild von zwei leeren Champagnergläsern spielte.

«Guten Morgen, Dr. Ashworth», sagte sie in förmlichem Ton, während ich mit diesen höchst unklerikalen Gedanken rang, doch im nächsten Augenblick wandte sie sich schon an Jardine. «Carrie will noch eine Weile im Bett bleiben, Bischof, und sie hat mich gebeten, mit ihr zu frühstücken.»

Der Bischof zeigte sich nicht überrascht, aber Lady Starmouth erkundigte sich besorgt, ob Mrs. Jardine sich nicht wohl fühle. Miss Christie hatte sich jedoch schon in die Diele zurückgezogen, und so sagte Jardine beiläufig, während er eine Seite der *Times* umschlug: «Das sind nur die Nachwirkungen der Schlaflosigkeit. Um zwei Uhr heute morgen war ich aus einem starken Selbsterhaltungstrieb heraus gezwungen, mich in mein Ankleidezimmer zurückzuziehen, um wieder in den Genuß der Bewußtlosigkeit zu kommen. Der Hauptnachteil von Carries Schlaflosigkeit ist der, daß sie immer den Drang verspürt, sie mit mir zu teilen.»

Meine unmittelbare Reaktion war die Überlegung, daß Jack mit
der Annahme, die Jardines teilten noch immer ein Schlafzimmer,
recht gehabt hatte. Meine zweite Reaktion war die, daß ich mir
vorwarf, noch lasziver zu sein als ein Reporter von *The News of the
World,* und um jeden Gedanken fernzuhalten, der einem Geistlichen
nicht anstand, überlegte ich mir, wie ich den Vormittag verbringen
sollte. Ich würde die Bibliothek aufsuchen müssen; es sah merkwürdig aus, wenn ich die Begegnung mit dem St.-Anselm-Manuskript
hinausschob, aber vielleicht konnte ich unter Hinweis auf das schöne
Wetter vorzeitig ins Freie entrinnen. Der Earl verkündete während
des Frühstücks, er gedenke am unteren Ende des Gartens im Fluß zu
angeln, und die Countess fühlte sich bemüßigt, die lange Rabatte in
ein Aquarell zu bannen. Ich hoffte, beide würden in der Stimmung
sein, sich mit mir ein wenig über unseren Gastgeber zu unterhalten.

«Haben Sie irgendwelche Pläne für heute morgen, Mrs. Cobden-
Smith?» fragte ich, als ich mit meinen Eiern mit Speck fertig war.

«Oh, ich werde ein paar Briefe schreiben, einen Ladenbummel
machen, ‹ausfüll'n die unversöhnliche Minute›, wie Kipling sagen
würde...» Mrs. Cobden-Smith sprach in solch energischem Ton,
daß ich mich sogleich erschöpft fühlte. «Willy führt George aus» –
der Bernhardiner blickte erwartungsvoll auf, als sein Name fiel –
«und dann... Was machst du danach, Willy?»

«Hoffentlich nichts», sagte Colonel Cobden-Smith.

«Tapfer, tapfer!» sagte Lord Starmouth.

«Nun, zumindest die Geistlichkeit bereitet sich auf einen Morgen
unablässiger Arbeit vor», sagte Lady Starmouth und schenkte mir
wiederum ein strahlendes Lächeln.

3

Das Bekannteste an dem Werk, das den Titel *Die Gebete und
Meditationen des heiligen Anselm* trägt, ist der Umstand, daß man
nicht genau weiß, wieviel von dem Text auf Sankt Anselm selbst
zurückgeht. Dom Wilmart hatte 1932 dem Heiligen, der zur Zeit
von William Rufus Erzbischof von Canterbury gewesen war,

neunzehn der Gebete und drei der Meditationen zugeschrieben, aber die Frage war für Gelehrte noch immer von Interesse, und ein großer Teil dieses Interesses hatte seit jeher dem Starbridge-Manuskript gegolten, das den Zustand des Werkes vor der Einfügung zahlreicher Zusätze zeigte.

Nachdem der Bibliothekar und ich die üblichen Höflichkeiten ausgetauscht hatten, machte ich mich an die Lektüre. Das Manuskript war in einer klaren Handschrift geschrieben, die ich ohne Mühe lesen konnte, aber das Latein wies kleine Fehler auf, die darauf hindeuteten, daß der Schreiber vielleicht ein junger Mönch gewesen war, der mit den Gedanken oft woanders weilte. Gelegentliche Ausschmückungen am Rande schienen diese These zu stützen – da war vor allem die Skizze einer aufgerichteten Katze mit einer Maus im Maul –, und ich mußte daran denken, wie seltsam es war, daß das Manuskript, von dem Schreiber vielleicht nur als lästige Kopierarbeit betrachtet, die Zeiten überdauert hatte und ein Dokument von großer Bedeutung geworden war. Der junge Mönch war seit Jahrhunderten tot, aber seine Arbeit für Gott hatte weiter gelebt; müßig überlegte ich mir, wie ich das Thema in eine Predigt einbauen könnte, und sofort dachte ich an die bekannte Stelle bei Jesaja: «Das Gras verdorrt, die Blume verwelkt, aber das Wort unseres Gottes bleibet ewiglich.»

Über eine Stunde lang machte ich mir Notizen, während ich den Text mit meinem Exemplar von Wilmarts Werk verglich, dann verließ ich die Bibliothek, kehrte ins Palais zurück, legte meine Mappe in der Diele ab und schlenderte wieder hinaus in den Garten.

Ich entdeckte Lady Starmouth sofort. Sie saß auf einem Klappstuhl, den Zeichenblock auf dem Schoß, und betrachtete sinnend die lange Rabatte, die sich im Glanz ihrer Farben zum Fluß hinunterzog. Als sie mich erblickte, lächelte sie und winkte mich zu sich, und während ich über den Rasen schritt, sah ich den Earl, der unten bei den Weiden angelte.

«Hätte es nicht ein Aquarell werden sollen?» sagte ich, als ich den Bleistift in ihrer Hand bemerkte.

«Ich mache immer zuvor eine grobe Skizze, und ich habe gerade erst angefangen – ich habe mit der lieben Carrie geplaudert.»

«Geht es ihr besser?»

«Ja, aber sie leidet noch immer unter der bösen Szene von gestern abend. Ich fürchte, sie ist manchmal zu ihrem eigenen Schaden zu sensibel, und das besonders, wenn von einem totgeborenen Baby die Rede ist... Wußten Sie etwas über das Kind der Jardines?»

«Dr. Lang erwähnte nur, daß sie keine lebenden Kinder hätten. Was ist denn da geschehen?»

«Habe ich Gelegenheit, über den Bischof zu klatschen? Ja, das habe ich – wie köstlich! Setzen Sie sich, Dr. Ashworth, und helfen Sie mir, den gefürchteten Augenblick hinauszuschieben, wenn ich den Malkasten öffnen und so tun muß, als ob ich eine Künstlerin wäre!»

Um sie zu ermuntern, sagte ich: «Wenn Sie in der Stimmung zum Plaudern sind, dann bin ich in der Stimmung zum Zuhören – nach meinem Zusammenprall mit dem Bischof gestern abend bin ich sehr neugierig auf ihn geworden.»

«Unter den gegebenen Umständen», meinte Lady Starmouth trocken, «würde ich sagen, Neugierde ist eine bewundernswert nachsichtige Reaktion. Jetzt muß ich mal überlegen – soll ich gleich von dem Baby erzählen oder beginne ich lieber mit Jardines Eintreffen in Mayfair? Ich warne Sie, ich kann Leuten auf die Nerven gehen, wenn ich einmal über den Bischof loslege, weil ich ihn nämlich so faszinierend finde, daß ich stundenlang über ihn daherreden kann.»

«Ich bin überzeugt, Sie reden nie ‹daher›, Lady Starmouth – ich kann mir nur vorstellen, daß Sie reizend plaudern!»

Ich ließ mich auf dem sonnenwarmen Rasen nieder und widmete ihr meine ganze Aufmerksamkeit.

4

«Jardine blickt auf ein höchst ungewöhnliches Leben zurück», sagte Lady Starmouth. «Ich bin mir nicht sicher, wieviel Sie schon über seine Laufbahn wissen, aber 1916, vor einundzwanzig Jahren, wechselte er von einer unbedeutenden Kaplansstelle im Londoner Norden an die Pfarrei St. Mary's Mayfair über – eine der vornehmsten Pfarreien im Westend. Henry und ich taten alles, um den neuen

Pfarrer herzlich aufzunehmen, und weil er unverheiratet war, bemühte ich mich, ihn mit passenden jungen Damen bekannt zu machen. Wußten Sie, daß Jardine erst spät geheiratet hat? Er war siebenunddreißig, als er Carrie kennenlernte, aber vor der Versetzung nach St. Mary's konnte er sich keine Ehefrau leisten. Unglücklicherweise hatte er einen höchst merkwürdigen Vater, der große Schulden gemacht hatte, und Jardine mußte die Familie mit seinem schmalen Stipendium unterstützen.»

«Jemand sagte etwas von einem merkwürdigen Vater, ja –»

«Die ganze Familie war höchst merkwürdig», sagte Lady Starmouth in vertraulichem Ton. «Außer dem merkwürdigen Vater waren da noch eine sehr seltsame schwedische Stiefmutter und zwei Schwestern, von denen die eine verrückt wurde –»

«Das klingt ja wie eine Tragödie der Nach-Shakespeare-Zeit.»

«Nein, sie haben sich nicht alle gegenseitig umgebracht – leider –, aber Sie haben recht, wenn Sie es auf die Literatur beziehen. Es war wie ein Roman von Gissing über das Elend vornehmer Armut.»

«Waren die Jardines denn so vornehm? Womit hat der merkwürdige Vater seinen Lebensunterhalt verdient?»

«Das weiß niemand. Ich habe die Tiefen von Jardines düsterer familiärer Herkunft nie ganz ausgelotet, weil er nicht davon zu sprechen wünscht, aber die Schwester – die eine, die nicht verrückt wurde – war bedrückend vornehm, die Ärmste, sehr gebildeter Akzent und eine gräßliche Art, die Teetasse zu halten – ich vermute, daß sie alle aus der oberen Arbeiterklasse kamen, aber versuchten, sich wie die untere Mittelschicht zu benehmen. Gott, wie geschlagen manche Leute durch das englische Klassensystem sind», sagte die aristokratische Lady Starmouth sorglos, aber mit echtem Gefühl.

«Hat die ganze Familie Jardine nach Mayfair begleitet?»

«Nein, der merkwürdige Vater und die verrückte Schwester waren da schon tot, aber Jardine zog mit seiner anderen Schwester und der schwedischen Stiefmutter in das Pfarrhaus ein und begann sofort, sich nach einer Ehefrau umzusehen –»

«– die Sie ihm freundlicherweise besorgten!»

«Nicht ganz! Aber ich besuchte die Abendgesellschaft, bei der er und Carrie sich zum erstenmal begegneten. Es war eine richtig romantische Begegnung, Liebe auf den ersten Blick, und vier Tage später hat er um ihre Hand angehalten.»

»*Schon nach vier Tagen?*»

«Nach vier Tagen», sagte Lady Starmouth, genüßlich meine Verwunderung wahrnehmend. «Carries Familie geriet natürlich in schreckliche Aufregung wegen Jardines eigenartiger Herkunft, aber andererseits hatte er diese erstaunliche Stellung als Pfarrer von St. Mary's, und das machte es schwer, ihn als Freier zurückzuweisen.»

«Haben die Angehörigen Schwierigkeiten gemacht?»

«Es ist ihnen irgendwie gelungen, sich zurückzuhalten. Ich vermute, es hing damit zusammen, daß Carrie nicht mehr ganz jung war und man fürchtete, sie könnte keinen Mann mehr finden.»

«Sich vorzustellen, eine so hübsche Frau wie Mrs. Jardine hätte keinen Mann finden sollen, fällt etwas schwer.»

«Gewiß, aber eine der grausamsten Tatsachen des Lebens, Dr. Ashworth, ist die, daß Männer hübsche Frauen unter dreißig vorziehen. Danach müssen sich Frauen auf andere Vorzüge stützen.»

Ich begriff die Andeutung, daß Mrs. Jardine über keine anderen Vorzüge verfügte, sagte aber nur: «Dann hat also nichts mehr Dr. Jardine gehindert, zum Altar zu eilen?»

«O doch! Die schwedische Stiefmutter machte eine Szene und sagte, sie würde nicht in einem Haus wohnen, in dem Carrie die Hausherrin sei. Sie zog sich mit der armen unscheinbaren Schwester in eine Wohnung in Putney zurück – die Jardine natürlich bezahlen mußte.»

«Aber war das nicht eine gute Lösung? Ist es nicht besser, wenn eine Frau ihr Eheleben beginnt ohne eine Schwiegermutter, die ihr ständig über die Schulter schaut?»

«Natürlich. Carrie war begeistert. Aber Jardine war schrecklich verstört. Er betete seine Stiefmutter an, Gott weiß, warum – sie war zwanzig Jahre älter als er, wog zwei Zentner, hatte sehr blasse Augen und einen sehr schmalen Mund und sprach mit einem starken ausländischen Akzent – oh, sie war *unheimlich,* wirklich, das war sie! Nach dem Streit dachte ich, sie würde nicht zur Hochzeit kommen, aber sie kam und sah richtig finster aus – ein wahres Schreckensbild

bei diesem Fest! Die arme Schwester war auch nicht gerade fröhlich –
sie weinte während der ganzen Trauung, aber wenigstens weinte sie
nur aus Sentimentalität. Ich mochte die Schwester. Die Ärmste, was
hatte sie für ein armseliges Leben! Sie starb natürlich später an Krebs.
Ich sage ‹natürlich›, weil sie der Mensch war, der unweigerlich an
etwas so Schlimmem stirbt ... Aber ich darf nicht abschweifen. Sie
haben wirklich große Geduld mit mir, Dr. Ashworth, aber jetzt
komme ich gleich zu dem Baby, das verspreche ich –»

«Sie brauchen sich nicht zu entschuldigen, Lady Starmouth. Ich
bin hingerissen von der finsteren Stiefmutter.»

«Nun, nach der Hochzeit versank sie im düstersten Putney, Gott
sei Dank, und die Jardines brachen auf zu ihrer Hochzeitsreise. Als
sie zurückkamen, begann Carrie sofort Pläne für das Kinderzimmer
zu machen, und daher dachten wir natürlich alle ... Aber nichts
geschah. Doch endlich wurde sie schwanger. Wir waren alle so
erleichtert, und keiner war mehr erleichtert als Jardine – von Carrie
abgesehen, natürlich. Er sprach schon mit Henry darüber, welche
Schule das Kind besuchen sollte, und Carrie legte letzte Hand an das
entzückende Kinderzimmer – oh, was für ein Fehler, sich zu früh zu
freuen! Doch das Schlimmste trat ein, und das Baby, ein Junge, kam
tot zur Welt.»

Lady Starmouth hielt inne, als überlege sie sich sorgfältig ihre
nächsten Worte. «Ich frage mich, wie ich Ihnen schildern kann, wie
schrecklich das für die Jardines war. Ein totgeborenes Baby ist
natürlich immer eine Tragödie, aber in diesem Fall ... Wissen Sie,
Carrie glaubte so fest daran, daß ihr einziges wirkliches Talent in
ihrer Mutterschaft bestehe. Es ist für keine Frau leicht, mit einem
hochbegabten Mann verheiratet zu sein, und Carrie glaubte, die
Mutterschaft würde ihr Gelegenheit geben, sich auf eine Weise
auszuzeichnen, die ihr Jardines besondere Achtung einbrächte. Und
Jardine selbst sehnte sich nach einer Familie. Er wollte das Familienleben wiederherstellen, das in seiner Erinnerung vor dem Tod seiner
Mutter bestanden hatte – ein Leben, das er zweifellos idealisierte, das
für ihn aber das heiß ersehnte Ziel häuslichen Glücks darstellte. So
waren er und Carrie vereint in diesem großen Traum – und deshalb
war es so schrecklich, als der Tod des Kindes den Traum zerstörte.»

71

Sie hielt abermals inne, und ich ließ das Schweigen eine Weile fortdauern, um mein Mitempfinden auszudrücken, ehe ich fragte: «Es kamen später keine anderen Kinder mehr?»

«Nein, und in gewisser Hinsicht war dies das Allerschlimmste, weil kein Arzt ihr sagen konnte, warum sich nichts tat. So hoffte sie weiter und hoffte er weiter – Alex sagte mir sogar einmal, er habe weitergehofft, bis... nun ja, bis keine Hoffnung mehr möglich war. So, da nenne ich ihn Alex – sehr ungehörig, nicht wahr, einen Mann beim Vornamen zu nennen, wenn er nicht zur eigenen Familie zählt, aber ich kenne ihn so lange, und wir sind so gute Freunde, und Henry hat nichts dagegen, wenn ich Jardine gelegentlich Alex nenne... Wahrscheinlich wundern Sie sich über meine Freundschaft mit dem Bischof», setzte sie mit einem nachsichtigen Lächeln hinzu. «Vielleicht sind Sie sogar ein wenig schockiert?»

«Keineswegs, ich beneide Sie nur! Ich habe von Dr. Jardines sogenannten ‹liebreizenden Damen› gehört, und offensichtlich sind Sie die Erste der ‹liebreizenden Damen›!»

Sie lachte. «Ich muß Sie unbedingt meiner Kollektion von Geistlichen einverleiben», sagte sie. «Sie sind ein außergewöhnlich charmanter Zuhörer!»

«Ich könnte Ihnen endlos weiter zuhören, Lady Starmouth. «Erzählen Sie mir noch mehr.»

Sie seufzte. «Es ist wirklich schlimm, eines wie geringen Anstoßes es bei mir bedarf... Aber was soll ich Ihnen als nächstes erzählen? Ich habe Ihnen alles von seiner düsteren Herkunft und der romantischen Ehe und dem totgeborenen Kind erzählt –»

«Schlagen Sie einen leichteren Ton an», sagte ich. «Erzählen Sie mir von Dr. Jardines liebreizenden Damen!»

5

«Natürlich ist Alex mit zahlreichen Frauen bekannt», sagte Lady Starmouth, während sie dem obskuren Muster auf ihrem Skizzenblock einen weiteren Strich hinzufügte, «aber es sind nur drei, die man wirklich Freunde nennen könnte. Wir alle haben ihn 1916 während seines ersten Jahres als Pfarrer von St. Mary's kennengelernt.»

Ich war sofort interessiert. «Warum lag ihm 1916 so sehr an Freundschaften?»

«Die Versetzung nach Mayfair war eine tiefgreifende Veränderung für ihn, und am Anfang fühlte er sich sehr einsam und unsicher.»

«Wer sind die anderen beiden Damen?»

«Sybil Welbeck und Enid Markhampton. Alex mochte uns, weil wir alle absolut ungefährlich waren – glücklich verheiratete Kirchgängerinnen, fest in den Konventionen verwurzelt... Gott, wie langweilig sich das anhört! Aber wir alle sind recht fröhliche Menschen, das kann ich Ihnen versichern –»

«Dessen bedarf es nicht, Lady Starmouth, aber mich erstaunt, daß Dr. Jardine das Glück hatte, gleich drei ungefährliche liebreizende Damen auf einmal zu finden! Hat er nie seine Sammlung erweitert?»

«Nein», sagte Lady Starmouth, die Spitze ihres Stiftes prüfend, «das hat er nicht.»

«Hat er Sie alle für so unvergleichlich gehalten, daß keine andere Frau würdig war, in Ihre Reihen aufgenommen zu werden?»

Wir lachten, ehe Lady Starmouth sagte: «Er heiratete, bald nachdem er uns kennengelernt hatte, und vielleicht befürchtete er, Carrie könnte auf weitere gute Bekannte weiblichen Geschlechts unfreundlich reagieren.»

«Vom Standpunkt des Geistlichen aus», sagte ich, «finde ich die Vorstellung von engen Freundschaften mit verheirateten Frauen mit den haarsträubendsten Möglichkeiten befrachtet.»

«Ah ja, aber Sie gehören einer anderen Generation an, nicht wahr?» sagte Lady Starmouth. «Solche Freundschaften mögen heute seltsam erscheinen, aber als ich jung war, waren sie nicht so ungewöhnlich. Der Krieg hat so vieles verändert, und zu den ersten Verlusten durch die nachfolgende Freiheit gehörte der Begriff der ›amitié amoureuse‹.«

«Trotzdem kann ich mich des Gedankens nicht erwehren, daß es mir an Dr. Jardines Stelle schwergefallen wäre, mich nicht in eine von Ihnen zu verlieben.»

Lady Starmouth schenkte mir ein weiteres nachsichtiges Lächeln, antwortete aber ganz ernst: «Ich kann Ihnen versichern, daß Alex zu keiner Zeit weder in Enid noch in Sybil noch in mich verliebt war. Selbst wenn es sich vielleicht snobistisch anhört, behaupte ich, daß wir nicht zur Kategorie derer zählen, die er als zugänglich betrachten würde, was die letzten Intimitäten betrifft.»

Wieder war meine Wißbegierde geweckt. «Ich fürchte, ich verstehe Sie nicht ganz», sagte ich und fragte mich, wie ich sie noch weiter auf ein so delikates Gebiet locken könnte, aber Lady Starmouth brauchte gar nicht gelockt zu werden. Ich hatte vergessen, daß die Aristokratie im Gegensatz zur Mittelklasse am Thema Sex nichts Peinliches findet.

«Während Alex heranwuchs», sagte sie, «gehörten die Frauen in seinem Umkreis zumeist der unteren Mittelklasse an. Die Jahre in Oxford gaben ihm dann das nötige Selbstvertrauen, um ein Mädchen aus der oberen Mittelschicht wie Carrie Cobden-Smith heiraten zu können. Aber ich glaube, wenn sich ihm die Gelegenheit zu intimen Beziehungen mit einem Mädchen aus der Aristokratie geboten hätte, wäre er zurückgeschreckt. Dergleichen hätte ihn eingeschüchtert.»

Ich wußte sogleich, daß dies ein wesentlicher Zug des Porträts war, das ich von Jardine entwarf. Der Bischof fühlte sich sicher bei seinen liebreizenden Damen – nicht zwangsläufig wegen unerschütterlicher Tugendhaftigkeit, sondern weil es hier eine psychologische Hemmschwelle für ihn gab. Jardine würde auf der Hut sein; einem Geistlichen wird beigebracht, sich selbst genau einzuschätzen, so daß er seine Schwächen auf die beste Weise beherrschen kann, und Jardine, der die Gesellschaft des anderen Geschlechts liebte, glaubte sich vor Anfechtungen nur bei Frauen sicher, die seinem Gefühl nach letztlich für ihn unerreichbar waren.

«Da wir schon von liebreizenden Damen sprechen», sagte Lady Starmouth, auf ihrer Skizze eine weitere Linie ziehend, «haben Sie sich in Miss Christie verliebt?»

«Miss Christie!» Ich war so verblüfft, daß ich mich kerzengerade aufsetzte.

«Ich sah die glühenden Blicke, die Sie ihr gestern abend im Salon zuwarfen. Mein lieber Dr. Ashworth, darf ich Ihnen aus der Position der um einige Jahre älteren Frau einen freundschaftlichen Rat geben? Befassen Sie sich nicht mit Miss Christie. Sie hat das letzte Jahrzehnt damit verbracht, zu beweisen, daß sie an Männern nicht interessiert ist.»

Ich fragte beiläufig: «Sie hegt nicht eine heimliche Leidenschaft für den Bischof?»

«Da würde ich eher annehmen, sie hegt eine heimliche Leidenschaft für Carrie.»

Ich rief entgeistert aus: «Aber das ist doch unmöglich!»

«Mein armer Dr. Ashworth, es hat Sie *doch* erwischt, nicht wahr? Natürlich sage ich damit nicht, daß die Leidenschaft erwidert wird – Carrie betet Alex an. Aber eines möchte man wirklich wissen: Warum gibt sich eine attraktive, intelligente junge Frau mit der Rolle einer Gesellschafterin zufrieden, wenn ihr zahlreiche Anträge gemacht wurden, einige von sehr akzeptablen Männern?»

Ich sagte unvermittelt: «Wie erklären sich die Jardines, daß Miss Christie nicht heiraten will?»

«Nun, die offizielle Darstellung besagt, daß sie eben eine Verlobung aufgelöst hatte, bevor sie ihnen begegnete, und daß sie seitdem und für alle Zeiten vom anderen Geschlecht enttäuscht sei. Aber es fällt mir schwer, das zu glauben – ich halte Miss Christie für eine Frau, die ihren ganzen Stolz dareinsetzt, über eine aufgelöste Verlobung hinwegzukommen.»

«Spricht Dr. Jardine gelegentlich über sie?»

«Ihr Name fällt bisweilen, aber nicht mehr so oft wie früher. Natürlich gab es in der Vergangenheit Augenblicke, da er die Situation lästig fand.»

Ich ahnte, daß wir uns den Schwierigkeiten eines Ehepaars näherten, das in enger Nachbarschaft mit einer dritten Person leben mußte. «Lästig?» wiederholte ich in der Hoffnung, sie zu einer weiteren Äußerung zu verlocken. «Wieso das?»

«Oh, ich fürchte, da kommt wieder die Gesellschaftsklasse ins Spiel! Alex ist nicht in einem Haus aufgewachsen, in dem gewisse Angestellte ‹en famille› lebten, und die Gegenwart einer dritten Person ging ihm wohl auf die Nerven, aber glücklicherweise scheint die Versetzung nach Starbridge dieses spezielle Problem gelöst zu haben. Hier ist mehr Platz für Dritte als im Dekanat von Radbury – und abgesehen davon ist die Ehe der Jardines so festgefügt, daß sie die Anwesenheit eines Dritten aushalten kann ... Dr. Ashworth, mein Mann winkt Ihnen; ich nehme an, die Fische langweilen ihn, und er möchte abgelenkt werden – aber kommen Sie noch einmal zu mir zurück, wenn Sie sich mit ihm unterhalten haben.»

Wir lächelten uns zu. Ich sagte: «Bin ich jetzt fester Bestandteil Ihrer Sammlung?» Und während wir beide lachten, rappelte ich mich auf, wischte mir einige Grasflecke von der Hose und schlenderte den Garten hinunter, um meinen nächsten Zeugen zu interviewen.

6

«Ich hoffte, eine kleine Unterhaltung mit Ihnen würde die Fische munter machen», sagte der Earl, als ich näherkam. «Entweder schlafen sie oder sie sind tot.»

Jenseits des Flusses weideten wieder die Kühe auf der Wiese. Es war eine sehr englische Szenerie – mitsamt dem Earl in seiner rustikalen Kleidung. Als ich mich an den Stamm der nächststehenden Weide lehnte, erschloß sich mir abermals der geheimnisvolle Reiz von Starbridge, indes der Morgen in einen schimmernden Mittag hinüberschmolz. Es war ein Tag, der Trugbilder förderte. Ich war mir nicht nur bewußt, daß ich ein Geistlicher war, der Spion spielte – oder war ich ein Spion, der sich als Geistlicher ausgab? –, sondern daß der Earl ein Großgrundbesitzer war, der sich als bescheidener Angler darbot. Der Earl selbst mit seinem offenen Gesicht sah aus, als wäre ihm Schauspielerei fremd, aber die Atmosphäre dieses Mittags in Starbridge erinnerte mich daran, wie schwer es war, die Wahrheit selbst über die unkompliziertesten Menschen herauszufinden.

«Ich vermute, meine Frau hat mit Ihnen über den Bischof gesprochen, um sicherzugehen, daß Sie vom Anblick dieses Rohdiamanten gestern abend nicht erschüttert waren», sagte der Earl. «Er war zweifellos ein Rohdiamant, als wir ihn damals kennenlernten, aber heutzutage kann er sich Gentlemanschliff auflegen, wenn er will.«

«Das hat er beim Portwein getan . . . Waren Sie beunruhigt, Lord Starmouth, als sich 1916 in St. Mary's ein Rohdiamant einstellte?»

Der Earl lächelte. «Ich war eher interessiert als beunruhigt.»

«Sie kannten ihn noch nicht?»

«Nein, aber ich hatte von ihm gehört. Er schrieb immer Leserbriefe an die *Times.* Doch ich hatte keine rechte Vorstellung von ihm, bis ich eines Abends aus dem Club heimkam und meine Frau mir sagte, der neue Pfarrer habe vorgesprochen. Sie sagte: ‹Er hat schöne gelbe Augen und eine rauhe, häßliche Stimme, und er weiß nicht recht, wie er sich benehmen soll, und ich finde ihn toll!› Na ja, meine Frau hatte immer ein Faible für Geistliche, da nahm ich sie nicht allzu ernst, aber als er dann am nächsten Sonntag seine erste Predigt hielt, da sah ich plötzlich, was sie meinte. Ich bin sonst bei der Predigt gewöhnlich eingenickt, aber diesmal blieb ich die ganze Zeit hellwach – und zum Schluß saß ich nur noch auf der Kante meiner Bank. Ha, ich erinnere mich sogar noch an den Text! Es war die Stelle ›Ich bin gekommen, zu rufen die Sünder zur Buße, und nicht die Gerechten‹, und als er uns diese Botschaft einhämmerte, schien die Kirche zu vibrieren, und seine Augen glühten wie Katzenaugen. Außergewöhnlich. Natürlich sah ich sofort, daß er es weit bringen würde.»

«Was hielten Sie von ihm beim ersten privaten Gespräch?»

«Ich war überrascht, wie schüchtern er war – schüchtern und unbeholfen. Seine Sprache war in Ordnung; Oxford hatte jeden Vorstadtakzent ausgebügelt, aber er sprach entweder zuviel oder zu aggressiv, oder er sprach gar nicht. Aber das war nur Nervosität. Als meine Frau ihn erst unter ihre Fittiche genommen und aufgepäppelt hatte und ihn zu verheiraten versuchte, blühte er rasch auf. Alles, was er brauchte, war ein bißchen gesellschaftliches Selbstvertrauen.»

«Vielleicht hatte er in Oxford einen Komplex bekommen?»

«Höchstwahrscheinlich, ja. Die Universität kann rauh umspringen mit einem, der nicht aus dem richtigen Milieu kommt – nun, ich muß zugeben, daß ich selbst einige Vorurteile gegen ihn hatte in der ersten Zeit unserer Bekanntschaft. Aber eines Tages nahm er mir gegenüber kein Blatt vor den Mund; es war eine Kritik, und eine berechtigte Kritik, möchte ich hinzufügen, und da dachte ich plötzlich: Es erfordert Mut, so etwas zu sagen. Ich zollte ihm Achtung dafür. Er war kein Schmeichler. Er war durchaus bereit, ein wenig Patronage zu akzeptieren, wie meine Frau sie ihm bot, aber das hinderte ihn nicht daran, die Wahrheit zu sagen, wie er sie sah. Sehr ungewöhnlich. Ein Mann von hohen moralischen Prinzipien. Er hat seinen großen Erfolg verdient.»

«Ihre Gattin muß es ja sehr befriedigen, daß ihr Protegé es bis an die Spitze der Staatskirche gebracht hat!»

«Ja, ich sage immer, sie hat einen kleinen, aber bedeutsamen Beitrag zu seiner Karriere geleistet. Er brauchte jemanden, der ihn zu den richtigen Abendgesellschaften einlud und dafür sorgte, daß er das Auftreten entwickelte, das seine Position erfordert. Mrs. Welbeck und Lady Markhampton haben ihm auch in diesem Sinne geholfen, aber Evelyn hat doch wohl das meiste getan.»

«Ihre Gattin erzählte mir gerade von Dr. Jardines ergebenem Kranz von liebreizenden Damen – ich gestehe, ich bin richtig neidisch!»

Der Earl lachte. «Ich habe selbst meine neidischen Momente! Sind Sie mit Mrs. Welbeck oder Lady Markhampton bekannt?»

«Leider nein.»

«Sie sind beide ganz reizend. Aber um ehrlich zu sein, die liebreizende Dame, die es mir damals angetan hatte, das war Loretta Staviski. Sicher hat meine Frau von ihr gesprochen. Sie kommt am nächsten Wochenende aus Amerika und wohnt bei uns, und ich freue mich sehr auf das Wiedersehen!»

Ein Schweigen trat ein. Der Fluß strömte dahin, und auf der Wiese weideten nach wie vor die Kühe. Ich sah den Earl an, der noch immer auf der Suche nach Fischen ins Wasser spähte; ich blickte zur Countess zurück, die noch immer an ihrer Skizze arbeitete, und endlich hörte ich mich im beiläufigsten Ton, der mir zu Gebote stand, fragen: «Nein, Ihre Gattin hat sie nicht erwähnt. Wer ist sie?»

IV

*«Wer wüßte nicht, daß kein Geistlicher, mühte er sich noch
so hingebungsvoll, seinen geistlichen Einfluß bewahren
kann, wenn sein häusliches Leben schlecht geregelt und
unglücklich ist?»*   HERBERT HENSLEY HENSON

I

Als ich zu Lady Starmouth zurückkam, betrachtete sie gerade
kritischen Blicks ihre Skizze. «Ich fürchte, das taugt nichts»,
murmelte sie. «Ich scheine meine leichte Hand verloren zu haben . . .
Was machen die Fische?»

«Entweder schlafen sie oder sie sind tot, meint Ihr Gatte.» Ich
blieb eine Weile regungslos stehen und beobachtete sie. Dann sagte
ich beiläufig: «Lady Starmouth, ich hoffe, Sie nehmen mir das nicht
übel, aber darf ich Sie fragen, warum Sie, als Sie mir von Dr. Jardines
liebreizenden Damen erzählten, Professor Staviski nicht erwähnten?»

Lady Starmouth reagierte schnell. «Loretta?»

«Ihr Gatte hat gerade von ihr gesprochen. Sie waren zu viert, nicht
wahr? Nicht nur drei.»

«Nur kurze Zeit, während des Krieges.» Lady Starmouth riß das
Blatt vom Block, zerknüllte es und legte den Bleistift in ein
Holzkästchen. Sonst sagte sie nichts, und ihr Schweigen stand in
solchem Gegensatz zu ihrer früheren Redseligkeit, daß ich mich
verpflichtet fühlte, etwas zu sagen. «Entschuldigen Sie – ich bin
Ihnen offensichtlich zu nahe getreten.»

«Mein lieber Dr. Ashworth» – Lady Starmouth sprach wie
jemand, der in einem argen Dilemma steckt –, «natürlich sind Sie mir
nicht zu nahe getreten! Ich ärgere mich nur über mich selbst, daß ich

Loretta nicht erwähnt habe, weil Sie sich nun fragen müssen, warum ich sie ausgelassen habe bei meinem frischfröhlichen Daherreden über die Vergangenheit des Bischofs. Aber ich habe sie ganz einfach nicht erwähnt, weil Alex sie nicht mehr gesehen hat, seit sie 1918 nach Amerika zurückkehrte, und sie deshalb kaum als eine seiner liebreizenden Damen in Frage kommt.»

«Sie war seitdem nicht wieder in England?»

Wieder ein kurzes Schweigen.

«Verzeihen Sie, ich bin unerträglich neugierig –»

«Verzeihlich neugierig, meinen Sie. Natürlich fragen Sie sich, warum ich mich so anstelle.» Sie lachte ganz unerwartet. «Lieber Gott, man könnte meinen, ich hätte ein Geheimnis zu verbergen, wo ich doch nur eine kleine private Verlegenheit verschleiern wollte!»

«Lady Starmouth, bitte, sagen Sie kein Wort mehr! Es tut mir nur leid, daß ich –»

«Mein lieber junger Mann, jetzt benehmen *Sie* sich, als wäre hier ein Geheimnis zu verbergen! Ich sehe schon, das Vernünftigste ist, ich kläre Sie auf, ehe Sie versucht sind, Ihre lebhafte Phantasie spielen zu lassen, aber Sie müssen mir versprechen, alles für sich zu behalten. Die Geschichte ist nicht skandalös, aber traurig, und ich möchte nicht, daß sie weitererzählt wird.»

«Ich gebe Ihnen mein Wort, daß ich alles für mich behalten werde.»

«Schön. Also Loretta war tatsächlich seit dem Krieg gelegentlich zu Besuch in England, aber sie und Alex stehen nicht mehr miteinander in Verbindung. Obwohl Alex sich ihr gegenüber immer absolut korrekt verhalten hat, verliebte sich Loretta in ihn, und ihre platonische Freundschaft nahm ein trauriges Ende.»

2

«Verzeihen Sie, Lady Starmouth», sagte ich, «aber ich kann tatsächlich nicht umhin, mich zu fragen, ob Dr. Jardines platonische Freundschaften nicht ein wenig zu schön waren, um wahr zu sein. Ich meine immer noch, daß ein Geistlicher, der sich auf enge

Freundschaften mit dem weiblichen Geschlecht einläßt, mit dem Feuer spielt.»

«Nun, in diesem Fall ist er – zugegebenermaßen – angesengt worden... Dr. Ashworth, setzen Sie sich wieder hin – es stört mich, wenn Sie mich so überragen. Ich habe dann das Gefühl, ich werde ausgefragt.»

Ich setzte mich wieder ins Gras, aber sie schnitt meine Entschuldigung ab. «Nein, ich weiß, daß Sie mich nicht richtig ausfragen – es ist meine Schuld, ich habe Sie am Anfang ermutigt zu fragen, aber ehe ich wieder zuklappe wie eine Auster, möchte ich Ihnen noch ein wenig mehr von Loretta erzählen, damit Sie sehen, warum ich es um ihretwillen vorziehe, das Geschehene als abgeschlossen zu betrachten. Sie und ich lernten uns 1917 kennen, aber ich hatte schon vor Jahren von ihr gehört, da meine Mutter, eine Amerikanerin, seit ihrer Kindheit mit Lorettas Mutter befreundet war und beide die Verbindung aufrechterhalten hatten. Als Loretta schließlich nach England kam, war sie in einer schrecklichen Verfassung. Sie hatte jung geheiratet, diesen Staviski, einen Diplomaten; als Amerika in den Krieg eintrat, wurde er von Washington nach London versetzt, und kaum waren er und Loretta in England, da ging die Ehe in die Brüche.»

«Hat er sie verlassen?»

«Sie hat ihn verlassen. Aber nicht sie trug die Schuld – er hatte ihr das Leben völlig unmöglich gemacht, so daß ich nicht zögerte, ihr zu Hilfe zu kommen. Sie blieb bei uns, während sie sich von dem Schock erholte, und da begegnete sie Alex natürlich bald. Um es kurz zu machen: Sie verbarg ihre wahren Gefühle so gut, daß wir, Alex und ich, lange Zeit keine Ahnung hatten, daß sie in ihn verliebt war, aber schließlich kam die Wahrheit ans Licht, und Alex mußte die Freundschaft beenden. Loretta war tief verstört. Sie tat mir so leid. Es war entsetzlich peinlich und traurig, so wie das bei jeder einseitigen Zuneigung ist, und später kamen wir überein, nicht mehr darüber zu sprechen.»

«Was ist aus ihr geworden?»

«Sie hat in Amerika eine akademische Laufbahn eingeschlagen und lehrt jetzt Geschichte an einem College an der Ostküste. Sie hat nicht wieder geheiratet, aber vielleicht tut sie das eines Tages doch noch. Sie ist viel jünger als ich, vielleicht nur ein paar Jahre älter als Sie, und ist sie auch nach modischen Maßstäben nicht eben eine Schönheit, so ist sie doch sehr attraktiv... Trotzdem, viele Männer mögen es nicht, wenn eine Frau zu klug ist.»

Aber ich dachte an Jardine, wie er mit Loretta intelligente Gespräche führte, in deren Genuß er zu Hause wohl kaum kam, und ich konnte mich nicht enthalten, zu bemerken: «Es muß Dr. Jardine leid getan haben, ihre Freundschaft zu verlieren – hat er nie versucht, sie bei ihren späteren Aufenthalten in England wiederzusehen?»

«Aber wie hätte er das gekonnt? Wie hätte er eine Freundschaft erneuern können, die für sie so schmerzlich und für ihn potentiell so gefährlich gewesen war?»

«Aber war *sie* nie versucht –»

«Jetzt fragen Sie mich aber doch aus! Mein lieber Dr. Ashworth, nutzen Sie ihren recht beträchtlichen Charme nicht ein wenig über Gebühr aus?»

Ich verwünschte im stillen meine Unbesonnenheit und versuchte, einen geordneten Rückzug anzutreten. «Ich bitte vielmals um Entschuldigung, Lady Starmouth, aber so mancher Geistliche hat mit eben den Schwierigkeiten zu kämpfen, denen sich Dr. Jardine hier gegenübersah, und da habe ich mich von meinem persönlichen Interesse an dem Thema hinreißen lassen. Bitte, entschuldigen Sie.»

Sie sah mich forschend an, entschied sich aber dann für eine nachsichtige Haltung. «Gegen ein mitempfindendes Interesse habe ich nichts einzuwenden», sagte sie, «aber vielleicht kommt es Ihnen zugute, daß ich eine Schwäche für Geistliche habe... O Gott, da ist Mrs. Cobden-Smith!» Sie erhob sich, klappte den Stuhl zusammen und hob ihre Maltasche auf. «Zur Buße, Dr. Ashworth, können Sie sich jetzt mit dem Ausdruck hingerissener Aufmerksamkeit erzählen lassen, wie sie und der Colonel Indien zivilisiert haben.»

«Sie beide scheinen ja ein trauliches kleines Tête-à-tête zu haben!» rief Mrs. Cobden-Smith, während sie sich uns näherte. «Ich habe Carrie gerade zugeredet, sich anzuziehen. Es ist nicht gut, nach einer schlaflosen Nacht im Bett liegenzubleiben – ich habe ihr gesagt, sie soll aufstehen und sich abrackern, damit sie zur Schlafenszeit richtig müde ist. Ich weiß noch, als ich in Indien war –»

«Ich sagte gerade zu Dr. Ashworth, wie interessant Sie von Indien erzählen können – aber bitte, entschuldigen Sie mich, ich muß selbst einmal nach Carrie sehen.» Und mit diesen Worten entwischte Lady Starmouth geschickt über den Rasen ins Haus.

Meine nächste Zeugin hatte sich mir mit einem bewundernswerten Gespür für den passenden Zeitpunkt angeboten. Gegen meine Abneigung ankämpfend lächelte ich ihr zu und meinte, wir sollten uns auf die Gartenbank setzen und den Sonnenschein genießen.

3

«Es tut gut, mal für ein paar Minuten zu sitzen», sagte Mrs. Cobden-Smith. «Ich bin in der Stadt herumgerannt, um Pferdefleisch für den Hund zu kaufen und den richtigen Hustensaft für Willy. Wenn Willy nicht jeden Abend seinen Hustensaft bekommt, hustet er wie ein Schornsteinfeger, und wenn George nicht dreimal die Woche Pferdefleisch zu fressen kriegt, wird er faul – aber da wir gerade von Faulheit sprechen: Sie scheinen Ihrer Arbeit aus dem Wege gegangen zu sein, junger Mann! Ich dachte, Sie hätten sich in der Dombibliothek verschanzt, statt dessen scharwenzeln Sie um Lady Starmouth herum! Sie sind genauso schlimm wie Alex – er scharwenzelt auch gern. Aber bei ihm ist das etwas anderes, er genießt nur den Umstand, daß Adam Jardine aus Putney jetzt der umsorgte Held der Gemahlin eines Peers ist. Wußten Sie, daß Alex während der ersten siebenunddreißig Jahre seines Lebens Adam genannt wurde? Adam ist sein erster Vorname. Als Carrie sich in ihn verliebte, sagten wir zu ihr: ‹Kind›, sagten wir, ‹du kannst einfach keinen Mann heiraten, der Adam Jardine heißt – das hört sich an wie ein Gelegenheitsgärtner!› Da hat sie dann herausbekommen, daß er mit zweitem Vornamen Alexander hieß, und wir haben ihn in Alex umgetauft. Seine Stiefmutter war empört – warum, weiß ich nicht.»

Endlich verstummte sie, aber sie hatte mir das passende Stichwort gegeben. «Was für ein Zufall», sagte ich. «Lady Starmouth erzählte mir gerade von Dr. Jardines Stiefmutter.»

«Alle waren immer entsetzt über die alte Dame», sagte Mrs. Cobden-Smith, die offenbar keine Skrupel hatte, über eine verstorbene Verwandte des Schwagers ihres Mannes zu plaudern. «Sie war eine sehr eigenartige Frau – eine Schwedin, und wir wissen ja alle, daß die Skandinavier merkwürdige Leute sind. Man denke nur an ihre Theaterstücke.»

Ich überging dieses Abtun der Giganten des modernen Theaters. «Man sagte mir, der Bischof habe seine Stiefmutter sehr gern gehabt.»

«Er verehrte sie. Sehr seltsam. Carrie haßte sie, aber als Alex' Schwester starb, mußte man sich um die alte Dame kümmern, die inzwischen durch ihre Arthritis an den Rollstuhl gefesselt war, und selbstverständlich verkündete Alex: ‹Sie kommt zu uns!› Gräßlich. Arme Carrie. Ich kann Ihnen nicht schildern, was für eine Katastrophe dieser Entschluß auslöste.»

«Wie ist Mrs. Jardine denn damit fertig geworden?»

«Das ist eine gute Frage», sagte Mrs. Cobden-Smith, eine Redewendung gebrauchend, die sie, wie ich feststellen sollte, gern benutzte. «Das war vor fünf Jahren, kurz nach der Übersiedlung von Radbury nach Starbridge, und Carrie kam gerade in die – na ja, es war eine dumme Zeit für sie – und alles ging drunter und drüber. Ich sagte zu Willy: ‹Carrie bekommt noch einen Nervenzusammenbruch, ganz bestimmt›, aber ich hatte eben nicht an Miss Christie gedacht. Die alte Dame schloß sich an Miss Christie an, machte Carrie überhaupt keinen Ärger und starb ganz brav ein halbes Jahr später. Ich sagte zu Willy: ‹Diese kleine Christie wirkt Wunder.›»

«Gibt es ein Problem, das Miss Christie nicht lösen kann?»

«Das ist eine gute Frage», sagte Mrs. Cobden-Smith ein zweites Mal. «Es war eigenartig, wie sie die alte Dame zähmte, das muß ich schon sagen. Ich erinnere mich: Mir fiel einmal auf, daß eine merkwürdige Ähnlichkeit zwischen ihnen bestand – natürlich nicht äußerlich; die alte Dame wog eine Tonne, und Miss Christie ist so klein und schlank, aber da war eine merkwürdige Ähnlichkeit in der Persönlichkeit. Ich glaube, die alte Dame besaß, als sie jung war, die gleiche kühle Kompetenz, die Miss Christie jetzt so deutlich an den Tag legt. Alex' richtige Mutter starb, als er sechs Jahre alt war, der Vater stand dann mit acht Kindern unter zwölf Jahren oder so da, und die Stiefmutter brachte wieder Ordnung ins Haus – geradeso wie Miss Christie das Dekanat ins Gleis brachte, als sie nach Radbury kam.»

Jetzt hatte ich die Wahl zwischen zwei Themen. Ich war versucht, nach Radbury zu fragen, wollte aber auch noch mehr über Jardines obskure Herkunft erfahren. Schließlich sagte ich: «Was wurde aus den anderen kleinen Jardines?»

«Eine Schwester wurde verrückt und starb in einer Nervenheilanstalt, drei Brüder gingen in die Kolonien und starben am Alkohol oder noch Schlimmerem, ein Bruder machte in London bankrott und erhängte sich, und der letzte Bruder verschwand einfach. So blieben nur noch die jüngere Schwester übrig, die sich um die alte Dame kümmerte, und Alex.»

«Da hat Dr. Jardine offenbar auf wundersame Weise überlebt!»

«Es war die Hand Gottes», sagte Mrs. Cobden-Smith mit jenem unvergleichlichen Vertrauen des Laien, der immer genau weiß, was Gott im Sinn hat. «Natürlich weiß keiner von uns genau, was in dieser Familie vorgegangen ist, aber ich habe mir im Laufe der Jahre so einige düstere Einzelheiten zusammengereimt, und ohne Zweifel waren die Familienverhältnisse bedrückend. Ich habe mich oft mit Alex' Schwester Edith unterhalten – eine nette Frau war sie, furchtbar gewöhnlich, aber eine nette Frau –, und die hat mir nach und nach so einiges erzählt, daß mir die Haare zu Berge standen.»

«Lady Starmouth mochte sie auch, und sie sagte mir, sie hätte ein trauriges Leben gehabt –»

«Gar nicht zu beschreiben. Der Vater war ein Irrer – ärztlich zwar nie für verrückt erklärt, aber ganz offensichtlich nicht richtig im Kopf. Er litt an religiösem Wahn und sah überall Sünde, so daß er seine Kinder nicht in die Schule schicken wollte aus Angst, sie könnten verdorben werden.»

«Aber wie ist Dr. Jardine dann nach Oxford gekommen?»

«Das ist eine gute Frage», sagte Mrs. Cobden-Smith abermals, erfreut über ihren aufmerksamen Zuhörer. «Das war die Stiefmutter. Sie hat es schließlich erreicht, daß er zur Schule gehen durfte, als er vierzehn war, und ihn zum Lernen angehalten, bis er mit einem Stipendium ausgezeichnet wurde.»

«Nun», sagte ich, «wenn Dr. Jardine ihr so viel verdankte, war es dann nicht ein seltenes und schönes Stück Gerechtigkeit, daß sie ihre letzten Tage bei ihm im Bischofspalais verbringen konnte?»

«Ja, das war es wohl», gestand Mrs. Cobden-Smith ein wenig zögernd zu, «wenn es Carrie damals auch anders sah. Glücklicherweise zähmte Miss Christie die alte Dame, ehe Carrie noch einen Nervenzusammenbruch bekommen konnte!»

«*Noch einen* Nervenzusammenbruch? Heißt das –»

«Oh, das hätte ich nicht sagen sollen – Willy wäre jetzt ärgerlich über mich. Aber andererseits ist es ein offenes Geheimnis, daß Carrie es mit den Nerven zu tun hat. Ich habe früher oft zu ihr gesagt: ‹Carrie, du mußt dich zusammenreißen, du kannst dich nicht einfach ins Bett legen und alles laufen lassen!› Aber ich fürchte, sie ist keine kämpferische Natur. Ich bin da Gott sei Dank ganz anders – ich kämpfe immer und reiße mich zusammen! Als ich in Indien war . . .»

Ich ließ sie von Indien erzählen, während ich auf eine Gelegenheit wartete, die uns zu Mrs. Jardines Nervenzusammenbruch zurückführen würde. Die Figuren in Jardines Vergangenheit gingen mir im Kopf herum: der exzentrische Vater, die vom Schicksal geschlagenen Geschwister, die überlebende Schwester, die so gräßlich mit der Teetasse umging, die mysteriöse schwedische Stiefmutter, die einen so entscheidenden Einfluß ausgeübt hatte – und dann nach den Jahren des Dunkels die Jahre des Lichts und einer neuen Welt mit neuen Menschen: Carrie und die Cobden-Smiths, die feinsinnige charmante Lady Starmouth, die kluge junge Amerikanerin, die sich aus den Trümmern einer unglücklichen Ehe herausarbeitete –

«– hätte nur zu einer unglücklichen Ehe geführt», sagte Mrs. Cobden-Smith gerade, die mir schilderte, wie gut es war, daß Carrie einen Offizier der indischen Armee nicht geheiratet hatte. «Sie hätte das Klima nie überlebt.»

«Nein, wahrscheinlich nicht. Mrs. Cobden-Smith, da wir gerade von Überleben sprechen –»

«Natürlich hatte Carrie auch große Mühe, die Ehe mit einem

Geistlichen zu überleben», sagte Mrs. Cobden-Smith, noch bevor ich es riskierte, eine direkte Frage nach Mrs. Jardines Schwierigkeiten in Radbury zu stellen, «obwohl sie andererseits in mancher Hinsicht für die Ehefrau eines Geistlichen alles mitbringt – jeder mag sie, und sie ist eine sehr liebe, fromme, freundliche kleine Person, aber sie sollte die Frau eines ganz normalen Pfarrers sein, nicht die eines feuerspeienden Abenteurers, der in regelmäßigen Abständen durch die anglikanische Kirche Amok läuft. Eine Tragödie, daß keine Kinder da sind! Natürlich können einen Kinder auf die Palme bringen, ich bin da nicht sentimental, aber Kinder geben der Ehe einen Sinn, und obwohl Alex und Carrie einander sehr zugetan sind, sieht doch jeder Fremde, daß sie nicht viel miteinander gemein haben. Wie gräßlich das war, als das Baby 1918 tot geboren wurde! Kein Wunder, daß Carrie das nicht ertrug. Die Ärmste.»

«Hatte sie da ihren Nervenzusammenbruch?»

«Es war kein richtiger Nervenzusammenbruch», sagte Mrs. Cobden-Smith abschwächend. «Ich habe übertrieben. Bei einem Nervenzusammenbruch, da dreht man durch, nicht wahr, und muß in so eine private Pflegeanstalt gebracht werden, aber Carries Kollaps war ganz anderer Art. Sie lag nur den ganzen Tag auf einer Chaiselongue und weinte, und als sie endlich die Kraft hatte, aufzustehen, nahm sie Verbindung mit Spiritisten auf, um einen Kontakt mit ihrem toten Kind herzustellen – natürlich entsetzlich peinlich für Alex. Ein Geistlicher, dessen Ehefrau zu den Spiritisten läuft! Und so wurde dann beschlossen, daß Carrie Ferien bei ihren Eltern auf dem Land machen sollte. Das hat ihr sehr gut getan, Gott sei Dank, und danach war sie dann in Ordnung bis zum Umzug nach Radbury.»

«Jemand sagte mir, dieser Umzug sei für sie schwierig gewesen –»

«Die arme Carrie! Wenn sie Alex nur zum Pfarrer in einer ruhigen Gemeinde irgendwo weit weg gemacht hätten! Aber nein, er mußte nach Radbury gehen, um diese monströse Kirche zu leiten, und Carrie fand sich plötzlich in aller Öffentlichkeit als Frau Dekan – da lernte sie Hunderte von neuen Leuten kennen, da beobachteten die Bewohner der Domfreiheit kritisch, ob sie auch keinen Fehler machte, da mußte sie mit neuen Ausschüssen zurechtkommen, noch

87

und noch Abendgesellschaften organisieren; vom Palais her sah die Frau des Bischofs abschätzig zu, und die Frauen aller Kanoniker versuchten sich einzumischen –»

«Wann entschied sich Mrs. Jardine denn dafür, eine Gesellschafterin einzustellen?»

«Diese Entscheidung traf Alex, nicht Carrie. Carrie war bald in einem solchen Zustand, daß sie keine Entschlüsse mehr fassen konnte – aber natürlich», sagte Mrs. Cobden-Smith, «hatte sie keinen Nervenzusammenbruch. Keinen richtigen. Sie ging nur jeden Tag einkaufen, lauter Sachen, die sie nicht brauchte – ich glaube, damit wollte sie sich von ihren Schwierigkeiten ablenken –, und wenn sie nicht einkaufte, war sie immer so müde, daß sie im Bett bleiben mußte. Schließlich kaufte sie eine ganz scheußliche Tapete – das Letzte an Extravaganz –, und da sagte sich Alex, daß sie jemanden brauche, der beim Einkaufsbummel auf sie aufpaßte. Miss Christie stellte sich ein und war sofort ein Erfolg. Alex nannte sie immer nur ‹ein Geschenk des Himmels›.»

«Der Bischof muß sich um seine Gattin gesorgt haben», murmelte ich, ein Understatement wählend in der Hoffnung, Mrs. Cobden-Smith zu weiteren Indiskretionen zu bewegen, aber sie sagte nur: «Ja, das hat er», und rutschte unruhig herum, als merke sie erst jetzt, daß ein Fremder in ihre Darstellungen mehr hineinlesen mochte, als sie zu offenbaren beabsichtigt hatte. Ich vermutete, daß es ihr wie den meisten Menschen mit wenig Phantasie schwerfiel, sich vorzustellen, was im Kopf eines anderen vorging.

«Wo kommt Miss Christie her?»

«Aus dem ländlichen Norfolk – eine jener Gegenden, wo viel Inzucht herrscht und die Leute sich in Grunzlauten verständigen. Sie stammt natürlich aus einer Pfarrersfamilie.»

«Wie praktisch. Aber Mrs. Cobden-Smith, eines an Miss Christie ist mir ein Rätsel: Warum hat sie nie geheiratet?»

«Ah!» sagte Mrs. Cobden-Smith. «Das würden wir alle gern wissen! Es wird erzählt, sie habe einmal mit Männern schlechte Erfahrungen gemacht, aber ich glaube, das Gerücht hat sie nur in die Welt gesetzt, um einen weit weniger respektablen Grund für ihr Ledigbleiben zu verschleiern.»

«Oh!» sagte ich. «Und der wäre?»

«Ich habe den starken Verdacht», sagte Mrs. Cobden-Smith mit vertraulich gedämpfter Stimme, «daß Miss Christie machtbesessen ist.»

4

Das absurde Gefühl einer jähen Ernüchterung war so stark, daß ich gegen ein Lachen ankämpfen mußte, aber glücklicherweise war Mrs. Cobden-Smith so sehr bestrebt, mir ihre Theorie zu erläutern, daß sie nicht darauf achtete, ob ich ein ernstes Gesicht machte.

«Natürlich, dem gängigen Gerücht nach ist Miss Christie heimlich in Alex verliebt», sagte sie, «aber das ist Unsinn. Ich kann mir nicht vorstellen, daß sie so töricht wäre, zehn der besten Jahre ihres Lebens an die hoffnungslose Liebe zu einem verheirateten Mann zu verschwenden. Nein, denken Sie an meine Worte, Dr. Ashworth, sie ist versessen auf Macht. Das sind manche Frauen. Nicht alle Frauen wollen heiraten, und ich glaube, Miss Christie liebt einfach ihren Aufgabenbereich: Das Leben im Palais zu organisieren, sich um Carrie zu kümmern, dem Bischof zu helfen, mit all den kirchlichen Würdenträgern zu verkehren und all den Gästen aus der Aristokratie, wie den Starmouths. Nach meiner Meinung», sagte Mrs. Cobden-Smith in entschiedenem Ton, «ist Miss Christie nur das ungewöhnliche Beispiel einer mit ihrer Karriere verheirateten modernen Frau.»

Nachdem ich meinen Lachdrang mit Erfolg unterdrückt hatte, erschien mir Mrs. Cobden-Smiths Theorie gar nicht mehr so absurd; sie war jedenfalls plausibler als Lady Starmouths weit hergeholte Anspielung auf eine lesbische Zuneigung. Doch ehe ich noch etwas erwidern konnte, rief Mrs. Cobden-Smith aus: «Ah, da ist ja Carrie – rechtzeitig zum Mittagessen heruntergekommen, Gott sei Dank! Und da ist Willy mit George. Wollen Sie mich bitte entschuldigen, Dr. Ashworth? Ich muß dafür sorgen, daß George sein Pferdefleisch frißt.»

Sie schritt rasch über den Rasen davon, und sobald ich allein war, merkte ich, daß mir unerträglich heiß war. Ich beschloß, mich vor dem Essen auf meinem Zimmer abzukühlen und dabei über das Material nachzudenken, das meine Gespräche in solcher Fülle zutage gefördert hatten.

Als ich die Terrasse erreichte, war Mrs. Cobden-Smith zusammen mit dem Colonel und George verschwunden, aber Mrs. Jardine erwartete mich mit dem herzlichsten Lächeln. Nun da ich mehr über sie wußte, erschien mir das Lächeln ergreifend, und wieder hatte ich das Gefühl, die Realität verberge sich unter der Illusion in der Hitze dieses Starbridger Mittags.

«Wie geht es Ihnen, Mrs. Jardine?» fragte ich, während ich die Stufen zur Terrasse hinaufstieg. «Ich hörte, Sie hätten sich so müde gefühlt.»

«Oh, jetzt geht es mir wieder besser, vielen Dank! So dumm, das mit meiner Schlaflosigkeit. Ich habe wohl gestern abend aus Versehen zuviel Kaffee getrunken, und als ich dann zu Bett gegangen war, da mußte ich an Ihre arme Frau und das Baby denken und... Nun, Sie wissen, wie das geht, wenn einem die Gedanken so im Kopf herumgehen, besonders wenn es heiß ist. Glauben Sie, es gibt ein Gewitter, Dr. Ashworth? Die Luft ist sehr schwül, so drückend und drohend, und ich habe das Gefühl, als würde etwas Schreckliches geschehen.»

Der Himmel war wolkenlos, und war die Luft auch heiß, so war sie doch kaum feucht. Ich sagte freundlich: «Ja, es ist sehr warm – wollen wir hineingehen?» Ich machte eine einladende Bewegung mit der Hand, aber Mrs. Jardine zögerte und blickte unentschlossen die Terrasse hinauf und hinunter. «Ich überlege, ob wir hier draußen eine Erfrischung zu uns nehmen sollen», sagte sie, «aber ich kann mich nicht entscheiden. Alex trinkt mittags nie Alkohol, aber mein Bruder und meine Schwägerin und die Starmouths trinken schon etwas. Nehmen Sie mittags einen Drink, Dr. Ashworth?»

«Im allgemeinen nicht.» Durch die offene Terrassentür sah man, wie Miss Christie und der Butler den Salon betraten. Ich hörte Miss Christie sagen: «Nein, es ist zu heiß draußen, Shipton», und der Butler stellte sein Tablett mit Gläsern auf ein Tischchen.

«Lyle meint, es ist zu heiß hier draußen», sagte Mrs. Jardine, erleichtert, daß ihr die Entscheidung abgenommen worden war. Sie rief zu Miss Christie hinein: «Auch Dr. Ashworth trinkt mittags keinen Cocktail, Liebes, also brauchen wir noch eine Zitronenlimonade.»

«Ja, damit hatte ich schon gerechnet», sagte Miss Christie und kam zu uns auf die Terrasse. «Noch einmal guten Morgen, Dr. Ashworth. Ich hoffe, Sie haben das Sonnenbad im geistlichen Anzug genossen.»

«Das habe ich in der Tat», sagte ich. «Der Morgen war sogar so angenehm, daß ich Lust auf einen ebenso angenehmen Nachmittag habe. Begleiten Sie mich nach dem Mittagessen bei einer Spazierfahrt?»

Miss Christie hatte mir den kleinen Finger gereicht, und ich hatte gleich die ganze Hand ergriffen. Zumindest konnte mir niemand vorwerfen, ich würde meine Chance verpassen, aber Miss Christie gab zu erkennen, daß sie ihr Entgegenkommen bedauerte. Sie sagte ohne zu zögern: «Ich kann nicht frei über meine Zeit verfügen. Dr. Ashworth. Ich habe Pflichten hier im Palais.»

«Aber ich ruhe mich heute nachmittag doch nur aus!» sagte Mrs. Jardine. «Machen Sie ruhig mit Dr. Ashworth einen Ausflug, Liebes – warum nicht?«

«Ja, warum auch nicht?» sagte eine vertraute rauhe Stimme, und als ich mich rasch umdrehte, sah ich, daß Dr. Jardine mich von der Schwelle des Salons her beobachtete.

5

Es trat eine Pause ein. Ich blickte wieder zu Miss Christie hin, aber sie war schon zu der praktischen Schlußfolgerung gelangt, daß eine Annahme der Einladung jetzt weniger peinlich wäre als eine Ablehnung. Sie sagte höflich: «Vielen Dank. Eine Spazierfahrt wäre sehr schön», und dann entwischte sie am Bischof vorbei in den Salon, wo der Butler gerade einen großen Krug Limonade abgestellt hatte.

«Es ist schrecklich heiß, nicht?» sagte Jardine, als ich dem Butler und Miss Christie nachsah, die in der Diele verschwanden. «Carrie, du siehst aus, als ob du kurz vor einem Sonnenstich ständest. Komm sofort herein.»

91

«Mir ist so komisch, Alex –»

«Ich schlage vor, wir fallen gleich über die Zitronenlimonade her.»

Die Kühle im Salon war eine köstliche Erfrischung, doch als Mrs. Jardine sich auf die Kante des Sofas setzte, fielen mir die nervösen Bewegungen ihrer Hände auf, und ich spürte deutlicher denn je ihre innere Anspannung.

«Nun, Dr. Ashworth», sagte Jardine, während er seiner Gattin ein Glas Limonade reichte und ein zweites mir hinhielt, «muß ich annehmen, daß die Reize der Dombibliothek Sie kalt lassen? Wie ich erfahre, haben Sie den Morgen damit verbracht, sich mit einer attraktiven Frau zu unterhalten, und jetzt wollen Sie mit einer anderen den Nachmittag verbringen.»

Ich sagte mit einem Lächeln: «Nachdem ich über eine Stunde lang die Reize der Dombibliothek bewundert hatte, fühlte ich mich berechtigt, weit weniger als eine Stunde lang –»

«– die Reize von Lady Starmouth zu bewundern. Ganz recht.» Der Bischof sprach in einem belustigten Ton, aber ich spürte, daß die Belustigung hauchfein war, und mir wurde unbehaglich.

«Aber ich dachte, Sie hätten mit Amy gesprochen, nicht mit Lady Starmouth!» sagte Mrs. Jardine zu mir; sie hörte sich ganz verwirrt an.

«Oh, Dr. Ashworth hat so ziemlich mit jedem gesprochen!» sagte der Bischof, und ich hörte deutlich den beißenden Ton aus seiner Stimme heraus. «Er scheint an dem unwiderstehlichen Drang zu leiden, die gesellige Seite seiner Persönlichkeit vorzuführen!»

«Mit mir hat er nicht gesprochen», sagte Colonel Cobden-Smith, der das Zimmer betrat, als ich mich gerade fragte, ob Lady Starmouth sich wegen meines Verhörs beschwert hatte.

«Ja – weil du deinen armen Hund bei dieser mörderischen Hitze ausgeführt und dich selbst zum Kandidaten für eine Herzattacke gemacht hast – und jetzt, nehme ich an, willst du einen Gin mit Angostura haben!»

«Alle leiden so unter der Hitze», sagte Mrs. Jardine mit großer Unruhe kämpfend, ehe der Colonel etwas erwidern konnte. «Ich bin sicher, es gibt ein Gewitter, aber nach der Wettervorhersage –»

«Oh, um Himmels willen, Carrie!» rief der Bischof äußerst gereizt aus. «Hör auf, vom Wetter zu reden!»

Mrs. Jardine begann zu weinen.

«Ach du liebes bißchen», murmelte Jardine, während der Colonel und ich wie erstarrt dastanden, und rief ganz laut: «Lyle!»

Miss Christie trat ein. Es war fast, als habe sie in den Kulissen auf ihr Stichwort gewartet.

«Lyle, Carrie verträgt diese Hitze nicht. Tun Sie etwas, ja?» sagte der Bischof, beugte sich ungeschickt über seine Frau, gab ihr einen Kuß und murmelte: «Entschuldige.»

«Liebes», sagte Miss Christie zu Mrs. Jardine, «Sie müssen sofort Ihre ganze Limonade trinken, dann fühlen Sie sich gleich wohler. Bei heißem Wetter braucht der Körper viel Flüssigkeit.»

Jardine bemerkte: «Vielleicht sollte ich regelmäßig Limonade trinken zur Vorbeugung gegen Reizbarkeit nach einem langweiligen Vormittag in meinem Arbeitszimmer. Ich habe gerade den letzten Stoß Briefe zur Ehegesetzvorlage gelesen, geschrieben von Leuten, die mich für den Geistlichen halten, der die Trauung Edwards VIII. vorgenommen hat, und ich wünsche jetzt inbrünstiger denn je, mein bedauernswerter Namensvetter trüge einen anderen Namen als Jardine.»

Das war ein geschickter Versuch, das Gespräch wieder in normale Bahnen zu lenken, doch ehe sich die Atmosphäre noch entspannen konnte, kam Mrs. Cobden-Smith hereingerauscht. «Willy, George will dieses Pferdefleisch nicht fressen. Glaubst du – ach du meine Güte, was ist denn los? Carrie, Liebes, du mußt dich einfach mehr zusammennehmen! Ich weiß, die Hitze ist anstrengend, aber –»

«Amy», sagte der Bischof, «würdest du bitte aufhören, mit meiner Frau zu sprechen, als wäre sie eine indische Bauersfrau, die reif ist für die Zivilisierung durch die britische Herrschaft?»

«Also wirklich, Alex!»

«Mrs. Cobden-Smith», sagte Miss Christie mit noch nicht dagewesenem Charme, «seien Sie so lieb und helfen Sie mir, Carrie nach oben zu bringen, damit sie sich hinlegen kann. Sie haben gewiß aus Ihrer Zeit in Indien große Erfahrung mit Hitzschlägen, und ich schätze Ihren Rat sehr – sollte man den Arzt rufen?»

«Völlig unnötig», sagte Mrs. Cobden-Smith hinreichend besänftigt, «aber vielleicht sollte sie sich wirklich hinlegen. Komm, Carrie.»

In diesem unglückseligen Augenblick stürzte der Kaplan mit einer schlechten Nachricht herein. «Bischof, der Archidiakon ist wieder am Apparat, und er ist furchtbar aufgeregt!»

«Oh, zum Henker mit dem Archidiakon!» explodierte der Bischof. «Und zum Henker mit dieser abscheulichen Erfindung namens Telephon!»

Aber er ergriff die Gelegenheit zu einem raschen Rückzug aus dem Chaos, das er mit seiner Gereiztheit verursacht hatte.

6

Es überraschte mich, wie schnell die Ordnung wieder hergestellt war. Miss Christie redete Mrs. Jardine gut zu, und diese trank ihre Limonade aus und sagte, sie fühle sich wohler. Die Starmouths kamen hinzu, und während sie darüber debattierten, was sie trinken wollten, hörte ich, wie die Cobden-Smiths über George sprachen, der gleich darauf niedergedrückt hereintappte. Miss Christie trug dem Butler auf, den Krug mit Limonade aufzufüllen, doch ehe sich mir die Gelegenheit bot, mit ihr über unseren Ausflug zu reden, trafen vier Gäste aus verschiedenen Winkeln der Diözese ein, und für ein privates Gespräch war keine Zeit mehr.

Das Mittagessen verlief reibungslos, wenn auch langweilig. Ich widmete mich tischnachbarlich einer umfangreichen Matrone, deren bevorzugtes Gesprächsthema die Union der Mütter war, und sah auch Miss Christie kein einziges Mal zu mir hin, so fing ich doch gelegentlich über den Tisch hinweg einen mitfühlenden Blick von Lady Starmouth auf.

Um halb drei aber hatte sich die Tischgesellschaft zerstreut, und ich bereitete mich in meinem Zimmer auf eine Landpartie vor, die sehr wenig mit einer geistlichen Amtspflicht zu tun hatte. Ich streifte die schwarze Tracht ab. Nachdem ich meine leichteste formlose Kleidung angezogen hatte, knöpfte ich das Hemd am Hals auf, rückte den Hut zurecht und betrachtete noch einmal mein Bild in dem langen Spiegel. Sogleich fragte ich mich, ob ich mit der Formlosigkeit nicht etwas zu weit gegangen sei; ich kam mir fast vor wie ein Handlungsreisender, der nach dem Verhökern eines zweifelhaften Erzeugnisses eine Ruhepause einlegt, aber als ich dann eine Krawatte umbinden wollte, fand ich es viel zu heiß dafür. Ich legte die Krawatte in die Schublade zurück, öffnete den obersten Knopf wieder und sagte mir, daß ich genauso aussähe wie das, was ich war: ein dienstfreier Geistlicher, der im Begriff steht, mit einer hübschen Frau einen Ausflug zu unternehmen.

Doch dann sah ich im Spiegel den Spion hinter dem Geistlichen, das Bild hinter dem Bild, und hinter dem Spion war noch ein anderer Mann, das Bild hinter dem Bild hinter dem Bild. Die Realität verschwamm; Phantasie und Wahrheit verknüpften sich unentwirrbar. Ich sagte mir, daß ich mir den fernen Fremden einbilde, aber als ich spürte, wie sich meine Persönlichkeit zu spalten begann, bedeckte ich mein Gesicht mit den Händen.

Ich ließ mich neben dem Bett auf die Knie fallen und flüsterte: «Herr, vergib mir meine Sünden. Erlöse mich von dem Bösen. Hilf mir, dir so gut zu dienen, wie ich kann.» Danach fühlte ich mich ruhiger, und als ich wieder in den Spiegel blickte, sah ich, daß der dienstfreie Geistliche jetzt das einzige sichtbare Bild war. Er hatte einen strengen Gesichtsausdruck, als wollte er betonen, daß ich nicht das Recht hätte, mir von der Hitze den Kopf verwirren zu lassen, und sogleich schob ich alle morbiden Gedanken beiseite. Ich ging, mich mit Miss Christie zu treffen.

V

«Die Erfahrung hat gezeigt, daß die Ehefrau eines Geistlichen sich entweder uneingeschränkt mit dem schwierigen und besonderen Beruf ihres Gatten verbinden und ihre Belohnung in einem persönlichen Einfluß suchen muß, wie er in seiner Reichweite und Tiefe im Falle keiner anderen Ehefrau erreicht wird, oder sich von seiner Arbeit und seinem Leben loslösen muß mit schädlichen Folgen für sein Amt wie für ihr Ansehen und, so dürfen wir hinzufügen, für ihrer beider Glück.»

HERBERT HENSLEY HENSON

I

Miss Christie trug ein blaßgrünes, kurzärmeliges Kleid, das ihre schlanken Arme freigab, und flache weiße Sandalen, die ihre schmalen Fesseln betonten. Andere, fleischige Kurven waren verlockend unter dem züchtigen Schnitt ihres Kleides verborgen. Ein breitkrempiger Strohhut beschattete ihr Gesicht.

«Wollen Sie nicht erkannt werden?» sagte ich.

«Das gleiche könnte ich Sie fragen!»

«Nun, zumindest haben Sie nicht gesagt –»

«– ‹Oh, wie anders sehen Sie aus in Zivilkleidung!›»

Wir lachten, und als ich vorausging zu meinem Wagen, schoß mir der Gedanke durch den Kopf, daß Miss Christie, wenn sie mit jeder nur vorstellbaren Krise in einem Bischofshaushalt fertig wurde, gewiß auch mit einem Doktor der Theologie umzugehen wußte, der so verrückt war, sich vor dem eigenen Spiegelbild zu fürchten. Erleichtert, erfüllt von einem gewissen Glücksgefühl, unruhiger Erwartung und sexuellem Verlangen in angenehm stimulierender Mischung sagte ich mir, daß der Nachmittag gut verlaufen würde.

Miss Christie schlug eine Fahrt zum Starbury Ring vor, einem megalithischen Steinkreis oben auf den Hügeln, und nachdem sie mich aus der Stadt hinausdirigiert hatte, fuhren wir das Tal hinauf nach Norden. Die Berghänge wölbten sich mit einer sinnlichen Weichheit im klaren Nachmittagslicht. Nachdem wir die Hauptstraße verlassen hatten, kamen wir an Gehöften vorbei, und einmal hielt uns ein langsam dahinzockelnder Karren auf, aber im übrigen lenkte nichts unsere Aufmerksamkeit von der ständig sich neu darbietenden Landschaft ab.

Plötzlich sagte Miss Christie: «Einen solchen Ausflug sollte ich einmal mit Mrs. Jardine machen. Das würde ihr guttun. Wir könnten sogar ein Picknick machen und für einen ganzen Nachmittag verschwinden.»

«Und was wäre mit dem Bischof?»

«Oh, den würde ich zu Hause lassen. Er ißt nicht gern ›al fresco›. Seine Vorstellung von Entspannung ist ein Leserbrief an die *Times*.»

«Wie ich höre, hat er sich damit einen Namen gemacht, ehe er Pfarrer von St. Mary's Mayfair wurde.»

«Ja, er hatte sonst nicht viel zu tun als Kaplan im Londoner Norden.»

Ich sah eine Chance, meine Nachforschungen fortzusetzen. «Warum hat er eigentlich so zurückgezogen gelebt, ehe er nach Mayfair versetzt wurde?» fragte ich. «Was wurde aus ihm nach der Ordination?»

«Er bekam eine Gemeinde in dieser Diözese hier – in den Slums von Starmouth. Er blieb dort sieben Jahre und wirkte recht erfolgreich, aber es war ein sehr anstrengender Posten, und schließlich hat er es gesundheitlich nicht mehr geschafft.»

«Das widerfährt Pfarrern in solchen Gemeinden oft», sagte ich und mußte an meinen Freund Philip denken, der mir vorgeworfen hatte, ich lebte in einem Elfenbeinturm. Aus einem gewissen Schuldgefühl heraus setzte ich hinzu: «Aber Sie dürfen nicht denken, ich spräche aus Erfahrung. Tatsächlich hatte ich es immer nur mit den Wohlhabenden zu tun.»

«Christus hat schließlich für die Reichen wie für die Armen gepredigt», sagte Miss Christie in gesetztem Ton. «Und Dr. Jardine

sagt, die Reichen könnten seelisch ebenso arm sein wie eine Arbeits-
losenfamilie.»

Ich sah sie dankbar an, aber sie blickte durchs Fenster auf die
dahinschwingenden Hügel. Nach einer Weile sagte ich: «Erzählen
Sie mir mehr von Dr. Jardine – was geschah, als es mit seiner
Gesundheit bergab ging?»

«Auf ärztlichen Rat gab er das Pfarramt auf und lieh sich Geld für
einen längeren Ferienaufenthalt. Die Ruhe tat ihm zwar gut, aber
einer neuen Pfarrei fühlte er sich gesundheitlich noch immer nicht
gewachsen, und so verlegte er sich aufs Schreiben und Forschen in
Oxford. Sie wissen wohl, daß er Fellow von All Souls ist. Aber er
war damals in solchen finanziellen Nöten, daß er Einkünfte irgend-
welcher Art brauchte, und so vermittelte ihm schließlich der Rektor
von All Souls eine kleine Kaplansstelle in einem Krankenhaus im
Norden Londons – dieser Posten wurde vom College vergeben.»

«Dr. Jardine hatte wohl auch beträchtliche familiäre Verpflichtungen in Putney?»

«Er unterstützte seinen Vater, seine Stiefmutter und seine beiden
Schwestern», sagte Miss Christie trocken. «Wenn er auch nicht
hungern mußte, hatte er doch kaum genug zu essen. Aber das Amt
dort lag ihm – das Krankenhaus war eher klein, kaum mehr als ein
großes Altenheim, und da er nicht viel zu tun hatte, verbrachte er die
Tage in der Wochenmitte in Oxford. Er schrieb einige Artikel, hielt
verschiedene Gastpredigten – er hatte sich schon einen Ruf als guter
Prediger erworben – und schrieb regelmäßig Leserbriefe an die
Times. Schließlich trat der Rektor von All Souls ohne Dr. Jardines
Wissen an Mr. Asquith heran, der damals Premierminister war, und
fragte ihn, ob er nicht etwas für Dr. Jardine tun könne, dessen
Gesundheit offensichtlich wiederhergestellt sei. Mr. Asquith hatte
die Briefe an die *Times* mit Vergnügen gelesen und erinnerte sich
sofort, daß die gerade freigewordene Pfarrstelle in St. Mary's zum
Verfügungsbereich der Krone gehört.»

«So etwas nennen wir Geistliche eine erbauliche Geschichte»,
sagte ich. «Nach vielen Wechselfällen wird den Guten ihre Belohnung zuteil.»

«Ich frage mich, warum Sie sich so neidisch anhören», sagte Miss

Christie, als habe sie das Gefühl, zu freundlich zu mir gewesen zu sein, und müsse jetzt das Gleichgewicht wiederherstellen. «Sie sind doch offenkundig auf dem Weg zu einem der begehrtesten Bischofsposten.»

«Glauben Sie?» sagte ich. «Ich fühle mich geschmeichelt. Aber finden Sie wirklich, ich eigne mich zum Bischof, nur weil ich ein Buch über die frühe Kirche veröffentlicht habe und an der Kathedrale von Cambridge überleben kann, ohne mit dem Dekan in Streit zu liegen?»

«Oh, ich maße mir nicht an, über Ihre Eignung zu urteilen, Dr. Ashworth. Das überlasse ich Gott und Dr. Lang.»

Ich mußte deutlich machen, daß ich keinerlei Schroffheit hinzunehmen gedachte, die aus dem Schuldgefühl gespeist wurde, daß wir so gut miteinander auskamen. Ich hielt den Wagen jäh an, stellte den Motor ab, drehte mich zu ihr um und fragte: «Warum diese Feindseligkeit?»

Sie erbleichte. Vor Zorn, wie ich zuerst glaubte, aber dann begriff ich, daß sie vor Angst erbleicht war. Als sie aufbegehrte: «Ich bin nicht feindselig!», sagte ich sofort: «Nein? Warum tun Sie dann so?» und beugte mich vor und küßte sie auf den Mund.

Das war eine Blitzreaktion – im Falle eines Gentleman auf einem gesitteten Nachmittagsausflug mit einer Dame, die er noch keine vierundzwanzig Stunden kannte, und sie war für einen Geistlichen so blitzschnell, daß ich mich mit Lichtgeschwindigkeit zu bewegen glaubte. Meine Schnelligkeit betäubte sogar Miss Christie so sehr, daß sie sich während der ersten fünf Sekunden, in denen unsere Lippen sich berührten, wie gelähmt verhielt. Fünf Sekunden sind eine lange Zeit bei einem Kuß. Doch mit der sechsten Sekunde kam die Reaktion, und entgegen meinen Befürchtungen fiel sie keineswegs feindselig aus. Ihr Mund öffnete sich unter dem meinen. Sofort zog ich sie näher an mich, doch im nächsten Augenblick schon schob sie mich von sich, und widerstrebend ließ ich sie los. Ihr Gesicht war nicht mehr weiß, sondern blaßrosa. Ich hatte keine Ahnung, was für eine Farbe mein Gesicht hatte, aber mir war, als hätte ich hundert Meter im Sprint zurückgelegt, und in meinem Kopf wirbelten nicht nur Gedanken an leere Champagnergläser, sondern Bilder von glänzenden Schwertern, dunklen Tunnels und anderen zweideutigen, durch Freud für alle Zeiten mit einem Odium behafteten Dingen.

Miss Christie strich sich den Rock glatt – den ich nicht berührt hatte –, und dabei bemerkte ich, daß sie am Mittelfinger der linken Hand einen Siegelring trug. Schließlich sagte sie: «Wir sind uns gestern zum erstenmal begegnet. Wir nennen uns noch nicht einmal beim Vornamen. Benehmen Sie sich nicht etwas merkwürdig für einen Geistlichen?»

«Zumindest kenne ich Sie gut genug, um Sie Lyle zu nennen.»

«Dr. Ashworth –»

«Ich heiße Charles. Ja, natürlich benehme ich mich merkwürdig für einen Geistlichen, aber jedesmal, wenn jemand mir zu verstehen gibt, ein Geistlicher sollte eine Art Heiliger aus rostfreiem Stahl sein, möchte ich Shylocks Rede zitieren, Sie kennen sie, die Stelle, wo er sagt, er blute und leide genauso wie andere Menschen –»

«Nun, ich wollte damit nicht zu verstehen geben –»

«Nein?»

«Dr. Ashworth –»

«Charles.»

«– ich fürchte, ich bin nicht die Frau, die man im Sturm erobert –»

«Tun Sie nicht so, als wären Sie nicht an mir interessiert! Ich habe gesehen, wie Sie mit angehaltenem Atem gelauscht haben, als Lady Starmouth mich gestern abend fragte, ob ich verheiratet sei!»

«Ich –»

«Hören Sie», sagte ich in meinem ruhigsten, vernünftigsten Ton, «ich könnte auf dem üblichen Weg vorgehen. Ich könnte Ihnen hübsche kleine harmlose Komplimente machen und Ihnen harmlose kleine Briefchen schreiben und Blumen schicken und alle vierzehn Tage nach Starbridge kommen und Sie zum Tee ausführen – das könnte ich alles tun. Ich kann mich durchaus wie ein Gentleman benehmen und ein Spiel spielen, wie es die Regeln erfordern, aber was hätte ich davon? Absolut nichts. Das habe ich gestern abend herausgefunden, als ich meinen vorsichtigen Annäherungsversuch machte und Sie um die Kaffeetassen herum entwischt sind. Nun, um Kaffeetassen herum zu entwischen mag Ihnen Spaß machen, aber ich möchte nicht wie eine kleine Unbequemlichkeit behandelt werden. Ich möchte Sie so bald wie möglich noch viel besser kennenlernen – deshalb habe ich diesen Ausflug vorgeschlagen.»

«Warum fahren wir dann nicht weiter? Ich möchte nicht den ganzen Nachmittag vor den fünf Balken dieses Tores verbringen und mir Ihren aufgeregten Unsinn anhören!»

Ich ließ den Motor an und fuhr weiter.

2

Minuten später befanden wir uns auf einer breiten Hochfläche, und vor uns erblickte ich einen Weg, der von der Straße fort zum Kamm der Hügelkette führte.

«Stellen Sie den Wagen dort ab», sagte Lyle. «Hier beginnt unser Fußweg zum Ring.»

«Sie brauchen keineswegs in einem Ton zu sprechen, als hätten Sie gern eine Anstandsperson dabei!» sagte ich leichthin, während ich den Wagen abermals zum Stehen brachte. «Nachdem ich meine Einstellung dargelegt habe, verspreche ich Ihnen, mich zwei Stunden lang wie ein rostfrei-stählerner Heiliger zu benehmen.»

«Und nach den zwei Stunden?»

«Sind wir wieder im Palais, und Sie können sich hinter dem Bischof verstecken.»

Als ich die Tür zum Beifahrersitz öffnete, sagte sie: «Sie interessieren sich sehr für den Bischof.»

«Gibt es jemanden in der Kirche von England, der das nicht tut?»

Wir schritten den schmalen Weg entlang. Ich hätte ihre Hand halten mögen, übte jedoch äußerste Selbstdisziplin und schob die Hände tief in die Taschen. Aber ich war mit meinen Fortschritten nicht unzufrieden. Zumindest hatte sie mich weder geohrfeigt noch einen Lümmel genannt oder auf sofortiger Rückkehr nach Starbridge bestanden.

«Wenn Sie mich besser kennenlernen wollen», sagte sie schließlich, «warum gehen Sie dann nicht mit gutem Beispiel voran und erzählen mir etwas von sich? Die meisten Männer brennen förmlich darauf, ihre Lebensgeschichte loszuwerden, aber Sie scheinen da eher zurückhaltend zu sein.»

«Ich hatte nicht die Absicht, eine Lektion in Geschichte zu erteilen. Ich würde lieber über die Gegenwart reden.»

«Was haben Sie gegen Ihre Vergangenheit?»

«Sie ist einfach langweilig. Ich wurde in der richtigen Grafschaft im richtigen Viertel einer der richtigen Städte geboren. Mein Vater hat den richtigen Beruf, und meine Mutter pflegt die richtigen Hobbys. Ich habe die richtigen Schulen und die richtige Universität besucht, wurde im richtigen Alter ordiniert und begann meine Laufbahn zur richtigen Zeit bei dem richtigen Mann. Dann habe ich an den richtigen Orten gelehrt, das richtige Buch geschrieben und bin schließlich Kanonikus an der richtigen Kathedrale geworden. Das ist alles sehr belanglos, nicht? Dr. Jardines Vergangenheit ist viel interessanter als meine.»

Lyle sagte darauf nur: «Sie haben die richtige Ehe mit der richtigen Frau ausgelassen.»

«Das habe ich. Nachlässig von mir. Das war wahrscheinlich, weil sie das Falsche tat und starb.»

Wir gingen weiter. Die Sonne strahlte auf die mit Schafen betüpfelten Grashänge, und als wir uns der Kammhöhe näherten, hatte man nach allen Seiten einen weiten, offenen Blick. Es war unheimlich still.

Schließlich sagte Lyle: «Sie verraten nicht viel von sich.»

«Wer tut das schon? Das tun nicht einmal die, die ihre sorgfältig ausgewählten Lebensdaten in ermüdender Länge herunterrasseln.» Ich wollte sie in Versuchung bringen, mein Argument mit Enthüllungen über sich selbst zu widerlegen, aber sie sagte nur ganz nüchtern: «Ja, die genaue Wahrheit über einen Menschen wird man gewöhnlich nie in Erfahrung bringen, aber ich glaube, in den meisten Fällen kann man doch ungefähr ahnen, was vorgeht.» Sie hielt inne und warf einen Blick zurück über das Tal, das hinter uns lag. «Nehmen Sie zum Beispiel die Starmouths», sagte sie. «Der Earl ist ein guter, anständiger Engländer der alten Schule, der sich gewissenhaft um seine Güter kümmert, durch regelmäßigen Besuch der Oberhaussitzungen seine vaterländische Pflicht erfüllt und seine

Frau und seine Kinder liebt. Lady Starmouth langweilt sich wahrscheinlich ein wenig an seiner Seite, aber auch sie ist im Grunde ein guter und anständiger Mensch. Sie schwirrt nicht herum wie eine Gesellschaftsgastgeberin, sondern gibt sich statt dessen mit der ungefährlichsten Sorte von Männern ab – mit Geistlichen, die größten Wert auf Schicklichkeit legen. Nun, ich behaupte nicht, daß das die genaue Wahrheit über die beiden Starmouths ist, aber über den Daumen gepeilt dürfte meine Einschätzung wohl zutreffen – ich meine, niemand wird zum Beispiel im Ernst annehmen, daß Lady Starmouth insgeheim Rauschgift nimmt und der Earl in St. John's Wood eine Geliebte hat.»

«Lady Starmouth nimmt gewiß nicht insgeheim Rauschgift. Aber –» ich mußte an die offen ausgesprochene Bewunderung des Earls für Loretta denken – «ich bin mir nicht ganz so sicher wie Sie, was die Geliebte in St. John's Wood betrifft. Im Laufe der Jahre bin ich zu dem Schluß gekommen, daß es unmöglich ist, das Privatleben eines Menschen genau einzuschätzen.» Ich sah sie nicht direkt an, war aber gespannt auf ihre Reaktion.

Doch sie sagte nur: «Ist der Earl nicht ein wenig zu alt für Vergnügungen in St. John's Wood?»

«Er könnte das Gefühl haben, eine Geliebte hält ihn jung. Aber nein», sagte ich mit einem Lächeln, während wir weiter der Kammhöhe zuschritten, «ich glaube eigentlich nicht an ein geheimes Liebesleben des Earl, genausowenig wie ich glaube, daß Lady Starmouth darauf brennt, den Bischof zu verführen.»

Sie lachte. «Lady Starmouths ganzer Erfolg beim Bischof beruht auf der Tatsache, daß sie in seiner Gegenwart nie die leidenschaftliche Frau spielen würde!»

«Gibt es so viele leidenschaftliche Frauen, die Dr. Jardine zu schaffen machen?»

Lyle entschied sich plötzlich dafür, das Thema ernst zu nehmen. «Jetzt nicht», sagte sie. «Ein Bischof ist stärker exponiert als ein gewöhnlicher Seelsorger, aber es gab da ein, zwei schwierige Frauen, als er Dekan von Radbury war, und als er Pfarrer von St. Mary's war, mußte er sich offenbar einiger Damen der Gesellschaft erwehren, die nicht so prinzipientreu waren wie Lady Starmouth.»

Um zu zeigen, daß ich die Probleme verstand, mit denen manche Geistliche zu kämpfen haben, sagte ich in ebenso ernsthaftem Ton: «Aber solch lästige Frauen stellen doch wohl eher Junggesellen nach –»

«Ja, sein Leben wurde nach und nach weniger hektisch, als er erst verheiratet war, aber leider sind viele Frauen auch heute noch versucht, Mrs. Jardine als eine unbedeutende Person abzutun und sich vorzustellen, der Bischof schmachte in einer unglücklichen Ehe dahin. Das ist natürlich Unsinn. Ein Außenstehender mag die Jardines für ein Ehepaar halten, das schlecht zusammenpaßt, aber jeder, der sie näher kennt, wird sagen, daß sie einander sehr zugetan sind. Gegensätze ziehen sich an.»

Wir hatten jetzt den Kamm erreicht, und als wir uns umblickten, um die Aussicht zu genießen, sah ich, daß die Umrisse der Landschaft schon im Hitzedunst verschwammen. Ich wandte mich von ihr ab und dem Starbury Ring zu, der jetzt in kaum fünfzig Meter Entfernung sichtbar war. Der Ring bestand aus zwei Dutzend hoher Steine, die vor mehreren tausend Jahren zu nicht mehr bekannten Zwecken aufgestellt worden waren. In meiner Vorstellung beschworen sie sogleich Bilder von Menschenopfern und anderen Greueln heidnischen Götzendienstes herauf. Ich dachte daran, wie angenehm es wäre, zu glauben, alle blutige Götzenanbetung in Europa liege jetzt in der Vergangenheit beschlossen, und einen Augenblick lang wünschte ich, in der Zeit Queen Victorias zu leben und noch an die Lehren des Fortschritts zu glauben. Wie schön mußte es gewesen sein, voller Vertrauen vorauszublicken in eine Zeit, da die Menschheit ihre unvermeidliche Vollendung erreicht haben würde! Wie angenehm, sich einen immanenten, mühelos zugänglichen Gott vorstellen zu können, den man mit Hilfe von Vernunft und guter Bildung zu erfassen vermochte! Doch nun hatte der Weltkrieg die Illusion von Fortschritt zerstört, blutige Götzenanbetung hielt abermals in Europa Einzug, und der mächtige Geist Karl Barths hatte erkannt, daß Gott fern war, absolut transzendent und nur durch Offenbarung zu erfassen.

«Entschuldigen Sie», sagte ich zu Lyle. «Der Anblick heidnischer Steine hat bei mir eine gedankliche theologische Abschweifung

ausgelöst. Sie sagten gerade, die Jardines seien einander sehr zugetan –«

«Ja, Mrs. Jardine betet den Bischof an, und wie alle Männer liebt es
der Bischof, angebetet zu werden. Natürlich geht sie ihm gelegentlich auf die Nerven – nun, Sie haben das ja heute mittag erlebt, nicht
wahr? –, aber insgesamt ist eine kleine Verärgerung kein zu hoher
Preis für eine Ehefrau, die ein guter Mensch ist, sehr beliebt und ihm
in jeder Beziehung ergeben.»

«Der Bischof scheint ein bemerkenswertes Talent dafür zu haben,
sich mit Verehrerinnen zu umgeben!»

«Ein Talent, das er wahrscheinlich als Reaktion auf seine freudlose
Kindheit entwickelt hat. Da war von Verehrung kaum die Rede.»

«Ich dachte, er hätte eine liebevolle Stiefmutter gehabt?»

«Sie hat das nicht gezeigt. Erst im Alter von achtzehn Jahren
wurde er sich über ihre Gefühle klar.»

«Was geschah denn, als er achtzehn war?»

«Da ging er nach Oxford, und da hat sie beim Abschied geweint.
Es war ihr großer Triumph, wissen Sie. Sie hatte ihn als den besten
aus der Kinderschar ausgewählt und auf den Weg nach Oxford
gebracht, aber er hatte immer geglaubt, er wäre für sie nur eine Art
Hobby, weil sie keine eigenen Kinder hatte.» Lyle hielt inne und fuhr
dann fort: «Am Anfang war er wahrscheinlich wirklich nur ein
Hobby für sie, aber nach einiger Zeit stellte sie fest, daß ihr Ehrgeiz
für ihn ihr die Kraft gab, eine schwierige Ehe zu ertragen. ‹Für Adam
war es das wert›, hat sie einmal vor ihrem Tod zu mir gesagt. Sie
nannte ihn immer Adam. Sie konnte ›Alex‹ nicht ausstehen, hielt
diesen Namen für frivol, eine häßliche Affektiertheit der Cobden-
Smiths. ‹Adam ist nicht wirklich Alex›, sagte sie einmal zu mir.
‹Alex ist nur eine Maske, und unter der Maske, da ist der Adam, den
niemand kennt außer mir.› Gespenstig, so etwas zu sagen, nicht
wahr? Ich sehe den Bischof manchmal an und denke: Da steckt
irgendwo ein Adam drin! Was für ein rätselhaftes Ding, die Persönlichkeit, so unheimlich, so unergründlich...»

Wir standen jetzt in der Mitte des Steinrings. Die Steine selbst,
starr und dunkel unter ihren grünbraunen Flechten, erhöhten noch
das Rätselhafte des Rings, der da in der leeren Landschaft stand und

die ferne Vergangenheit tief in die Gegenwart hineinzutragen schien. Mir war, als stünden die Druiden Schulter an Schulter mit Karl Barth, indes ein blutiges Jahrhundert ins andere überging, jeder konventionellen Zeitvorstellung zum Trotz.

«Dies scheint mir der rechte Ort, um über Rätsel zu sprechen», sagte ich, «und insbesondere über das Rätsel der Persönlichkeit. Setzen wir uns einen Augenblick.»

Als wir, ein paar Schritte voneinander entfernt, züchtig im Schatten eines der Steine saßen, bot ich ihr eine Zigarette an. «Rauchen Sie?»

«Nur in meinem Zimmer. Aber wenn Sie sich eine gönnen, kann ich es wohl auch.»

«Sie sehen aus wie eine Frau, die exotische Marken raucht.»

«Dann sehen Sie in mir also eine Abenteurerin?»

«Sagen wir, ich sehe Sie nur mit Mühe als Gesellschafterin im Haushalt eines Kirchenmannes.» Als ich ihr Feuer gab, bemerkte ich, daß sie kleine Hände hatte und daß der große Siegelring die zarte Krümmung ihres Fingers hervorhob. Die Haut auf der Innenseite ihres Handgelenks war sehr weiß.

«Überfallen Sie mich auch nicht noch einmal?» sagte sie nach dem ersten Zug an der Zigarette. «Sie haben so einen Überfall-Blick.»

«Vielleicht weil Sie so überfallenswert sind. Jetzt regen Sie mich nicht zu unreinen Gedanken an und erzählen Sie mir mehr von dieser schwedischen Stiefmutter. Mich interessiert der Einfluß, den sie auf Dr. Jardine ausgeübt haben muß.»

3

«Ich bin ihr zuerst in Radbury begegnet», sagte Lyle. «Sie besuchte die Jardines ein paarmal, aber dann fiel ihr wegen ihrer Arthritis das Reisen zu schwer. Der Bischof besuchte sie in Putney, wann immer er konnte, aber ich habe sie erst wiedergesehen, als sie gegen Ende ihres Lebens zu uns nach Starbridge zog.»

«Das war schön, daß sie die letzten Tage ihres Lebens bei ihrem Adam in seinem Palais verbringen konnte.»

«Eine weitere erbauliche Geschichte? Ja, wahrscheinlich, obwohl die Situation keine reine Freude war, weil die arme Carrie in Angst und Schrecken vor ihrer Stiefschwiegermutter lebte. Aber», sagte Lyle, mühelos über die Krise hinweggehend, die das Palais in seinen Grundfesten erschüttert hatte, «zum Schluß kamen wir alle gut miteinander aus. Die alte Mrs. J. sah ein, daß Gott ihr die Gelegenheit gab, ihre frühere Kälte gegenüber Carrie wieder gutzumachen.»

«Sie war religiös?»

«Ja. Sie war ursprünglich lutherisch gewesen, wie so viele Schweden, aber sie war mit einem Mann verheiratet, der die institutionalisierte Religion für baren Unsinn hielt, und daher ging sie nicht regelmäßig zur Kirche.»

«Aber ich dachte, Dr. Jardines Vater sei ein religiöser Fanatiker gewesen!»

«Der Fanatismus nahm antiklerikale Formen an. Er hielt alle Geistlichen für Werkzeuge des Teufels!»

«Welch schwierige Lage für Dr. Jardine!»

«Mit einem religiösen Eigenbrötler verheiratet zu sein, war wohl auch nicht leicht für die alte Mrs. Jardine.»

«Hat sie sich Ihnen anvertraut? Ich habe so den Eindruck.»

«Ja, es hat ihr Freude gemacht, einer mitfühlenden außenstehenden Person von all dem zu erzählen, was sie in früherer Zeit erdulden mußte, damit ‹ihr Adam›, wie sie ihn nannte, sein trostloses Zuhause überlebte. Bei ihrem ersten großen Kampf ging es darum, daß er die Schule besuchen durfte. Der alte Mr. J. hielt jede Schule für einen Sündenpfuhl.»

«Er muß ja wirklich ein ekliger Ehemann gewesen sein. Dachte sie nie daran, Putney zu verlassen und nach Schweden zurückzukehren? Oder hätte sich das mit ihren religiösen Ansichten nicht vereinbaren lassen?»

«Bei dem Entschluß, in England zu bleiben, spielten ihre religiösen Ansichten zweifellos eine bedeutende Rolle – sie gelangte zu der Überzeugung, daß sie in die Familie gesandt worden war, um eben dieses Kind zu retten. ‹Es war für mich ein Befehl Gottes›, sagte sie. ‹Ich hätte nicht anders handeln können›.»

«Aber als Dr. Jardine erwachsen war – als er dann in Oxford war –»

«Da begannen erst die wirklich großen Probleme. Das Stipendium deckte nur die Studiengebühren ab, und der bösartige alte Vater wollte ihm kein Geld für den Lebensunterhalt geben. Die alte Mrs. J. hat sich das Essen vom Munde abgespart, damit sie ihm etwas von ihrem Haushaltsgeld schicken konnte – der Alte ließ sich nur erweichen, wenn sie vor Hunger halbtot war.»

Ich sagte verblüfft: «Aber war der alte Herr nicht stolz auf einen Sohn in Oxford?»

«Er hielt alle Universitäten für Lasterhöhlen. Aber der Bischof hat es ja überlebt und wurde belohnt nicht nur mit einer Fellowship von All Souls –»

«Ende gut, alles gut!»

«Um Gottes willen, nein – ganz das Gegenteil! Der alte Mr. J. meinte damals: ‹Ich hab’ all diese Jahre für dich gesorgt – jetzt ist es an der Zeit, daß du für mich sorgst!› und es stellte sich heraus, daß er seit Jahren über seine Verhältnisse gelebt hatte. Er hatte den vornehmen Müßiggänger gespielt, und sein Vermögen war jetzt verbraucht.»

«Dieser alte Schurke! Dann mußte Dr. Jardine die Familie also mit den Einkünften aus seiner Fellowship unterstützen?»

«Ja, eine Zeitlang glaubte er, er könne es sich nicht leisten, in den Dienst der Kirche zu treten, aber dann beschloß er doch, die Weihen zu empfangen –»

«– und natürlich war der alte Herr dagegen.»

«Wie ich hörte, müssen sich die beiden fast umgebracht haben.»

Ich sagte entgeistert: «Aber war dem Vater denn nicht klar, daß sein Sohn sich damit für ein ordentliches, anständiges Leben entschieden hatte?»

«Nein – er hatte seinem Sohn nie ein anständiges Leben zugetraut, ganz gleich, für welchen Beruf er sich entschieden hätte. Der alte Mann sah ihn unweigerlich der Verderbnis anheimfallen.»

«Aber das muß ja schrecklich gewesen sein für Dr. Jardine!» Ich fand kaum Worte, um mein Entsetzen auszudrücken, und Lyle sah mich überrascht an. «Schrecklich – monströs – unerträglich –»

«Es kam noch schlimmer. Der Bischof wurde Pfarrer der Slumgemeinde in Starmouth, und da er es sich nicht leisten konnte, zu heiraten, er aber unbedingt eine Haushälterin brauchte, wandte er sich hilfesuchend an seinen Vater, der sich in Putney von einer Ehefrau und zwei Töchtern vorn und hinten bedienen ließ. Der alte Mr. J. wollte aber nicht, daß sich eines der Mädchen um den Bruder kümmerte. Er hatte eine Zwangsvorstellung von weiblicher Reinheit und glaubte, sie würden verführt werden, sobald sie seinen Haushalt verließen.»

«Aber wenn der Bischof sie alle unterstützte, konnte er da nicht ein Wörtchen mitreden?»

«Mit dem alten Mann war nicht zu reden. Er sagte, er wolle lieber verhungern, als daß aus seinen Töchtern gefallene Mädchen würden.»

«Hatten die Mädchen nicht auch etwas zu sagen?»

«Wo denken Sie hin! Das war vor dem Krieg, und er hatte sie seit Jahren unter der Fuchtel!»

«Kein Wunder, daß die eine Schwester verrückt wurde!»

«Mrs. J. glaubte, sie würde selbst verrückt werden, aber natürlich kam sie ihm zu Hilfe. Sie sagte zu dem alten Kerl: ‹Wenn du keins der beiden Mädchen gehen läßt, dann gehe *ich*›, und das tat sie auch, als er die Mädchen noch immer nicht fortlassen wollte.»

Ich ließ die Zigarette fallen und erwischte sie gerade noch, ehe sie mir ein Loch in die Hose brennen konnte. «Aber wie hat es Dr. Jardine als Geistlicher rechtfertigen können, einen Mann der Ehefrau zu berauben?»

«Oh, das war nicht so schlimm – sie hat ihn alle vierzehn Tage besucht, und außerdem hielten sie und Dr. Jardine das alles nur für eine vorübergehende Regelung. Sie glaubten, der alte Mann würde schließlich doch eines der Mädchen gehen lassen, aber da er in diesem Punkt nicht vernünftig denken konnte, tat er das nicht.»

«Dann blieb die Stiefmutter also?»

«Ja, ihr gefiel das auch besser als das bedrückende Leben in Putney. Sie nahm an der Gemeindearbeit teil, lernte andere Menschen kennen –»

«Aber was geschah –»

«– zum Schluß? Sie ging wieder zurück. Bei der älteren Tochter zeigte sich die Geisteskrankheit, und Mrs. J. fühlte sich moralisch verpflichtet, zurückzukehren, da ihr Mann sie jetzt dringend brauchte. Aber als sie fort war, schaffte Dr. Jardine es nicht mehr allein; er war schon durch das Pfarramt erschöpft und konnte den Verlust ihrer Hilfe nicht ausgleichen.»

«Und da brach er zusammen!»

«Was für ein zweideutiger Ausdruck! Ich wollte damit nur sagen –»

«Was geschah dann als nächstes in Putney?»

«Ich habe keine Ahnung. Darüber hat Mrs. J. nicht gesprochen, aber ein Jahr später starb die Schwester in einer Nervenheilanstalt, und der Vater wurde senil. Die alte Mrs. J. sagte mir ganz ruhig, das sei die Strafe Gottes gewesen.»

«Wie wurde der Bischof mit der neuen Krise fertig?»

«Zu dieser Zeit war er schon im Londoner Nordend. Das Haus, das er als Kaplan des Krankenhauses hatte, war zwar klein, aber er brachte seinen Vater, die Stiefmutter und die Schwester dort irgendwie unter. Der Vater starb ein halbes Jahr danach. Dann wohnten die alte Mrs. J. und die Schwester beim Bischof, bis er heiratete.»

Ich hielt es für klug, ihr zu zeigen, daß ich nicht immer zu den fragwürdigsten Schlußfolgerungen neigte. «Ich begreife nicht ganz, weshalb die alte Mrs. J. sich wegen dieser Heirat so sehr aufregte», sagte ich in harmlosem Ton. «Sie wollte doch sicher, daß ihr Stiefsohn eine gute Ehe einging, sobald er es sich leisten konnte.»

«Für sie war es keine gute Ehe. Carrie hatte nur hundert Pfund Einkommen im Jahr. Und Carrie war keine junge Frau mehr – schon zweiunddreißig. Mrs. J. kam das nicht ganz geheuer vor, sie wollte wissen, warum sie nicht früher an einen Mann gekommen war . . . Aber der wahre Grund war natürlich der, daß Mrs. J. kein Mädchen gut genug für ihn war.»

«Da war es offensichtlich das beste, daß sie nach der Eheschließung nicht bei ihnen wohnte. Aber wollte sie denn nicht in Dr. Jardines Nähe ziehen, nachdem er von Mayfair nach Radbury versetzt worden war? Das ist recht weit von Putney entfernt.»

«Sie befürchtete Streit mit Carrie. Deshalb blieb sie fort, bis sie schließlich zu gebrechlich geworden war.»

«Ich sehe jetzt», sagte ich, eine suggestive Bemerkung als Köder für eine Indiskretion gebrauchend, »daß das Finale von Starbridge nicht nur eine erbauliche Lösung des Problems der alten Mrs. Jardine ist – man kann es auch als ein romantisches Ende auffassen.»

Lyle blickte sogleich verärgert. «Es war jedenfalls ein glückliches Ende», sagte sie in einem Ton, der andeutete, daß sie Romantik für einen Verstoß gegen den guten Geschmack hielt. «Aber romantisch? Das läßt eine komplexe und bemerkenswerte Beziehung banal erscheinen.»

«Haben Sie etwas gegen Romantik?»

«Natürlich – das ist der Weg zur Illusion, finde ich», sagte Lyle obenhin. «Jeder Realist weiß das.» Sie drückte ihre Zigarette aus. «Ich glaube, wir gehen lieber zum Wagen zurück – Sie haben wieder diesen Überfallblick.»

«Ich nehme an, Sie sind sich bewußt», sagte ich, ebenfalls die Zigarette ausdrückend, «daß Sie mich mit der einen Hand fortschieben, während Sie mich mit der anderen heranwinken.» Und noch ehe sie etwas erwidern konnte, hatte ich sie in die Arme genommen.

4

Diesmal hatte ich nicht die Überraschung auf meiner Seite, sie war darauf vorbereitet. Als ich sie an mich zog, sagte sie «Nein!» in einem Ton, der jedes weitere Argument ausschloß, und schob mich von sich, während sie sich aufrappelte.

Ich holte sie in der Mitte des Rings ein, doch ehe ich noch etwas sagen konnte, drehte sie sich zu mir um und fragte: «Was haben Sie eigentlich vor? Sie machen mit mir einen Ausflug, um mich besser kennenzulernen, und fragen mich die ganze Zeit nur über den Bischof aus!»

«Aber ich kenne Sie doch jetzt besser! Ich weiß, daß Sie auf Ihrem Zimmer Zigaretten rauchen, Romantik für eine Erfindung des Teufels halten und dieser erstaunlichen alten Mrs. Jardine hohe Bewunderung zollen!»

«Ich wünschte, ich hätte Ihnen nie von ihr erzählt!» sagte Lyle wütend. «Ganz offensichtlich glauben Sie, sie hätte irgendein obszönes Verlangen nach ihrem Stiefsohn gehabt –»

«Würde es ‹romantische Zuneigung› nicht besser treffen?»

«Es war keine Romanze!»

«Nicht in einem kitschigen, konventionellen Sinn, nein. Aber sie hat doch ihr Leben für ihn geopfert, nicht wahr, und ist das nicht die unübertreffliche romantische Geste? Jedenfalls dachte Dickens das, als er *Zwei Städte* schrieb, aber noch keiner hat Sydney Carton eines obszönen Verlangens nach Charles Darney angeklagt.»

«Ich dachte, Carton hätte sich für Lucy geopfert, nicht nur für Darney. Vielleicht sollten Sie wieder einmal Dickens lesen!»

«Vielleicht sollten Sie Romantik neu definieren. Zigarette?»

«Danke, ja. Ich kann eine gebrauchen nach diesem Wortwechsel.»

Als unsere Zigaretten brannten, wanderten wir weiter über den Hang. Der Ring verschwand hinter uns, als der Weg über den Kamm hinunterführte, und in der Ferne sahen wir meinen Wagen stehen, der wie ein schwarzer Käfer neben dem staubigen Band der Straße kauerte.

«Ich habe die alte Mrs. Jardine tatsächlich bewundert», sagte Lyle, «weil ich wußte, was sie um des Bischofs willen durchgemacht hatte. Aber sie konnte auch ein schrecklicher alter Drachen sein. Bei ihren beiden Besuchen in Radbury hat sie Carrie völlig fertiggemacht, und was noch schlimmer war – sie hat es genossen. Arme Carrie!»

«Sie mögen Mrs. Jardine sehr, nicht wahr?»

«Sie ist die Mutter, die ich mir immer gewünscht habe. Meine richtige Mutter war stets kränklich – sie hatte ein schwaches Herz –, und das machte sie zänkisch und egozentrisch.»

«Und Ihr Vater?»

«Er war Soldat, einer von den klugen, sehr aufgeweckt und robust. Er ist natürlich im Krieg gefallen, wie alle guten Soldaten, und als meine Mutter ihm nachstarb, zog ich nach Norfolk zu meinem Großonkel. Er war ein hochbetagter Pfarrer und nahm mich aus christlicher Barmherzigkeit auf, weil mich sonst keiner haben wollte.»

«Wie alt waren Sie da?»

«Zwölf. Das war 1914. Sie wollten wissen, wie alt ich jetzt bin, nicht wahr?»

«Da ich nun weiß, daß Sie fünfunddreißig sind – ich bin siebenunddreißig. Wie war Norfolk?»

«Furchtbar langweilig. Ich habe schließlich für meinen Großonkel die Predigten geschrieben, um nicht vor Langeweile umzukommen.»

«Sie schreiben nicht zufällig auch die Predigten von Dr. Jardine?»
Sie lachte. «Noch nicht!»

Wir schlenderten weiter den Weg entlang. «Immerhin», sagte ich, «hat man Sie mir als die wahre Autorität im Palais geschildert. Was würden die Jardines machen, wenn Sie gingen?»

«Aber ich habe nicht die Absicht, zu gehen», sagte sie. «Wußten Sie das nicht?»

«Wie schön für die Jardines! Aber was wird aus Ihnen?»

«Ich tue genau das, was ich tun möchte – ich kümmere mich um meine Adoptivmutter und führe dem Bischof das Palais. Ich bin an nichts anderem interessiert.»

«Nein, offensichtlich bleibt keine Zeit für andere Interessen», sagte ich. «Diese Ehe zusammenzuhalten muß eine alle Kraft fordernde Beschäftigung sein.»

Sie blieb jäh stehen. Ich blieb auch stehen, und als wir uns ansahen, wußte ich, daß sie sich getroffen fühlte.

«Mißverstehen Sie mich nicht», sagte ich rasch. «Ich behaupte nicht, daß Sie lügen. Vorhin hoben Sie hervor, daß die Ehe trotz kleiner Ärgernisse glücklich sei, und wiesen auf das bekannte Phänomen der Gegensätze hin, die sich anziehen, und ich sehe keinen Grund, das zu bezweifeln. Auch Lady Starmouth sagte mir, sie halte die Ehe für glücklich. Aber daß das so ist, hängt von Ihnen ab, nicht wahr? Wenn Sie nicht all das erledigten, was Mrs. Jardine nicht schafft, würde die Ehe samt Mrs. Jardine zusammenbrechen – wie damals in Radbury, ehe Sie kamen mit Ihrem Leimtopf, um die Stücke wieder zusammenzukleben. Nun, es tut der Selbstachtung immer gut, wenn man das Gefühl hat, unentbehrlich zu sein, aber wenn die Jardines einmal tot und Sie endlich auf sich allein gestellt sind, werden Sie dann nicht vielleicht auf ein Leben der verpaßten

Chancen zurückblicken? Oder werden Sie einfach wie die alte Mrs. Jardine am Ende ihres Lebens sagen: ›Für Adam hat es sich gelohnt‹?»

Sie war so bleich, daß ich zum erstenmal die Sommersprossen auf ihren Wangenknochen bemerkte. Ich mußte zwangsläufig zu dem Schluß kommen, daß mein aufs Geratewohl abgefeuerter Pfeil ins Schwarze getroffen hatte, aber alles, was sie schließlich sagte, war ein eisiges «Ich nenne ihn nicht Adam».

«Nun, ich will doch hoffen, Sie nennen ihn auch nicht Alex», sagte ich, «sonst würde meine Phantasie wirklich mit mir durchgehen. Ich habe bemerkt, daß er Sie bisweilen Lyle nennt, und nach zehn Jahren ist es wohl ganz natürlich, daß er sich dem Beispiel seiner Gattin anschließt und Sie als eine besonders geschätzte Angestellte behandelt, aber ich wäre doch leicht schockiert, wenn Sie ihn mit dem Vornamen anreden würden.»

«Oh, seien Sie still! Sie haben für einen Nachmittag schon genug abfällige Bemerkungen gemacht!»

«Ich dachte, ich hätte einige kluge Beobachtungen gemacht bei dem Versuch, das Rätsel zu lösen.»

«Von welchem Rätsel reden Sie da?»

«Von dem Rätsel, das Sie jedem Mann aufgeben, der Sie bewundert und sich fragt, warum Sie es zufrieden sind, als bloße Gesellschafterin durchs Leben zu gehen –»

«Ich glaube allmählich, *Sie* sind hier das eigentliche Rätsel, Charles Ashworth, mit Ihrem Interesse am Bischof und Ihren Don-Juan-Manieren und der Ehefrau, über die Sie nicht sprechen wollen, und der Vergangenheit, über die Sie so großzügig hinweggehen! Wozu diese gespielten Annäherungsversuche?»

«Sie sind nicht gespielt. Als ich Sie gestern sah, fühlte ich mich sofort stark zu Ihnen hingezogen –»

«Was soll das? Sie wissen doch nichts von mir. Sie scheinen mir höchst romantischen Vorstellungen zu frönen!»

«Warum erzählen Sie mir nicht von dieser aufgelösten Verlobung, die Ihnen einen solchen Horror vor der Liebe eingeflößt hat?»

«Ich erzähle Ihnen gar nichts mehr!» Ihr Gesicht war angespannt vor Zorn. «Bringen Sie mich sofort nach Hause, bitte – ich finde diese Unterhaltung höchst beleidigend!»

Wir gingen schweigend weiter, sie so schnell, wie sie konnte, ohne zu rennen, so daß ich große Schritte machen mußte, um nicht hinter ihr zu bleiben. Beim Wagen sagte ich: «Es tut mir sehr leid, wenn ich Sie verletzt habe, aber bitte glauben Sie mir, wenn ich Ihnen sage, daß meine Bewunderung für Sie aufrichtig ist.»

«Ich wünsche Ihre Bewunderung nicht.» Sie riß die Tür auf und ließ sich auf den Beifahrersitz fallen; ich hatte sie offenbar bis ins Mark getroffen.

5

Wir wechselten während der ganzen Fahrt kein Wort, aber als ich den Wagen in der Palaisauffahrt anhielt, sagte ich: «Entschuldigen Sie mich, bitte, bei Mrs. Jardine. Ich werde nicht zum Tee kommen können, weil ich mich auf meinem Zimmer noch mit meinen Notizen zu dem St.-Anselm-Manuskript beschäftigen muß.»

«Gut.» Sie hatte ihre Fassung wiedererlangt, und war sie auch noch immer bleich, so klang ihre Stimme doch ruhig.

Ich fragte mich, wie lange es dauern würde, bis sie – wider bessere Einsicht natürlich – den Wunsch verspürte, daß ich einen weiteren Überfall unternahm.

6

Oben in dem höhlenartigen victorianischen Badezimmer ließ ich kaltes Wasser in die Wanne laufen und setzte mich hinein, um den Schweiß des anstrengenden Nachmittags und meine auf Miss Lyle Christie gerichteten fleischlichen Gedanken abzuspülen. Dann ging ich auf mein Zimmer zurück, zog frische Unterwäsche an und warf einen Blick auf meine St.-Anselm-Notizen, aber dieser Blick war nur eine leere Geste. Ich wollte lediglich den Worten, mit denen ich mich für mein Fernbleiben beim Tee entschuldigt hatte, einen Firnis von Wahrheit geben, und zu guter Letzt, nachdem mein Gewissen schließlich besänftigt war, begann ich mir auszudenken, was ich dem

Erzbischof gesagt haben würde, wenn er neben mir erschienen wäre und einen Zwischenbericht verlangt hätte.

Ich wußte jetzt sehr viel mehr über Jardine als vor meinem Eintreffen in Starbridge und machte gute Fortschritte bei dem Psychogramm, das Lang in die Lage versetzen würde, zu entscheiden, ob sein Feind ein Mann war, über den die Presse herfallen konnte. Was jedoch Langs hauptsächliche Sorgen betraf, das Tagebuch und die mögliche Existenz einer verräterischen Korrespondenz, so hatte ich noch immer nichts in Erfahrung gebracht. Ich war jetzt überzeugt, daß Jardine viel zu klug war, um sich briefliche Enthüllungen zu leisten, aber das Tagebuch blieb eine unbekannte Größe. Niemand hatte es mir gegenüber erwähnt, doch das war nicht überraschend, wenn das Tagebuch ein altes Hobby war, von dem jeder wußte.

Ich dachte noch eine Weile darüber nach und kam zu dem Schluß, daß Jardine das Tagebuch zu Lebzeiten seiner Stiefmutter wohl kaum als Beichtstuhl benutzt hatte. Wozu einem unpersönlichen Heft etwas anvertrauen, wenn man eine vertraute Person von grenzenlosem Mitgefühl und Verständnis hat? Er mochte in einem verzweifelten Augenblick ein paar Zeilen hingeworfen haben, wenn die Stiefmutter einmal nicht erreichbar war, aber hatte er sich des mitfühlenden Verständnisses erst versichert, hatte gewiß eine strenge Zensur stattgefunden.

Dann fragte ich mich, ob er vielleicht nach dem Tod der Stiefmutter dem Tagebuch seine geheimsten Gedanken anvertraut hatte, aber alle meine Gesprächspartner hatten bezeugt, daß nach der Unruhe, die das Eintreffen der alten Mrs. Jardine in Starbridge verursacht hatte, Jardines Leben von Krisen verschont geblieben war; möglicherweise war ein Beichtstuhl danach nicht mehr erforderlich gewesen. Der Kaplan hatte gesagt, Jardine sei mit Lyle besser zurechtgekommen; Lady Starmouth hatte bemerkt, ein geräumiges Palais erleichtere einem Ehemann das Leben in enger Nachbarschaft mit einer dritten Person; Mrs. Cobden-Smith hatte angedeutet, daß Lyle damals schon ihren Zenit als Wunderwirkerin erreicht hatte. Ich erinnerte mich plötzlich, daß mein Freund Philip gesagt hatte, Jardine habe während des ersten Jahres seines Episkopats «zerstreut» gewirkt, und diese Beobachtung eines Außenstehenden fügte sich den Tatsachen ein, die ich jetzt kannte: Ein schwieriger Beginn im neuen Amt in Starbridge, gefolgt von Jahren, da Jardine seine Pflichten in einer Atmosphäre der Ruhe ausüben konnte. Ich kam zu dem Schluß, daß das Tagebuch wahrscheinlich todlangweilig und keineswegs der Einäscherung würdig war.

An diesem Punkt hielt ich in meinen Überlegungen inne und zündete mir eine Zigarette an, doch als ich das Streichholz ausblies, kehrten meine Gedanken zu den liebreizenden Damen zurück. Ich hatte mir schon gesagt, daß ich wegen der psychologischen Hemmschwelle des Bischofs in bezug auf Klassenunterschiede Lang guten Gewissens versichern konnte, ein Skandal wegen einer Liaison mit einer Engländerin aus der Aristokratie sei nicht zu befürchten, und konnte der Vorfall mit der Amerikanerin Loretta Staviski auch Argwohn wachrufen, so hatte ich Lady Starmouth doch Glauben geschenkt, als sie sich für Jardines einwandfreies Benehmen verbürgte. Jardine war bei den Damen beliebt; ein solcher Geistlicher lief immer Gefahr, bei einem Gemeindeglied heftige Gefühle auszulösen, aber in der großen Mehrzahl der Fälle war dem Geistlichen kein Fehlverhalten vorzuwerfen, und ich war sicher, daß Jardine, jung verheiratet und zweifellos darauf brennend, sich in seinem neuen Amt auszuzeichnen, allen Grund gehabt hatte, mit Loretta nur einen höchst schicklichen Umgang zu pflegen.

Ich war durch diese Überlegungen fast zu dem Schluß gelangt, daß Jardine so rein sei wie frischgefallener Schnee, aber ich hatte mir die fatalste Möglichkeit bis zuletzt aufgehoben.

Ich begann über Lyle nachzudenken.

Sie betrachtete zwar, wie sie eingestand, Mrs. Jardine als Mutter, aber sie hatte nicht gesagt, daß sie in dem Bischof einen Vater erblicke. Und doch hatte sie ihren leiblichen Vater als «klug», «aufgeweckt» und «robust» bezeichnet, allesamt Eigenschaften, die auch auf Jardine zutrafen. Ganz offensichtlich war ihr der Bischof sympathisch; ganz offensichtlich achtete und bewunderte sie ihn; aber ihre Art hatte nichts von einer Jungmädchenschwärmerei oder von einer frustrierten altjüngferlichen Leidenschaft an sich, und ich vermutete, daß ihre Gefühle auch hier eher die einer Tochter waren.

Ich teilte jetzt die Ansicht Mrs. Cobden-Smiths: Lyle blieb bei den Jardines nicht aus Liebe zum Bischof, sondern aus Liebe zur Macht – und bei dieser Macht ging es nicht nur um die leitende Stellung im Palais, sondern auch um das Zusammenhalten dieser Ehe, die Macht, die daraus resultierte, daß sie es dem Bischof ermöglichte, sein Amt weiter auszuüben. Was wurde aus einem Bischof, dessen Ehe in die Brüche ging? Das war eine Vorstellung, bei der es einem kalt den Rücken hinunterlief, ein Gefühl, das Jardines Rücken inzwischen vertraut sein mußte.

Ich zog, was Lyle betraf, die möglichen negativen Auswirkungen einer aufgelösten Verlobung in Betracht, doch in diesem Punkt kam ich nur zu dem vorläufigen Schluß, daß irgendein unschönes Liebeserlebnis im Bereich der Wahrscheinlichkeit lag. Ihre Reaktion auf meinen Kuß zeigte an, daß sie sexuell normal veranlagt war; ihre letztliche Zurückweisung deutete auf eine übergroße Furcht vor Verwicklungen in eine Liebesbeziehung hin. Unkenntnis hinderte mich daran, meine Theorie weiter auszuspinnen; dennoch glaubte ich, Lang sagen zu können, daß Lyles Abneigung gegen eine Heirat eher einer aufgelösten Verlobung als irgendeiner unschicklichen Neigung zum Bischof zuzuschreiben war.

Nachdem ich Lyles wahrscheinliche Einstellung zu Jardine analysiert hatte, drehte ich den Spieß um und beschäftigte mich mit Jardines wahrscheinlicher Beziehung zu Lyle. Das war leichter, weil ich mich als Geistlicher in Jardines Denken versetzen konnte, ohne meine Phantasie allzusehr anzustrengen. Also: Ich hatte überstürzt geheiratet, dies aber fast mit Gewißheit nachher bedauert, und als Folge meiner Übereilung hatte ich jetzt eine Frau, die meiner Karriere schaden konnte. Ich war ein bedeutender Kirchenmann ohne die Möglichkeit einer Scheidung, und so war die quälendste Frage unter solch quälenden Umständen die, wie ich meine Ehe überstehen sollte? Lyle war die vom Himmel geschickte Antwort, und weil Lyle so wichtig war – nicht nur für den Fortbestand meiner Ehe, sondern auch für mein wachsendes Ansehen und meine Karriere, würde ich keinerlei Risiko eingehen und das verderbliche, wenn auch verzeihliche Verlangen nach einem Flirt eisern unter Kontrolle halten. Ich würde Lyle natürlich äußerst attraktiv finden, und das würde mir den normalen Umgang mit ihr im Familienkreise erschweren – ich würde sogar Lady Starmouth gegenüber bemerken, daß ich die Gegenwart einer dritten Person als Belastung meiner Ehe empfände –, aber mit Hilfe von Gebet, Willenskraft und viel köstlich gewagtem Geplauder mit meinen ungefährlichen liebreizenden Damen würde ich mich beherrschen, meine Emotionen, wann immer möglich, in harmlose Kanäle ableiten und sie unterdrücken, wenn sie sich nicht ableiten ließen. Ich war Adam Alexander Jardine, ein reifer Mann, der die härtesten Schulen durchgestanden hatte, und ich war weder ein Schwächling noch ein Narr.

Damit blieb nur noch eine entscheidende Frage zu beantworten, ehe ich wieder aus Jardines Rolle herausschlüpfte. Ich war ein Mann von lebhaftem Temperament mit großer physischer Energie und einer starken Neigung zu Frauen: Lebte ich wie ein Mönch? Nein. Ich schlief mit meiner Ehefrau, die noch immer recht hübsch war, noch immer liebevoll, noch immer recht liebenswert auf ihre entnervende Art und – wichtigster Punkt – noch immer verfügbar. Das war gewiß keine andere Frau, und gleich Bettlern können Geistliche nicht wählerisch sein.

Ich sagte mir, daß dies nicht nur eine plausible Deutung der familiären Verhältnisse der Jardines war, sondern die einzige, die einen Sinn ergab. Ich glaubte, Lang jetzt mit Überzeugung sagen zu können: «Die Gesellschafterin, die wahrscheinlich aus schwerwiegenden psychologischen Gründen kein Interesse an einer Heirat hat, betrachtet die Frau als ihre Mutter und den Mann als Befriedigung ihres Strebens nach Macht. Die Frau betrachtet die Gesellschafterin als ihre Tochter und verehrt ihren Gatten. Der Ehegatte betrachtet seine Gattin als einen Risikofaktor, aber auch als Quelle sexueller Befriedigung, und die junge Frau als Geschenk des Himmels, aber als sexuell tabu. Der Ehe droht keine Gefahr, solange dieses Dreieck fortbesteht, und ich sehe keine Anzeichen einer nahenden Katastrophe.»

Aber diese letzte Feststellung entsprach nicht mehr der Wahrheit. Ich wußte jetzt, daß *ich* die nahende Katastrophe war, die das Dreieck aufbrechen wollte, und war das Dreieck erst zerbrochen, drohte sich die eheliche Krise zu entwickeln.

Sekunden später, während ich noch wie gebannt über diese Aussicht nachsann, klopfte jemand laut an meine Tür.

Ich fuhr zusammen, sprang auf und zog meinen Morgenrock an. «Herein!» rief ich in der Annahme, es mit einem Dienstboten zu tun zu haben, der vielleicht geschickt worden war, um mir eine telephonische Nachricht zu überbringen oder einen Brief, der mit der Nachmittagspost gekommen war, und wandte mich zur Seite, um im Aschenbecher meine Zigarette auszudrücken.

Die Tür flog auf, und der Bischof stürmte herein.

«Mein lieber Dr. Ashworth», sagte er unvermittelt, als ich mich verblüfft umdrehte, «ich glaube, es ist an der Zeit, daß Sie mir die Wahrheit erzählen – und wenn ich Wahrheit sage, dann meine ich die ganze Wahrheit und nichts als die Wahrheit. Weshalb sind Sie wirklich nach Starbridge gekommen, und was zum Donnerwetter treiben Sie hier für ein Spiel?»

VI

«Der Geschlechtstrieb (der die hartnäckigste und wichtigste unserer körperlichen Begierden ist) verlangt nach Befriedigung... So beginnen wir also mit der Gewißheit, daß sexuelle Zügellosigkeit populär und das Christentum gerade in diesem Punkt höchst schwierig sein wird.»

HERBERT HENSLEY HENSON

I

In dem darauffolgenden Augenblick sah ich den Bischof mit photographischer Genauigkeit und bemerkte, daß seine braunen Augen nicht mehr leuchteten, sondern glanzlos waren. Er hatte die Lippen zusammengekniffen und die Hände hinter dem Rücken verschränkt, wie um geballte Fäuste zu verbergen, und seine ganze Haltung strahlte Kampflust aus. «Nun, Dr. Ashworth?» Ja, die Kampflust war nicht gespielt. «Reden Sie! Was haben Sie zu sagen?»

Mir war sofort klar, daß ich ihn von der Vorstellung abbringen mußte, er könne mich einschüchtern, aber dummerweise war ich keineswegs ganz ruhig. Ich mußte zu irgendeiner Abwehrmaßnahme greifen. «Entschuldigen Sie, Dr. Jardine», sagte ich, «aber ich weigere mich, mit einem Bischof ein Gespräch zu führen, solange ich nur in Unterwäsche und Morgenrock bin. Sie müssen mir schon etwas Zeit lassen zum Ankleiden.»

Eine kurze angespannte Stille. Dann lachte Jardine und rief aus: «Ich bewundere Ihre Nerven!» und setzte sich an den Tisch beim Fenster.

Während ich in mein geistliches Gewand schlüpfte, konnte ich mir nur zu gut zusammenreimen, was geschehen war. Lady Starmouth hatte sich über mein Verhör beschwert, der Kaplan hatte von meinem Interesse am Ablauf der Dinge im Palais berichtet, Mrs. Cobden-Smith hatte wissen lassen, welch aufmerksamer Zuhörer ich gewesen war, und Lyle hatte meine Wißbegierde bezüglich der Person des Bischofs offenbart. Ich stand kurz davor, als kläglich erfolgloser Spionageagent entlarvt zu werden, andererseits aber sprach alles, was ich in Erfahrung gebracht hatte, zu Jardines Gunsten. Ließ ich seinen Zorn verrauchen, mochte es mir gelingen, ihn schließlich zu besänftigen, wenn er zu bloßer Entrüstung übergegangen war. Auf mehr schien ich nicht hoffen zu können. Aber inzwischen mußte ich mit seinem Zorn fertig werden.

«Danke», sagte ich, als ich endlich angekleidet war und ihm am Tisch gegenübersaß. «Jetzt fühle ich mich zivilisierter. Gestatten Sie zunächst, Bischof, daß ich mich aufrichtig entschuldige –»

«Sparen Sie sich Ihre Entschuldigungen. Sagen Sie mir die Wahrheit. Weshalb sind Sie hier?»

«Dr. Lang hat mich geschickt.»

Jardine wirkte keineswegs überrascht. «Der Erzbischof sollte sich vorsehen», lautete sein bissiger Kommentar. «Er beweist ein Talent für kirchliche Gaunerei, wie man sie seit den Tagen der Borgia-Päpste nicht mehr erlebt hat. Und worum geht es ihm – oder vielmehr, was hat er Ihnen gesagt, worum es ihm geht?»

«Es geht ihm darum, Sie zu schützen, Bischof. Er fürchtet, seine Feinde bei der Presse könnten Ihre Person benutzen, um die Kirche schlechtzumachen, und ich soll abwägen, wie anfällig Sie für eine Verleumdung sind.»

«So mag er es Ihnen in der Tat hingestellt haben – aber in Wirklichkeit hat er Sie natürlich hergeschickt, um in meinem Privatleben herumzuschnüffeln in der Hoffnung, daß Sie etwas finden, womit er mich zum Rücktritt zwingen kann.»

«Bischof –»

«Monströs! Erzbischöfe sind aus geringerem Anlaß hingerichtet worden!»

Mir blieb nichts anderes übrig, als meinen Gönner zu verteidigen. «Bischof, Seine Exzellenz verdächtigt Sie keineswegs eines Verstoßes oder auch nur einer schwerwiegenden Unbedachtheit, und ich muß ganz deutlich klarstellen, daß er nicht versucht, Sie loszuwerden –»

«Nein? Ich habe ganz den Eindruck, er ist jüngst incognito ins Old Vic gegangen, um sich *Mord im Dom* anzusehen – mit dem Ergebnis, daß er jetzt wie Heinrich II. deklamiert: ‹Wer befreit mich von diesem aufrührerischen Priester!›»

«Dr. Lang», sagte ich, diese Spitze ignorierend, in entschiedenem Ton, «ist hauptsächlich besorgt wegen des eventuellen Vorliegens einer geringfügigen Unbesonnenheit, die ein skrupelloser Journalist verdrehen könnte. Er fürchtet auch, Ihre ungewöhnliche häusliche Situation könnte falsch ausgelegt werden. Wenn Sie die sehr große Aufmerksamkeit bedenken, die Sie letztlich in der Presse erweckt haben, ist es da wirklich so verdammenswert, daß Dr. Lang eine Person seines Vertrauens herschickt, um sich zu vergewissern, daß Sie kein mögliches Skandalopfer für die Leute in der Fleet Street sind?»

Jardine beherrschte sich so weit, daß er mit ruhiger Stimme sagen konnte: «Sie machen den heroischen Versuch, den Erzbischof wegen seines unverzeihlichen Eindringens in mein Privatleben zu verteidigen, und ich respektiere Ihre Treue zu ihm, aber sieht Seine Exzellenz nicht, daß ich sehr wohl selbst in der Lage bin, mich gegen Angriffe der Presse zu schützen?»

«Der Erzbischof wollte nur sichergehen, daß Sie nicht zufällig eine schwache Stelle haben.»

«Und an welche Art von schwacher Stelle dachte Seine Exzellenz dabei, wenn ich fragen darf?»

«Er dachte insbesondere an das Vorhandensein unbedachter Eintragungen in Ihrem Tagebuch und an unvorsichtige Korrespondenzen.»

Jardine lachte auf. Dann rief er im Ton vernichtendsten Hohns aus: «Für einen wie großen Narren hält er mich eigentlich?»

«Ich weiß, es klingt lachhaft, aber, Dr. Jardine, es ist eine Tatsache, daß Männer Ihres Alters – sogar hervorragende Männer Ihres Alters – bisweilen eine Unvorsichtigkeit begehen, und Seine Exzellenz will absolut sicher sein – nicht nur der Kirche wegen, sondern auch Ihretwegen –»

«Gut. Na schön, ich sehe, was Sie meinen. Ich nehme an, wenn man Erzbischof von Canterbury ist, sollte man immer mit der

Möglichkeit rechnen, daß ein Bischof völlig überschnappt, und zweifellos hat Seine Exzellenz meinen Angriff auf ihn im Oberhaus als beginnenden Wahnsinn interpretiert. Aber lassen Sie mich versuchen, die melodramatischen Ängste Seiner Exzellenz so schnell wie möglich aus der Welt zu schaffen.» Jardine beugte sich vor, legte die Unterarme auf den Tisch und faltete entschlossen die Hände.

«Zunächst: Mein Tagebuch. Das sind keine Jünglingsaufzeichnungen, die nach fleischlichen Anspielungen riechen. Ich schreibe darin über die Bücher, die ich lese, über die Reisen, die ich unternehme, ich vermerke die Themen meiner Predigten, spreche über Personen, denen ich begegnet bin, und versuche ganz allgemein zu reflektieren, was es heißt, Gott als Mann der Kirche zu dienen. Ich behaupte nicht, daß ich das Tagebuch nie zur Kommentierung persönlicher Schwierigkeiten benutzt habe, denn das habe ich getan, aber da ich diese Seiten später immer herausgerissen und verbrannt habe, können Sie dem Erzbischof sagen, daß mein Tagebuch in der derzeitigen Form jeden Reporter von der *News of the World* sofort zum Einschlafen bringen würde... Oder ist es Ihnen unmöglich, das zu glauben?»

Ich sagte wahrheitsgemäß: «Nein. Ich war schon zu dem Schluß gelangt, daß Sie Ihr Tagebuch redigieren. Ich habe mich nur gefragt –» Ich hielt inne.

«Nun?»

«Nein, meine nächste Frage wäre ungehörig.»

«Stellen Sie sie mir. Da ich die monströse Attacke des Erzbischofs auf mein Privatleben offenbar überlebe, ohne vom Schlag getroffen zu werden, wird ein bißchen Ungehörigkeit von Ihnen meine Kaltblütigkeit kaum ankratzen. Worum geht es?»

«Ich habe mich gefragt, wann Sie es zum letztenmal für erforderlich hielten, Eintragungen aus Ihrem Tagebuch zu entfernen.»

Jardine runzelte die Stirn und sah mich forschend an, kam aber zu dem Schluß, daß ich nur an mögliche, erst kurz zurückliegende Schwierigkeiten in seinem Privatleben dachte. «Sie brauchen sich keine Sorgen zu machen», sagte er trocken. «Mein Leben verläuft seit geraumer Zeit recht ereignislos. Es ist fünf Jahre her, daß ich Seiten aus meinem Tagebuch dem Kaminfeuer in der Bibliothek überantwortet habe.»

«War das, als Sie noch in Radbury waren?» fragte ich. Ich war sicher, daß er die Frage verneinen würde, hoffte ihn aber zu einer weiteren Enthüllung bewegen zu können.

«Nein, ich war gerade nach Starbridge versetzt worden – und ich hoffe, Dr. Ashworth, Sie werden einer kleineren Ungehörigkeit keine größere folgen lassen und mich fragen, um welches Ereignis in meinem Leben es sich damals gehandelt hat.»

«Nein, natürlich nicht, Bischof.» Ich dachte an Mrs. Jardine, die zu jener Zeit wieder auf einen Nervenzusammenbruch zutrieb, als sie es nicht nur mit der Ankunft ihrer Stiefschwiegermutter zu tun bekam, sondern auch mit dem, was Mrs. Cobden-Smith «eine schwierige Zeit» genannt hatte – eine Umschreibung, mit der sie wohl die Wechseljahre meinte. Ich konnte mir sehr gut den Bischof vorstellen, wie er seine Gefühle dem Tagebuch anvertraute, während er auf die Ankunft seiner Stiefmutter wartete.

«Ich mußte eine schwierige Entscheidung treffen», sagte der Bischof völlig unerwartet, «und ich mußte die Situation zu Papier bringen, ehe ich mir darüber klar werden konnte.»

Das überraschte mich tatsächlich. Ich vermochte nicht sofort auszumachen, welche Entscheidung da hatte getroffen werden müssen. Möglicherweise hatte er sich gefragt, ob es angesichts der Verstörung seiner Frau nicht seine Pflicht war, die Stiefmutter nicht im Palais, sondern im besten Pflegeheim von Starbridge unterzubringen.

«Nun ja, soviel zu meinem Tagebuch», sagte Jardine rasch. «Kommen wir zu meiner Korrespondenz. Es gibt vier Frauen, denen ich regelmäßig schreibe. Die erste und wichtigste: Meine Ehefrau. Wann immer wir voneinander getrennt sind, versuche ich ihr jeden Tag ein paar Zeilen zu schreiben. Ich meine, das ist ziemlich normal für einen Angehörigen meiner Generation, der das Telephon verabscheut, wenn auch ein junger Mann wie Sie das vielleicht für eine extravagante Papierverschwendung hält. Die nächste Frau auf meiner Liste wäre die unvergleichliche Lady Starmouth, der ich etwa zweimal in der Woche eine Zeile zukommen lasse. Unser Hauptthema ist Klatsch über Kirchenleute, aber wir schreiben uns auch über Literatur und Politik – Themen, die auch Mrs. Welbeck und

Lady Markhampton interessieren, denen ich ebenfalls regelmäßig, aber nicht so häufig schreibe. Drücke ich mich klar aus? Meine Korrespondenz mit diesen drei reizenden Damen kann, so anregend sie ist, wohl kaum jener Art zugerechnet werden, die einen Ehemann auf den Gedanken bringen würde, mich auf Pistolen im Morgengrauen zu fordern. Sie können Seiner Exzellenz versichern, daß er keinen Grund zur Besorgnis hat.»

«Darf ich eine weitere kleinere Ungehörigkeit wagen?»

«Sie haben Mut, Dr. Ashworth. Aber nur zu!»

«Schreiben Sie je an Miss Christie?»

«Nur wenn ich Wichtiges mitzuteilen habe. Ich habe ihr zum Beispiel das letzte Mal im Mai geschrieben, als meine Frau und ich zur Krönung in London waren. Damals verständigte ich Miss Christie davon, daß Carrie und ich noch einen Tag länger bleiben würden, um mit einigen alten Bekannten aus Radbury zu Abend zu essen.»

«Warum ist Miss Christie nicht mit Ihnen nach London gefahren?»

«Das ist keine ungehörige, aber, soweit ich das beurteilen kann, eine irrelevante Frage. Ich mußte bei der Krönungszeremonie mitwirken, und meine Frau hatte einen Platz in der Abtei. Um nicht von den Massen entlang der Strecke des Krönungszugs erdrückt zu werden, hatte Miss Christie vernünftigerweise beschlossen, zu Hause zu bleiben und die Geschehnisse über den Rundfunk zu verfolgen. Haben Sie noch weitere irrelevante Fragen, oder darf ich mich jetzt erkundigen, welchen Bericht Sie Dr. Lang zu präsentieren gedenken?»

Ich lächelte ihn an und sagte: «Ich werde Seiner Exzellenz berichten, daß Sie nach meiner Ansicht über jede Verleumdung erhaben sind.»

«Großartig! Und werden Sie Seiner Exzellenz auch berichten, daß Sie nicht nur unter Vorspiegelung falscher Tatsachen in mein Haus eingedrungen sind, sondern meine Gastfreundschaft obendrein dazu mißbraucht haben, bei der Gesellschafterin meiner Frau den gewissenlosen Draufgänger zu spielen?»

Mir war, als wäre ich auf dem Rugbyfeld durch einen unerwarteten Angreifer zu Boden gerissen worden. Es bedurfte beträchtlicher Anstrengung, um ihm gerade in die Augen sehen und in festem Ton erwidern zu können: «Ich mag ein Draufgänger sein, aber kein gewissenloser.»

«Nein? Miss Christie findet, Ihr Benehmen zeuge nicht von Charakterstärke, und ich muß sagen, ich stimme ihr zu. Eine anständige Frau, die Sie noch keine vierundzwanzig Stunden kennen, mit stürmischen Annäherungsversuchen zu bedrängen – glauben Sie nicht, daß Sie da etwas überstürzt vorgegangen sind?»

«Nicht überstürzter als Sie in meinem Alter», sagte ich, «als Sie Ihrer Frau schon nach vier Tagen Bekanntschaft einen Antrag machten.»

Schweigen. Wir starrten einander an. Jardines bernsteinfarbene Augen leuchteten gefährlich hell.

«Das war eine größere Ungehörigkeit, Dr. Ashworth.»

«Das gleiche gilt, bei allem Respekt, für Ihre letzte Bemerkung, Dr. Jardine. Niemand, nicht einmal ein Bischof, hat mir mein Privatleben vorzuschreiben.»

«Welch arrogante Feststellung! Wollen Sie damit sagen, Sie brauchen nie geistlichen Rat?»

«Ich –»

«Wer ist Ihr geistlicher Berater? Oder lassen Sie sich so sehr treiben, daß Sie glauben, Sie brauchen keinen?»

Unter dem Tisch hatte ich die Fäuste geballt. Ich zwang mich zu einem ruhigen Ton und sagte: «Mein geistlicher Berater ist Father James Reid von den Forditen-Mönchen in Grantchester.»

«Oh, ich kenne die Forditen aus meiner Zeit in Radbury – und natürlich erinnere ich mich an Father Reid – ein sehr gemütlicher alter Mönch, sehr sanft und heiligmäßig und freundlich. Aber brauchen Sie als geistlichen Berater nicht eine robustere Person als einen gemütlichen alten Mönch, Dr. Ashworth?»

Ich schwieg, und als Jardine merkte, daß ich darauf nichts zu erwidern gedachte, sagte er mit unerwartet gefühlsbetonter Stimme: «Glauben Sie bitte nicht, ich wüßte nicht mehr, wie es ist, wenn man siebenunddreißig und unverheiratet ist. Aber impulsives Handeln ist keine Lösung, Dr. Ashworth, und Sie sind intelligent genug, um zu wissen, daß ein eheloses Leben diejenigen von uns, die nicht zum Zölibat berufen sind, aus dem emotionalen Gleichgewicht werfen kann, wenn keine regelmäßige und wirksame Beratung stattfindet durch eine Person, die mit der Problematik gründlich vertraut ist.»

Wieder hielt er inne, und wieder schwieg ich. Schließlich sagte er: «Sprechen Sie einmal mit Ihrem Bischof. Er kann Ihnen sicher einen besseren Mann empfehlen als den guten alten Father Reid, der schon so lange im Zölibat lebt, daß er vergessen hat, daß das männliche Geschlechtsteil noch zu anderem taugt als zum Wasserlassen. Cambridge ist ein guter Mann, wenn er auch zuviel Zeit mit wissenschaftlichen Arbeiten darüber verbringt, ob Esra vor oder nach Nehemia kam, und ich bin sicher, er würde alles tun, um Ihnen zu helfen.»

Abermals zog sich das Schweigen in die Länge, doch schließlich vermochte ich zu sagen: «Ich danke Ihnen, Dr. Jardine. Und jetzt, da ich Ihre Gastfreundschaft so gründlich mißbraucht habe, wollen Sie selbstverständlich, daß ich Ihr Haus so bald wie möglich verlasse.»

Jardine lehnte sich zurück und sah mich an, als stellte ich ein schwieriges, aber faszinierendes Problem dar. «Mein lieber Dr. Ashworth», sagte er und erhob sich dabei, «wenn Sie Ihren Besuch abkürzen und das Palais übereilt verlassen, lösen Sie genau das Gerede aus, das Dr. Lang unbedingt vermeiden will. Können Sie sich nicht vorstellen, was die Boulevardpresse melden wird? ‹Wir erfuhren aus glaubwürdiger Quelle› (das wäre das zweite Hausmädchen, das an der Tür gelauscht hat), ‹daß in der Domfreiheit von Starbridge ein Sturm losbrach, als Kanonikus Charles Ashworth des Palais verwiesen wurde, nachdem er sich der attraktiven jungen Gesellschafterin des Bischofs in unsittlicher Weise genähert hatte.› (Von meiner Frau würde natürlich überhaupt nicht die Rede sein.) ‹Wie unsere zuverlässige Quelle berichtet, kehrte die hinreißende Miss Christie von einer Autopartie zu zweit mit dem gutaussehenden Kanonikus zurück, um sogleich aufgelöst zum Bischof zu eilen und zu schluchzen: ‹Er hat am Starbury Ring seiner Leidenschaft die Zügel schießen lassen!›, worauf der Bischof zu dem Kanonikus hineinstürmte und rief: ‹Überschreiten Sie nie wieder meine Schwelle!› Und so weiter und so weiter. O nein, Dr. Ashworth! Ich fordere Sie nicht zum Gehen auf, in diese Falle tappe ich nicht! Wir haben schließlich dem Erzbischof gegenüber die Pflicht, den Schein zu wahren, selbst wenn er uns beide beleidigt, indem er Sie als Spion gebraucht und mich für einen Narren hält.»

Während dieser Rede hatte der Bischof das Zimmer durchschritten. Jetzt öffnete er die Tür und blickte sich zu mir um. «Sie werden Ihren Besuch voll absolvieren, Sie werden sich wie ein Gentleman benehmen und Sie werden meine Worte zum Thema geistliche Beratung bedenken», sagte er, «und inzwischen freue ich mich schon auf unsere theologische Diskussion beim Portwein heute abend. Ich würde gern Ihre Meinung über die jungfräuliche Geburt hören.» Und dann ging er hinaus und zog die Tür heftig hinter sich zu.

2

Ich war des Terrains verwiesen worden.

Ich begann mich zu fragen, in welchem Maß der Bischof sich bei anderen Bekanntschaften Lyles eingeschaltet hatte. Die meisten Freier aus dem geistlichen Stand waren gewiß erschrocken davongeschlichen, falls der Bischof die Zähne gefletscht hatte, aber ich war kein schreckhafter junger Geistlicher mehr und dachte nicht daran, mich einschüchtern zu lassen. Wer Dr. Lang zum Gönner hatte, brauchte sich nicht um den guten Willen des Bischofs von Starbridge zu kümmern, und ich hielt es für ausgeschlossen, daß Jardine je in eine Position gelangen würde, in der er meiner Laufbahn hätte schaden können; er hatte zu viele Feinde unter den Politikern, um sich Hoffnungen auf eines der beiden höchsten Kirchenämter machen zu können, den Erzbischofssitz von Canterbury oder den von York.

Nachdem ich den Halskragen abgelegt hatte, zündete ich mir zur Beruhigung der Nerven eine Zigarette an. Ich fragte mich, ob der Tatsache, daß Lyle sofort zum Bischof gerannt war, eine üble Bedeutung zukam, sagte mir aber, daß ich mit einer solchen Reaktion hätte rechnen sollen. Offenbar hatte sich im Lauf der Jahre zwischen Lyle und dem Bischof eine enge Partnerschaft entwickelt, und als ich ihr erst einmal vorgehalten hatte, den Leim zu liefern, der die Ehe des Bischofs am Zerbrechen hinderte, war es für sie nur selbstverständlich gewesen, dem Bischof zu sagen, daß ich drauf und dran war, mit dem Skelett in seinem Wandschrank zu rasseln. Unter diesen Umständen konnte es nicht verwundern, daß der Bischof seinerseits mit dem Säbel gerasselt hatte, vor allem dann, wenn Lyle es als loyale Angestellte für ihre Pflicht gehalten hatte, dem Bischof mitzuteilen, daß ich offenbar willens war, seine *ménage à trois* zu zerstören. Wenn das Wohl seiner Ehe und seiner Laufbahn von Lyle abhing, durfte er nicht nur mit dem Säbel rasseln; er mußte mich damit an der verwundbaren Stelle treffen.

Mochte die kriegerische Haltung des Bischofs auch verständlich sein, so war sie doch vom geistlichen Standpunkt aus nicht vertretbar. Ich hatte das durchaus christliche Verlangen, wieder zu heiraten! Er schien darauf erpicht, meinen entsprechenden derzeitigen Versuch zu vereiteln. Außerdem konnte sowohl Lyles Wohlergehen wie das meine beeinträchtigt werden, und nach langem Nachsinnen gelangte ich zu dem Schluß, daß er im Unrecht war.

Ich merkte plötzlich, daß ich wieder die Abendandacht versäumt hatte, und mit einem ärgerlichen Ausruf drückte ich die Zigarette aus, legte den Kragen wieder um und las das Brevier.

Mitten im *Nunc dimittis* ging mir der Gedanke durch den Kopf, daß Jardine eigentlich ständig mit Lyles Fortgehen rechnen mußte; er hatte schließlich keine Frau eingestellt, die so unattraktiv war, daß sich ihre Zukunft leicht voraussehen ließ. Ich sagte mir, daß ich an Jardines Stelle längst einen Eventualplan ausgearbeitet hätte, den ich in die Tat umsetzen konnte, wenn Lyle die Kündigung einreichte, und dieser Eventualplan würde sich darum drehen, daß ich stets eine passende Nachfolgerin im Sinn hatte. Viele Gesellschafterinnen kamen aus Pfarrersfamilien, denen es finanziell schwerfiel, Töchter ohne Beruf zu ernähren, und als Bischof würde ich mir einen guten Überblick über die verfügbaren Kandidatinnen verschaffen können. Natürlich wäre es nicht leicht, an ein zweites Geschenk des Himmels wie Lyle zu geraten, aber da sich wahrscheinlich eine hinreichend angenehme und kompetente Frau finden ließ, konnte man davon ausgehen, daß Jardine sich jetzt nur auf die Hinterbeine stellte, um sich eine Ungelegenheit zu ersparen. Lyles Fortgang würde gewiß ein Erdbeben im bischöflichen Haushalt verursachen, aber der Mensch erholt sich von einem Erdbeben, und das Leben verläuft schließlich wieder in normalen Bahnen.

Doch nach Jardines kämpferischem Verhalten mir gegenüber mußte man meinen, in Starbridge würde alles Leben zum Stillstand kommen, wenn das Erdbeben stattfand.

Ich sagte mir, daß ich noch immer unter dem Eindruck des Angriffs auf meine schwache Stelle stand und wandte mich wieder meinem Gebetbuch zu. Erneut versuchte ich mich auf das Brevier zu konzentrieren, doch ich hatte das Ende noch lange nicht erreicht, als sich die unausweichliche Möglichkeit in mein Denken einschlich. Nur einmal angenommen, meine plausible Erklärung der *ménage à trois* war in Wirklichkeit völlig falsch; nur einmal weiter angenommen, ich begann das Undenkbare zu denken: wenn Lyle Jardines Geliebte war, würde dies sowohl ihre Abneigung gegen eine Heirat wie Jardines Aggressionen gegen einen Freier erklären.

Das Dumme an dieser Theorie, die auf den ersten Blick absurd und auf den zweiten Blick so unangenehm plausibel erschien, war nur, daß sie auseinanderfiel, sobald man sie näher untersuchte. Zunächst konnte ich mir nicht vorstellen, daß Mrs. Jardine eine Frau, die mit ihrem angebeteten Gatten schlief, weiterhin wie eine Tochter behandelte. Mrs. Jardine war nicht gerade die allerklügste Frau, aber sie besaß gewiß genug Intuition, um zu erkennen, ob die zwei wichtigsten Menschen in ihrem Leben ein Verhältnis miteinander hatten. Die wahre Schwierigkeit bei der Theorie blieb aber die, daß ich mir einen Mann von Jardines Integrität nicht in einer Doppelrolle vorstellen konnte. Ich wollte noch immer so ziemlich jede Wette eingehen, daß er seinen Glauben nicht verleugnete, wenn er das jedoch nicht tat, dann war Ehebruch unvorstellbar.

Irgendwie kam ich mit meinem Brevier zu Ende und begann mich für das Abendessen fertig zu machen. Alles war möglich, sogar der Abfall vom Glauben, aber es war Zeitverschwendung, das Undenkbare zu denken, solange ich nicht über den kleinsten Hinweis verfügte, daß Jardine eines undenkbaren Verhaltens fähig war.

Ich hörte auf, mein Haar zu glätten, und starrte in den Spiegel.

Andere Geistliche fehlten. Warum nicht Jardine? Auf einmal, aus

Gründen, die sich einer rationalen Erklärung entzogen, wollte ich beweisen, daß sich Jardine seit seiner Ordination zumindest einmal eines moralischen Fehltritts schuldig gemacht hatte – und das war der Augenblick, da ich ernstlich über Loretta Staviski nachzudenken begann.

3

Jardine konnte seine Drohung, beim Portwein mit mir über die jungfräuliche Geburt zu diskutieren, nicht in die Tat umsetzen. Es stellte sich heraus, daß einer der Tischgäste, der bekannteste Architekt von Starbridge, als Nichtraucher nicht ins Raucherzimmer abgeschoben werden konnte, und aus Höflichkeit vermied Jardine zunächst eine theologische Haarspalterei. Doch nachdem man über die Festnahmen gesprochen hatte, zu denen es in der deutschen evangelischen Kirche gekommen war, sagte der Architekt ehrerbietig: «Da wir gerade von kirchlichen Dingen reden – ich hoffe, Sie haben nichts dagegen, Bischof, wenn ich auf A. P. Herberts Gesetzesvorlage zu sprechen komme. Mich interessiert Ihre Meinung, vor allem, weil auch ich der Ansicht bin, daß die Gründe für eine Scheidung weiter gefaßt werden müssen, aber mir ist noch nicht ganz klar, wie Sie Ihren Standpunkt theologisch rechtfertigen. Was macht Sie so sicher, daß Christus kein Gesetz zu diesem speziellen Thema niederlegte, sondern nur einen ethischen Leitgedanken verkündete?»

Hier war zweifellos ein intelligenter, sympathischer Laie, der Ermutigung verdiente. Jardine sagte freundlich: «Nun, zunächst müssen Sie sich vor Augen halten, daß unser Herr kein Engländer des zwanzigsten Jahrhunderts war, aufgewachsen in einer Kultur, die das zurückhaltende Understatement großschreibt. Er kam aus dem Vorderen Orient, und in der Kultur seiner Zeit faßten die Menschen wichtige Wahrheiten in augenfällige Wort-Bilder, Formulierungen, die wir als Übertreibungen bezeichnen würden. Ein geläufiges Beispiel dafür ist die Stelle, an der Christus sagt: ‹Es ist leichter, daß ein Kamel durch ein Nadelöhr gehe, denn daß ein

Reicher ins Reich Gottes komme.› Ein moderner Engländer würde nur sagen: ‹Das schafft er nicht.›»

«Mit anderen Worten, Sie meinen also –» Aber der Architekt vermochte diesen Hinweis auf Christi unenglisches Temperament nicht recht mit der Belehrung über die Scheidung in Verbindung zu bringen.

«Als nächstes müssen Sie bedenken», sagte Jardine, den Einwurf übergehend, indes er eifrig seine Argumentation aufbaute, «daß man stets versuchen sollte, Christus vor den Zeitumständen zu sehen, in denen er lebte. Zur Zeit seines Wirkens gab es im Judentum verschiedene Haltungen zur Scheidung. Eine Gruppe, die Hillel-Juden, war der Ansicht, eine Scheidung könne schon aus den trivialsten Gründen ausgesprochen werden – wenn die Frau das Essen anbrennen ließ, beispielsweise. Die andere Richtung glaubte, eine Scheidung dürfe nur bei Ehebruch gewährt werden und nur Männern – die Scheidung war sogar erforderlich, wenn ein Mann eine ehebrecherische Frau hatte; er hatte keine andere Wahl.»

«Du liebe Güte!» sagte der Architekt, von der Vorstellung einer Zwangsscheidung fasziniert. Ich hatte das Gefühl, er hätte beinahe ‹Du lieber Gott!› gesagt, aber noch rechtzeitig bedacht, daß er sich im Hause eines Bischofs befand.

«Und nun», fuhr Jardine fort in der beruhigenden Gewißheit, daß der Laie ihm folgen konnte, «kommen wir zu unserem Herrn. Ihm ging es in Wahrheit darum, die laxe Einstellung der Hillel-Juden anzuprangern, indem er die Lehre der strengeren Gruppe deutlich hervorhob. Und er brachte diese Kritik auf orientalische Weise vor: ‹fortissimo› durch semitisches Overstatement, nicht ‹pianissimo› durch englisches Understatement. Er sagte: ‹Denn was Gott zusammengefügt hat, das soll der Mensch nicht scheiden.› Natürlich war er sich bewußt, daß beide geistige Richtungen die Scheidung gestatteten, aber er sprach nicht als Rechtsgelehrter, und er redete nicht vom Gesetz. Er griff die Moral an, die eine Scheidung aus nichtigen Gründen gestattete, und er tat dies, indem er die Heiligkeit der Ehe hervorhob.»

«Ah!» sagte der Architekt, als er einen vertrauten Begriff wiedererkannte. «Die Heiligkeit der Ehe – ja –»

«Lassen Sie mich das an einer Parallele aus dem zwanzigsten Jahrhundert noch erläutern», sagte der Bischof. «Wenn Sie erfahren, daß sich kürzlich in Reno in Nevada eine Frau von ihrem Mann scheiden ließ, weil er die eheliche Zahnpastatube von vorn, anstatt von hinten her ausgedrückt hatte, dann werden Sie vielleicht ausrufen: ‹Eine Schande! Die Ehe sollte fürs Leben sein! Schlimme Herabwürdigung der Institution Ehe!› Aber Sie meinen damit nicht wirklich, daß die Ehe immer fürs Leben sein soll; auch wenn sie zerbricht, weil die spirituelle Bindung zerstört ist – wenn die Ehe aufhört, eine Ehe zu sein in der wahren Bedeutung dieses Wortes –, dann, so glauben Sie und ich und viele tausend andere, ist die Ehe spirituell null und nichtig und sollte von Gesetzes wegen aufgelöst werden. Und *das* ist meiner Ansicht nach die barmherzige Lehre, die unweigerlich hinter den Worten unseres Herrn, die die Heiligkeit der Ehe betonen, stehen muß.»

«Sie glauben also», sagte der theologische Laie, der jetzt wie ein begabtes Kind «gut mitdachte», «Christus hätte das Scheidungsgesetz von Nevada verworfen, Mr. A. P. Herberts Gesetzesvorlage aber gebilligt.»

«Aber sicher!» sagte Jardine. «Herberts Vorlage verfolgt im Grunde zwei Ziele: Sie will das Leiden mildern – und ist etwa anzunehmen, daß Christus bei all seinem Erbarmen dagegen Einwendungen gehabt hätte? –, und sie will zum anderen die Heiligkeit der Ehe stärken, indem sie die Auflösung des Zerrbildes der Ehe gestattet, jener Fälle, in denen das geistige Band der Ehe zerstört ist nicht nur durch Ehebruch, sondern auch durch Grausamkeit, böswilliges Verlassen oder Geisteskrankheit – und glauben Sie, unser Herr, der vor der Herabwürdigung der Ehe zurückschreckte, hätte sich gegen die Auflösung jener Ehen gewandt, die nur mehr ein Hohn sind? Ich glaube es nicht.»

«Wie klar das alles wird!» sagte der Architekt, erfreut, daß seine persönliche Ansicht, zu der er aus moralischer Neigung gelangt war, theologisch gerechtfertigt werden konnte. «Und wie schön der Gedanke, daß Christus A. P. Herberts Vorlage billigt – obgleich man das wohl schon aus der Tatsache ableiten darf, daß die Vorlage jetzt zum Gesetz erhoben wird. Bischof, dürfen wir sagen, der Erfolg der zweiten Lesung der Vorlage im Oberhaus letzten Monat sei der Wille Gottes?»

«Nun, bestimmt war er nicht der Wille des Erzbischofs von Canterbury, aber schließlich hat Seine Exzellenz, soviel ich weiß, noch nicht behauptet, Gott zu sein. Dr. Ahsworth, ich gelange allmählich zu der Ansicht, Ihr anhaltendes Schweigen hat etwas Ominöses. Ich hoffe, Sie meinen nicht, ich gehörte auf den Scheiterhaufen.»

«Nein, heute sprechen wir Sie von Ketzerei frei, Bischof», sagte ich lächelnd und sah sogleich die Belustigung in seinen Augen aufblitzen.

Wenn man alle widrigen Umstände bedachte, war es höchst eigenartig, wie sehr wir einander mochten.

4

War er vom Glauben abgefallen? Ich konnte es noch immer nicht glauben, und mochten seine Ansichten auch einen Laien verblüffen, so wußte ich doch, daß er nur auf ausgetretenen theologischen Pfaden wandelte; eine Prüfung der Worte Christi im Lichte der Umstände im Palästina des ersten Jahrhunderts wurde heutzutage als durchaus zu rechtfertigendes Unternehmen bei dem Bemühen betrachtet, hinter dem strahlenden Bild Christi in den Evangelien die historische Gestalt zu schauen, über die so wenig bekannt war. Mit seiner Ansicht über die Scheidung setzte sich Jardine gewiß der Kritik aus, besonders der des konservativen Flügels der Kirche, aber er war weit davon entfernt, am Christentum zu zweifeln, und die Inbrunst seiner Überzeugung, daß den Opfern hoffnungsloser Ehen Mitgefühl gebühre, zeugte von einem Menschen, der von ganzem Herzen an die Realität Christi glaubte, nicht von einem Abtrünnigen, der seinen verlorenen Glauben mit einigen geschickten Phrasen übertünchte.

Außerdem befand sich Jardine bei dieser Frage in illustrer Gesellschaft. Martin Luther war bei dem Verlangen nach neuen Scheidungsgründen noch weiter gegangen als A. P. Herbert, wenn das geistige Band einer Ehe zerstört war, aber der Haken bei solch liberalen Anschauungen war, dachte ich, daß man kaum wußte, wo man aufhören sollte, wenn man sie sich einmal zu eigen gemacht hatte. Paßte man nicht auf, so gelangte man leicht mit Vernunftgründen zu der Behauptung, das Erbarmen Christi rechtfertige selbst eine Scheidung wegen falschen Ausdrückens einer Zahnpastatube.

«Sie wirken sehr nachdenklich, Dr. Ashworth!» rief Lady Starmouth, als ich in den Salon zurückkehrte.

«Ich erhole mich noch von Dr. Jardines Nach-Tisch-Exkurs . . .»

Meine persönliche Einstellung zur Scheidung war nicht eindeutig. Trotz meines öffentlichen Eintretens für Dr. Lang, der gegen Herberts Ansichten war, billigte ich die Vorlage aus humanitären Gründen – was, mit anderen Worten, bedeutete, daß ich mich auf das Erbarmen Christi bezog, um neue und mehr Gründe für eine Auflösung zerstörter Ehen zu billigen. Ich hielt es aber für theologisch schwierig, zu argumentieren, Christus würde je einen anderen Grund als Ehebruch für eine Scheidung haben gelten lassen. Jardine hatte das recht gut vorgetragen, aber die begeisterte Zustimmung des Architekten sprach weniger für die Beweiskraft der These als für Jardines Geschick in der Manipulation einer empfänglichen Zuhörerschaft. Nach meiner Meinung war Christus ein echter Jude und nicht «liberal» im Sinn unserer Zeit, in dem die Grenzen des Glaubens durchsichtig gemacht werden bis zum äußersten im Namen der Freiheit, sondern «radikal», indem er zurückging bis auf die Wurzeln der Lehre und sie im wahren Geist wiederbelebte. Diese Strenge zeigte sich in seinem Kampf gegen die Pharisäer und seiner Entschlossenheit, nicht nur dem Buchstaben, sondern dem Geist des Judentums zu entsprechen, einem Geist, der eine viel rigorosere Einstellung zur Scheidung als die A. P. Herberts einschloß.

Plötzlich hörte ich, wie Lady Starmouth zu mir sagte: «. . . und ich hoffe sehr, Sie besuchen uns einmal in London!»

«Wie liebenswürdig von Ihnen, Lady Starmouth! Vielen Dank», sagte ich, und sogleich fiel mir ein, daß der Earl gesagt hatte, sie erwarteten Loretta an diesem Wochenende.

Aus einiger Entfernung sah Lyle zu uns herüber. Sie war mir den ganzen Abend ausgewichen, aber jetzt trat sie impulsiv einen Schritt vor, und als Lady Starmouth sich von mir abwandte, um auf eine Frage des Architekten einzugehen, ging ich um die Rückseite des Sofas herum zu einer Stelle, die von der Terrasse aus, wo der Bischof mit der Gattin des Architekten lustwandelte, nicht einzusehen war.

Eine Sekunde später war Lyle bei mir. «Es tut mir leid, daß dieser Nachmittag so geendet hat», sagte sie rasch. «Es war schön oben beim Ring. Danke für den Ausflug.»

Dann war sie also inzwischen zu einem neuen Überfall bereit.

«Essen Sie morgen mit mir zu Mittag.»

«Oh, das ist ganz unmöglich – die Starmouths reisen ab, neue Gäste treffen ein, und Mrs. Jardine wird mich den ganzen Tag benötigen», sagte sie, ohne zu zögern, doch als sie sich dazu durchgerungen hatte, mich direkt anzusehen, glaubte ich in ihren Augen eine andere Botschaft zu lesen. Schließlich setzte sie leise hinzu: «Es tut mir leid. Es wäre nett gewesen. Aber ich kann nicht.»

«Nicht schlimm, ich lade Sie wieder ein», sagte ich. «Bischof oder nicht Bischof.»

Einen Moment lang stand sie völlig regungslos da. Dann sagte sie mit ihrer höflichsten Stimme: «Würden Sie mich bitte entschuldigen?» und huschte davon, ehe der Bischof von draußen hereinkommen und sich vergewissern konnte, daß während seiner Abwesenheit nichts Subversives geschehen war.

5

Ich fand in dieser Nacht keinen Schlaf. Ich warf und wälzte mich herum, ich las die ermüdendsten Genealogien des Alten Testaments, ich bespritzte mich mit kaltem Wasser, ich betete, zählte Schafe und ging auf die Toilette. Um zwei Uhr schließlich tappte ich hinunter zur Bibliothek des Bischofs auf der Suche nach leichtem Lesestoff. Jardine hatte einen vielseitigen literarischen Geschmack, und wir hatten schon eine gemeinsame Schwäche für Kriminalromane festgestellt.

In der Bibliothek knipste ich das Licht an und begann in den Regalen zu stöbern. Ich sah, daß die Büchersammlung des Bischofs weniger eklektisch war, als ich erwartet hatte, da ich ein Regal mit Romanen des neunzehnten Jahrhunderts entdeckte, darunter einige leicht mitgenommene Bücher von Sir Walter Scott. Wunderbar. Bei Scott schlief ich immer gut ein, und ich zog den Band *Ivanhoe* heraus und schlug ihn ohne Hast auf.

Zu meiner Überraschung blickte ich auf ein dicht beschriebenes Vorsatzblatt. Oben auf die Seite hatte jemand INGRID ASHLEY, 1885 geschrieben, und unter diesem Namenszug stand in anderer, kraftvoller, steiler Handschrift: «Dieses Buch gab mir meine Stiefmutter, damit ich mich ruhig verhalten solle, aber ich schwöre feierlich, daß ich es nicht lesen werde, weil ich weiß, daß Romane eine Erfindung des Teufels sind. ADAM ALEXANDER JARDINE, 1888 (9 Jahre alt).» Doch das war nicht der letzte Eintrag auf dem Vorsatzblatt. Ein Stück weiter unten war in der gleichen kraftvollen, aber reiferen, ausgeschriebeneren Handschrift zu lesen: «Meine Liebste, sieh Dir nur an, was ich damals schrieb, um mich vor Vaters Zorn zu schützen, falls er einen Roman in meinem Zimmer fand! Was war ich für ein armseliges kleines Scheusal und was hast Du Wunderbares getan, als Du mich in *Ivanhoe,* in die englische Literatur und in die Kultur einführtest. Laß mich dieses Buch der alten Besitzerin zurückgeben und sagen: Willkommen in Starbridge! Stets in Liebe – ADAM (ADAM ALEXANDER STARO, 1932 – 53 Jahre alt!)»

Da hörte ich hinter mir Schritte, und als ich mich schnell umdrehte, rutschte mir *Ivanhoe* aus den Händen und klatschte zu Boden.

«Kann ich Ihnen helfen, Dr. Ashworth?» erkundigte sich Jardine in seinem spöttischsten Ton. «Suchen Sie vielleicht noch immer nach Informationen?»

6

Irgendwie brachte ich eine Erklärung zustande: «Ich versichere Ihnen, mein Spionieren hat seine Grenzen, Bischof. Ich hatte keinen Geheimangriff auf Ihr Tagebuch vor.» Um meine Verwirrung zu verbergen, bückte ich mich, um *Ivanhoe* aufzuheben, wobei ich hinzusetzte: «Ich war auf der Suche nach leichter Lektüre, weil ich nicht einschlafen konnte.»

«In diesem Fall haben wir hier das gleiche Ziel, wenn ich meine Schlaflosigkeit auch lieber mit einem Kriminalroman bekämpfe.» Er beugte sich vor und zog einen Band aus dem untersten Regal. «Haben Sie schon *Roger Ackroyd und sein Mörder* von der anderen, berühmteren Miss Christie gelesen?»

«Ja. Das ist der Roman, bei dem man auf den Erzähler achten muß.»

«Ganz recht. Je öfter ich diese Geschichte lese, desto faszinierender finde ich das, was der Erzähler alles ausläßt und umgeht.» Er blickte auf das Buch in meiner Hand und fügte hinzu: «Aber vielleicht sind Sie mit Sir Walter Scott besser bedient. An diesem Band da hängen für mich sentimentale Erinnerungen.»

«Ich habe gerade die Inschrift gelesen. Ihre Stiefmutter muß eine bemerkenswerte Frau gewesen sein, Dr. Jardine.»

«Sie war in der Tat bemerkenswert. Es ist für jede Familie eine Katastrophe, wenn die Mutter jung stirbt, und als Ingrid in unser Leben trat, ging bei uns bereits alles drunter und drüber... Ihre Mutter ist nicht zufällig jung gestorben?»

Die Frage überraschte mich, aber ich antwortete ganz ruhig: «Nein, sie und mein Vater erfreuen sich beide in Surrey noch bester Gesundheit.» Ich legte *Ivanhoe* beiseite und wählte aus dem unteren Regal Dorothy Sayers' *Die neun Schneider* aus.

«Was ist Ihr Vater für ein Mensch?»

Diesmal war ich nicht nur überrascht, sondern erstaunt. Ich sagte unvermittelt: «Warum fragen Sie das?» Aber Jardine lachte nur.

«Da Sie verschiedene Dinge über mich in Erfahrung gebracht haben», sagte er, «habe ich beschlossen, ein, zwei Dinge über Sie herauszubekommen. Lady Starmouth fiel auf, daß Sie sich nur ausweichend über Ihre Familie äußern. Miss Christie sagte mir, daß Sie tiefstes Mitgefühl mit mir zu haben schienen, als sie Ihnen von meinen Schwierigkeiten mit meinem Vater erzählte. Da habe ich mich natürlich gefragt, ob auch Sie einen Elternteil haben, der ein Kreuz für Sie ist.»

«Mein Vater hat meinen Eintritt in den geistlichen Stand in der Tat mißbilligt», sagte ich, «aber wir kommen jetzt sehr gut miteinander aus.»

«Das habe ich auch immer gesagt, wenn man mich nach meinem Vater fragte», sagte Jardine. «Es hat weniger geschmerzt. Aber vielleicht ist Ihr Vater viel weniger unbegreiflich, als es meiner war.»

«Unbegreiflich?»

«Ist nicht mangelndes Verständnis für so manches Elend in familiären Beziehungen verantwortlich? Ich habe Jahre mit dem Versuch verbracht, meinen Vater zu verstehen, doch erst am Ende seines Lebens habe ich begriffen, was wirklich vorgegangen war.»

Unwillkürlich fragte ich: «Hat das etwas ausgemacht?»

«Natürlich. Verstehen ermöglicht Vergeben ... Sie *haben* Schwierigkeiten mit Ihrem Vater, nicht wahr?» sagte Jardine, aber ich erwiderte nur: «Nein, wir haben sämtliche Schwierigkeiten vor langer Zeit ausgeräumt.»

Wir schwiegen, verbunden in einer rätselhaften Neugier, die ich nicht näher zu bestimmen vermochte, doch dann sagte Jardine plötzlich: «Setzen Sie sich einen Augenblick, Dr. Ashworth. Ich werde etwas tun, was ich normalerweise nie tue. Ich werde Ihnen von meinem Vater erzählen – trotz allem, was Sie gesagt haben, glaube ich, daß meine Geschichte für Sie von Interesse ist, wenn Sie sie mit dem Privatleben vergleichen, über das Sie so wenig sagen wollen.»

7

«Mein Vater war der Sohn eines armen Landwirts aus Cheshire», sagte Jardine. «Er ging fort nach London, als er sechzehn Jahre alt war, weil er glaubte, er könne sich zum Geistlichen ausbilden lassen, aber er erkannte bald, daß weder die Staatskirche noch die respektableren protestantischen Freikirchen etwas von einem mittellosen Jungen aus der Arbeiterklasse mit hochfahrenden Ideen wissen wollten. Schließlich sagte sich mein Vater voller Enttäuschung und Zorn: Zur Hölle mit allen kirchlichen Organisationen und zur Hölle mit der Geistlichkeit.

Um sich weniger zurückgewiesen zu fühlen, schloß er sich einer obskuren Sekte an, die kein ordiniertes Seelsorgeramt kannte und bei der ein jeder abwechselnd Hölle und Verdammnis predigte. Dabei entdeckte er, daß er ein angeborenes Talent zum Predigen besaß. Bald predigte er an Sommerabenden im Freien, und schließlich erbot sich eine reiche Witwe, ihm ein Gotteshaus zu erbauen. Später schaffte er es, sie ihres Geldes wegen zu heiraten. Mein armer Vater! Seit seiner Ankunft in London hatte er sich seinen Lebensunterhalt als Pförtner in einem Lagerhaus in Putney verdient, aber er wußte, daß er keine Aussicht hatte, sich hochzuarbeiten. War es unter diesen Umständen ein Wunder, daß er seine Predigergabe als Schlüssel zu jenem besseren Leben betrachtete, auf das er als intelligenter Mensch Anspruch zu haben glaubte?

Haben Sie einmal *Elmer Gantry* gelesen? Dieser Roman handelt von einem amerikanischen Wanderprediger, der... nun ja, es ist eine Studie über die Schattenseite der Verkündigung des Evangeliums, jener Seite, deren wir orthodoxe Kirchenmänner uns schämen. Es ist die Geschichte eines Predigers, der seine Macht über Frauen ausnutzt, um Geld nicht für Gott, sondern für die eigene Brieftasche zu sammeln...

Sie können sich gewiß vorstellen, was geschah. Mein Vater war ohne geistliche Beratung und fehlte auf die schlimmste Weise. Er besaß diese Gottesgabe, dieses Predigertalent, aber Sie wissen so gut wie ich, Dr. Ashworth, ein wie gefährliches Charisma das sein kann. Deshalb predige ich selbst nie, nie ohne Konzept. Sobald man vom geschriebenen Wort abweicht, ist man versucht, die Zuhörer durch den Einsatz höchst zweifelhafter Emotionen mitzureißen.

Mein Vater schrieb nie ein Wort nieder, und er wußte, wie er es anstellen mußte, daß die reichen Frauen in den Bänken vor Erregung in Ohnmacht fielen – und, das muß ich leider sagen, er wußte auch, wie er sie nachher in der Sakristei wiederzubeleben hatte. Sir Thomas More hat ein Wort dafür in *Utopia*: Haltlosigkeit. Mein Vater war unerträglich haltlos im Umgang mit Frauen. Seine erste Gattin war eine gebrechliche alte Frau, die nur seine finanziellen Bedürfnisse befriedigen konnte, und ich fürchte, er war der Überzeugung, ihm werde alles vergeben, solange er nur das Wort Gottes so inbrünstig wie möglich predigte.

Doch als seine Frau starb, wandte er sich voller Scham von seinem alten Leben ab; er glaubte, sich mit dem Geld, das sie ihm hinterlassen hatte, zur Ruhe setzen zu können und beschloß, sich dem Studium der Theologie zu widmen. Er hatte damals noch einen weiteren Grund, seinem Leben eine neue Wendung zu geben, denn er hatte gerade meine Mutter kennengelernt, ein junges Mädchen aus einer sehr achtbaren Familie, und er wußte, er würde sie nie heiraten können, wenn er ihr nicht ein durch und durch schickliches Leben zu bieten vermochte.

Ich bin sicher, daß es eine gute Ehe war, nicht nur weil ich mich an das glückliche Heim erinnern kann, für das meine Mutter sorgte, sondern auch, weil ich noch so genau weiß, wie er zusammenbrach, als sie starb. Er hatte meine Mutter als Gottes Lohn für gutes Verhalten betrachtet, der Ärmste, und deshalb faßte er ihren Tod jetzt als Urteilsspruch auf: Er war sofort überzeugt, die Sünden, die er einst begangen hatte, seien ihm doch nicht vergeben worden.

Schuldgefühl begann ihn niederzudrücken. Gibt es eine schlimmere Schuld als die eines Menschen, der eine Gabe Gottes in den Dienst des Teufels gestellt hat? Lange Zeit schloß er sich in seinem Hause ein und wollte es nicht verlassen. Er sprach nicht mehr. Er verbrachte den ganzen Tag mit Beten. Er war ganz besessen von seinen alten Sünden, und bald war er besessen von den Sünden der Welt, das war nur noch ein kleiner Schritt – der Welt, die ihn zurückgestoßen und damit auf den Weg des Verderbens getrieben hatte.

Sie können sich vorstellen, wie dieses Verhalten auf acht Kinder wirkte. Schließlich wurde es so schlimm, daß selbst mein Vater, geistig krank, wie er zweifellos war, sich bewußt wurde, daß etwas geschehen mußte. Inzwischen hatte er wieder zu predigen angefangen – wenn auch nicht für Geld; er glaubte, das mindeste, was er tun könnte, um Gott zu besänftigen, sei, ihm von der Kanzel herab so aufrecht wie möglich zu dienen, und so kehrte er in das Gotteshaus der obskuren Sekte zurück, bei der er sich zu Anfang einen Namen gemacht hatte. Eines Sonntags fiel ihm eine Person auf, die den Gottesdienst aus Neugier besucht hatte, eine Frau, die von seiner Predigt offenbar überhaupt nicht angerührt war und die ganz anders war als alle die Frauen, die nach dem Gottesdienst um ihn scharwenzelten.

Das war meine Stiefmutter. Sie war als Gesellschafterin bei einer alten Dame angestellt. Sie hatte diese Aufgabe übernommen, weil sie nach dem Tod ihres Mannes, eines Handlungsreisenden namens Ashley, völlig mittellos zurückgeblieben war. Sie hatte kein Geld, um nach Schweden zurückzukehren, sparte aber schon für die Überfahrt.

Mein Vater brachte sie dazu, in England zu bleiben, aber nur der Himmel weiß, wo sie die Kraft hernahm, auch noch auszuharren, als sie ihn erst richtig kennengelernt hatte. Mein Vater war ein sehr, sehr schwieriger Mann, viel zu schwierig, als daß es einer meiner Brüder bei ihm ausgehalten hätte. Sie gingen alle fort, sobald sie konnten, um sich jenseits der Themse in London ihren Lebensunterhalt zu verdienen. Auch ich war schon auf dem Sprung – als ich dreizehn war, wollte mich mein Lieblingsbruder als Laufbursche bei der Firma unterbringen, in der er Büroangestellter war, aber die Stelle wurde dann nicht besetzt, und als wir das erfuhren, wandte sich meine Stiefmutter an meinen Vater – ich sehe sie noch jetzt vor mir – und sagte: ‹Du hast immer gesagt, du brauchst ein Zeichen von Gott, ehe du diesen Jungen zur Schule gehen lassen könntest. Nun, jetzt hast du dein Zeichen, und wenn du den Jungen nicht in die Schule gehen läßt, verlasse ich dieses Haus und komme nicht mehr zurück!›

Ich ging in die Schule. Ich habe die Schule gehaßt. Ich wollte die Schule verlassen, aber sie hat es nicht erlaubt. Sie war darin ganz hartnäckig. Sie sagte: ‹Du willst doch nicht so enden wie dein Vater, oder?›, und darauf gab es natürlich nur eine Antwort. Sie sagte: ‹Du wirst das Leben führen, das dein Vater nicht führen konnte. Du wirst all die Türen öffnen, die ihm vor der Nase zugeschlagen wurden, und du wirst das werden, was er nie werden durfte. Und dann *wird alles Leiden erfüllt sein*›, sagte sie – sie war eine tiefreligiöse Frau –, *‹und aller Schmerz wird gestillt sein›*, und alles wird einen Sinn ergeben, und er wird dich anschauen und endlich sehr stolz und glücklich sein.›

Ein wunderschöner Traum, nicht wahr? Aber wie sollte er wahr werden? Mein Vater wurde sehr bald eifersüchtig auf mich – er ertrug die Vorstellung nicht, daß ich das Leben führen sollte, das er nicht hatte führen dürfen. Er wurde feindselig und zänkisch. Was haben wir uns gestritten! Wie unglücklich haben wir uns gemacht!

Doch wenn ich es aufgeben und nach Australien auswandern wollte, sagte meine Stiefmutter jedesmal energisch: ‹Du mußt weitermachen!›, und ich wußte, ich konnte nicht fortgehen. Außerdem hatte ich inzwischen die Wahrheit erkannt – ich hatte gesehen, daß ich in einem dunklen Raum eingesperrt war und daß meine Stiefmutter mich hinaus ans Licht zu ziehen versuchte. So ertrug ich all die widerwärtigen Szenen und arbeitete mich hinaus in die Freiheit, aber ich tat es ganz gewiß nicht, damit *sein Leiden erfüllt* würde. O nein! Ich tat es um meiner selbst willen, um ihretwillen – mein Vater hätte von mir aus in der Hölle verrotten können. Zu ihm war ich grob, unfreundlich, verächtlich, unduldsam, zornig, nachtragend, lieblos, und ein-, zweimal richtig grausam. Kein Sohn mit einem geistig kranken Vater hätte unchristlicher sein können. Und selbst als ich schon die Weihen empfangen hatte, kaschierte ich meine häßlichen Gefühle mit einem frommen Gesichtsausdruck und kam meinen Sohnespflichten mit zusammengebissenen Zähnen nach.

Und so war, als mein Vater gegen Ende seines Lebens senil wurde, mein erster Gedanke: Hoffentlich stirbt er bald. Ich verstand nicht, weshalb Gott ihn noch leben ließ. Das erschien mir sinnlos.

Aber dann ging es ihm wieder ein wenig besser. Sein Verstand klärte sich, und er konnte erkennen, daß sein Ende nahe war – und da begann er mit mir zu reden. Zunächst redete er nur über Theologie, aber schließlich fing er an, von seinem Leben zu sprechen, und plötzlich spürte ich, wie sehr es ihn drängte, mir alles von seiner Vergangenheit zu erzählen – von all der Armseligkeit, all der Nutzlosigkeit, all der Vergeudung – so daß meine Gegenwart eine neue Bedeutung gewann. Und als mein Vater endlich mit so schmerzhafter Aufrichtigkeit zu mir sprach, ereignete sich das Wunder der Kommunikation, und ich vermochte das volle Ausmaß seiner Tragödie zu ermessen. Da fiel dann die Vergebung leicht, und als ich ihm erst vergeben hatte, sah ich in ihm kein Ungeheuer mehr, sondern den Vater, der mir eine christliche Erziehung hatte angedeihen lassen, wie ausgefallen sie auch gewesen sein mochte, und der jetzt unserer langen und schrecklichen Entfremdung ein Ende machen wollte, ehe es zu spät war.

Er hatte einen Lieblingstext. Er lautete: ‹Ich bin gekommen, zu rufen *die Sünder zur Buße, und nicht die Gerechten.*› Er sagte, ich solle über diesen Text predigen, aber ich wollte nicht; ich glaubte, das sei typisch für meinen Vater mit seiner Zwangsvorstellung von der Sünde, aber er ließ nicht locker, und so sagte ich, ich würde darüber predigen, um ihm eine Freude zu machen. Aber ich tat es nicht. Am nächsten Sonntag predigte ich über einen anderen Text, und als ich nach Hause kam, wußte ich gleich, daß er tot war, weil man an seinem Fenster die Jalousie heruntergelassen hatte.

Sogleich fühlte ich mich schuldig. Hätte ich nur über diesen Text gepredigt! Und ehe ich's mich versah, fielen mir alle meine vergangenen grausamen Worte wieder ein, mein häßliches Verhalten, mein Mangel an Verständnis – ich fühlte mich so sehr von Schuld erdrückt, daß ich nicht wußte, wie ich die Last tragen sollte. Aber eines wußte ich: Ich mußte über diesen Text predigen, der jetzt zu mir persönlich zu sprechen schien. Ich hatte das Gefühl, daß *ich* der Sünder war, der zur Buße gerufen wurde, und daß die wahre Buße, die wahre Abkehr von meinen vergangenen Fehlern das Bemühen sein müsse, ein weit besserer Seelsorger zu werden, als ich im Zorn auf meinen Vater zuvor jemals gewesen war.

Und so wurde diese Stelle mein eigener spezieller Text, und im Laufe der Jahre habe ich immer wieder darüber gepredigt – bis ich schließlich als Bischof auf der Kanzel des Doms von Starbridge stand und sagte: ‹Ich bin gekommen, zu rufen die Sünder zur Buße, und nicht die Gerechten!› Ich wußte, der Traum meiner Stiefmutter war endlich wahr geworden. Ich wußte, die Vergangenheit war *erfüllt* worden, und ich wußte, daß mein Vater, obwohl er gestorben war, als ich noch ein unbekannter Kaplan war, jedesmal wieder lebendig wurde, wenn ich diese Worte sprach als der Pfarrer, der Dekan und der Bischof, der er nie hatte werden können. Der bewegendste Aspekt dieser ganzen Zeremonie in Starbridge war der, daß meine Stiefmutter noch lebte und mich auf meinem Bischofsstuhl sitzen sah. Aber danach gab es keine Umarmungen und Küsse, keine Gefühlsergüsse und Tränen. Das lag ihr nicht. Sie sagte nur beiläufig zu mir: ‹Ich wußte, daß es sich eines Tages lohnt›, und ich sagte ebenso beiläufig: ‹Gott sei Dank, daß du damals kein Geld für die Rückfahrt nach Schweden hattest.›

Nun, Charles Ashworth, das ist keine Predigt, und halb drei Uhr morgens ist kaum die rechte Zeit, um sich aufs Moralisieren zu verlegen, deshalb sage ich nur noch einen Satz: Bringen Sie das Verhältnis zu Ihrem Vater in Ordnung, denn je länger Sie es in Unordnung lassen, desto schuldiger fühlen Sie sich, wenn er stirbt...»

8

Jardine schwieg. Wir saßen da und sahen uns über den Tisch hinweg an, und hinter ihm reichten die Bücher in wohlgeordneten Reihen vom Boden bis zur Decke. Der Schreibtisch war voll, aber es herrschte kein Durcheinander: Zu beiden Seiten der Schreibunterlage stapelten sich Stöße von Papieren unter gläsernen Briefbeschwerern, und neben dem vollen Tintenfaß lagen Federhalter und Bleistifte ordentlich nebeneinander in einer Schale.

«Ich danke Ihnen, Bischof», sagte ich. «Es war äußerst liebenswürdig von Ihnen, mich so in Ihr Vertrauen zu ziehen, ich fasse das als ein großes Kompliment auf.» Ich wurde mir plötzlich bewußt, daß auf seinem Schreibtisch etwas fehlte, und schon platzte ich mit der Frage heraus: «Haben Sie ein Photo von Ihrem Vater und Ihrer Stiefmutter?»

«Ja, natürlich. Jeder, der in Putney etwas auf sich hielt, ließ sich bei der Verlobung photographieren.» Er öffnete die untere Schublade seines Schreibtisches, holte ein Photo heraus und reichte es mir. Es war die Atelieraufnahme eines Mannes im mittleren Alter, mit Bart, aber noch als victorianische Version des Bischofs zu erkennen, und einer jungen Frau von etwa dreißig Jahren, gutaussehend, mit üppigem blondem Haar, blassen Augen und einem energischen Mund.

«Wie attraktiv sie war!» sagte ich verblüfft. «Irgendwie hatte ich sie mir unscheinbarer vorgestellt.»

«Sie hat nicht lange so gut ausgesehen. Kurz nachdem ich nach Mayfair versetzt wurde, nahm sie stark zu – eine Schilddrüsensache – und lebte dann eher zurückgezogen, aber mir war es gleich, wie sie aussah. Ich sagte einmal zu ihr: ‹Ob du fünfzig oder hundertfünfzig

Kilo wiegst, du wirst immer Ingrid sein›, und sie sagte: ‹Ob du neun oder neunzig bist, du wirst immer Adam sein.› Niemand nennt mich mehr Adam», sagte der Bischof und steckte das Foto wieder in seinen Umschlag, «aber das heißt nicht, daß es Adam nicht mehr gibt. Ich glaube manchmal, wenn man zwei Namen hat, ist das wie eine Persönlichkeitsspaltung. Alex ist der Bischof, der berühmte Mann in der Öffentlichkeit –»

«Das blendende Bild», sagte ich.

«– aber hinter Alex steht Adam, der noch immer umhertappt unter der Bürde dieser schwierigen Vergangenheit, noch immer verfolgt wird von so vielen bösen Erinnerungen, noch immer mit dieser Sohnesschuld ringt, die niemals völlig beglichen werden kann –»

«Manchmal habe auch ich das Gefühl, eine gespaltene Persönlichkeit zu sein», sagte ich, «aber mein anderes Ich hat keinen eigenen Namen.»

In Jardines Augen blitzte Verstehen auf. Er sagte unvermittelt: «Sagen Sie sich von Lang los und schaffen Sie Ihrem anderen Ich Platz zum Atmen. Als Lakai Seiner Exzellenz tun Sie sich keinen Gefallen.» Er wartete keine Antwort ab, sondern ging, seinen Kriminalroman in der Hand, zur Tür. «Unternehmen wir eine erneute Attacke auf unsere Schlaflosigkeit», fügte er über die Schulter hinweg hinzu. «Und entschuldigen Sie, daß ich Sie so lange mit meiner unverlangten Gutenachtgeschichte aufgehalten habe.»

«Ich habe mich nicht zu beschweren, Bischof. Ganz im Gegenteil. Nochmals vielen Dank.»

Wir zogen uns schweigend auf unsere Zimmer zurück.

9

Ich dachte an jene bärtige victorianische Version Jardines mit der gutaussehenden jungen Frau, die in einer chaotischen Familie wieder für Ordnung gesorgt hatte. Und ich dachte an dieselbe Frau, die, in ihren mittleren Jahren, aber möglicherweise noch immer gutaussehend, ihren Gatten verließ, um dem zwanzig Jahre jüngeren Stiefsohn den Haushalt zu führen, dem Stiefsohn, der es sich nicht leisten konnte, zu heiraten.

Sie sagte: Für Adam hat es sich gelohnt, hörte ich Lyles Stimme in meiner Erinnerung flüstern.

Er ist wirklich der wunderbarste Mensch, glauben Sie mir, sagte der junge Kaplan Gerald Harvey, als ich über die Grenze zwischen Bewußtsein und Traum glitt und mein Denken aller Zwänge ledig war.

Sie verraten nicht viel von sich, nicht wahr? sagte Lyle zu mir in einer großen Kirche, während wir vergeblich darauf warteten, vom Bischof getraut zu werden. Sie sind hier das wirkliche Rätsel.

Karl Barth hat das Rätsel des historischen Jesus gelöst, sagte Jardine, als wir in der Mitte des Starbury Rings standen. Er sagt, man muß bei *Roger Ackroyd und sein Mörder* auf den Erzähler achten.

Ich bin so froh, daß ich Sie gefunden habe, Dr. Ashworth, sagte Mrs. Jardine, die jetzige Mrs. Jardine, als wir im Garten unten am Fluß standen, und lächelte zu mir auf, weil ich Ihnen sagen wollte, daß ich herausbekommen habe, wer Roger Ackroyd getötet hat. Es war Mr. A. P. Herbert. Ist es nicht wunderbar, daß unser Herr A. P. Herberts Gesetzesvorlage gebilligt hat? Eine Scheidung ist immer interessant, nicht, besonders bei heißem Wetter.

Loretta war geschieden, sagte der Earl zu mir über die Schulter hinweg, während er einen riesigen Fisch an Land zog. Natürlich war sie jahrelang Jardines Geliebte.

Nein, nein, nein, Henry! rief Lady Starmouth aus, die nackt im Fluß schwamm. Sie war nie Alex' Geliebte! Er hat sich immer untadelig benommen!

Das sagen *Sie*, Lady Starmouth! sagte Mrs. Cobden-Smith, die mit dem Bernhardiner auftauchte. Aber warum sollten wir Ihnen glauben?

Ich will Ihnen sagen, was ich glaube, sagte Lady Starmouth und stieg aus dem Wasser, wobei sie zwei aufreizend kugelförmige Brüste zeigte. Ich glaube, Dr. Ashworth will mit mir ins Bett gehen.

Tut mir leid, Lady Starmouth, sagte ich, das geht leider nicht. Ich werde bald mit Loretta ins Bett gehen.

Ich bin Ihr Schlüssel zu Loretta, sagte Lady Starmouth, als sie mich, in ein weißes Ballkleid gehüllt, aus der Leichenhalle führte, in der meine tote Frau aufgebahrt lag. Ich mache Sie nur mit ihr bekannt, wenn Sie vorher mit mir schlafen.

Lyle sagte hinter mir: Ich möchte wirklich mit Ihnen ins Bett gehen, aber ich habe Angst vor dem Bischof.

Sind Sie mit dem Bischof ins Bett gegangen? fragte ich die gutaussehende junge Schwedin, die am Ende eines dunklen Ganges auf mich wartete, aber sie sagte: Ich muß Sie zur Kirche bringen, weil ich eine so tiefreligiöse Frau bin.

Charles ist so religiös, sagte meine Mutter, die im Kirchenschiff Bridge spielte, als Ingrid und ich den Dom von Starbridge betraten, aber trotzdem hat er es weit gebracht. Sein Vater ist so stolz auf ihn.

Ich spreche gewöhnlich nicht über meinen Vater, sagte Jardine, als er die Stufen zur Kanzel hinaufstieg. Meine Familie war ein Chaos.

Wir sind eine so glückliche Familie! sagte meine Mutter lachend, während sie die Karten austeilte. Bei uns fällt nie ein böses Wort!

Du verdammter junger Narr! rief mein Vater, als er die Tür aufbrach und ins Kirchenschiff stürzte.

Ich bin gekommen, zu rufen die Sünder zur Buße, und nicht die Gerechten, sagte Jardine von der Kanzel herab.

Du engstirniger Bastard! rief ich meinem Vater zu.

Ich bin gekommen, zu rufen die Sünder zur Buße, verkündete Jardine mit lauter Stimme, *und nicht die Gerechten.*

Nein, Charles, nein! kreischte meine Mutter.

Ich bin gekommen, zu rufen die Sünder zur Buße, und nicht die Gerechten! brüllte der Bischof.

Du wirst nie einen Geistlichen abgeben! schrie mein Vater mich an. Mach dir doch nicht selbst etwas vor!

ICH BIN GEKOMMEN, ZU RUFEN DIE SÜNDER – SÜNDER – SÜNDER –

«Vater!» rief ich. Ich saß kerzengerade aufgerichtet im Bett, und Schweiß lief mir das Gesicht herunter. «*Vater!* VATER–»

Es wurde still.

Im Zimmer war es sehr dunkel. Mit bebender Hand knipste ich das Licht an. Dann schlüpfte ich aus dem Bett, sank auf die Knie und begann zu beten.

Die Starmouths reisten am nächsten Morgen nach dem Frühstück ab, und als wir ihnen zum Abschied nachgewinkt hatten, fragte ich den Bischof, ob ich ihn später einen Augenblick sprechen könne.

«Natürlich», sagte er, «aber lieber jetzt gleich, ehe ich anfange, an meiner Predigt zu arbeiten.»

«Sie predigen am Sonntag?»

«Im Frühgottesdienst, ja. Ich vertrete den Dekan, der in den Norden gerufen wurde, um einen Cousin zu beerdigen. Wollen Sie Ihren Besuch nicht verlängern und mir bei der Frühkommunion assistieren?»

Ich war sehr überrascht. «Es wäre Ihnen doch sicher lieber», sagte ich, «wenn ich diese Einladung nicht annehme, die Sie mir in Ihrem Brief gemacht haben, Bischof.»

«Ich wüßte nicht, warum. Ich bin Christ, Dr. Ashworth, kein barbarischer Politiker, der Sie aus irgendeinem exklusiven Club ausschließen will! Die Einladung besteht weiter, lassen Sie mich später wissen, wie Sie sich entschieden haben,», sagte er, und als wir die Bibliothek betraten, wechselte er das Thema, indem er mit einem Lächeln hinzufügte: «Ich nehme an, Sie sind Ihrer Schlaflosigkeit heute nacht mit Erfolg zu Leibe gerückt?»

«Ich kann vermelden, daß ich binnen zehn Minuten eingeschlafen war.» Ich hielt inne, bevor ich mit Bedacht fortfuhr: «Sie waren sehr offen zu mir, und ich will auch sehr offen zu Ihnen sein. Es ist durchaus möglich, daß der Erzbischof eine Art persönlicher Rache üben will, aber er hat mich nicht wirklich beauftragt, Material gegen Sie aufzustöbern, das Ihnen das Genick bricht, und selbst wenn ich es fände, würde ich es ihm nie übergeben. Ich bin der Ansicht, jemandem das Genick zu brechen gehört nicht zu meinen geistlichen Pflichten, noch glaube ich, daß ein Bischof Ihres Kalibers es verdient, von der Presse verleumdet zu werden, nur weil Lang sich wegen der Abdankung des Königs kolossal lächerlich gemacht hat. Können Sie mir glauben, wenn ich Ihnen versichere, daß ich ganz auf Ihrer Seite bin? Und wenn Sie mir glauben, werden Sie mir dann erlauben, Ihnen eine sehr ungehörige Frage zu stellen, um ganz sicherzugehen, daß Sie keinerlei Skandal zu fürchten haben?»

«Nun, Sie steuern offensichtlich eine ganz monströse Ungehörigkeit an, Dr. Ashworth, aber zum Glück für Sie beginne ich Ihre Ungehörigkeiten unterhaltsam zu finden. Wie lautet die Frage?»

«Besteht noch irgendeine Verbindung zwischen Ihnen und Professor Loretta Staviski?»

VII

«Wie Sie Frauen behandeln, ist eine Sache von äußerster
Wichtigkeit.»   HERBERT HENSLEY HENSON

I

Dank meiner vorbereitenden Einleitung nahm Jardine diesen
neuen Angriff auf seine Privatsphäre bemerkenswert gelassen
auf; da Lady Starmouth ihn offenbar über jedes Detail unseres
Gesprächs unterrichtet hatte, war er auf eine Frage nach Loretta
vielleicht sogar gefaßt gewesen. Er ließ sich weder Überraschung
noch Zorn anmerken und seufzte nur resigniert.

«Mein lieber Kanonikus, Ihre Sorge um meine Person rührt
mich», sagte er trocken, «und ich möchte mich nicht undankbar
erweisen, da Sie mich so großzügig Ihrer uneingeschränkten Unterstützung versichert haben. Aber gehen Sie in Ihrem Eifer nicht etwas
zu weit?»

«Nicht, wenn man bedenkt, daß Professor Staviski demnächst
wieder nach England kommt und daß jedes auf einen Skandal scharfe
Boulevardblatt Sie beobachten mag. Wenn Sie sich mit ihr in
London träfen –»

«Das werde ich aber nicht. Ich stehe seit neunzehn Jahren nicht
mehr mit ihr in Verbindung, und außerdem hat es selbst 1918 keinen
Skandal gegeben. Es ist so gut wie nichts passiert. Eines meiner
Gemeindeglieder verliebte sich in mich, und ich war so töricht, es
eine Zeitlang nicht zu merken.»

«Darf ich Sie noch fragen, wer von diesem Vorfall wußte?»

«Nur Lady Starmouth.»

«Wollen Sie damit sagen», fragte ich erstaunt, «daß sonst wirklich
niemand davon wußte? Nicht einmal ihre Frau?»

«Sie war nicht zu Hause, als meine Freundschaft mit Mrs. Staviski ein so unglückliches Ende fand. Unser Kind war tot auf die Welt gekommen, der Arzt hatte Carrie Landluft empfohlen, und sie verbrachte einen Monat bei ihren Eltern.»

«Ahnte denn niemand, was geschehen war? Sie können doch in Mayfair nicht im luftleeren Raum gelebt haben.»

«Offensichtlich ist Ihnen das Wesentliche des Vorfalls entgangen. Mrs. Staviski ließ sich ihre wahren Gefühle in keiner Weise anmerken. Für mich war sie nur eine weitere gute Bekannte wie Lady Starmouth. Keiner von uns gab zu Gerede Anlaß.»

«Und Ihre Frau war auch nicht überrascht, als Mrs. Staviski plötzlich aus Mayfair verschwand?»

«Ja, aber damals war Krieg, und viele Leute kamen und gingen. Zudem war meine Frau noch nicht wieder ganz gesund und zu sehr mit ihren eigenen Sorgen beschäftigt, um sich um die Sorgen anderer zu kümmern. Deshalb habe ich mich ihr natürlich auch nicht anvertraut. Es wäre egoistisch gewesen, sie noch zusätzlich zu belasten.»

«Wie hat Lady Starmouth davon erfahren?»

Jardine dachte über die Frage nach. Dann sagte er unvermittelt: «Ich will Ihnen erzählen, was geschah. Wenn ich alle Umstände bedenke, sehe ich keinen Grund, Sie darüber im dunkeln zu lassen, und als Geistlicher können Sie vielleicht noch aus meinem Fehler lernen. Hier geht es nicht um eine moralische Verfehlung, Dr. Ashworth, sondern um ein höchst bedauerliches pastorales Versagen – mit anderen Worten, hier blicken wir hinter Alex' – des Bischofs – ‹blendendes Bild›, wie Sie es gestern abend ausgedrückt haben, und sehen den armen alten Adam, der sich müht, ein guter Pfarrer zu sein, tatsächlich aber einen schlimmen Schiffbruch erleidet...»

2

«Es war erstaunlich, wie viele Leute sie beim Vornamen nannten», sagte Jardine. «Ich habe nie herausbekommen, ob es daran lag, daß sie Ausländerin war und deshalb außerhalb der englischen Gesellschaftsordnung mit ihren kleinlichen Konventionen stand, oder daran, daß die fremdenfeindlichen Briten sich nur an ihrem fremd klingenden Nachnamen stießen. Als Geistlicher bin ich jedoch an die Koventionen gebunden und nannte sie immer nur Mrs. Staviski, bis zu dem Tag, an dem unsere Freundschaft endete. Wenn ich sie jetzt Loretta nenne, so nicht deshalb, weil ich dies schon damals getan hätte, sondern weil ‹Professor Staviski› – was sie jetzt ist – nach einem verrückten Anhänger der russischen Revolution klingen könnte.

Ich lernte sie 1917 kennen, als sie ihren Mann verlassen hatte und Lady Starmouth mich um Hilfe bat. Ich erkannte sehr bald, daß die Ehe irreparabel zerstört war – der Ehemann war homosexuell –, und so hielt ich es für meine Pflicht, als Seelsorger nicht die Ehe, sondern Loretta zu retten, die so schrecklich behandelt worden war, daß ihr Selbstvertrauen Schaden genommen hatte. Ihr Ehemann hatte sie fühlen lassen, daß sie für das andere Geschlecht ein abstoßendes Geschöpf sei, und ich sagte mir, daß ein anderer Mann wiedergutmachen müsse, was da angerichtet worden war – wenn sie zu einem normalen Leben zurückfinden sollte. Das war, glaube ich, eine durchaus vernünftige Schlußfolgerung, das Dumme war nur, daß ich selbst diese Aufgabe übernehmen wollte.

Ja, Sie mögen mich erstaunt anblicken, aber ich war nicht ganz so töricht, wie meine Worte Sie glauben machen könnten. Ich traf sie nur bei Lady Starmouth – oder bei mir in Gegenwart meiner Frau –, und selbst als Loretta sich eine eigene Wohnung nahm, besuchte ich sie nur in Begleitung eines Kuraten. Ich hatte drei Hilfsgeistliche, und ich hatte es mir zur Regel gemacht, zu seelsorgerischen Besuchen bei alleinstehenden Damen in Mayfair immer einen mitzunehmen.

Aber ich machte leider einen schwerwiegenden Fehler. Ich hätte erkennen müssen, daß Loretta für eine platonische Freundschaft nicht gefestigt genug war. Männer und Frauen sind schließlich von Gott nicht für asexuelle Beziehungen gedacht, und meinen drei alten Freundschaften wohnt in der Tat ein sexuelles Element inne, aber Lady Starmouth, Lady Markhampton und Mrs. Welbeck sind alle drei ausgeglichen und glücklich verheiratet; ihre Freundschaft mit mir ist dem Wesen nach nur die Verzierung eines schon fertigen Kuchens. Aber für Loretta war ich nicht nur die Verzierung. Ich war der Zuckerguß, das Marzipan, die Rosinen – alles. Sie lebte als Ausländerin in London, die Trennung von ihrem Mann hatte sie von vielen Menschen abgeschnitten, die sich mit ihr angefreundet haben mochten, und sie fühlte sich sehr allein. Hatte ich ihre große Verletzlichkeit in Betracht gezogen? Nein, das hatte ich nicht. Ich besuchte sie öfter, als ich es hätte tun dürfen; um sie von ihren Nöten abzulenken, lieh ich ihr zahlreiche Bücher – aber nur Romane, keine anspruchsvolle geistige Kost –, und um ihre Selbstachtung zu stärken, machte ich ihr viele Komplimente. Natürlich konnte solche Narretei nur auf eines zusteuern.

Alles endete an einem Samstag im September 1918. Ich wollte mich nach dem Frühstück gerade an meine Sonntagspredigt setzen, als ein Telegramm eintraf: Lady Starmouths liebster Bruder war an der Front gefallen, und ich möchte doch nach Leatherhead kommen. Wie Sie inzwischen vielleicht wissen, haben die Starmouths dort ihren Landsitz; sie haben keine Verbindung mit der Stadt Starmouth in dieser Diözese hier, abgesehen von dem Umstand, daß die Mutter des ersten Earl dort geboren wurde und der Earl, als man ihm den Adelstitel antrug, sich sagte, daß sich ‹Lord Starmouth› nicht so lächerlich anhören würde wie ‹Lord Leatherhead›. Loretta gefiel diese Geschichte – Amerikaner haben immer ein so naives Interesse an Titeln... Sie war natürlich dort, bei ihrer Freundin, als ich am späten Morgen in Starmouth Court eintraf. Sie hatte in London einen früheren Zug genommen.

Ich sprach eine Zeitlang mit Lady Starmouth allein, und dann aßen wir alle zu Mittag. Der Earl war nicht anwesend, er befand sich noch auf der Rückreise von Schottland und wurde erst später erwartet. Nach dem Mittagessen wollte sich Lady Starmouth ausruhen, und ich dachte schon daran, nach London zurückzufahren, als Loretta sagte, sie habe mir etwas mitzuteilen; sie schlug einen Spaziergang hinunter ins Tal vor, und ich ging darauf ein. Das Haus der Starmouths steht auf einer Anhöhe über dem Fluß, der Mole – aber vielleicht kennen Sie die Gegend? Mir fällt gerade ein, daß Sie ja aus diesem Teil von Surrey stammen, und da sind Sie vielleicht schon oft an dem Haus vorübergekommen – zwischen Leatherhead und Dorking sieht man es von der Straße aus.»

Jardine hielt inne, die Augen von Erinnerungen verschleiert, die Hände fest verschränkt, während er sich auf dem Schreibtisch vorbeugte. «Wir gingen zum Fluß hinunter», sagte er. «Wir gingen wieder zurück. Es war das erste Mal, daß wir allein waren, weit von anderen Personen entfernt. Auf der Straße war Verkehr – Ponykutschen, Radfahrer, sogar ein Automobil –, aber wir waren allein. Da sagte sie mir alles, und die Freundschaft war zu Ende.» Er hielt abermals inne, ehe er abrupt hinzusetzte: «Sie weinte heftig. Als wir zurückkamen, war Lady Starmouth in der Halle. Sie warf nur einen Blick auf Loretta und erriet alles – was in gewisser Hinsicht gut war, denn so konnte sie uns beiden helfen. Sie besorgte Loretta eine Überfahrt nach Amerika, was während des Krieges fast unmöglich war – und sie half mir, indem sie nie ein Wort des Vorwurfs äußerte. Aber natürlich sah ich inzwischen selbst, wie sehr ich bei Loretta als Seelsorger versagt hatte, und so wußte ich weit besser als Lady Starmouth, wie viel ich mir vorzuwerfen hatte...»

3

Ich ließ einen Augenblick mitfühlenden Schweigens verstreichen, dann sagte ich: «Ich kann durchaus verstehen, weshalb Sie keine weiteren Experimente in platonischer Freundschaft unternommen haben.»

«Ich sehe, Sie finden die ganze Vorstellung von platonischer Freundschaft phantastisch, aber Sie gehören schließlich der sexbesessenen Nachkriegsgeneration an. In meiner Jugend war eine breitere Skala von Beziehungen zwischen den Geschlechtern möglich... Aber damit will ich mich nicht entschuldigen. Ich habe bei Loretta wirklich gravierende Fehler gemacht.»

«Aber keine skandalösen. Es gab doch keine Briefe, Bischof, oder?»

«Nicht, nachdem sie mir ihre Gefühle offenbart hatte. Wir hatten vorher ein paar harmlose Briefe gewechselt, aber die habe ich verbrannt.

«Keine Eintragungen im Tagebuch?»

«Glücklicherweise brauchte ich meine Selbstvorwüfe nicht dem Papier anzuvertrauen, ich konnte damit zu Lady Starmouth gehen.»

Mir kam plötzlich ein Gedanke. «Haben Sie mit Ihrer Stiefmutter darüber gesprochen?»

«Ah!» Jardine lächelte gequält. «Ich habe ihr kurz vor ihrem Tod davon erzählt, aber 1918 habe ich nichts gesagt. Meine Stiefmutter hatte sich über meine Heirat so sehr aufgeregt, daß ich über meine Frauenfreundschaften nicht mit ihr sprechen wollte... Aber das klingt, als wäre sie eifersüchtig gewesen, lassen Sie mich diesen Eindruck sofort korrigieren. Nein, das war sie nicht. Sie wollte immer, daß ich heiratete, aber leider hatte sie von einer Ehefrau, die zu mir paßte, eine andere Vorstellung als ich. Das ist, glaube ich, ein Konflikt, in den Mütter und Söhne häufig geraten.» Er lehnte sich in seinem Sessel zurück und lächelte wieder: «Nun, Dr. Ashworth, ist jetzt auch das letzte Loch in meiner Rüstung endlich geflickt?»

«Ich glaube, soweit es die Presse betrifft, sind Sie wirklich unangreifbar.»

«Und abgesehen von der Presse?»

«Oh, Sie haben natürlich Ihre Achillesferse», sagte ich, indem ich mich erhob, «aber glücklicherweise ist es ganz einfach für Sie, sich zu schützen. Ich schlage vor, Sie sehen sich unverzüglich nach einer neuen Gesellschafterin als Ersatz für Miss Christie um.» Und als das Lächeln von seinem Gesicht verschwand, ging ich rasch in die Diele hinaus.

4

Jetzt kannte ich also Lorettas Geschichte. Genauer gesagt, ich kannte Jardines Version von Lorettas Geschichte, die sich ziemlich genau mit dem Bericht deckte, den Lady Starmouth mir gegeben hatte. Natürlich hatte er mir nicht alles erzählt; ich wollte wetten, daß es unten am Fluß zu ein, zwei Küssen gekommen war, zwischen zwei vorüberfahrenden Ponykutschen, die er so ausdrücklich erwähnt hatte. Dennoch glaubte ich, daß er im großen und ganzen aufrichtig zu mir gewesen war. Ein Kuß zwischen einem verheirateten Geistlichen und einer leidenschaftlichen jungen Frau, das war gewiß die Art von Unvorsichtigkeit, die Lang befürchtet hatte, doch ich konnte mir nicht vorstellen, daß Jardine jetzt, neunzehn Jahre später, daraus noch eine Gefahr erwachsen konnte, zumal niemand außer Lady Starmouth und der alten Mrs. Jardine je von dem unglücklichen Ende der Freundschaft erfahren hatte.

Es freute mich aufrichtig, daß Jardine nicht mit einem Skandal zu rechnen hatte, doch gleichzeitig war ich unverzeihlicherweise enttäuscht darüber, daß ich noch immer keinen Vorwand dafür besaß, das Undenkbare zu denken; eine kleine, wenn auch tadelnswerte Unvorsichtigkeit war noch keine schwere moralische Verfehlung. Mein Gefühl der Enttäuschung verblüffte mich selbst. Es war einfach irrational, daß ich das Verlangen hatte, einem Menschen, den ich so sehr bewunderte, den Abfall vom Glauben nachzuweisen, und ich begann mich zu fragen, ob meine zwei Persönlichkeiten immer einen raffinierten Krieg miteinander führten. Doch das war ein verrückter Gedanke, der nur für ganz kurze Augenblicke kam und wieder ging, und indem ich ihn beiseite schob, zog ich mich auf mein Zimmer zurück, um den nächsten Schritt zu planen.

Es war jetzt Freitag. Ich hätte ursprünglich am nächsten Morgen abreisen sollen, aber da Jardine so edelmütig gewesen war, zu der in seinem Brief ausgesprochenen Einladung zu stehen, hielt ich es für unhöflich, nicht noch zu bleiben. Außerdem war ich nicht der Mensch, der Gelegenheiten vorübergehen ließ, denn bei einem längeren Aufenthalt war ich auch noch länger in Lyles Nähe.

Ich nahm ein Blatt Papier aus der Tischschublade, setzte mich und schrieb: «Mein sehr verehrter Bischof, selbstverständlich ist es mir eine große Ehre, Ihnen bei der heiligen Kommunion zu assistieren, und ein großes Vergnügen, noch im Palais verweilen zu dürfen. Ich danke Ihnen für die mir weiterhin gewährte Gastfreundschaft, die ich unter den gegebenen Umständen ausgesprochen generös finde. Ihr sehr ergebener Charles Ashworth.»

Aber ich fragte mich, ob er die Einladung nicht inzwischen bereute.

Der Tag erwies sich als Enttäuschung, weil ich Lyle nicht allein zu Gesicht bekam. Nachdem ich die Zeilen an den Bischof auf den Tisch in der Diele gelegt hatte, begab ich mich der Form halber zum zweitenmal in die Dombibliothek, aber als ich ins Palais zurückkehrte, erfuhr ich, daß Lyle Mrs. Jardine zum Bahnhof begleitet hatte, um die neuen Gäste abzuholen, die an Stelle der Starmouths kamen.

Zum Mittagessen traf man sich in Scharen. Ich zählte achtzehn Gedecke auf dem ausgezogenen Speisezimmertisch und sah zu meiner Bestürzung, daß Lyle und ich sechs Plätze auseinandersaßen. Außerdem fuhren sie und Mrs. Jardine, nachdem der letzte Besucher gegangen war, davon, um einen Kirchenbasar zu eröffnen, und ich blieb zurück und fragte mich, ob ich das Opfer einer Verschwörung geworden war. Ich schlenderte lustlos durch die Stadt, um mir die Zeit zu vertreiben, stöberte in den Antiquariaten herum und schaffte es endlich, der Abendandacht beizuwohnen.

Zum Abendessen kamen nur Gäste, die im Palais wohnten. Die Neuankömmlinge, vier Cousinen von Mrs. Jardine, schienen sich nur über die Fuchsjagd unterhalten zu können, und ich sah Jardine an, daß er die kultivierte Aura, die Lady Starmouth umgab, vermißte. Nach dem Essen jedoch wurden die theologischen Laien unter den Gästen ohne große Umstände ins Raucherzimmer abgeschoben, und er kam wieder in bessere Stimmung, als er mit mir über die jungfräuliche Geburt diskutieren konnte. Wie ich vermutet hatte, bezog er sich auf den Glaubenssatz «ex animo» und dachte auf seine eigene modernistische Weise durch und durch orthodox.

Wir kehrten in den Salon zurück. Lyle tat bei der Kaffeekanne Dienst, aber der Bischof kam mit mir, um sich seine Tasse geben zu lassen, und unternahm mit keiner der Damen einen Gang über die Terrasse. Möglicherweise hielt er sie für zu wenig attraktiv und seiner Aufmerksamkeit unwürdig; möglicherweise wollte er mich aber auch an einem privaten Gespräch mit Lyle hindern.

«Kommen Sie, setzen Sie sich, Dr. Ashworth!» rief Mrs. Jardine aus dem Kreis ihrer ältlichen Cousinen und klopfte auf den freien Sofaplatz neben sich. «Wir wollen alle mehr über Dr. Lang hören!»

Ja, ich mußte das Opfer einer Verschwörung sein. «Ich komme gleich!» rief ich zurück und sagte rasch zu Lyle, während der Bischof danebenstand: «Was haben Sie morgen vor?»

«Ich begleite tagsüber Mrs. Jardine. Sie will mit ihren Verwandten an die See fahren.»

«Essen Sie mit mir zu Abend, wenn Sie zurückkommen.»

Sie zögerte, aber der Bischof schaltete sich ein: «Nehmen Sie sich den Abend frei, Lyle, und lassen Sie sich einladen – es sei denn, Sie finden, Dr. Ashworth hätte sich beim Starbury Ring so schlecht benommen, daß Sie nicht mehr mit ihm ausgehen wollen. Wenn dem so ist, dann seien Sie lieber ganz offen und sagen Sie es ihm.»

«Vielen Dank, Bischof», sagte ich. Ich wandte mich wieder an Lyle. «Überlegen Sie es sich, und geben Sie mir Bescheid.» Und damit ließ ich sie hinter der Kaffeekanne verschanzt zurück und begab mich zu Mrs. Jardine, um meine schmeichelhaftesten Erinnerungen an Dr. Lang aus dem Gedächtnis hervorzukramen.

6

Am nächsten Morgen erwachte ich nach einer weiteren turbulenten Nacht und sah, daß man mir einen Zettel unter der Tür hindurchgeschoben hatte.

«Ich bin heute abend ab halb acht frei», hatte Lyle in kleiner, sauberer Handschrift geschrieben. «Falls Sie sich wegen eines Restaurants unschlüssig sind, schlage ich das Staro Arms in der Eternity Street vor. L. C.»

Ich hatte mir die Verschwörung also nur eingebildet.

Oder doch nicht?

Ich fragte mich, was der Bischof dachte.

Ich verbrachte den Tag mit der Ausarbeitung meiner Notizen zum St.-Anselm-Manuskript, bis ich mir sagte, daß ich den Rest in der Universitätsbibliothek von Cambridge erledigen konnte. Danach, erleichtert und in etwas frivoler Stimmung, kritzelte ich auf meinem Block herum, und nachdem ich drei absurde Verse zustande gebracht hatte, kehrte ich aus dem Dom ins Palais zurück, wo ich meine dichterische Leistung auf ein sauberes Blatt Papier übertrug:

Ein junges Geschöpf namens Lyle
Bot zögernd sein Lächeln mir feil,
Wann immer Charles A.
Sagte: «Sei'n Sie mir nah
Und erhören Sie mich, liebste Lyle.»

Ein Bischof mit Namen Jardine
(Als Reim fällt mir nur ein: Sardine)
Sagte: «Fort, Dr. A.!
Denn ich will kein Trara!
Unsre Lyle bleibt bei Mrs. Jardine!»

Ein Mann namens Ashworth von Laud's,
Ein Chorherr und kein übler Kauz,
Tat mit allen Listen
Und Künsten sich rüsten,
Um Lyle zu verlocken nach Laud's.

Unter die letzte Zeile schrieb ich: «Leider ist es kein Sonett geworden, aber nicht alle Geistlichen können es eben mit John Donne aufnehmen. Nehmen Sie doch ein paar Tage Urlaub und besuchen Sie bald einmal Cambridge. Sind Sie schon einmal auf dem Cam gerudert? Kennen Sie schon die King's College Chapel? Haben Sie schon einmal die Sonne über den Backs untergehen sehen? Starbridge ist nicht die Welt, und ich glaube, es ist Zeit, daß jemand Sie daran erinnert.» Ich unterschrieb mit meinem Vornamen und gab meine Telephonnummer an, ehe ich mit einem Postscriptum schloß: «Bringen Sie Mrs. Jardine mit, wenn Sie glauben, Sie können sie nicht allein lassen. Warum nicht? Die Abwechslung würde ihr guttun.»

Nachdem ich so ihren wahrscheinlichsten Vorwand für eine Ablehnung meiner Einladung aus dem Weg geräumt hatte, raubte ich im Garten eine Rose und kehrte wieder ins Haus zurück. Jardine war abwesend, und Mrs. Jardine war mit ihren Gästen noch unterwegs. Der Butler war gewiß sehr überrascht, als jemand die Klingel im Salon bediente, doch als er erschien, war seine todernste Miene unbeweglich, und er zuckte nicht einmal mit der Wimper, als er die Rose in meiner Hand erblickte.

«Ich möchte das auf Miss Christies Zimmer bringen, Shipton», sagte ich, nach Anzeichen Ausschau haltend, die darauf hindeuten mochten, daß die Dienstboten Lyle als einen für Verehrer hoffnungslosen Fall betrachteten. «Wie komme ich dorthin?»

Shipton schien jedoch von der Aussicht auf eine Romanze entzückt zu sein und möglicherweise noch mehr entzückt von der Aussicht auf eine unweigerlich zum Scheitern verurteilte Romanze. Sein Gesicht nahm weichere Züge an, sein Ton wurde vertraulich. «Miss Christies Zimmer ist etwas schwierig zu finden, Sir. Wenn Sie erlauben, führe ich Sie hin.»

Wir begaben uns gemessenen Schrittes auf den Weg ins Obergeschoß, ich trug die Rose, Shipton seine leicht abgewandelte Leichenbittermiene, und ich wurde durch ein Labyrinth von Spitzbogengängen zu einem entlegenen Zimmer hoch oben im Südturm geführt.

«Neue Dienstboten brauchen ja eine Landkarte, um hierherzufinden!» bemerkte ich, als er die Tür öffnete.

«Miss Christie möchte den Bischof und seine Gattin in ihrer privaten Sphäre möglichst wenig stören, wie sich das für eine Dame in ihrer Position als Mitglied der Familie schickt. Kann ich gehen, Sir, oder soll ich Sie wieder hinunterbegleiten?»

«Nein, danke, ich werde den Rückweg schon finden, Shipton, aber wenn ich in zwölf Stunden nicht unten bin, können Sie ja einen Suchtrupp losschicken.»

«Sehr wohl, Sir.» Er tappte gravitätisch davon, und ich betrat das Zimmer.

Es war hoch, achteckig und hell und nur spärlich mit einfachen

Möbelstücken ausgestattet. Zu diesen zählte ein Einzelbett mit einer blauen Tagesdecke. Auf dem Nachttisch lag eine Taschenbuchausgabe von Hemingways *In einem anderen Land* neben dem verblaßten Photo eines Soldaten mit leuchtenden Augen. Sein hoffnungsvoller, vitaler Ausdruck hatte etwas Ergreifendes. Auf dem Frisiertisch stand neben einigen silbernen Bürsten ein bescheidenes Sortiment von Make-up-Utensilien und ein Marmeladenglas mit Geißblatt aus dem Garten. Drei Bilder hingen an den Wänden, ein Aquarell, das einen See zeigte – es mochte sich um einen der Norfolk Broads handeln –, eine gerahmte Skizze von einem großen Stadthaus aus dem 18. Jahrhundert, bei dem ich auf das Dekanatsgebäude von Radbury tippte, und ein hervorragender Stich des unvergleichlichen Starbridger Doms. Ich stand da und nahm alles in mich auf, damit ich sie mir im fernen Cambridge hier in ihrer Zurückgezogenheit vorstellen konnte, und dann legte ich die Rose auf das Kopfkissen und schob das Blatt Papier mit meinen Versen unter den langen Stiel.

Auf dem Weg zur Tür warf ich einen Blick auf ihr Bücherregal und entdeckte neben anspruchsvollen neuzeitlichen Romanen die kontroverse *Geschichte der Leben-Jesu-Forschung*, Albert Schweitzers Versuch einer Darstellung des Lebenslaufs Jesu in einem eschatologischen Rahmen. Es war das einzige theologische Werk in der Sammlung, abgesehen von den unvermeidlichen Büchern von Jardine, aber ich fragte mich, ob sie sich vielleicht andere theologische Schriften unten in der Bibliothek auslieh. Ich ließ den Blick über die Jardine-Bände wandern, die Predigt-Anthologien, seine Polemik gegen die gescheiterte Gebetbuchreform der zwanziger Jahre und seinen berüchtigten Angriff auf die Mechelner Gespräche, aber ich fand kein Buch, das ich nicht schon gelesen hatte. Mir fiel auf, daß neben der Jardine-Sammlung auch ein Exemplar von A. P. Herberts *Holy Deadlock* stand, in dem sich der Autor satirisch mit der Scheidungsgesetzgebung beschäftigte.

Der Gesamteindruck der kleinen Bibliothek beunruhigte mich ein wenig. Abgesehen von den Romanen deutete die Sammlung auf ein gewisses Interesse an Religion hin, aber nichts kündete von persönlicher Frömmigkeit. Ich entdeckte nirgendwo eine Bibel.

Ich begann mich zu fragen, ob Lyle die Glaubenslose sei.

Aber ich konnte ja beim Abendessen herausfinden, wie es um ihre Religiosität stand. Mit einem letzten Blick in dieses sehr private Zimmer öffnete ich wieder die Tür und machte mich auf den verschlungenen Weg in den Hauptteil des Hauses.

8

Als wir uns abends in der Diele trafen, waren ihre ersten Worte: «Wie haben Sie mein Zimmer gefunden?»

«Ich habe eine Karte, einen Kompaß, für eine Woche Marschverpflegung und Shipton mitgenommen.»

«Ich mag es nicht, wenn jemand in meinem Zimmer herumstöbert», sagte sie. «Die Vorstellung ist mir sogar zuwider.»

«Oh, das muß für die Dienstboten ja sehr dumm sein!» sagte ich lächelnd, und gleich darauf erwiderte sie rasch: «Ach, ich benehme mich töricht und sehr unhöflich dazu. Vielen Dank für die schöne Rose. Und für die Limericks. Gut, daß Sie kein Sonett gedichtet haben, ich finde Sonette langweilig.»

Wir machten uns auf den kurzen Weg zur Eternity Street, in der das Restaurant Staro Arms, ein ehemaliges Kutschenrelais aus dem vierzehnten Jahrhundert, um einen mit Steinen gepflasterten Hof herum gebaut war. Im Garten dahinter standen gußeiserne Tische unter scharlachroten Sonnenschirmen wie bunte Tupfen auf der Rasenfläche bis zum Fluß hinunter, und entlang der niedrigen Mauer, die den Garten von der Uferböschung trennte, zitterten Geranien in der leichten Abendbrise. Wir entschieden uns für einen Tisch, von dem aus man sah, wie sich die mittelalterlichen Häuser am Ufer gegenüber im Wasser spiegelten, und bald kam der Kellner mit unseren Getränken. Lyle hatte sich eine Zitronenlimonade mit Gin und Eis bestellt, während ich ein helles Ale vorgezogen hatte.

«Trinken Sie keine scharfen Sachen?» fragte Lyle.

Ich antwortete darauf ausweichend: «Ich finde, Geistliche sollten Spirituosen meiden, und sie sollten auch nicht rauchen, solange sie ihren Halskragen tragen. Solche Angewohnheiten geben ein zweifelhaftes Bild von der Geistlichkeit.»

«Nun, ich bin froh, daß Sie heute abend das richtige Bild vermitteln wollen. Ich fürchtete schon, Ihnen könnte wieder nach einem Überfall zumute sein.»

«Welch stimulierender Gedanke!» sagte ich sofort, doch als sie erschrocken auflachte, fügte ich beruhigend hinzu: «Wir werden ganz zivilisiert zu Abend essen. Wir werden die Jardines nicht einmal erwähnen, es sei denn, Sie möchten das. Wir werden über Romane und Theologie sprechen und über sonstige Dinge, die wir vielleicht miteinander gemein haben, und dann kann ich Ihnen mehr von meinem Leben in Cambridge erzählen – wenn Sie das interessiert –, und Sie können mir – wenn Sie wollen – mehr von dem Leben im ländlichen Norfolk erzählen, wo, wie Mrs. Cobden-Smith mir sagte, die Leute sich in Grunzlauten verständigen. Mit anderen Worten, wir unterhalten uns ganz entspannt und denken nicht an morgen.»

«Das klingt zu schön, um wahr zu sein», sagte Lyle trocken, aber sie entspannte sich schon, und ich sagte mir, daß ich endlich im Begriff war, größere Fortschritte zu machen.

9

Ich selbst entspannte mich erst im Verlauf des Essens, als ich herausfand, daß sie einen unverkennbar echten Glauben besaß und wie jeder intelligente Laie daran interessiert war, dessen intellektuellen Rahmen zu erweitern; wie ich vermutet hatte, lieh sie sich beim Bischof oft Bücher aus. Ich sagte etwas zögernd: «Ich habe keine Bibel in Ihrem Zimmer gesehen», worauf sie schnippisch erwiderte: «So? Da weiß ich jetzt wenigstens, daß Sie meine Nachttischschublade nicht aufgezogen haben!»

Ich war ungeheuer erleichtert. Auch wenn ich noch so fest daran glaubte, daß Lyle die richtige Frau für mich war, ich hätte mich damit abfinden müssen, daß wir doch nicht füreinander taugten, hätte ich festgestellt, daß sie nicht gläubig war. Wie konnte man in engster Gemeinschaft mit einer Frau zusammenleben, wenn sie die fundamentale Kraft im Leben des Partners nicht zu verstehen vermochte? Fühlten sich spirituelle Gegensätze angezogen, war dies im Falle eines Geistlichen eine Katastrophe.

Dieser Hinweis auf meine persönlicheren geistigen Bedürfnisse erweckte offenbar Lyles Neugier, denn nach dem Essen wollte sie wissen, wie ich zu der Entscheidung gelangt sei, mich ordinieren zu lassen. «Und sagen Sie jetzt nicht einfach, Sie hätten die Berufung gespürt. Natürlich hat Gott Sie gerufen, aber wie ging das zu?»

Ich sagte leichthin: «Ich ging regelmäßig zum Gottesdienst seit meinem letzten Schuljahr, als Dr. Lang die Preise verteilt und eine Rede gehalten hatte, die meine Phantasie ansprach. Aber obwohl ich damals noch nicht mit dem Gedanken spielte, Geistlicher zu werden, wußte ich, daß mein Vater andere Pläne mit mir hatte. Er wollte, daß ich in seine Fußstapfen trat und Anwalt in der Familienkanzlei wurde. Aber nach einem Jahr in Cambridge stellte ich fest, daß die Rechtswissenschaft mir nichts zu sagen hatte, und ich fühlte mich so elend und orientierungslos, daß ich an Dr. Lang schrieb und ihn um seinen Rat bat. Ich hatte mir gesagt, wenn eine ermutigende Antwort käme, dann würde ich ernstlich daran denken, in den Dienst der Kirche zu treten, wenn er mir aber nur höflich durch einen Kaplan antworten ließe, dann würde das heißen, daß ich es mir anders überlegen müße.»

«Und er hat Ihnen ermutigend geantwortet.»

«Ja, es kam ein handschriftlicher Brief, und er bestellte mich zu sich. Er war damals noch nicht Erzbischof von Canterbury; er war Erzbischof von York, und er lud mich übers Wochenende nach Bishopthorpe ein. Ich war natürlich überwältigt von dieser Geste. Er war so freundlich und verständnisvoll.» Ich hielt inne. Der Gegensatz zwischen meinen früheren und meinen jetzigen Empfindungen für Dr. Lang war unerwartet schmerzhaft.

«Und da fühlten Sie sich natürlich berufen.»

«Ich wußte es. Mein Vater war empört, aber später beruhigte er sich, und jetzt ist er sehr stolz auf mich.» Ich winkte dem Kellner, um zu zahlen, und sagte obenhin: «Soviel zu meiner Berufung. Nicht gerade dramatisch, nicht wahr? Kein blendendes weißes Licht auf der Straße nach Damaskus, keine Stimme aus den Wolken!»

«Ich finde es doch recht dramatisch», sagte Lyle, «aber auf einer menschlichen Ebene, nicht auf einer göttlichen. Aber es war wohl nur natürlich, daß Ihr Vater enttäuscht war, als Sie nicht in seine Fußstapfen treten wollten.»

«Oh, es war keine große Tragödie», sagte ich, als der Kellner die Rechnung brachte. «Er hat schließlich doch bekommen, was er wollte. Mein Bruder Peter hat in der Familienkanzlei meinen Platz eingenommen, und danach waren alle glücklich und zufrieden.»

«Wirklich? Oder ist das wieder eine Ihrer extravaganten romantischen Äußerungen?»

«Extravagante romantische Äußerungen?»

«Nicht wichtig. Das war ein herrliches Abendessen, Charles, ich habe jeden Bissen genossen. Danke.»

Fünf Minuten später gingen wir im Mondschein durch die Eternity Street zurück. Ich hatte mich erboten, sie mit dem Wagen zum Restaurant zu bringen, aber sie hatte sich offenbar gesagt, daß sie lieber auf eine Autofahrt zu zweit verzichtete – vielleicht hatten die Jardines sie auch nur unter der Bedingung aus den Augen gelassen, daß sie nicht mein Gefährt der Sünde benutzte. Ich hatte nichts weiter über ihre Beziehungen zu ihnen erfahren, wurde aber noch immer den Eindruck nicht los, daß sie alles taten, um sie unter Aufsicht zu halten, und wie oft ich mir auch das Absurde dieses Gedankens vorhielt, konnte ich mich doch nicht zu der Überzeugung durchringen, daß ich mir nur etwas einbildete.

Bei dem Antiquariat am Ende der Eternity Street wandten wir uns nach rechts und sahen vor uns das Tor der Domfreiheit im bleichen Schein der Straßenlaterne aufleuchten. Der Dom selbst hob sich ein Stück weiter als wuchtige Masse vom mondhellen Himmel ab und nahm eine beklemmende schattenumfangene Schönheit an, als wir den Rasen des Kirchhofs überquerten.

Wir schwiegen. Es war fast elf Uhr, und die Lichter in den Fenstern rings um uns her begannen zu erlöschen. Am Ostende des Doms erreichten wir die weiße Pforte in der Kirchhofsmauer; und vor dem Anheben des Schnappriegels zögerte ich. Wir bewegten uns gleichzeitig aufeinander zu, und gleichzeitig streckten wir die Arme nacheinander aus. Der Kuß war von beiden Seiten gewollt und vollkommen, und ich verspürte jene alte köstliche Befriedigung, daß das weibliche Fleisch so ganz anders sein konnte als das Fleisch, in dem ich lebte und mich bewegte und mein Leben erfüllte, und sich ihm doch als ideale Ergänzung hinzufügte. Ich wurde wieder gewahr, wie klein sie war, wie zart gebildet, und außerdem war ich mir des starken Verlangens bewußt, das sich durch meinen Körper ausbreitete und allen Zweifel, alles Schwierige und alle Hoffnungslosigkeit verdrängte. Ich wollte sie immer weiter küssen, wollte weiter die Hitze erzeugen, die jene köstliche Kraft antrieb, die sich nicht beschreiben ließ, aber sie riß sich los, zog die Pforte auf und rannte die Ostpromenade entlang davon.

Ich holte sie in der Auffahrt zum Palais ein.

«Mein Gott, wie konnte ich nur so töricht sein!» keuchte sie und suchte in ihrer Tasche wie wild nach dem Schlüssel. «Wie konnte ich nur!»

«Sie sind nur töricht, wenn Sie so etwas sagen! Wann besuchen Sie mich in Cambridge?»

«Niemals!» Endlich fand sie den Schlüssel. «Es tut mir leid, ich hätte Sie nicht so küssen dürfen, ich verabscheue mich selbst, ich hatte mir fest vorgenommen, Sie nicht zu ermutigen –»

«Was geht eigentlich in diesem Haus vor?»

«Nichts!» Als sie die Tür aufgebracht hatte, sah ich, daß ihr Tränen in den Augen standen.

Ich packte sie zu einem weiteren Kuß, und obwohl sie mich fortzuschieben versuchte, ließ ich sie nicht los. «Lieben Sie ihn?»

«Oh, um Gottes willen! Nein, natürlich nicht!»

«Lieben Sie *sie*?»

«*Was*?» Sie war so entgeistert, daß sie sich zu wehren vergaß.

«Dann gibt es absolut keinen Grund, weshalb Sie mich nicht lieben könnten. Hören Sie, Liebes –»

In der Ferne hallten Stimmen wider, und als ich automatisch den Griff lockerte, machte sie sich frei und brachte sich über die Schwelle in Sicherheit. Ich blieb stehen, um mir ihren Lippenstift vom Mund zu wischen, und als ich die Diele betrat, eilte sie schon nach oben davon.

Ich schloß die Tür, als die Abendgäste des Bischofs gerade aus dem Salon kamen, um zu gehen, und da Mrs. Jardine etwas verwirrt versuchte, mich vorzustellen, mußte ich mich noch weiter in der Diele aufhalten. Endlich war der letzte Gast gegangen, doch Mrs. Jardine, strahlend lächelnd, ließ mich noch nicht gleich die Treppe hinauf entwischen.

«Hatten Sie einen netten Abend, Dr. Ashworth? Es ist so schön für Lyle, daß sie einmal mit jemandem in ihrem Alter ausgehen kann, und diese paar Stunden haben ihr sicher gutgetan. Sie war so niedergedrückt wegen der Krönung.»

Die rauhe Stimme des Bischofs rief sofort: «Carrie!»

Mrs. Jardine fuhr zusammen. «Oh, Alex, es tut mir leid, ich –»

«Lyle denkt schon gar nicht mehr daran.»

«Ja, natürlich – die liebe Lyle, sie ist immer so zufrieden – nun, das sind wir alle, nicht wahr, und wie schön, daß Sie gutes Wetter hatten heute abend, nicht wahr, Dr. Ashworth! Es muß herrlich gewesen sein im Restaurantgarten am Fluß!»

Ich nahm mir vor, das Rätsel um Lyle Christie zu lösen, und wenn es sich als meine letzte Tat auf Erden herausstellen sollte.

10

Als ich am nächsten Morgen mit dem Bischof zum Dom ging, um ihm bei der Abendmahlsfeier zu assistieren, rechnete ich nicht damit, in ein Gespräch gezogen zu werden. Unmittelbar vor einem Gottesdienst ist Schweigen geboten, doch als wir das Haus verließen, sagte der Bischof beiläufig: «Ich freue mich, daß Ihnen der Besuch im Staro Arms gefallen hat. Sehr reizvolles Beispiel für eine mittelalterliche Herberge, finde ich.»

«Ja, sehr.»

«Und wie meine Frau gestern abend sagte, es ist gut für Lyle, wenn sie einmal jemanden in ihrem Alter um sich hat.» Als wir durch das Eingangstor zum Palais schritten, nestelte er einen Augenblick an seinem Brustkreuz, ehe er hinzufügte: «Ich weiß nicht, warum meine Frau das Thema Krönung zur Sprache brachte. Es stimmt, Lyle war die ganze Zeit niedergedrückt, weil sie nicht wie Carrie und ich an dem Ereignis teilnehmen konnte, aber zu Hause geblieben ist sie aus freien Stücken. Ich wollte ihr eine Karte für einen Tribünenplatz am Parliament Square besorgen, aber sie hat abgelehnt... Waren Sie zu der Krönung in London?»

«Ich hatte einen Platz am Haymarket.»

«Es war eine prachtvolle Zeremonie», sagte der Bischof, «aber mir war infernalisch heiß in meinem Chorrock, und den älteren Bischöfen hat das stundenlange Stehen zugesetzt.» Er hielt inne, aber als wir die Dekanstür erreichten, den privaten Eingang für die Geistlichkeit, sagte er sehr höflich: «Nun, Kanonikus, ich freue mich, Sie heute morgen bei mir zu haben – nochmals willkommen im Dom!»

Ich murmelte einige Dankesworte, doch auf dem Weg in die Sakristei fragte ich mich, was diese beiläufigen Bemerkungen zur Krönung wohl hatten verbergen sollen.

II

Lyle war beim Abendmahl nicht anwesend, und während ich dem Bischof beim Austeilen des Sakraments half, war ich verwirrter denn je. Ein Kuß von einem unverheirateten Mann war schwerlich eine Sünde, die sie dem Stand der Gnade hätte entrücken können. Wahrscheinlich hatte sie verschlafen, doch diese Überlegung beruhigte mich nur wenig, da ich wußte, daß sie sonntags regelmäßig zur Kommunion ging, und später bemerkte ich, daß auch Jardine beunruhigt war. Ich hörte, wie er zu seiner Frau, die nach der Abendmahlsfeier auf uns wartete, sagte: «Was ist mit Lyle?»

«Sie hat gesagt, sie fühlt sich etwas schwach, die Ärmste. Ich habe ihr angeraten, sie solle gleich wieder zu Bett gehen.»

«Aber Lyle fühlt sich doch nie schwach!» In seiner Besorgnis sprach der Bischof fast in empörtem Ton.

«Nein, Liebster, gewöhnlich nicht, aber jede Frau hat einmal einen Tag, an dem sie sich schwach fühlt.»

«Ach so, ich verstehe», sagte der Bischof verblüfft.

Ich trat zu ihnen. «Sollten wir ihr das Sakrament bringen, Bischof?»

«Nein, wer schwach ist, ist noch nicht hilflos», sagte der Bischof streng, und ich erriet sogleich, daß er das Spenden des Sakraments am Krankenbett nur im äußersten Notfall billigte. Als wir nach draußen gingen, sagte ich leise: «Sie sind wohl gegen das Austeilen der Hostie außerhalb der Kirche, Bischof?»

«Unbedingt! Ich will hier keine papistischen Praktiken haben!» erklärte der Bischof, und als es mir bewußt wurde, daß er sich wahrscheinlich genauso benahm wie sein nonkonformistischer Vater, kam mir der Gedanke, daß die Vererbung doch eine starke geheimnisvolle Kraft ist, die sich wie ein Fleck über die Struktur der Persönlichkeit ausbreitet.

Wir kehrten schweigend zum Palais zurück.

12

Lyle erschien nicht zum Frühstück, fand sich aber später ein, als wir uns alle in der Diele versammelten, um zum Gottesdienst zu gehen.

«Es geht mir wieder gut», sagte sie auf die etwas schroffe Frage des Bischofs. «Es war nur ein vorübergehendes Unwohlsein.» Und als sie mir zulächelte, wußte ich, daß sie die neue Spannung in unserer Beziehung zu verbergen suchte. «Noch einmal danke für gestern abend, Charles.»

Ich sagte: «Ich hatte schon gefürchtet, das Essen wäre Ihnen nicht bekommen.»

«Ja, diese köstlichen Pilze haben mir allerdings einige interessante Träume verschafft.»

«Ich hatte auch einige interessante Träume», sagte ich, den Bischof im Auge behaltend, der ungewöhnlich nervös wirkte. «Ich muß Ihnen gelegentlich davon erzählen.»

«Sind wir alle so weit», sagte der Bischof gereizt, «oder soll ich meine Predigt mit Stentorstimme von der Palaistür aus halten?»

Wir begaben uns abermals zum Dom.

Ich hatte mit einer erstklassigen Predigt gerechnet, und Jardine enttäuschte mich nicht. Sein Text war: «Was hülfe es dem Menschen, so er die ganze Welt gewönne und nähme doch Schaden an seiner Seele?». Während ich ihn beobachtete, wohl wissend, daß er jedes Wort niedergeschrieben hatte, obschon er oft den Eindruck erweckte, aus dem Stegreif zu sprechen, bewunderte ich ihn dafür, daß er sein Talent von Himmels Gnaden so diszipliniert zügelte.

Die Predigt, perfekt im Aufbau, untadelig im Vortrag, entfaltete sich wie eine vielgestaltige Blume, die der Sonne ihre Blüte öffnet. Ich fand es stets faszinierend, einen Fachmann bei der Arbeit zu sehen, ganz gleich, auf welchem Gebiet, und Jardine war ein Fachmann in Homiletik, ein unvergleichlicher Prediger, der seine geistigen Fäden mit Vorsicht auswählte, sie aber mit großem Geschick zu einer mikroskopisch genauen Darlegung christlicher Lehre verwob. Als er zum Schluß kam, verknotete er die geistigen Fäden zu einer einzigen glänzenden Sentenz, hob die Stimme an und überbrachte seine Botschaft mit der ganzen Kraft seines rednerischen Vorschlaghammers.

Ich dachte: Ich gebe den Elfenbeinturm auf. Ich gehe als Missionar nach Afrika. Oder ich werde Slumpfarrer.

Da wußte ich, daß ich von diesen leuchtenden bernsteinfarbenen Augen hypnotisiert worden war.

Als ich während des Segens niederkniete, liefen meine Gedanken in rationaleren, aber noch immer revolutionären Bahnen. Ich sagte mir, ich solle mich, statt den Rest der großen Ferien in Cambridge zu verbringen und über meinem neuen Buch zu sitzen, lieber für eine Vertretung melden, damit irgendein überarbeiteter Landpfarrer ein paar Wochen Urlaub machen könne. Zugleich ging mir der sündige Gedanke durch den Kopf: Die Praxis in der Gemeindearbeit würde sich in meinem Tätigkeitsnachweis vorteilhaft ausnehmen, und ich verabscheute mich.

Während der Stille nach dem Segen betete ich inständig: Erlöse mich von der Versuchung, zeig mir den Weg, nicht mein, sondern dein Wille geschehe.

Dann spielte der Organist eine letzte Toccata, und als ich mich erhob, begann ich erneut über Lyle nachzusinnen.

14

Später, als wir uns alle vor dem Mittagessen im Salon aufhielten, beglückwünschte ich den Bischof zu seiner Predigt und setzte aus einem Impuls heraus hinzu: «Ich hatte einen Pfarrer in Ihrer Diözese besuchen wollen, ehe ich nach Cambridge zurückfahre, aber ich hörte, daß er in Urlaub ist. Er heißt Philip Wetherall und ist ein alter Freund von mir.»

«Wetherall», sagte der Bischof. «Ah ja. Pfarrei Starrington Magna. Prächtige Ehefrau, zwei wohlerzogene Kinder und ein sehr lautstarker Säugling.»

«Den Nachwuchs kenne ich noch nicht, aber mit der Ehefrau haben Sie recht, und Philip ist ein so fleißiger und gewissenhafter Mensch, daß ich richtig erleichtert war, als ich hörte, daß er einmal in Urlaub geht.» Ich hatte nicht die Absicht, mehr zu sagen, aber die andere Hälfte meiner Persönlichkeit hatte das Gefühl, daß doch noch mehr zu sagen sei. Ich äußerte rasch mit leiser Stimme: «Manchmal habe ich Schuldgefühle wegen meines privilegierten Amts.»

Jardine sah mich ausdruckslos an. Als er nicht sofort etwas erwiderte, dachte ich schon, er könne meine Bemerkung ungehörig finden und meine Schuldgefühle für affektiert halten, aber dann sagte er plötzlich: «Ich kann Ihnen versichern, daß Wetherall weder dem Adlerauge meines Archidiakons noch meinem suchenden Blick entgangen ist. Aber es freut mich, daß Sie so für Ihren Freund gesprochen haben, Dr. Ashworth, und es freut mich zu wissen, daß Sie sich nicht nur mit der Schattenseite der Kirchenpolitik befassen.»

Ich geriet ins Stammeln. «Es war eine großartige Predigt. Sie hat mich zum Nachdenken gebracht. Ich will eine neue Richtung einschlagen, aber... nicht so leicht... irgendwie eingefangen... nicht sicher, ob ich richtig verstehe –»

«Gehen Sie zu Ihrem Bischof», sagte Jardine. «Er soll Ihnen einen anderen geistlichen Berater empfehlen. Und tun Sie es bald.»

Der Butler verkündete, es sei angerichtet. Drüben in der Ecke trank der Colonel seinen Gin mit Angostura aus. Mrs. Cobden-Smith stellte fest, Kühlschränke funktionierten mit Strom besser als mit Gas, Mrs. Jardine lobte im Gespräch mit den Cousinen ihre Dienstboten im Palais, Lyle sah auf ihre Uhr, und alle standen auf.

«Aber ich will nicht zu meinem Bischof gehen», sagte meine Stimme zu Jardine. «Ich will nicht, daß er glaubt, ich befände mich in irgendwelchen Schwierigkeiten – und überhaupt ist alles in Ordnung mit mir, es gibt absolut keine Veranlassung, meinen Bischof zu belästigen, absolut keine.»

«Komm, Alex!» rief Mrs. Cobden-Smith. «Das Essen wird kalt, wenn wir warten müssen, bis du das Tischgebet gesprochen hast.»

Jardine hörte nicht hin. Er sagte leise: «Die Forditen-Mönche haben ein Haus in meiner Diözese, wie Sie sicher wissen. Ich werde mit dem Abt sprechen und ihn bitten, den besten Berater in Grantchester zu empfehlen.»

«Das ist sehr freundlich von Ihnen, Bischof, aber –»

«Kein Aber. Sie brauchen unbedingt eine richtige Beratung. Aber jetzt müssen wir uns beeilen, sonst beschwert sich Amy, weil die Suppe kalt ist.»

Ich folgte ihm stumm ins Speisezimmer.

15

Eine Stunde später reiste ich ab. Nachdem ich mich reihum von allen verabschiedet und bei meinen Gastgebern herzlich bedankt hatte, sagte ich zu Lyle vor der Tür nur: «Ich komme wieder.»

Bei einem letzten Blick in den Rückspiegel sah ich, daß sie noch immer vor dem Palais stand, wo ich sie verlassen hatte, eine kleine, straffe Gestalt, rätselhaft bis zuletzt, beunruhigend allein.

Als ich ein paar Stunden später in London angelangt war, fuhr ich zuerst durch die drückend heißen Straßen zu meinem Club in St. James's, wo ich ein Zimmer für die Nacht reservierte. Dann ging ich die paar Schritte zu Fuß zum Haus der Starmouths in der Curzon Street.

Auf meiner Suche nach einem Beweis, der mir erlaubte, das Undenkbare zu denken, war ich jetzt mehr denn je entschlossen, mit Loretta Staviski zu sprechen. Rein vernunftgemäß konnte ich noch immer nicht glauben, daß Jardine sich mit ihr oder irgendeiner anderen Person einer schweren Sünde schuldig gemacht hatte, aber ich war über die bloße Vernunft hinaus. Ich hatte das Bizarre an Lyles Verzweiflung am Abend zuvor empfunden, das Unerklärliche an ihrem Fehlen beim Abendmahl, das Unnatürliche an dem Versuch des Bischofs, ihre Niedergeschlagenheit zur Zeit der Krönung zu beschönigen, und das Drohende an seiner Gereiztheit, als sie und ich vor dem Gottesdienst einige harmlose Worte gewechselt hatten. Ich war jetzt überzeugt, daß im Palais von Starbridge in der Tat sehr eigenartige Verhältnisse herrschten, und schien sich das Rätsel dem Zugriff auch immer mehr zu entziehen, so war ich um so fester entschlossen, es zu lösen. Ich holte tief Luft, eilte die Stufen zu der schwarzen Eingangstür des hohen cremefarbenen Hauses der Starmouths hinauf und klingelte.

Doch mich erwartete eine Enttäuschung: Lord und Lady Starmouth, so erfuhr ich, hatten sich mit ihrem Gast auf ihren Landsitz begeben und wurden erst am nächsten Donnerstag in London zurückerwartet. Auf dem Rückweg zum Club faßte ich den Plan zu einem Angriff auf Leatherhead, und dann las ich die Abendandacht und ließ mir anschließend beim Abendessen das kalte Hammelfleisch bei gutem Rotwein munden.

Starmouth Court, abgeschieden auf einer bewaldeten Anhöhe gelegen, überblickte einen reizvollen ländlichen Abschnitt des Moletals. Felder faßten die Rieselwiesen am Fluß ein, und hinter den Feldern stiegen die Hänge steil an und verliehen der Landschaft Harmonie und Anmut. Als ich mich am Morgen nach meiner Ankunft in London dem Haus näherte, mußte ich mich immer wieder daran erinnern, daß ich keine zwanzig Meilen von meinem Club mitten im Westend entfernt war.

Ich zeigte dem Pförtner meine Karte, und als er das Tor geöffnet hatte, fuhr ich die gewundene, steile Auffahrt hinauf. Ich war gespannt darauf, das Haus, das ich so viele Jahre hindurch nur von fern erblickt hatte, aus der Nähe zu sehen. Der im Queen-Anne-Stil gehaltene Bau war ebenmäßig schön und wohlerhalten, wie eine reiche Witwe, die ein ruhiges Leben hinter sich hat. Nachdem ich den Wagen geparkt hatte, blickte ich zum Tal hinunter, aber die Bäume verbargen die Aussicht auf den Talgrund und verstärkten noch den Eindruck der Abgeschiedenheit.

Ein junger Diener öffnete die Tür, ich stellte mich vor und fragte nach Lady Starmouth.

«Ich bedaure, Sir», bekam ich zur Antwort, «Lady Starmouth ist heute morgen nach Leatherhead gefahren und wird erst zum Mittagessen zurückerwartet.»

Ich begriff sofort, daß mir das Glück gewogen war.

«Könnte ich dann vielleicht Professor Staviski sprechen, wenn sie im Hause ist?» sagte ich.

«Ich werde nachfragen, Sir. Bitte, treten Sie ein.»

Er nahm meine Karte und führte mich in einen kleinen Salon, der auf die Auffahrt blickte. Ich wartete. Lange geschah nichts, und ich fragte mich gerade, ob die Professorin sich versteckt hatte, um ihr schuldbeladenes Geheimnis nicht preisgeben zu müssen, als hohe Absätze durch die Halle klapperten. Die Tür ging auf, und ich erblickte endlich die Frau, bei der Jardine als Seelsorger so fatal versagt hatte.

VIII

*«Ich war sehr interessiert und nicht wenig überrascht, wie
rückhaltlos offen und wie völlig erhaben sie über konventio-
nelle Moralvorstellungen war . . .»*

HERBERT HENSLEY HENSON

I

Ich hatte vergessen, daß Lady Starmouth gesagt hatte, Loretta sei
wahrscheinlich nicht viel älter als ich. Ich hatte eine Frau Anfang
der Fünfzig erwartet, eine Altersgenossin von Lady Starmouth und
Mrs. Jardine, und war daher nicht wenig überrascht, als ich mich
einer Frau gegenübersah, die kaum über Vierzig war und jünger
aussah; offenbar hatte der üble Ehegatte sie geheiratet, als sie noch
keine Zwanzig war. Ich hatte auch eine Frau von eher unscheinbarem
Äußeren erwartet, zum einen wegen Lady Starmouths Bemerkung,
Loretta sei nach modernen Maßstäben nicht hübsch, zum anderen
weil Jardine sie als Mensch mit mangelndem Selbstvertrauen beschrieben hatte, doch diese Frau hier war elegant, gepflegt, attraktiv.
Sie hatte zu einem Knoten aufgestecktes dunkles Haar, ein sonnen-
gebräuntes Gesicht und eine blendende Figur, die mir sofort gefiel.
Hinter der schicken Brille leuchteten Augen von lebhaftem Blau.

Sie musterte mich von oben bis unten mit jener unverhohlenen
Neugierde, die mir früher schon an Amerikanerinnen aufgefallen
war, denen englische Zurückhaltung fremd ist, und ich spürte, daß
meine Erscheinung wiederum ihr gefiel. Ich lächelte. Sie lächelte
zurück, und ich wußte sogleich, daß wir uns schon recht gut
kannten, noch ehe wir ein Wort gewechselt hatten.

«Dr. Ashworth?» Sie streckte mir die Hand hin. «Was für ein
Zufall! Evelyn hat mir gerade von Ihnen erzählt.»

Das überraschte mich kaum; Lady Starmouth hatte ihr gewiß bei der ersten Gelegenheit berichtet, daß sich da jemand viel zu sehr für ihre alte Freundschaft mit Jardine interessierte, aber soweit ich feststellen konnte, schien sich Loretta über mein zweifelhaftes Eindringen in ihr Privatleben nicht sonderlich aufzuregen.

«Guten Tag, Professor», begann ich, aber sie wischte sogleich alles Förmliche beiseite.

«Nennen Sie mich Loretta», sagte sie. «Hier nennen mich alle so. Darf ich Sie Charles nennen, oder halten Sie mich dann für ein Straßenmädchen, das Sie verführen will?»

Nach der sittenstrengen Atmosphäre in Starbridge war dies ein recht frivoler Ton. «Ja, bitte, nennen Sie mich Charles», sagte ich, «und wenn Sie mich verführen wollen, kann ich Ihnen gewiß die angemessene pastorale Aufmerksamkeit widmen.»

Sie lachte. «Das finde ich gut», sagte sie, «für einen Engländer. Nun, Charles – ist es zu früh für einen Drink? Ja, ich glaube schon. Aber wie wäre es mit einem Kaffee?»

Wir kamen zu dem Schluß, daß gegen einen Kaffee um elf Uhr morgens nichts einzuwenden sei. Der Diener wurde gerufen, die Anweisung gegeben, und auf meine Frage, ob sie eine gute Reise gehabt habe, begann sie von ihrer Fahrt über den Atlantik zu erzählen. Ich folgte bald so interessiert ihrer Geschichte von einem katholischen Geistlichen, dem sie den Black Bottom beigebracht hatte, daß ich fast vergaß, mich nach Lady Starmouth zu erkundigen.

«Sie macht einen Besuch beim Ortspfarrer», sagte Loretta und zündete sich eine Zigarette an, «aber mir war nicht danach, ein verstaubtes Stück aus Evelyns Seelenhirtenkollektion zu besichtigen – mit dem Resultat, daß ich jetzt hier sitze und mich mit dem Privatdetektiv des Erzbischofs von Canterbury unterhalte!»

«Und natürlich halten Sie meinen Besuch für die monströseste Unverschämtheit –»

«Keineswegs! Ich bin fasziniert – oh, entschuldigen Sie, ich hätte Ihnen eine Zigarette anbieten sollen – rauchen Sie?»

«Nicht, wenn ich den Halskragen trage.»

«Vielleicht sollte ich auch anfangen, einen Halskragen zu tragen –

ich rauche viel zuviel... Ah, da kommt der Kaffee.» Unser Gespräch erfuhr eine kurze Unterbrechung, aber als der Diener gegangen war, setzte sie belustigt hinzu: «Glaubt der alte Lang wirklich, meine Schwärmerei für den Gemeindepfarrer vor zwanzig Jahren könnte die Kirche von England erschüttern?»

«Ich kann Ihnen versichern, wenn Dr. Lang je von Ihrer Existenz erfährt, dann bestimmt nicht von mir. Er hat mich nur nach Starbridge geschickt, um sicherzugehen, daß Dr. Jardine nicht in die Gefahr geraten kann, in einen Skandal verwickelt zu werden, aber ich bin zu dem Schluß gelangt, daß Dr. Jardine zwar einen seelsorgerischen Fehler begangen hat, daß von einer ernsten moralischen Verfehlung jedoch keine Rede sein kann.»

«Warum sind Sie dann hier? Oh, bitte, verstehen Sie mich nicht falsch – ich freue mich, Sie kennenzulernen, aber ich sehe nicht ganz –»

«An dieser Stelle muß ich ein Geständnis machen», sagte ich, wobei ich sie anlächelte. «Ich bin aus reiner Neugierde hierhergekommen, weil ich mich zu einem Bewunderer des Bischofs entwickelt habe und gern mehr über jene Zeit in Mayfair erfahren möchte, als er in meinem Alter war. Sind Sie zufällig zum Lunch frei? Es gibt da in Box Hill ein nettes Lokal, das für gutes Essen bekannt ist.»

Sie zeigte sich interessiert. «Ziehen Sie auch keinen Hilfspfarrer für die Wahrung des Anstands aus dem Hut?»

Ich lachte. «Ich habe keinen Hilfspfarrer!»

«Dann ja, Lunch wäre herrlich – vielen Dank!» Auch sie lachte. «Alex brachte immer einen Hilfspfarrer mit, wenn er mich besuchte», sagte sie und ließ mit einem beiläufigen Schütteln des Handgelenks die Asche von ihrer Zigarette fallen. «Mr. Jardine nannte ich ihn immer – daß wir damals nicht alle vor lauter Respektierlichkeit gestorben sind, ist mir heute noch ein Wunder, aber ich habe ihn erst ganz zum Schluß Alex genannt, als ich meine Karten auf den Tisch legte und feststellte, daß ich zu hoch gereizt hatte.»

Ich war etwas unsicher. «Vielleicht möchten Sie lieber nicht davon sprechen.»

«Charles, es ist jetzt zwanzig Jahre her, daß ich Alex Jardine kennenlernte, und seit neunzehn Jahren habe ich ihn nicht mehr gesehen. Inzwischen ist viel Wasser die Themse hinuntergeflossen.»

«Trotzdem –»

«Ich bin der deutliche Beweis dafür, daß man eine unglückliche Liebe im Gegensatz zu den sentimentalen Romanen des neunzehnten Jahrhunderts durchaus überleben kann. Wenn Sie über ihn sprechen möchten – mir würden diese Reminiszenzen sogar Spaß machen. Was war er für ein Mann! Heute ist mir natürlich klar, weshalb ich mich damals in ihn verliebte, und es war nicht nur deshalb, weil ich mich so einsam fühlte nach meiner gescheiterten Ehe. Es war, weil er es nicht als einen unverzeihlichen Verstoß gegen den guten Geschmack betrachtete, daß eine Frau mit Verstand auf die Welt gekommen war. Wie lustig er war! Wir haben gelacht und gelacht, auch wenn der Hilfspfarrer dabei war ... Aber über Alex können wir noch beim Lunch reden. Erzählen Sie mir von sich. Evelyn sagte, Sie hätten ein Buch geschrieben, das alle Theologen in Bann geschlagen hat ...»

Die Zeit ging rasch dahin, während unser Gespräch von meinem Buch zu einer Betrachtung über das akademische Leben auf beiden Seiten des Atlantiks führte. Ich vergaß Jardine, vergaß sogar das Mittagessen, bis irgendwo eine Uhr zwölf schlug und Loretta sagte: «Ich ziehe mir lieber ein paar rustikalere Sachen an.» Und während sie sich erhob, setzte sie hinzu: «Vielleicht folge ich doch Evelyns Beispiel und fange an, Geistliche zu sammeln! Die sind offensichtlich viel amüsanter als Briefmarken und Antiquitäten.»

Ich lachte, so wie sie das beabsichtigt hatte, doch ich fragte mich die ganze Zeit, ob hinter dem verschwenderischen Gebrauch ihres lässigen amerikanischen Charmes nicht das Bemühen steckte, jenen Verdacht zunichte zu machen, der sich in mir nicht abtöten lassen wollte.

Drei Viertel Stunden später verstieß ich gegen meine Abstinenzregel
und trank mittags einen sehr trockenen Chablis. Wir saßen im
Speisesaal des zwölf Meilen entfernten Hotels, und vor dem Fenster
unserer Erkernische erstreckte sich der Garten bis zum Fluß, der sich
unter den dicht bewaldeten Hängen von Box Hill dahinschlängelte.
Ich war versucht gewesen, Champagner zu bestellen, doch es
schickte sich nicht für einen Geistlichen, einer Dame Champagner
anzubieten, die er noch keine zwei Stunden kannte. Allein indem ich
sie zum Lunch ausführte, bewegte ich mich bereits wieder mit
Lichtgeschwindigkeit, und ich wußte, daß ich jetzt sehr vorsichtig
sein mußte. Ich hatte ihre unenglische Zwanglosigkeit keineswegs
falsch interpretiert. Ich wußte, daß sie nicht mit Lady Starmouth
hätte befreundet sein können, wenn ihr Ruf nicht exemplarisch
gewesen wäre, aber ihre Ausstrahlung war so anregend und freund-
schaftlich, daß man sie leicht für eine Abenteurerin hätte halten
können. Ich erinnerte mich plötzlich daran, daß Lyle bei unserem
Ausflug zum Starbury Ring vom Rätsel der Persönlichkeit gesprochen hatte, und umgab Loretta auch eine Aura von Weltläufigkeit, so
war die Wirklichkeit hinter dieser Maske fast mit Sicherheit komplexer, als ich es zur Zeit zu erkennen vermochte.

«Ist das der richtige Augenblick, mich auf meine nostalgische
Reise zu begeben?» fragte sie, als wir unvermeidlicherweise wieder
auf Jardine zu sprechen kamen. «Welch herrliche Gelegenheit, seinen
Erinnerungen die Zügel schießen zu lassen!»

«Nun, wenn Sie wirklich möchten –»

«Noch zwei Glas von diesem köstlichen Wein, und Sie wissen
nicht mehr, wie Sie die Flut meiner Reminiszenzen eindämmen
sollen! Aber vielleicht sagen Sie mir zuerst, was Sie schon wissen?»

Das war eine knifflige Frage. Da ich feststellen wollte, wie nah ihr
Bericht der offiziellen Version kam, war es besser, ich zeigte mich
möglichst wenig unterrichtet. Mit Bedacht sagte ich: «Dr. Jardine
sprach von Ihrer traurigen Lage im Jahre 1917 und von seinem
Versuch, Ihnen zu helfen.»

«Ich hoffe, er hat hervorgehoben, wie streng er auf die Anstands-

regeln achtete. Ich möchte nicht, daß Sie glauben, er hätte mit mir
Edward VIII. und Mrs. Simpson gespielt.»

«Aber ich sagte Ihnen doch bereits, daß ich ihn keiner ernsten
Verfehlung verdächtige.»

«Gewiß. Aber ich habe noch immer dieses dumme Gefühl», sagte
sie leichthin, wobei sie mir in die Augen sah, «Sie glauben, wir
hätten es toll getrieben.»

«Dr. Jardine war jung verheiratet und gerade auf eine blendende
Pfarrstelle versetzt worden», sagte ich, sie ebenfalls fest anblickend.
«Da fällt es mir nicht schwer, zu glauben, daß er sich streng an die
Anstandsregeln gehalten hat.»

Der Kellner brachte unsere Suppe, aber sobald er gegangen war,
sagte sie: «Alex waren die Hände nicht nur durch die Ehe und sein
neues Amt gebunden. Er mußte in meinem Fall besonders vorsichtig
sein, weil damals eine Frau, die ihren Mann verlassen hatte, gesellschaftlich so tot war wie ein Saurier. Der Krieg nagte zwar eifrig an
den Konventionen, aber ein Geistlicher wie Alex mußte sich an die
guten alten Vorkriegsnormen halten, und deshalb war ich nicht
überrascht, als seine Frau mich zuerst nicht empfangen wollte...
Aber schließlich hat er sie dazu gebracht, mich aus christlicher
Nächstenliebe zum Tee einzuladen.»

«Was war Ihr Eindruck?»

«Von Carrie? Ich fand sie bemitleidenswert. Da hatte sie einen
Mann, der reines Dynamit war, und sie konnte nichts, als im
Nachmittagskleid albern lächeln und über das Wetter reden! Meine
erste Reaktion war: Wie hält er das aus? Ich war schon nach fünf
Minuten zu Tode gelangweilt. Aber ich hätte mir sagen sollen, daß
kein Außenstehender wissen kann, was in einer Ehe vorgeht –
davon, was in meiner vorgegangen war, hatte weiß Gott keiner eine
Ahnung gehabt –, und es war nun einmal so, daß Carrie wunderbar
zu Alex paßte. Er wollte gar keinen Blaustrumpf zur Frau haben. Er
wollte mit einem Juwel verheiratet sein, das beim Zubettgehen im
neuesten Pariser Nachthemd immer aufregend aussah. Aber ich kam
nicht auf die Idee, daß Carrie vielleicht auch ihre verführerische Seite
hatte. Ich war noch sehr jung, erst einundzwanzig damals 1917, und
obwohl ich mit meinem gräßlichen Mann einiges erlebt hatte, war

ich im Einschätzen der Beziehungen der Geschlechter noch immer hoffnungslos naiv. Ich dachte einfach, die Ehe funktioniere nicht und Alex sehne sich nach etwas außerehelichem Getändel.»

«Aber ein frommer Geistlicher konnte doch an Ehebruch nicht einmal denken, geschweige denn ihn begehen!»

«Gewiß, aber ich war eben sehr dumm und dachte einfach, Geistliche seien etwas anders gekleidete Laien. Mir war nicht klar, daß ein Geistlicher das Leben wirklich ein wenig anders sieht als der gewöhnliche langweilige Laie, der nur an Sex und Geld interessiert ist.»

«Sie waren nicht religiös?»

«Nicht im geringsten und ganz gewiß nicht nach meiner schrecklichen Ehe. Der Krieg war ein zusätzlicher Grund für mich, die Situation falsch auszulegen. Ich hatte mich an die Vorstellung gewöhnt, daß jeder heimlich mit jedem schlief, wann immer er ein paar Tage Fronturlaub ergattern konnte – nicht daß ich je Männern nachgelaufen wäre; mein Mann hatte mir beigebracht, daß sich jeder Mann in meiner Gegenwart übergeben müsse, aber als Alex keine Anstalten machte, sich zu übergeben, begann ich natürlich Hoffnung zu schöpfen.»

«Sie verbargen aber Ihre Gefühle.»

«Natürlich. Evelyn wäre schockiert gewesen, wenn sie sie gekannt hätte, und Evelyn war mein Rettungsanker – ohne sie wäre ich verloren gewesen. Aber das Versteckspiel war nicht so schwierig – man kann so ziemlich alles verbergen, wenn man in der Hoffnung lebt, daß die Wunschträume irgendwann in Erfüllung gehen werden, und mein Traum war eben, daß Alex eine Affäre mit mir haben würde, selbst wenn an Scheidung und Wiederverheiratung nicht zu denken war. Mein Gott, wie war ich naiv! Wenn man nicht religiös erzogen worden ist, hat man wirklich ein schweres Handikap. Ich hielt mich für so schlau, aber plötzlich stellte ich fest, daß eine ganze Dimension meines Denkens nicht entwickelt war und daß ich geistig auf einer Stufe mit einem Imbezilen stand.»

«Und heute?»

«Heute bin ich alt genug und weniger hochfahrend und bescheidener ... Vielleicht kommt die Religiosität mit dem Alter. Ich glaube nicht an die Inkarnation – entschuldigen Sie, Charles! –, deshalb bin ich wahrscheinlich kein richtiger Christ, aber ich glaube heute an Gott, und ich bewundere ganz gewiß Christus als einen großen Menschen, so daß ich mir nicht allzusehr als Heuchlerin vorkomme, wenn ich nächsten Sonntag mit Evelyn zur Kirche gehe.»

«Hat Jardine versucht, mit Ihnen über das Christentum zu sprechen?»

«O ja, und als *er* davon sprach, da glaubte ich die ganze Geschichte – Inkarnation, jungfräuliche Geburt, alles. Aber schließlich konnte Alex einen auch alles glauben machen – und nicht nur wegen der hypnotischen Kraft dieser erstaunlichen goldglänzenden Augen. Er konnte ungeheuer gut Logik und Verstand einsetzen. Ich glaubte sogar, er hätte einen guten Anwalt abgegeben – etwa von der Sorte, die einem weismachen kann, daß Schwarz in Wirklichkeit Weiß ist und daß man an einem schweren Sehfehler leidet, wenn man noch immer Schwarz sieht.»

Ich lachte und sagte dann: «Aber wenn Sie vom überzeugendsten Lehrmeister in das Christentum eingeführt wurden, wieso haben Sie dann nicht gesehen, daß Sie mit der Liebe zu einem Geistlichen nur Ihre Zeit verschwendeten?»

«Wie konnte ich das sehen? Liebe ist blind, und meine Liebe war blind bis zu dem Tag 1918, als... Hat Alex Ihnen davon erzählt?»

«Davon, daß Lady Starmouths Bruder gefallen war? Ja, Dr. Jardine sagte, er sei nach Starmouth Court gefahren, um sie aufzusuchen, und nach dem Mittagessen, als sie sich ausruhen wollte, hätten Sie einen Spaziergang vorgeschlagen, um ihm Ihre Gefühle zu offenbaren.»

«Ganz recht», sagte sie. «So war es.» Sie trank noch einen Schluck Wein. «Wir gingen hinunter zur Brücke über den Fluß... Wie schön es da war – eine so schöne Landschaft! Eine Bahnlinie läuft parallel zum Fluß in diesem Tal, aber sie hat einen Damm, so daß sie irgendwie die Gegend nicht verschandelt. Ich weiß noch, ich bewunderte gerade die Aussicht, als dieser kleine Zug unter uns auftauchte wie eine Spielzeugeisenbahn und ratternd und schnaubend im Wald verschwand. Wir lachten beide und sagten, wie lustig das sei – das war der Augenblick, in dem er begriff, was ich wirklich für ihn empfand... Aber Charles, Sie blicken so verwirrt! Was ist?»

«Ich habe mir vorzustellen versucht, wie Sie von dieser Flußbrücke auf die Bahnlinie hinuntergesehen haben.»

«Nun, wir –» Sie hielt inne. «Wissen Sie, wo das ist?»

«Ja, ich bin hier in der Nähe in Epsom aufgewachsen.»

«Ah.» Sie trank ruhig einen weiteren Schluck Wein. «Nun, dann sehen Sie genau vor sich, wovon ich erzähle. Wir gingen von Starmouth Court aus die Straße zur Brücke hinunter und bogen dann in einen Weg am Ufer ein. Aber nach ein paar Minuten verließen wir auch diesen Weg und folgten einem Pfad, der unter einer zweiten Brücke – der Eisenbahnbrücke – hindurchführte zu einer steil ansteigenden Wiese mit einer Baumgruppe in der Mitte. Sie werden sich sicher an diese Wiese erinnern – sie ist von der Straße aus deutlich zu sehen.»

«Ja, ich kenne sie», sagte ich, aber ich dachte dabei an Jardines so unvollständige Beschreibung: «Wir gingen zum Fluß. Wir gingen wieder zurück.» Ich hörte mich hinzufügen: «Ich erinnere mich, daß wir auf dieser Wiese gepicknickt haben, als ich noch ein Junge war, und daß wir den Zügen zugewinkt haben.»

«Alex und ich haben unserem Zug auch zugewinkt. Was haben wir gelacht! Aber im nächsten Augenblick war der Zug verschwunden, und ich begann endlich zu begreifen, was es heißt, Geistlicher zu sein.» Sie hielt inne, ehe sie unvermittelt hinzusetzte: «Alex sagte, er könne die Gelübde nicht brechen, die er bei seiner Ordination abgelegt habe. Er zitierte die Bibel, etwas von einem Pflug, den man nicht loslassen kann, wenn man ihn einmal gepackt hat, und schließlich sagte er nur: ‹Ich will nicht so enden wie mein Vater.›»

«Ah!»

«Ganz Freud, nicht wahr? Aber in Wahrheit hat Gott Freud weit hinter sich gelassen. Alex sagte: ‹Versuchen Sie zu verstehen. Gott ist kein Märchen. Gott ist Wirklichkeit. Er ist da, und ich muß ihm als Seelsorger dienen, aber ich kann ihm nicht dienen, wenn ich gegen seine Gesetze verstoße.› Dann drückte er es anders aus. Er sagte: ‹Wenn ich die Gesetze bräche, würde ich mir selbst Schaden antun, würde ich in ein geteiltes Leben hineingleiten, das einen Krebs der

185

Seele hervorruft. Es wäre das Ende meines Lebens, so wie ich es kenne, und der Anfang eines neuen Lebens, das mich in eine Hölle von Schuld führen würde. Ich wäre geistig krank und von Gott abgeschnitten.› Er stellte das alles so blendend eindeutig dar – und natürlich konnte ich das nicht fassen. Ein Mann, der nicht nur Grundsätze hatte, sondern auch danach lebte! Mir war, als hätte man meinen Zynismus in Stücke zerschlagen; ich fühlte mich nicht nur zurückgewiesen, sondern wehrlos, ausgelöscht... Armer Alex! Ich schluchzte und schluchzte, und es war eine – oh, eine unbeschreiblich herzzerreißende Szene! Aber vom Standpunkt des Seelsorgers aus war Alex untadelig. Kein Wunder, daß er jetzt Bischof ist. Er hat es verdient.»

Wir waren beide mit der Suppe fertig, und unser Gespräch erfuhr wieder eine Unterbrechung, als der Kellner die Teller abtrug. Dann sagte ich: «Ich glaube ebenfalls, daß Dr. Jardine verdientermaßen Bischof wurde. Aber ich hatte auch nie ernstlich damit gerechnet, Sie könnten irgend etwas sagen, was mich zu einer anderen Ansicht bringen würde.»

Die Erleichterung war ihr mehr anzumerken als anzusehen.

Wir schickten uns an, den Rest des Essens zu genießen.

3

Ein Gedanke ließ mich nicht mehr los: Wie sehr mußte sie ihn geliebt haben, daß sie ihn heute, neunzehn Jahre nach dem enttäuschenden Erlebnis, so umfassend und ohne Rücksicht auf ihre Selbstachtung in Schutz nahm! In der Tat war der verdächtigste Aspekt der gegenwärtigen Situation Lorettas Offenheit. Selbst unter Berücksichtigung ihrer amerikanischen Ungezwungenheit hielt ich es für höchst unwahrscheinlich, daß sie davon begeistert war, mit einem Fremden über eine schmerzliche Episode zu sprechen, die sie in so kläglichem Licht zeigte.

Meine Phantasie kam in Fahrt. Ich stellte mir vor, wie Lady Starmouth zu ihr sagte: «Meine Liebe, es ist etwas ganz Schreckliches passiert – ein junger Geistlicher hat das mit dir und Alex herausbekommen, und was es noch schlimmer macht, er ist nicht irgendein

junger Geistlicher, er ist der Spion des Erzbischofs von Canterbury!»
Und ich glaubte verstehen zu können, weshalb es so lange gedauert
hatte, bis Loretta in den kleinen Salon heruntergekommen war.
Sobald sie den Namen auf meiner Karte gelesen hatte, mußte sie das
Schlimmste befürchtet und sich überlegt haben, wie sie der Gefahr
begegnen könne. Ich hörte sie fast zu sich sagen: «Ich werde all
meinen Charme aufbieten und ihn entwaffnen. Er muß glauben, daß
ich nichts zu verbergen habe.»

Ich bremste meine Phantasie und rief mir ins Gedächtnis zurück,
daß noch immer nichts bewiesen war. Jardine hatte gewiß bei seiner
Darstellung einiges verschwiegen, doch unter den gegebenen Umständen war das natürlich; er hatte mir begreiflicherweise nicht sagen
wollen, daß er sich mit Loretta recht weit von all jenen vorüberfahrenden Ponykutschen entfernt und die freie Natur aufgesucht hatte.
Er mochte sich nach wie vor lediglich einer kleinen Unbesonnenheit
schuldig gemacht haben, aber mein Argwohn war nun geweckt. Ich
wußte, daß er 1918 nach der Geburt seines toten Kindes und dem
Nervenzusammenbruch seiner Frau unter einer starken häuslichen
Spannung gestanden hatte. Ich wußte, daß Loretta eine attraktive
Frau war, die ihn sehr geliebt hatte. War es wirklich möglich, daß
Jardine trotz seiner Vorliebe für platonische Freundschaften nichts
von der starken sexuellen Unterströmung wahrgenommen hatte,
die ihre Begegnungen begleitet haben mußte?

Ich glaubte es nicht. Ich war jetzt sicher, daß er ihre wahren
Gefühle lange vor jenem Septembertag 1918 gekannt hatte, und ich
war auch sicher, daß er versucht gewesen sein mußte, sie zu
erwidern. Aber ich wußte nicht, wie ich das alles beweisen sollte.
Loretta würde mir von sich aus nichts weiter über den Vorfall sagen,
und sie war gewiß klug genug, jedem Versuch eines Kreuzverhörs
auszuweichen.

Ich dachte an Jardine, ich erinnerte mich plötzlich, wie er sich
bückte, um *Roger Ackroyd und sein Mörder* aus dem Bücherregal zu
ziehen, und ich hatte eine Inspiration. Mir fielen die Kriminalromane
ein, die ich gelesen hatte: Jedesmal wenn ein Detektiv eine Theorie
testen wollte, die er nicht beweisen konnte, begab er sich an den Ort
des Geschehens und rekonstruierte die Tat.

4

«... rief der Bischof von London aus: ‹Ich sage euch, daß der Weg zur Hölle mit Champagner, schnellen Wagen und leichten Mädchen gepflastert ist!›, worauf eine Stimme aus der Zuhörerschaft zurück-rief: ‹O Tod, wo ist dein Stachel?›»

Loretta schüttelte sich vor Lachen. «Ist das eine wahre Geschichte?»

«Wenn sie es nicht ist, müßte sie es sein. Übrigens, mir ist gerade eine Idee gekommen – das war ein recht umfangreiches Mittagessen, und etwas Bewegung könnte uns guttun. Hätten Sie Lust auf einen Spaziergang unten am Fluß?»

«Das hört sich gut an, aber wenn Sie nicht wollen, daß ich in den Wiesen steckenbleibe, werde ich nach Starmouth Court zurückfahren müssen, um diese hohen Absätze loszuwerden.»

Daran hatte ich schon gedacht. «Wir fahren zuerst beim Haus vorbei und lassen dann den Wagen bei der Brücke stehen.»

«Bei der Brücke, wo –»

«Entschuldigen Sie, bin ich taktlos? Wenn Sie lieber nicht dorthin gehen wollen –»

«Oh, um Gottes willen!» rief sie aus. «Warum eine so große Sache aus einer Liebesaffäre machen, die gar keine war? Gehen wir und winken wir wieder so einem kleinen Zug zu!»

Ich war jetzt sicher, daß sie alles tat, um meinen Argwohn zu zerstreuen. Wir gingen hinaus zu meinem Wagen.

5

Zu meiner Erleichterung sagte uns der Diener, Lady Starmouth halte gerade Siesta, denn mir war nicht an einer Begegnung mit ihr gelegen. Sie würde sich gewiß sagen, daß ich mich für einen Geistlichen recht merkwürdig benahm, und wegen meines Interesses an ihrem Gast sehr mißtrauisch, wenn nicht sogar verärgert sein.

Loretta ließ mich zehn Minuten im kleinen Salon warten. Ich fragte mich gerade, weshalb sie so lange brauche, als sie nicht nur in anderen Schuhen, sondern in einem leichten Sommerkleid mit dazu passendem breitkrempigem Hut erschien. Sie sah fremdländisch, exotisch aus. Das Kleid hatte einen Ausschnitt, der keineswegs gegen den Anstand verstieß, den aber auch niemand als hochgeschlossen bezeichnen konnte.

«Das ist das luftigste Kleid, das ich habe», sagte sie, als wir hinausgingen, und mit einem mitfühlenden Blick fügte sie hinzu: «Ein Jammer, daß Sie Ihre dicke Uniform nicht ausziehen können.»

«Welch köstlich frivoler Gedanke!»

Sie lachte. «Keine Angst! Ich habe nicht vergessen, daß Sie Geistlicher sind!»

«Gut, daß wenigstens einer von uns sich daran erinnert.» Wir lachten jetzt beide, aber ich wußte, ich mußte die emotionale Bremse anziehen. «Entschuldigen Sie», sagte ich, als ich ihr die Wagentür aufhielt. «Die Zunge ist mir durchgegangen.»

«Ist das eine Sünde?»

«Nein, es ist nur ein Fehler. Wie Rauchen im Halskragen.»

«Ein Verstoß gegen die Selbstdisziplin?»

«Ja.» Ihr Verständnis überraschte mich. «So ist es.» Ich sagte weiter nichts, und Sekunden später fuhren wir die Auffahrt hinunter. Auf der Hauptstraße sagte Loretta dann unvermittelt: «Gott steht auch im Mittelpunkt Ihres Lebens, nicht? Er verschwindet nicht einfach, wenn alles gutgeht, wie bei den meisten Menschen. Er ist ständig da – und wie Alex *wissen* Sie, daß er da ist.»

Ich sagte ausweichend: «Die Sonne ist keine bloße Scheibe am Himmel, die man sehen kann, wann immer man sich die Mühe macht, hinaufzuschauen. Die Wärme der Sonne durchdringt die Welt selbst an einem wolkigen Tag, und das ist kein bloßes Wunschdenken oder eine Sinnestäuschung. Man kann sehen, wie die Pflanzen auf die Wärme reagieren. Es ist real.»

«Das will ich nicht bestreiten. Aber ich glaube doch, die Fähigkeit, religiös zu sein – Gott ständig im Blick zu haben – ist eine Gabe. Das ist so, als ob man gut Klavier spielen kann. Viele möchten gern große Pianisten werden, aber wenn ihnen das Talent fehlt, schaffen sie es nicht, wieviel sie auch üben und wie lange sie auch Unterricht nehmen.»

«Ich gebe zu, wir werden nicht alle mit überragenden mystischen

Kräften geboren, aber andererseits steht jedem Menschen ein gewisses Maß an Spiritualität zur Verfügung. Es ist nur eine Frage der... Aber nein», sagte ich, wobei ich sie anlächelte, «ich darf hier nicht dozieren, als wären Sie einer meiner Studenten.»

Sie gab mir das Lächeln zurück. «Versuchen Sie nicht, mich zum Christentum zu bekehren?»

«Jemanden wie Sie bekehrt man am besten nicht vom intellektuellen Ansatz her. Sie würden die Lehrargumente geistig anregend finden, aber Ihre Seele würde davon unberührt bleiben.»

«Wie würden Sie dann zu meiner Bekehrung vorgehen?»

«Ich glaube, auf Sie würden Taten größeren Eindruck machen als Worte. Was hat Sie zum Beispiel 1918 am Christentum am meisten beeindruckt? War es der Dr. Jardine, der so eindringlich von der Inkarnation sprach – oder war es der Dr. Jardine, der Sie einer sehr starken Versuchung zum Trotz zurückwies?»

Der Wagen näherte sich dem Fluß. Ich konnte vor uns die Brücke sehen, aber als ich einen Blick auf Loretta warf, merkte ich, daß sie mit ihren Gedanken weit fort war.

«Das Christentum hat mich tatsächlich beeindruckt, als er unserer Freundschaft ein Ende machte», sagte sie schließlich. «Ich dachte, allen Männern – wirklichen Männern – ginge es immer nur um Geld und Frauen. Einem Mann zu begegnen – einem wirklichen Mann –, der glaubte, das Leben sei mehr als nur das... Ja, da hatte ich das Gefühl, ich müsse versuchen, das zu begreifen.»

«Aber es erwies sich als unbegreifbar?»

«Nicht ganz. Ich sehe das Christentum als einen schönen Traum. Aber das gilt für das Menschsein überhaupt, nicht wahr? Das unterscheidet uns von den Affen. Wir haben schöne Träume, und die edelsten Menschen streben danach, dies Träume Wirklichkeit werden zu lassen.»

«Wer das Christentum als einen Traum sieht, erkennt seine Realität nicht, aber vielleicht wollen Sie in Wirklichkeit sagen, daß sich im Leben der edelsten Menschen unser Sehnen nach transzendenten Werten ausdrückt. Das ist durchaus real – aber sehen Sie nur, wie ich daherrede! Typisch Theologe, das edlere Streben der Menschheit so staubtrocken hinzustellen!»

Wir lachten, und nachdem wir über die Brücke gefahren waren, hielt ich den Wagen am Straßenrand an. Doch dann setzte ich aus einem unerwarteten Impuls heraus hinzu: «Gewiß, sehr viele Männer scheinen sich nur für Geld und Sex zu interessieren. Trotzdem bin ich überzeugt, viele Menschen möchten insgeheim glauben, daß das Leben mehr zu bieten hat als die materialistische Tretmühle. Die Gesellschaft zwingt sie jedoch, dem weltlichen Erfolg nachzujagen, weil sie geachtet werden wollen, und dann jagen sie Frauen nach, weil sie entweder vergessen wollen, wie unglücklich sie die Jagd nach dem Erfolg macht, oder weil sie glauben, Frauen tragen in den Augen der Welt zu ihrem Ansehen bei.»

«Dann rührten also alle Nöte der Männer vom Streben nach weltlichem Erfolg her? Das ist eine interessante Theorie, Charles! Ich glaube, ich fange an, endlich ein wenig über Sie zu erfahren!»

Ich sagte leichthin: «Bin ich ein solches Rätsel?»

«Wir alle sind Rätsel», sagte Loretta. «Das macht das Leben ja so faszinierend.»

Ich konnte das nicht abstreiten.

Wir stiegen aus und brachen zu unserem Spaziergang auf.

6

Das Gelände fiel zum Fluß hin ab, der sich träge unter der Brücke hindurchschlängelte, und als wir den Uferpfad erreichten, blieb ich stehen und überschattete meine Augen mit der Hand. Auf beiden Seiten des Tals flimmerten die bewaldeten Hänge im Hitzedunst, und zu meiner Linken glitzerte das Wasser im hellen Sonnenlicht.

Auch Loretta war stehengeblieben, und als ich ihr unbewegliches Gesicht sah, sagte ich: «Wollen Sie ganz bestimmt weitermachen?»

«Das hört sich an, als wären wir auf dem Weg zum Traualtar. Ja, ich will weitermachen. Treiben wir die Schrecken der Vergangenheit aus... Wird in der Kirche von England eigentlich noch immer der Exorzismus praktiziert?»

«Heutzutage betrachtet man ihn allgemein als einen etwas anrüchigen Aberglauben.»

«Wie seltsam! Tut die Kirche gut daran, den Exorzismus Laien zu überlassen?»

«Welchen Laien?»

«Sie nennen sich Psychoanalytiker», sagte sie trocken. «Vielleicht haben Sie von ihnen gehört. Sie verehren diesen komischen kleinen Gott namens Freud und bilden eine gutbezahlte Priesterschaft, und die Gläubigen legen sich zum Gottesdienst allwöchentlich auf die Couch –»

«Selbst schon einmal versucht?»

«Sicher. Mein Analytiker hat mir auch gesagt, weshalb ich immer wieder versucht habe, unmögliche Männer zu heiraten, nämlich weil ich im Grunde überhaupt nicht heiraten will – und nach zwei Jahren auf seiner Couch und reiflicher Betrachtung meiner Vergangenheit resignierte ich und gelangte zu dem Schluß, daß er recht hat.»

«Welch außergewöhnliche Dinge gehen in Amerika vor!»

«Vielleicht. Aber Tatsache ist, daß der Analytiker meinen Verzweiflungsdämon ausgetrieben hat, als ich seelisch krank war.»

«Nun, die Kirche leistet den seelisch Kranken natürlich auch Beistand, aber Exorzismus! Das ist etwas ganz anderes!»

«Wirklich? Ist das nicht alles eins? Wenn man seelisch krank ist und man hat niemanden, ergreifen die Dämonen dann nicht so sehr von einem Besitz, daß man schließlich hilfeschreiend die Wände hochgeht?»

«Aber ist es wirklich angebracht, in unserem wissenschaftlichen zwanzigsten Jahrhundert bei einem Nervenzusammenbruch von Dämonenbesessenheit zu sprechen?»

«Warum nicht? Mir persönlich fällt es viel leichter, an Dämonen und den Teufel zu glauben – gerade in unserem wissenschaftlichen zwanzigsten Jahrhundert – als an Gott und die Engel. Wenn die Welt von Grund auf böse ist, dann ist der Unterschied zwischen Nervenzusammenbruch und Dämonenbesessenheit nach meiner Ansicht eine bloße Frage der Semantik.»

«Ich bestreite, daß die Welt von Grund auf böse ist, wie vorherrschend das Böse auch sein mag. Ich sehe», sagte ich mit einem Lächeln, «Sie haben eine gefährliche Neigung zur gnostischen Häresie!»

«Meine gefährlichste Neigung ist, daß ich zuviel rede. Warum habe ich Ihnen nur von meinem Analytiker erzählt? Jetzt glauben Sie, ich sei verrückt.»

«Meine liebe Loretta –»

«Vielleicht sollte ich lieber eine Weile still sein.»

Vor uns gabelte sich der Weg. Wir wichen vom Fluß ab und gingen den Hang hinauf zur Brücke, die die Bahnlinie über eine Lücke im Damm hinwegführte. Ich versuchte das Gespräch wieder aufzunehmen, aber sie antwortete nur einsilbig, und als wir die Brücke erreichten, waren wir wieder in völliges Schweigen verfallen. Jenseits der Brücke stieg die Wiese steil an, die sie beschrieben und auf der ich als Junge zusammen mit meinen Eltern und meinem Bruder Peter gepicknickt hatte.

«Es ist eigenartig, wie nah die Vergangenheit bisweilen scheint», sagte ich, als wir zum Atemholen innehielten. Weil die Wiese so steil anstieg, gingen wir schräg hinauf, aber der Weg war noch immer recht steil. Das Wäldchen vor uns, ein dunkles Gewirr von Bäumen, das sich an den Hang klammerte, rief erneut Erinnerungen in mir wach. Hierher hatte ich mich schmollend zurückgezogen, wenn ich mit Peter gestritten und den Ärger meines Vaters erregt hatte. «Ich habe das Gefühl, ich brauche nur den Kopf zu drehen und sehe mich als Kind bei diesem Familienpicknick damals», sagte ich.

Sie erwiderte nichts. Sie stand regungslos da, lauschend, und als auch ich lauschte, hörte ich das ferne Rollen, das ihre Aufmerksamkeit erweckt hatte. Es war der Zug.

«Wir waren damals weiter oben – näher bei den Bäumen – oh, ich muß dorthin gehen, ich muß, ich will, daß es genauso ist wie damals . . .» Sie stürmte voraus, ich eilte ihr nach, und das Geräusch wurde immer lauter, während der Zug durch das Tal auf uns zu donnerte.

Unterhalb des Wäldchens blieb sie stehen. Wir konnten jetzt den Zug sehen. Er näherte sich von links, und jenseits der Bahnlinie, jenseits des Flusses und der Rieselwiesen sah ich die Straße und die winzigen Wagen und das Haus der Starmouths auf der Anhöhe. Der Zug, der wie ein etwas zu groß geratenes Spielzeug vor einem gemalten Hintergrund wirkte, ratterte näher heran.

«Wir müssen winken!» rief Loretta. «Winken, Charles, winken!»

Wir winkten. Der Lokführer hob grüßend die Hand an die Mütze, und als der Zug vorüberbrauste, winkten ein paar Kinder an den Wagenfenstern zurück. Dann fand die Episode jäh ein Ende. Der Zug entschwand hinter der Wiesenböschung unseren Blicken, das Geräusch verklang, und alles war wieder ruhig. Ich wandte mich zu Loretta um, doch die belustigte Bemerkung, die ich hatte machen wollen, wurde nicht ausgesprochen, denn ich sah, daß ihre Wangen feucht waren von Tränen. Im nächsten Augenblick stapfte sie die wenigen Meter bis zu dem Wäldchen hinüber, und während ich ihr noch verblüfft nachsah, war sie schon zwischen den Bäumen verschwunden.

Ich ließ ihr Zeit, um sich zu fassen, doch als sie nicht wieder herauskam, ging ich ihr nach. Zwischen den Bäumen war dichtes Unterholz; es dauerte länger, als ich gedacht hatte, bis ich eine Lücke in dem Dorngestrüpp fand, doch als ich hindurch war, erblickte ich sie sogleich. Sie hatte sich an eine abgelegene Stelle am anderen Ende des Wäldchens zurückgezogen und saß, die angezogenen Knie umklammernd, mitten im Farnkraut. Als ich mich näherte, sah ich, wie ihre Schultern zuckten. Sie hatte die Brille abgenommen, aber als sie mich kommen hörte, griff sie ungeschickt danach.

Ich kniete nieder, bedeckte ihre Hände mit den meinen, und die Brille blieb liegen, wo sie war. «Verzeihen Sie mir», sagte ich. «Ich hätte Sie nicht hierherbringen dürfen.»

«Ich dachte, ich könnte es ertragen, aber...» Sie begann wieder zu weinen.

Ich legte den Arm um sie. Es war eine instinktive, aus einem Schuldgefühl herrührende Geste, und ich ließ sie fast sofort wieder los, als die Vorsicht über mein Mitgefühl triumphierte, doch die Botschaft war übermittelt worden; sie blickte auf.

«Mein Gott, das ist seltsam!» sagte sie mit bebender Stimme. «Es ist gerade, als wären Sie er und als geschähe alles noch einmal.»

Wir blickten uns an. Und da, als ich langsam abermals den Arm um sie legte, wußte ich ohne den geringsten Zweifel, daß nicht sie es gewesen war, die damals vor neunzehn Jahren den Spaziergang zum Fluß vorgeschlagen, nicht sie, die den ersten Schritt über die Grenze der Konvention getan hatte.

7

Ich sagte: »Ich glaube, ich tue jetzt etwas sehr Törichtes«, und küßte sie auf den Mund. Dann sagte ich: «Ich bin natürlich verrückt, aber darüber denke ich später nach», und ich küßte sie noch einmal.

Als ich schließlich die Träger ihres Sommerkleides herunterschob, sagte sie nur: «Ich will nicht, daß Sie die Qualen leiden, die Alex litt. O Gott, Charles, wenn Sie nur wüßten, was wir durchgemacht haben –»

«Diesmal ist es anders. Ich bin nicht verheiratet.»

«Ja, aber –»

Ich brachte sie mit einem Kuß zum Verstummen. Die Zeit verging, und als ich schließlich innehielt, um mein Jackett auszuziehen, sagte sie nichts mehr von Leiden, sondern griff nur nach meinem Halskragen.

Sie flüsterte: «Ich erinnere mich noch, wie er hinten aufgemacht wird.»

Und da wußte ich, daß ich anfangen konnte, das Undenkbare zu denken.

IX

*«Es bekümmert mich, daß Sie auch den Schock und die
Schande anstößigen Verhaltens von Geistlichen ertragen
müssen ... wieviel Versagen von Geistlichen habe ich
erlebt. Ich bin überzeugt, wir haben es viel schwerer, als den
meisten bewußt ist; von allen Menschen haben wir den
meisten Grund, uns daran zu erinnern: ‹Wer sich dünket, er
stehe, mag wohl zusehen, daß er nicht falle›.»*

HERBERT HENSLEY HENSON

I

Der Farn drückte kühl gegen meine heiße Haut. Ich war mir
dieser Kühle bewußt, während ich den ersten Kampf um die
Kontrolle über meine tiefe und mächtige Erregung austrug und
gewann. Da war nur ein bestürzender Moment. Er trat ein, als ich
glaubte, sie sei bereit, und mich zwischen ihre Schenkel legte. Sie
sagte plötzlich: «Sie dringen ein.»

Ich hielt inne. «Ist es zu früh?»

«Nein, nein –» Sie zog mich an sich und küßte mich mit solcher
Inbrunst, daß es beinahe zu einem Desaster kam. Ich mußte den
Mund zur Seite reißen, um wieder die Kontrolle über mich zu
erringen.

Als ich wieder sprechen konnte, sagte ich: Kann etwas passieren?
Muß ich zurückziehen?» Aber wieder sagte sie: «Nein, nein –», und
wieder zog sie mich fest an sich, bis ich endlich begann, in sie
einzudringen.

Die ersten neunzig Sekunden waren beeinträchtigt durch meine
Angst vor einem frühen Ende, doch als ich einmal in ihr war, schien
sie sich dieser Gefahr bewußt zu sein, und ich spürte die Sensibilität,

mit der sie ihren Rhythmus dem meinen anpaßte. Allmählich schwanden die Nachteile der langen Abstinenz und ich genoß den Lohn der Enthaltsamkeit; als ich erst den Kampf um die Kontrolle über mich gewonnen hatte, wußte ich, daß ich es lange durchhalten konnte.

«Alles schön?»

«Dumme Frage!»

«Der Farn ist kaum eine Sprungfedermatratze.»

«Mir würd's nichts ausmachen, wenn es Beton wäre.» Sie hob den Mund zu dem meinen auf, und dann hörte ich sie flüstern: «Es ist so lange her.»

«Wie lange?»

«Drei Jahre. Es hat sich nichts Richtiges ergeben, und ich war es so müde... Und bei Ihnen?»

Aber ich zog sie nur in eine andere Position und schob mich tiefer in ihr warmes, festes Fleisch hinein.

2

Danach waren wir so erschöpft, daß wir nur stumm daliegen und durch die Äste des Baumes über uns den blauen Himmel betrachten konnten. Mein Denken war leer. Ich wußte, später würde die Qual beginnen, doch fürs erste war ich betäubt, jede Fiber meines Körpers gesättigt und jeder Spannungsschmerz gebannt. Wie so oft zuvor sehnte ich mich wieder nach der Intimität der Ehe, doch diese Überlegung erinnerte mich an Lyle, und sofort begann sich mein Denken zu spalten. Ich hielt die Augen geschlossen, als könnte ich die Gegenwart auslöschen, indem ich nicht hinsah; trotzdem rangen die zwei Personen in mir miteinander und versuchten sich zu trennen in einem Kampf, den ich nicht begriff.

«Zigarette?» sagte Loretta und zog ein Päckchen aus ihrer Handtasche. «Danke.» Diese Ablenkung machte mein Denken wieder frei, und der Kampf wurde aufgeschoben.

Nachdem wir eine Zeitlang träge geraucht hatten, sagte sie: «Wie halten Sie das nur aus – unverheiratet, meine ich.»

«Entgegen der allgemeinen Vorstellung stirbt man nicht an Keuschheit.» Ich umkreiste mit einem Finger ihre Brustwarze.

«Ja, aber seien wir ehrlich – Keuschheit kann verdammt unbequem sein. Warum haben Sie nicht wieder geheiratet?»

«Und warum haben Sie das nicht?»

«Oh, bei mir ist das einfach zu erklären.» Auch sie begann mit dem Finger über meine Brust zu fahren. «Mein Psychoanalytiker und ich haben herausgefunden, daß ich a) den meisten Männern zuviel Verstand habe, daß b) die meisten Männer meinen beruflichen Erfolg nicht verkraften, daß c) nicht die zweite Geige spielen möchte, daß d) keine häusliche Natur bin, daß e) mein Mann jeder Frau für alle Zeiten die Freude an der Ehe genommen hätte, und daß ich f) nie wirklich über Alex hinweggekommen bin. Ich habe immer darauf gewartet, jemandem zu begegnen, der es mit ihm aufnehmen konnte, und als mir klar wurde, daß das nicht geschehen würde, war ich zu alt, um Kompromisse einzugehen.»

«Sie müssen ihn sehr geliebt haben.»

«Nun, wir hätten natürlich geheiratet, wenn diese dumme Frau nicht gewesen wäre. Mein Mann wäre kein Problem gewesen, denn Ende 1918 hat er sich zu Tode getrunken, aber, Charles, ich frage mich oft, wie Alex und ich miteinander ausgekommen wären. Ich bin im Grunde kein religiöser Mensch, und ich habe eine unabhängige Ader, die der Ehe vielleicht nicht zuträglich gewesen wäre. Ich glaube sogar, ich wäre eine höchst unzulängliche Bischofsgattin geworden.»

«Aber wennn Sie Jardin damals geheiratet hätten, als Ihre Persönlichkeit noch nicht voll ausgereift war –»

«Ja, ich hätte mich vielleicht angepaßt, aber das werden wir nie genau wissen, nicht wahr? Das gehört in den Bereich des Was-wäre-gewesen-Wenn... wie Ihre zweite Ehe, die Sie nie geschlossen haben. Warum wollen Sie nicht wieder heiraten?»

«Ich will ja wieder heiraten.» Ich drückte die Zigarette aus und begann wieder, sie zu liebkosen.

«Warum haben Sie es dann nicht schon vor Jahren getan? Vielleicht geht es Ihnen wie mir. Vielleicht wollen Sie im Grunde gar nicht heiraten.»

«Doch! Ich muß! Ich – oh, sprechen wir nicht mehr davon. Es ist mir ein Greuel, an meine vertrackten Probleme auch nur zu denken –»

«Vielleicht sollten Sie das aber. Manche Probleme verschwinden nicht einfach von selbst. Sie sind wie Dämonen und müssen ausgetrieben werden.»

«Nun, ich kenne keinen Exorzisten, und ich habe meine Dämonen unter Kontrolle», sagte ich, aber kaum hatte ich diese Worte gesprochen, da erfaßte mich eine Panik. «Oh, mein Gott, was tue ich da, was geschieht mit mir –»

«Charles – Darling –»

«Mit mir ist alles in Ordnung», sagte ich und stieß mich so tief in sie hinein, daß sie aufkeuchte. «Alles in Ordnung, alles in Ordnung, alles in Ordnung –»

Ich hatte mich wieder betäubt.

Die Panik ließ mich los.

Ich war gewillt, mich mit Sex zu sättigen.

3

Diesmal begann alles anders. Es war freudloser, unregelmäßiger, aber ich wußte, es spiegelte meinen inneren Aufruhr wider, und sie wußte es auch, denn sie versuchte mich auf diese und jene subtile Weise zu beruhigen. Ich reagierte darauf. Langsam entspannte ich mich, bis ich schließlich derjenige war, der mit dem Rücken im Farn lag und ihr weiches Fleisch über mir einen köstlichen Kontrast zu dem harten Boden unter meinem Rückgrat bildete. Der einzig unglückselige Augenblick kam, als ich uns in dem Bemühen, ihren Höhepunkt zu teilen, in eine andere Stellung manövrierte; wir glitten auseinander, und der Orgasmus kam, als ich nicht mehr in ihr war.

«Verdammt.»

«Schon gut.» Sie hielt mich fest umklammert, während wir uns beruhigten, und ließ mich erst los, als ich nach den Zigaretten griff. Nachdem ich über ihre gegenwärtige Lustempfindung und ihre vergangene Abstinenz nachgedacht hatte, sagte ich schließlich: «Es muß für Frauen leichter sein, mit der Keuschheit fertig zu werden.»

«Vielen Dank. Daran werde ich denken, wenn ich das nächste Mal vor Frustration umkomme. Das wird mir bestimmt ein großer Trost sein.»

«Entschuldigen Sie, das war unglaublich gefühllos von mir –»

«Eigenartigerweise hat auch Alex eine solche Bemerkung gemacht. Er sprach so, als könnte keine Frau sich vorstellen, was für eine Hölle das Leben im Zölibat sein kann.»

«Wie hat *er* denn das ausgehalten, ehe er mit siebenunddreißig heiratete?»

«Ich weiß es nicht, und später wünschte ich immer, ich hätte ihn danach gefragt. Damals haben wir oft Spekulationen über sein früheres Leben angestellt, Evelyn und ich, aber wir sind nie zu irgendwelchen Schlüssen gekommen.»

«Wieviel weiß Lady Starmouth eigentlich über Sie und Jardine?»

«Nun, sie wußte zum Schluß, daß Alex genauso verliebt in mich war wie ich in ihn – schließlich hat sie uns gesehen, wir hätten das vor ihr nicht verbergen können, wir waren völlig aufgelöst. Aber sie hielt selbstverständlich zu uns und tat alles, damit niemand etwas merkte. Für sie stand fest, daß Alex es in der englischen Staatskirche ganz weit bringen wüde.»

«War sie da nicht zornig, als Sie seine Karriere in Gefahr brachten?»

«Sie war empört. Aber sie hat mir verziehen. Sie werden es vielleicht nicht glauben, aber Evelyn gehört zu den seltenen Menschen, die wirklich nach ihrer religiösen Überzeugung leben.»

«Wie entsetzt muß sie dann gewesen sein, als ich die Sache mit Ihnen herausfand!»

«Sie sagte, sie wäre fast gestorben. Sie entschuldigte sich bei mir dafür, daß sie den Vorfall bagatellisiert hatte, indem sie mich als das neurotische Weibchen und Alex als die Reinheit in Person hinstellte, aber was hätte sie tun sollen? Ich habe ja vorhin beim Lunch genauso geredet, aber natürlich... war die Wahrheit ganz anders.»

«Die Liebe wurde von Anfang an erwidert?»

«Ja. Wir verliebten uns sofort ineinander, als wir uns 1917

begegneten, aber, mein Gott, wie hat er dagegen angekämpft! Dieser gräßliche Kurat, den er immer als Anstandsperson mitbrachte! Und diese gräßlichen Minuten allein bei den Starmouths, wenn Evelyn ans Telefon gerufen wurde – aber er hat mich nie geküßt, nicht einmal dann. Es wäre zu gefährlich gewesen, jeden Augenblick hätte jemand hereinkommen können... Aber das Schlimmste waren die Besuche bei ihm und seiner Frau zu Hause. Ich wollte ja nicht kommen, aber er meinte, wenn seine Frau mich empfangen hätte, würde jeder mögliche Klatsch im Keim erstickt werden.»

«Wie stand er denn damals zu seiner Frau?»

«Als wir hier waren, sagte er, auf der Hochzeitsreise sei ihm aufgegangen, daß er einen schrecklichen Fehler gemacht habe, aber er war sicher, daß sich die Situation bessern würde, wenn erst Kinder da wären. Nun, zur Familie ist es nicht gekommen, obwohl sie damals 1918 gerade erst ein Baby gehabt hatte und niemand wußte, daß sie nie mehr eins bekommen konnte. Alex sagte, es sei ein schreckliches Jahr gewesen, das totgeborene Kind, Carries Nervenzusammenbruch, er monatelang ohne Verkehr... Er erwähnte Verkehr nicht in einem Atemzug mit Carrie, aber ich bekam doch mit, daß Sex für ihn eine wichtige Rolle spielte. Am Schluß sagte er sogar: ‹Die Ehe könnte schlimmer sein. Wenn Carrie wohlauf ist, ist sie sehr pflichtbewußt.› Pflichtbewußt! Was für ein abscheulicher victorianischer Euphemismus! In einem solchen Augenblick erinnerte ich mich daran, daß er siebzehn Jahre älter war als ich. Jedenfalls war ich schändlich eifersüchtig bei dem Gedanken, daß sie ihn mehrmals in der Woche haben konnte, und noch eifersüchtiger wurde ich, als er meinte, am liebsten hätte er jede Nacht Verkehr. Aber er fügte hinzu, das sei wohl egoistisch gedacht – wahrscheinlich fürchtete er, sie könne eine Abneigung dagegen entwickeln. Es bedeutete ihm so viel, daß er bereit war, sich eine gewisse Beschränkung aufzuerlegen.»

«Ich begreife einfach nicht, wie er von seiner Ordination bis zum Alter von siebenunddreißig Jahren enthaltsam bleiben konnte: Da muß es doch Entgleisungen gegeben haben!»

«Vielleicht – aber vielleicht auch nicht. Denken Sie an Freud. Das sexuelle Bedürfnis kann durchaus durch den Verstand beeinflußt werden.»

«Sie meinen, für Jardines Keuschheit während dieser Jahre könnte es sowohl psychologische als auch religiöse Gründe gegeben haben?»

«Wo es um Sex geht», sagte Loretta, «ist alles möglich. Sein Vater zum Beispiel war ein Vertreter dieser Hölle-und-Verdammnis-Richtung, und so jemand kann seinen Kindern schon ein Schuldgefühl in Sachen Sex einimpfen, besonders wenn er selbst Schuldgefühle hat. Alex mag einige Zeit gebraucht haben, bis er das überwunden hatte. Und nach seiner Ordination, da war er so fanatisch anglokatholisch (als Reaktion gegen seinen Vater, den Fundamentalisten), daß er sich selbst ein Keuschheitsgelübde abnahm, und es brauchte offensichtlich einige Zeit, bis er *dar*über hinwegkam. Dann bekam er eine schrecklich schwierige Gemeinde zugewiesen, wo er sich körperlich abarbeitete, wenn nicht noch ein Nervenzusammenbruch hinzukam, und das muß seine sexuellen Energien ganz schön sublimiert haben. Aber der wichtigste Faktor überhaupt war der, daß er nie lange auf weibliche Gesellschaft verzichten mußte, und ich für meine Person glaube, daß eher Einsamkeit als Mangel an Sex schuld ist, wenn Enthaltsamkeit unerträglich wird. Er hatte diese Stiefmutter –»

«Ha! Ich höre ständig von dieser Stiefmutter. Ich habe mich schon gefragt, ob sie etwas miteinander hatten.»

«Das bezweifle ich.»

«Warum?»

«Weil ich nicht glaube, daß Alex jemals eine unerlaubte Beziehung eingehen würde», sagte Loretta und sprach damit meinen eigenen unüberwindlichen Einwand gegen diese Theorie aus. «Er bewies es, als er mich zurückwies. Es wäre für uns ein leichtes gewesen, ein Verhältnis zu haben – schließlich lebte ich getrennt von meinem Mann in einer eigenen Wohnung –, aber er wollte es nicht, obwohl er verrückt nach mir war.»

«Das ist tatsächlich sehr bemerkenswert.»

«Jeder Geistliche kann einmal einen Fehltritt begehen, für den er später Sühne leistet», sagte Loretta. «Geistliche sind schließlich

Menschen und keine Engel. Aber wie kann ein frommer Geistlicher sein Amt ausüben, wenn er fortwährend in Sünde lebt?»

«Entweder macht er der Sünde ein Ende oder er fällt von seinem Glauben ab.»

«Nun, Alex war ganz gewiß nicht von seinem Glauben abgefallen, damals als ich ihn kannte. Er war ein durch und durch gläubiger Mensch.»

Die *ménage à trois* im Palais begann wieder harmlos auszusehen, aber der Gedanke an Lyle war noch immer schwer zu ertragen. Ich drückte die Zigarette aus und wandte mich wieder Loretta zu, und im Ton eines Patienten, der seine Krankenschwester um eine schmerzstillende Spritze bittet, flüsterte ich: «Lieben Sie mich.»

4

Die Erregung kam, sowie ich sie berührte, aber sie hieß mich warten, während sie meinen Körper küßte und mit den Händen über meine Schenkel fuhr. Als ich schließlich zu erregt war, um noch länger warten zu können, gab sie nach; unsere Positionen wechselten; ich vereinigte uns wieder und spürte, wie ihr Fleisch das meine umschloß, während sie lustvoll ihren Atem ausstieß. Ich klammerte mich an sie. Sie strich mir übers Haar, und einige Sekunden lang bewegte ich mich nicht, sondern verharrte in dieser Position innigster Vereinigung. Schließlich sagte ich: «Ich möchte mich Ihnen anvertrauen.» Ich hatte gemerkt, daß ich meine beiden Personen verschmelzen konnte, indem ich die Vergangenheit in die Gegenwart hineinzog und innerhalb eines einzigen Rahmens von Zeit und Raum den Charles von Starbridge mit dem Charles zusammenbrachte, der nackt auf diesem Hang in Surrey lag.

«Dann fangen Sie an», sagte sie, weiter mein Haar streichelnd. «Sie können es unbesorgt tun.»

Die sexuelle Erregung erschlaffte, als wäre die Kraft in andere Kanäle geleitet worden. Ich schlüpfte heraus und vergrub das Gesicht eine Sekunde lang zwischen ihren Brüsten, ehe ich mit der ganzen Geschichte meines Besuchs in Starbridge begann.

Es dauerte einige Zeit, bis ich alles erzählt hatte, aber schließlich hörte ich mich sagen: «Sie müssen entgeistert sein bei dem Gedanken, daß ich Sie besitze, während ich eine andere liebe. Ich bin selber entgeistert. Ich begreife nicht, was vorgeht, aber ich glaube allmählich, daß es hier zwei Rätsel gibt, das eine Rätsel, was im Palais vorgeht, und das andere Rätsel, was in meinem Kopf vorgeht – und das Seltsamste ist, daß diese beiden Rätsel irgendwie miteinander verbunden zu sein scheinen . . . Oder glauben Sie jetzt, ich bin nicht nur völlig unmoralisch, sondern auch komplett verrückt?»

Loretta reagierte darauf nicht mit einer raschen beruhigenden Antwort, wie dies eine Frau von geringerem Format vielleicht getan hätte. Sie machte auch keine beißende Bemerkung über Lyle, sondern sagte nach einigem Nachdenken: «Nein, ich glaube nicht, daß Sie verrückt sind. Und ich glaube auch nicht, daß Sie von Grund auf unmoralisch sind. Aber ich fürchte, Sie sind von Grund auf verwirrt.»

«Das ist ein sehr generöses Urteil –»

«Ich möchte gar nicht generös sein, ich möchte nur genau sein. Charles, sind Sie ganz sicher, daß Sie diese Frau lieben? Wenn man verwirrt ist, fällt es einem schwer, zwischen Wahrheit und Illusion zu unterscheiden, und daß Sie sich so spontan zu Lyle hingezogen fühlten, scheint mir darauf hinzudeuten, daß Sie sich vielleicht Illusionen machen.»

«Ich bin mir meiner Gefühle absolut sicher.»

«Ja, aber . . . Gut, lassen wir Lyle einmal aus dem Spiel, und wenden wir uns Alex zu, denn da scheinen Sie wirklich verwirrt zu sein. Ihr Interesse an seiner Vergangenheit grenzt ans Obsessive – es ist, als sähen Sie in ihm eine Art Symbol voll versteckter Bedeutungen –»

«Wie meinen Sie das?»

«Ich wollte, das wüßte ich selbst. Ich tappe da im dunkeln, aber, Charles, Sie müssen darüber mit jemandem sprechen, der in diesen Dingen mehr Erfahrung hat als ich. Haben Sie einen Berater, zu dem Sie gehen können? Geistliche haben doch gewöhnlich so eine Person, nicht – wie heißen sie? – Beichtväter, Berater, Ratgeber –»

«Ich gehe immer zu dem Abt der Forditen-Mönche in Grantchester, bei Cambridge. Die Forditen sind anglikanische Benediktiner, keine römisch-katholischen Mönche, sondern Mönche innerhalb der englischen Staatskirche.»

«Schön. Gehen Sie zu Ihrem Abt und erzählen Sie ihm alles.»

«Vielleicht sollte ich eine kurze Einkehr einlegen.» Ich dachte darüber nach, aber die Aussicht auf geistliche Exerzitien, zu denen die Beichte gehörte, war so schrecklich, daß ich nur schaudernd abermals den Kopf zwischen ihre Brüste drücken konnte. Doch als mir bewußt wurde, daß ich mich von dem Grauen der Beichte nur durch die Beschäftigung mit dem Rätsel von Starbridge ablenken konnte, zog ich mich von ihr zurück und stützte mich auf den Ellenbogen. «Was geht Ihrer Ansicht nach in dieser *ménage à trois* vor?» fragte ich.

«Was kann ich dazu sagen – ich glaube, Ihre erste Einschätzung trifft zu. Lyle hält diese Ehe zusammen, und ihre Anwesenheit befriedigt die Bedürfnisse aller drei: Ihr Verlangen nach Macht, Carries Verlangen nach einer Tochter, und Alex' Verlangen nach einem ordentlich geführten Haushalt.»

«Ich gebe zu, das ist die einzig plausible Antwort, aber die Atmosphäre dort stimmt mit dieser Erklärung nicht überein. Ich bin sicher, zwischen Lyle und Jardine geht etwas vor, andererseits – nachdem Sie meine Ansicht bestätigt haben, daß er niemals eine unerlaubte Beziehung von Dauer eingehen würde, wüßte ich nicht, wie sie ein Verhältnis haben könnten.»

«Schön», sagte Loretta entschlossen und setzte sich auf. «Versuchen wir etwas Ordnung in Ihr Durcheinander zu bringen, indem wir die einzelnen Möglichkeiten durchgehen. Möglichkeit Nummer eins: Lyle liebt Carrie.»

«Ausgeschlossen.»

«Wirklich? Sehr feminine hilflose Frauen wie Carrie geraten oft in lesbische Situationen, und Sie dürfen nicht vergessen, daß Ihre Gefühle für Lyle möglicherweise doch eine Illusion sind.»

«Ja, aber –»

«Das stärkste Argument gegen die Existenz einer lesbischen Beziehung», unterbrach mich Loretta, meine Partei ergreifend, ehe ich den Gedanken noch weiter diskutieren konnte, «ist der Umstand, daß Alex sie gewiß niemals dulden würde. Wie die Situation auch immer aussehen mag, sie muß, davon dürfen wir ausgehen, irgendwie allen dreien zustatten kommen. Gut, kommen wir zu Möglichkeit Nummer zwei: Lyle ist verrückt nach Alex, aber Alex ist nicht verrückt nach ihr; er hat die Situation unter Kontrolle, und zwischen ihnen ist nie etwas passiert.»

«Ich kann mir nicht vorstellen, daß ein Geistlicher mit gesundem Menschenverstand eine in ihn vernarrte Frau in seinem Haus dulden würde», sagte ich. «Die Situation wäre viel zu explosiv. Er würde sie sofort vor die Tür gesetzt haben.»

«Aber angenommen, er ist nicht bei Verstand? Das ist Möglichkeit Nummer drei. Angenommen, er ist verrückt nach ihr, aber seine religiöse Überzeugung hält ihn zurück.»

«Vom Standpunkt des Geistlichen aus wäre diese Situation noch schlimmer als die vorige – ein Leben in ständiger Versuchung, das wäre katastrophal für sein Seelenheil.»

«Dann bleibt noch die letzte Möglichkeit: Alex hat den Verstand verloren, alle Bedenken in den Wind geschlagen und sich auf eine richtige Liebesaffäre eingelassen.»

«Und das», sagte ich, «ist aus zwei Gründen unmöglich. Zum einen würde Mrs. Jardine sie nicht dulden, dessen bin ich sicher, und zum anderen könnte er nicht länger Bischof bleiben, wenn er vom Glauben abgefallen ist – und das ist er nicht, wie wir beide glauben.»

«Ja, diese letzte Schwierigkeit scheint der ewige Stolperstein zu sein», sagte Loretta, «aber ich könnte mir eine Situation vorstellen, in der Carrie nichts dagegen einwenden würde. Wie Evelyn glaubt, haben Alex und Carrie die Hoffnung auf eine Familie nie aufgegeben – eine Hoffnung, die für beide ein starkes Motiv für weiteren ehelichen Verkehr gewesen wäre. Aber angenommen, Carrie wollte, als sie in die Wechseljahre kam, von Sex nichts mehr wissen, weil ihr das jetzt zwecklos erschien. Eine solche Reaktion ist nicht ungewöhnlich, und wenn es dazu kommt, gerät die Ehe meistens in eine Krise. Das ist dann der Moment, in dem sich der Ehemann, sofern er ein Laie ist, eine Geliebte nimmt und die Ehefrau sich blind stellt.»

Ich starrte sie an. «Ich glaube, Sie haben den Nagel auf den Kopf getroffen», sagte ich. «Ich glaube, das muß es sein. Ich entnahm einer Bemerkung von Mrs. Cobden-Smith, daß die Menopause vor fünf Jahren eintrat, und das war genau der Zeitpunkt, als Mrs. Jardine zum zweitenmal am Rande eines Nervenzusammenbruchs war.»

«Aber das geschah, weil die alte Stiefmutter auftauchte.»

«Ja, aber angenommen, zu der Krise kam noch mehr. Jardine sagte mir, damals habe er zum letztenmal persönliche Probleme in seinem Tagebuch vermerkt – und er sagte, daß er damals eine schwierige Entscheidung zu treffen hatte. Angenommen, er rang mit der Entscheidung, soll ich oder soll ich nicht?»

«Durchaus denkbar. Wenn etwas passiert ist, dann bestimmt damals, aber man muß fragen: Ist überhaupt etwas passiert? Und wenn: Wie hat Alex dann sein Gewissen beruhigt?»

«Ich werde es herausfinden. Ich muß es einfach, ich *muß* es –»

«Ich weiß. Das macht mir Sorge, Charles, Sie sind viel zu besessen davon –»

«Wie kann ich davon nicht besessen sein, wenn ich Lyle heiraten will?»

«Ja, aber ... Gut, versuchen wir noch einmal, die Situation in so etwas wie eine rationale Perspektive zu bringen. Tatsache ist, daß Sie nicht genau wissen, ob Sie Lyle lieben oder nicht. Aber Sie glauben es, und das macht Sie überempfindlich gegen diese mysteriöse *ménage à trois*. Die wahrscheinlichste Erklärung dieser Situation ist die, daß tatsächlich nichts vorgeht, aber weil Sie die Realität nicht richtig wahrnehmen, gleiten Sie immer tiefer in die Illusion hinein, indem Sie diese Theorie entwerfen, die Lyles kühle Haltung erklärt, ohne Ihr Ego zu beeinträchtigen. Mit anderen Worten, Ihr Unterbewußtsein sagt: Lyle und Jardine haben ein Verhältnis, und deshalb geht sie nicht richtig auf mich ein. Sie sollten aber eine andere Möglichkeit in Betracht ziehen: Indem Sie zuviel in die harmlosen Reaktionen der Leute hineinlesen, bilden Sie sich schließlich diese finstere Atmosphäre im Palais ein. Ich glaube sogar, die wirklich relevante Frage ist nicht, was sich in dieser *ménage à trois* abspielt, sondern was in Ihrem Unterbewußtsein vorgeht; warum sind Sie zum Beispiel so sicher, daß Lyle die richtige Frau für Sie ist?»

«Sie wird mit jeder Situation fertig.»

«Aber das hört sich ja an, als wären Sie ein Irrer, der einen Wärter braucht!»

«Tut es das?» Ich zog sie wieder in meine Arme. «Noch einmal», sagte ich. «Nur noch einmal.»

Sie öffnete die Beine und griff behutsam nach mir, um mich hineinzuführen.

5

Das Wissen, daß dies für wer-weiß-wie-lange Zeit die letzte Gelegenheit zu einer sexuellen Befriedigung war, machte mein Verlangen dringender und gab meiner Verzweiflung physischen Ausdruck. Zu meiner Not gesellte sich Erschöpfung, und bald spürte ich meine Kraft schwinden. Loretta bewegte sich, um mir zu helfen, aber mein Fleisch zog sich schon zusammen, und Sekunden später schloß ich die Augen vor dem hellen Licht, als ich ins Farnkraut zurücksank.

Ich schlief ein. Dann wachte ich plötzlich auf, so wie man dies oft nach einem kurzen, tiefen Schlaf tut, setzte mich auf und sagte: «Jane.» Loretta küßte mich auf die Wange. Verwirrt sah ich, daß sie sich angekleidet hatte.

«Ich habe geschlafen», sagte ich benommen.

«Nur zehn Minuten. Sie hatten es wohl nötig... Wer ist Jane?»

«Meine Frau.» Lächerlicherweise traten mir die Tränen in die Augen, und entsetzt über diesen neuerlichen Beweis, daß ich der inneren Auflösung nahe war, griff ich nach der schon angezündeten Zigarette, die Loretta mir reichte, und kehrte ihr den Rücken zu. Während ich mich ankleidete, konnte ich wieder sprechen. «Ich habe bewiesen, daß Jardine eines einzelnen Fehltritts fähig war. Jetzt muß ich beweisen, daß er zur Aufrechterhaltung einer unerlaubten Beziehung fähig war. Wenn ich wüßte, daß er vor der Ehe mit seiner Stiefmutter geschlafen hat –»

«Das hat er sicher nicht. Charles, Sie müssen einfach mit dieser Zwangsvorstellung fertig werden –»

«Er mag Hemmungen gehabt haben, seinem Vater die Frau

wegzunehmen. Zwar waren sie keine Blutsverwandten, aber ihre rechtliche Beziehung hätte sie doch mit dem Gesetz in Konflikt gebracht –»

«Nun, die hätte in diesem Fall ja nicht bestanden», sagte Loretta, während sie ihre Brille aus der Tasche holte.

Ich starrte sie an. «Wie meinen Sie das?»

Sie starrte mich ihrerseits an. «Mein Gott!» rief sie aus. «Sagen Sie nur, das haben Sie nicht herausbekommen!»

«Was?»

«Alex' Vater hat sie nie geheiratet, Charles. Sie lebte fünfundzwanzig Jahre mit ihm als seine Geliebte. Es gab weder eine Blutsverbindung noch eine bürgerlich-rechtliche Beziehung zwischen Alex und Ingrid Jardine.»

6

«Alex hat das mir und Evelyn einmal erzählt», sagte Loretta. «Er wollte ein besseres Verhältnis zwischen Carrie und seiner Stiefmutter herstellen, hatte damit aber wenig Erfolg, und da hat er sich uns aus schierer Verzweiflung anvertraut. Offenbar hielt sich Carrie nicht für verpflichtet, jemanden bei sich zu empfangen, der fünfundzwanzig Jahre lang in Sünde gelebt hatte.»

«Aber der Vater war doch ein religiöser Fanatiker! Wieso hat er sie da nicht geheiratet?»

«Er haßte jede Ritualisierung der Religion, und er haßte alle Geistlichen, und da hat er sich in die Vorstellung hineingesteigert, er brauche keinen Pfarrer, der die Trauzeremonie vollzöge, damit er richtig vor Gott verheiratet wäre. Mit Alex' Mutter hatte er in die Kirche gehen müssen – sie stammte aus einer sehr angesehenen Familie –, aber Ingrid war auf sich allein gestellt und ging offenbar bereitwillig auf seine Verschrobenheiten ein; wahrscheinlich bestand zwischen beiden auch eine starke sexuelle Beziehung. Jedenfalls, der alte Jardine zitierte sie eines Abends in sein Schlafzimmer, und nachdem sie gemeinsam ein paar Gebete gesprochen und einige Gelübde ausgetauscht hatten, steckte er ihr seinen Siegelring an den

Finger, ging mit ihr ins Bett und vollzog das, was er seine neue Ehe zu nennen liebte.»

«Augenblick», sagte ich. Ich verspürte heftiges Herzklopfen. «Augenblick –»

«Gott, was ist Ihnen, Charles? Sie sind ja weiß wie ein Gespenst!»

«Sagten Sie Siegelring?»

«Ja, vielleicht glaubte er, ein richtiger Ehering sei so überflüssig wie ein Pfarrer und eine richtige Trauung – vielleicht war die Zeremonie auch nicht geplant gewesen und er nahm den einzigen Ring, den er gerade zur Verfügung hatte . . . Charles, was ist Ihnen? Was ist los?»

Ich sagte: «Lyle trägt einen großen Siegelring am Mittelfinger der linken Hand.»

7

Endlich sagte Loretta: «Nein. Ich weiß, was Sie denken, aber das ist unmöglich.»

«Es ist die einzige passende Erklärung. Jardine hat Lyle ohne Formalitäten vor Gott geehelicht, und sie betrachten sich jetzt als Mann und Frau. Sie glauben, sie leben nicht in Sünde, und das heißt, sie können weiter regelmäßig die Sakramente empfangen.»

«Nein.» Loretta schüttelte den Kopf. «Das kann nur ein Hirngespinst sein. Der alte Jardine war nicht gebildet und wußte es nicht besser, aber Alex hätte gewußt, daß diese Art von Ehe keine Gültigkeit hat. Und außerdem *war* er ja schon verheiratet!»

«Ehe er diese informelle Trauung vornahm, hat er offenbar eine informelle Scheidung vollzogen. Haben Sie von der Gesetzesvorlage von A. P. Herbert gehört? Das Parlament ist im Begriff, weitere Scheidungsgründe zuzulassen, aber ich glaube, Jardine geht mit seinen Ansichten noch über das neue Gesetz hinaus. Nach seiner Meinung ist eine Scheidung immer dann gegeben, wenn die geistigen Grundlagen der Ehe zerstört sind – ich würde sagen, er liegt da sogar auf einer Linie mit Martin Luther, der die Verweigerung der ehelichen Rechte für einen Scheidungsgrund hielt. Wenn Mrs. Jardine sich ihm verweigerte –»

«Charles? Sie schweben schon in der Stratosphäre – kommen Sie um Gottes willen wieder auf die Erde herunter!»

«Aber ich weiß, daß ich recht habe!»

«Und ich weiß, daß Sie unrecht haben! Daß sich Alex in eine solche Lage gebracht haben könnte, ist unmöglich –»

«Sagten Sie nicht, wo es um Sex geht, sei alles möglich?»

«Sie sind ja von Sinnen!» rief Loretta, fügte aber sofort mit ruhigerer Stimme hinzu: «Schön, ich sehe, die Theorie ist plausibel, aber vergessen Sie eines nicht: Sie ist nicht bewiesen.»

«Sie wird es bald sein – ich brauche jetzt nur nach Starbridge zurückzufahren und mit Lyle zu sprechen!»

«Aber wenn Ihre Theorie stimmt, wird sie das doch nie zugeben!»

«O doch, das wird sie! Ich werde sie retten.»

«Charles, Sie sehen einfach die Realität nicht mehr! Wenn Ihre Theorie stimmt – was ich sehr bezweifle –, dann ist diese Frau völlig vernarrt in Alex. Ich sage das, weil nur eine völlig vernarrte Frau sich mit der Demütigung einer heimlichen Ehe abfinden würde.»

«Ich glaube, diese Ehe ist in der Auflösung begriffen.»

«O mein Gott... Hören Sie, Charles, ehe Sie überstürzt nach Starbridge fahren und irgendeine gräßliche Szene machen, sprechen Sie doch bitte, *bitte* mit diesem Abt –»

«Ja, zu dem muß ich als erstes gehen. Ich kann nicht weiter Gott dienen, solange ich nicht gebeichtet habe. Ich fahre heute abend nach Cambridge zurück und besuche morgen früh die Forditen.»

«Ist das versprochen?»

Ich versprach es ihr. Sie atmete erleichtert auf, und ich nahm sie in die Arme und hielt sie einen langen Augenblick fest.

Schließlich sagte sie: «Charles, ich weiß, wir können uns nicht wiedersehen; ich weiß, Sie werden die Sache mit Gott in Ordnung bringen müssen, indem Sie versprechen, daß sich so etwas wie heute nachmittag nicht wiederholt, aber könnten Sie mir schreiben? Sonst müßte ich mich ständig fragen, wie alles ausgegangen ist.»

«Ich werde Ihnen schreiben.»

Wir traten aus dem Wäldchen und gingen schweigend zur Brücke zurück – ich war in Gedanken schon bei meinem nächsten Überfall auf Starbridge, und sie überlegte wohl, wie sie mich von dessen

Sinnlosigkeit überzeugen könnte –, aber als wir bereits den Wagen sehen konnten, sagte sie: «Hier überfiel Alex der Schmerz – es war schrecklich. Er sagte immer wieder, er wolle seine Frau verlassen, aber er wisse, er werde nie mit der Schuld fertig werden, die ihn von Gott trennen würde – und dann sagte er: ‹Ich will nicht so enden wie mein Vater.› Charles, ich bin einfach ganz sicher, daß er niemals in die Fußstapfen seines Vaters treten würde –»

«Natürlich würde er nicht als geistiges und seelisches Wrack enden wollen, aber in welchem Maße hat man seine Erbanlagen unter Kontrolle? Mit Gottes Hilfe ist zwar alles möglich, aber wenn man sich von Gott abwendet –»

«Ich glaube nicht, daß Alex sich von Gott abwenden könnte. Er hat sowohl einen geistigen wie einen seelischen Horror vor der Sünde.»

«Aber genau deshalb würde er sich gezwungen fühlen, Ehebruch in Ehe umzuwandeln.»

«Ich geb's auf. Einigen wir uns darauf, daß wir verschiedener Ansicht sind», sagte Loretta und küßte mich, als wir beim Wagen waren. Aber als wir dann die Tür öffneten, war es drinnen so heiß, daß wir nicht in Versuchung gerieten, uns mit weiteren Umarmungen aufzuhalten. Ein wenig widerstrebend machten wir uns auf die Rückfahrt nach Starmouth Court.

8

Vor dem Haus verschränkten sich unsere Hände, und sie sagte unvermittelt: «Ich weiß, wie schwierig Ihr Amt ist, das müssen Sie mir glauben. Und Sie müssen mir auch glauben, daß ich Sie nicht für einen schlechten Geistlichen halte, nur weil Sie nicht Ihren Idealen gerecht werden konnten.»

Aber ich erwiderte nur: «Ich habe bei Ihnen versagt.»

«Nein», entgegnete sie, «Sie träumen Ihren Traum. Nur darauf kommt es an. Aber in einer unvollkommenen Welt wird nicht jeder Traum wahr.»

«Wie angenehm das Leben für weichherzige liberale Deisten sein muß! Aber das Christentum ist strenger und fordert mehr. Ich habe die Sorge um Ihre Seele vernachlässigt, um Sie für meine eigenen selbstsüchtigen Zwecke auszunutzen. Das ist Handeln ohne Liebe und Mitgefühl. Das ist Sünde. Das ist Versagen.»

Noch immer versuchte sie mich zu trösten: «Sie sind derjenige, der hier verletzt wurde. Ich habe Sie ebenso ausgenutzt wie Sie mich.»

«Das stimmt nicht. Bei Ihnen war es ein Hilfeschrei, Sie wollten Ihrer Einsamkeit ein Ende machen – einer Einsamkeit, die ich nicht zu lindern vermochte.» Ich sah, wie sich ihr Gesichtsausdruck veränderte, als sie sich bewußt wurde, daß ich tiefer in sie hineingeblickt hatte, als ihr lieb war, doch ehe ich an mich halten konnte, setzte ich hinzu: «Der Psychoanalytiker hat Ihnen geholfen. Der christliche Priester hat Sie zurückgewiesen. Welche Travestie, welch unverzeihliche Entwürdigung dessen, was eigentlich hätte geschehen sollen!»

Einen Augenblick lang glaubte ich, sie werde nichts erwidern können, aber schließlich sagte sie mit unsicherer Stimme: «Es ist ein so schöner Traum!» Dann stieg sie aus dem Wagen und lief ins Haus, ohne sich umzublicken.

Ich fuhr durch die düstere gewundene Einfahrt ins Tal hinunter.

9

Es war später Abend, als ich in Cambridge eintraf, und ich war sehr müde. Nach einem Bad trank ich einen Schluck Whisky und schlüpfte ins Bett.

Ich hatte nicht die Abendandacht gelesen. Ich hatte nicht versucht, zu beten. Lange lag ich ganz still da, als könnte ich mein Gleichgewicht bewahren, indem ich meinen Geist von Gedanken leerte und mich bewußtlos stellte, doch als die Leere immer größer wurde, stand ich auf und schenkte mir noch ein Glas ein. In Panikstimmung konzentrierte ich mich auf das Rätsel von Starbridge, das sich als Ablenkung von meinen Problemen erwiesen hatte, und später – es war etwa um ein Uhr morgens – begann mir klarzuwerden, daß ich das Rätsel von Starbridge lösen mußte, ehe ich bei Father Reid die Beichte ablegen konnte.

Doch ich hatte Loretta versprochen, zu den Forditen zu gehen, ehe ich nach Starbridge zurückkehrte, und ich mußte mein Versprechen halten.

Ich trank noch ein Glas.

Schließlich kam ich zu einer Entscheidung: Ich würde bei Father Reid vorsprechen, aber nur, um eine Einkehr gegen Ende der Woche zu vereinbaren. Dann konnte ich nach Starbridge fahren, und wenn ich das Rätsel gelöst hatte, konnte ich mich darauf konzentrieren, meine Seele zu läutern für den Gottesdienst in der Kathedrale am Sonntag.

Glückliches Ende.

Ich trank noch einen Whisky, als müßte ich mich in dem Glauben bestärken, daß solches Glück innerhalb meines Zugriffs lag, und allmählich, während ich an Starbridge dachte, das hinreißende Starbridge, jene schimmernde Stadt, die den Schlüssel zu all meinen Geheimnissen barg, wußte ich, wie sehr es mich drängte, dieses blendende Bild aufzubrechen, um den nackten, dunklen Wahrheiten dahinter entgegenzutreten. Dann sah ich im Geist Jardine vor mir, nicht Adam, der sich hinter Alex verbarg, sondern den mit dem «Charisma» begabten Bischof, den brillanten Kirchenmann, genau die Art von Kirchenmann, die ich sein wollte, aber natürlich *war* ich Jardine, das wußte ich jetzt, und deshalb mußte ich ihn so bald wie möglich wiedersehen.

«Ich muß mit Jardine sprechen», sagte ich zu der Whiskyflasche, als ich sie umdrehte, um den letzten Tropfen ins Glas rinnen zu lassen. «Er versteht mich. Das tut kein anderer.» Und sowie ich diese Worte ausgesprochen hatte, wußte ich, daß ich mich niemals Father Reid anvertrauen konnte. Zu Father Reid zu gehen war Zeitverschwendung, aber ich hatte es Loretta versprochen, und wie alle guten Geistlichen brach ich nie ein Versprechen. Ich würde Father Reid nur einen kurzen Höflichkeitsbesuch abstatten, ehe ich nach Starbridge fuhr, weil ich ein so guter Geistlicher war mit einer so glänzenden Karriere und mein Vater so stolz auf mich war und, ja, ich würde unbedingt bei Father Reid vorbeigehen und das war's.

Im Namen des Vaters und des Sohnes und des Heiligen Geistes. Amen.

10

Am nächsten Morgen nahm ich einige Alka Seltzer, machte mir einen starken Kaffee und zwang mich, die Morgenandacht zu halten. Ich hatte mir vorgenommen, nicht zusammenzubrechen. Der Anfall von Panik war durch meinen Griff zum Whisky noch verschlimmert worden, doch nun, da ich das Gleichgewicht wiedererlangt hatte, würde alles gut werden.

Ich fuhr nach Grantchester, dem Dorf in der Nähe von Cambridge, wo die Forditen-Mönche ihr Haus hatten. Ich wollte mit Father Reid nur kurz über das St.-Anselm-Manuskript sprechen. Ich hatte noch immer vor, eine Einkehr zu vereinbaren, aber meine Beichte – davon war ich jetzt in nüchternem Zustand noch stärker überzeugt – konnte ich nur bei Jardine ablegen.

So schwer fiel es mir, mich mit der schmerzlichen Realität meiner Situation auseinanderzusetzen, daß ich schon auf dem halben Weg nach Grantchester war, als mir aufging, was meinen Plan zum Scheitern bringen mußte. Jardine würde zweifellos zu dem Schluß kommen, daß er nicht mein Beichtvater sein konnte, weil sich unsere Lebensbahnen zu sehr verknüpft hatten. Ja, wenn er sich als mit Lyle verheiratet betrachtete, kam er als geistlicher Berater überhaupt nicht in Frage.

Ich war inzwischen so verwirrt, daß ich den Wagen anhielt. Ich glaubte, über Loretta nur mit Jardine sprechen zu können, weil mir schien, daß nur jemand, der den gleichen Fehltritt getan hatte, das nötige mitfühlende Verständnis aufzubringen vermochte, um mir die Absolution zu erteilen. Bei dem Gedanken an Loretta wurde mein Körper unruhig, und diese kleine Bewegung, die mein Verstand nicht zu kontrollieren imstande war, unterstrich noch die Schwere meiner Probleme. Ohne Hoffnung auf gedeihlichen Rat, mit dem völligen Zusammenbruch meines zölibatären Lebens konfrontiert und vorübergehend von Gott getrennt, stand ich, was meine Seele betraf, mit dem Rücken zur Wand.

Panik erfaßte mich abermals, aber ich überwand sie, indem ich mein Denken mit Bildern von Starbridge bombardierte. Lyle, Jardine, Carrie – Jardine, Carrie, Lyle – Carrie, Lyle, Jardine –

Ich legte die letzte Meile bis Grantchester zurück und bog in die Toreinfahrt des Hauses der Forditen-Mönche ein.

II

Der Forditen-Orden St. Benedikt und St. Bernhard war im letzten Jahrhundert gegründet worden, als ein Geschäftemacher namens Ford, der im Sklavenhandel reich geworden war, unter den Einfluß von John Henry Newman geriet und sich auf seine alten Tage noch zum Anglokatholizismus bekehrte. Kurz bevor Newman zur römisch-katholischen Kirche übertrat, starb Ford und hinterließ sein gesamtes Vermögen der Kirche von England zur Gründung eines Mönchsordens. Seine erzürnte Witwe brachte sich schließlich in den Besitz eines Teils der Gelder ihres Mannes, aber die Forditen-Mönche hatten als reich ausgestattete Gemeinschaft begonnen und wurden durch sorgsamen Umgang mit ihren Ressourcen noch reicher. Damit standen sie in krassem Gegensatz zu den Bemühungen anderer Gemeinschaften, die ein Klosterleben innerhalb der Staatskirche führen wollten, Bemühungen, die gewöhnlich mit einem finanziellen Fiasko endeten.

Sie besaßen vier Häuser, denen von verschiedenen wohlwollenden Erzbischöfen von Canterbury der Status einer Abtei gewährt worden war, doch bis auf eine Ausnahme – die Jungenschule, bei der man den Titel beibehielt, um die Eltern zu beeindrucken – wurde das Wort «Abtei» vom Orden nicht benutzt. Die Forditen-Mönche wollten sich damit von den römisch-katholischen Orden distanzieren – sie fürchteten, das Wort könne unangebrachte Vorstellungen vom religiösen Klima im England vor der Reformation heraufbeschwören. Obschon die Forditen nach der Ordensregel der Benediktiner lebten, unterschieden sie sich in der Tat durch ihre englischen Eigenheiten von den traditionellen Gemeinschaften der Benediktiner. Auch der Titel «Dom» wurde nicht benutzt; Außenstehende

216

wurden angehalten, jene Mönche, die die Priesterweihe empfangen hatten, so anzureden, als wären sie noch immer anglokatholische Weltpriester, und abgesehen von der Londoner Zentrale, wo der Generalabt in bestürzendem Luxus residierte, ging es in den Gemeinschaften bemerkenswert schlicht und unprätentiös zu.

Die Zentrale war einmal das Stadthaus des alten Ford gewesen, die Schule Starwater Abbey sein Landgut, und die Einrichtung in Ruydale in Yorkshire hatte zu seinem ausgedehnten Grundbesitz gehört, aber das Haus in Grantchester war erst lange nach seinem Tode erworben worden, um Theologiestudenten die Möglichkeit zu Exerzitien zu bieten. Ich hatte mich sowohl vor wie nach meiner Ordination mehrmals dort aufgehalten. Das Haus lag am Rande des durch Rupert Brookes Gedicht berühmt gewordenen Dorfes, umgeben von fünf Morgen Land, auf denen die Mönche Gemüse anbauten und Bienen hielten. Der Honig der Forditen von Grantchester, an Brookes Gedicht erinnernd, war bei Besuchern, die nach Cambridge kamen, recht beliebt.

Als ich an jenem Morgen die Glocke bediente, ging die Eingangstür so schnell auf, daß ich zusammenfuhr. Ich hatte sofort den Eindruck neuer Disziplin, und diesen Eindruck verstärkte der junge Pförtner noch, der ungewöhnlich sauber und ordentlich wirkte. Die Kleidung der Forditen mit ihrem vagen Anklang an das Habit der Trappisten betont die eigenständige Art des Ordens. Das Übergewand ist schwarz und ärmellos, aber das Untergewand ist weiß und hat lange Ärmel, die unweigerlich zur Schmuddeligkeit neigen. Die Ärmel dieses Mönchs jedoch waren makellos weiß, als mache er Reklame für ein neues Waschpulver, und das kleine Messingkruzifix, das an seinem Ledergürtel hing, glänzte.

«Guten Morgen!» sagte er fröhlich, ganz eindrucksvolle Illustration zufriedenen zölibatären Lebens. «Was kann ich für Sie tun?»

Bei all meinen Nöten konnte ich ein Lächeln nicht unterdrücken. «Ich bin Dr. Ashworth von Laud's», sagte ich. «Hat Father Reid vielleicht einen Augenblick Zeit für mich?»

Das Gesicht des Mönchs wurde sogleich ernst. «Da muß ich Ihnen leider eine traurige Mitteilung machen, Doktor – Father Abt ist letzte Woche gestorben und am Freitag beerdigt worden.»

Ich war im ersten Augenblick sprachlos, nicht nur weil meine Pläne jetzt durcheinandergerieten, sondern auch, weil ich Father Reid so gern gemocht hatte, daß mich die Trennung von ihm schmerzlich berührte. «Das tut mir sehr leid», brachte ich schließlich heraus. «Er wird mir fehlen. Er war mein geistlicher Berater.» Ich versuchte meine Gedanken zu sammeln. Als Kanonikus der Kathedrale war es wohl meine Pflicht, mit dem neuen Leiter zu sprechen, mein Beileid auszudrücken und ihm für die Zukunft alles Gute zu wünschen. «Vielleicht kann ich dann Father Andrews sprechen?» fragte ich. Er war der Geistliche, der wahrscheinlich Father Reids Nachfolge angetreten hatte.

«Das tut mir leid, Sir, aber Father Prior ist nach London versetzt worden.»

Das Gesicht des jungen Mönchs war ausdruckslos, und plötzlich ahnte ich, daß innerhalb dieser Mauern eine größere Veränderung stattgefunden hatte. Mein erster Eindruck einer strengeren Disziplin hatte mich also nicht getäuscht.

«Nun, wenn Father Reid tot ist und Father Andrews versetzt wurde, wer ist dann jetzt der neue Abt?»

«Father Generalabt hat eine Person von außerhalb ernannt, Sir – Father Jonathan Darrow aus unserem Haus in Yorkshire.» Er öffnete weit die Tür. «Bitte, kommen Sie herein, Dr. Ashworth – unser neuer Abt möchte jeden kennenlernen, den Father Reid beraten hat, und ich bin sicher, er empfängt Sie sofort.»

Damit war das geklärt.

Ich überschritt die Schwelle und, ohne es zu wissen, auch meinen eigenen privaten Rubikon.

Ich war im Begriff, meinem Exorzisten gegenüberzutreten.

X

*«Nichts im Bereich meiner Amtspflichten setzt mich so in
Erstaunen und bekümmert mich so sehr wie die Behandlung,
die man Geistlichen angedeihen läßt, die sich der Unzucht
schuldig gemacht haben.»*

HERBERT HENSLEY HENSON

I

Ich nahm im Besuchszimmer Platz, einem großen, schlichten
Raum mit einem Tisch und mehreren Stühlen. Über dem Kamin
hing ein Kruzifix an der Wand, aber es gab keine Bilder. In die Tür
war eine Glasscheibe eingelassen, so daß kein Mönch ein unbeobachtetes Gespräch mit einem Besucher weiblichen Geschlechts führen
konnte.

Die Messe, die die Frühgottesdienste abschloß, war eben vorüber,
und ich wußte, daß die Mönche jetzt ihren einzelnen Aufgaben
nachgingen, ehe sie sich um die Mittagsstunde zum nächsten
Gottesdienst versammelten. Es war still im Haus. Die Forditen sind
nicht an eine strenge Schweigeregel gebunden, aber Gespräche sind
außer während der wöchentlichen Unterhaltungsstunde am Samstag nicht gern gesehen.

Drei Minuten vergingen. Ich formulierte ständig meine Beileidsworte um und suchte noch immer nach dem richtigen Ausdruck, als
auf dem Flur rasche Schritte widerhallten und der neue Abt den
Raum betrat.

Er war sehr groß, noch größer als ich, und von schlanker, aber
kräftiger Statur. Sein eisengraues Haar war sehr kurz geschoren,
seine eisengrauen Augen, das wußte ich, sahen alles, was zu sehen
war, und der auffällig starke Knochenbau seines Gesichts war
beeindruckend, aber einschüchternd in seiner Strenge. Das prächtige

Brustkreuz und der schwere Ring, die Zeichen seines Amtes, betonten diese Strenge eher noch, als daß sie sie aufhoben. Ein Abt galt für gewöhnlich als ranggleich mit einem Bischof innerhalb der Kirche von England, und hatte ein Bischof auch pastorale Pflichten gegenüber allen Mönchen in seiner Diözese, die er übernahm, wenn er zum «Visitator» ihres Klosters ernannt wurde, so war ein Forditen-Abt doch nur seinem Generalabt in London und dem Erzbischof der Ordensprovinz verantwortlich.

«Dr. Ashworth?» sagte der Fremde, auf der Schwelle innehaltend, und etwa so, wie der Vorsitzende eines Verwaltungsrats einen jungen Direktor angesprochen haben könnte, der ihn interessiert, fügte er hinzu: «Guten Morgen – ich bin Jon Darrow, der neue Abt hier.»

Er brachte es irgendwie fertig, zugleich förmlich und formlos zu wirken. Der Gebrauch des abgekürzten Vornamens war bemerkenswert und ließ mich annehmen, daß er beim Eintritt in den Orden seinen ursprünglichen Namen beibehalten hatte. Im allgemeinen wählen Mönche sich einen neuen Namen als Symbol ihres neuen Lebens im Dienst Gottes, aber die Forditen betrachteten diese mönchische Tradition nicht als Muß.

Er schloß die Tür, und wir schüttelten uns die Hand. Sein Händedruck war fest, kurz und selbstbewußt, der meine zögernd, unsicher, vielleicht kraftlos.

«Ich bedaure zutiefst, daß Sie von Father Reids Tod nicht informiert wurden», sagte er, «aber leider hat er keine Liste der Personen geführt, die er beriet, und so war es mir unmöglich, Ihnen zu schreiben.» Das Fehlen einer Liste hörte sich bei ihm wie der Beweis für eine unverzeihlich nachlässige Administration an, und ich fragte mich, ob er einmal bei der Armee gedient hatte. Die Autorität, die von ihm ausging, hatte etwas Geschniegelt-Gestriegeltes; als ich unsicher zu meiner Rede ansetzte, mußte ich an das blitzende Kruzifix des jungen Pförtners denken.

«Ich war sehr überrascht, als ich die traurige Nachricht hörte – es muß für Sie alle ein Schock gewesen sein –»

«Das war es, ja», sagte Father Darrow, rasch meinen wenig eindrucksvollen Versuch abschneidend, mein Beileid auszudrücken.

«Father Reid war in der Gemeinschaft sehr beliebt und wird allen sehr fehlen.»

Damit war Father Reid abgetan. Noch immer bemüht, mich in der neuen Situation zurechtzufinden, sagte ich zögernd: «Wie ich höre, hat man Sie von außerhalb geholt – ist das nicht recht ungewöhnlich? Ich dachte, normalerweise wählt die Gemeinschaft einen Abt aus ihren eigenen Reihen.»

«Es ist sehr ungewöhnlich, ja, und eine stimulierende Herausforderung für mich wie für die Brüder hier in Grantchester.» Damit war auch die ungewöhnliche Ernennung rasch erledigt. «Bitte, setzen Sie sich, Dr. Ashworth. Ich nehme an, Sie wollten Father Reid in einer geistlichen Angelegenheit sprechen?»

Immer noch war ich unsicher. Ich zögerte.

«Ich will Ihnen ein wenig über mich erzählen», sagte Darrow und setzte sich mir gegenüber an den Tisch. «Es ist oft schwierig, sich einer Person anzuvertrauen, die man nicht kennt; geistliche Berater sind schließlich keine Ware, die man einfach im Laden an der Ecke erwirbt wie einen Sack Kartoffeln. Ich bin siebenundfünfzig Jahre alt, und ich bin in den Orden eingetreten, als ich dreiundvierzig war. Davor war ich Gefängnisgeistlicher und davor Militärgeistlicher bei der Marine – bei der ich übrigens während des Krieges diente. Ich habe meinen theologischen Doktortitel in Laud's erworben. Ich war neun Jahre verheiratet und habe einen Sohn und eine Tochter, die jetzt erwachsen sind.» Er hielt inne. «Das ist, fürchte ich, nur eine sehr grobe Skizze, aber ich hoffe, Sie sagt Ihnen etwas.»

Das tat sie. Ein ehemaliger Marinegeistlicher, der wußte, was Sex war, und der sogar zwei Kinder gezeugt hatte, mochte sehr wohl eine akzeptable Alternative zu Jardine sein, und in dem Bewußtsein, daß ich, was mein Seelenheil betraf, mit dem Rücken zur Wand stand, sagte ich vorsichtig: «Vielen Dank, Father, das war sehr hilfreich. Es tut mir leid, daß ich gezögert habe.» Ich versuchte, jedes Zögern abzulegen. «Ich kam heute morgen hierher in der Hoffnung, Exerzitien vereinbaren zu können», sagte ich, eine passable Imitation meines üblichen Selbstbewußtseins ansteuernd. «Ich dachte, ich komme am Freitag wieder, spreche mit Ihnen – wenn es Ihnen recht ist, natürlich – und lege die Beichte ab. Dann würde ich gern einige

Zeit in Gebet und Meditation verbringen unter Ihrer Anleitung, ehe ich am Sonntag in aller Frühe aufbreche, um in der Kathedrale den Gottesdiensten beizuwohnen.»

Father Darrow sah mich mit seinen sehr hellen grauen Augen geradewegs an. Mich verließ der Mut. «Nun, ich darf Ihre Zeit nicht länger in Anspruch nehmen», sagte ich rasch und erhob mich. «Wenn Sie mit meinen Plänen einverstanden sind, dann komme ich –»

«Setzen Sie sich, Dr. Ashworth.»

Ich sank auf meinen Stuhl zurück.

«Wann haben Sie zum letztenmal gebeichtet?»

Unter den gegebenen Umständen war das eine angemessene Frage, aber das machte die Antwort nicht leichter. Aber vielleicht akzeptierte er sie, ohne weiter nachzustoßen. «Im April», sagte ich.

«Und Sie haben die Beichte bei Father Reid abgelegt?»

Verdammt. «Nein», sagte ich in beiläufigem Ton, als sei es keineswegs ungewöhnlich, seinen geistlichen Berater auf solche Weise zu umgehen.

«Bei wem haben Sie die Beichte abgelegt?»

Zweimal verdammt. Das war äußerst dumm. Ich räusperte mich und rieb mir die Nase, um Zeit zum Nachdenken zu gewinnen. «Ich war in Frankreich», sagte ich schließlich, «auf Urlaub. Ich habe die Beichte bei einem Priester in einer Pariser Kirche abgelegt.»

«Bei einem römisch-katholischen Priester?»

«Ja.»

Eine Pause. «Sie haben darüber natürlich mit Father Reid gesprochen», sagte Darrow, «nach Ihrer Rückkehr.»

«Nein, das – das habe ich nicht.»

«Wann haben Sie das letzte Mal bei Father Reid gebeichtet?»

«Im März, vor Ostern.»

«Wie oft gehen Sie zur Beichte?»

In meiner Verwirrung und Sorge darum, meine normale Beichtpraxis könne für nicht ausreichend erachtet werden, erfaßte ich nicht, daß es ihm darum ging, den ungewöhnlichen Umstand von zwei Beichten in rascher Folge hervorzuheben. «Nun, ich bin nicht eigentlich anglokatholisch, Father, heute nicht mehr, und da die

Beichte in der Kirche von England nicht zwingend vorgeschrieben ist –»

«Einmal im Jahr? Zweimal? Dreimal?»

«Einmal im Jahr. Während der Fastenzeit.»

«Aha.» In der eintretenden kurzen Pause wurde ich mir bewußt, daß ich eine Situation offenbart hatte, die ich lieber verschwiegen hätte. Darrow wartete, aber als ich nichts erwiderte, sagte er in untadelig höflichem Ton: «Heute ist Dienstag. Darf ich wissen, warum Sie Ihre Beichte bis zum Wochenende aufschieben wollen?»

Dreimal verdammt. Ich hatte nicht das Verlangen, mit ihm darüber zu sprechen, warum ich nach Starbridge zurückfahren mußte. »Ich habe noch eine wichtige Angelegenheit zu erledigen», sagte ich in entschiedenem Ton.

«Eine weltliche Angelegenheit?»

Ich saß in der Falle. Sagte ich ja, würde er mir vorwerfen, weltliche Interessen über mein Seelenheil zu stellen. Sagte ich nein, würde er wissen wollen, warum ich so offenkundig zögerte, eine Angelegenheit mit ihm zu besprechen, die Teil meines geistigen Lebens war. Ich blickte ihn an, und während er mir den Blick zurückgab, ernst und unerbittlich, wurde ich mir mit dem größten Unbehagen bewußt, daß er ein ganz außergewöhnlicher Mann war.

«Wann haben Sie zuletzt das Sakrament empfangen?» sagte er, während ich noch über seine letzte Frage nachdachte.

Das war einfacher. Voller Erleichterung sagte ich: «Am Sonntag.» Und von dem Verlangen getrieben, den Makel fortzuwischen, den er auf meinem blendenden Bild entdeckt hatte, fügte ich hinzu: «Ich habe mich in Starbridge aufgehalten – im Palais –, und der Bischof bat mich, ihm bei der Kommunion zu assistieren.» Dies hörte sich recht beeindruckend an, und ich begann mich gerade auf meinem Stuhl zu entspannen, als er sagte: «Und wenn Ihr eigener Bischof Sie heute anriefe und Ihnen die gleiche Frage stellte, was würden Sie ihm antworten?»

In dem nun folgenden Schweigen spürte ich, wie mir heiß im Gesicht wurde, als ich mich auf dem Stuhl wand und auf meine gefalteten Hände starrte. Es gab keine Erwiderung darauf. Ich fühlte mich gedemütigt, voller Zorn und von dem heftigen Drang gepackt, aufzustehen und hinauszugehen. Aber ich blieb – und nicht nur, weil ich wußte, daß ich mental mit dem Rücken zur Wand stand. Ich blieb, weil er mich durch seine geistige Kraft hier festhielt und ich mich ihm nicht zu entwinden vermochte.

«Wie ist Ihr Vorname?» fragte Darrow.

«Charles.»

«Dann werde ich Sie, da Sie sich unter meine geistliche Leitung gestellt haben, beim Vornamen nennen – Sie haben sich doch unter meine Leitung gestellt, nicht wahr», sagte Darrow in einem Ton, der deutlich merken ließ, daß er mit keinem Widerwort rechnete, und ich nickte. In diesem Augenblick war ich unfähig, den Kopf zu schütteln.

«Sehr schön. Nun, Charles, lassen Sie mich die Situation zusammenfassen, die Sie in Ihrer Verwirrung offenbar nicht klar erkennen können. Sie kommen hierher und sagen mir, daß Sie die Beichte abzulegen wünschen. Da Sie normalerweise nur einmal im Jahr während der Fastenzeit zur Beichte gehen, ist anzunehmen, daß Sie in ungewöhnliche Schwierigkeiten geraten sind, seit Sie letzten Sonntag die heilige Kommunion empfangen haben. Außerdem hatten Sie nach Ihrer Beichte während der Fastenzeit offenbar mit einer weiteren größeren Schwierigkeit im vergangenen April zu kämpfen, die eine Beichte bei einem römisch-katholischen Priester nötig machte, ein höchst ungewöhnlicher Schritt für einen anglikanischen Geistlichen und noch dazu ein solcher, über den Sie nicht mit Ihrem Beichtvater Father Reid sprechen konnten. Diese großen Schwierigkeiten deuten darauf hin, daß Sie Hilfe brauchen, und offensichtlich sind Sie sich dessen nicht bewußt, sondern Sie kommen heute morgen hierher und glauben, den Zustand Ihrer Seele für ein paar Tage in der Schwebe lassen zu können, während Sie eine Angelegenheit erledigen, die Sie für besonders wichtig halten. Ich sage Ihnen aber, daß nichts wichtiger ist als Ihre Beichte, damit Sie zum frühestmöglichen Zeitpunkt wieder in den Stand der Gnade zurückkehren, und ich bitte Sie ganz ernstlich, Ihre Pläne zu ändern und noch heute – oder spätestens morgen früh – hierher zurückzukommen.»

Er hielt inne. Ich starrte meine verschränkten Hände an; meine

Finger begannen sich zu verkrampfen, bis die Knöchel weiß hervortraten.

Endlich sagte ich: «Ich weiß, wie seltsam mein Verhalten erscheinen muß, aber es gibt da ein Rätsel, das ich lösen muß, denn erst dann kann ich das Rätsel hinter dem Rätsel begreifen, das das Rätsel in meinem Denken ist, und wie kann ich, solange ich das Rätsel hinter dem Rätsel nicht gelöst habe, hoffen, wirklich zu verstehen, was vorgeht?»

Ich brachte nur törichtes Gestammel hervor. Verzweifelt verstummte ich, aber Darrow sagte: «Sie sagen also, Sie können keine Beichte ablegen, weil Ihre Irrtümer in ein Rätsel gehüllt sind; Sie sagen, solange Sie dieses Rätsel nicht gelöst haben, können Sie nicht zu dem Verständnis gelangen, das notwendigerweise einer wirklichen Reue vorausgehen muß.»

«Ja, so ist es.» Die Art, wie er die Situation erfaßte, beeindruckte mich, und gleichzeitig war ich zutiefst erleichtert. «Wenn ich erst das Rätsel im Vordergrund gelöst habe», sagte ich mit mehr Zuversicht, «dann wird das Rätsel im Hintergrund – das Rätsel in meinem Denken, das mich in den Irrtum treibt – deutlich werden, und dann werde ich eine gültige Beichte ablegen können.»

«Aber weshalb sind Sie so sicher, daß dieses erste Rätsel, das Rätsel im Vordergrund, lösbar ist?»

«Nun, es muß es sein.» Ich starrte ihn an. «Es muß es einfach sein.»

«Muß es das? Nach meiner Erfahrung lassen sich die Rätsel des Lebens selten leicht zu ganz klaren Lösungen entwirren. Angenommen, Sie lösen das Rätsel nicht, was dann?»

«Aber es ist unmöglich, daß ich es nicht löse! Ich brauche nur nach Starbridge zurückzufahren und dort mit jemandem zu sprechen.»

«Aber wie können Sie so sicher sein, daß das Rätsel im Hintergrund dann erhellt wird? Angenommen, die Lösung des ersten Rätsels bringt nicht mehr Licht, sondern mehr Dunkel?»

Ich blickte ihn weiter an. «Wie wäre das möglich?»

«Was Sie sagen wollen, ist doch dies: Sie brauchen ein Licht, um die dunklen Winkel Ihrer Seele zu erhellen. Aber bei dunklen Winkeln in der Seele muß man sehr vorsichtig sein. Zuviel Licht zu plötzlich kann gefährlich sein. Die Schatten aus den dunklen Winkeln können das Licht zum Verlöschen bringen.»

Ein langes Schweigen. Dann erhob sich Darrow. «Ich bringe Sie in den Gästeflügel», sagte er, «und weise Ihnen ein Zimmer zu. Sie sollten jetzt nicht gehen. Es ist zu gefährlich.»

«Gefährlich?»

«Sie gleichen jetzt einem Segler mit hohem Fieber, der unbedingt auf die Felsen zuhalten will. Werfen Sie Anker und verhalten Sie sich ruhig, bis Sie so weit genesen sind, daß Sie einen besseren Kurs steuern können.»

«Das kann ich nicht. Ich will es, aber ich kann nicht.» Ich beugte mich vor und machte einen letzten verzweifelten Versuch, alles zu erklären. «Ich muß nach Starbridge fahren – ich kann nur noch an Starbridge denken –, es ist, als wäre Starbridge ein riesiger Magnet, der mich so fest anzieht, daß ich nicht entrinnen kann, und obwohl ich das Heil meiner Seele nicht in der Schwebe lassen möchte, muß ich es tun, ich kann nicht anders, ich kann nichts tun, bis ich das Rätsel von Starbridge gelöst habe – aber wenn das Rätsel erst gelöst ist, komme ich nach Cambridge zurück –»

«Kommen Sie direkt hierher, ganz gleich, zu welcher Tages- oder Nachtzeit.»

Ich konnte nichts erwidern, aber als ich wieder in diese ernsten grauen Augen sah, hatte ich das unheimliche Gefühl, daß er ein Hellseher war.

Ich sagte in scharfem Ton: «Mir wird nichts geschehen.» Ich versuchte, dies nicht wie eine Frage klingen zu lassen.

Ich werde nie vergessen, was er mir daraufhin sagte. Er sprach seine biblische Paraphrase, als wäre sie ein berühmtes Zitat. «Hoch und breit ist die Pforte, die zu Selbsttäuschung und Illusion führt», sagte er, «doch für die, welche die Wahrheit suchen, ist die Pforte eng und der Weg schmal, und mutig ist der Mensch, der dort wandeln kann. Wie groß ist Ihr Mut, Charles? Und wie groß sind Ihre Reserven an geistiger Kraft?»

Ich konnte nicht antworten. Ich wußte, in welch schwacher geistiger Verfassung ich mich befand. Unfähig, seinen Blick zu ertragen, und verwirrter denn je wich ich zum Flur hin zurück.

«Ich bete für Sie», war alles, was er sagte, als er mir die Tür öffnete.

Ich wollte noch bleiben. Ich spürte, wie die Kraft seines Geistes mich bannte, aber nun wurde ich von einem Zwang getrieben, dem ich nicht mehr widerstehen konnte, und ich eilte zu meinem Wagen hinaus und machte mich auf den Weg in das Desaster.

2

In meiner Wohnung in Cambridge, wo ich meine Sachen für die Reise packen wollte, fand ich einen Brief von Jardine vor, der mit der zweiten Post gekommen war. Ich erkannte die Handschrift sofort, riß den Umschlag auf und las:

Mein lieber Dr. Ashworth,
ich habe heute telephonisch mit dem Abt von Starwater gesprochen, und er sagte mir, der Mann, den Sie bei den Forditen in Grantchester aufsuchen sollten, sei zweifellos Father Jonathan Darrow. Father Reid weilt, wie ich Ihnen leider mitteilen muß, nicht mehr unter uns, und die Gemeinschaft in Grantchester hat gerade erst diesen neuen Abt bekommen, der einen erstklassigen Ruf als geistlicher Berater hat. Er kommt aus dem Haus der Forditen in Yorkshire, wo er Novizenmeister war, aber offensichtlich befaßt er sich inzwischen mit weit mehr als der Ausbildung von Mönchen. Ich habe heute telephonisch auch mit einem der Bischöfe der Nordprovinz gesprochen, der mir sagte, er habe mehrmals Geistliche mit Problemen zu Darrow geschickt und jedesmal mit dem besten Erfolg. Bitte, schieben Sie Ihren nächsten Besuch in Grantchester nicht auf. In der Hoffnung, daß dieser Brief Ihnen in Ihren Schwierigkeiten eine Hilfe ist, verbleibe ich
mit freundlichen Grüßen
Ihr ADAM ALEXANDER STARO

Ich mußte daran denken, daß Jardine davon gesprochen hatte, wie sehr er das Telephon haßte. Seine offensichtliche Sorge um mein Wohlergehen beeindruckte mich, machte mich aber auch nachdenklich.

Ich fragte mich, wie weit er sich mit mir identifizierte.

So kam ich ein zweites Mal nach Starbridge, dem leuchtenden, schimmernden Starbridge, und als ich mich von den Höhen her der Stadt näherte, sah ich wieder den Turm seines Doms mit den Windungen der Straße auftauchen und verschwinden, Vision von Wahrheit, flüchtig geschaut, doch ständig gelöscht in den Spiegeln von Phantasie und Illusion.

Ich war wieder zu spät für die Abendandacht, doch nachdem ich mir im Staro Arms ein Zimmer mit Blick auf den Garten am Fluß genommen hatte, las ich das Gebet. Dann holte ich die Flasche Whisky aus der Reisetasche, schenkte mir ein großes Glas ein und zündete mir eine Zigarette an. Ich trug graue Hosen und ein Sportjackett über einem Hemd mit offenem Kragen, und als ich in den Spiegel schaute, sah ich nicht mehr wie ein Reisevertreter aus, der eine zweifelhafte Ware verhökert, sondern wie ein Schauspieler, der Schwierigkeiten mit seinem Text hat. Ich trank ein zweites Glas Whisky. Dann ging ich zur Telephonzelle im Foyer hinunter.

Im Palais meldete sich der Kaplan, und nachdem wir die üblichen Höflichkeitsfloskeln gewechselt hatten, fragte ich nach Lyle. Es folgte eine lange Stille, und ich fragte mich schon, ob sie nach einem Vorwand suchte, um einem Gespräch mit mir aus dem Weg zu gehen, als scharf ihre Stimme aufklang: «Charles?»

«Darling» – vor Erleichterung darüber, daß sie nicht versucht hatte, dem Anruf auszuweichen, erlaubte ich mir den Luxus eines Kosewortes –, «ich bin wieder in Starbridge und muß Sie sprechen. Können Sie heute abend mit mir essen gehen?»

«Sie sind in *Starbridge?*» Ihre Stimme klang entgeistert.

«Ich könnte Sie in einer halben Stunde abholen –»

«Einen Augenblick.» Als sie den Hörer zur Seite hielt, hörte ich sie Gerald Harvey fragen: «Wo ist der Bischof?»

«Lyle!» brüllte ich, aber sie war fort. Vor Wut hängte ich beinahe ein, doch reine Hartnäckigkeit ließ mich den Hörer festhalten, und Sekunden später rief Jardine aus: «Mein lieber Kanonikus, warum haben Sie uns nicht wissen lassen, daß Sie zurück sind? Sie hätten im Palais wohnen können!»

Das verwirrte mich. Ich hatte Feindseligkeit erwartet, nicht Gastfreundschaft.

«Ich konnte mich unmöglich aufdrängen – nach den unschönen Begleiterscheinungen meines letzten Besuchs –»

«Unsinn! Kommen Sie und essen Sie mit uns!»

«Heute abend?»

«Warum nicht? Wir erwarten Sie um halb acht. Es interessiert mich sehr, von Ihrem Lunch mit Loretta zu hören», sagte Jardine und legte auf, ohne auf eine Antwort zu warten.

4

Nachdem ich mir einen dritten Whisky einverleibt hatte, zog ich meine geistliche Kleidung an und machte mich zu Fuß die Eternity Street entlang auf den Weg zur Domfreiheit. Nach der langen Autofahrt tat es gut, sich die Beine zu vertreten, aber als ich das Tor zum Palais erreichte, begann es zu regnen, und ich mußte die letzten Meter bis zur Eingangstür im Sprint zurücklegen.

Der Butler schien erfreut, mich zu sehen. Die Wiederbelebung der zum Scheitern verurteilten Romanze der letzten Woche würde beim Tee im Dienstbotenraum für Gesprächsstoff sorgen.

«Werden für heute abend viele Gäste erwartet, Shipton?»

«Gar keine, Sir. Der Bischof und Mrs. Jardine sollten heute zusammen mit Miss Christie nach London fahren, aber leider ist ihr Gastgeber erkrankt, und der Besuch mußte abgesagt werden.»

«Dann ist also heute abend niemand da außer –»

«– außer den Herrschaften und Ihnen, Sir. Mr. Harvey speist auswärts.» Und während er mir die Tür zum Salon aufhielt, meldete er mit seiner höchst melancholischen Stimme: «Dr. Ashworth, Mylord.»

Jardine stand allein am Fenster, die Hände in den Taschen, den Regen betrachtend, der gegen die Scheibe klatschte; die ganze schlanke Gestalt strahlte seine charakteristische rastlose Energie aus. Als ich hereinkam, wandte er sich zu mir um, aber ich entdeckte keine Andeutung von Verärgerung in seinem Gesichtsausdruck.

«Ah, da sind Sie!» sagte er und kam mit ausgestreckter Hand auf mich zu. «Abermals willkommen in Starbridge. Haben Sie meinen Brief bekommen?»

«Ja – vielen Dank, Bischof, daß Sie sich solche Mühe gemacht haben.» Wir schüttelten uns die Hand. «Ich habe sogar schon heute morgen mit Father Darrow gesprochen und eine Einkehr unter seiner Leitung an diesem Wochenende vereinbart.»

«Es freut mich, das zu hören, wenn es mich auch überrascht, daß Sie Ihre Exerzitien hinausschieben, um hierher zurückzukommen.»

Ich erwiderte nichts darauf, sondern hob ein Exemplar von *Country Life* auf, das auf einem Stuhl lag, und vertiefte mich in die Betrachtung des Titelbilds.

«Ich war natürlich sehr beunruhigt, als Lady Starmouth gestern anrief und sagte, Sie hätten Loretta zu einem sehr ausgedehnten Mittagessen entführt», sagte Jardine, «aber ich glaube, wir sprechen über Ihr andauerndes obsessives Interesse an meiner Vergangenheit erst, wenn wir beim Portwein allein sind.»

«Wie schade», sagte ich, in der Zeitschrift blätternd, «ich hatte mir ein weiteres theologisches Streitgespräch erhofft, wenn die Damen sich zurückgezogen haben. Wir hätten über Luthers Ansicht diskutieren können, daß die Verweigerung der ehelichen Rechte einen Scheidungsgrund darstellen sollte.» Und ich warf die Zeitschrift beiseite.

Die Tür ging auf, und Mrs. Jardine kam hereingeflattert. «Dr. Ashworth!» rief sie aus, während Jardine und ich einander weiter anstarrten. «Wie schön, Sie wiederzusehen – obwohl Sie aus Cambridge einen ganz bösen Regen mitgebracht zu haben scheinen!»

«Ja, ich glaube, der Sturm, den Sie befürchtet hatten, ist doch noch eingetroffen, Mrs. Jardine», sagte ich, ihre Hand ergreifend, und als ich aufblickte, sah ich, daß Lyle uns in gespannter Haltung von der Schwelle aus beobachtete.

5

Nur Mrs. Jardine benahm sich so, als sei an meiner raschen Rückkehr nach Starbridge nichts Besonderes, und während des Essens trug sie die Hauptlast der Konversation, indem sie über Themen von fast unerträglicher Banalität plauderte. Lyle war höflich, aber in sich gekehrt; wir tauschten nur ein paar steife Bemerkungen, und als uns dann der Dinnertisch trennte, hatte ich keine Gelegenheit, den Ring näher in Augenschein zu nehmen, den sie wie üblich an der linken Hand trug. Inzwischen erzählte mir Mrs. Jardine unter erhabener Mißachtung der im Zimmer herrschenden Spannung lang und breit, daß sie vergessen habe, an einer Sitzung eines Wohltätigkeitsausschusses teilzunehmen, weil das dritte Kind des in der Domfreiheit ansässigen Kanonikus Mumps bekommen hatte. Dann fragte sie mich, welche Art von Wohltätigkeitsarbeit meine Mutter ausübe – eine peinliche Frage, da meine Mutter ein Leben des Müßiggangs führte, wobei sie zu viele Cocktails trank und meinem Vater auf die Nerven ging. Aber ich brauchte nur das große Interesse meiner Mutter an Modezeitschriften zu erwähnen, und schon erzählte mir Mrs. Jardine von der Modenschau, die sie organisiert hatte, um Geld für die Kinder der arbeitslosen Dockarbeiter in Starmouth zusammenzubringen.

«Die hat Lyle organisiert», sagte der Bischof, der am anderen Ende des Tisches in Langeweile versunken schien, und plötzlich erinnerte ich mich, daß Loretta gesagt hatte, ich läse vielleicht zuviel in die harmlosen Reaktionen anderer hinein. So fragte ich mich, ob diese gespannte Atmosphäre nur in meiner Einbildung existierte; vielleicht offenbarte der ungewöhnlich private Einblick in diesen Haushalt gar nicht die düsteren Unterströmungen, die ich vermutet hatte, sondern lediglich das schlichte alltägliche Einerlei eines alterprobten Zusammenlebens.

«Nein, Carrie hat sie organisiert», widersprach Lyle dem Bischof. «Ich habe nur den Saal gemietet, die Lieferanten verständigt und die Einladungen verschickt.» Daraufhin rief Mrs. Jardine freundlich aus: «Sie waren wunderbar, Lyle!» Sie wandte sich voller Eifer an mich. «Hat Ihre Mutter jemanden, der ihr hilft, Dr. Ashworth?»

«Nur meinen Vater.»

«Vielleicht könnten wir beim Portwein über Ihren Vater sprechen», sagte der Bischof, der nun doch nicht der Versuchung widerstehen konnte, durch eine provokative Bemerkung etwas Leben in das Dinner zu bringen. «Das könnte ein sehr interessantes Gespräch werden.»

«Interessanter als Luther über die Scheidung?»

Lyle blickte von ihrem Teller auf. Ich sah sie geradewegs an. Sogleich blickte sie wieder fort und begann ihre Kartoffel zu zerteilen.

«Da wir gerade von Vätern sprechen – habe ich Ihnen schon einmal von meinem Vater erzählt, Dr. Ashworth?» fragte Mrs. Jardine und machte damit dem Schweigen rasch ein Ende. Und es sollte auch keine Pause in der Konversation mehr eintreten bis zum Ende des Mahls, als sie gegen die Trockenheit in ihrem Hals einen Schluck Wasser trinken mußte.

Sofort sagte ich zu Lyle: «Wann sehe ich Sie morgen?»

Lyles Augen schienen sich zu verdunkeln. Ich sah instinktiv den Bischof an, doch zu meiner Überraschung war es Mrs. Jardine, die zuerst sprach.

«Das tut mir schrecklich leid, Dr. Ashworth», sagte sie, «aber ich fürchte, morgen brauche ich Lyle den ganzen Tag, und am Donnerstag fahren wir dann nach Bath und Wells – nun, eigentlich nach Wells, aber wir wohnen beim Bischof von Bath und Wells, weil man Alex gebeten hat, eine besondere Gedenkpredigt zu halten – was ist doch noch der Anlaß, Alex?»

«Ich hab's vergessen», sagte Jardine und lachte sogleich, weil es so absurd klang. Lyle und Mrs. Jardine lachten auch, und plötzlich verspürte ich Lust, diese unschuldige Konversationsfassade zu zerschmettern. Ich sagte unvermittelt zu Lyle: «In diesem Fall möchte ich Sie noch heute abend allein sprechen, ehe ich gehe. Ich möchte etwas über Ihren Siegelring erfahren.»

Ich glaubte zu beobachten, wie Lyle eine Spur blasser wurde, aber ich war mir nicht sicher.

«O ja, ist das nicht ein hübscher Ring!» rief Mrs. Jardine aus, die Unschuld in Person, doch als es ihr abermals gelang, die Spannung mit einer Banalität zu verschleiern, fragte ich mich, ob sie bewußt jede ungewöhnliche Wendung im Gespräch abblockte. «Den Leuten fällt er oft auf. Ich weiß noch, ich hatte einmal einen Ring –»

«Werden Sie mir später erzählen, wie Sie zu diesem Ring gekommen sind?» sagte ich zu Lyle.

«Natürlich wird sie Ihnen das erzählen!» rief der Bischof ungeduldig aus. «Aber wozu warten bis später? Das Thema bedarf doch kaum eines Gesprächs unter vier Augen. Erzählen Sie es ihm gleich, Lyle.»

Lyle sagte ganz ruhig: «Die Stiefmutter des Bischofs hat ihn mir geschenkt. Er hatte für sie großen Erinnerungswert, aber sie konnte ihn nicht mehr tragen, weil ihre Fingerknöchel wegen der Arthritis so stark geschwollen waren. Mich hat das tief beeindruckt, weil ich sie sehr bewundert habe, und ich trage den Ring zu ihrem Angedenken.»

«Ah, wie interessant!» sagte ich und schenkte mir selbst aus der Karaffe noch ein Glas Rotwein ein. «Das muß der Ring sein, den der Vater des Bischofs ihr bei dieser höchst ungewöhnlichen Trauzeremonie gegeben hatte.»

Jardine sagte rasch: «Wir brauchen Sie nicht mehr, Shipton», und der Butler und der Diener zogen sich zurück.

Als sich die Tür hinter ihnen geschlossen hatte, sagte ich zu Lyle: «Ich habe mich gefragt, ob der Ring bedeutet, daß auch Sie eine höchst ungewöhnliche Trauzeremonie mitgemacht haben.»

«Wenn das ein Scherz sein soll», sagte Lyle leise, «dann finde ich ihn gar nicht lustig.»

«Es ist kein Scherz, und ich bin nicht hierhergekommen, um jemanden zu amüsieren.» Ich trank mein Glas aus und griff erneut nach der Karaffe.

«Dr. Ashworth», sagte Mrs. Jardine in überraschend entschiedenem Ton, «es bekümmert mich sehr, daß Sie sich nicht wie ein Gentleman benehmen. Ich glaube, Sie vergessen sich.»

«Mrs. Jardine», sagte ich in ebenso entschiedenem Ton, als ich mir ein fünftes Glas Rotwein einschenkte, «ich bin nach Starbridge gekommen, um mit Lyle zu sprechen, aber Sie und Ihr Gatte wollen das offenbar verhindern. Unter diesen Umständen kann es wohl nicht verwundern, daß meine Verärgerung an Zorn grenzt und meine Manieren etwas zu wünschen übrig lassen.»

«Ich will nicht mit Ihnen allein sprechen», sagte Lyle, sofort auf die Herausforderung reagierend.

«Warum nicht? Fürchten Sie, Sie könnten mir wieder einen ehebrecherischen Kuß geben – wie der Kuß letzten Samstag, der Sie dann am nächsten Morgen von der Kommunion abhielt, weil Sie das Gefühl hatten, Ihren Gatten betrogen zu haben?»

Lyle war sprachlos, aber der Bischof beugte sich sofort zu seiner Frau vor. «Es ist schon gut, Carrie», sagte er. «Reg dich nicht auf. Ich fürchte, Dr. Ashworth ist geistig ganz und gar verwirrt.»

«Da haben Sie verdammt recht!» sagte ich, das «verdammt» in das Gespräch werfend, um dessen Normalität endgültig zu zerstören. «Was hier vorgeht, würde jeden verwirren!»

«Sie sind betrunken!» sagte Lyle voller Verachtung, und ehe ich noch etwas erwidern konnte, sagte Jardine in knappem Ton: «Natürlich ist er betrunken. Er hat schon nach Whisky gerochen, als er hier ankam, und inzwischen hat er Rotwein getrunken, als wäre es Limonade. Carrie –»

«Ja, natürlich, Liebster.» Sie erhob sich würdevoll. «Lyle, gehen wir?»

Wir standen alle auf. Ich ließ die Hände auf dem Tisch liegen, um mich zu stützen. Jardine hielt den Damen die Tür auf. Als Lyle hinausging, rief ich ihr nach: «Er lebt im Irrglauben! Die Scheidung ist eine Einbildung, die Ehe eine Lüge!»

Lyle rauschte hinaus, gefolgt von Mrs. Jardine. Keine von beiden blickte sich um.

Die Tür ging zu.

«Setzen Sie sich, Dr. Ashworth», sagte Jardine schroff. «Es ist Zeit, daß wir beide einmal ernsthaft miteinander reden.»

6

Ich hielt mich nicht zurück und sagte wütend: «Sie haben Lyle vor fünf Jahren ‹geheiratet›, genauso wie Ihr Vater Ihre Stiefmutter ‹geheiratet› hat. Nun, ein solches Verhalten mag bei Ihrem Vater noch entschuldbar gewesen sein. Er war ein exzentrischer ungebildeter Witwer, der zweifellos wirklich glaubte, er sei damit vor Gott verehelicht, aber *Sie*! Sie sind gebildet, feinsinnig, welterfahren – alles das war ihr Vater nicht –, und *Sie waren schon verheiratet!* Wie können Sie da auf Ihrem Bischofsstuhl sitzen und glauben, das, was Sie getan haben, könnte je mit Gottes Segen geschehen sein? Sie haben eine junge Frau um ein normales Eheleben gebracht, Sie haben die Gelübde gebrochen, die Sie bei Ihrer Ordination abgelegt haben – nein, erzählen Sie *mir* nicht, sie sei Ihre Gattin! Sie ist Ihre Geliebte – und erzählen Sie mir auch nicht, Sie seien geschieden. Sie sind nicht geschieden, nicht vor dem Gesetz und nicht vor dem Angesicht Gottes! Sie haben nur Lyles Leben ruiniert, um Ihre egoistischen Bedürfnisse zu befriedigen!»

Ich hielt inne. Ich zitterte. Ich stürzte den Rest Wein aus meinem Glas hinunter und griff nach der Karaffe.

«Setzen Sie sich, Charles», sagte Jardine mit seiner ruhigsten Stimme, und als er meinen Vornamen gebrauchte, wußte ich, daß er dies gleich Father Darrow tat, weil er ein älterer Kirchenmann war, der einem seiner jüngeren Brüder in dessen Not zu helfen versuchte.

Ich ließ mich auf den Stuhl fallen. Der Rotwein lief mir weich durch die Kehle. In meiner Erregung stieß ich das Glas versehentlich um, als ich es abstellte, und als die Neige sich in einem roten Fleck auf dem Tischtuch ausbreitete, hatte ich den bizarren Eindruck, daß ich jetzt blutete, obwohl ich derjenige war, der den ersten Stoß geführt hatte.

Jardine sagte, zutiefst besorgt: «Hat Father Darrow nicht versucht, Sie heute morgen zurückzuhalten?»

«Doch, aber ich wußte, ich mußte hierher zurückkommen, um das Rätsel zu lösen – und ich habe es gelöst, nicht wahr? Ich habe endlich die Wahrheit herausgefunden!»

«Mein lieber Charles, ich fürchte, Ihre Wahrheit ist eine Illusion, und Sie haben überhaupt nichts gelöst.»

«Das ist eine Lüge!» rief ich.

«Versuchen Sie sich zu beruhigen. Ich kann Ihnen nicht helfen, wenn Sie sich weiter so störrisch verhalten – und glauben Sie mir, ich möchte Ihnen wirklich helfen, aus diesem bedrückenden Durcheinander herauszukommen. Ich nehme an, es war Loretta, die Ihnen von der Ehe meines Vaters erzählt hat?»

«Wie können Sie das eine Ehe nennen! Ihre Stiefmutter hat als seine Geliebte mit ihm zusammengelebt und ihn dann verlassen, um mit Ihnen zusammenzuleben!»

«Es tut mir leid, aber ich kann nicht dulden, daß Sie die Tatsachen derart verdrehen. Meine Stiefmutter», sagte Jardine, «war in einem sehr realen Sinne die Ehefrau meines Vaters; ganz gewiß hielten sie sich vor Gott für verheiratet. Ja, als ich schließlich herausfand, daß sie nicht legal getraut waren, habe ich mich sehr pedantisch gezeigt – ich war damals tief in meiner engstirnigen anglokatholischen Phase –, und ich habe sie dazu ermuntert, ihn zu verlassen; ich dachte, ich könnte sie vor einem Leben in Sünde retten, indem ich ihren Entschluß billigte, nach Starmouth zu kommen, um mir den Haushalt zu führen. Aber Jahre später, als sie glaubte, zu ihm zurückkehren zu müssen, wurde ich mir bewußt, daß sie meinem Vater immer eine so gute – und pflichtbewußte – Ehefrau gewesen war wie irgendeine andere Frau, mit der er vor den Altar getreten wäre. Aber da die meisten Menschen eine informelle Ehe nicht mit Nachsicht zu betrachten vermögen, will ich nicht, daß die Tatsachen bekannt werden. Ich bedaure sehr, daß Loretta so indiskret war – und ich frage mich natürlich, was gestern zwischen Ihnen beiden vorgefallen ist –»

«Ich bin in Ihre Fußstapfen getreten.» Ich hatte Mühe, den Rotwein aus der Karaffe in mein Glas zu gießen. «Wir sind die Wiese hinaufgegangen und haben den Zug vorbeifahren sehen.»

«Oh, dann haben Sie das herausgefunden! Ja, ich bin mit ihr etwas weiter gegangen, als ich Ihnen gegenüber zugab –»

«In jedem Sinne des Wortes!»

Jardine sah mich an. Dann nahm er die Portweinkaraffe vom Sideboard und sagte: «Ich biete Ihnen nichts mehr an, weil Sie schon genug getrunken haben, aber ich sehe nicht ein, weshalb ich nicht noch ein Glas trinken soll, um mich gegen Ihre Phantasien zu wappnen. Nun zu diesem traurigen kleinen Vorfall auf der Wiese –»

«Trauriger kleiner Vorfall? Mein Gott, was für ein Wort für einen Ehebruch!»

«*Ehebruch*?»

«Versuchen Sie nicht, es abzustreiten!» rief ich. «Ich habe sie an der gleichen Stelle in diesem Wäldchen besessen, wie Sie damals!»

Jardine starrte mich an. Dann ging er zur Tür, blickte auf den Flur hinaus, um sich zu vergewissern, daß niemand lauschte, und schloß die Tür wieder. «Charles», sagte er in seinem behutsamsten Ton, als er zum Tisch zurückkam, «ich möchte, daß Sie sich genau an Lorettas Worte erinnern, denn mögen sich Menschen in zwei Jahrzehnten auch verändern, so kann ich doch nicht glauben, daß sie sich so sehr verändert hat, um Ihnen eine Lüge zu erzählen. Hat sie tatsächlich gesagt, ich hätte einen Ehebruch begangen?»

Ich versuchte nachzudenken. In meinem Kopf ging alles durcheinander, aber ich erinnerte mich mit Widerstreben, daß Loretta «Sie dringen ein» gesagt hatte, und plötzlich wußte ich, daß sie weder ängstlich noch unschlüssig, sondern überrascht gewesen war.

«Natürlich», sagte Jardine mit der Stimme eines Mannes, der eine evidente Tatsache feststellt, «habe ich die Immissio nicht vollzogen. Der Ehebruch existiert nur in Ihrer Vorstellung, Charles!»

7

«Ich gebe zu, wir haben uns ein paarmal umarmt», sagte Jardine. «Ich gebe zu, mein Verhalten war für einen Geistlichen äußerst tadelnswert. Aber es gab keinen Beischlaf. Wie hätte das auch sein können? Wie hätte ich als Geistlicher weiter amtieren können, wenn ein Ehebruch stattgefunden hätte?»

«Ich glaube Ihnen nicht.» Das war alles, was ich herausbrachte. Aber ich glaubte ihm doch.

«Wie kann ich Ihnen nur begreiflich machen, daß es die Wahrheit ist? Vielleicht glauben Sie mir eher, wenn ich eingestehe, daß ich mich weniger aus Tugendhaftigkeit als aus Angst zurückhielt, aus der Angst, die mein Grauen vor der Zügellosigkeit widerspiegelte, mein Grauen davor, so zu enden wie mein Vater. Begreifen Sie das nicht? Ich war unfähig, Charles, eine ehebrecherische Vereinigung zu vollziehen, psychisch unfähig dazu.»

Ich verbarg mein Gesicht in den Händen.

Schließlich sagte Jardine, wiederum in ganz behutsamem Ton: «Und jetzt zu Lyle. Ich gebe zu, als sie vor zehn Jahren in mein Haus in Radbury kam, fühlte ich mich zu ihr hingezogen – so auf diese lästige, ungelegene Art, wie man das bei Männern in mittleren Jahren oft hat, wenn die Ehe eine kritische Phase erreicht hat. Natürlich habe ich meiner Frau gesagt, daß Lyle wieder gehen müsse, aber Carrie war mit den Nerven damals so herunter, daß sie das nicht wollte, und da habe ich nicht darauf bestanden – nicht nur, weil ich alles vermeiden wollte, was bei ihr zu einem wirklichen Zusammenbruch hätte führen können, sondern auch, weil ich mich durch Carries Nein in der Ansicht bestätigt fühlte, daß Lyle für uns ein Geschenk des Himmels war. Es war eine verzweifelte Situation. Ich mußte mich so viel um meine Frau kümmern, daß ich kaum noch meine Pflichten als Dekan erfüllen konnte. Als Lyle kam, konnte ich Gott endlich wieder dienen, wie es sich gehört.»

Er hielt inne. Ich hatte die Hände vom Gesicht genommen, konnte aber nur den Fleck auf dem Tischtuch anstarren.

«Ich bin sicher, Sie sehen ein, wie unvermeidlich meine nächste Entscheidung war», fuhr Jardine fort. «Wenn Lyle in meinem Hause bleiben sollte, durfte ich mir, das war mir klar, in meinem Gebaren ihr gegenüber auch nicht die Spur eines unangemessenen Benehmens erlauben. Ihr zu nahe zu treten, wäre nicht nur töricht gewesen, sie hätte auch Undankbarkeit gegen Gott bedeutet, der sie uns in unserer Not geschickt hatte. Vielleicht denken Sie jetzt, diese äußerste Zurückhaltung Lyle gegenüber wäre mir schwergefallen? Da hätten Sie recht; sie *ist* mir auch schwergefallen. Aber eigenartig – nachdem ich diese Haltung einmal eingenommen hatte, konnte ich sie recht leicht beibehalten, weil meine Ehe nun viel erträglicher wurde. Carrie ging es dank Lyles Fürsorge bald besser, und die Folge war, daß wir nach längerer Pause die ehelichen Beziehungen wieder aufnehmen konnten. Damit waren meine letzten Zweifel beseitigt. Ich wußte jetzt, daß es richtig gewesen war, Lyle nicht fortzuschicken.»

Wieder hielt er inne, und als ich die Augen vom Tischtuch zu der leeren Rotweinkaraffe hob, sah ich, daß er von seinem Portwein trank. «Aber Sie dürfen nicht glauben», sagte er weiter, «daß ich mich nicht immer um Lyles Wohlergehen gesorgt hätte. Unsere Dreisamkeit ließe sich moralisch kaum rechtfertigen, wenn Lyle unglücklich wäre und ein unerfülltes Leben führte. Aber, Charles, darauf kommt es an: Wenn Lyle wirklich unglücklich wäre, würde sie gehen. Ich kann Ihnen ihre Abneigung gegen die Ehe nicht erklären, ohne ihr Vertrauen zu mißbrauchen, und so kann ich nur sagen, es ist eine psychische Abneigung, die in ihrer Vergangenheit wurzelt. Dennoch haben Carrie und ich alles getan, um ihr über dieses Problem hinwegzuhelfen – zum Beispiel haben wir sie immer ermuntert, mit jungen Männern auszugehen, und Sie werden sich gewiß noch erinnern, daß ich es war, der sie dazu drängte, mit Ihnen das Staro Arms zu besuchen. Natürlich gibt Lyle bisweilen einer romantischen Schwärmerei nach, doch sie liebt ihr Leben eben so, wie es ist, und wenn sie ledig bleiben will, so ist das ihr gutes Recht. Ich sehe durchaus, daß das für Sie höchst frustrierend ist, aber –»

«Ich werde sie heiraten!» Ich kämpfte gegen die erschreckende Überzeugung an, daß jedes Wort, das er sprach, wahr war. «Sie erzählen mir nur all diese Lügen, weil Sie eifersüchtig, tyrannisch und zutiefst in sich selbst verliebt sind!»

«Mein lieber Charles –»

«Wenn Ihre Frau stirbt, heiraten Sie Lyle noch am nächsten Tag!»

«Lassen wir dieses Gespräch nicht ausarten, ja? Ich gebe zu», sagte Jardine, «als ich Lyle begegnete, sagte ich mir, ich würde sie heiraten, wenn ich je Witwer würde, aber mir wurde bald klar, daß man nicht sein Leben lang auf den Tod seiner Frau warten kann! Das führt zum Wahnsinn. Es war einfach so – und ist es noch –, daß ich ein verheirateter Mann bin, daß ich ein Geistlicher bin und daß ich mich mit dem Status quo abfinden muß, aber zumindest ist es ein Status quo, der mich in die Lage versetzt, Gott nach besten Kräften zu dienen, unterstützt von einer liebevollen, pflichtbewußten Ehefrau, der ich sehr zugetan bin. Und ich halte mir täglich vor Augen, daß ich mich sehr glücklich schätzen kann, überhaupt einen funktionierenden Status quo zu haben. So brauche ich wohl kaum zu betonen, daß er nicht funktionieren würde, wenn ich mich nicht inzwischen so weit von meiner anfänglichen Schwäche gelöst hätte, daß ich Lyle jetzt mit einem ganz normalen Gefühl der Zuneigung und Achtung begegnen kann. Die Tatsachen sprechen für sich selbst. Nehmen Sie Vernunft an, Charles! Ich weiß, Sie sind jetzt nicht in einer rationalen Verfassung, aber ist es nicht ganz offensichtlich, daß hier nichts Ungehöriges vorgeht?»

Das war es. Doch ich konnte es einfach nicht zugeben. Störrisch begann ich: «Ich glaube –», aber er unterbrach mich.

«Ja», sagte er, «jetzt kommen wir zu Ihnen und zu dem, was Sie glauben – und da stoßen wir auf zwei große Probleme. Das eine ist, daß Sie im Augenblick zu betrunken sind, um Ihre Schwierigkeiten auch nur zu erkennen, geschweige denn mit ihnen fertig zu werden, und das andere ist, daß Sie zwar dringend geistlicher Beratung bedürfen, ich aber nicht die richtige Person bin, sie Ihnen angedeihen zu lassen. Ich bin Teil Ihrer Krise, nicht wahr?»

Daß er mich als betrunken bezeichnete, nur weil ich ein wenig Rotwein zuviel gehabt hatte, empörte mich so sehr, daß ich ausrief: «Ich brauche Ihre verdammte Beratung nicht!» Ich versuchte nach der Portweinkaraffe zu greifen, aber er nahm sie mir weg.

«Nein», sagte er streng. «Nichts mehr.»

Ich wartete, bis er die Karaffe auf den Tisch gestellt hatte, dann machte ich einen Satz, schnappte sie ihm vor der Nase weg und goß mir Portwein ins leere Glas.

«Sie sind sehr töricht», sagte Jardine, «aber Sie wollen Aufmerksamkeit erregen, nicht wahr? Sie sind wie ein kleines Kind, das unartig ist, weil es bemerkt werden will. Sie sagen, Sie brauchen meine Beratung nicht, aber ich vermute, daß Sie gerade darauf aus sind. Sie stecken tief in einer Phantasievorstellung, und –»

«*Sie* stecken tief in einer Phantasievorstellung, wenn Sie glauben, Sie könnten mich täuschen!» Ich war jetzt so wütend, daß ich kaum noch wußte, was ich sagte. «Glauben Sie, ich sehe nicht genau, was vorgeht? Sie halten doch nur mit Zähnen und Klauen den äußeren

Anschein aufrecht, halten Ihr Bild zusammen, damit es nicht zerbricht!»

«Nein», sagte Jardine, «wer hier Zähne und Klauen gebraucht, das sind Sie, und Ihr blendendes Bild zerbröckelt vor meinen Augen.» Er erhob sich. «Ich rufe meinen Chauffeur, er wird uns zu den Mönchen in Starwater bringen.»

«Ich verlasse diesen verdammten Raum nicht», sagte ich, «bis Sie eingestehen, daß Sie mit Lyle geschlafen haben!»

«Charles, Sie brauchen Hilfe. Ich kann sie Ihnen nicht geben, und ich muß Sie unbedingt zu jemandem bringen, der –»

«So werden Sie mich nicht los!» rief ich. «Ich lasse mich nicht abschieben, ich lasse mich nicht vor die Tür setzen, ich lasse mich nicht behandeln, als ob –»

«Schon gut! Schon gut, schon gut...» Jardine blickte rasch zur Tür, um zu sehen, ob sie noch geschlossen war. «Sie wollen, daß ich derjenige bin, der Ihnen hilft. Na schön, ich tue, was Sie wollen, aber ich tue es sehr gegen mein besseres Wissen und nur, weil Sie mir keine Wahl lassen. Jetzt» – er zog seinen Stuhl herbei und setzte sich neben mich – «lassen Sie mich versuchen, Sie näher an eine, wie ich fürchte, sehr unangenehme Tatsache heranzuführen...»

8

«Aus irgendeinem Grund», sagte Jardine, «haben Sie mich zur zentralen Figur Ihres gegenwärtigen Lebens gemacht. Wir wollen das nicht Phantasievorstellung nennen, weil Sie das Wort offenbar schmerzt; sagen wir deshalb nur, Sie hatten gewisse Schwierigkeiten in Ihrem Privatleben, und als Sie mir begegneten, schien ich Ihnen auf irgendeine geheimnisvolle Weise eine Lösung zu liefern. Offenbar gefiel Ihnen der Gedanke – den Ihnen der alte Lang, dieser Narr, in den Kopf gesetzt hatte –, daß ich ein prominenter Kirchenmann sei, der ein Doppelleben führte. Nein, das ist eine Untertreibung. Der Gedanke gefiel Ihnen nicht nur – er entzückte Sie.

Und da kommen Sie nun nach Starbridge, und bald schießen Sie weit über Langs Auftrag hinaus – schließlich muß Ihnen schnell klargeworden sein, daß ich nicht der Mann bin, der sich mit Liebesbriefen oder einem unzensierten Tagebuch kompromittiert. Aber Sie sind jetzt an Langs Auftrag gar nicht mehr interessiert. Was Sie jetzt interessiert, das ist die Möglichkeit, daß sich hinter dem blendenden Bild meiner Karriere in der Kirche ein Leben in einer Sündhaftigkeit verbirgt, neben der selbst Langs senile Spekulationen verblassen. Sie verfolgen diese Theorie mit solchem Eifer, daß Sie sie unbedingt beweisen müssen, aber je besessener Sie meine Schuld beweisen wollen, desto glühender versichern Sie mir, Sie stünden auf meiner Seite. Inzwischen haben Sie sich von der Realität völlig verabschiedet. Inzwischen stricken Sie an der kunstvollsten und phantastischsten Selbsttäuschung –»

Ich hatte mich erhoben. «Ich höre mir das nicht an», sagte meine bebende Stimme.

«Doch, Sie werden sich das anhören, Charles.» Die flackernden Augen waren plötzlich so hell, daß ich nicht wegsehen konnte. «Setzen Sie sich, Charles», sagte Jardine, und sofort sank ich auf meinen Stuhl zurück. «Charles, hören Sie mir zu – hören Sie mir zu, Charles, denn Sie können es sich nicht leisten, mit dieser Phantasievorstellung weiterzumachen, Sie müssen der Wirklichkeit ins Auge sehen, und die Wirklichkeit ist, daß Sie krank sind, geistig krank –»

«Nein – *nein* –»

«Doch, Charles, doch – wie könnte ein normaler Mensch meine Situation in so ausgefallener, bizarrer Weise mißdeuten? Tatsache ist, daß der Mann, der ich bin, nichts zu tun hat mit dem Mann, für den Sie mich halten. Sie haben mich erfunden. Ich existiere nur in Ihrer Einbildung. Sie glauben, Sie kennen mich so gut, daß Sie zahlreiche Ähnlichkeiten zwischen uns sehen können, aber jede einzelne von ihnen ist Illusion, eine Illusion, die für Ihr Verlangen nötig ist, zu glauben, wir seien identisch. Und warum möchten Sie glauben, daß wir identisch sind? Weil Sie glauben, Sie könnten Ihr eigenes unglückseliges Verhalten rechtfertigen, indem Sie sagen, Sie folgen nur meinem Beispiel – Sie haben das Gefühl, Ihren Problemen entrinnen zu können, indem Sie sie auf mich projizieren. Und deshalb stellen Sie mich vor sich, als wäre ich eine blanke Leinwand und Ihr Denken der Projektor der Laterna magica, aber in Wirklichkeit ist es *Ihr* Bild, nicht meines, das Sie reflektiert sehen. Das wirkliche Rätsel hier, Charles, ist nicht das, was in Starbridge vorgeht – das ist nur ein Drama, das Sie erfunden haben, um sich von Ihren Problemen abzulenken. Das wirkliche Rätsel ist das, was in Ihrer Seele vorgeht. Wie kommt es, daß ein äußerst begabter und aufstrebender junger Geistlicher mit einer brillanten Zukunft und einer ungetrübten Vergangenheit plötzlich aus keinem ersichtlichen Grund geistig zusammenzubrechen beginnt?»

Ich sprang auf und stieß dabei den Stuhl um, und als auch er aufsprang, sagte ich: «So können Sie nicht mit mir reden, das können Sie nicht.» Ich war so benommen, daß ich mich an der Tischkante festhalten mußte.

«Das tut mir leid – ich bin ein Risiko eingegangen, als ich so offen mit Ihnen sprach, aber ich wußte nicht, wie ich Sie sonst hätte überzeugen können, daß Sie wirklich Hilfe brauchen? Ich kann jetzt nichts mehr für Sie tun, aber ich bin sicher, die Mönche in Starwater –»

«Sie weisen mich zurück!» rief ich. «Sie weisen mich ständig zurück! Sie haben mich immer und immer wieder zurückgewiesen!»

«Mein Gott», sagte Jardine, plötzlich aschfarben im Gesicht, «so war es mit Ihrem Vater, nicht wahr? Sie armer Junge, ich hatte keine Ahnung – oh, was habe ich da nur für einen Fehler gemacht, es tut mir so schrecklich leid –»

Ich schob ihn beiseite und stürzte aus dem Zimmer.

9

Wie ich ins Staro Arms zurückkam, weiß ich nicht mehr genau. Ich erinnere mich nur des mißbilligenden Blicks der Dame an der Hotelrezeption, als sie mir Münzen zum Telephonieren gab. Dann schloß ich mich in die kleine Zelle im Foyer ein und ließ mich mit Starmouth Court verbinden.

Bis Loretta an den Apparat kam, konnte ich fast nicht mehr sprechen. «Warum haben Sie mir nicht die ganze Wahrheit gesagt?» brachte ich schließlich heraus.

«Wie meinen Sie das?»

«Er hat es nicht getan, nicht wahr? Er ist nicht eingedrungen.»

«Warten Sie», sagte sie. «Warten Sie. Ich verstehe, was Sie sagen, und ich will auch gern darüber sprechen, aber nicht am Telephon. Wo sind Sie?«

«Starbridge.»

«Schön, heute geht es natürlich nicht mehr, aber morgen –»

«Ich komme heute abend.»

«Aber Charles –»

«Ich muß Sie sprechen. Wenn er darin gelogen hat, Sie wissen schon, dann hat er auch in allen anderen Punkten gelogen», sagte ich und hängte ein, ehe sie etwas erwidern konnte.

10

Auf meinem Zimmer kleidete ich mich um und zog wieder graue Hose, Sportjackett und Hemd mit offenem Kragen an. Ich trank auch zwei Glas Wasser, um einen klaren Kopf zu bekommen. Dann packte ich meine Reisetasche, bezahlte und verließ das Hotel.

Die Fahrt ging schneller, als ich gedacht hatte, denn es herrschte zu dieser Nachtzeit nur wenig Verkehr auf den Straßen. Hinter der Grenze von Surrey auf dem Höhenrücken namens Hog's Back, überkam mich eine Müdigkeit, der ich dadurch begegnete, daß ich anhielt und einen Schluck aus meiner Whiskyflasche trank. Während ich auf die Lichter blickte, die sich unten im Tal nordwärts nach London hinzogen, dachte ich an Starbridge, seine unnennbare Schrecken verbergende schimmernde Maske, doch diese Erinnerung war zu schmerzhaft, und nachdem ich noch einen Schluck aus der Flasche getrunken hatte, fuhr ich weiter ins Dunkel hinein.

Es war nach Mitternacht, als ich in Starmouth Court eintraf, aber in dem kleinen Salon, in dem Loretta und ich uns begegnet waren, brannte Licht. Ich sah ihre Silhouette hinter dem Fenster, und Augenblicke später taumelte ich in ihre Arme.

«Die anderen sind schon alle zu Bett gegangen», sagte sie. «Kommen Sie und trinken Sie etwas, Sie sehen mitgenommen aus.»

Im Salon reichte sie mir ein Glas Brandy, und ich trank es gleich halb leer. Dann sagte ich: «Was zum Teufel ist da vor neunzehn Jahren in diesem Wäldchen zwischen Ihnen beiden passiert?»

«Wir haben uns geliebt.»

«Ganz? Bis zum Letzten?»

«Nein.»

«Verdammt, warum haben Sie sich denn nicht deutlicher ausgedrückt?»

«Charles, bitte, ein Minimum an guten Manieren müssen Sie mir schon zubilligen. Sie haben schon vor Begierde gekeucht. Wie könnte ich da sagen: ‹Warten Sie einen Moment› und Ihnen Schritt für Schritt beschreiben, was sich zwischen Alex und mir abgespielt hatte?»

«Aber ich bin nur bis zum Letzten gegangen, weil ich glaubte, das hätte er auch getan!»

«Mein Gott, das ist eine merkwürdige Feststellung!»

«Aber wenn ich gewußt hätte, daß es nicht zur Immissio gekommen ist –»

«So wie er mich geliebt hat, spielte das kaum eine Rolle. Ja, Alex sagte mir, ohne Immissio liege nach der englischen Rechtsprechung kein Ehebruch vor – Sie erinnern sich, ich sagte, er hätte einen guten Anwalt abgegeben –, aber wenn man seinen Orgasmus bekommt, erscheinen einem gesetzliche Feinheiten relativ unwichtig. Was mich betraf, hatte ich ihn geliebt, und er hatte mich geliebt, und –»

«Aber er hat mir die Wahrheit gesagt.» Ich konnte an nichts anderes mehr denken. «‹Ich bin nicht in sie eingedrungen›, hat er gesagt. Und wenn er mir in dem Punkt die Wahrheit gesagt hat, muß er mir auch über Lyle die Wahrheit gesagt haben –»

«Was hat er denn da gesagt?»

Ich trank wieder rasch von meinem Brandy. «Er nannte meine Theorie eine Phantasievorstellung.»

«Das überrascht mich nicht.»

«Seien Sie still!» rief ich.

Sie fuhr zusammen. «Charles – Darling – beruhigen Sie sich –»

Ich versuchte mich zu entschuldigen, indem ich sie küßte, aber sie erwiderte den Kuß nicht, und gleich darauf stellte sie die Brandyflasche fort.

«Vielleicht ist das der Punkt, an dem *ich* anfange, den Traum zu träumen», sagte sie trocken. «Sie können offensichtlich im Augenblick nichts mehr träumen, deshalb werde ich für Sie träumen müssen, um Ihnen weiterzuhelfen.» Sie sah auf ihre Uhr. «Wie lange braucht man zu dieser Nachtzeit von hier nach Cambridge?»

«Keine drei Stunden. Vielleicht nur zweieinhalb. Das Benzin wird nicht ganz reichen, aber an der Great North Road ist eine Tankstelle auch nachts geöffnet.» Ich goß den Brandy hinunter. «Nun, wenn Sie mich loswerden wollen, kann ich ja gehen.»

«Ich komme natürlich mit.»

«Was?»

«Jemand muß sich doch um Sie kümmern, und es scheint keinen zu geben, der sich freiwillig dazu meldet.»

«Aber Ihnen den ganzen Weg nach Cambridge zuzumuten, das kommt für mich nicht in Frage!»

«Und für mich kommt nicht in Frage, Sie allein fahren zu lassen, nachdem Sie dem Alkohol so eifrig zugesprochen haben. Ich fahre Sie nach Hause.»

«Aber Sie sind doch Amerikanerin! Sie werden auf der falschen Straßenseite fahren!»

«Unsinn! Ich mag meine Fehler haben, aber das schaffe ich schon. Entschuldigen Sie mich einen Augenblick, ich schreibe Evelyn nur rasch ein paar Zeilen – und ich rufe lieber ein Hotel an, damit man weiß, daß ich mitten in der Nacht eintreffe. Welches Hotel empfehlen Sie mir?»

«Das Blue Boar. Aber Loretta –»

«Ich benutze das Telephon in der Diele. Ich bin gleich wieder da, Charles.»

Ich sank auf die Couch zurück, doch sobald ich allein war, setzte der Schmerz wieder ein, und Sekunden später hatte ich die Brandyflasche geschnappt.

II

Irgendwo nördlich von Hartfield fragte sie: «Wo wohnt dieser Abt, von dem Sie mir erzählt haben?»

«Im Himmel. Er ist gestorben und hat jetzt eine andere Adresse. Hab’ das erst heute morgen erfahren.»

«Gibt es schon einen neuen Abt?»

«Ja. Ist ein Ex-Marinegeistlicher namens Darrow, der alles über Sex weiß. War neun Jahre verheiratet. Ist Mönch geworden. Erstaunlich.» Ich trank noch einen Schluck Whisky. Das heißt, keinen richtigen Schluck, ich nippte inzwischen nur noch an der Flasche.

«Hört sich an wie jemand, der mit allem fertig wird. Wie komme ich zu der Abtei, wenn ich Sie dort abliefern will?»

«Fahren Sie weiter Richtung Cambridge. Biegen Sie kurz vor der Stadt ab. Kleines Dorf. Grantchester. Wie das Gedicht von Rupert Brooke. Meine Frau mochte seine Gedichte... Habe ich Ihnen einmal von meiner Frau erzählt?»

«Sie erwähnten einmal ihren Namen. Jane.»

«Jane, ja. Ich habe sie sehr geliebt. Sie war so hübsch, so lieb, so gut, und ich war so jämmerlich, so unwürdig, so... Father Darrow wird das schon hinkriegen. Habe ich Ihnen gesagt, daß er zwei Kinder gezeugt hat? Außergewöhnlich. Wie konnte so jemand Mönch werden, fragt man sich. Wie kann überhaupt jemand Mönch werden, fragt man sich. Nun, ich werd’s Ihnen sagen. Es ist eine besondere Gabe – ein ‹Charisma›, wie wir in der Kirche sagen. Father Darrow ist das, was wir in der Kirche ‹charismatisch› nennen würden. Er ist einsachtundachtzig groß und sieht aus, als beschäftigte er sich in der Freizeit mit Telepathie.»

«Nun, dann lassen Sie mal Ihre Telepathie spielen, Father Darrow», sagte Loretta, «und legen Sie für Charles die Begrüßungsmatte vor die Tür.»

Ich nippte wieder an der Flasche, um die Vorstellung eines hinter der Begrüßungsmatte wartenden Darrow eher zu ertragen, und der Wagen rollte mit gleichbleibender Geschwindigkeit durch die Nacht auf Grantchester zu.

12

Das Licht über dem Eingang brannte, aber das übrige Haus lag im Dunkel. Loretta hielt an, schaltete den Motor aus und wandte sich zu mir um.

«Ich lasse die Wagenschlüssel beim Portier im Blue Boar», sagte sie. «Haben Sie das mitgekriegt, Charles?»

«Wagenschlüssel. Blue Boar. Portier.»

«Haben Sie etwas im Kofferraum?»

«Ja, eine Reisetasche.» Ich öffnete die Tür, stützte mich vom Beifahrersitz hoch und lehnte mich an den Wagen. Ich blickte zu den Sternen auf. «Schön», sagte ich. «Erinnert mich an Gott. Absolut transzendent. Sagt Karl Barth.»

Loretta ging rasch die Stufen hinauf zur Glocke und stellte meine Tasche ab. Dann rannte sie zum Wagen zurück.

«Kommen Sie, Darling. Hierher.»

«Ich liebe Sie, Loretta. Heiraten Sie mich.»

«Nein, Sie heiraten Lyle. Schon vergessen?» Sie stützte mich bei meinen unsicheren Schritten.

«Aber Sie werden mit allem fertig. Sie sind so patent. Ich liebe Sie. Dieser herrliche Sex – wenn ich Sie jede Nacht haben könnte –»

«– hätten Sie mich bald satt. Da, da macht jemand die Tür auf. Kommen Sie, Darling, noch zwei Schritte, gleich sind wir da.»

Ein kleiner weißhaariger Mönch erschien auf der Schwelle. Ich hatte ihn noch nie zuvor gesehen, aber er sagte: «Dr. Ashworth, nicht wahr? Father Abt hat Sie erwartet.»

Da wußte ich, daß Father Darrow bereits sein Charisma ausübte.

13

Loretta gab mir einen Kuß und sagte: «Viel Glück!»

«Ich werde Sie nie vergessen, nie», sagte ich, aber sie ging schon zurück zum Wagen. Der Motor sprang an, sie winkte, und Sekunden später sah ich nur noch zwei rote Lichter, die jenseits der Einfahrt verschwanden.

«Kommen Sie, bitte, Doktor», sagte der kleine Mönch und zog mich mit der einen Hand über die Schwelle, während er mit der anderen meine Reisetasche ergriff. Er schloß die Tür durch einen behutsamen Schubs mit dem Fuß. «Kommen Sie.»

Ich wurde durch eine Tür geleitet, die zum Gästeflügel führte, und mit Geschick zum Obergeschoß in einen Korridor, an dem die Schlafzimmer lagen, hinaufbugsiert. Schließlich blieben wir vor einer Tür stehen, auf die die Ziffer vier gemalt war, und der kleine Mönch stellte, ohne mich auch nur einen Moment loszulassen, die Tasche ab, um die Klinke hinunterzudrücken.

«Vier ist meine Glückszahl», sagte ich. «Ich habe solches Glück mit allem, mit meiner Arbeit, mit meiner Laufbahn, es ist wirklich erstaunlich, welches Glück ich immer gehabt habe. Wußten Sie, daß ich beim Erzbischof von Canterbury Kaplan war, als er noch Erzbischof von York war? Meine Eltern waren so stolz. Ich hatte ein wundervolles Zuhause, ich habe wunderbare Eltern, alles war immer so wunderbar – ich genoß jedes nur mögliche Privileg, und doch verdiene ich das nicht, verdiene ich das alles nicht, weil ich so unwürdig bin, so untauglich.» Ich setzte mich unvermittelt aufs Bett. Das Zimmer war klein und ordentlich, das Bett stand in der Ecke, der Tisch und der Stuhl standen beim Fenster und der Kleiderschrank an der Innenwand, das Waschbecken war in einer anderen Ecke neben einem nicht angezündeten Gasofen. Vorhänge gab es nicht, nur ein schwarzes Rouleau, und auch keine Bilder. Auf dem Nachttisch lag neben der Lampe eine Bibel.

«Jetzt ruhen Sie sich ein wenig auf Ihrem Bett aus», sagte der Mönch wie zu einem erschöpften Kind, das durch zuviel Aufregung überfordert ist, «und ich sage Father Abt, daß Sie da sind.»

«Das weiß er schon», sagte ich, kickte die Schuhe von den Füßen und ließ mich auf das Kissen fallen.

Der kleine Mönch lächelte und verschwand.

Das Zimmer begann sich zu drehen.

Ich schloß die Augen und entfloh endlich in die Bewußtlosigkeit.

14

Jemand kam nicht lange danach ins Zimmer, aber ich sah ihn nicht. Jemand packte meine Reisetasche aus und stellte sie auf den Schrank, jemand legte mein Gebetbuch zu der Bibel, jemand legte zwei Aspirin auf den Nachttisch und stellte ein Glas Wasser dazu. Jemand hielt zweifellos kurz inne, um für uns beide ein Gebet zu sprechen.

Dann wurde das Licht ausgeschaltet, die Tür geschlossen, und ich blieb im Dunkeln dem traumlosen Schlaf überlassen.

15

Ich wachte mit höllischen Schmerzen auf. Alles schmerzte, mein Kopf, mein Magen, meine Gedärme, und auch mein Geist, mein Denken, ein jeder Gedankenfetzen, und meine Seele schrie unablässig, aber lautlos um Hilfe.

Hilfe war aber nicht da, und inzwischen mußte ich mit der körperlichen Demütigung fertig werden. Es gelang mir, die Augen zu öffnen. Sie taten weh. Ich richtete mich mit großer Mühe auf, mußte mich aber weit vorbeugen, um das Bewußtsein nicht zu verlieren. Ich kroch zum Waschbecken. Ich übergab mich. Und die ganze Zeit schrie meine Seele unablässig, aber lautlos um Hilfe.

Ich kroch zum Bett zurück, sah die Tabletten und bekam sie irgendwie hinunter, aber ich war zu krank, als daß Tabletten mir hätten helfen können, und im nächsten Augenblick mußte ich mich schon wieder übergeben. Ich schaffte es gerade noch rechtzeitig zum Waschbecken. Ich stützte mich hoch, erschauernd, zitternd, betäubt von Schmerz, und als ich in den Spiegel über dem Waschbecken blickte, sah ich ein Zerrbild von mir, erkannte ich den Fremden, den kennenzulernen ich mich so sehr fürchtete.

Ich wich zurück, wurde fast ohnmächtig, stieß gegen den Tisch, rutschte am Bett herunter. «O Gott...» Der Schmerz überwältigte mich. Ich wollte sterben. Ich wußte, es war eine Sünde, um den Tod zu beten, aber der Schmerz war unerträglich, und der fortwährende Schrei, den meine Seele ausstieß, als überblickte sie das ganze

Ausmaß meiner Verfehlungen, fand endlich Ausdruck in den gequälten Worten, die meinem Mund entströmten wie ein Blutfluß: «Mein Gott, mein Gott – vergib mir, verlaß mich nicht, hilf mir, *hilf mir*, HILF MIR –»

Die Tür ging auf, und Father Darrow trat ein.

ZWEITER TEIL
Das Rätsel hinter dem Rätsel

«Ich stelle nur die zwei recht allgemeinen, aber recht aufrüttelnden Tatsachen fest, nämlich daß wir alle ein ‹Selbst› (den Feind unseres guten, wahren Selbst) zu bekämpfen haben und daß wir, nur wenn wir dies tun, erwachsen, erfolgreich und glücklich sind.»

Geistliche Ratschläge und Briefe
des Barons FRIEDRICH VON HÜGEL

XI

*«Sie werden erkennen, daß die Sorge um Ihre Gesundheit
eine religiöse Pflicht ist.»*

HERBERT HENSLEY HENSON

I

Ich habe Gott verlore.», keuchte ich. Schrecken hatte mich gepackt. Ich zitterte am ganzen Leib. Tränen rannen mir übers
Gesicht. «Er ist fort. Er hat mich zurückgestoßen. Er ist nicht da –»

«Er ist da, Sie können ihn nur nicht sehen. Sie sind geblendet
worden.»

«Geblendet –»

«Das ist nur vorübergehend, aber inzwischen müssen Sie genau
tun, was ich sage. Versuchen Sie vom Boden aufzustehen – jetzt aufs
Bett – so –»

«Ich werde angefallen.» Ich zitterte wieder, keuchte nach Luft.
«Ohne Gott – übernehmen alle Dämonen – die Macht – sagen, ich
tauge nicht für –»

«Nehmen Sie das.» Er schob mir sein Brustkreuz fest in die Hand.
«Das Kreuz versperrt ihnen den Weg. Kein Dämon kann der Macht
Christi widerstehen.»

«Aber er ist nicht da –»

«Er ist da. Er ist da, wann immer seine Anhänger in seinem
Namen versammelt sind. Er ist da.»

Ich ließ das Kreuz aus den Augen und erblickte den Geist. Er war
da, in seinen Augen, absolut wirklich, sofort erkennbar. Die Dämonen wichen zurück. Ich sagte nicht zu Darrow, sondern zu dem
Geist: «Verlaß mich nicht.»

«Von Verlassen kann keine Rede sein. Wenn Sie erst ruhiger sind,
werden Sie das merken. Ruhig zu sein ist Ihre erste Pflicht sich selbst

und Gott gegenüber. Halten Sie das Kreuz in der rechten Hand und geben Sie mir die linke. So... Und versuchen Sie ruhiger zu atmen, ganz tief... Gut. Jetzt werde ich ein Gebet für Sie sprechen, ein stummes Gebet, und ich möchte, daß Sie mit Ihrem Geist lauschen und zu hören versuchen, was ich sage.»

Eine Stille trat ein. Ich lauschte gehorsam, hörte aber nichts. Doch nach einer Weile verspürte ich in meiner Dunkelheit eine seltsame Wärme. Das Kreuz rutschte ein wenig, als meine rechte Hand zu schwitzen begann, und meine linke Hand, von Darrows Händen umschlossen, begann zu prickeln. Da ich an einen Krampf glaubte, versuchte ich die Hand etwas zu bewegen, aber er packte sie sofort noch fester, und das Prickeln ging weiter. Ich war so fasziniert, daß ich keine Bewegung mehr machte, sondern fügsam mit geschlossenen Augen auf dem Bett sitzen blieb. Er hatte sich den Stuhl herangezogen und saß jetzt ganz dicht bei mir, nur ein wenig höher.

Langsam wurde meine Hand losgelassen. Ich schlug die Augen auf und sah, daß er mich beobachtete, und als sich unsere Blicke begegneten, sagte er: «Haben Sie das Gebet gehört?»

«Nein. Aber ich erinnerte mich der Worte unseres Herrn: ‹Siehe, ich bin bei euch alle Tage, bis an der Welt Ende!›»

«Und jetzt sind Sie ruhig.» Er lächelte, sichtlich nicht überrascht von meiner Antwort, und während ich mir nachträglich sagte, daß die Worte des Trostes zweifellos die wesentlichen Elemente seines Gebets widerspiegelten, sah ich, daß er nicht nur mit meiner Besserung, sondern auch mit seinen unheimlichen Fähigkeiten zufrieden war. Langsam sagte ich: «Sie sind ein Heiler. Sie haben mir nicht nur durch das Gebet geholfen, Sie haben mir auch durch Ihre Hände Kraft übertragen. Das war das Charisma des Heilens.»

«Sehr schmeichelhaft», meinte er, «aber man könnte auch sagen, Sie hätten sich selbst geheilt durch tiefes Atmen, Konzentration auf eine bestimmte Aufgabe und Abstellen der Zufuhr von Adrenalin, das Sie zu ertränken drohte.»

Ich dachte darüber nach. Er ließ mich nachdenken. Wir saßen weiterhin ruhig beieinander, ich schmutzig und zerzaust in grauer Hose und zerknittertem Hemd, er frisch und sauber in seinem schwarzen Habit mit den weißen Ärmeln. Während ich weiter sein

Kreuz umklammert hielt, wurde mir bewußt, daß das Leben, im Augenblick, erträglich war. Meine Seele hatte zu schreien aufgehört. Mir wurde ein Schmerzerlaß zuteil.

Endlich sagte ich: «Ich habe wahrscheinlich einen Nervenzusammenbruch.»

«Oh, ich habe das immer für einen wenig hilfreichen Terminus gehalten – warum überlassen wir das nicht den Herren von der Medizin?» sagte Darrow etwas geringschätzig mit jener Spur von Selbstvertrauen, die entschuldbar war bei einem Heiler, der weiß, daß er vielleicht Erfolg hat, wo die Ärzte machtlos sind, und auf einmal schien er so nahbar, schien es so zwingend leicht, sich ihm anzuvertrauen. Ehe ich die Worte zurückhalten konnte, sagte ich: «Ich möchte nicht in eine Irrenanstalt.»

«Es kann keine Rede davon sein, daß Sie in eine Irrenanstalt kommen.»

«Sie glauben nicht, daß ich –»

«Sie machen offensichtlich eine schwere geistige Krise durch, aber sie in fragwürdige medizinische Begriffe zu fassen ist simple Zeitverschwendung; damit wäre das Problem nicht gelöst.»

«Wie soll das Problem gelöst werden?» brachte ich heraus.

«Wenn ich die Begriffe verwenden darf, die Sie gestern interessanterweise gebraucht haben, würde ich sagen, wir müssen das Rätsel untersuchen und uns dann das Rätsel hinter dem Rätsel ansehen, um die Quelle Ihrer Not aufzuspüren und zum Versiegen zu bringen. Aber zuerst müssen wir uns praktischen Dingen zuwenden. Sie werden einige Zeit hierbleiben. Gibt es irgendwelche Verpflichtungen, die Sie absagen sollten, irgendwelche Angelegenheiten, die erledigt werden müssen?»

Mir fiel mein Wagen beim Hotel Blue Boar ein, und ich nannte ihm die Telefonnummer eines Bekannten, der ihn abholen und zum College bringen würde. Während er sich alles notierte, fügte ich hinzu, daß Lang wohl damit rechnete, von mir zu hören, doch ehe ich mehr sagen konnte, spürte ich zu meinem Schrecken, daß mir Tränen in die Augen traten. «Ich kann nicht mit ihm sprechen», flüsterte ich. «Ich kann nicht mit ihm sprechen über –» Aber ich bekam den Satz nicht zu Ende.

«Überlassen Sie ihn mir», sagte Darrow, als wäre der Erzbischof ein störender Schuljunge. «Erwartet er noch heute morgen eine Nachricht von Ihnen?»

«Nein, so sehr eilt es nicht –»

«Wir werden später ein paar Zeilen für ihn aufsetzen. Jetzt besteht Ihre nächste Pflicht gegen sich selbst – und Gott – darin, daß Sie Ihre physischen Kräfte wiedergewinnen, denn soviel ich weiß, ist noch niemand mit einer geistigen Prüfung fertig geworden, solange er erschöpft und verkatert war. Wieviel haben Sie gestern getrunken?»

Ich versuchte, die großen Gläser und die kleinen Schlucke aufzuzählen, bekam sie aber nicht mehr zusammen.

«War das gestern nur eine Sauftour oder trinken Sie schon seit einiger Zeit recht viel?»

«Eine Sauftour. Aber –» Ich zögerte, dann gab ich mir einen Ruck: «Ich habe in der letzten Zeit mehr getrunken als früher.»

«Wie benehmen Sie sich, wenn Sie betrunken sind? Sind Sie der Mittelpunkt der Gesellschaft oder schlafen Sie einfach ein? Oder verwandeln Sie sich vielleicht in jemanden, von dem Sie nichts mehr wissen wollen, wenn Sie nüchtern sind?»

«Letzteres. Ich werde zornig und aggressiv.»

«Der zornige Fremde... Ja, nun, wir werden ihn uns später ansehen, aber vorher müssen Sie sich ausruhen. Ich entbinde Sie vom Lesen des Morgenbreviers, weil Sie zu krank sind, um die Gebete ordentlich zu verrichten, aber ich bringe Ihnen ein Buch, da können Sie einmal hineinsehen, wenn Sie keinen Schlaf finden. Haben Sie das Aspirin bei sich behalten? Nein? Gut, dann bringe ich Ihnen ein paar Alka Seltzer.»

«Wenn ich etwas schwarzen Kaffee haben könnte –»

«Nein, ich will Sie entspannt haben, nicht stimuliert, und außerdem ist zum Ausspülen eines Katers jede Flüssigkeit gut.» Er nahm mein Glas und füllte es am Becken wieder mit Wasser. «Ich gehe jetzt und komme in fünf Minuten wieder», sagte er, während er das Glas auf den Nachttisch stellte. «Inzwischen ziehen Sie Ihren Pyjama an und decken sich zu.»

Ich umklammerte das Kreuz und kämpfte gegen meine Panik an,

aber die Panik blieb Sieger. «Gehen Sie nicht.» Scham überwältigte mich. «Entschuldigen Sie – ich bin so dumm, so schwach –»

«Michael, den Sie heute nacht kennengelernt haben, kommt sofort, wenn Sie ihn rufen. Aber ich werde Sie in meinem Sinn halten», sagte Darrow in der rätselhaften Sprache derer, die ungewöhnliche Kräfte lediglich als einen gewöhnlichen Aspekt der Realität betrachten, «und ich werde meinen Griff nicht lockern. Sie werden nicht nach Michael zu rufen brauchen.»

Ich glaubte ihm. Geist triumphierte über Materie. Darrow übte wieder sein Charisma aus.

2

Als er zurückkam, gab er mir ein anderes Kreuz, das ich statt des seinen tragen konnte, und nachdem ich die Alka Seltzer geschluckt hatte, reichte er mir ein Buch, das er aus der Bibliothek mitgebracht hatte. Es war *Mystics of the Church* von Evelyn Underhill.

«Das ist recht leichte Lektüre für jemanden Ihres Bildungsgrades», sagte er, «und da das Buch nach Ihrer Studentenzeit veröffentlicht wurde, haben Sie sich wahrscheinlich nicht die Mühe gemacht, es zu lesen. Aber ein Blick auf den Mystizismus kann sich oft als die Dosis Sauerstoff erweisen, die einen erschöpften theologischen Bergsteiger wiederbelebt. Sollten Sie also nicht schlafen können, überfliegen Sie einmal ein, zwei Kapitel, und wenn ich nach dem Mittagessen zurückkomme, können Sie mir sagen, ob Sie das Buch halbwegs interessant finden...»

3

Ich schlief, als er zurückkam. Ich hatte das Buch nicht einmal aufgeschlagen, weil mich der Schlaf übermannt hatte, während ich noch darauf wartete, daß meine Kopfschmerzen nachließen. Ich wurde um halb zwei von dem kleinen weißhaarigen Mönch geweckt, der mir eine Tasse Suppe, zwei große Stücke Brot, einen

Teller mit Gemüse in einer Käsesoße und eine Schale mit Pflaumen brachte. Ein Glas Milch stand auch auf dem Tablett.

«Father Abt sagt, Sie sollen alles essen», sagte der kleine Mönch. «Sie haben vor Gott die Pflicht, gesund zu sein, sagt er. Er sagt, wenn Sie fertig sind, sollen Sie duschen und sich ankleiden, und er kommt dann um drei Uhr und sieht nach Ihnen. Das Wasser wird nicht heiß sein, Doktor, nicht mitten am Tag, tut mir leid, aber Father Abt sagt, eine kalte Dusche wird Sie nicht umbringen.»

Ich kam mir vor wie ein Sportler in der Hand eines unerbittlichen Trainers. Ich versicherte Michael, ich würde eine kalte Dusche wohl überleben, und während ich mich aufrichtete, genoß ich das Ausbleiben jeglicher Übelkeit und nahm den Kampf um die Rückkehr zu meiner normalen Verfassung wieder auf.

4

Als Darrow um drei Uhr zurückkam, saß ich in meiner geistlichen Kleidung am Tisch und las in Miss Underhills Buch. Ich hatte festgestellt, daß ich mich normal verhalten konnte, solange ich tat, was mir gesagt wurde; das war zweifellos der Grund, weshalb Darrow mir so genaue Anweisungen gegeben hatte.

«So ist's besser», sagte er, als er mich sah. Er hatte einen Stuhl dabei, den er mir gegenüber an den Tisch schob. «Haben Sie vergessen, sich zu rasieren?» fragte er, als er sich setzte. «Oder gab da eine Schwierigkeit – abgesehen von dem Mangel an warmem Wasser –, die Sie veranlaßte, die Rasur aufzuschieben?»

«Sie hatten mir nicht gesagt, daß ich mich rasieren solle.»

«Das stimmt, aber trotzdem müssen Sie doch daran gedacht haben, wenn auch nur aus Gewohnheit... Hing die Schwierigkeit mit der Rasierklinge zusammen? Nein, ich wußte, da würde keine Gefahr bestehen. Dann war es der Spiegel, nicht wahr? Sie hatten vielleicht Angst, Sie könnten den zornigen Fremden sehen, der an Ihre Stelle tritt, wenn Sie betrunken sind.»

Ich nickte, aber ich mußte meine Augen mit den Händen bedecken, um meine Qual zu verbergen.

260

«Wenn Sie ihn besser verstehen, wird er Ihnen nicht mehr so beunruhigend erscheinen», sagte Darrow, «aber ehe wir uns auf Ihre Probleme konzentrieren, erledigen wir erst die Benachrichtigung des Erzbischofs von Canterbury. Sie wurden unruhig, als sein Name fiel – gehe ich recht in der Annahme, daß er irgendwie mit dem Rätsel in Verbindung steht, zu dessen Lösung Sie nach Starbridge gefahren sind?»

«Er gab mir diesen – diesen Auftrag –»

«Alles, was ich im Augenblick brauche, ist eine kurze Mitteilung, wie ‹Auftrag erledigt, Einzelheiten später›. Dann kann ich Seine Exzellenz anrufen, diese Mitteilung weitergeben und sagen, da Sie in der letzten Zeit sehr viel zu tun hatten, hätte ich darauf bestanden, daß Sie eine längere Einkehr halten – ich kann sogar völlig wahrheitsgemäß sagen, ich hätte gewünscht, daß Sie die Einkehr schon früher beginnen, aber Sie hätten sie hinausgeschoben, weil Sie zuvor Ihren Auftrag erfüllen wollten.»

Ich riß mich zusammen. «Sie könnten ihm sagen: ‹Alles in Ordnung. Tagebuch ungefährlich. Keine Briefe›.»

Darrow schrieb sich das auf und klappte dann sein Notizbuch zu. «Gut. Soviel zum Erzbischof. Als nächstes müssen wir sehen, ob Sie in der Lage sind, heute mit der Diskussion Ihrer Probleme zu beginnen.»

«Ich fühle mich jetzt wohl.»

«Kräftig genug für die Aufgabe, sich mir informell anzuvertrauen, damit ich Ihnen helfen kann, an Ihre formelle Beichte vor Gott heranzugehen?» sagte Darrow, um mir die Lage zu verdeutlichen für den Fall, daß ich mich der Illusion hingab, ein Gespräch zwischen uns werde lediglich eine harmlose Plauderei sein. «Kräftig genug, um über diesen Auftrag in Starbridge zu sprechen?»

«Ja.»

«Schön, dann erzählen Sie mir davon.»

Ein langes Schweigen. Schließlich, als mir wieder die Tränen in den Augen standen, sagte ich verzweifelt: «Ich muß verrückt sein, weil ich nicht aufhören kann zu weinen, und Männer weinen nie, wenn sie nicht von Sinnen sind.»

«Das ist ein sehr beharrlicher Mythos in unserer Kultur, einer, der zu äußerst schädlichen Folgen führen kann. Was ist besser: Kummer und Schmerz auszudrücken, indem man die eigens dafür vorgesehenen Tränendrüsen gebraucht, oder indem man eine stumme, heimliche Blutung der Seele erduldet?»

«Ich bin so überwältigt von dem Gedanken an meine ganze Jämmerlichkeit», sagte ich, als mir die Tränen übers Gesicht rannen.

«Nun schön, vielleicht haben Sie Gott bisher nicht so gut gedient, wie Sie es hätten tun können. Vielleicht haben Sie sich sogar danach gesehnt, alles in Ordnung zu bringen –»

«Das habe ich – o ja, das habe ich. Ich habe immer wieder um Hilfe gebetet, aber –»

«Dann werden Ihre Gebete also beantwortet?»

Ich starrte ihn an. «Beantwortet?» Ich blickte mich im Zimmer um. Ich konnte kaum sprechen. «Ich bin so vollkommen zusammengebrochen, daß ich als Geistlicher nicht mehr weitermachen kann, und Sie sagen, *dies* sei Gottes Antwort auf meine Gebete?»

«Natürlich. Glauben Sie, Gott weiß nichts von Ihren Schwierigkeiten und dem Leiden, das Sie unweigerlich erduldet haben müssen? Glauben Sie, er kann nicht nach Ihnen greifen und Sie mit Ihren Nöten konfrontieren, damit Sie sie überwinden und ihm noch besser dienen können, als Sie ihm je zuvor gedient haben?»

Ich verstand, war aber unfähig, es ihm zu sagen, und als ich mir die Hände vors Gesicht hielt, hörte ich ihn fortfahren: «Gott hat Ihnen diese Prüfung nicht geschickt, um Sie zu vernichten, Charles. Er ist Ihnen endlich zu Hilfe gekommen, und hier in diesem Dorf, hier in diesem Haus, hier in diesem Zimmer, wo Sie auf dem Nullpunkt angelangt sind, hier beginnt Ihr neues Leben.»

5

An dieser Stelle brach Darrow das Gespräch ab, aber er kam um fünf Uhr wieder, als ich auf der Bank gegenüber dem Kräutergarten saß. Die Luft war warm und würzig, die Sonne kam immer wieder hervor, und eine leichte Brise wehte die letzten Seiten von Miss Underhills Buch in meinen Händen auf.

«Ich habe mit dem Erzbischof telephoniert», sagte er und setzte sich neben mich. «Er bedankt sich für Ihre Nachricht, die fürs erste völlig ausreiche, wie er meinte, und er zeigte sich erfreut darüber, daß Sie eine Einkehr halten. Er sagte mir, er mache sich immer Sorgen um junge Geistliche, die es an weltlichen Maßstäben gemessen schon weit gebracht haben, und er sei sicher, eine Einkehr könne sich nur als wohltuend erweisen. Schließlich spricht er Ihnen zusammen mit seinem Einverständnis seine besten Wünsche aus, und er sagte noch, er werde Ihnen in seinen täglichen Gebeten einen besonderen Platz einräumen.»

Solch liebevolles Mitgefühl löste in mir ein Schuldgefühl aus, weil ich ihn von mir gewiesen hatte. Mit großer Mühe sagte ich: «Dr. Lang ist früher sehr gut zu mir gewesen.»

«Und jetzt?»

«Er hat sich nicht verändert. Aber ich habe mich verändert. Ich habe mich von ihm fort bewegt. Ich fühle mich nicht mehr im Einklang mit ihm.»

«Mit wem fühlen Sie sich jetzt im Einklang?»

Es hatte keinen Zweck, meine Not zu verbergen. Ich saß nur regungslos da und strahlte Elend aus, doch als Darrow mich zu keiner Antwort drängte, wurde mir immer deutlicher bewußt, daß ich das Elend beim Namen nennen mußte, indem ich mit ihm darüber sprach. «In Starbridge –» Aber dann kamen keine Worte mehr heraus, und ich sah mich verzweifelt dem so gänzlich gescheiterten Versuch gegenüber, mich ihm mitzuteilen, als er beiläufig sagte: «Ich habe den Bischof von Starbridge nie persönlich kennengelernt, aber ich hörte ihn einmal predigen, als er Pfarrer von St. Mary's Mayfair war.»

Durch ein Wunder der Intuition verwandelte er mein Scheitern in einen Triumph, und plötzlich ahnte ich den dünnen, aber unleugbaren Kommunikationsfaden, der in der duftenden Brise vom Kräutergarten her zwischen uns schwebte.

«Diese Art des Predigens ist eine besondere Gabe», sagte Darrow nachdenklich, «und kann wie alle Charismata gefährlich sein, wenn man sie mißbraucht. Als ich noch ein junger Mann war, sagte mein geistlicher Berater einmal zu mir: ‹Hüten Sie sich vor diesen Kräften,

Jon, mit denen Sie die Menschen in Bann schlagen! Diese Kräfte kommen von Gott, aber sie können so leicht vom Teufel gestohlen werden!› Dr. Jardine ist ein großer Prediger, und als ich ihn damals hörte, hatte er seine Gabe einwandfrei unter Kontrolle, aber mir schien er ein potentiell gefährlicher Mann.»

Ich erschauerte, aber die Verbindung zwischen uns war kein dünner Faden mehr; sie war ein dickes Seil, das mich aus dem Abgrund des Schweigens heraufzog.

«Ein launenhaftes Temperament», sinnierte Darrow weiter, «eine attraktive Erscheinung mit hypnotischer Ausstrahlung, ein brillanter Kopf, und ein von Gott geschenktes Talent zum Predigen – das ist eine explosive Mischung, nicht wahr? Ich habe mich in den letzten Wochen sogar oft gefragt, wie mir als Erzbischof von Canterbury zumute wäre, wenn ich es mit einem Bischof zu tun hätte, der das Oberhaus in Aufruhr bringt.»

Meine Finger schlossen sich um das Kreuz, das von meinem Hals herabhing, und es war, als ergriffe ich endlich Darrows Hand nach meinem langen Aufwärtsschweben am Ende des Seils. Ich flüsterte: «Mir ist, als hätte er mich ausgelöscht», und langsam, ganz langsam begann ich von meinem Auftrag in Starbridge zu sprechen.

6

Das Gespräch erstreckte sich über viele Sitzungen und war unterbrochen von Perioden der Ruhe; später erkannte ich, daß Darrow mit unheimlicher Genauigkeit zu ermessen vermochte, wieviel ich ertragen konnte, ohne zusammenzubrechen, und wie lange ich jeweils brauchte, um mich zu erholen. Doch indes die Tage vergingen, hatte ich Kräfte gesammelt, und als ich eine ausführliche Darstellung meines ersten Besuchs in Starbridge gegeben hatte, wollte ich ohne Unterbrechung fortfahren. Doch eben da stieß ich auf ein großes Hindernis: Meinen Nachmittag mit Loretta. Ich geriet ins Stocken, verstummte schließlich ganz. Es war spät am Abend, und das einzige Licht im Zimmer kam von der Nachttischlampe und ließ Darrows Gesicht im Schatten, während wir uns am Tisch gegenübersaßen.

«Sagen Sie einfach: ‹Da war eine Unterbrechung›», sagte er schließlich, aber als ich auch dann nicht weitersprechen konnte, kommentierte er nicht ohne Mitgefühl: «Eng ist die Pforte, und schmal ist der Weg – aber vielleicht ein wenig zu eng und zu schmal für Sie im Augenblick. Nun, wir lassen die Geschichte zunächst einmal dort ruhen.»

Da wurde mir klar, daß ich mich wie ein Feigling benahm und unsinnigerweise schwieg, wo doch die Art meines Fehltritts inzwischen nicht mehr zu übersehen war. Ich unternahm eine neue Anstrengung und sagte: «Sie gebrauchen dieses Zitat im Kontext der Wahrheit wie damals, als wir uns begegneten. ‹Hoch und breit ist die Pforte›, sagten Sie, ‹die zu Selbsttäuschung und Illusion führt, aber für die, welche die Wahrheit suchen, ist die Pforte eng und schmal der Weg –›»

«› – und mutig der, der darauf wandeln kann.›»

Und da kroch ich aus dem Schatten meiner Feigheit heraus und erzählte ihm, was in dem Wäldchen geschehen war.

7

«... und es war, als gäbe ich mir eine Spritze Morphium nach der anderen. Jedesmal wenn die Wirkung nachließ, mußte ich mir eine neue Spritze geben, weil ich dem, was vorging, nicht ins Auge sehen wollte.»

«Und wie würden Sie beschreiben, was vorging?» Darrow, der während meines Geständnisses völlig ausdruckslos geblieben war, ließ jetzt ein gewisses Interesse in seine Stimme einfließen, als hätte ich eine der objektiven Diskussion würdige Bemerkung gemacht, und ich war über das Ausbleiben jeden tadelnden Tons so erleichtert, daß ich mit der Antwort keine Mühe hatte: «Mein zölibatäres Leben als Witwer war völlig zusammengebrochen, und ich wußte nicht, wie ich weitermachen sollte.»

«Wie alt waren Sie, als Sie heirateten?»

«Siebenundzwanzig. Ohne Begabung für ein Leben in Keuschheit war ich versucht, gleich nach meiner Ordination zu heiraten, aber da mich die Ehe zu diesem Zeitpunkt in eine finanzielle Zwangslage gebracht und meine Möglichkeiten eingeschränkt hätte –» Ich hielt beschämt inne. «Wie berechnend und streberisch das klingt!»

«Bedachtsamkeit ist keine Sünde. Es ist auch nicht zwangsläufig eine Sünde, im Dienste Gottes ein Streber zu sein.» Er lächelte mich an. «Aber wenn Sie nicht gleich in Ihren frühen Zwanzigerjahren zum Altar geeilt sind, wie haben Sie das Problem der Keuschheit dann gelöst?»

«Mehr mit Glück als mit Tugendhaftigkeit. Kurz nach meiner Ordination wurde ich einer von Dr. Langs Kaplänen, und bald wohnte ich in Bishopthorpe, und der Erzbischof wachte über mich mit Luchsaugen –»

«Aber wenn Sie nicht für das Zölibat geschaffen waren, muß Ihnen die Rolle des mönchischen Sekretärs recht unbequem geworden sein.»

«Ja. Ich verließ schließlich den Erzbischof, kehrte nach Laud's zurück, wo ich Fellow war, und wurde Hochschullehrer. Damals begann ich mir mit meinen Vorlesungen über die frühe Kirche einen Namen zu machen.»

«Sie haben sich natürlich nach einer Ehefrau umgesehen.»

«Ja, aber ich fand nicht die richtige. Dann hatte ich wirklich erstaunliches Glück: Dr. Lang empfahl mich für den Posten des Headmasters von St. Aidan's in Eastbourne, und bald war ich, mit siebenundzwanzig Jahren, Headmaster einer Public School der Kirche von England, mit einem blendenden Gehalt – und einer Ehefrau. Sie war die Tochter des in den Ruhestand tretenden Headmasters, und wir hatten uns kennengelernt, als ich wegen des Einstellungsgesprächs nach St. Aidan's kam.»

Es trat eine Pause ein, aber Darrow sagte nichts, und schließlich, getrieben von dem Verlangen, das Schweigen zu brechen, sagte ich rasch: «Wir waren drei Jahre verheiratet, und dann kam sie bei einem Autounfall ums Leben. Sie war schwanger. Es wäre unser erstes Kind gewesen. Es war ein schrecklicher Schock. Ich . . . nun, ich brauchte lange, bis ich darüber hinwegkam. Ich verließ die Schule und kehrte nach Laud's zurück, um mich ganz in die wissenschaftliche Arbeit zu versenken. Ich schrieb ein Buch –»

«Ich habe es gelesen. Sehr klarsichtig. Die Sezierung des Arianismus mit einem äußerst geschickt geführten Chirurgenmesser.»

«Ich wollte etwas sezieren – das lenkte mich von dem ab, was geschehen war, und so arbeitete und arbeitete ich, bis sich mein ganzes Leben nur noch um dieses Buch drehte, so daß ich mich zu fragen begann, was ich tun sollte, wenn es fertig war. Nun, schließlich brauchte ich mir deswegen keine Sorgen zu machen, ich hatte gar keine Zeit dazu. Das Buch wurde in akademischen Kreisen ein großer Erfolg, und ich bekam den Doktortitel verliehen und sah mich gefeiert –»

«– von den Damen ebenso, nehme ich an, wie von den begeisterten Gelehrten.»

«Ja. Das ehelose Leben wurde immer schwerer, aber irgendwie...» Meine Stimme klang aus. Wieder wartete Darrow ab, und endlich brachte ich heraus: «... irgendwie habe ich es nie ganz geschafft, wieder zu heiraten. Ich will aber wieder heiraten – ich will sogar unbedingt wieder heiraten, aber... ich tue es nicht.»

«Das hört sich an, als säßen Sie auf irgendeine geheimnisvolle Weise zwischen zwei Feuern. Ich verstehe durchaus, daß Sie das keusche Leben als das eine Feuer betrachten, wenn Sie nicht dafür geschaffen sind, aber weshalb erblicken Sie in der Ehe das andere Feuer?»

«Das tue ich doch gar nicht! Ich war sehr glücklich mit meiner Frau – unsere Ehe war wunderbar!»

«Wenn also das Problem nicht die Ehe an sich ist, wo liegt es dann?»

Ein langes Schweigen.

«Nun, lassen wir das», sagte Darrow schließlich. «Es ist im Augenblick nicht wichtig. Ich schlage vor, wir beenden das Gespräch an dieser Stelle und –»

«Das Problem liegt in mir», sagte meine Stimme. «*Ich* bin das Problem. Ich bin so untauglich und unwürdig, daß ich das Gefühl habe, keine Frau wird je mit mir zurechtkommen.»

«Teilen die Frauen, denen Sie begegnen, diese Ansicht, die sie von sich selbst haben?»

«O nein! Aber sie lernen auch nie den Mann kennen, den ich

verborgen halte. Sie sehen nur den öffentlich zur Schau gestellten Mann.» Ich zögerte, setzte aber dann hinzu: «Ich nenne ihn das blendende Bild, weil er im Spiegel so gut aussieht. Aber hinter ihm –»

«Hinter ihm», sagte Darrow, kein einziges Mal mit der Wimper zuckend, «steht der zornige Fremde, der im Spiegel immer dann erscheint, wenn das blendende Bild verschwindet, ohne sich abzumelden.»

«Ja. Er ist ein Zerstörer. Keine Frau könnte mit ihm zurechtkommen. Außer Lyle. Ich glaube – ja, ich glaube wirklich, Lyle würde es schaffen –»

«Hier hören wir auf», sagte Darrow.

«Sie wird mit allem fertig, wissen Sie – mit allem –»

«Wir sprechen später über sie, nicht jetzt – Sie sind erschöpft. Und außerdem – ehe wir über die handelnden Personen diskutieren, müssen Sie Ihre Geschichte zu Ende erzählen. Im Augenblick sind wir erst bei Ihnen und Loretta in Leatherhead.»

Vergeblich rieb ich mir die Augen bei dem Gedanken an Loretta, doch als ich verzweifelt flüsterte: «Dumme Tränen. Ein solcher Feigling –», sagte Darrow: «Unsinn! Sie haben sich schon ein Stück durch die enge Pforte gezwängt. Sie sind so mutig, wie Sie eben sein können», und abermals gab er mir die Kraft, weiterzumachen.

8

«Und dann sagte Jardine: ‹Ich will versuchen, Sie näher an eine, wie ich fürchte, sehr unangenehme Tatsache heranzubringen›, und er setzte zu dieser Rede an . . . Ich kann es nicht beschreiben – es war ein Alptraum – er hat mein blendendes Bild zerrissen und mein anderes Selbst dahinter zurückgestoßen – entschuldigen Sie, das erklärt natürlich gar nichts –»

«O doch, das tut es schon», sagte Darrow.

«– aber ich finde die Worte nicht, um dieses Grauen zu beschreiben, dieses absolute *Grauen* –»

«Sie brauchen mir im Augenblick nicht mehr zu erzählen. Sagen Sie nur: ‹Nachdem Jardine diese Rede gehalten hatte . . .›»

Es war Nachmittag, jene Tageszeit nach dem Mittagessen, da die Mönche keine Andachten hielten und sich mit anderer Arbeit beschäftigen konnten. Darrow und ich saßen wieder an dem Tisch in meinem Zimmer. Wir hatten gehofft, das Gespräch im Kräutergarten führen zu können, aber es hatte angefangen zu regnen, und ich bedauerte es, im Haus eingeschlossen zu sein. Auf Darrows Vorschlag arbeitete ich jetzt nachmittags ein wenig im Garten; Mönche wissen sehr genau, wieviel Kraft ein angemessenes, geistiges Leben erfordert und wieviel auf körperliche Arbeit verwendet werden muß.

Es wohnten noch andere Gäste in meinem Gebäudeflügel, aber Darrow glaubte, der Umgang mit ihnen sei noch zu anstrengend für mich, und so wurde ich zu meiner Erleichterung angewiesen, den Gemeinschaftsraum im Erdgeschoß zu meiden und mit den anderen Gästen nur zu den Mahlzeiten zusammenzutreffen, wenn die Schweigeregel sicherstellte, daß ich in Frieden essen konnte. Als besonderes Privileg, das mir eine Alternative zu der Enge meines Zimmers bot, durfte ich die Klausur betreten, um in der Bibliothek zu lesen; aber ich las nur, was Darrow mir empfahl; inzwischen war ich in meinem neuen Studium des Mystizismus von Evelyn Underhill zeitlich rückwärts über Dekan Inge und Baron Friedrich von Hügel bis zu den Cambridger Platonikern fortgeschritten, und während ich las, gestand ich mir verblüfft und beschämt die Oberflächlichkeit meines Wissens ein. Seit langem zog ich das Arbeiten in der geistig weniger anspruchsvollen Sphäre der historischen Fakten vor und neigte dazu, den Mystizismus als ein wiederkehrendes Phänomen zu betrachten, das, gleich einer religiösen Spielart der Masern, immer dann zutage trat, wenn das orthodoxe kirchliche Leben von Mißständen und Trägheit heimgesucht wurde. Vielleicht hatte ich auch den Eindruck gehabt, der Mystizismus biete sich wegen seiner morbiden, abwegigen Aspekte nur Frauen, empfindsamen Jünglingen und Exzentrikern als Studienobjekt an, und dieses Vorurteil hatte mir den Blick auf einen wahren, von orientalischem Nihilismus und römischem Aberglauben befreiten Mystizismus verstellt.

Ich war jedoch im Augenblick zu sehr geschwächt, um diese

frühere Blindheit richtig zu erfassen, die zweifellos sowohl von geistiger Arroganz wie von intellektuellem Hochmut herrührte, und brachte es gerade fertig, gehorsam zu leben, gewissenhaft im Garten zu arbeiten und regelmäßig den Andachten in der Kapelle beizuwohnen. Die Mitternachtsmesse durfte ich nicht besuchen, da Father Darrow in meinem Fall einen ununterbrochenen Nachtschlaf für wichtiger hielt, aber ich ging zur Prim um sechs Uhr morgens, zur kombinierten Feier der Terz und Sext um Mittag, zur kombinierten Feier der None und Vesper am Abend und der Komplet um acht. Die Messe wurde nach der Prim zelebriert, und ich sah jeden Morgen zu. Ich wollte vor allem das Sakrament empfangen, aber ich mußte warten, bis alle meine Irrtümer ganz erfaßt waren und eine wahre Reue möglich wurde. Darrow und ich hatten die Situation besprochen, nachdem ich ihm von Loretta erzählt hatte.

«Natürlich möchten Sie möglichst bald eine formelle Beichte ablegen und reinen Tisch machen», hatte er gesagt. «Das ist nur natürlich. Aber ich warne Sie, ich würde einige sehr eingehende Fragen stellen, ehe ich Ihnen die Absolution erteile, und offen gesagt, ich bezweifle, daß Sie sie derzeit beantworten könnten. Ich würde zum Beispiel genau wissen wollen, warum Sie mit Loretta verkehrt haben. Hat Sie lediglich das getrieben, was man im Melodram ‹ungezügelte Lust› nennt, oder war da in Wirklichkeit viel mehr im Spiel als die bloße Befriedigung eines vorübergehenden Drangs? Und ob nun der Vorfall lediglich die Folge der Lustbegierde war oder nicht, ich würde auch wissen wollen, welche Garantie Sie mir dafür geben können, daß sich so etwas nicht wiederholt – und das würde uns natürlich zu der verzwickten Frage Ihres Zölibats bringen. Wie tief geht Ihr Verständnis für Ihre Probleme mit der Wiederverheiratung? Mir scheint, wir haben noch eine Menge Detektivarbeit zu leisten, ehe Sie Ihre Situation mit der für eine wirksame Beichte erforderlichen Klarheit erkennen.»

Er hielt inne, als erwarte er, ich würde etwas einwenden, als ich aber stumm blieb, fuhr er fort: «Es ist nämlich so, daß das, was Sie mit Loretta getan haben, nicht isoliert gebeichtet werden kann, weil eine solche Beichte zwangsläufig nicht ausreichend wäre. Und können Sie guten Gewissens das Sakrament empfangen nach der unzulänglichen Beichte wenigstens einer schweren Sünde?»

Diese Frage konnte nur verneint werden, und ich erkannte, daß ich zu Unrecht gehofft hatte, das Ausbleiben eines Tadels hinsichtlich Lorettas bedeute, daß er mit mir nachsichtig verfahren werde. Ich war an gütige, ältliche, geistige Berater gewöhnt, die mir mit mitfühlender Weichherzigkeit entgegenkamen; einen zwar mitfühlenden, aber strengen Berater zu treffen, war ein Schlag. Aber es war auch eine Erleichterung. Ich wußte, eine feste Disziplin war vonnöten, während ich um die Wiedererlangung meines Seelenheils kämpfte, und weil ich diese Tatsache akzeptieren konnte, verspürte ich nicht das Verlangen, gegen ihn zu rebellieren; im Gegenteil, ich war immer mehr bestrebt, seine Billigung zu erlangen, und ging bald mit doppelter Anstrengung daran, den Bericht über Starbridge so wahrheitsgemäß wie möglich zu vervollständigen.

«...und da sagte Loretta, sie werde mich nach Cambridge fahren», schloß ich meinen Bericht. «Von der Fahrt weiß ich nicht mehr viel, aber als ich hier ankam und die Sterne erblickte, da habe ich von der Transzendenz Gottes geredet. Ich glaube, ich habe sogar Karl Barth erwähnt.»

«Welch unzerstörbare Leidenschaft für die Theologie!» sagte Darrow belustigt, doch als ich lächelte, unsäglich erleichtert darüber, daß mein Bericht endlich abgeschlossen war, konnte ich mich nicht enthalten, hinzuzufügen: «Sie müssen glauben, ich habe mich wie ein Irrer benommen.»

«Das ist ein emotionales Wort und in diesem Zusammenhang wenig hilfreich. Ich glaube, wir sagen lieber, Sie sind ein normaler Mensch und haben wie viele normale Menschen einen Haufen persönlicher Probleme, die Sie überall mit sich herumschleppen. Aber Sie sind auch ein starker Mensch, stark genug, um vor diesen Problemen die Luken dichtzumachen, und Sie führen weiter ein normales Leben, bis Sie eines Tages nach Starbridge kommen. Da ändert sich alles – und es ändert sich, weil das Rätsel von Starbridge irgendwie diese dichtgemachten Luken wegsprengt und... Nun, wenn ich noch bei der Marine wäre, würde ich sagen, das Rätsel von Starbridge hat Ihnen einen Tritt in die Eier versetzt.»

Über diese Betonung meiner Normalität war ich so erleichtert, daß ich unmittelbar darauf antworten konnte: «Das Schlimmste ist, daß ich das Gefühl habe, ich werde noch immer getreten. Ich habe das Rätsel nicht gelöst. Ich weiß noch immer nicht genau, was vorgeht. Ich glaube Jardine – ich weiß, daß ich ihm vom Verstand her glauben müßte – ich weiß, wenn ich ihm nicht glaube, dann muß ich –» Ich hielt inne. «Und doch glaube ich ihm nicht», sagte ich. «Ich kann ihm nicht glauben, ich *werde* ihm nicht glauben –»

«Genau. Sie drehen sich mit Ihren Gefühlen taumelnd im Kreis, was für Sie äußerst erschöpfend ist und zu nichts führt.» Darrow beugte sich vor, die Unterarme auf der Tischplatte. «Charles, die erste wichtige Tatsache, die Sie erfassen müssen: Keiner von uns, weder Sie noch ich, kann mit den bis jetzt vorliegenden Angaben dieses Rätsel endgültig lösen.»

«Aber ich muß wissen – ich muß herausfinden –»

«Da drehen Sie sich schon wieder im Starbridge-Kreis, in einem Tanz, der sinnlos ist! Sie müssen aus diesem Kreis ausbrechen, Charles. Gehen wir also das Problem von einer anderen Seite an: Warum geht es Ihnen so sehr darum, dieses Rätsel zu lösen?»

«Wegen Lyle natürlich. Ich will sie heiraten, also muß ich wissen, was vorgeht.»

«Schön, sehen wir uns Ihre Gefühle für diese Frau näher an, die im Mittelpunkt des Rätsels steht. Ich glaube, Charles, jetzt müssen wir endlich über Lyle sprechen.»

XII

*«Ich kann nicht guten Gewissens sagen, daß ich die Über-
nahme des Zölibats als Lösung unserer gegenwärtigen
Schwierigkeiten betrachte.»*
HERBERT HENSLEY HENSON

I

Man reagiert skeptisch bei der Vorstellung, daß eine Liebe auf
den ersten Blick dauern könne», sagte Darrow, «aber man
muß sich immer vor Augen halten, daß auch unwahrscheinliche
Dinge geschehen, und Ihr Gefühl für Lyle könnte durchaus eine
dieser Unwahrscheinlichkeiten sein. Mit anderen Worten, Charles,
ich werde in dieser Sache ganz unvoreingenommen sein. Aber
können Sie sich zu einer ähnlichen Haltung aufraffen? Ich möchte,
daß auch Sie während dieser Diskussion alles objektiv beurteilen.»

Ich sah ihn argwöhnisch an. «Ich soll zugeben, daß ich mich bei ihr
geirrt haben könnte?»

«Sie brauchen sich nicht bedroht zu fühlen. Ich will Ihre Gefühle
nicht untergraben, ich will sie nur klären, denn aus dieser Klärung
könnten sich wichtige Konsequenzen ergeben.»

Widerstrebend sagte ich: «Gut, ich will objektiv sein. Fangen Sie
an.»

«Nehmen wir einmal nur für einen Moment an, Ihre Gefühle sind
tatsächlich eine Illusion. Aber wenn Sie erkannt hätten, daß Sie sich
geirrt haben, dann würden Sie doch wohl zugeben, daß eine Ehe
nicht in Frage kommt, und deshalb würde das Rätsel, ob sie Jardines
Geliebte ist oder nicht, irrelevant werden, ja?»

Mit noch größerem Widerstreben sagte ich: «Ja. Aber ich bin
trotzdem sicher –»

«Schön, nehmen wir jetzt einmal an, Sie haben sich nicht getäuscht und Lyle ist die langersehnte richtige Frau. Dann müssen Sie natürlich die Wahrheit wissen. Aber wie groß ist die Wahrscheinlichkeit, daß Sie Lyle schon zu Beginn Ihrer Bekanntschaft mit solcher Klarheit beurteilen konnten? Oder, um es anders auszudrücken, wir wissen, daß Liebe auf den ersten Blick möglich ist, aber wie wahrscheinlich ist das in dieser besonderen Situation?»

«Ich fühle mich so sicher, daß ich mich nicht völlig täuschen kann –»

«Dann sehen wir uns eine dritte Theorie an. Nehmen wir an, Ihre Gefühle für Lyle beruhen weder ganz auf Illusion noch ganz auf Realität, sondern auf einer Mischung von beidem. Mit anderen Worten, es mag wohl eine gewisse Illusion vorliegen, aber Sie haben trotzdem an Lyle etwas erkannt, das sie, wie Sie richtig glauben, zu einer guten Ehefrau für Sie macht.»

«Genau das empfinde ich!» rief ich aus. «Ich sah sie nur an und wußte sofort, sie kann mit meinen Problemen fertig werden!»

«Meine erste und wichtigste Bemerkung zu dieser Feststellung: Wahrscheinlich könnte keine Frau in befriedigender Weise mit Ihren Problemen fertig werden, solange Sie nicht gelernt haben, selbst mit ihnen fertig zu werden. Nächste wichtige Bemerkung: Sie können nicht wissen, wie wahr diese Feststellung ist, solange Sie nicht erkennen, wo die Grenzlinie zwischen Wahrheit und Illusion verläuft. Entgegen Ihrer Annahme ist die wahre Schwierigkeit hier nicht das, was zwischen Lyle und Jardine vorgeht, sondern das, was zwischen Ihnen und Lyle vorgeht. Sie gehen praktisch immer im Kreis herum auf der Jagd nach dem falschen Problem.»

«Aber es ist doch entscheidend, daß ich herausfinde –»

«Herauszufinden, ob sie seine Geliebte ist, ist nur dann von entscheidender Bedeutung, wenn Sie zunächst herausfinden, ob Ihre Gefühle für sie echt sind.»

«Aber ich kann mich doch nicht völlig getäuscht haben! Ich bin schließlich ein reifer Mensch von siebenunddreißig Jahren –»

«Ich gebe zu, das ist ein starkes Argument zu Ihren Gunsten, aber, Charles, wie unbestreitbar Ihre Reife und Ihre Erfahrung auch sind, Sie müssen auch in Betracht ziehen, daß diese Ihre Schwierigkeiten Ihr Urteilsvermögen vielleicht trüben.»

«Ich sehe nicht genau, wohin Sie mich da führen», sagte ich. «Wollen Sie damit sagen –»

«Ich will damit sagen, daß dieses Problem ein großes Ganzes ist und daß wir Ihre Gefühle für Lyle genausowenig losgelöst von Ihren übrigen Schwierigkeiten betrachten können, wie wir dies bei dem Vorfall mit Loretta tun konnten. Ich will damit sagen, daß wir, wenn wir an die Gesamtkrise herangehen wollen, lieber keine Zeit mit Spekulationen darüber verschwenden, was in Starbridge vorgeht oder nicht vorgeht, sondern Ihre privaten Schwierigkeiten untersuchen, denn dann und erst dann werden Sie das Rätsel von Starbridge sehen können mit Augen, die klar genug sind, um Wahrheit von Phantasie und Realität von Illusion zu unterscheiden.»

2

Am Abend trafen wir uns wieder. Er nahm mich zum erstenmal mit ins Sprechzimmer, nicht ins Empfangszimmer für die Besucher mit seinem schlichten Tisch und den Stühlen, sondern in das Sprechzimmer des Abtes auf der anderen Seite der Halle, und gleich brachte uns ein Mönch Tee und eine Schale mit Haferplätzchen.

«Ist das eine Belohnung für gutes Benehmen?» fragte ich belustigt, nachdem der Mönch gegangen war.

«Ich wollte, daß Sie sich ein wenig erholen, ehe wir uns auf die Reise zu Ihren privaten Problemen begeben.»

Der Raum war groß und überraschend üppig im Stil der neunziger Jahre des vergangenen Jahrhunderts ausgestattet. Ich nahm an, daß man diese Einrichtung vom ursprünglichen Besitzer übernommen und beibehalten hatte, um wichtige Besucher zu beeindrucken, die den Abt zu sprechen wünschten. Wir saßen in gut gefederten, mit rotem Samt gepolsterten Sesseln zu beiden Seiten des marmorverkleideten Kamins. Über dem Kaminsims hing ein passables Gemälde – wahrscheinlich eine Geldanlage der Forditen –, das Christus im Garten Gethsemane zeigte. Auf dem Sims tickte leise eine prächtige Uhr, deren Zifferblatt von zwei spärlich bekleideten Nymphen gestützt wurde. Der Fries unter dem Sims zeigte heidnische Jagdszenen mit noch mehr kaum verhüllten weiblichen Wesen. Es wunderte mich, daß er den Einzug der Forditen überlebt hatte.

«Ein interessantes Zimmer», murmelte ich höflich, als er mir meine Teetasse reichte.

«Das kommt ganz auf das Interesse des Betrachters an.»

Wir lachten, und ich fragte mich, ob er die Erholung nicht nur mir, sondern auch sich selbst verschrieben hatte. Ich spürte, daß er froh war über meine Gesellschaft, in der er sich weniger als Fremder in einer unvertrauten Umgebung fühlte, und ich wollte ihn gerade bitten, mir mehr von sich zu erzählen, als er sagte: «Wie stehen Sie jetzt zu dem Rätsel von Starbridge? Geht es Ihnen noch immer im Kopf herum, oder haben Sie es endlich in eine Zwangsjacke stecken können?»

«Ich habe die Zwangsjacke zur Hand; und ich habe eingesehen, daß es im Augenblick zwecklos ist, sich weiter in Spekulationen zu ergehen, nur bekomme ich das Rätsel noch nicht ganz in die Jacke hinein. Aber was ich wirklich gern wissen wollte, Father: Was halten Sie von meiner Geschichte?»

«Meine Meinung ist unwichtig», sagte Darrow sofort. «Meine Aufgabe ist es, das Problem zu erhellen, so daß Sie sich Ihre eigene Meinung auf rationaler Basis bilden können.»

«Das verstehe ich, aber –»

«Man könnte sogar der Ansicht sein, daß jede Meinung, die ich hätte, wertlos wäre. Ich war in Starbridge nicht dabei. Ich habe nur Ihre Aussage, und die ist zwangsläufig von mehreren Faktoren beeinflußt, von denen einige die Wahrheit entstellen können, wie sehr Sie sich auch um Aufrichtigkeit bemühen.»

«Ja, das verstehe ich auch. Aber trotzdem –»

«Ich kann mit einem Scheinwerfer in die dunklen Winkel leuchten. Aber wird Ihnen das helfen, das Rätsel in die Zwangsjacke zu bekommen, oder wird es Sie nur noch weiter im Kreis herumtreiben?»

Ich versuchte in Worte zu fassen, daß ich einen Zollstock brauchte, an dem ich meine Zurechnungsfähigkeit messen konnte. «Ich brauche eine Reaktion von Ihnen», sagte ich. «Sonst frage ich mich ständig, ob Sie insgeheim glauben –» Mehr brachte ich nicht heraus, aber ich hatte offenbar genug gesagt; Darrow traf sofort seine Entscheidung.

«Gut», sagte er. «Ich schalte den Scheinwerfer ein. Einige Aspekte Ihrer Geschichte scheinen mir in der Tat eine gewisse Bedeutung zu haben...»

3

«Richten wir den Scheinwerfer zunächst auf Lyle», sagte Darrow. «Wenn sie nicht entweder lesbisch oder eng mit einem anderen Mann liiert ist, läßt sich schwer erklären, weshalb sie alles tut, um Sie auf Distanz zu halten. Ich habe nicht vergessen, daß ihre Abneigung gegen die Ehe tief psychologisch begründet sein mag, aber mir scheint, wenn sie vollkommen frigide wäre – um das Wort in seinem psychoanalytischen Sinn zu gebrauchen –, dann hätten Sie das während der intimeren Augenblicke mit ihr gemerkt.»

«Wenn ich an diesen glühenden Kuß nach dem Abendessen im Staro Arms denke –»

«Ja, wenn Sie das Gefühl haben, sie ist sexuell normal, wäre Ihre natürliche Reaktion, nach dem Mann Ausschau zu halten, der von ihrer Normalität profitiert; aber, Charles, selbst wenn dieser Mann Jardine ist, beweist das noch nicht, daß sie mit ihm schläft. Sie könnte das Opfer einer unerfüllten Leidenschaft sein – und wenn wir uns irren und tatsächlich ein Schatten auf ihrem Gemüt liegt – Angst vor dem Geschlechtsverkehr vielleicht, die sich durchaus mit anscheinend normaler Freude an einem Flirt vertragen kann –, dann mag sie das Gefühl haben, daß eine unerfüllte Leidenschaft besser für sie ist als eine erfüllte.»

Diese unangenehm plausible Theorie war mir nicht neu, aber das machte sie nicht erträglicher. «Das war eigentlich Jardines Erklärung für ihr Junggesellendasein», sagte ich widerstrebend.

«Ja, aber das beweist nichts», sagte Darrow sogleich. «Sie könnte zutreffen – aber wenn er sich gezwungen sah, zur Erklärung ihres Ledigseins eine Geschichte zu erfinden, würde er natürlich auf die plausibelste verfallen, die zur Verfügung steht.» Und ehe ich noch etwas sagen konnte, setzte er hinzu: «Richten wir den Scheinwerfer jetzt auf Jardine, denn der nächste bedeutsame Aspekt auf meiner Liste ist Jardines Einstellung zu Ihnen. Ich glaube, Sie haben bisher nicht realisiert, wie eigenartig die ist. Da haben wir einen Mann, der in dem Ruf steht, bei seinem unablässigen Kreuzzug gegen die Heuchelei ziemlich oft recht grob zu sein. Doch als Ihre machiavellistischen Ziele endlich zutage liegen, verliert Jardine da die Beherrschung? Nein. Er gibt zwar seiner Empörung Ausdruck, aber sein Zorn richtet sich nicht gegen Sie, sondern gegen Dr. Lang, und dann bemüht er sich angestrengt, höflich zu sein – ja, er scheint Sie sogar zu umwerben. Das ist zwar alles sehr anerkennenswert, aber ist es typisch für Jardine? Nicht nach allem, was ich über ihn gehört habe. Warum hat er Sie nicht hinausgeworfen? Zu sagen, Ihre plötzliche Abreise würde eine unerwünschte Publizität hervorrufen, ist Unsinn. Jardine streitet sich immer mit Leuten. Er hat gerade erst im Oberhaus einen Streit mit seinem Erzbischof ausgefochten. Welche Zeitung würde sich dafür interessieren, daß er jetzt einen Streit mit einem bloßen Kanonikus gehabt hat? Sein ganzes Verhalten ist höchst verwirrend.»

Das war ein Aspekt des Rätsels von Starbridge, den ich noch nicht erkannt hatte. «Und die Erklärung?» fragte ich.

«Die würde ich gern von Ihnen hören.»

«Jardine könnte bestrebt gewesen sein, mich zu besänftigen, um meinen Argwohn zu zerstreuen – und um seine Beziehungen zu Lang durch meinen Hinauswurf nicht noch zu verschlechtern.»

«Richtig. Vielleicht befürchtete er auch, Lang würde das Schlimmste vermuten, wenn er Sie hinauswirft. Fahren Sie fort.»

«Sonst habe ich keine Erklärungen mehr.»

«Es gibt noch eine andere Möglichkeit», sagte Darrow, während er mir Tee nachschenkte. «Er könnte dem Drang nachgegeben haben, einen vielversprechenden jungen Mann wie einen Sohn zu behandeln. Das ist bei kinderlosen Männern mittleren Alters ein bekanntes Syndrom und würde jedenfalls sein ungewöhnliches Wohlwollen Ihnen gegenüber erklären.»

Ich konnte plötzlich meinen Tee nicht mehr trinken. Ich mußte die Tasse auf die Untertasse stellen.

«Mit einiger Sicherheit können wir hier nur sagen», meinte

Darrow, der mich beobachtete, «daß Jardine untypisch handelte, ein Umstand, der von Bedeutung sein könnte. Und mein nächster bedeutsamer Aspekt –»

«Ja», sagte ich, «wo leuchtet der Scheinwerfer als nächstes hin?»

«Richten wir ihn auf den Siegelring. Bis jetzt scheint jeder, selbst Loretta, Ihre Theorie über eine informelle Heirat als das Letzte an zügelloser Phantasie betrachtet zu haben, aber Tatsache bleibt, daß es die einzige Theorie ist, die erklärt, wie Jardine in eine Liaison mit Lyle eintreten und dennoch glauben konnte, er begehe keine Todsünde. Daß er sich dabei einer schweren Selbsttäuschung hingegeben hätte, steht jetzt nicht zur Debatte.»

Ich war so erleichtert, daß ich keine Worte fand.

«Die Frage, die ich Lyle stellen möchte», sagte Darrow, als er sah, daß ich nicht sprechen konnte, «ist die: Warum hat die alte Mrs. Jardine – die Stiefmutter – ihr gerade diesen Ring gegeben? Die meisten Frauen dieser Generation besitzen wahrscheinlich mehrere Ringe, nicht notwendigerweise teure, doch hübsche Ringe mit Halbedelsteinen. Wenn Mrs. Jardine so arthritische Hände hatte, hätte sie keinen ihrer Ringe tragen können. Warum hat sie da für Lyle nicht einen schönen, zierlichen Ring gewählt? Warum ist sie auf diesen so maskulinen Siegelring verfallen, wenn er nicht eine besondere Bedeutung hatte?»

«Das stimmt.» Die Erregung hatte mir die Sprache wiedergegeben.

«Nur ruhig, Charles. Daß sie ihr gerade diesen Ring geschenkt hat, beweist noch nichts – alte Damen können seltsame Launen haben. Aber bedeutsam ist es doch.» Er schenkte sich selbst ein wenig Tee ein. «Noch etwas finde ich bedeutsam», fuhr er fort. «Als Sie nach dem Abendessen von dem Bestehen einer informellen Ehe zu reden begannen, da hat keiner eine Bemerkung gemacht wie etwa ‹Um Gottes willen, was faselt er da?› oder ‹Entschuldigen Sie, Dr. Ashworth, aber würden Sie das wiederholen, ich muß mich verhört haben›. Ihre bizarren Behauptungen werden mit bemerkenswertem Mangel an Erstaunen aufgenommen – aber das mag damit zusammenhängen, daß alle angesichts Ihrer Betrunkenheit peinlich berührt und erstarrt waren.»

«Also ist noch immer nichts bewiesen!»

«Nein, aber die nächste bedeutsame Tatsache – Jardines letztliche Erklärung für seinen Dreipersonenhaushalt –, da fragt man sich doch, was eigentlich vorgeht.»

«Ja?» sagte ich verwirrt. «Aber das klang alles so überzeugend! Meine Gewißheit, daß ich die Wahrheit herausgefunden hatte, wurde völlig zunichte!»

«Das spricht für Dr. Jardines Überzeugungskraft. Er mag in der Tat völlig unschuldig sein, aber ein Widerspruch in seiner Geschichte ist Ihnen offenbar entgangen. Als erstes sagte er, er habe sich zu Lyle hingezogen gefühlt; aber er kam seiner Frau entgegen und behielt Lyle im Hause. Es ist doch sehr unwahrscheinlich, daß ein Geistlicher einen solch riskanten Kurs steuert, es sei denn, er liebt die andere Frau sehr und ist für seine Handlungsweise nicht mehr verantwortlich. Doch gestehen wir ihm zu, daß er wegen des Gesundheitszustands seiner Frau völlig ratlos war; nehmen wir an, er hat die Wahrheit gesagt, als er andeutete, seine Gefühle für Lyle seien ein eher lästiger sexueller Anreiz gewesen und er habe einen höchst zwingenden Grund gehabt, sie weiter bei sich zu beschäftigen. Er sagt weiter, er habe seine Gefühle unter Kontrolle bekommen, so daß der Haushalt funktionieren konnte. Auch das ist unwahrscheinlich, aber denken wir daran, daß Männer mittleren Alters über kleine, zudringliche Schwärmereien hinwegkommen können, vor allem dann, wenn sie, wie Jardine, ein starkes Motiv dafür haben; mit anderen Worten, entscheiden wir auch hier im Zweifelsfall zu seinen Gunsten und halten wir diese Behauptung für wahr. Aber dann kommt er mit etwas wirklich Erstaunlichem an: Er gibt zu, daß er bei der ersten Begegnung mit Lyle den Wunsch hatte, sie zu heiraten. Nach meiner Meinung, Charles, ist diese Angabe nicht zu vereinbaren mit seiner früheren Behauptung, es habe sich lediglich um eine lästige sexuelle Verlockung gehandelt. Wenn ein Mann heiraten will, sind starke Gefühle im Spiel, die sich einfach nicht als lästiges Gelüst im mittleren Alter abtun lassen.»

«Also hat er wahrscheinlich gelogen, als er sagte, er habe seine Gefühle unter Kontrolle bekommen!»

«Nun, ziehen Sie keine voreiligen Schlüsse. Dieser Widerspruch läßt seine Geschichte gewiß weniger plausibel erscheinen, aber es passieren auch nichtplausible Dinge, und wir haben noch immer keinen Beweis dafür, daß es ihm nicht gelungen wäre, in Radbury seine Gefühle zu beherrschen. Seine Behauptung, der Zustand seiner Gattin habe sich unter Lyles Obhut sehr gebessert, so daß sie die ehelichen Beziehungen wieder aufnehmen konnte, klingt sogar durchaus wahr und stützt die Vorstellung, daß die Ehe keineswegs noch weiter in die Brüche ging, sondern vielmehr zu neuem Leben erwachte.»

«Aber was geschah dann, als sie nach Starbridge kamen und Mrs. Jardines Zustand sich erneut verschlechterte? Könnten Jardines starke Gefühle für Lyle wieder durchgebrochen sein?»

«Das wissen wir nicht. Und darf ich Sie daran erinnern, Charles, daß wir keine Beweise dafür haben, daß Jardine und seine Frau sich nicht noch immer der ehelichen Intimität erfreuen.»

«Aber Loretta zufolge –»

«Loretta hat darüber, was mit der Ehe der Jardines vor fünf Jahren passiert sein könnte, eine plausible Theorie vorgebracht, aber sie bleibt Theorie.» Darrow hielt inne, damit ich das überdenken konnte, und fuhr dann fort: «Charles, das Bedeutsame an Jardines Enthüllung, daß er Lyle einmal heiraten wollte, ist nicht die Tatsache, daß hier ein grobes Fehlverhalten vorliegt. Das Bedeutsame liegt darin, daß sie eine Situation offenbart, die für Jardines Seelenheil gar nicht schlimmer sein könnte. Selbst wenn es zu keinem Ehebruch im körperlichen Sinne gekommen ist, würde der Spielraum für fortgesetzte ehebrecherische Gedanken jeden Beichtvater erbleichen lassen.»

Ich war so verblüfft über diesen Gedanken, daß ich ausrief: «Warum habe ich das denn nicht gleich gesehen?»

«Sie waren betrunken und maßlos verwirrt. Natürlich würde jeder geistliche Berater Jardine aufgefordert haben, das Mädchen auf der Stelle fortzuschicken, selbst wenn das für Mrs. Jardine einen weiteren Nervenzusammenbruch bedeutet hätte. Man kommt zwangsläufig zu dem Schluß, daß Jardine keinen Rat suchte und einfach weitermachte – ein sehr gefährlicher Kurs für einen Geistlichen in einer sehr gefährlichen Situation.»

«Damit wäre alles für jenen schweren Fehltritt vorbereitet gewesen, wie ihn die inoffizielle Heirat darstellen würde.»

«Möglicherweise, obwohl noch immer nicht bewiesen ist, daß sie stattgefunden hat. Dennoch ist die Situation bedeutsam – so bedeutsam wie diese letzte Szene zwischen Ihnen und Jardine, die Szene, die man zu Recht als einen Alptraum an geistlicher Beratung beschreiben könnte.»

Ich starrte ihn nur an. Dann überlief mich ein krampfhafter Schauder, und ich blickte zur Seite.

«Wir brauchen darüber jetzt nicht zu sprechen», sagte Darrow sofort. «Ich wollte nur darauf hinweisen, daß Jardines so augenfällig falsches Verhalten in dieser Situation bedeuten könnte, daß ihn die Genauigkeit Ihrer Bemerkungen zutiefst getroffen hatte, aber auch das ist, wie alle anderen Theorien, nicht bewiesen. Die harmlose Erklärung wäre die, daß es ihn erschütterte, einen jungen Mann, den er wie einen Sohn betrachtete, in solch äußerster Not zu sehen, und daß ihn seine gefühlsmäßige Bindung an Sie der Fähigkeit zu einer guten Beratung beraubte.»

Ich sagte vorsichtig, ihn noch immer nicht ansehend: «Erklären Sie mir doch bitte, weshalb Sie so sicher sind, daß er sich in dieser Situation falsch verhalten hat. Schließlich habe ich sie Ihnen nicht in allen Einzelheiten beschrieben. Wie können Sie wissen, ob an dem Desaster er schuld war wegen seiner Unfähigkeit oder ich, weil ich –» Mich überlief es abermals.

Darrow sagte ohne Zögern: «Sie waren doch ganz offensichtlich in einer äußerst schlimmen Verfassung, und es mußte etwas unternommen werden. Aber die Lösung hätte keine lange Rede sein dürfen, die Sie schließlich so in die Enge trieb, daß Sie die Nerven verloren und hinausstürmten und dann zu einer Fahrt aufbrachen, zu der Sie eigentlich nicht mehr in der Lage waren. Er hätte Sie beruhigen müssen, indem er Sie sprechen ließ; es war absolut nicht seine Sache, Reden zu halten, wo er hätte zuhören sollen. Und sein nächster Fehler war dann, das zu sagen, was er da zu Ihnen gesagt hat, denn was auch immer gesagt wurde, erwies sich deutlich als unerträglich für Sie. In dem einzigen Kommentar, den Sie mir bisher zu Jardines Rede gegeben haben, sagten Sie: ‹Er zerriß mein blendendes Bild und stieß mein anderes Selbst dahinter zurück›. Nun, wir wollen diesen Satz jetzt noch nicht analysieren, aber mir scheint doch klar zu sein, daß Jardine ein psychologisches Tabu brach: Er riß Ihre Schutzwehr nieder, die hätte intakt bleiben müssen, bis Sie stark genug waren, sie selbst niederzureißen.»

«Schutzwehr...»

«Machen Sie sich darum jetzt keine Sorgen. Wir werden natürlich noch über die Bedeutung Ihres blendenden Bildes sprechen müssen, wie auch über Ihr gesamtes Verhältnis zu Jardine, aber das tun wir erst, wenn Sie dazu bereit sind, und wenn wir so weit sind, dann, das kann ich Ihnen versprechen, werden die Schlüsse, die Sie ziehen, Ihre eigenen sein, und nicht die Schlußfolgerungen, die ich Ihnen während einer langen Rede aufgezwungen habe.»

Nach einer Pause sagte ich langsam: «Er dachte ganz offenbar – er machte mich glauben –»

«Hier hören wir auf», sagte Darrow und erhob sich.

«– aber Sie dagegen behandeln mich, als –»

«Kommen Sie, ich bringe Sie auf Ihr Zimmer.»

«Aber morgen», sagte ich, «spreche ich von ihm. Ich weiß, ich kann jetzt über ihn sprechen. Sie haben Vertrauen zu mir. Sie nehmen meine Theorien ernst. Sie glauben nicht, daß ich –»

«Lassen wir das bis morgen – jetzt sind Sie zu müde dazu», sagte Darrow, und gehorsam, in erschöpftes Schweigen fallend, ließ ich mich auf mein Zimmer führen.

4

«Ich möchte über Jardine sprechen», sagte ich am nächsten Tag, um ihn wissen zu lassen, daß ich nicht über Nacht den Mut verloren hatte.

«Wir können natürlich über ihn sprechen, wenn Sie wollen, aber ich dachte, wir beginnen diese Untersuchung Ihrer privaten Schwierigkeiten vielleicht mit einem weiteren Blick auf die verzwickte Frage Ihres Zölibats. Ich sage Ihnen, warum: Es scheint mir Ihr dringendstes Problem zu sein. Schließlich können Sie wahrscheinlich ohne Jardine leben, aber können Sie ohne eine Ehefrau leben? Doch wohl nicht.»

Das Thema Jardine war aufgeschoben, meine Anspannung ließ nach. Wir saßen wieder am Tisch in meinem Zimmer, und draußen im Garten regnete es noch immer.

«Die Situation ist wirklich verwirrend», fügte Darrow hinzu. «Einerseits scheinen Sie nicht daran zu zweifeln, daß Sie nicht zu einem Leben im Zölibat berufen sind. Aber wenn wir Zölibat im engeren Sinn als Ehelosigkeit nehmen, läßt sich nicht bestreiten, daß ein zölibatäres Leben genau das ist, was Sie erreicht haben.»

«Aber nicht als Antwort auf einen Ruf von Gott.»

«Da mögen Sie recht haben, aber es ist ein sehr wichtiger Punkt, und wir müssen ganz sicher sein. Es gibt, das ist wohl auch Ihre Ansicht, was die Ehe betrifft, zwei Typen von Kirchenmännern. Die eine Gruppe glaubt, die Ehe hindere sie daran, Gott in gehörigem Maße zu dienen, während die andere das Gefühl hat, als lediger Mann könne man Gott nicht richtig dienen, weil man ständig durch die Einsamkeit und die drängende Frage abgelenkt würde, wo (wie ein Matrose sagen würde) das nächste Nümmerchen zu machen ist.»

«Zu der Gruppe zähle ich», sagte ich.

«Möglich, aber nur keine Überstürzung! Nun glaube ich, Sie sind ebenfalls der Ansicht, daß sexuelle Frustration selbst den zum Zölibat Berufenen zu schaffen machen kann, weil bei beiden Gruppen von Kirchenmännern der ausschlaggebende Faktor bei der Wahl zwischen Ehe und Zölibat nicht immer die Stärke des Geschlechtstriebs ist.»

«Man denke an den heiligen Augustinus», murmelte ich.

«In der Tat, der heilige Augustinus, ein Zölibatär, der eine starke Sexualität eingestand. Charles, worauf ich hinaus will, ist dies: Ihr gegenwärtiger sexueller Drang ist nicht unbedingt ein Hinweis darauf, daß Sie grundsätzlich nicht zum Zölibat berufen wären, und ich möchte Sie jetzt fragen, warum Sie in diesem besonderen Stadium Ihres Lebens Verkehr haben. Ist es nur das bekannte Gelüst oder liegen komplexere Gründe vor?»

«Sie denken jetzt daran, daß ich den Verkehr mit Loretta mit

Morphiumspritzen verglichen habe. Sie glauben, ich benutze den Sex nur, um meinen Problemen zu entfliehen.»

Darrow sagte: «Wenn dem so wäre, bestünde die Gefahr, daß eine Ehe Ihre Probleme nicht löst, sondern noch verschlimmert. Deshalb müssen wir bei der Betrachtung Ihrer mysteriösen ambivalenten Einstellung zu einer Wiederverheiratung so vorsichtig sein. Sind Sie wirklich für das häusliche Leben geschaffen? Könnten Sie Gott dann besser dienen als ein Unverheirateter? Das sind Fragen, die sorgsam bedacht werden sollten, wenn wir zu einer genauen Einschätzung Ihrer Schwierigkeit in diesem Punkt gelangen wollen.»

«Ich sehe, worauf Sie hinaus wollen, Father, aber Tatsache bleibt, daß ich einmal verheiratet war und ganz sicher weiß, daß die Ehe mir helfen kann, besser zu beten, schwerer zu arbeiten und ein viel stetigeres spirituelles Leben zu führen. Im Augenblick bin ich hoffnungslos sprunghaft und Opfer jeder Ablenkung.»

«Schön, sei es so; ich akzeptiere, daß Sie sich der Ehe nicht enthalten wegen eines Rufs zum Zölibat, den Sie wegen Ihrer privaten Probleme nicht hören können. Nachdem wir also festgestellt haben, daß Sie eine Ehefrau brauchen, um Gott aufs beste zu dienen, untersuchen wir die Frage noch ein wenig näher, warum Sie nicht zum Altar finden können.» Er hielt inne und sah mich dann mit seinen sehr hellen grauen Augen fest an. «Charles, wer ist der, der heiraten will?»

Die Frage war so eigentümlich, daß ich ihn nur stumm anblicken konnte.

«Schließlich dürfen wir nicht vergessen», sagte Darrow, «daß Sie zwei sind, nicht wahr?»

Ich schlug mich eine Zeitlang mit dem Sinn der Worte herum, und wieder drängte er mich nicht. Schließlich konnte ich sagen: «Es ist das blendende Bild, das heiraten will.»

«Dieser Charles möchte die perfekte Ehefrau heiraten und fortan glücklich leben, wie dies ein beispielhafter Geistlicher tun sollte.»

«*Ich* möchte die perfekte Ehefrau heiraten und fortan glücklich leben, wie dies ein beispielhafter Geistlicher tun sollte.»

«Sie sind das blendende Bild?»

«Ja.»

«Schön, aber was ist mit Ihrem anderen Ich? Wie stellt der andere Charles sich noch einmal zur Ehe?»

«Ja, von seiner Einstellung habe ich neulich gesprochen, nicht wahr? Er bezweifelt, daß es ihm möglich ist, zu heiraten und fortan glücklich zu leben, weil er so untauglich und unwürdig ist, daß keine Frau mit ihm zurechtkommen würde. Außer Lyle.»

«Lyle steht aber auf irgendeine geheimnisvolle Weise für eine Ehe nicht zur Verfügung. Ist das nur ein Zufall, daß von den zwei Frauen in Ihrem gegenwärtigen Leben die eine sich als unabhängige Frau nicht für die Ehe interessiert und die andere sich offenbar nicht in eine Beziehung mit Ihnen einlassen will?»

Wieder brauchte ich Zeit zum Nachdenken, aber dann sagte ich: «Es ist kein Zufall. Es ist Teil eines wiederkehrenden Schemas. Seit einigen Jahren fühle ich mich nur zu Frauen hingezogen, die für eine Ehe mit einem Geistlichen nicht in Frage kommen.» Und unter einem Zwang setzte ich hinzu: «Hört sich das unsinnig an?»

«Nicht im geringsten», sagte Darrow gelassen. «Es ist höchst vernünftig von Ihrem anderen Ich, sich vor einer Wiederverheiratung zu hüten, wenn es einen solchen Schritt für eine Katastrophe hält.» Er hielt inne und fügte dann hinzu: «Der andere Charles scheint sich vor dieser Katastrophe sehr zu fürchten.»

Nach einem langen Schweigen brachte ich ein Nicken zustande.

«Das muß für Ihr anderes Ich eine schwere Bürde sein. Trägt es schon lang daran?»

«Sieben Jahre.»

«Dann muß der andere Charles erschöpft sein. Hat er nicht versucht, die Last loszuwerden und mit jemandem darüber zu sprechen?»

«Das kann ich nicht», sagte ich.

«Wer ist ‹ich›?» fragte Darrow.

«Das blendende Bild.»

«Ah ja», sagte Darrow, «und das ist natürlich der einzige Charles Ashworth, den die Welt sehen darf, aber Sie sind jetzt außerhalb der Welt, nicht wahr, und ich bin anders als alle anderen, weil ich weiß, daß es Charles zweimal gibt. Ich fange an, mich für dieses andere Ich zu interessieren, dieses Ich, dem keiner begegnet. Ich möchte ihm helfen, hinter diesem blendenden Bild hervorzukommen und die schwere Last abzusetzen, die es so lange schon quält.»

«Es kann nicht hervorkommen.»

«Warum nicht?»

«Sie würden es nicht mögen.»

«Charles, wenn ein Reisender unter seinem Gepäck fast zusammenbricht, dann braucht er keinen, der ihm auf die Schulter klopft und ihm sagt, was für ein feiner Kerl er ist. Dann braucht er einen, der die Last mit ihm teilen will.»

Ich dachte lange über diese Metapher nach.

«Stellen Sie sich vor, ich sei der Gepäckträger», sagte Darrow, «und bedenken Sie die Möglichkeit, daß das Leben weniger anstrengend sein könnte, wenn Sie einen Teil Ihres Gepäcks auf meinen leeren Karren laden.»

Ich dachte über diese Erweiterung der Metapher noch sorgfältiger nach. Schließlich sagte ich: «Wo soll ich anfangen?»

«Ich glaube, wir müssen sieben Jahre zurückgehen, bis zu der Zeit, als Sie die Last auf sich nehmen mußten. Können Sie erzählen, was vor sieben Jahren geschah, oder fällt es Ihnen zu schwer? Wenn Sie es im Augenblick nicht ertragen können, sprechen wir über etwas anderes.»

Nach einer langen Pause brachte ich heraus: «Meine Frau ist gestorben. Vor sieben Jahren. Sie ist gestorben.»

«Ah ja», murmelte Darrow und wartete, aber mein blendendes Bild sagte nur mit Haltung: «Ich fürchte, ich kann Ihnen nichts erzählen, was Sie nicht schon wüßten.»

«Gar nichts?»

«Nein, ich glaube, ich habe Ihnen schon gesagt, wie schrecklich das war, als sie starb, und offenbar habe ich den Kummer noch immer nicht überwunden. Es ist, als wollte ich mich nicht noch einmal an jemanden binden, der sterben und mir einen solchen Schmerz zufügen könnte.»

«Das verstehe ich sehr wohl», sagte Darrow, «aber wird der Kummer denn nicht gelindert durch die Erinnerung an die drei Jahre, die Sie zusammengelebt haben, bevor sie starb?»

«Doch, natürlich», sagte ich sofort. «Wir haben uns sehr geliebt und hatten drei vollkommen glückliche Jahre miteinander.»

«Keine Wolken am Himmel?»

«Keine.»

Darrow sagte nur: «Sie erwähnten einmal, Ihre Frau sei schwanger gewesen, als sie starb. War sie schon lange schwanger?»

«Nein, sie hatte es gerade erst gemerkt.»

«Aha. Und Sie waren drei Jahre verheiratet. Das muß für Sie beide eine starke Belastung gewesen sein.»

«Belastung?»

«Sich Monat um Monat zu fragen, warum kein Kind kommt.» Ich stand auf und ging aus dem Zimmer.

XIII

«Kinderlose Eheleute leben sich leicht auseinander.»

HERBERT HENSLEY HENSON

I

Ich ging ins Badezimmer und setzte mich einen Augenblick auf den Rand der Badewanne. Als ich mich wieder ganz in der Gewalt hatte, ging ich in mein Zimmer zurück und sah, daß Darrow noch immer am Tisch saß, aber ich gab ihm keine Gelegenheit zu sprechen, und sagte sofort: «Meine Ehe ist in diesem Zusammenhang unwichtig, und ich möchte nicht Ihre Zeit verschwenden, indem wir über Dinge reden, die nicht wichtig sind. Ich weiß, es ist lächerlich, daß ich nicht wieder geheiratet habe, aber ich brauche mich nur zusammenzureißen und vernünftig zu benehmen.» Ich ging beim Sprechen im Zimmer umher, blieb neben dem Nachttisch stehen, hob die Bibel hoch, blätterte in ihr. Die einzelnen Bücher flossen an meinen Fingern vorbei: Genesis, Exodus, Levitikus, Numeri, Deuteronomium, Josua –

«Offenbar möchten Sie das Gespräch lieber später fortsetzen», sagte Darrow und erhob sich. «Ich gehe, damit Sie sich entspannen können.»

«Sie sehen das ganz falsch!» sagte ich verärgert. «Sie glauben, ich kann nicht weitermachen, aber das kann ich – natürlich kann ich das! Und ich brauche mich nicht zu entspannen – ich bin völlig entspannt!»

«Warum schleichen Sie dann herum wie ein Löwe im Käfig?»

Ich schluckte den Fluch hinunter, den ich auf der Zunge hatte, und warf mich wieder auf den Stuhl. Auch Darrow setzte sich wieder, aber obwohl ich auf seine nächste Frage wartete, betrachtete er nur eine Minute lang seinen Abtsring, bis ich schließlich fragte: «Warum sagen Sie nichts?»

«Ich warte darauf, daß Sie weitererzählen.»

«Aber ich habe nichts zu erzählen.»

«Schön, dann schweigen wir eine Weile.»

Ich beugte mich vor und zupfte an seinem Ärmel, damit er aufhörte, den Ring anzusehen. Dann sagte ich: «Ich will weitermachen, aber dazu müssen Sie mir Fragen stellen.»

Darrow war sofort wieder der aufmerksame Gesprächspartner. «Lassen wir Ihre Frau einmal vorerst aus dem Spiel», sagte er, «und sprechen wir von jenen nicht in Frage kommenden Frauen, zu denen Sie sich seit ihrem Tod hingezogen fühlten. Inwiefern waren sie für einen Geistlichen nicht die richtigen Lebensgefährtinnen?»

«Sie waren geschieden oder lebten in Trennung oder waren Agnostiker – oder vage Deisten wie Loretta.»

In beiläufigem Ton sagte Darrow: «Haben Sie mit einer von ihnen geschlafen?»

Ich war entgeistert. «Du liebe Güte – nein, natürlich nicht! Das hätte sich herumgesprochen – das hätte meiner Karriere geschadet, meiner ganzen Zukunft – ich hätte unmöglich mit einer von ihnen Verkehr haben können!»

Darrow sagte: «Wer ist ‹ich›?»

Ich brachte keine Antwort heraus.

«Wir wissen aber», sagte Darrow, «daß jemand namens Charles Ashworth doch vor kurzem erst mit einer dieser nicht in Frage kommenden Frauen die Kohabitation vollzogen hat, einer vagen Deistin namens Loretta Staviski.»

«Das war nicht ich.»

«Also war es Ihr anderes Selbst, das mit Loretta verkehrte. Aber wie behilft sich dieses andere Selbst normalerweise, wenn es die Keuschheit nicht aushält?»

Nach einer Pause sagte ich: «Es fährt ins Ausland. Auf Urlaub. Immer ins Ausland. Loretta war eine Ausnahme, denn wenn ich hier bin, gelingt es mir gewöhnlich, den anderen einzusperren.»

«Und am Ende dieser Urlaube im Ausland steht dann immer die Beichte bei einem ausländischen Priester?»

«Natürlich! Beichte, Buße, Absolution . . . ich hätte sonst ja nicht weitermachen können, und ich muß weitermachen, denn nichts darf zwischen mir und meiner Berufung stehen. Wenn ich Gott nicht in der Kirche diene, wäre mein Leben ganz und gar sinnlos, also wäre es völlig verkehrt, nicht wahr, wenn mein Verlangen, ihm zu dienen, nur dadurch vereitelt würde, daß ein Untauglicher und Unwürdiger, der ich gar nicht bin, ab und zu einen Fehltritt tut.»

«Konnten Sie nie mit Father Reid über diese Schwierigkeiten sprechen, die Ihnen Ihr anderes Ich bereitete?»

«Oh, das konnte ich doch nicht! Der gute alte Father Reid, er mochte und schätzte mich so sehr, ich brachte es nicht über mich, ihn zu desillusionieren.» Ich zögerte, setzte dann entschlossen hinzu: «Das wäre grausam gewesen.»

Darrow sagte: «Und was war mit Dr. Lang, der Sie doch offensichtlich ebenfalls mag und schätzt? Haben Sie sich ihm je anvertraut, oder sagten Sie sich auch da, das wäre grausam?»

Ich blickte ihn scharf an, entdeckte aber keine Spur von Ironie, die auf Ungläubigkeit oder Tadel hingedeutet hätte. Mit Bedacht sagte ich: «Ich war keusch während meiner Zeit bei Lang.»

«Das ist mir klar, aber was ist mit der Zeit vor Ihrer Ordination, als Sie doch schon Langs Protegé waren? Hatten Sie als Student keine Affären?»

«Aber davon hätte ich Lang doch nichts erzählen können! Das hätte das Ende seiner Gönnerschaft bedeutet – er hätte mich nicht mehr gemocht und geschätzt!»

«Charles, lese ich zuviel in Ihre Worte hinein, wenn ich ihnen entnähme, daß Gemocht- und Geschätztwerden Ihnen viel bedeuten?»

Das war eine leicht zu beantwortende Frage. «Nun, natürlich bedeutet mir das viel!» rief ich aus. «Geht das nicht jedem so? Geht es darum nicht überhaupt im Leben? Erfolg ist, wenn die Menschen einen mögen und schätzen. Scheitern bedeutet, daß man zurückgewiesen wird. Das weiß doch jeder.»

«Wir wollen hier aufhören», sagte Darrow.

«Erfolg bedeutet Glück», sagte ich, «und deshalb bin ich eigentlich ein so glücklicher Mensch, trotz dieser kleinen Probleme, die ich im Augenblick habe. Ich hatte immer solchen Erfolg – eine wunderbare Karriere, eine wunderbare Ehe –»

«Darüber reden wir heute nachmittag», sagte Darrow. «Es sieht so aus, als wollte sich das Wetter aufklären. Vielleicht können wir das Gespräch im Kräutergarten führen.»

2

«Ich muß mich dafür entschuldigen, daß ich mich heute morgen so töricht gezeigt habe», sagte ich, als die milde Luft den Duft der Kräuter zu uns trug. «Sie waren kaum gegangen, da wurde mir bewußt, daß ich mich wie ein Irrer benommen hatte.»

«Sie waren ein wenig gereizt, aber Anzeichen von Irresein habe ich nicht erkannt.»

«Und dieses verrückte Hin und Her zwischen den zwei Personen?»

«Sie sprachen von sehr schwierigen Dingen, und ich habe Sie ermutigt.» Darrow war ganz gelassen. «Ich war es schließlich, nicht Sie, der die Vorstellung von den zwei Persönlichkeiten ins Gespräch eingeführt hat in der Hoffnung, wir könnten dadurch der Wahrheit näherkommen.»

Mir wurde leichter. «Trotzdem», sagte ich, «es war töricht, so zu tun, als wäre meine Ehe eitel Sonnenschein gewesen, denn das hat Sie gewiß skeptisch gestimmt. Schließlich waren Sie selbst einmal verheiratet; Sie müssen wissen, daß es selbst in der glücklichsten Ehe gelegentlich einen dunklen Tag geben kann.»

Eine Pause trat ein. Ich umklammerte die Armlehne des Gartenstuhls mit der linken Hand, während ich mit der rechten nach meinem Kreuz tastete. Dann fragte Darrow beiläufig: «Wann kam es zu dem ersten dunklen Tag in Ihrer Ehe?»

«Gleich zu Anfang; es ging dabei um Geld. Ich muß hier leider gestehen, daß ich im Umgang mit Leuten, auf die es ankam, zuviel ausgegeben hatte, und als ich Jane kennenlernte, hatte ich Schulden. Es war nicht eigentlich schlimm, weil ich ja als Headmaster ein gutes Gehalt in Aussicht hatte, aber die Gründung eines Hausstands ist teuer, und ich wollte nicht, daß Janes Vater glaubte, ich könne es mir nicht leisten, seiner Tochter das Beste zu bieten.»

«Ihr Schwiegervater schätzte Sie?»

«Ja, sehr, und da wollte ich ihn natürlich nicht mit meinen finanziellen Schwierigkeiten schockieren. Nun, nach der Hochzeit sagte ich zu Jane, wir müßten eine Zeitlang ein wenig kürzer treten – keine radikale Einschränkung, nur keine größeren Ausgaben.»

«Klingt vernünftig.»

«Ja, aber . . . sicher können Sie sich das Dilemma vorstellen, in das wir dadurch gerieten, Father.»

«Ich weiß noch», sagte Darrow, «daß ich fast einen Herzanfall bekam, als meine Frau den Kinderwagen kaufte und sagte, wieviel er gekostet hatte.»

«Ja, ich wußte, Sie würden mich verstehen, und Sie können natürlich auch sehen, in welch dumme Lage ich da als Geistlicher kam. Als ich heiratete, 1927, war die Einstellung der Kirche von England zur Empfängnisverhütung noch negativ.»

«Sehr dumm.»

«Jane war fromm, und als ich von Verhütungsmitteln sprach, war sie empört. Später hätte sie es vielleicht akzeptiert, wenn wir erst vier oder fünf Kinder gehabt hätten und eine weitere Schwangerschaft ihrer Gesundheit abträglich gewesen wäre, aber Empfängnisverhütung bei Jungverheirateten hielt sie nicht für richtig. Nun, ich auch nicht, aber . . . Es war schwierig, Father. Wirklich sehr schwierig.»

«Hat das zu Streit geführt?»

«Jane war kein Mensch, der sich stritt. Sie weinte nur und versuchte dann, tapfer zu sein, aber ich fürchtete ständig, sie würde sich ihrem Vater anvertrauen. Der alte Herr war ein Geistlicher der victorianischen Schule und hielt jede Empfängnisverhütung für eine Erfindung des Teufels.»

«Wie wirkte sich das denn auf Ihr Eheleben aus?»

«Nun, Jane wollte eine gute Ehefrau sein, und so schien oberflächlich alles in Ordnung, selbst als ich Präservative zu benutzen begann, aber . . . ich weiß, sie war nicht glücklich über diese Situation, und ich fühlte mich schuldig. Der eheliche Beischlaf wurde ein wenig verkrampft. Alles wurde ein wenig verkrampft, angespannt –»

«Sie benutzten ständig Präservative?»

«Ja, außer wenn mir einmal der Vorrat ausgegangen war. Ich konnte bei uns am Ort keine kaufen, weil man mich vielleicht erkannt hätte, und ich hatte nicht immer Zeit, um mich in der weiteren Umgebung danach umzusehen. So mußte ich manchmal den Coitus interruptus praktizieren – aber oh, wie ich das haßte! Ich hatte immer solche Angst, es könnte etwas passieren –»

«Richtige Angst? Warum? Waren Sie noch immer in finanziellen Schwierigkeiten?»

«Nein, meine Finanzsituation hatte sich gebessert. Als wir unseren ersten Hochzeitstag feierten, hatte ich sogar Geld auf der Bank.»

«Dann wurde also wohl wieder über ein Baby gesprochen?»

«Ja. Jane wollte die Verhütung aufgeben, und ich war einverstanden. Aber dann passierte das Schreckliche, Father, der Alptraum jedes Mannes. Ich begann unter vorzeitiger Ejakulation zu leiden. Ich ejakulierte oft schon vor der Immissio.»

«Wie bedrückend. Was sagte Ihr Arzt?»

«Oh, zu meinem Arzt konnte ich nicht gehen! Wir hatten gesellschaftlichen Umgang miteinander – er war ein Freund meines Schwiegervaters, und ich wollte nicht, daß mich jemand aus meinem Bekanntenkreis für einen sexuellen Versager hielt. Jedenfalls ging alles gut, solange ich Präservative benutzte.»

«Sie gingen also wieder zur Empfängnisverhütung über?»

«Was hätte ich tun sollen? Der sexuelle Vollzug unserer Ehe ohne Verhütung war zu einer Katastrophe geworden. Ich sagte zu Jane: ‹Ich werde die Präservative weiter benützen müssen, bis ich diese Störung überwunden habe›, und sie sagte: ‹Tu, was du für richtig hältst› – aber dann hörte ich sie im Schlafzimmer weinen –»

«Wann haben Sie sich Ihrem geistlichen Berater anvertraut?»

«Das habe ich nicht. Es war ja kein geistiges Problem.»

«Wollen Sie damit sagen, diese ernstliche eheliche Schwierigkeit hätte sich nicht auf Ihr Gebetsleben und Ihren Dienst an Gott ausgewirkt?»

«Aber ich konnte damit doch nicht zu dem guten alten Father Reid gehen! Er war so heiligmäßig – so weltentrückt in seinem Zölibat – wie hätte ich ihm da etwas von Präservativen und vorzeitiger

Ejakulation erzählen können! Über solche Dinge spricht man einfach nicht mit seinem geistlichen Berater, und außerdem... Ich wollte nicht, daß ein anderer Mann der Kirche etwas von der Verhütung erfuhr.»

«Darf ich im Zusammenhang mit Ihren Pflichten als Mann der Kirche fragen, wie Sie als Headmaster von St. Aidan's zurechtkamen, solange diese Schwierigkeiten andauerten?»

«Oh, Father, in gewisser Hinsicht war das überhaupt das schlimmste Problem – ich habe diesen Posten gehaßt! Alle diese heranwachsenden Jungen gingen mir auf die Nerven – ich hatte vergessen, wie öde das Internatsleben sein kann –»

«Wann merkten Sie, daß Sie einen Fehler gemacht hatten?»

«Fast sofort, aber ich hatte das Gefühl, ich dürfe nichts sagen, weil alle – vor allem Lang – erwarteten, daß ich die Aufgabe glänzend meistern würde, und weil ich sie nicht enttäuschen wollte. Mir war klar, daß ich die Situation wenigstens drei Jahre ertragen mußte – wäre ich früher gegangen, hätte man mich vielleicht für einen Versager gehalten.»

«Sie waren also mit Ihrer Arbeit unglücklich – was sagte Jane dazu? Das muß sie doch sehr bekümmert haben.»

«Oh, ich habe ihr nie etwas davon gesagt», erwiderte ich. «Nein, ich habe ihr natürlich nichts davon gesagt. Wie alle anderen erwartete auch sie, daß ich meine Sache sehr gut machen würde, und außerdem war sie schon so sehr bekümmert, daß ich ihr nicht noch mehr Kummer aufbürden wollte –»

«Wie stand es inzwischen mit Ihrem Intimleben?»

«Das war alles recht unschön. Gelegentlich ließ ich das Präservativ fort, aber dann klappte es nicht. Wir bemühten uns aber beide, so zu tun, als wäre alles normal, damit –»

«Aber eine solche Situation konnte doch nicht ewig fortdauern, ohne daß es zu einer Krise kam!»

«Ja, Jane bekam schließlich Depressionen. Es war kein richtiger Nervenzusammenbruch, wissen Sie – keiner hat es so bezeichnet –, aber sie weinte die ganze Zeit und sagte, sie wolle gehen und eine Zeitlang bei ihrem Vater bleiben... Ich bekam fast einen Anfall, als sie das sagte, aber dann schrie sie mich an und sagte, was ihr Vater denke, sei mir wichtiger als das, was *sie* denke, und ich sagte, nein, mir ist schrecklich wichtig, was du denkst, ich liebe dich, und da brach sie zusammen und sagte, wie kannst du einfach damit zufrieden sein, daß wir kein Baby haben, und ich sagte, ich bin nicht damit zufrieden, ich will ein Kind genauso sehr wie du . . . Und da, Father, da dämmerte mir endlich die schreckliche Wahrheit. Ich erkannte, daß das eine Lüge war. Ich wollte kein Kind, ich wußte nicht, warum. Ich weiß es noch immer nicht. Ich dachte einfach: Ich kann kein Vater sein, ich schaffe das nicht. Aber ich wußte, ich konnte Jane das nicht sagen, und ich wußte, ich konnte es auch niemand anderem sagen. Eine christliche Ehe ist zur Zeugung von Kindern da, und ich war nicht nur ein Christ, ich war ein Geistlicher. Aber dieser Fremde, der andere, der hinter dem blendenden Bild steht, der wollte kein Kind und drang in meine Ehe ein; ich – ich versuchte alles, um ihn draußen zu halten, alles, Father, ich versuchte es so sehr –» Ich war dem Zusammenbruch nahe, doch ich kämpfte dagegen an. ««Eng ist die Pforte»», flüsterte ich, ««und schmal der Weg.»» Ich rieb mir mit dem Ärmel über die Augen, und irgendwie fand ich die Kraft und konnte weitermachen.

«Das Seltsame ist», sagte ich, «sowie ich mir eingestanden hatte, daß ich kein Kind wollte, hatte ich keinen Ärger mehr mit vorzeitiger Ejakulation. Es war, als hätte mich das vor der Vaterschaft bewahrt, solange ich der Wahrheit noch nicht ins Gesicht sehen konnte, aber als ich die Wahrheit einmal erkannt hatte, hatte ich fast grenzenlose Kontrolle über mich. Ich täuschte Jane einen Orgasmus vor, und es gelang mir irgendwie, mich zurückzuhalten, bis ich anschließend ins Badezimmer gehen konnte –»

«Aber Jane muß doch gemerkt haben, daß keine Samenflüssigkeit kam.»

«Ich weiß es nicht. Ich weiß nicht, was sie dachte, Father. Wir haben nie darüber gesprochen.»

«Sie hatten sich also inzwischen einander sehr entfremdet.»

«O nein, Father, jeder meinte, Jane und ich seien doch so glücklich, das ideale junge Paar –»

«Wie ging die Tragödie zu Ende?»

Ich wollte schon sagen «Es war keine Tragödie», aber die Worte wurden nie gesprochen. Ich war zu erleichtert darüber, daß der Schmerz endlich richtig identifiziert worden war. Mir war, als hätte ich endlich ein Paar drückende Holzpantinen mit handgearbeiteten Lederschuhen vertauscht. «Tragödie», sagte ich. «Tragödie.» Ich mußte das Wort laut aussprechen, um mich zu vergewissern, daß es real war. Ich sagte zu Darrow: «Das Wort ‹Erfolg› ist es, das hier irreal ist, nicht wahr? Aber ich muß immer alles vom Erfolg her sehen, denn Tragödie und Fehlschlag sind» – ich suchte nach dem richtigen Wort, brachte aber nur «inakzeptabel» hervor.

Darrow schwieg.

«Tragödien und Fehlschläge widerfahren mir nicht», sagte ich. «Sie dürfen nicht passieren.»

«Wer ist ‹mir›?» fragte Darrow.

«Das blendende Bild.»

«Wem ist dann diese Tragödie widerfahren?»

«Meinem anderen Selbst.»

«Und der andere Charles weiß jetzt, daß es eine Tragödie war?»

«Ich glaube, er wußte es schon immer. Das Leiden schien so unverdient.»

«Hat seinen Zorn erregt, nicht wahr?»

Ich konnte nur nicken.

«Gut!» sagte Darrow erstaunlicherweise. «Er ist mit Recht zornig, wenn er eingesperrt war und sein Leiden nicht eingestehen durfte! Was kann man einem leidenden Menschen Schlimmeres antun, als ihn einzusperren?»

Ich sagte verwirrt: «Ich muß ihn doch eingesperrt halten!»

«Trotzdem – ich glaube», sagte Darrow zu dem blendenden Bild, «Sie brauchen eine Ruhepause. Ein so unerbittlicher Kerkermeister, das muß eine sehr anstrengende Tätigkeit sein. Ich glaube, der Gefangene könnte auf Ehrenwort hier in diesem Raum herausgelassen werden – nur für ein paar Minuten –, damit er die Geschichte dieser Tragödie vervollständigen kann, von der er das Gefühl hat, sie gehört zu ihm und nur zu ihm. Oder ist er vielleicht zu zornig, um darüber zu reden?»

«Nein, er will reden», sagte ich, «denn er weiß, Sie werden ihn verstehen.» Dann trat ich hinter dem blendenden Bild hervor. Ich kam mir nackt vor, schrecklich verletzlich, aber nicht allein. Ich kam heraus, weil Darrow da war, um mich kennenzulernen, und ich vertraute darauf, daß er nicht vor Entsetzen zurückwich.

«Die Tragödie endete, als Jane schwanger wurde», sagte ich, und *ich* sagte es, mein anderes Selbst sagte es, und nicht nur mein anderes Selbst, sondern *mein wahres Selbst,* der wirkliche Charles Ashworth sagte: «Ich weiß nicht, wie es passierte, aber ich nehme an, einmal habe ich beim Coitus interruptus nicht aufgepaßt. Dann kam ich eines Abends heim nach einer nervtötenden Lehrerkonferenz – wie ich diese Schule haßte! –, und Jane wartete auf mich mit glänzenden Augen, um mir die freudige Nachricht mitzuteilen. Und da trat ich – mein anderes Selbst – MEIN WAHRES SELBST – an die Stelle des blendenden Bilds. Ich sagte: ‹Mein Gott, das hat mir gerade noch gefehlt nach wieder einem verdammten scheußlichen Tag in dieser verdammten scheußlichen Schule› und schenkte mir einen doppelten Whisky ein. Jane sagte: ‹Du bist nicht der Mann, den ich zu heiraten geglaubt habe.› Tränen liefen ihr übers Gesicht, und sofort war ich völlig zerknirscht von Schuldgefühlen. Ich ging zu ihr, bat sie, mir zu verzeihen, aber sie rief: «Niemals!» und schlug mich und stürzte hinaus. Ich war so benommen, daß ich ihr nicht gleich nachrannte – und als ich es dann tat, war es zu spät. Sie war zur Garage gelaufen und hatte den Wagen herausgeholt. Als ich kam, fuhr sie schon los, und keine fünf Minuten später war sie gegen einen Baum gerast – sie war sofort tot – ein anderes Fahrzeug war nicht daran beteiligt, und bei der gerichtlichen Untersuchung sprach der Coroner von einem tragischen Unglücksfall, aber ich habe mich natürlich immer gefragt – mich immer gefragt –»

«– ob es Selbstmord war», sagte Darrow.

Ich beugte mich über den Tisch, vergrub das Gesicht in den Armen und weinte, wie ich seit dem Tod meiner Frau vor sieben Jahren nicht mehr geweint hatte.

«Wenn sie wirklich fromm war, war es kein Selbstmord», sagte Darrow. Er hatte seinen Stuhl um den Tisch herumgeholt, so daß er neben mir sitzen konnte.

«Aber ich kann dessen nicht sicher sein, und all die Zeit über hatte ich das Gefühl, ihr Tod sei allein meine Schuld –»

«Ich verstehe vollkommen, daß Sie so empfinden, Charles, aber das ist ein Urteil, das zu fällen Sie nicht befugt sind. Wir werden nie alle Umstände einer Tragödie erfahren, und selbst wenn wir sie kennten, besäßen wir vielleicht nicht die Weisheit, sie richtig zu deuten.»

«Aber die unbestreitbare Tatsache bleibt doch –»

«Unbestreitbar ist hier nur, daß Ihre Frau tot ist. Aus Gründen, die uns verborgen sind, hielt Gott es für gut, sie nach einem nur kurzen Leben in dieser Welt zu sich zu holen, und Sie müssen das akzeptieren. Ihr Schuldgefühl läßt Sie sagen, daß dies nicht hätte geschehen dürfen, daß Gott einen Fehler gemacht hat, aber das ist Hochmut. Sagen Sie sich statt dessen: ‹Jane ist jetzt jenseits allen Schmerzes, und es ist Gottes Wille. Ich habe in meiner Ehe Fehler begangen, aber ich darf mich jetzt nicht in Schuldgefühlen suhlen, sondern muß herausfinden, warum ich diese Fehler begangen habe, damit ich sie nicht noch einmal begehe. Das ist das Beste, was ich tun kann.› Dann wird Janes Tod einen Sinn gehabt haben.»

«Ich habe sie geliebt», flüsterte ich. «Ich habe sie wirklich geliebt.»

«Natürlich. Deshalb lehnen Sie sich ja jetzt nicht bequem zurück und sagen: ›Meine Ehe war eine Katastrophe, aber Gott sei Dank habe ich sie überstanden!‹ Und deshalb müssen Sie, zu ihrem Angedenken, Ihr Leben so umgestalten, daß Sie die richtige Ehe mit der richtigen Frau führen können. Ich glaube, Ihre erste Aufgabe besteht darin, daß Sie sich genau darüber klar werden, warum Ihre Ehe in solch schmerzliche Schwierigkeiten geriet.»

«Aber darüber bin ich mir ja klar! Mein wirkliches Selbst war einfach so untauglich, so unwürdig –»

«Halt!» sagte Darrow in so schneidendem Ton, daß ich zusammenfuhr. «Das widerspricht jedem Wort, das Sie gerade gesagt haben!»

Ich starrte ihn an. «Ich verstehe nicht –»

«Aus Ihrer Schilderung geht sehr deutlich hervor, daß Ihr wahres Selbst völlig mundtot war bis zu dieser letzten Szene. Wer hat denn nun wirklich Ihre Ehe geführt?»

Ich konnte ihm nicht antworten.

«Ihre ehelichen Schwierigkeiten haben doch nicht erst in dieser letzten Szene begonnen, oder? Sie begannen vor Ihrer Heirat, als Sie in finanzielle Nöte gerieten – und wer brachte Sie in finanzielle Nöte, indem er Sie zu einem aufwendigen Lebensstil verführte? Wer hielt Sie davon ab, Hilfe zu suchen, indem er forderte, daß niemand von den Schwierigkeiten Ihrer Ehe erfahren dürfe? Wer lockte Sie auf diesen unglückseligen Headmasterposten und bestand dann darauf, daß Sie dort blieben? Wer trat zwischen Sie und Ihre Frau und hinderte Sie daran, aufrichtig zu ihr zu sein? Wer leitete diese Tragödie ein und ließ dann Ihr wirkliches Selbst alle Last von Schuld und Scham tragen?»

Aber ich konnte noch immer nicht sprechen. Ich fand keinen Ausdruck für meine starke Gefühlsbewegung.

«Sie sind nicht der Schurke in dieser Geschichte, Charles», sagte Darrow. «Sie sind das Opfer. Eingesperrt werden sollte das blendende Bild, das Trugbild.»

4

Wir schwiegen lange, während ich mich bemühte, meine Identität aus einer neuen Perspektive zu erfassen, aber schließlich fügte Darrow hinzu: «Ich empfinde allmählich sehr, sehr großes Mitleid mit diesem Ihrem wahren Selbst. Schreckliche Dinge widerfahren ihm, aber keiner weiß davon, weil es nicht darüber sprechen darf. Es ist abgeschnitten, gefangengehalten von diesem unerbittlichen Kerkermeister. Es gelangt nur ins Freie, wenn der Kerkermeister zuviel getrunken hat, und dann ist es immer so aggressiv, daß es alles Maß zu verlieren scheint. Kein Wunder, daß es zornig ist! Es wird unter falscher Anklage gefangengehalten von einem Kerkermeister, der selbst hinter Gitter gehört. Empfinden Sie wirklich kein Mitgefühl mit ihm in seiner Not?»

«Ja, aber . . . was würde mein Mitgefühl nützen?»

«Sehr, sehr viel, denn wenn Sie es mit Mitgefühl betrachten anstatt mit Grauen, wird im Spiegel ein anderes Bild erscheinen. Liebe und Mitgefühl zeugen Verstehen und Vergebung, und wenn sich ein Mensch erst genügend selbst verstanden hat, um sich seine Fehler zu vergeben, wird die Untauglichkeit aufgehoben, die Unwürdigkeit getilgt – und das wollen wir doch, nicht wahr, Charles? Wir wollen Ihren Glauben an Ihren eigenen Wert wiederherstellen, damit Sie den Mut finden, das Trugbild beiseite zu schieben und über diesen Tyrannen zu triumphieren, der Sie so lange gequält hat.»

Abermals begannen die ungewollten Tränen zu fließen. Ich hörte mich flüstern: «Warum fühle ich mich so wertlos? Warum ist das alles geschehen?» Und Darrow sagte: «Das ist das Rätsel hinter dem Rätsel – und das müssen wir jetzt lösen.»

5

Am Abend trafen wir uns wieder. Hinter Darrow brannte wie üblich die Nachttischlampe und verlieh seinem schlichten grauen Haar einen vornehmen silbrigen Glanz. Die Autorität, die er gewöhnlich ausstrahlte, wirkte merklich gedämpft; ich spürte vor allem seine gelassene Ruhe.

«Können Sie noch einmal auf Ehrenwort herauskommen?» sagte er. «Ich möchte hören, was Sie von dem Trugbild halten; Sie hatten ja Zeit, über unser letztes Gespräch nachzudenken.»

«Es muß eingesperrt werden, das ist mir jetzt klar. Aber ich weiß nicht, wie ich das je schaffen soll.»

«Wenn wir das Rätsel hinter dem Rätsel lösen», sagte Darrow, «verschwindet dieser andere Charles vielleicht einfach.»

Ich war etwas verblüfft, aber skeptisch. «Ich kann mir nicht vorstellen, daß er irgendwann einmal nicht mehr da ist.»

«Schon seit langem da, nicht wahr?» sagte Darrow beiläufig.

«Immer schon.»

«Er war immer da und hat bestimmt, daß Erfolg soviel heißt wie jedermanns Zuneigung und Wertschätzung zu erringen?»

«Ja.»

«Aber was ist mit Ihnen, Charles? Wie würde Ihr wahres Selbst Erfolg definieren?»

«Nun, mir ist natürlich bewußt», sagte ich, «daß es im Leben um mehr geht als nur darum, die Zuneigung und Wertschätzung aller zu erringen. Erfolg heißt, seiner Berufung nach besten Kräften nachzugehen. Mit anderen Worten, man widmet sich dem Dienst Gottes, und –»

«Wer ist ‹sich›?»

«Das wahre Selbst», sagte ich automatisch und hörte mein rasches Atemholen. Noch immer mit der Einsicht ringend, auf die ich gestoßen worden war, schloß ich: «Man widmet sein wahres Selbst dem Dienst Gottes, und man ist bestrebt, seinen Willen zu tun.»

«Oder um es in nichttheologischen Begriffen auszudrücken», sagte Darrow, indem er mir Zeit ließ, meinen Kampf auszukämpfen, «Erfolg heißt, das ganze Potential an Gütern im wahren Selbst zu verwirklichen, so daß das Leben ein harmonischer Ausdruck der angelegten Gaben ist. Und jetzt, Charles, wie würden Sie, Ihr wahres Selbst, ihr Scheitern definieren?»

«Sein wahres Selbst einsperren, um einer Lüge nachzuleben», sagte meine Stimme. «Ohne Harmonie mit seinem wahren Selbst leben, um aus falschen Gründen die falschen Ziele zu verfolgen. Sich mehr um die Meinung der Leute kümmern als um den Dienst an Gott und die Erfüllung seines Willens.» Beschämt fügte ich hinzu: «Ich sehe, daß ich sehr gefehlt habe.»

«Ja, aber wir müssen festhalten, daß Ihre Fehler nicht aus irgendeiner zutiefst lähmenden Unfähigkeit Ihres wahren Selbst herrühren. Es weiß – *Sie* wissen – genau, was Sie mit Ihrem Leben anfangen sollten, aber das blendende Bild hat solche Gewalt über Sie, daß Sie ein ungeheures Maß an Zeit und Energie aufwenden müssen, um es bei Laune zu halten.»

Ich bedachte diese Zusammenfassung und stellte schließlich fest: «Ich bin wie jemand, der erpreßt wird.»

«Genau. Das Trugbild behauptet, daß die richtigen Leute Sie nur dann mögen und schätzen, wenn Sie ihm eine luxuriöse Wohnstätte gleich im vordersten Bereich Ihrer Persönlichkeit geben, und aus irgendeinem Grund sind Sie so süchtig nach Zuneigung und Wertschätzung, daß Sie dieser Forderung nachgeben, um Ihre Sucht zu befriedigen.»

Ich dachte darüber nach. «Wenn ich weiß, daß Leute mich mögen und schätzen», sagte ich wie tastend, «fühle ich mich nicht mehr so untauglich und unwürdig.»

Darrow blickte befriedigt, als hätte ein früher stammelnder Schüler eine eloquente Rede gehalten. «Ausgezeichnet», sagte er. «Und jetzt sehen Sie vielleicht, warum das Trugbild, wenn wir das Rätsel hinter dem Rätsel lösen, vielleicht einfach verschwindet.»

«Es muß darum gehen, die Sucht zu überwinden. Wenn ich mich nicht untauglich und unwürdig fühle, dann bin ich weniger abhängig von der Zuneigung und Wertschätzung der Leute, und dann brauche ich das blendende Bild nicht, um mich ihrer Zuneigung und Wertschätzung zu versichern.»

Darrow blickte wieder sehr zufrieden, als hätte der gehemmte Schüler die Klassenspitze erreicht, aber ehe er dazu Stellung nehmen konnte, sagte ich verzweifelt: «Ich sehe das alles zwar verstandesmäßig ein, aber –»

«– aber gefühlsmäßig können Sie sich noch immer nicht vorstellen, wie Sie je leben könnten, ohne daß Ihr blendendes Bild systematisch die Leute, auf die es ankommt, in Bann schlägt. Aber ich glaube, wenn wir es bis zu seinen Wurzeln zurückverfolgen und herausfinden, wie es in Ihr Leben kam, dann erkennen wir auch, warum Sie sich so wenig tauglich und nicht würdig fühlen, ohne es durchs Leben zu gehen.»

«Aber das blendende Bild hat keine Wurzeln», sagte ich ratlos. «Ich sagte Ihnen ja – es war schon immer da.»

«Wie interessant», sagte Darrow kühl. «Ich habe noch nie von einem Baby gehört, das komplett samt blendendem Bild auf die Welt gekommen wäre.»

Ich lächelte unsicher, ehe ich sagte: «Und wenn wir die Wurzeln nicht finden?»

«Oh, die finden wir schon. Wir brauchen nur zu wissen, wo wir danach graben müssen. Und wenn wir die Wurzeln freigelegt haben, dann reißen wir sie heraus, so daß das ganze schädliche Unkraut in

der Sonne verwelkt, während die halb erdrückte Pflanze im Blumenbeet endlich aufblühen kann.»

Ich dachte darüber schweigend nach, und das Schweigen dauerte
recht lang.

«Aber das Ausgraben ist schwere Arbeit», sagte Darrow und
beobachtete mich dabei, «und Sie fühlen sich vielleicht noch nicht
stark genug dazu.»

Ich sagte rasch: «Ist das die Stelle, wo das Tor noch enger und der
Weg noch schmaler wird?»

«Ja, aber wir brauchen uns diesem Tor jetzt noch nicht zu nähern,
Charles. Wir können einfach dasitzen und es uns eine Zeitlang
ansehen.»

Aber ich sagte nur: «Ich will weitermachen.»

XIV

*«Es ist nicht ganz leicht, einen autobiographischen Ab-
schnitt in ein Schriftwerk einzufügen, wie ich Ihnen jetzt
eines sende, aber ich glaube, der Versuch muß gemacht
werden, denn meine persönliche Religiosität ist zweifellos
stark durch den exzentrischen Verlauf meiner frühen Jahre
beeinflußt worden.»*   HERBERT HENSLEY HENSON

I

Es war Morgen, und das Licht eines wolkenverhangenen Tages
erhellte mein Zimmer, als wir wieder am Tisch saßen. Ich hatte
meinen Wunsch wiederholt, in die Tiefe zu stoßen, bis zur Wurzel
meines blendenden Bildes, aber Darrow hatte nicht sogleich darauf
geantwortet; ich argwöhnte, daß er zu ermessen suchte, inwieweit
mein Mut nur vorgetäuscht war.

«Nun, wir wollen nicht gleich zum gewachsenen Fels hinunter-
bohren», sagte er endlich. «Kratzen wir erst ein wenig Bodenkrume
ab, indem wir von Jardine sprechen.»

Meine Hand tastete nach dem Kreuz.

«Nicht ausführlich», sagte Darrow rasch. «Sie sollen mich nur in
einem Punkt aufklären: Hat Jardine Sie sofort gemocht? Später
mochte er Sie ja offenbar sehr, sonst hätte er Ihnen nicht von seinem
Vater erzählt.»

Es bedeutete kein Problem für mich, an den ersten Teil meines
Besuchs in Starbridge zu denken. «Ich glaube nicht, daß er mich
zuerst besonders mochte», sagte ich. «Er hielt mich für einen von
Langs aufgeweckten jungen Leuten.»

«Wollten Sie, daß er Sie mochte?»

«Ja, natürlich.»

«Warum ‹natürlich›? Es hätte Ihnen doch höchst gleichgültig sein können.»

«Ja, aber während unseres Streits beim Abendessen erweckte er den Eindruck, als lehne er alles ab, was ich sagte –»

«– und Ihnen gefiel es nicht, daß er Sie ablehnte.»

Ich zögerte und sagte dann rasch: «Ich war wütend.»

«Aber es ist doch wohl so, daß es Ihnen am Ende Ihres Besuchs gelungen war, seine Wertschätzung zu erringen trotz der Reibungen im Zusammenhang mit Langs Auftrag und Ihres Interesses an Lyle, ja?»

Ich nickte.

«Schön», sagte Darrow, «wir halten fest, hier war ein bedeutender Mann, viele Jahre älter als Sie, der Sie mochte und schätzte. Verlassen wir jetzt Jardine, und gehen wir weiter in die Vergangenheit zurück – sprechen wir von Ihrem Verhältnis zu Dr. Lang. Da scheint eine ähnliche Situation vorzuliegen... aber vielleicht täusche ich mich.»

«Nein», sagte ich widerstrebend. «Lang und Jardine sind zwei ganz verschiedene Menschen, aber es gelang mir, auch Langs Zuneigung und Wertschätzung zu erringen.»

«Können Sie die Beziehung zu Lang genauer beschreiben?»

«Ich war sein Protegé.»

«Nun ja, aber gibt es ein Adjektiv, das wir gebrauchen können, um die Haltung dieses eminenten und viele Jahre älteren Mannes zu kennzeichnen, der Sie mag und schätzt?»

«Gütig.»

«Ein anderes Adjektiv würden Sie nicht wählen?»

«Nein», sagte ich sofort.

«Schön, gehen wir noch ein wenig weiter zurück zu Janes Vater, einem weiteren viele Jahre älteren Mann, der gütig zu Ihnen war. Als Sie mir von Jane erzählten, machten Sie deutlich, wie wichtig Ihnen seine Zuneigung und Wertschätzung waren, und offenbar ist es Ihnen gelungen, gut mit ihm auszukommen. Hatte Jane Brüder?»

«Nein. Ich glaube, der alte Herr bedauerte das sehr.»

«Dann muß es ihn doch gefreut haben, einen so hervorragenden Schwiegersohn zu bekommen.»

Ich fuhr mit dem Zeigefinger über den Tisch und schwieg.

«Das ist doch ein bemerkenswertes Zusammentreffen, nicht?» sagte Darrow. «Drei distinguierte ältere Männer, und alle behandeln Sie mit außergewöhnlicher Wertschätzung! Würden Sie sagen, sie haben etwas Besonderes gemein?»

«Die Kirche.»

«War das die einzige Gemeinsamkeit?»

«Ja», sagte ich sofort.

«Und als Sie in Cambridge studierten – ich nehme an, gab es auch da eine besondere Persönlichkeit, die Ihnen ein gütiges Interesse entgegenbrachte?»

«Ja, tatsächlich, die gab es», sagte ich. «Ich wurde der Protegé des Masters von Laud's.»

«Hatte er Familie?»

«Seine beiden Söhne waren im Krieg gefallen.»

«Und bevor Sie nach Cambridge gingen, zeigte gewiß der Headmaster Ihrer Schule besonderes Interesse an Ihnen, nicht wahr?»

«Ja, ich war Primus.»

«Und auf der Vorschule?»

«Da auch.»

«Und was war, ehe Sie auf die Vorschule kamen?» sagte Darrow. «Wer war da der wichtige ältere Mann in Ihrem Leben?»

Ich blickte zum Fenster hinaus, blickte in den Garten hinab, blickte weit in die Vergangenheit zurück, und Stille umschloß uns, indes die Erinnerungen sich in meinem Gedächtnis rührten.

«Charles», sagte Darrow, «seit einigen Tagen sehe ich all die Personen aus dem Drama Ihres Lebens auf der Bühne vorüberziehen, aber eine sehr wichtige Person ist noch nicht erschienen. Hat sie vielleicht jetzt ihren lange erwarteten Auftritt, oder heben Sie sie für eine spätere Szene auf?»

Ich lachte. «Oh, er soll ruhig seinen Auftritt haben!» sagte ich. «Aber mein Vater ist in diesem Zusammenhang nicht wichtig.»

«Wenn Sie lieber nichts mehr sagen wollen –»

«Nein, nein – was wollen Sie wissen?»

«Nun, vielleicht erzählen Sie mir kurz, wie Sie mit ihm aus-kamen –»

307

«Außergewöhnlich gut», sagte ich. «Er ist ein tadelloser Bursche, und ich zolle ihm Respekt und Bewunderung.»

«Sie sind also immer gut mit ihm ausgekommen, ja?»

«Immer. Na ja – es gab einen kleinen Ärger, als ich in die Kirche eintrat – nein, nennen wir das Kind beim Namen und sagen wir, es war ein ausgewachsener Streit –, aber darüber sind wir seit Jahren hinweg, und jetzt ist er stolz auf meine erfolgreiche Karriere. Ich habe meine Eltern beide sehr gern, und mein Bruder und ich sind gute Freunde – ich würde sagen, wir sind eine ungewöhnlich eng verbundene glückliche Familie.»

Darrow sagte nur: «Wann waren Sie das letzte Mal zu Hause?»

2

Ich sagte: «Ich möchte heute morgen lieber nichts mehr sagen. Es geht mir gut, mir fehlt nichts, aber ich glaube, ich brauche etwas Zeit, um über das außergewöhnliche Zusammentreffen nachzudenken, daß ich immer diesen älteren Kirchenmännern begegne!» Ich lächelte, um zu zeigen, wie belustigt ich war, wie gelöst, wie sehr Herr meiner selbst, und mein Selbst war das blendende Bild, bedroht, von Furcht erfüllt, bereit, bis zum Letzten ums Überleben zu kämpfen.

Darrow sagte höflich zu ihm: «Wie Sie wollen. Hoffen wir auf Sonnenschein heute nachmittag im Kräutergarten.»

3

«Jetzt soll ich wohl zugeben», sagte ich später, als Darrow sich im Kräutergarten zu mir auf die Bank setzte, «daß wir zu Hause ein paar gemeinsame Leichen im Keller haben.»

«Charles, ich bin nur der Gepäckträger mit dem Karren. Ich bin nicht hier, um die Art Ihres Gepäcks zu kritisieren oder Ihnen zu befehlen, welches Stück Sie absetzen sollen. Meine Aufgabe ist es lediglich, Ihnen zu ermöglichen, jedes Stück loszuwerden, das Sie nicht mehr tragen wollen, aber die Entscheidung, was Sie behalten und was Sie absetzen, liegt allein bei Ihnen.»

Nachdem ich darüber nachgedacht hatte, fühlte ich mich sicher genug, zu sagen: «Ich bin kein Dummkopf. Sie wollen, daß ich all dieses gütige Interesse älterer Männer als väterlich bezeichne. Ich soll eingestehen, daß ihre wichtige Gemeinsamkeit der Umstand war, daß sie keine Söhne hatten. Ich soll zugeben, daß es kein erstaunlicher Zufall ist, wenn in meinem Leben anscheinend immer wieder diese Art von älteren Männern auftritt. Und jetzt soll ich eingestehen, daß in meinem Verhältnis zu meinem Vater etwas nicht stimmt. Aber da stimmt alles. Wir mögen uns sehr.»

«Na schön», sagte Darrow gelassen. «Halten wir uns nicht mit Ihrem Vater auf. Sprechen wir von all diesen Vaterfiguren, die Sie im Lauf der Jahre zusammengebracht haben.»

««Vaterfiguren› – was für ein verdammt widerwärtiges Wort!» rief ich aus, und bei dem Wort ‹verdammt› spürte ich, wie das blendende Bild schwächer wurde. Ein Geistlicher darf nicht fluchen. Mir wurde plötzlich bewußt, daß mein wahres Selbst zu entkommen versuchte, und ich brauchte Zeit, um es einzusperren. Um Darrow abzulenken, sagte ich: «Sind Sie ein Gefolgsmann von Freud?»

«Sagen wir, ich bin ein interessierter Beobachter.»

«Ich halte Freud für Quatsch. Ich weigere mich einfach, zu glauben, alle Männer liebten ihre Mütter und seien ständig auf der Suche nach Vaterfiguren.»

«Sagt Freud das tatsächlich? Aber lassen wir Freud – und vergessen wir diesen Begriff ‹Vaterfiguren›, der höchst unglücklich ist, wie ich zugebe. Wie würden Sie selbst alle diese gütigen älteren Männer in Ihrem Leben bezeichnen?»

«Nun, offensichtlich sind sie Substitute für meinen Vater, das sehe ich schon, aber das kann nicht die ganze Erklärung sein, denn die Einstellung meines Vaters zu mir ist auch gütig.»

«Halten Sie es für möglich», sagte Darrow, «daß Sie es einfach genießen, ein Sohn zu sein? Wenn Ihr Verhältnis zu Ihrem Vater so gut ist, können Sie vielleicht dem Drang nicht widerstehen, es bei jeder Gelegenheit zu wiederholen.»

Diese Vorstellung erschien mir grotesk. Ich sah ihn argwöhnisch an und sagte etwas schroff: «Ich sammle wohl kaum Väter zum Vergnügen.»

«Nun, mir ging der Gedanke durch den Kopf, daß es eine recht zeitraubende und anstrengende Beschäftigung sein muß, der ideale Sohn zu sein.»

Ich lachte. «Als nächstes sagen Sie noch, das Sohn-Sein habe mich so erschöpft, daß ich nicht die Kraft hatte, mich in die Rolle eines Vaters zu versetzen!»

Darrow lachte auch. «Klingt absurd, nicht?»

«Lächerlich!» Ich zeichnete mit dem Finger auf der Armlehne der Bank ein Muster.

«Kommen wir der Wahrheit näher, wenn wir sagen, für Ihren Vater schien die Vaterschaft keine reizvolle Beschäftigung zu sein?»

«Auch dieser Gedanke ist lächerlich. Er war immer wunderbar.»

«Der ideale Vater?»

«Nun ... Er hat natürlich seine Fehler, wie wir alle schließlich, aber im großen und ganzen –»

«– ist er wunderbar. Schön. Charles, jetzt habe ich eine Frage, aber vielleicht möchten Sie sie nicht beantworten. Wenn Sie nicht –»

«Bitte, hören Sie auf, mich wie einen hoffnungslosen Neurotiker zu behandeln!» sagte ich gereizt. «Natürlich beantworte ich jede Ihrer Fragen – was tue ich denn anderes, seit wir mit den Gesprächen angefangen haben?»

«Es war eine glänzende Vorstellung», sagte Darrow.

Ich griff rasch nach der Bibel, in der ich gelesen hatte, bis er zu mir kam, und begann darin zu blättern. Wieder flossen die Seiten an meinen Fingern vorüber. Genesis, Exodus, Levitikus, Numeri, Deuteronomium, Josua –

«Wie lautet Ihre nächste Frage?» sagte ich beiläufig.

«Sind einige dieser gütigen älteren Männer so wie Ihr Vater, oder ist er eine Klasse für sich?»

«Er ist ganz anders als sie.» Ich war beim Neuen Testament angelangt, und plötzlich starrte mich von einer Seite der eine Satz an: «Eng ist die Pforte», las ich, «und schmal ist der Weg, der zum Leben führt, und wenige sind ihrer, die ihn finden.»

Ich schloß die Bibel vorsichtig, sehr vorsichtig, als fürchtete ich, sie könnte mir in den Händen zerfallen, und behutsam, sehr behutsam legte ich das Buch wieder auf die Bank. Dann sagte ich zu Darrow: «Ich sage nicht die Wahrheit. Es tut mir leid. Ja, es gibt eine Gemeinsamkeit.»

«Die Kirche?»

«Nein, mein Vater ist Atheist. Er hat mich auf Schulen geschickt, die von der Kirche unterhalten werden, aber nur weil er so besessen ist von einem ‹guten, sauberen, anständigen Leben›, wie er es nennt, und er wollte Schulen für mich, die großen Wert auf Anstand und Moral legten. Der gemeinsame Nenner meines Vaters und der Vaterfiguren», sagte ich, «ist der, daß sie alle moralisch aufrechte Menschen sind.»

«Ihr Vater fängt an, mich zu interessieren», sagte Darrow. «Könnten Sie seine Persönlichkeit einmal kurz skizzieren?»

Dies schien eine vernünftige Forderung, und ich glaubte, sie ohne Mühe erfüllen zu können. «Warum nicht?» sagte ich und sah ihm in die Augen, um ihm zu zeigen, daß ich unerschrocken war, aber ich machte mich damit, ohne mir dessen bewußt zu sein, auf den schweren Weg zum Innersten meines blendenden Bildes.

4

«Mein Vater ist sehr ehrlich, sehr freimütig», sagte ich. «Wie Jardine verabscheut er die Heuchelei, aber er besitzt nicht Jardines Intellekt oder Weltklugheit. Mein Vater haßt es, seine Wohlhabenheit zur Schau zu stellen; er hält das für schlechtes Benehmen, für Angeberei. Er mißtraut der Aura des neureichen, schnellen sozialen Aufsteigers, die Jardine in seinem Palais so interessant macht. Mein Vater ist nicht im geringsten an einem sozialen Aufstieg interessiert, weil er sein Leben liebt, wie es ist; er glaubt, als Mitglied der englischen Mittelklasse gehört man der besten Klasse der Welt an.

Gleichzeitig entwickelt er innerhalb dieser Kaste großen Ehrgeiz. Er gründete seine Anwaltsfirma ganz allein, und dreißig Jahre später stand er mit sechzehn Partnern und einem erstklassigen Ruf da. Er hat sich gerade erst vom Geschäft zurückgezogen. Natürlich besuchten Peter und ich die besten Schulen, und natürlich wohnten wir alle im besten Viertel von Epsom. Meine Eltern wohnen noch immer dort. Meine Mutter hat höhere gesellschaftliche Ambitionen als mein Vater, aber obwohl er über Leute mit einem Adelstitel schneidende Bemerkungen macht, würde er doch die Aristokratie nicht abschaffen wollen, weil er glaubt, England sollte unverändert bleiben. Er schätzt die Arbeiterklasse als Ganzes gering, aber zu ihren einzelnen Vertretern ist er freundlich – er ist gut zu seinen Dienstboten, gut zu seinen Angestellten im Büro, weil er das für seine Pflicht hält.

Pflicht wird von meinem Vater groß geschrieben. Sie ist das Kennzeichen des Engländers der Mittelschicht; man hat die Pflicht, fleißig zu arbeiten, ein anständiges Leben zu führen, im Geschäft ehrlich zu sein, der Gemeinschaft ein Beispiel zu geben und zu seiner Familie zu halten. Er verabscheut Untüchtigkeit, Faulheit, Unsauberkeit, Treulosigkeit, Verbrechen, Unsittlichkeit und Tierquälerei. Er hat einen schwarzen Labrador namens Nelson und fährt einen schwarzen Rover. Er könnte sich einen Daimler leisten, aber das würde er für angeberisch halten. Meine Mutter ist, was dieses Thema betrifft, ärgerlich auf ihn und hält sich durch regelmäßige Einkaufsexpeditionen bei Harrods schadlos. ‹Was für ein scheußliches, prätentiöses Stück Unsinn!›, sagte er, als sie sich ihren neuen Pelzmantel kaufte, aber insgeheim liebt er es, wenn sie schick und teuer aussieht, weil das seinen Erfolg symbolisiert – dessen er sich natürlich nie rühmen würde, weil man so etwas nicht tut.

Als ich bei Lang Kaplan wurde, prahlte meine Mutter damit bei ihren Bekannten und brachte keinen Satz heraus, in dem nicht das Wort ‹Erzbischof› vorkam, aber mein Vater sagte nur: ›Mein Sohn hat eine interessante Stelle angetreten. Er ist so eine Art Privatsekretär. Guter Ausgangspunkt für seine Karriere.‹ Aber er war sehr zufrieden. Er sagte zu mir: ›Besser, als die Zeit in einem blöden Pfarrhaus irgendwo am Ende der Welt zu verschwenden›, und dann sagte er noch: ›Betrink dich um Gottes willen nicht und mach nicht mit einem Mädchen herum, damit du nicht entlassen wirst.‹ Als ich den Headmasterposten von St. Aidan's übertragen bekam, sagte er: ‹Bißchen jung, nicht?›, aber er war begeistert. Er sagte: ‹Wichtiger

Schritt die Leiter hinauf. Aber laß es dir nicht zu Kopf steigen – kein affektiertes Getue, nicht mehr Drinks als nötig, keine törichten Liebeleien. Vergiß nie: Hochmut kommt vor dem Fall.›

Später, als mein Buch erschien, posaunte meine Mutter das wie üblich aus und erzählte meiner Tante sogar, wieviel Geld ich als Vorschuß bekommen hatte. Das hörte mein Vater und wurde wütend. Er hält jedes öffentliche Gerede über Geld für vulgär, doch unter vier Augen will er jedes finanzielle Detail wissen. Er sagte zu mir: ‹Ich nehme an, von dem Buch werden sich nur ein paar Exemplare verkaufen›, aber als ich ihm sagte, es könnte als Lehrbuch Geld einbringen, hörte er sich begierig alle Zahlen an. Er wollte aber nicht, daß meine Mutter das Buch ständig im Salon zur Schau stellte. ‹Das tut man nicht›, sagte er. ‹Geschmacklos, das will ich nicht haben.› Und er stellte das Buch in den Bücherschrank. Meine Mutter war so zornig, daß sie einen Streit bekamen – es war ihr erster Streit meinetwegen seit Jahren –, aber sie mußte sich ihm schließlich fügen.

Als ich klein war, hatten sie oft meinetwegen Streit. Er sagte, sie verhätschele mich zu sehr, und sie sagte, er verhätschele mich nicht genug. Sie haben nicht in meiner Gegenwart gestritten, als ich noch ein Kind war – das hätte sich nicht geschickt –, aber ein-, zweimal lauschte ich an der Tür.

Als sie sich in meiner Gegenwart wegen meines Buches stritten – in Gegenwart erwachsener Kinder darf man sich offenbar streiten –, nannte ihn meine Mutter zuletzt ein Scheusal und brach in Tränen aus. Mein Vater sagte: ‹Dumme Frau. Sturm im Wasserglas› und ging in sein Arbeitszimmer, um den *Daily Telegraph* zu lesen. Mein Vater liest nicht die *Times*. Er hält das für prätentiös. Er mag den *Telegraph* wegen der Sportmeldungen und des Wirtschaftsteils. Er liest nicht viel, nur gelegentlich eine Biographie. ‹Das lese ich nicht›, sagte er, als ich ihm ein Exemplar meines Buches gab. ‹Nicht mein Geschmack.› Aber als ich spät am Abend in sein Arbeitszimmer kam, las er doch darin. ‹Wie kann nur jemand das Christentum ernst nehmen›, sagte er. ‹Erstaunlich, wie diese Leute der frühen Kirche überlebt haben. Ich hätte das ganze Pack den Löwen vorgeworfen.› Er las das ganze Buch und sagte: ‹Recht interessant, aber ein Jammer, daß man kein besseres Papier genommen hat.› Das bedeutete bei ihm ein großes Lob.

Als ich promovierte, sagte er: ‹Erwarte nur nicht, daß ich dich Doktor nenne! Für mich sind Doktoren Schurken, die ihre Patienten für viel Geld ins Grab zu bringen versuchen, und Gott sei's gedankt, daß du nie Mediziner werden wolltest.› Meine Mutter war stolz auf meinen Doktortitel, und sie sagte, ich solle mich nicht über meinen Vater ärgern, seine Abneigung gegen Doktoren stamme noch aus der Zeit vor meiner Geburt, und jetzt sei er nicht mehr zu ändern. Als ich zum Kanonikus ernannt wurde, war es leichter. ‹Verdammt komischer Titel!› sagte mein Vater. ‹Wie lange muß ich noch warten, bis ich dich Bischof nennen darf?› Da wußte ich endlich, daß er zufrieden war. Dann sagte er: ‹Du kommst jetzt ganz gut voran, wie? Erstaunlich! Nun, wenn du schon ein verdammter Geistlicher sein mußt, dann weiß ich zumindest, daß du ein erfolgreicher bist. *Gut gemacht, Charles!*› sagte er und lächelte mich an:

Ich werde das nie vergessen. Ich war so überwältigt, daß ich keine Worte fand. Aber im nächsten Augenblick sagte er schon: ›Nun mach bloß keine Dummheiten. Nicht nachlassen. Bleib auf dem Pfad der Tugend, achte auf deinen Alkoholkonsum und laß dich auf keine dummen Geschichten mit Frauen ein. Deine Fehler und Schwächen verschwinden nicht einfach, nur weil du einen ausgefallenen kirchlichen Titel hast und die Buchstaben DD hinter deinen Namen setzen kannst.› Meine Mutter hörte diesen letzten Satz mit an und wurde wütend. Sie schrie: ‹Wie kannst du von Fehlern und Schwächen reden, wenn er hier so ordentlich vor dir steht in seinem Halskragen!›, und mein Vater verlor die Beherrschung. Er sagte: ‹Dumme Frau – ihn wie einen Heiligen zu behandeln! Siehst du nicht, daß dieser religiöse Quatsch nur Theater ist? Es geht ihm doch nur um den schönen Schein und das ganze Theater dabei!›

Nun, das wollte ich mir nicht gefallen lassen, aber ich war so erregt, daß ich nur ‹Du Bastard! Du *Bastard*!› rufen konnte, und da begann meine Mutter zu schreien, und ich wollte ihn schlagen, aber sie stürzte zwischen uns und schluchzte: ‹Nein, bitte – ich ertrage es nicht, noch mehr zu leiden –›, und mein Vater brüllte: ‹*Sei still, du dumme Frau!*› und versetzte ihr einen Klaps, und ich versuchte noch einmal, ihn zu schlagen, aber sie schlang die Arme um mich, und ich mußte sie stützen, weil sie so heftig schluchzte, aber ich sagte zu meinem Vater: ‹Das war verdammt häßlich, was du da zu mir gesagt hast und wie du dich ihr gegenüber benommen hast, und am liebsten würde ich sie auf der Stelle mit mir nehmen aus diesem Haus!› Und er sagte: ‹Nimm sie nur mit und viel Spaß – immerhin habe ich noch Peter.› Und irgendwie war das der Tropfen, der das Faß zum Überlaufen brachte. Ich schrie: ‹Ich habe es so verdammt satt, daß der verdammte Peter immer dein verdammter Liebling ist – verdammter blöder Peter!›, und meine Mutter begann wieder zu kreischen, aber mein Vater sagte nur: ‹Schändlich, diese Ausdrücke, in Gegenwart einer Frau. Du bist kein feiner Geistlicher mehr, wenn du wie jetzt aus dieser prächtigen Rolle fällst! Mir machst du nichts vor, keinen Augenblick lang›, sagte mein Vater und knallte mir die Tür seines Arbeitszimmers vor der Nase zu.

Ich trommelte an die Tür, aber er hatte sie abgeschlossen, und obwohl ich ihn bat, mich einzulassen, rührte er sich nicht. Er gab mir nicht einmal eine Antwort, und ich fühlte mich völlig zurückgestoßen, vollkommen abgeschnitten – und hatte doch nichts getan, ich hatte nur gegen seine Beleidigungen aufbegehrt! Ich ertrug das nicht, aber ich konnte nicht weiter gegen die Tür hämmern, denn meine Mutter war aufgeregt, sie weinte und weinte, und da versuchte ich sie zu trösten und sagte, ich wolle sie wirklich von hier fortbringen, aber da war sie ganz entsetzt. Sie sagte: ‹Aber ich kann ihn doch nicht verlassen! Was würden da die Leute denken?›, und sie sagte: ‹Wir müssen den Schein wahren. Keiner darf davon erfahren.› Dann weinte sie wieder, und schließlich sagte sie. ‹Wir sind eigentlich sehr glücklich – er ist nur ab und zu etwas schwierig, weiter nichts, aber du darfst nicht denken, er liebt uns beide nicht, und du darfst nie denken, daß er nicht schrecklich stolz auf deinen Erfolg wäre.› Ich sagte: ‹Er hat eine komische Art, das zu zeigen, und wenn er glaubt, ich komme in Zukunft noch einmal her, um mich beleidigen zu lassen, dann irrt er sich.›

Das war letztes Jahr im September. Ich war seitdem nicht mehr da. Ich habe meine Mutter nach Cambridge eingeladen, aber sie will nicht kommen, weil sie befürchtet, die Leute könnten es merkwürdig finden, wenn sie ohne ihn kommt, sie hat eben diese Zwangsvorstellung, man müsse den Schein wahren. Deshalb ist es natürlich auch nicht zu einer Scheidung gekommen. Meine Mutter hatte zuviel Angst vor einem Skandal, um sich je auf eine Affäre einzulassen, und mein Vater . . . nun, er ist nicht der Mann, der hinter Frauen herläuft. Er würde das für vulgär und schäbig halten. Ehebruch ist etwas für Lumpen und Schufte, nicht für Männer mit strengen Prinzipien, wie er sie hat. Ich kann mir vorstellen, daß er im stillen denkt: Ich habe gelobt, dieser Frau treu zu sein, und ich werde ihr treu bleiben, selbst wenn ich dabei draufgehe – selbst wenn sie dabei draufgeht.

Aber er hat mir nach dem Streit einmal geschrieben. Ich habe den Brief Wort für Wort im Kopf. Er schrieb: ‹Natürlich hat die dumme Frau das alles falsch verstanden. Sie wußte nicht, daß ich Dich gelobt hatte, ehe ich Dich wegen deiner Fehler und Schwächen warnte. Aber mit Lob sollte man sparsam umgehen, und ich bin nicht der Mann, Dir zu schmeicheln und Dich zu Tode zu hätscheln. Dazu sind Väter nicht da. Meine Pflicht als Dein Vater war es, Dich zu einem braven, anständigen Mann zu erziehen, und als ich das besorgt hatte – und ich habe es besorgt –, da war es meine nächste Pflicht, alles zu tun, damit Du so bleibst. Deshalb erinnere ich Dich regelmäßig an Deine Fehler und Schwächen. Es ist nicht Aufgabe der Eltern, geliebt und vergöttert zu werden. Eltern haben ihre Pflicht zu tun und sollen respektiert werden. Du würdest mich nicht respektieren, wenn ich es zuließe, daß Du vor die Hunde gehst, und ich hätte selbst keinen Respekt vor mir.› Dann kam die Unterschrift: ‹Dein Dich liebender Vater›, und noch ein Postscriptum: ‹Besuch uns bald wieder, und wär's nur, um Mutter eine Freude zu machen.›

Kein Wort der Entschuldigung. Ich schrieb zurück und sagte, ich würde erst wieder vorbeikommen, wenn er sich dafür entschuldigte, daß er über meine Berufung gespottet und mich einen Schauspieler genannt habe. Darauf schrieb er zurück, er erwarte von mir eine Entschuldigung dafür, daß ich in Gegenwart meiner Mutter unflätige Worte gebraucht und ihn zu schlagen versucht hätte. Danach habe ich ihm nicht wieder geschrieben. So standen die Dinge. Dann kam die Fastenzeit, und als ich mit Father Reid darüber sprach – der liebe alte Father Reid! –, sagte er: ‹Ich glaube, da sind Sie im Irrtum, Charles. Daß Sie Mr. Ashworth einen Bastard nennen, ich glaube, das steht nicht im Einklang mit dem Gebot «Du sollst deinen Vater ehren», und außerdem – wenn wir wegen unserer Berufung verspottet werden, müssen wir immer die andere Backe hinhalten und das Leiden hinnehmen.›

Nun, ich fühlte mich inzwischen schon sehr elend wegen der Sache mit meinem Vater, so daß es kaum eines weiteren Drucks bedurfte, damit ich zur Feder griff. Ich schickte ihm einen freundlichen Brief, in dem ich mich entschuldigte, ihn einlud, zusammen mit meiner Mutter nach Cambridge zu kommen, und mich erbot, sie beide im Blue Boar unterzubringen. Er schrieb zurück, er werde kommen, vorausgesetzt ich erwarte nicht, daß er an irgendwelchem Hokuspokus in der Kathedrale teilnehme. Da war es dann aus. Er war so verdammt grob. Ich antwortete nicht mehr. Ich versuchte, nicht mehr an ihn zu denken. Das war nicht einmal schwierig, weil ich sehr viel mit meinen Studenten zu tun hatte, und als sie alle in die großen Ferien gegangen waren, fand sich wieder eine Ablenkung, denn da kam Lang mit seinem Auftrag. Und als ich schließlich nach Starbridge kam . . . nun, sobald ich Jardine begegnete, war mein Vater nicht mehr wichtig.

Jardine stillte den Schmerz. Das taten sie alle, diese älteren Männer ohne eigene Söhne, die glaubten, ich sei besonderer Aufmerksamkeit würdig. Sie stillten den Schmerz der Erkenntnis, daß mein Vater mich nicht leiden kann. Ich bin für ihn nur eine Pflicht. Ich dachte, wenn ich es erst zu etwas gebracht hätte, würde er mich mögen – ich habe gearbeitet und gearbeitet und gearbeitet, um Erfolg zu haben, denn ich weiß, Erfolg ist die einzige Sprache, die er wirklich versteht – aber selbst wenn ich versuche, in seiner eigenen Sprache mit ihm zu sprechen, hört er mich nicht. Ja, es ist fast, als weigerte er sich, mich zu hören – oh, wie ungerecht ist das! Wie unfair! Ich fühle mich dann so voller Zorn, Father, so verletzt, so verbittert, und all dieser Zorn geht rundherum in meinem Kopf, bis ich fühle, ich kann den Schmerz nicht länger ertragen – und wenn der Schmerz unerträglich wird, dann hasse ich ihn, ja, das tue ich – *ich hasse ihn* – oh Gott, vergib mir, ich weiß, es ist böse, aber ich war so oft so unglücklich – während ich heranwuchs, da habe ich ihn so oft gehaßt, da war ich ganz abscheulich eifersüchtig auf meinen Bruder, weil er sein Liebling war, und wegen all dieses Hasses und dieser Eifersucht habe ich mich so schuldig gefühlt – oh, wie habe ich mich verachtet, denn natürlich liebe ich meinen Vater, wirklich, ich liebe ihn die ganze Zeit, während ich ihn hasse, aber das ganze Verhältnis ist eine so drückende Last, und jetzt kann ich sie keine Sekunde länger mehr tragen, ich muß sie loswerden, ich *will* sie loswerden, aber ich weiß nicht, wie ich das machen soll, und deshalb müssen Sie mir helfen, Father, Sie müssen mir helfen, *Sie müssen mir helfen* –»

XV

«Ich denke, es gibt im Leben der meisten Menschen wahrscheinlich einen Punkt, an dem die private Beichte sowohl natürlich wie heilsam ist, vor allem deshalb, weil sie als der passende und fast unvermeidliche Anfang eines neuen spirituellen Kapitels im persönlichen Leben empfunden wird.»

HERBERT HENSLEY HENSON

I

Ich zerrte an meinem Kreuz, und plötzlich zersprang die Öse, und die Kette glitt mir durch die Finger. Mir stockte der Atem, aber Darrow fing sie auf und schob sie mir zwischen die zitternden Hände. Ich vermochte kaum etwas zu sehen. Meine Kehle schien so rasch anzuschwellen, daß ich fast keine Luft bekam. Mir war, als stünde ich nackt in einem eisigen Wind.

«Ich kann nicht atmen –»

«O doch, Sie können», sagte Darrow und drückte mich fest gegen die Bank, um mich gerade aufzurichten. Unwillkürlich schrie ich auf, der Krampf in meiner Luftröhre löste sich, und Luft strömte wieder in meine Lungen. «Und noch einmal», sagte Darrow. Er versetzte mir einen weiteren Schubs, um den nächsten Atemzug zu erleichtern. Mir war, als würde ich wiederbelebt wie ein Ertrinkender.

«Warum ist mir so kalt?» Ich hatte angefangen, am ganzen Leib zu zitterrn.

«Schock. Sie haben die Kellertür geöffnet und die Leiche darin gesehen. Und jetzt, Charles» – er setzte sich wieder neben mich –, «halten Sie das Kreuz fest und geben Sie mir Ihre freie Hand. Ich spreche ein stummes Gebet wie damals am Morgen nach Ihrer

Ankunft, und diesmal möchte ich nicht nur, daß Sie weiter so tief einatmen, sondern daß Sie an die Hitze jener Sommertage in Palästina denken, als unser Herr seine wunderbaren Charismata ausübte – Predigen, Lehren, Heilen –, und das alles in der Hitze, alles in der Wärme, alles in der Sonne.»

Stille senkte sich herab, und allmählich konnte ich das Sonnenlicht auf dem Gesicht spüren, während ich regungslos auf der Bank saß. Hinter den geschlossenen Lidern sah ich die sonnenglühende Landschaft Palästinas, doch dann brachte mich der Duft des Kräutergartens nach England zurück, und einen Augenblick lang sah ich Jane, wie sie mich anlächelte. Ich erinnerte mich, daß ich daran arbeitete, ihrem Tod durch meine Wiedergeburt einen Sinn zu geben, und als ich mir dessen bewußt wurde, brauchte ich nur noch Mut. Ich spürte, wie die Wärme einsetzte. Sie floß durch meine Hände in die Arme, durch die Arme zum Herzen, durch das Herz in meinen Sinn und durch den Sinn in meine Seele.

Ich schlug die Augen gleichzeitig mit Darrow auf.

«Sie haben es gehört, nicht wahr?»

«Ja. Mut. Ein neues Leben. Und Jane war da.»

Darrow lächelte, schwieg aber, und plötzlich sagte ich: «Sie haben sie gesehen. Sie müssen sie gesehen haben. Ich weiß es. Warum geben Sie nicht zu –»

«Sie dürfen mich nicht versuchen, Charles. Wissen Sie noch, was der geistliche Berater sagte, von dem ich Ihnen erzählte? ‹Hüten Sie sich vor diesen Kräften.› Nur allzuleicht erweckt eine solche Gabe Gottes den Anschein des Blendwerks ... Aber vergessen Sie jetzt die magische Kraft und blicken Sie sich um. Wissen Sie, wo Sie sind?» Und als ich verständnislos den Kräutergarten anstarrte, fügte er hinzu: «Nein, blicken Sie in sich hinein. Die enge Pforte liegt hinter Ihnen; Sie sind endlich auf dem schmalen Weg.»

Ich saß da, äußerlich ruhig, innerlich noch erschüttert von den Nachwirkungen des Schocks, und es dauerte eine volle Minute, bis ich sagen konnte: «Wird es jetzt verblassen und verschwinden?»

«Noch nicht. Wir sehen jetzt die Wurzeln, aber sie sitzen tief in der Erde, und wir müssen noch etwas tiefer graben, ehe wir sie ganz herausreißen können.»

«Aber mir geht es gut – Sie bringen schon alles in Ordnung –»

«Nein, Charles, *Sie* bringen alles in Ordnung. Aber erst, wenn Sie sich ausgeruht haben.» Er streifte sein Abtskreuz ab und gab es mir. «Legen Sie das um und geben Sie mir das mit der zerrissenen Kette. Ich lasse es reparieren, und heute abend haben Sie es wieder.»

Er hielt inne, während ich ihm dankte, doch dann sagte er beiläufig, als könne er der Versuchung nicht widerstehen, den Heilungsprozeß durch einen unorthodoxen Schwenk zu beschleunigen: «Das war ein hübsches Medaillon, das Jane da trug.» Und damit erhob er sich in der vollendet publikumsbewußten Art eines Zauberkünstlers, der gerade ein Kaninchen aus dem Hut gezogen hat, und schlenderte davon, um das nächstgelegene Kräuterbeet zu inspizieren.

2

Die Folge war – wie er zweifellos vorausgesehen hatte –, daß ich von meinem Schock abgelenkt und mit einem Schlag in meinen gewohnten Zustand zurückversetzt wurde. Ich sprang auf, und diese rasche Bewegung erinnerte ihn offensichtlich daran, daß ich in Panik geraten könnte. Er sagte sofort: «Ich hole jemanden, der bei Ihnen bleibt», und mir wurde klar, daß er trotz seines Zauberkunststücks der gewissenhafte Priester blieb, zwar sehr zufrieden mit seinen Heilungskünsten, aber doch bescheiden genug, um zu wissen, daß sie durch eine konventionellere Therapie ergänzt werden mußten. «Sie sollten vorerst nicht allein sein.»

«Mir geht es schon gut.» Ich stand noch so im Banne seiner magischen Kraft, daß ich kaum hörte, was er sagte. «Father, sie ist glücklich, nicht wahr?» sagte ich, doch gleich darauf wurde ich von Verlegenheit überwältigt. «Entschuldigen Sie. Ich weiß, wie es war. Ich habe sie nicht gesehen, wie sie ist – ich habe mich an sie erinnert, wie sie war, und Sie haben mit hineingeblickt und meine Erinnerung gesehen.» Beschämt setzte ich hinzu: «Verzeihen Sie, daß ich in den Irrtum des Aberglaubens verfallen bin, aber ich hatte plötzlich das starke Verlangen, mit ihr in Verbindung zu treten.»

«Das ist ein gutes Zeichen.» Er zeigte keinen Ärger. «Wahrscheinlich unterdrücken Sie seit Jahren jeden Gedanken an sie. Wenn Sie jetzt die Erinnerung an sie zu beschwören suchen, deutet das darauf hin, daß der Druck der Schuld nachzulassen beginnt.»

«Das kommt daher, daß ich endlich etwas tue, um die Dinge in Ordnung zu bringen – daß ich den Mann auslösche, der sie unglücklich gemacht hat –»

«Ja, das Trugbild hat heute einen gehörigen Schlag versetzt bekommen, aber jetzt brauchen Sie Zeit, um sich zu erholen. Wenn Sie stark genug sind – und nur dann –, setzen wir die Attacke heute abend fort.»

3

Am Abend tauschten wir die Kreuze aus, nachdem die zerrissene Kette repariert war, und als er das Abtskreuz anlegte, fiel mir auf, wie wenig dessen verschwenderische Pracht zu seiner strengen, verschlossenen, disziplinierten Persönlichkeit paßte.

«Nun?» sagte er, als wir uns an den Tisch setzten. «Wie fühlen Sie sich nach diesem Blutverlust heute morgen?»

«Blutverlust?»

«Ist das übertrieben? Sie haben emotional viel Blut verloren, und manchmal», sagte Darrow, sich wieder einmal in eine eingehende Prüfung seines Rings vertiefend, «tritt nach einer solchen Prüfung eine Reaktion ein. Man fühlt sich schuldig und zornig, schuldig, weil man seine persönlichen Geheimnisse preisgegeben hat, zornig, weil man dazu verlockt wurde, das Unaussprechliche auszusprechen.»

Wir bedachten diese Möglichkeit eine Weile, aber schließlich sagte ich: «Ja, ich fühle mich schuldig – aber nicht, weil ich Ihnen meine persönlichsten Geheimnisse erzählt habe. Und ich bin zornig – aber nicht auf Sie, weil Sie mich zur Selbstenthüllung gebracht haben. Ich bin zornig auf mich selbst, weil ich Ihnen ein faires Bild von meinem Vater vermitteln wollte und mit dieser üblen Tirade geendet habe. Und ich fühle mich schuldig, weil ich

Ihnen nicht begreiflich machen konnte, was für ein wunderbarer Mann er ist und wie sehr ich ihn bewundere und achte.»

«Damit sind Sie aber keineswegs gescheitert», sagte Darrow. «Diese Gefühle haben Sie deutlich vermittelt.»

«Wirklich? Aber als ich zum Schluß sagte, daß ich ihn hasse –»

«Wenn Sie für ihn nur Haß empfänden, wären Sie jetzt nicht hier. Dann hätten Sie sich schon vor Jahren von ihm getrennt und wären froh gewesen, endlich seinem Zugriff entronnen zu sein. Aber Sie kommen nicht von ihm los, nicht wahr? Sie haben es während des vergangenen Jahres versucht, aber Sie haben sich selbst dabei nur sehr unglücklich gemacht.»

«Es ist, als...» Die Worte wollten sich nicht fassen lassen, und endlich versuchte ich es trotzdem: «Es ist, als besäße er eine große Macht über mich.»

«Natürlich. Wir sind sehr den Menschen ausgeliefert, die wir lieben, besonders dann, wenn sie uns nicht ganz so wiederlieben, wie wir uns das wünschen.»

«Aber er liebt mich überhaupt nicht.»

«Wer ist ‹mich›?» fragte Darrow.

«Mein wahres Selbst. Er liebt und schätzt mich nicht, wie ich bin, und deshalb –»

Darrow wartete.

«– deshalb mußte ich jemand anderer werden. Aber er mag nicht einmal das Trugbild!»

«Er achtet es aber, nicht wahr? Und solange Sie alles tun, um seiner Definition eines Erfolgsmenschen zu entsprechen, haben Sie die Hoffnung, daß er ab und zu einmal zu Ihnen sagt: ‹Gut gemacht, Charles!›»

«Ja, aber er hält das alles für Theater.»

«Darin gleicht Ihr Vater Jardine. Er hat ein Gespür dafür, wenn etwas nicht ganz echt ist, und so gibt es unweigerlich Augenblicke, da er durch Ihr Trugbild hindurchsieht und wieder anfängt, Sie zurückzuweisen – wie bei diesem letzten schlimmen Streit.»

Mit der Hand die Augen abschirmend, zog ich eine Linie auf dem Tische nach. Ich sagte: «Er hat mein blendendes Bild zerrissen und mein anderes Ich dahinter zurückgestoßen.» Plötzlich konnte ich nicht mehr reden. Ich mußte die Augen mit beiden Händen abschirmen.

Darrow sagte: «Das war grausam von ihm, nicht wahr?»

Ich nickte. «Aber es war nicht seine Schuld.»

«Nein?»

«Nein, es war meine Schuld. Wenn ich nicht so untauglich und unwürdig gewesen wäre, hätte er mich nicht so heftig zurückzuweisen brauchen. Wissen Sie, er ist so gerade, so aufrecht, so anständig – wenn ich Ihnen nur verdeutlichen könnte, was für ein Held er ist –»

«Charles», sagte Darrow, «Ihr Vater mag tatsächlich in mancher Hinsicht ein bemerkenswerter Mensch sein, aber wenn er an der Wurzel Ihres Trugbildes steht – wenn er ständig Ihr wahres Selbst zurückgewiesen hat, so daß Sie gezwungen waren, jemand anderer zu werden – wenn er in irgendeiner Weise dafür verantwortlich ist, daß Sie auf die Bahn gerieten, die Sie schließlich eines Nachts völlig betrunken und verwirrten Gemüts hierherführte –, dann ist sein Status als Held doch sehr strittig.»

Mir war noch nie der Gedanke gekommen, die heldenhafte Haltung meines Vaters könnte anfechtbar sein. Ich rang eine Weile mit diesem revolutionären Gedanken, dann sagte ich in festem Ton: «Es kann nicht allein seine Schuld sein.»

«Das klingt fair. Ich muß sagen, ich halte nichts von Freuds Tendenz, alle Nöte eines Kindes den glücklosen Eltern aufzubürden... Sehr schön, nehmen wir an, Sie sind zumindest zum Teil dafür verantwortlich, daß Sie total erledigt hier mitten in der Nacht ankamen. Aber wieviel von der Verantwortung sollten Sie auf die eigene Kappe nehmen?»

Ich konnte nur verzweifelt erwidern: «Die ganze – ich kann meinem Vater für nichts die Schuld geben. Wenn ich nicht so untauglich und unwürdig wäre –»

«Wer sagt, daß Sie untauglich und unwürdig sind?»

«Ich. Wie sonst wäre das Verhalten meines Vaters mir gegenüber zu erklären?»

«Das ist die große Frage, Charles», sagte Darrow.

Ich blickte ihn an. «Aber natürlich bin ich untauglich und unwürdig!» sagte ich. «Und natürlich hat mein Vater recht, wenn er mich deswegen verachtet. Wenn ich an meine jüngsten Fehler denke – das viele Trinken – Loretta –»

«Denken wir einmal nicht an Ihre jüngsten Fehler. Konzentrieren wir uns auf Ihr normaleres Verhalten. Sie arbeiten fleißig, nicht wahr – Sie versuchen, das Rechte zu tun – sind bestrebt, das zu führen, was Ihr Vater ein sauberes, anständiges Leben nennen würde?»

«Ja, aber –»

«Ist es dann angebracht, Sie wie einen betrunkenen Herumtreiber zu behandeln, der ständig in Gefahr ist, vor die Hunde zu gehen? Und ist es fair? So ein übler Geselle sind Sie doch gar nicht, oder?»

Ich versuchte zu sprechen, aber es gelang mir nicht.

«Nun, ich darf Ihnen keine Gedanken eingeben», sagte Darrow. «Wenn Sie glauben wollen, daß Sie ein übler Geselle sind, dann ist das Ihr gutes Recht, aber ich möchte doch, daß Sie sehr sorgfältig überlegen, wie weit dieser Glaube mit Ihrer wirklichen Lebensführung übereinstimmt. Ich möchte auch, daß Sie über die unbestreitbare Tatsache nachdenken, daß Ihr Vater nicht der Papst ist, der ex cathedra spricht; er ist nicht unfehlbar. Ein wie großer Held er auch ist, er kann trotzdem Fehler begehen wie jeder andere Mensch.»

«Ich möchte gern glauben, daß ich kein so übler Geselle bin», brachte ich heraus. «Manchmal glaube ich es auch.»

«Wie reagieren Sie dann auf das Urteil Ihres Vaters?»

«Mit Zorn. Aber das ist falsch, nicht wahr? Ich muß ihm die andere Backe hinhalten und ihm vergeben.»

«Ja, das müssen Sie – letztlich. Aber wie können Sie ihm jetzt und heute vergeben, da sein Verhalten Ihnen gegenüber so unerklärlich ist?»

«Es ist nicht unerklärlich. Mein Vater nimmt diese Haltung ein, weil ich so untauglich und unwürdig bin», behauptete ich wieder, doch die Worte bekamen, noch während ich sie aussprach, einen merkwürdig hohlen Klang.

«So haben Sie immer die Haltung Ihres Vaters erklärt», sagte Darrow, «aber nehmen wir einmal rein theoretisch an, diese Erklärung wäre völlig falsch?»

Der Seelenfaden, der mich an meinen Selbsthaß band, war

plötzlich spinnwebdünn. Ich sagte: «Mein Vater *glaubt* gewiß, ich sei untauglich und unwürdig. Aber –»

«Aber?» sagte Darrow und kam mir entgegen, als ich mich aus dem Dunkel ans Licht kämpfte.

«Es ist immerhin möglich ... es ist nicht ganz und gar auszuschließen ... es liegt sogar im Bereich der Wahrscheinlichkeit ...» Ich holte tief Atem und sagte: «Er hat sich geirrt.» Die Kette zerriß, während die Wahrheit über mich stürzte wie eine Lawine, aber nach der Lawine kam die Stille, und in die Stille hinein stieß das erste leise Flüstern der großen und schweren Fragen, die zu hören ich bisher nicht fähig war. Schließlich merkte ich, daß ich die Fragen laut aussprechen konnte. «Warum hat er diese geringe Meinung von mir?» sagte ich verwirrt. «Womit habe ich das verdient?» Und während ich sprach, war mir, als überschritte ich in meinem Denken eine psychologische Schwelle und sähe mich nun einer fremden, neuen Landschaft gegenüber.

«Und das», sagte Darrow, ist das Rätsel hinter dem Rätsel. Gratuliere, Charles. Jetzt fangen wir in der Tat an, Fortschritte zu machen.

4

«Ihr Vater scheint, so wie Sie ihn schildern, jedenfalls eine starke Persönlichkeit mit hohen Prinzipien zu sein», sagte Darrow, als wir uns später trafen, «aber auch gefährlich stolz. Stolz ist immer gefährlich. Stolz in Verbindung mit einem starken, unbeugsamen Charakter kann tödlich sein.

Ich glaube, der Stolz Ihres Vaters zeigt sich zum Teil in der Art, wie er Sie erzogen hat. Nachdem er einmal eine Verpflichtung eingegangen war, blieb er dabei, mochte kommen, was wollte, und er scheint sich gesagt zu haben (ich gebrauche hier Ihre Formulierungen): ›Ich erziehe Charles zu einem braven, ordentlichen und anständigen Menschen, auch wenn ich dabei draufgehe – selbst wenn er dabei draufgeht.› Diese Art von unbeugsamer Entschlossenheit kann bewundernswert sein, wenn sie an ein moralisches Prinzip geknüpft ist, aber sie kann auch zerstörerisch werden, weil sie sich veränderten Umständen nicht anpassen kann. Vielleicht war Ihr Vater zu Recht streng, als Sie noch klein waren – aufgeweckte Kinder brauchen oft eine feste Hand –, aber er konnte seine Einstellung zu Ihnen offenbar nicht ändern, als Sie größer wurden.

Nun kommen wir zum Kern der Sache. Da sind Sie also, klug, gutaussehend, erfolgreich über die Wunschträume jedes Vaters hinaus. Die meisten Väter würden Ihnen in sentimentaler Verehrung zu Füßen liegen, also warum bleibt Ihr Vater in diesem unverbesserlichen Pessimismus stecken? Man muß natürlich seinen Charakter berücksichtigen – seinen Abscheu vor Prahlerei, seine englische Zurückhaltung, seine bewundernswerte Angst davor, Sie zu verhätscheln. Man könnte meinen, er sei unfähig, einem Sohn seine Gefühle zu zeigen, aber da Sie mir sagen, Ihr Vater zeige eine nur zu menschliche väterliche Vorliebe für Ihren Bruder, muß man sich doch fragen, warum er eine solche Ihnen gegenüber nicht zeigen kann.

Was haben wir also bis jetzt festgetellt? Wir vermuten, daß Ihr Vater diese Haltung Ihnen gegenüber annahm, als Sie noch sehr jung waren; dies wird auch durch Ihren Eindruck bekräftigt, daß das Trugbild schon immer da war. Wir nehmen weiter an, daß er wegen seiner Unbeugsamkeit diese Haltung später nicht korrigieren konnte, auch als Sie sich als wohlgeraten herausstellten, aber wir wissen immer noch nicht, weshalb er sich überhaupt zu dieser Einstellung gezwungen sah. Wir wissen, er war ein gewissenhafter Vater, verzehrt von dem Verlangen, Sie zu einem ordentlichen Menschen zu erziehen, aber wir wissen nicht, warum er anscheinend nicht an einen bleibenden Erfolg zu glauben vermag. Wir können wohl annehmen, daß er aus den besten Motiven heraus handelte, aber wir wissen nicht, warum er Sie so unfair behandeln muß. Vielleicht kann man das ganze Rätsel in der Frage zusammenfassen: Wie wurde dieser spezielle Weg zur Hölle mit Ihres Vaters guten Vorsätzen gepflastert?»

Darrow hielt inne. Wir saßen wieder im Kräutergarten, aber ich nahm diesmal meine Umgebung gar nicht wahr. Ich war zu sehr damit beschäftigt, meine geistige Energie auf das Rätsel zu richten, als wäre es ein Forschungsgegenstand, der völliger Konzentration bedurfte.

«Wieviel klarer alles scheint», sagte ich, «aber das heißt paradoxerweise auch, wieviel rätselhafter. Ich habe das Gefühl, die Umrisse des Rätsels zum erstenmal zu sehen.»

«Dann gehen wir über die Umrisse hinaus und sehen wir uns das Rätsel näher an. Erzählen Sie mir von Ihrem Bruder. Ist er älter als Sie?»

«Nein, er ist zwei Jahre jünger, und man könnte ihn wohl als eine lebensfrohe Version meines Vaters bezeichnen. Er ist verheiratet, hat drei Kinder und wohnt in der Nähe meiner Eltern in Epsom.»

«Ist er klug? Es fällt schwer, sich vorzustellen, daß Sie ihn nicht auf jedem Gebiet überflügeln.»

«Er ist ganz gewiß kein Dummkopf; er ist Partner in der Anwaltsfirma meines Vaters, aber seine Interessen sind begrenzt, und wir haben nicht viel gemein.»

«Wie läßt sich seine frühe Entwicklung mit der Ihren vergleichen?»

«Er stand immer in meinem Schatten. Ich hatte oft den Eindruck, daß mein Vater sich gezwungen fühlte, Peter zum Ausgleich dafür vorzuziehen – so wie sich meine Mutter gezwungen fühlte, mich zu bevorzugen zum Ausgleich für die Schroffheit meines Vaters.» Ich zögerte, dann setzte ich hinzu: «Aber die Komplexität der Verhältnisse innerhalb einer Familie läßt sich nicht mit Begriffen wie Vorziehen oder Hintansetzen erklären. Obwohl ich zum Beispiel der Liebling meiner Mutter bin, ist unser Verhältnis eher steif. Peter gegenüber ist sie viel gelöster.»

«Sie stehen ihr also nicht nah?»

«Ich sage das nicht gern, aber sie geht mir auf die Nerven. Sie ist so überschwenglich, aber nicht auf eine natürliche Art. Ich möchte sogar manchmal zu ihr sagen: ‹Behandle mich doch um Gottes willen normal und spiel nicht dieses Theater!› Aber es ist kein Theater. Ihr Gefühl ist echt, nur kann sie es nicht auf eine natürliche Art ausdrücken.»

«Aber gegenüber Peter gibt sie sich gelöst, sagten Sie.»

«Er scheint sie auf eine andere Weise anzusprechen. Die Atmosphäre, die Peter bei meinen Eltern hervorruft, ist wirklich ganz anders, aber das kommt wohl häufig in Familien vor, wenn zwei Kinder so verschieden sind.»

«Das hat man oft, ja, aber ist Ihnen das in Ihrem Fall einmal besonders un-normal vorgekommen?»

«Ja. Ich erinnere mich da an eine ganz bestimmte Gelegenheit: Ich war kurz nach meiner Ordination daheim zu Besuch – das war vor Peters Heirat, er wohnte noch bei ihnen. Ich war im Haus und beobachtete gerade meine Eltern und meinen Bruder draußen im Garten. Mein Vater lachte, Peter rekelte sich lässig ausgestreckt im Liegestuhl – sogar meine Mutter sah entspannt aus. Dann ging ich zu ihnen hinaus, und da war es, als wäre ein Vorhang heruntergegangen. Peter blieb weiter ruhig in seinem Liegestuhl liegen, aber mein Vater sagte in seinem typischen, spöttischen Ton: ‹Da kommt der Kirchenmann›, und meine Mutter sagte mit dieser schrecklich unechten Heiterkeit: ‹Jetzt trinken wir alle einen Cocktail!›, und ich fühlte mich –»

«Ja?» sagte Darrow. «Wie fühlten Sie sich?»

«Wie ein unerwünschter Gast.» Es war so schwer, weiterzumachen.

«Ausgestoßen? Ich habe mir gerade vorgestellt», sagte Darrow, mir zu Hilfe kommend, «wie anders als die anderen Mitglieder Ihrer Familie Sie sein müssen, und wie dumm das für Sie gewesen sein muß, als Sie größer wurden.»

Da ich wußte, daß er mich verstand, fügte ich hinzu: «Als ich fünfzehn war, habe ich mich gefragt... Father, lachen Sie nicht, ich weiß, das hört sich melodramatisch und lächerlich an, aber ich habe mich sogar gefragt, ob ich ein Adoptivkind bin.»

«Das hört sich eher wie eine ganz vernünftige Erklärung an. Wer hat gesagt, das sei melodramatisch und lächerlich?»

«Mein Vater.»

«Ah!» sagte Darrow. «Ihr Vater bewirkte, daß Sie sich melodramatisch und lächerlich vorkamen, genauso wie er bewirkte, daß Sie sich untauglich und unwürdig fühlten.»

Ein Schweigen trat ein, während ich mich mit den ungeheuerlichen Implikationen dieser Worte herumschlug, aber schließlich sagte ich resigniert: «Nein, diesmal liegt kein Fehler meines Vaters vor. Es war wirklich dumm von mir. Die Sache war so...»

5

«Ich hatte mich seit einiger Zeit gefragt, ob ich adoptiert worden sei», sagte ich, «und ich beschloß, meine Geburtsurkunde aufzustöbern, um zu sehen, ob sich daraus irgendwelche Hinweise ergäben. Mein Vater bewahrte alle Familienunterlagen in einem Ordner in seinem Arbeitszimmer auf, und es war nicht schwer, eines Nachts dort nachzuschauen, als alle schliefen. Aus der Geburtsurkunde ging natürlich keine Unregelmäßigkeit hinsichtlich meiner Geburt hervor, aber ich fand bei dieser Gelegenheit die Heiratsurkunde meiner Eltern und machte eine Entdeckung, die mich erstaunte: Meine Eltern hatten ein Jahr später geheiratet, als ich geglaubt hatte. Ich kannte ihren Hochzeitstag, weil sie ihn jedes Jahr feierten, aber ich dachte, sie hätten 1898 geheiratet. Ich hatte nicht gewußt, daß sie erst 1899 geheiratet hatten und daß ich – im Jahre 1900 – nur sieben Monate nach ihrer Hochzeit auf die Welt gekommen war.»

«Eine Frühgeburt?»

«Das war mein erster Gedanke, aber niemand hatte mir je gesagt, daß ich in der Wiege um mein Leben gekämpft hätte. Dann fragte ich mich, ob ich vorehelich gezeugt worden sei, mit der Folge, daß mein Vater meine Mutter heiraten mußte, aber irgendwie konnte ich mir nicht vorstellen, daß er ein Mädchen aus einer angesehenen Familie verführt hatte. Und da erinnerte ich mich, daß die Schwester meines Vaters einmal giftig bemerkt hatte, meine Mutter sei in jungen Jahren als leichtlebig bezeichnet worden, und da dachte ich sofort an die Möglichkeit, daß ein anderer Mann mein Vater sei.»

«Haben Sie Ihre Tante einmal gefragt?»

«Nein, ich konnte meine Tante nicht leiden. Ich hätte zu meiner Mutter gehen können, aber ich war mitten im Sturm und Drang einer sexbesessenen Pubertät und zögerte bei dem Gedanken, ihr derart persönliche Fragen zu stellen. So ging ich schließlich nach reiflicher Gewissensprüfung zu meinem Vater. Ich hatte mir eingeredet, er werde erleichtert sein, wenn er mir endlich die Wahrheit sagen könnte.»

«Wie hat er reagiert?»

«Er war empört. Tödlich beleidigt. ‹Noch nie in meinem Leben einen so melodramatischen, lächerlichen Unsinn gehört!› sagte er. ‹Wie kannst du es wagen, meine Vaterschaft anzuzweifeln, nachdem ich mich all die Jahre damit abgeplagt habe, dir eine gute Erziehung zuteil werden zu lassen!› Nun, wie Sie sich vorstellen können, Father, war ich völlig zerknirscht.»

«Natürlich waren Sie das, aber hat er nicht wenigstens erklärt –»

«Ja, er hatte eine vollkommen überzeugende Erklärung für meine frühe Ankunft. Er sagte, 1899 sei ihm alles schiefgegangen; das war vor der Gründung seiner Firma, er war mit seiner Arbeit unglücklich, und obwohl er meine Mutter heiraten wollte, hatte er die Hoffnung aufgegeben, daß sie seinen Antrag annahm. So meldete er sich aus einem Impuls heraus freiwillig zur Armee – in jenem Sommer braute sich der Burenkrieg zusammen –, und als meiner Mutter klar wurde, daß er nach Übersee in den Kampf geschickt werden konnte, wurde sie sich bewußt, wieviel er ihr bedeutete, und erklärte sich endlich bereit, ihn zu heiraten. Nun, zu guter Letzt befand ihn die Armee wegen seiner schwachen Augen für untauglich, aber eine Zeitlang glaubten er und meine Mutter, sie würden bald getrennt werden, so daß sie sich so bald wie möglich trauen ließen – und in dieser ganzen dramatischen Atmosphäre blieben die Konventionen auf der Strecke, und er schlief mit ihr, noch bevor sie getraut waren. ‹Sehr tadelnswert›, sagte er, ‹aber ich war so hingerissen von der Einwilligung deiner Mutter und hatte solche Angst, ich könnte vor der Hochzeit nach Afrika geschickt werden, daß ich schwach wurde und mich mit einem Makel befleckte.›»

«Welche Schlußfolgerung zogen Sie aus diesem Gespräch?»

«Ich glaubte ihm. Er war so dogmatisch, sprach so bestimmt, so überzeugend –»

«War er verletzt?»

«Das ist gar kein Ausdruck!»

«Nun, wenn mein Sohn meine Vaterschaft in solcher Weise angezweifelt hätte», sagte Darrow, «dann hätte ich bestimmt keinen dogmatischen Ton angeschlagen. Ich wäre auch nicht empört oder tödlich beleidigt gewesen. Ich wäre sehr bestürzt gewesen und hätte mich gefragt, warum er unser Verhältnis so unbefriedigend fand, daß er dafür nach einer Erklärung suchen mußte. Aber haben Sie einmal mit Ihrer Mutter darüber gesprochen?»

«Er hat es mir strikt verboten. Er sagte: ‹Deine Mutter ist eine leicht erregbare Frau, sie fühlt sich schuldig, weil du vor der Hochzeit gezeugt wurdest, sie hat Qualen gelitten, als du zu früh ankamst, und du darfst dieses Thema ihr gegenüber auf keinen Fall erwähnen.›»

«So ist seine Angabe also unbewiesen.»

«Ja, aber ich bin sicher, daß er mir die Wahrheit gesagt hat.»

«Was macht Sie denn so sicher?»

Ich brachte schließlich die Schlußfolgerung vor, zu der ich vor Jahren nach großen Mühen gekommen war. «Ich bin deshalb so sicher», sagte ich, «weil ich glaube, daß die Wahrheit, wäre er nicht mein Vater, an den Tag gekommen wäre, als ich beschloß, in den Dienst der Kirche zu treten. Ich kann Ihnen die schrecklichen Auseinandersetzungen gar nicht beschreiben, die wir damals hatten, aber er hat eines nicht getan: Er hat mich nicht verstoßen.»

Darrow schwieg.

«Ich weiß, die Unehelichkeit ist die nächstliegende Erklärung des Rätsels», sagte ich, «aber sie kann nicht die richtige sein.»

Darrow schwieg weiter, dann sagte er: «Schön, wo stehen wir jetzt? Wir haben bereits festgestellt, daß die Haltung Ihres Vaters Ihnen gegenüber nicht darauf beruhen kann, daß Sie absolut untauglich und unwürdig sind. Jetzt haben wir festgestellt, daß sie auch nicht davon herrührt, daß er nicht Ihr leiblicher Vater ist. Was also ist die richtige Erklärung?»

«Nun, ich glaube, man kann nur sagen, daß bisweilen in den besten Familien ein Elternteil eine Abneigung gegen eines seiner Kinder hat und dies dann zu Spannungen innerhalb der Familie führt.»

«Das kommt vor, ja», sagte Darrow, «aber wenn dieser Elternteil nicht geistig gestört ist oder in äußerster Armut lebt, gibt es für die Abneigung immer eine Erklärung. Manchmal erinnert das Kind ihn zum Beispiel an – eine unangenehme Person – Großonkel Cuthbert, der ihn schlug, als er klein war, oder Großtante Mathilda, die ihm keine Schokolade geben wollte. Erinnern Sie Ihren Vater vielleicht an einen solchen unsympathischen Vorfahren?»

«Das ist nicht gut möglich. Ich bin wie niemand in unserer Familie. Das ist es ja, ich bin solch ein Fremder!»

«Wie eigenartig», sagte Darrow. «Ihr Vater scheint nämlich, wenn er Sie sieht, jemand anderen zu sehen, den er kennt.»

Ich war verblüfft. «Meinen Sie?»

«Das geht aus Ihrer Schilderung hervor. Denken Sie mal einen Augenblick darüber nach.»

Ich ging meine Geschichte in Gedanken genau durch. Dann sagte ich etwas unsicher: «Es ist, als sähe er nicht mich, sondern ein blendendes Bild. Aber es ist nicht *mein* blendendes Bild. Es ist ein viel unheimlicheres blendendes Bild als das meine.»

«Genau. Das große Lebensziel Ihres Vaters – das sagt er immer wieder zu Ihnen – ist es, Sie zu einem ordentlichen, anständigen Menschen zu erziehen, aber gerade sein Beharren darauf scheint dafür zu sprechen, daß er schreckliche Angst hat, er könnte es nicht schaffen. Er sieht Sie an und kann kaum glauben, daß Sie sich so gut entwickelt haben – ja, er wagt es nicht zu glauben, er benimmt sich, als fürchte er, es könnte noch immer etwas schiefgehen. Er fährt Sie an: Sie sollen den Alkohol meiden. Er ermahnt Sie, keine Beziehungen mit Frauen anzuknüpfen. Da stehen Sie vor ihm, ein ordentlicher, anständiger Mann im Halskragen des Geistlichen – Ihre Berufung hat Sie sogar in ein Amt geführt, das von sich aus garantiert, daß Sie so ordentlich und anständig sind, wie Sie nur werden können –, aber Ihr Vater sieht den Halskragen nicht, Charles, und er sieht auch Sie nicht. Er sieht durch Sie hindurch, und er sieht in seiner Erinnerung einen Herumtreiber, jemanden, der zuviel trinkt, der Frauengeschichten hat, der sich ruiniert, jemanden, den Ihr Vater vielleicht nicht leiden konnte und fürchtete... Und wer könnte das sein, Charles? Wenn die Beschreibung auf niemanden in Ihrer Familie zutrifft, auf wen paßt sie dann?»

«Auf meinen richtigen Vater», sagte ich und sah eine neue Welt sich aus der Puppe der alten lösen.

XVI

*«Er war klug, geduldig, scharfsinnig, erfahren und absolut
aufrichtig, ein echter Seelsorger. Seine Ratschläge waren
sinnvoll, und ich habe sie nie vergessen. Wenn alle Geistlichen so qualifiziert wären wie er, gäbe es zweifellos nur
wenige, die aus der ‹Darlegung ihrer Sorgen in der privaten
Beichte› keinen Nutzen ziehen würden.»*

HERBERT HENSLEY HENSON

I

Wir könnten uns irren», sagte Darrow. «Die Schlußfolgerung
bietet sich nach den vorliegenden Tatsachen an, aber Tatsachen können falsch ausgelegt werden.»

Mich beschäftigte so sehr der Gedanke an den Fremden, der durch
meine Schilderung aus den undurchsichtigsten Winkeln heraufbe-
schworen worden war, daß ich nur sagen konnte: «Ich weiß, daß sie
richtig ist.»

Darrow rief mich sofort in die Wirklichkeit zurück. «Das wissen
Sie nicht. Aber Sie wissen, daß Sie zu Ihren Eltern gehen können, um
von ihnen die Wahrheit zu verlangen, und alles spricht dafür, daß
einer von ihnen sie offenbaren muß. In Ihrem derzeitigen Lebensab-
schnitt können sie sich nicht mehr darauf berufen, sie müßten lügen,
um Sie zu beschützen.»

«Glauben Sie, deshalb hätte mein Vater mich belogen, als ich
fünfzehn war? Aber warum hätte er mich beschützen sollen? Es hätte
seinem Wesen doch eher entsprochen, die Chance zu ergreifen und
mir die Wahrheit zu sagen, nachdem ich den Verdacht einmal
geäußert hatte.»

Darrow sagte nichts.

«Und warum hat er meine Mutter unter solchen Umständen geheiratet?» fragte ich mit wachsendem Zweifel. «Unverständlich! Und mich dann als sein eigenes Kind großgezogen – und trotz beträchtlicher Versuchung nie das Geheimnis preisgegeben... Ich kann mir nicht vorstellen, wie oder warum jemand so etwas tut!»

«Genau diese Bemerkung machen die Leute oft, wenn ein Mann Mönch wird», sagte Darrow. «Sie übersehen völlig, daß bei einer Berufung durch Gott jede andere Handlungsweise undenkbar wird. Ihr Vater mag sich zu dieser ungewöhnlichen und schwierigen Handlungsweise berufen geglaubt haben – er mag geglaubt haben, aus Gründen, die ihm unwiderlegbar dünkten, daß er keine andere Wahl hatte, als Ihre Mutter zu heiraten und die Verantwortung für Sie zu übernehmen.»

«Aber mein Vater ist Atheist! Er würde nie den Ruf Gottes hören, geschweige denn daran glauben!»

«Was für eine ketzerische Bemerkung! Wollen Sie behaupten, ein Atheist kann der Macht Gottes Grenzen setzen, Menschen seinen Willen tun zu lassen?»

«Nein, natürlich nicht, aber –»

«Was für eine Art Atheist ist Ihr Vater überhaupt? Ich habe den Eindruck, er ist ein Mensch, der zu stolz ist, um zuzugeben, daß die Welt mehr ist, als er mit seinen Sinnen zu erfassen vermag, aber zu aufrichtig, um sich in diesem Hochmut ganz wohl zu fühlen; aus seinen Attacken gegen das Christentum und die Kirche könnte man schließen, er versuche sich und andere davon zu überzeugen, daß die Religion nichts zu bieten hat.»

«Ja, das stimmt, aber trotz der heimlichen Ambivalenz seiner Anschauung kann ich mir noch immer nicht vorstellen, daß er einem Ruf Gottes folgt. Ein Ruf kann schließlich nur Wurzeln schlagen und überdauern, wenn in der Seele günstige Bedingungen dafür herrschen, und ich sehe einfach nicht, was hier sein Motiv war.»

«Die Antwort ist offenkundig. Wenn Sie Ihre vorgefaßte Meinung ablegen, werden Sie sehen, daß die Fakten nur einen Schluß zulassen.»

Ich sah ihn an. «Er mag es ursprünglich getan haben, weil er meine Mutter liebte – aber welch erstaunlicher Liebesbeweis wäre das

335

gewesen! Warum hat er mir nicht die Wahrheit gesagt, als ich fünfzehn war? Warum hätte er mich weiter in dem Glauben lassen sollen, er sei mein Vater, wenn er sich nichts aus mir machte?»

«Eben», sagte Darrow und erhob sich. «Gut. Nun, wir beenden hier unser Gespräch, und heute abend werden wir –»

Ich faßte ihn am Ärmel. Er setzte sich wieder. «Aber mein Vater macht sich nichts aus mir», sagte ich. «Das ist es ja. Er macht sich nichts aus mir.»

«Welchen Beweis können Sie dafür vorbringen?»

«Nun, ich habe Ihnen doch gesagt... ich habe Ihnen erklärt –»

«Sie haben mir Dinge gesagt, denen zufolge er starrsinnig, verbohrt, irregeleitet und grob sein könnte, aber aus keiner Ihrer Schilderungen ging hervor, daß er Ihnen gegenüber gleichgültig wäre. Gleichgültige Väter geraten nicht jedesmal in einen Angstrausch, wenn sie sich einbilden, ihre Söhne gehen vor die Hunde.» Er stand zum zweitenmal auf. «Denken Sie darüber nach», sagte er im Fortgehen. «Wir sprechen uns heute abend wieder.»

2

«Natürlich», sagte ich, als wir uns später in meinem Zimmer trafen, «ganz gleich, welches die Lösung des Rätsels ist, er *ist* mein Vater. Vaterschaft ist mehr als das bloße Ingangsetzen der Fortpflanzung.»

«Das klingt nach einer vielversprechenden Annäherung an ein schwieriges Dilemma. Aber nehmen wir einmal an, unsere Theorie ist richtig und irgendwo auf der Welt gibt es jemanden, der behaupten könnte, Sie gezeugt zu haben. Was würden Sie für ihn empfinden?»

«Feindseligkeit. Er hat meine Mutter fast zugrunde gerichtet und ihr großen Schmerz zugefügt.»

«Das stimmt. Weiter.»

«Er ließ mich im Stich, als ich noch ein Embryo war und hat – soviel ich weiß – nie Interesse an mir gezeigt.»

«Stimmt auch.»

«Aber...» Ich zögerte, ehe ich langsam fortfuhr: «Wenn er noch lebt, würde ich ihn gern sehen, nur einmal, ganz kurz. Dann kann ich ihn beiseite schieben und mit meinem Leben fortfahren, aber wenn es zu keiner Begegnung kommt, werde ich mich wohl immer fragen, wie er war, und daraus könnte sich eine Art Zwangsvorstellung entwickeln.»

Darrow sagte in unbeteiligtem Ton: «Adoptivkinder haben gewöhnlich das Verlangen, ihre leiblichen Eltern kennenzulernen. Schön, wie sollte Ihr nächster Schritt aussehen?»

«Ich möchte Grantchester sobald wie möglich verlassen, um meine Eltern zu besuchen und herauszufinden, ob unsere Theorie stimmt. Wann, glauben Sie, kann ich meine formelle Beichte ablegen und das heilige Sakrament empfangen?»

«Mich beeindruckt schon die sachliche Art, in der Sie an dieses neue Dilemma herangehen. Ich frage mich, ob wir jetzt so weit sind, daß Sie mir eine wirklichkeitsgetreue Beurteilung Ihres Verhältnisses zu Lyle, Loretta und Jardine geben können? Wenn Sie das zu meiner Zufriedenheit schaffen, nehme ich Ihnen unverzüglich die Beichte ab, das verspreche ich Ihnen...»

3

«Fangen wir mit Lyle an», sagte Darrow, nachdem ich ihm versichert hatte, daß ich meine Fehler gründlich erkannt hätte und ehrliche Reue bekunden könne. «Erzählen Sie, was nach Ihrer Ansicht bei dieser Bilderbuchromanze wirklich vor sich ging.»

Ohne Zögern sagte ich: «Als ich nach Starbridge kam, war ich verzweifelt über meine Unfähigkeit, ein ordentliches eheloses Leben zu führen, und ich war darauf aus, nicht nur eine Frau zu finden, die ich heiraten konnte, sondern eine Frau, die mit dem wertlosen Menschen zurechtkam, für den ich mich hielt. Ich hielt mich nicht nur deshalb für wertlos, weil mein Vater eine geringe Meinung von mir hatte, sondern auch, weil ich Jane unglücklich gemacht hatte; ich konnte jedoch nicht an Jane denken, weil das zu schmerzhaft war, und so sagte ich mir, es werde schon alles gutgehen, wenn ich nur eine Wunderfrau und Problemlöserin fände. Natürlich gab ich mich da einer Phantasievorstellung hin – wie offensichtlich das jetzt ist! –, aber ich wollte so dringend heiraten und meinen Ausflügen zu Prostituierten ein Ende machen, daß ich glauben mußte, ich könnte die Phantasie wahr werden lassen.»

«Das ist ein ausgezeichneter Anfang», sagte Darrow. «Weiter so.»

Sehr ermutigt sagte ich: «Fast alles sprach dagegen, daß Lyle Jardines Geliebte war, aber dennoch vermute ich, daß ich sie mir im Unterbewußten miteinander im Bett vorstellte: Eine junge Frau, die eine heimliche Affäre mit einem eminenten Kirchenmann durchhalten kann, ist so ziemlich die einzige Frau, die allenfalls mit mir fertig wird. Wahrscheinlich dachte ich das, ehe ich Lyle überhaupt begegnete, aber als ich sie sah, wurde diese verrückte Schlußfolgerung betreffs ihrer Eignung bestärkt, weil ich sie äußerst attraktiv fand. Und dazu kam noch – um die psychologische Situation perfekt zu machen –, daß sie auf eine mysteriöse Weise nicht verfügbar war und ich mich seit Jahren nur zu unverfügbaren Frauen hingezogen gefühlt hatte.»

«Sie sehen jetzt sicher deutlich, warum Sie trotz des ehrlichen Wunsches nach Wiederverheiratung den unverfügbaren Frauen nachgelaufen sind?»

«Ich hatte gleichzeitig das ebenso echte Verlangen, nicht wieder zu heiraten, weil ich fürchtete, ich könnte wieder eine Frau in den Selbstmord treiben. Ich war mit Janes Tod noch nicht fertig geworden, und die Tragödie wirkte in mir als Blockierung.

«Gut. Sie verliebten sich also in Lyle –»

«Und das rettungslos. Aber ob das nun alles eine Illusion war, weiß ich noch immer nicht. Ich möchte annehmen, daß meine Gefühle doch irgendwie in der Realität wurzeln, aber ich gebe jetzt zu, daß ich sie noch einmal sehen muß, wenn ich in stabilerer Geistesverfassung bin, ehe ich mit Bestimmtheit sagen kann, ob sie die richtige Frau für mich ist.»

«Das ist sehr gut, Charles – welcher Fortschritt gegenüber Ihren früheren extravaganten Erklärungen! Können Sie ähnlich realistisch an das Problem Loretta herangehen?»

Ich wußte, das würde schwerer sein. Nach einer Pause sagte ich:

«Welch guter Freund sie mir zum Schluß war! Ich werde an diese Rettungsaktion immer mit Dankbarkeit zurückdenken, aber davon abgesehen...» Ich verstummte, aber Darrow griff nicht ein, und nach einer weiteren Pause konnte ich gestehen: «Mein Nachmittag mit Loretta war ein unheilvolles Ereignis, aber ich muß ehrlich sein, nicht wahr, und zugeben, daß das Zusammensein mit ihr wunderbar war. Doch damit beurteile ich den Vorfall nur mit dem Blick auf die körperliche Befriedigung. Für meine Gefühle war er ein Unglück, weil er meine Empfindungen für Lyle aufpflügte und mich in die größtmögliche Verwirrung stürzte. Geistig war der Vorfall ein Unheil für mich, weil mich die neue Verwirrung an den Rand eines Nervenzusammenbruchs brachte und bewirkte, daß ich mich noch obsessiver als zuvor mit dem Rätsel von Starbridge beschäftigte, um mich von meinen eigenen Problemen abzulenken. Spirituell war er ein Unglück für mich, weil er mich von Gott abschnitt und meine Schuld als Geistlicher so sehr vergrößerte, daß ich auf Ihr erstes Hilfsangebot nicht reagieren konnte. Und seelsorgerisch war er eine Katastrophe für mich, weil ich eine Frau benutzte, die einsam war, und weil ich das unverkennbare Verlangen einer Seele nach Schutz ignorierte. Was kann ich anderes tun, als einen Vorfall zu bedauern, der ein emotionales, geistiges, spirituelles und pastorales Unheil war? Jede körperliche Befriedigung wird inmitten einer solchen Ödnis schal und belanglos.»

Darrow sagte: «Können Sie vielleicht in Worte fassen, was Sie dazu brachte, sich mit ihr zu vereinigen? Oder glauben Sie, daß es nur das Verlangen nach körperlicher Befriedigung war?»

«Das war das vordergründigste Motiv, aber ich sehe jetzt, daß mich noch andere Kräfte getrieben haben. Ich war zum Beispiel wegen meiner privaten Schwierigkeiten in einem Zustand extremer spiritueller Schwäche; ich hatte mehr an der Erhaltung meines blendenden Bildes gearbeitet als in meinem Dienst an Gott. Dann war ich auch in einem Zustand großen emotionalen Aufruhrs, und ich benutzte Loretta, um meine Probleme zu betäuben. Und schließlich – und dies ist der Kern der Materie, Father, nicht wahr? – schließlich glaubte ich, sie habe mit Jardine geschlafen, und meine Identifikation mit ihm war inzwischen so stark, daß ich, wenn er sie gehabt hatte, sie auch haben wollte; wenn er es tun konnte, warum sollte ich es dann nicht auch tun?»

Darrow lehnte sich zurück. «Nun gut. Können Sie jetzt das letzte lose Ende noch verknüpfen und mir sagen, wie Sie Ihr Verhältnis zu Jardine sehen, wenn Sie vom schmalen Weg aus durch die enge Pforte zurückblicken?»

«Ja, natürlich», sagte ich und hielt abermals inne, um meine Gedanken zu sammeln, doch diesmal erwiesen sie sich als störrisch.

«Nicht schlimm», sagte Darrow. «Ich habe nicht wirklich damit gerechnet, daß Sie heute abend noch über Jardine sprechen würden.»

«Ich weiß, was ich sagen will, aber ich bekomme nicht ganz –»

«Sie haben Ihre Sache sehr gut gemacht, aber jetzt brauchen Sie Ruhe. Sehen Sie zu, daß Sie gut schlafen, Charles, und morgen soll es uns dann endlich gelingen, den Bischof an seinen Platz zu rücken.»

4

«Soweit ich erkennen kann», sagte ich nach einer schlaflosen Nacht, «muß man bei meinem Verhältnis zu Jardine zwei Aspekte unterscheiden. Ich scheine ihn zunächst als eine höchst eindrucksvolle Vaterfigur zu sehen.»

Darrow nickte. «Erkennen Sie, warum er diese außergewöhnliche Anziehung ausübt?»

«Ich brauche ältere Männer, die mir die Anerkennung gewähren, die mein Vater mir vorenthält, und Jardine trat zu einer Zeit in mein Leben ein, als ich meinem Vater völlig entfremdet war.»

«Ja, aber was machte Jardine eindrucksvoller als zum Beispiel Dr. Lang?»

«Nun, ich sehe jetzt, daß Lang und Jardine für mich nicht so verschieden sind, wie sie zu sein scheinen», sagte ich widerstrebend. «Beide sind Kirchenmänner und beide sind überragende Persönlichkeiten.»

«Ah, jetzt machen wir Fortschritte.»

«Lang scheint... nein, das hört sich unfreundlich an, aber er kommt mir jetzt wie eine abgespielte Schallplatte vor, ein wichtigtuerischer, auf Effekt bedachter alter Junggeselle, der mir nichts mehr zu sagen hat. Aber als ich ihm damals begegnete, blendete er mich und ich empfand seine starke Ausstrahlung. Jardine dagegen ist nicht nur blendend, er ist auch kein wichtigtuerischer alter Junggeselle; er ist ein lebendiger, verheirateter Mann, der Probleme mit Frauen hat. Ich mochte ihn nicht nur, ich identifizierte mich schließlich sogar mit ihm – und das bringt mich zum zweiten Aspekt unseres Verhältnisses: Ich betrachtete ihn als einen Doppelgänger.»

«Ehe wir damit weitermachen, sagen Sie mir noch, warum Sie Vaterfiguren gewählt haben, die so blendend sind und dem geistlichen Stand angehören.»

«Ich lehne mich damit wohl gegen meinen Vater auf, der Geistliche verachtet und äußeren Glanz verabscheut. Er hält Lang für hoffnungslos theatralisch, und wenn er Jardine je begegnete, würde er sagen: ‹Der Bursche ist kein wirklicher Gentleman. Etwas zu protzig mit dem alten Portwein. Etwas zu locker mit den Damen.›»

«Nun ja, so weit, so gut. Sehen wir uns jetzt diese merkwürdige Doppelgängersituation an. Können Sie erklären, weshalb Sie Jardine als Ihren Doppelgänger betrachten?»

«Da gerate ich in Schwierigkeiten. Soweit ich sehen kann –» Ich hielt inne. Darrow wartete. Vor mir auf dem Tisch begannen sich meine Hände fester zu verschränken. «Soweit ich sehen kann», sagte ich, mich zum Weitersprechen zwingend, «ist das der Punkt, an dem ich total verrückt wurde.»

«Ach ja?» sagte Darrow beiläufig. «Waren Sie gewalttätig – ich meine, physisch gewalttätig, nicht nur verbal?»

«Nein.»

«Haben Sie sich auffallend benommen, in der Öffentlichkeit ausgezogen oder so?»

«Um Gottes willen, nein!»

«Haben Sie Stimmen gehört, Visionen gehabt und geglaubt, überall seien kleine grüne Männchen, die Sie umbringen wollen?»

«Nein, natürlich nicht!»

«Nun, Sie hätten wütend gewesen sein können», sagte Darrow, «aber Sie waren bestimmt nicht total verrückt, und ich persönlich glaube nicht, daß wir Ihnen Schlimmeres als emotionalen Streß vorwerfen können. Ich schlage vor, wir legen diese These, daß Sie total verrückt waren, einmal vorerst beiseite, und sehen uns an, was wirklich vorging. Wann begannen Sie denn, an Ihrem Verstand zu zweifeln?»

«Das war während dieser letzten Szene mit Jardine, der Szene, wo er diese Rede hielt –»

«Ah ja, die Rede, die er hielt, wo er lieber hätte zuhören sollen! Aber ich bin sicher, es war ein rhetorisches Meisterstück. Immerhin», sagte Darrow ausdruckslos, «eines jedenfalls wissen wir alle über den Bischof von Starbridge: Er hat eine sehr mächtige und überzeugende Zunge.»

Es war, als wäre ein Bann gebrochen worden. «Er könnte einen dazu bringen, daß man Schwarz für Weiß hält», sagte ich, und auf einmal merkte ich, daß ich den Mut hatte, der Erinnerung ohne Wimpernzucken gegenüberzutreten. Während meine Hände aufhörten, sich zu verkrampfen, beugte ich mich vor und begann zu beschreiben, wie Jardine mein Gleichgewicht zerstört hatte.

5

«. . . und ich weiß, ich beschreibe dies nicht sehr gut, Father – es ist so schwer, die richtigen Worte zu finden – aber Jardine ließ mich spüren, daß meine ganze Identifizierung mit ihm eine große Illusion sei.»

«Sicher war er sehr überzeugend. Aber wie drückte er die Möglichkeit aus, daß Sie einer Illusion nachhingen?»

«Er sagte, ich würde ihn als Spiegel benutzen – nur hat er nicht die Metapher mit dem Spiegel gebraucht. Er sprach von einer leeren Leinwand und einer Laterna magica. Er sagte, ich unterstelle ihm – durch Projektion auf die blanke Leinwand – Gefühle und Situationen, die nur in meinem Kopf existierten.»

«Der Bischof scheint Feuerbach gelesen zu haben. Aber fahren Sie fort.»

«Er sagte, in meinem Kopf hätte ich mir ihn zum Helden erwählt

342

und rechtfertige nun mein bizarres Verhalten, indem ich sagte, ich folgte nur seinem Beispiel.» Ich erschauerte bei dem Gedanken an Loretta. «Darin steckte eine Art von grausiger Wahrheit –»

«Projektionstheorien scheinen immer schwer widerlegbar zu sein, bis einem bewußt wird, daß die ganze Wahrheit gar nicht projiziert wurde. Wir wissen jetzt, daß Ihr Verhalten, grotesk oder wie auch immer, nicht allein einem Verlangen entsprang, Jardine widerzuspiegeln; wir wissen, daß Sie von einer ganzen Reihe anderer Faktoren getrieben wurden, eingeschlossen die Entfremdung von Ihrem Vater und den Tod Ihrer Frau. Aber machen wir weiter mit Jardines These, daß Sie der Laterna-magica-Projektor seien und er die Leinwand. Hat er tatsächlich die Ähnlichkeiten zwischen Ihnen beiden abgestritten?»

«Er sagte, ich hätte mir eine bestimmte Vorstellung von ihm gemacht, aber der Mann, der er sei, habe nichts zu tun mit dem Mann, für den ich ihn hielte – und das ist Wahnsinn, nicht wahr, wenn man nicht mehr zwischen Realität und Illusion unterscheiden kann. Er brachte mich so weit, daß ich glaubte, ich hätte mir das ganze Rätsel von Starbridge nur eingebildet, er brachte mich so weit, daß ich mich –»

«Versuchen Sie es laut auszusprechen –»

«– daß ich mich zurückgewiesen fühlte. Es war, als wäre mir eine Tür vor der Nase zugeschlagen worden. Ich hatte die gleichen Empfindungen wie bei dem letzten Streit mit meinem Vater, als er mir die Tür vor der Nase zuschlug und verschloß, aber dies jetzt war viel schlimmer, weil ich mich nicht nur zurückgewiesen fühlte, sondern auch glaubte, ich sei total übergeschnappt –»

«Waren Sie sich während dieser Szene seiner Augen bewußt?»

Ich wurde jäh von dem Alptraum des Wahnsinns abgelenkt. *Seiner Augen?*»

«Denken Sie nach. Haben Sie ihm direkt in die Augen gesehen?»

«Ja.» Ich erschauerte bei der Erinnerung, brachte aber doch heraus: «Seine Augen sind hellbraun, aber er kann sie leuchten lassen, bis sie bernsteinfarben wirken. Damals waren sie bernsteinfarben.»

«Und war da irgendeine Stelle in dem Gespräch, an der er etwas mehrmals wiederholte, eine Wendung wie ‹Hören Sie mir zu›? Oder eine Stelle, an der er vielleicht Ihren Namen dreimal in einem Satz wiederholte, um sich Ihrer Aufmerksamkeit zu versichern?»

Ich sagte langsam: «Ja, an einer Stelle sagte ich: ‹Ich höre mir das nicht an›, aber er sagte: ‹Doch, Sie werden sich das anhören, Charles. Setzen Sie sich, Charles – setzen Sie sich und hören Sie mir zu – hören Sie mir zu, Charles –›»

«Aha», sagte Darrow ganz lässig, als sprächen wir über ein völlig normales Verhalten. «Das dachte ich mir. Er hat eine Hypnosetechnik angewandt, um die Kraft seines Charismas noch zu erhöhen – eine Technik, die gelegentlich von Nutzen sein kann, aber nie ganz ungefährlich ist. Ich glaube, ich weiß jetzt, was vorgegangen ist. Ein Charisma, das sich rhetorisch manifestiert, kann wie ein Radiogerät funktionieren, und Jardine hat nicht nur dieses Radiogerät eingeschaltet, sondern auch auf größte Lautstärke gestellt. Die Wirkung mußte absolut verheerend sein, weil Sie betrunken und in einem stark geschwächten Zustand waren, Charles. Nun, da Sie stocknüchtern und in viel robusterer Geistesverfassung sind, sollte es Ihnen nicht schwerfallen, die Lautstärke zu drosseln und das Gerät schließlich ganz auszuschalten.»

Ich war von diesem Gedanken gefesselt, aber ich konnte nur sagen: «Ich kann den Knopf nicht finden.»

«Es ist seine Behauptung, Sie hätten sich die Ähnlichkeiten eingebildet. Sie brauchen sie nur zu widerlegen.»

«Aber wie?»

«Stellen Sie eine Liste der scheinbaren Ähnlichkeiten auf, und dann sehen wir, ob sie zutreffen.»

Ich sagte bedächtig, aber ohne Mühe: «Die Ehefrau, die solche Depressionen hatte, daß sie eine Zeitlang zu ihren Eltern ziehen mußte – das war das, was Jane androhte und was Carrie Jardine tatsächlich tat. Die Ehefrau, die ihre ehelichen Pflichten widerspruchslos erfüllte – obwohl das die Ehe nicht vor Problemen bewahrte. Die Periode der Kinderlosigkeit bei den Jardines, gefolgt von der Geburt des toten Babys, eine Periode, die den Jahren entspricht, in denen ich Präservative benutzte, gefolgt von dem Verlust eines ungeborenen Kindes. Jardines Abneigung gegen ein zölibatäres Leben, eine Abneigung, die er Loretta eingestand und die genau meiner Einstellung zum Zölibat entspricht.»

«Sehr gut. Da haben wir mehrere echte Ähnlichkeiten zwischen Jardine und Ihnen. Sehen Sie noch mehr?»

Ich sagte mit wachsender Zuversicht: «Jardine kommt aus einfacheren Verhältnissen als ich, aber sein langer Aufstieg zur Spitze der Gesellschaft hat ihm zwei Persönlichkeiten beschert – was darauf hindeutet, daß er wie ich Mühe hat, eine einheitliche Identität zu bewahren. Er selbst hat mir gegenüber zugegeben, daß Alex das blendende Bild ist und Adam der Mann dahinter, der Mann, den er gern geheimhält, weil Adam so viele Fehler gemacht hat. Wie ich spricht er normalerweise nicht über seine Vergangenheit – und vor allem spricht er nicht gern über –»

«Ja? Fahren Sie fort, Charles –»

«Seinen Vater», sagte ich. «Seinen Vater.»

«Und da haben Sie die aufregendste Ähnlichkeit überhaupt.»

Jetzt hatte sich mein Selbstvertrauen völlig gefestigt. «Sein Vaterproblem unterschied sich oberflächlich gesehen sehr von dem meinen», sagte ich, «aber im Grunde war es das gleiche. Jardine hatte sich ungeliebt und von seinem Vater zurückgewiesen gefühlt, bis der alte Mann dem Tode nahe war.» Ich hielt inne und erinnerte mich des nächtlichen Gesprächs mit Jardine in dessen Bibliothek. «Es war eigenartig, wie Jardine ahnte, daß ich Probleme mit meinem Vater hatte», sagte ich. «Ich übte nur, wie meist, Zurückhaltung, doch im Gegensatz zu allen anderen wußte Jardine aus persönlicher Erfahrung, was eine derartige Zurückhaltung bedeutet.»

«Mit anderen Worten, er sah sich in Ihnen – der Identifikationsprozeß funktionierte umgekehrt.»

«Ja, ich bin jetzt sicher, daß er mich aus diesem Grund nicht hinauswarf, als er entdeckte, daß ich Langs Spion war – ich interessierte ihn so sehr, daß er dem Drang nicht widerstehen konnte, mich bei sich zu behalten, um mich besser kennenzulernen, und später, nachdem er mich über seinen Vater ins Vertrauen gezogen hatte, gewann ich die Überzeugung, daß er der einzige Mann in meinem Bekanntenkreis sei, der aus Erfahrung hinter das blendende Bild blicken und Mitgefühl mit dem Mann empfinden könnte, der ich wirklich war. Deshalb war seine Zurückweisung zum Schluß für mich so schrecklich.»

«Mit anderen Worten», sagte Darrow, «das Erkennen der Psyche des andern war gegenseitig und real. Die Ähnlichkeiten zwischen Ihnen waren nicht nur zahlreich, sondern verblüffend. Soviel zu Jardines Vorwurf, Sie projizierten eine Phantasievorstellung.»

Die Erleichterung war so überwältigend, daß es einige Zeit dauerte, bis ich sagen konnte: «Wie habe ich ihm nur glauben können?»

«Sie waren hypnotisiert und sollten sich für verrückt halten. Dann schreckten Sie zu sehr davor zurück, der Erinnerung gegenüberzutreten, um sich bewußt werden zu können, daß seine These falsch war.» In Darrows Stimme lag eine gewisse Härte, aber er merzte sie aus. In ausdruckslosem Ton sagte er: «Das Charisma ist offensichtlich mißbraucht worden.»

Nachdem ich mich endlich meiner Erinnerung an diese Szene gestellt hatte, konnte ich die unheimlichste Möglichkeit überhaupt in Worte fassen. «Könnte er mich zu seinem eigenen Schutz bewußt über die Grenzlinie geschickt haben?»

«Möglich», sagte Darrow, «aber wenn er sich in Ihnen wiedersah, ist es andererseits unwahrscheinlich, daß er bewußt destruktiv vorging. Die wahrscheinlichste Erklärung ist die, daß er in der durch seine Verwicklung mit Ihnen verursachten Qual die Beherrschung seines Charismas verlor.»

«Aber seine Anwendung der Hypnose kann doch eigentlich nur unheilvoll sein.»

«Nicht zwangsläufig. Er mag in der besten Absicht zur Hypnose gegriffen haben – um Sie zu beruhigen. Aber seinen großen Fehler machte er, als er annahm, Sie würden sich zusammenreißen, wenn er Sie gewissen Aspekten der Wirklichkeit gegenüberstellte. Aus der Sicht eines geistlichen Beraters war das die völlig falsche Methode, wie ich Ihnen schon früher sagte, und der Irrtum wurde noch verschlimmert durch seine gespenstische Darstellung dessen, was er für diese Wirklichkeit hielt. Aber Charles, trotz der abscheulichen Art, in der er diese Szene verpatzt hat, weist noch immer nichts darauf hin, daß er eine Affäre mit Lyle vertuschen wollte, lassen Sie mich das betonen. Der unglückselige Ausgang zeigt nur, daß selbst ein erfahrener Bischof nie versuchen sollte, jemanden zu beraten, wenn ihn der Instinkt davor warnt.»

Es trat ein Schweigen ein, während ich diese Feststellung innerlich zu verarbeiten suchte, aber dann sagte ich: «Zumindest sehe ich jetzt diese Szene in ihrer wahren Bedeutung. Ich kann Ihnen nicht sagen, wieviel wohler mir ist.»

«Das freut mich, aber noch sind wir nicht am Ende. Wir haben festgestellt, daß Sie auf keinen Fall glauben sollten, Sie seien verrückt, nur weil Sie sich mit Jardine identifiziert haben. Aber was geschah, als Sie diese Identifizierung bis zum Äußersten trieben? Können Sie noch einmal auf diesen Vorfall mit Loretta zurückkommen?»

«Das ist wohl der Punkt, an dem ich mir die Verwirrung meiner Gefühle zum Vorwurf mache, auch wenn ich nicht wirklich verrückt war. Ich wollte, daß er des Ehebruchs schuldig wäre. Als ich herausfand, daß er sie nicht penetriert hatte, wollte ich, daß er mit Lyle schlief – ich wollte es, obwohl mir der Gedanke unerträglich war.»

«Und warum wünschten Sie diese Sünden auf ihn herab?»

«Ich glaubte, wenn er schuldig und dennoch ein brillanter Kirchenmann sein konnte, dann könnte ich das auch ... Ich hatte solche Angst ...»

«Ja? Sie sind ganz dicht dran, Charles. Noch eine letzte Hürde –»

«Ich hatte solche Angst, daß meine Berufung zunichte würde, und diese Vorstellung konnte ich nicht ertragen. Ich wollte nur eines: Gott in der Kirche dienen. Doch alles schien auseinanderzufallen – mein Zölibat, meine Laufbahn, mein ganzes Leben – und da wurde Jardine – symbolisierte Jardine –»

«Symbolisierte Jardine –»

«– ein Symbol der Hoffnung – und am Ende war er die Hoffnung in Person, meine einzige Hoffnung, meine letzte Hoffnung ... Ich dachte: Wenn er nur schuldig sein könnte, dann wird mit mir alles gut ... wenn er weitermachen kann, dann kann auch ich weitermachen ... Und deshalb – deshalb –»

«Als er Ihre Identifikation mit sich zurückwies, da wies er Sie nicht nur als Vater zurück, nicht wahr?»

«Nein, er zerstörte meine letzte Hoffnung, Gott in der Kirche dienen zu können, er verdammte mich zur Hölle der gebrochenen Gelübde – und, o Gott, das konnte ich nicht ertragen, Father, das konnte ich nicht ertragen, das konnte ich nicht ertragen : . . .»

6

«Es muß entsetzlich für Sie gewesen sein», sagte Darrow und zog seinen Stuhl um den Tisch herum, um sich neben mich zu setzen. «Aber Sie sehen doch wohl jetzt, daß Sie diese weitgehende Identifizierung mit Jardine dazu benutzten, eine Schutzwehr aufzurichten, die Ihre Befürchtungen um Ihre Berufung in Schach halten würde, ja? Sie befürchteten nicht, den Glauben an Gott zu verlieren, was wohl die häufigste Furcht eines Geistlichen in einer solch bedrängten Seelenlage ist, sondern die Fähigkeit, ihm in der Kirche zu dienen.»

«Ich glaube jetzt, daß ich eines Tages wieder in der Lage sein werde, gemäß den Gelübden zu handeln, die ich bei meiner Ordination abgelegt habe, aber die letzter Monate waren ein solcher Alptraum von Ängsten und Zweifeln –»

«Natürlich waren sie das. Und natürlich können Sie jetzt verstehen, wie dieser Druck sich auf Ihr Gemüt legte, bis er ein unerträgliches Ausmaß erreicht hatte. Er entwickelte sich nicht nur, weil Ihr Vater Sie glauben gemacht hatte, Sie seien untauglich und unwürdig, einer, der die Rolle eines Geistlichen nur spielt, sondern weil Sie das Gefühl hatten, daß der Skeptizismus Ihres Vaters allmählich in einem erschreckenden Maße gerechtfertigt war. Sie machten sich wirklich Sorgen wegen Ihres wachsenden Verlangens nach Alkohol, und Sie befanden sich tatsächlich in zunehmenden Schwierigkeiten mit Frauen – aber warum war das so? Nicht, entgegen eventuellen Vermutungen Ihres Vaters, wegen irgendeiner genetischen Vorbelastung. Es kam dazu, weil Sie unter wachsendem psychischem Streß standen. Das Trugbild wurde eine immer schwerere Bürde – kein Wunder, daß Sie tranken, um ihm zu entrinnen! –, und Sie wurden nicht fertig mit dem entscheidenden Problem, das Ihre Unfähigkeit betraf, einer Wiederverheiratung ins Auge zu sehen. Die durch dieses Problem verursachte Anspannung trieb Sie in Irrtümer –

Irrtümer, die das Gefühl der Untauglichkeit, der Unwürdigkeit nur verstärken konnten – und die unausweichliche Folge war, daß Sie in einen Strudel der Verzweiflung hineingerissen wurden. Unter diesen Umständen ist es erstaunlich, daß Sie nicht schon früher in eine Verwirrung der Gefühle gerieten. Meiner Erkenntnis zufolge müssen Sie ganz und gar dem Dienst Gottes hingegeben sein. Eine weniger starke Berufung wäre längst untergegangen.»

Als ich ruhiger war, sagte ich: «Es war fast, als wüßte ich, daß ich erst auseinanderfallen durfte, wenn ich jemanden gefunden hatte, der mich wieder zusammenflicken konnte.»

«Einer der traurigsten Aspekte Ihrer Geschichte ist zweifellos der, daß Sie sich niemandem anvertrauen konnten, ehe Sie mir begegneten, aber bevor einer von uns über den Ergebnissen unserer Begegnung allzu selbstzufrieden wird, wollen wir uns daran erinnern, daß Ihre Probleme zwar geklärt, aber noch nicht gelöst sind. Ihnen steht jetzt Schwerarbeit an der Heimatfront bevor, aber darüber können wir später reden. Im Augenblick gibt es Wichtigeres zu bedenken.»

«Meine formelle Beichte?»

«Ja. Sie kann kurz ausfallen, da wir über Ihre Irrtümer ja ausführlich gesprochen haben, aber Sie müssen dennoch mit großer Sorgfalt an diese Aufgabe herangehen; ich werde Ihnen einige Vorschläge hinsichtlich Gebet und Meditation machen. Wenn Sie dann die Beichte abgelegt haben, besprechen wir, was Sie bei Ihrer Rückkehr in die Welt tun werden. Ich glaube, es ist geistig und seelisch wichtig für Sie, daß wir einen sehr genauen Schlachtplan aufstellen.»

7

Ich legte an diesem Abend meine formelle Beichte vor Gott ab, und Father Darrow, der mir die Absolution erteilte, erlegte mir eine kurze Buße auf, die ich in der Kapelle verrichtete, bevor ich zu Bett ging. Ich hatte eine strenge Buße erwartet, sogar eine lange, aber Darrow sagte, die schwere, lange Qual meiner informellen Beichte vor ihm habe schon eine Buße dargestellt, die jetzt nur noch eine Vervollständigung durch das Gebet erfordere.

Am nächsten Morgen war ich zum erstenmal seit meiner Ankunft imstande, an der Messe teilzunehmen.

Alle Gottesdienste der Forditen wurden in der Landessprache gehalten, und wenn auch der Kultus den Höhepunkt des hochkirchlichen Flügels der Kirche von England darstellt, so betont die Sprache doch die scharfe Trennung von Rom, die das Kennzeichen der Forditen-Mönche ist. Die Kapelle war reichgeschmückt, aber die Zurücknahme der Marienverehrung unterschied sie von jeder Kirche unter dem Primat des Papstes. Ich konnte nicht die ganze Kapelle sehen, da Besucher nur einen Teil des Querschiffs betreten durften, doch die farbigen Glasfenster, die ich sah, schilderten das Leben Christi, und die einzige Skulptur war ein Kruzifix.

Ich empfing das Sakrament. Ich hatte mich in einen solchen Erwartungszustand hineingesteigert, daß es wie ein Schock war, als ich nach den ersten Sekunden überwältigenden Trostgefühls von panischer Verzweiflung erfaßt wurde. Ich fürchtete plötzlich, ich könnte wieder dem Irrtum anheimfallen, sowie ich meine sichere Obhut verließ; die Sorge quälte mich, ich könnte einer Wiederverheiratung und Vaterschaft noch immer nicht ins Auge sehen; ich schlug mich mit der Angst herum, meine Gefühle für Lyle könnten reine Einbildung sein, die befreiende Theorie meiner Abstammung sei falsch und ich sei gänzlich ungeeignet, Gott als Geistlicher zu dienen.

Meine neue Hoffnung zerbrach. Mein schwaches Selbstvertrauen stürzte in sich zusammen. Nach dem Gottesdienst taumelte ich auf mein Zimmer zurück, zog das Rouleau herunter und legte mich mit dem Gesicht nach unten aufs Bett, das Kreuz an die Brust gepreßt, während ich die dämonische Verzweiflung zurückzudrängen versuchte. Der Dämon und ich rangen eine Weile miteinander. Er besiegte mich nie ganz, führte aber erschöpfende Attacken. Ich machte keine Bewegung. Ich brauchte meine ganze Kraft, um ihm den Weg zu meiner Seele zu versperren.

So fand mich Darrow nach der Kapitelversammlung. Er kam herein, warf einen Blick auf meine ausgestreckte Gestalt, zog das Rouleau hoch und sagte: «Aufgestanden, Charles. Treten Sie dem Dämon in den Hintern, und dann an die Arbeit.»

Das Symbol des Dämons traf meine Stimmung genau. Ich schleppte mich zum Tisch.

«Ich dachte, jetzt wäre alles gut», sagte ich beschämt. «Ich dachte, ich wäre so stark wie ein Ochse und so mutig wie ein Löwe und könnte stolz mit ‹Onward Christian Soldiers› auf den Lippen Ihr Haus verlassen.»

Darrow lachte. «Da hätte irgendein erschreckter Bürger von Grantchester bestimmt den Krankenwagen gerufen! Nein, Charles, ich wäre höchst beunruhigt, wenn Sie in der derzeitigen Phase Ihrer Prüfung unter Absingen kämpferischer Hymnen hier zum Tor hinausmarschierten.» Und als wir beide am Tisch saßen, fügte er hinzu: «In einer Hinsicht bin ich froh, daß Sie diesen Rückfall hatten, denn jetzt werden Sie mir eher glauben, daß Sie noch ein paar Tage hierbleiben sollten. Ihre geistigen Kräfte liegen immer noch darnieder, und da der Empfang des Sakraments allein Sie nicht auf wunderbare Weise völlig gesunden läßt, gebe ich Ihnen einige Exerzitien auf.»

Ich versuchte mir keine Bestürzung anmerken zu lassen. Selbst in meiner größten Begeisterung während der Ausbildung zum Geistlichen war ich nie auf eine Arbeit versessen gewesen, die mir keine Gelegenheit bot, mich mit meinen akademischen Gaben auszuzeichnen.

«Sie werden wahrscheinlich nicht länger als eine Woche bleiben müssen», sagte Darrow, «aber ich möchte, daß Sie während der nächsten achtundzwanzig Tage um sechs Uhr morgens aufstehen und eine Stunde mit Lesen, Beten und Meditation verbringen, nach meiner Anweisung. Sie können zum Wachwerden eine Tasse Tee oder Kaffee trinken, aber bitte keine Speisen während dieser Stunde und keine Zigaretten.»

Der Mut wollte mich verlassen. Ich war frühmorgens nie in besonders guter Form, und vor dem Beginn einer ganzen Stunde Exerzitien glaubte ich eine dreigängige Mahlzeit, mehrere Zigaretten und einen kräftigen Whisky nötig zu haben. Laien glauben, Geistliche verfügten über unerschöpfliche Kräfte zum Beten und Meditieren; aber abgesehen von Mönchen, die gewohnt sind, täglich viele Stunden in Andacht zu verbringen, haben nur sehr wenige

Geistliche die Zeit oder Energie für eine volle Stunde strengen geistigen Mühens. Ich sprach jeden Morgen mein Gebet und las die Andacht, doch diese Aktivitäten glichen einem kurzen geistigen Sprint. Was man jetzt von mir verlangte, war ein Lauf über eine geistige Meile, und ich wußte sehr gut, daß ich in schlechter Kondition war.

Der Entschluß, mein Leben neu zu gestalten, um Janes Tod einen Sinn zu geben, zwang mich jedoch, Darrow zu antworten: «Ich will vor allem wieder innerlich zu Kräften kommen. Ich tue alles, was Sie sagen.»

«Ich will Ihnen erklären, worum es mir geht: Ich will Ihnen bei der Wiederherstellung Ihres geistigen Gleichgewichts helfen, das durch Ihre privaten Probleme gestört worden ist. In Ihrem Streben nach einem Erfolg, der Ihren Vater beeindrucken sollte, haben Sie wahrscheinlich zuviel Energie in Ihre Arbeit als Gelehrter einfließen lassen; ich sage nicht, daß Sie im Gottesdienst und im privaten Gebet nicht gewissenhaft gewesen wären, aber waren Sie mehr als nur gewissenhaft? Sie sollten jetzt der Pflege Ihres inneren Lebens mehr Zeit widmen, so daß Sie mehr vollbringen können als nur das, was Ihre Berufung an äußerlichen Diensten verlangt.»

«Mir wird allmählich klar, warum Sie mir empfohlen haben, mich mit Mystik zu befassen.»

«Dafür gab es zwei Gründe. Zum einen schienen Sie sich sehr mit der Transzendenz Gottes zu beschäftigen – ein allgemeiner Fehler der Bewunderer Karl Barths, wie ich fürchte –, und ich dachte, Sie sollten an die Lehre der Mystiker von der Synteresis erinnert werden, den Gedanken, daß in jedem Menschen ein göttlicher Funke wohnt –»

«– und daß Gott sowohl immanent wie transzendent ist.»

«Genau. Der Mystizismus bietet einen Mittelweg an zwischen einem liberalen Protestantismus, der die Immanenz Gottes hervorhebt, und Barths Krisentheologie, die die Transzendenz betont.»

«Und Ihr zweiter Grund?»

«Ich wollte sehen, wie Sie auf eine Betonung der Beziehung zwischen Mensch und Gott reagieren, die jenseits des ritualisierten Gottesdienstes bestehen kann, und während unserer darauffolgen-

den Gespräche begann ich zu vermuten, daß Sie Ihre geistigen Gaben
nicht ganz ausnutzen – mit dem Ergebnis, daß Ihr irriger Glaube an
Ihre Unwürdigkeit noch verstärkt wurde. Und auch aus diesem
Grund müssen Sie sich jetzt jeden Tag Zeit für Übung und Rehabili-
tation nehmen. Sie brauchen den Auftrieb für Ihre Selbstachtung,
den Ihnen die Erlangung eines ausgeglichenen geistigen Lebens
geben wird.»

«Es deprimiert mich so sehr, daß ich in so geschwächter Verfassung bin.» Ich hatte diese Bemerkung nicht unterdrücken können.

«Dann ist es um so wichtiger, daß wir Ihre geistige Kraft stärken.
Und jetzt, Charles, brauchen Sie schwere körperliche Arbeit, wenn
Sie nicht den Morgen mit Sinnieren auf Ihrem Bett verbringen
wollen – kommen Sie mit mir in den Garten, vielleicht entdecken
wir einen kleinen nützlichen Baum, der danach schreit, umgehackt
zu werden...»

8

Kein Baum schrie danach, umgehackt zu werden, aber da war ein
großes Stück Acker, das umgegraben werden wollte. Ich grub und
grub und grub. Nach einer Weile fühlte ich mich wohler, und später,
als ich mich duschte, erinnerte ich mich daran, daß Lady Starmouth
lächelnd gesagt hatte: «Ich begeistere mich für ein kraftstrotzendes
Christentum!» Ihre Bemerkung schien mir voller Ironie, nun da ich
akzeptieren konnte, welch ein geschwächter Christ ich geworden
war, aber als ich in den Spiegel sah und nicht mein blendendes Bild,
sondern mein wahres Selbst erblickte, dachte ich, daß eines Tages, in
einer noch sehr fernen Zukunft, eine bejahende Bemerkung über
kraftstrotzendes Christentum vielleicht nicht ganz unangebracht
sein könnte.

Es war ein ermutigender Gedanke, und ich wußte, daß ich anfing,
wieder zu hoffen, anfing, mein zerstörtes Selbstvertrauen neu
aufzubauen.

Während unserer Nachmittagssitzung gab Darrow mir die Bücher für die Exerzitien an und besprach mit mir die nützlichsten Techniken für meditative Lektüre. «Wir fangen mit den Meditationen bei den synoptischen Evangelien an», sagte er, «weil ich Ihre Aufmerksamkeit auf Christus konzentrieren will, und dann gehen wir zum Johannesevangelium über, so daß Sie den Blick auf den Geist richten können. Sie sind zu theozentriert, vielleicht weil Sie sich wegen Ihrer seelischen Probleme so sehr mit Gott als dem Vater beschäftigt haben. Mir ist ein merkliches Ungleichgewicht in Ihrer Auffassung der Dreifaltigkeit aufgefallen.»

Sogleich war ich wieder beunruhigt. Ich mochte Doktor der Theologie sein, doch jetzt kam ich mir wie ein Student vor, der kurz davor steht, in der Prüfung durchzufallen, und plötzlich verspürte ich den verzweifelten Wunsch, die Prüfung zu bestehen. Wenn ich nun als völliger Versager entlarvt wurde? Der Gedanke an ein jämmerliches Scheitern war schlimm genug, doch der Gedanke, Darrow zu enttäuschen, war unerträglich. Von Panik erfaßt suchte ich nach einer Lösung, die mich in meiner Verwundbarkeit schützen würde, und als Darrow am Abend in mein Zimmer kam, sagte das blendende Bild zu ihm: «Bitte, erzählen Sie mir mehr von sich, Father. Ich möchte so vieles über Sie wissen.»

Sobald die Worte ausgesprochen waren, spürte ich, wie ich mich entspannte. Dies war eine unfehlbare Methode, das Entgegenkommen älterer Männer zu bewirken; ich fragte sie nach ihrer Vergangenheit, ich hörte mit der inbrünstigen Aufmerksamkeit des Musterschülers zu und wurde dann durch eine befriedigende Zurschaustellung väterlichen Wohlwollens belohnt, das blind war für alle Fehler und Makel, die ich so verzweifelt zu verbergen suchte. «Erzählen Sie mir von Ihrer Zeit bei der Marine!» drängte ich Darrow mit aller mir zur Verfügung stehenden Wärme und Herzlichkeit, aber obwohl ich voller Vertrauen auf die Antwort wartete, die meine Untauglichkeitsängste betäuben würde, schwieg Darrow. Zuerst glaubte ich, er brauche nur Zeit, um die Rolle des Beraters abzulegen, und als er mich anlächelte, war ich sicher, er werde einen vertraulichen Ton anschlagen, aber dann sagte er sehr ernst: «Nein, Charles. Wenn ich Ihnen nach besten Kräften helfen soll, muß ich weiter überwiegend unpersönlich bleiben. Ich kann nur Ihr geistlicher Berater sein. Nicht weniger und nicht mehr.»

Wieder trat Schweigen ein, indes ich mir schmerzhaft der Machenschaften meines Trugbildes bewußt wurde, doch schließlich sagte Darrow mit einer Entschiedenheit, die es ihm ermöglichte, freundlich zu sein, ohne herablassend zu wirken: «Das ist keine Zurückweisung, Charles. Im Gegenteil. Ich würde Sie zurückweisen, wenn ich Ihnen erlaubte, unsere Beziehung auf eine Stufe zu bringen, die nur diese psychischen Schwierigkeiten vermehren würde, mit denen Sie sich schon so lange herumschlagen. Eine meiner wichtigsten Aufgaben besteht jetzt darin, Ihnen zu beweisen, daß Sie ohne Vaterfigur auskommen können.»

Ich nickte. Nach einiger Zeit konnte mein wahres Selbst sagen: «Glauben Sie nur nicht, ich wüßte nicht, wie absurd es ist, daß ein Mann meines Alters ständig eine Vaterfigur im Hintergrund braucht.»

«Wenn Sie erst Ihren Frieden mit Ihrem Vater gemacht haben, werden viele Schwierigkeiten verschwinden. Ich fürchte aber, dieser Frieden wird nicht leicht zu erlangen sein.»

Ich versuchte meine Verlegenheit durch einen Themawechsel zu überwinden und sagte rasch: «Ist das jetzt der Augenblick, den Schlachtplan für meine Rückkehr in die Welt zu entwerfen?»

«Vielleicht», sagte Darrow, der natürlich die Tiefe meiner Not genau ermessen hatte und mich bei ihrer Überwindung unterstützen wollte. «Ja, schön, stellen wir uns Ihren Besuch bei Ihren Eltern in Epsom vor...»

10

«Ihre Aufgabe», sagte Darrow, «besteht darin, den Beziehungen zu Ihren beiden Eltern eine neue Grundlage zu geben. Die genaue Feststellung der Vaterschaft soll nicht nur Ihre sehr verständliche Neugierde befriedigen, sie soll auch eine Atmosphäre der Offenheit schaffen, in der sich ein neues Verhältnis zu Ihren Eltern entwickeln kann.»

«Ja, Father.»

«Nein, Charles, Sie dürfen sich nicht einfach zurücklehnen und ‹ja, Father› sagen wie ein gehorsamer Novize! Sie müssen angestrengt arbeiten, angestrengt denken, konstruktiv sein –»

«Wie schaffe ich diese neue Beziehung?»

«Schon besser. Sie nähern sich ihnen als guter Christ, und das erinnert mich an etwas, was Sie sagten, als Sie mir die Geschichte von Starbridge erzählten. Sagten Sie da nicht, Sie hätten Schuldgefühle wegen Ihrer mangelnden Erfahrung als Seelsorger? Nun, hier haben Sie Gelegenheit, sich in Vertretung des örtlichen Pfarrers um das Seelenheil Ihrer Eltern zu kümmern.»

«Aber lieber Father –»

Er blickte mich mit einem stählernen Blick an. «Glauben Sie, Ihre Eltern seien der Seelsorge nicht wert? Glauben Sie, nur weil sie nicht zur Kirche gehen, seien sie Ihrer geistlichen Aufmerksamkeit nicht würdig?»

«Nein, natürlich nicht, aber –»

«Besteht Priesterarbeit nur darin, das gelegentliche Predigtfeuerwerk abzubrennen und Bücher über die frühe Kirche zu schreiben?»

«Nein, Father. Man predigt das Evangelium, indem man seiner Berufung entsprechend lebt.»

«Eben. Fahren Sie nach Epsom und leben Sie, wie das Evangelium es Ihnen vorschreibt. Sie brauchen Gott gar nicht zu erwähnen. Sie brauchen nicht einmal Ihren geistlichen Kragen zu tragen. Finden Sie sich einfach vor der Tür Ihrer Eltern ein und zeigen Sie ihnen durch Ihre Taten, woran Sie glauben.»

«Ja, Father, jedesmal wenn ich sie besuche, bemühe ich mich immer so sehr –»

«Was zu tun? Der perfekte Sohn zu sein, der seine Pflicht gegen jene Pappfiguren mit dem Etikett ‹Vater› und ‹Mutter› erfüllt? Stellen Sie Ihr Trugbild beiseite, Charles – und stellen Sie auch deren Trugbilder beiseite! Sehen Sie hinter die Pappfassade und entdecken Sie diese zwei Fremden, die sich vor Ihnen verborgen gehalten haben wie Sie sich vor ihnen. Was geht wirklich im Leben Ihrer Eltern vor?

Wie kommt Ihr Vater mit seinem Ruhestand zurecht – immer ein großes Problem für einen erfolgreichen Mann. Wie blickt er, der Atheist, auf den herannahenden Tag seines Todes? Und Ihre Mutter – wie steht sie zum Altern und dem Verblassen ihrer äußeren Erscheinung? Wie kommt *sie* mit dem Ruhestand Ihres Vaters zurecht – immer eine verwirrende Veränderung für eine Ehefrau. Wie einsam ist sie? Wie sehr vermißt sie Sie, und wie groß ist ihr Verlangen, sich Ihnen anzuvertrauen? Charles, Sie stehen vor einer seelsorgerischen Aufgabe. Wollen Sie Ihren Sommer in Laud's verbringen, sich bequem von Ihren Problemen des zwanzigsten Jahrhunderts abschotten, indem Sie wieder in der fernen akademischen Vergangenheit Asyl suchen, oder kommen Sie endlich aus Ihrem Elfenbeinturm heraus und dienen Sie Gott an einem Ort, wo Sie vielleicht mehr gebraucht werden als je zuvor in Ihrem Leben?»

Mir war, als hätte mich Gott nicht mit einem Wispern, sondern mit einem Trompetenstoß gerufen, und ich senkte vor Scham den Kopf bei dem Gedanken, daß ich so lange hatte taub sein können.

357

XVII

*«Die Zeichen Jesu werden seinen wahren Jüngern lautlos
aufgedrückt im normalen Lauf des Lebens in der Gesellschaft
wie auch in Krisen des Leidens und im Märtyrertum.»*

HERBERT HENSLEY HENSON

I

Es wird nicht leicht sein», sagte Darrow. «Ihr Vater wird
zweifellos widerborstig sein wie gewöhnlich, und Ihre Mutter
wird Sie wahrscheinlich zur Verzweiflung bringen, aber besuchen
Sie sie immer wieder. Widmen Sie sich dieser Aufgabe in Ihren
Sommerferien. Schließlich mag liebevoller Umgang zu Verstehen
und dann Verstehen zu Vergeben führen, und wenn Sie ihnen erst
vergeben haben, werden Sie mit beiden endlich Ihren Frieden
machen können.»

«Das erinnert mich an Jardine», sagte ich. «Als er von seinem
Vater sprach, sagte er: ‹Durch Verstehen wird Vergeben möglich›.»

Darrow gab seine professionelle Neutralität für einen Augenblick
auf. «Meine geringe Meinung vom spirituellen Wahrnehmungsver-
mögen des Bischofs ist um einen Strich gestiegen», aber er schien
seine Offenheit sogleich zu bedauern, und noch ehe ich etwas erwidern konnte, setzte er rasch hinzu: «Und jetzt möchten Sie sicher
den Schlachtplan von Epsom gleich auf Starbridge ausdehnen.»

Ich versuchte ihm durch die Wahl meiner Worte zu zeigen, daß ich
meine Lage begriffen hatte. «Mir ist klar», sagte ich, «daß meine
Eltern Vorrang haben. Erst wenn ich die Dinge in Epsom geregelt
habe, besitze ich das nötige Gleichgewicht, um mich mit Starbridge
zu befassen. Aber» – ich zögerte, konnte jedoch nur eingestehen:
«– der Gedanke, Lyle in der Schwebe zu lassen, quält mich.»

358

«Ja, das ist ein schwieriges Problem», sagte Darrow sofort, und durch sein Mitgefühl ermutigt, bemühte ich mich aufs neue, meinen Gefühlen Ausdruck zu verleihen.

«Ich glaube, es würde mir leichterfallen, Lyle in der Schwebe zu lassen, wenn es eine bestimmte Frist gäbe, die ich abwarten müßte», sagte ich. «Angenommen, es verläuft alles gut mit meinen Eltern –»

«Das wird wahrscheinlich den Löwenanteil an den großen Ferien in Anspruch nehmen. Vielleicht setzen Sie sich für Lyle ein Datum Ende September?»

Sechs Wochen schienen eine lange Zeit, doch ich sagte ohne Zögern: «Gut, aber könnte ich ihr inzwischen schreiben, um die Verbindung wiederherzustellen?»

«Eine berechtigte Frage, aber die kann ich auch nicht besser beantworten als Sie. Ich will Ihnen noch ein paar Fragen stellen, vielleicht fällt Ihnen eine Entscheidung dann leichter. Was würde ein Brief zum Beispiel bewirken, außer neuer Kontaktaufnahme? Was würden Sie empfinden, wenn sie nicht antwortet? Würden Sie sich stärker frustriert fühlen denn je? Könnte diese innere Unruhe Sie von Ihren Eltern ablenken, die jetzt für Sie an erster Stelle stehen sollten? Könnten Sie versucht sein, zu einem weiteren Zusammenstoß mit dem Bischof nach Starbridge abzubrausen?»

Ich mußte zugeben, daß dies alles beunruhigende Fragen waren. «Vielleicht sollte ich vorerst nichts tun», sagte ich widerstrebend.

«Wir lassen das offen und sprechen regelmäßig darüber. Dann wird sich gewiß eine befriedigende Lösung finden... Und da wir gerade von Lösungen sprechen, Charles – ich glaube, Sie sind jetzt in der Lage, etwas zu erfahren, was ich Ihnen über die Entwicklung in Starbridge verschwiegen habe. Am Morgen nach Ihrer Ankunft hier rief Jardine mich an.»

Die nervöse Art, wie ich reagierte, war für mich ein Schock. «Hat er gesagt, ich sei verrückt?»

«Es ging ihm viel mehr darum, zu erfahren, ob Sie wohlauf seien. Er befürchtete nämlich, Sie könnten mit Ihrem Wagen einen Unfall gehabt haben; wenn dem so gewesen wäre, hätte er sich einen Teil der Verantwortung zuschreiben müssen.»

«Hat er noch einmal angerufen?»

«Ja, drei Tage später. Er wollte wissen, wie es Ihnen geht. Ich sagte: ‹Danke der Nachfrage, Bischof – Charles geht es besser, und er erholt sich eine Weile hier bei uns.›»

«Hat er versucht, noch mehr zu erfahren?»

«Sehr vorsichtig, ja. Er sagte: ‹Charles war in sehr aufgelöster Verfassung, als er uns verließ. Ich war höchst besorgt, weil er sich unglaublichen Phantasievorstellungen hinzugeben schien.› Ich habe dann nur ‹hm› gemacht in einem solchen Ton, daß es so ziemlich alles bedeuten konnte – worauf er den Mut verlor, das Thema wechselte und mich fragte, wie ich mich in Cambridgeshire eingelebt hätte.»

«Dann wollte er Ihnen also einreden, ich sei verrückt!»

«Das glaube ich nicht», sagte Darrow mit jener Gelassenheit, die mich immer wieder beruhigte. «Wenn er das gewollt hätte, hätte er wahrscheinlich rundheraus gesagt, Sie hätten getobt, aber ihm ging es offenbar mehr um Informationen als um verleumderische Vorwürfe.»

«Aber er hatte natürlich Angst, Sie könnten mir glauben!»

«Natürlich, aber das würde auch gelten, wenn er unschuldig ist, nicht? Selbst der frömmste Bischof würde erblassen bei dem Gedanken, ein Kanonikus könnte in den heiligen Hallen der Forditen-Mönche die Geschichte eines bischöflichen Ehebruchs verbreiten!»

Allmählich entspannte ich mich wieder. «Entschuldigen Sie», sagte ich, «das war dumm von mir.»

«Keineswegs. Daß Sie sich Sorgen machen, ob Jardine mich von Ihrer Verrücktheit überzeugt, oder daß Jardine sich Sorgen macht, ob Sie mich davon überzeugen, daß er ein Ehebrecher ist – das eine ist so natürlich wie das andere. Aber Charles, ich wollte Sie mit diesem Bericht über Jardine nicht beunruhigen, sondern Ihnen vor Augen führen, daß die Zeit in Starbridge nicht stehengeblieben ist, seit Sie aus dem Speisezimmer des Bischofs davongestürmt sind. Ich glaube, Sie neigen dazu, Lyle und Jardine und ihre Beziehungen – welcher Art sie auch seien – sozusagen als zeitlich eingefroren zu betrachten, aber die Situation im Palais wird sich ständig weiterentwickeln, so wie sich Ihre Situation hier weiterentwickelt hat, und auch aus diesem Grund sollten Sie mit Ihrem Besuch in Starbridge noch etwas warten. Sie haben einen dicken Stein in diesen Teich geworfen, Charles; warten Sie jetzt ab, bis die Wellen das Ufer erreichen, und Sie werden sehen, was sie Ihnen vor die Füße spülen. Ich glaube, Sie können dann feststellen, daß sich das Warten später auszahlt...»

2

Bei meiner ersten Exerzitienstunde versagte ich vollständig. In der einleitenden halben Stunde hätte ich in normalem Lesetempo Absätze aus Augustinus' *Bekenntnissen* und Thomas a Kempis' *Nachfolge Christi* lesen sollen, zwei berühmten Werken, die ich natürlich früher studiert hatte, die aber seit einiger Zeit unbenutzt in meiner Bibliothek standen. Diese Aufgabe schien recht einfach, doch als ich nach fünfzehn Minuten damit fertig war, wurde mir zu spät bewußt, daß ich mit der durch meine akademische Arbeit entwikkelten, nicht üblichen Geschwindigkeit gelesen hatte, und um die Sache noch schlimmer zu machen, stellte ich bei erneutem Durchlesen fest, daß mir manche Stellen nicht vertraut waren. Dieser Beweis mangelnder Konzentration bestürzte mich, doch meine Probleme begannen erst richtig, als ich zur zweiten Aufgabe in meditativer Lektüre überging. Dafür war mir ein Abschnitt aus dem Markusevangelium aufgegeben worden, keine interessante Passage wie die kleine Apokalypse, die mich zu wissenschaftlichen Überlegungen zur jüdischen Eschatologie veranlaßt haben würde, sondern die wenigen Verse über die Heilung der Tochter des Jairus. Die Geschichte war quälend vertraut, und nach fünf Minuten waren alle Meditationsversuche auf dem Grund der Langeweile aufgelaufen.

Um mir die zugemessene Zeit zu vertreiben, übersetzte ich die Verse in neutestamentliches Griechisch und dann in mittelalterliches Latein, aber ich wußte nur zu genau, daß ich mich nicht in Gelehrsamkeit üben sollte, und in großer Zerknirschung machte ich mich an die letzte Viertelstunde, die dem Gebet vorbehalten war. Dieser Abschnitt fiel mir leichter, da ich Beten gewohnt war,

361

aber mein Versagen in der Meditation beunruhigte mich so sehr, daß meine Konzentration immer wieder nachließ und den Gebeten die Innigkeit fehlte.

Da merkte ich, wie wenig Halt ich besaß, wenn die gelehrte Seite meines Intellekts nicht beteiligt war, und obwohl mir ein tieferes religiöses Bewußtsein nicht fremd war, erkannte ich, daß sich meine Erfahrung im Lauf der Jahre verengt und nicht erweitert hatte. Ich liebte meinen Glauben in kühler, fester analytischer Gestalt, dann konnte ich wirklich sehr gläubig empfinden, aber ohne die Stütze meiner intellektuellen Kräfte war ich verloren. Ich sagte mir, daß ich mich vom Temperament her nicht zur Meditation eigne; meine Begabung lag auf dem Gebiet der Forschung und der Lehre, und nicht darin, in mich hineinzuhorchen und über einen winzigen Abschnitt des Markusevangeliums zu grübeln.

Doch ich wußte, ich konnte solch unannehmbare Gedanken meinem Mentor gegenüber nicht äußern, und nach langem quälendem Nachdenken kam ich zu dem Schluß, daß ich nur mein Scheitern eingestehen und darauf hinweisen konnte, daß ein großer Fortschritt unweigerlich bevorstand.

Wir trafen uns nach seiner Kapitelsitzung.

«Wer an Unterernährung leidet, hat anfangs oft Mühe mit normaler Kost», sagte er nachsichtig, als ich ihm von meinen Schwierigkeiten berichtet hatte, «aber es ist wichtig, daß Sie das Verlangen und den Willen haben, am Tisch sitzen zu bleiben und Ihren Teller während der Mahlzeit zu betrachten. Sehen wir uns an, was geschah, damit wir die Diät entsprechend einstellen können.»

Nach der Besprechung der ganzen vom Unglück verfolgten Stunde verlängerte er die dem einfachen Lesen zu widmende Zeit, ließ die Zeit für das Gebet unverändert, verkürzte aber die meditative Lektüre auf acht Minuten. Die Länge des Lesestoffs blieb jedoch gleich. «Wenn Sie in Übung wären, könnten Sie fünfundzwanzig Minuten an diesen Abschnitt wenden – so lange würden die meisten Menschen mit Nutzen daran lesen –, aber lassen Sie sich nicht entmutigen. Ich erwarte von Ihnen zunächst noch nicht zuviel.»

Diese indirekte Bestätigung meines Versagens ertrug ich jedoch nicht. Sogleich sagte mein blendendes Bild, ehe ich es noch daran hindern konnte: «Seien Sie unbesorgt, Father – ich werde diese kleinen Schwierigkeiten schon bald überwunden haben!», und sofort wußte ich, daß ich den gleichen Fehler machte wie damals, als ich meine Beziehung zu Darrow auf eine rein persönliche Stufe stellen wollte. Ich suchte verzweifelt nach Worten, um diese Bemerkung in all ihrer Absurdität zurückzunehmen, aber schließlich war es Darrow, der als erster sprach.

«Charles», sagte er, «Sie müssen kein großartiger Erfolgsmensch sein, um meine Zuneigung und Wertschätzung zu gewinnen. Solange Sie Ihr Bestes tun – wie gering Ihr Bestes auch sei –, sind Ihnen meine Zuneigung und Wertschätzung sicher.»

Es trat ein Schweigen ein, indes das blendende Bild, ramponiert, aber noch nicht tot, abermals in meinem Unterbewußtsein verschwand, aber zu einer Antwort war ich noch immer nicht fähig.

«Sehen wir die Dinge, wie sie sind», sagte Darrow, und wiederum erlaubte es ihm seine Festigkeit, behutsam zu sein, ohne herablassend zu wirken. «Sie sind in mancher Hinsicht ein sehr gewöhnlicher junger Geistlicher. Sie besitzen eine gewisse bescheidene spirituelle Begabung, die Sie vernachlässigt haben, und Sie müssen ihr jetzt Beachtung schenken, indem Sie sie so weit entwickeln, wie es geht. Aber ich erwarte hierin keinen glanzvollen Erfolg, Charles – ich erwarte nicht, daß Sie sich in einen heiligen Ignatius von Loyola verwandeln, damit ich Ihnen die Schulter tätscheln und ‹gut gemacht!› sagen kann. Ich hoffe nur darauf, daß Sie, der wahre Charles Ashworth, sich hartnäckig an diese Aufgabe machen, die Ihnen so gar nicht leichtfällt, und schließlich einen möglicherweise kleinen, aber soliden Fortschritt in Ihrem spirituellen Leben herbeiführen. *Dann* werde ich sagen: ‹Gut gemacht, Charles!›, aber wenn Sie mir geschickt etwas vormachen, werden Sie meine Billigung nicht finden; ich werde Ihnen meinen Glauben an Ihr wahres Ich beweisen. Schlagen Sie weiter auf das Trugbild ein, Charles. Es ist der innere Feind. Schlagen Sie auf es ein, so lange, bis Sie endlich die Wurzeln ausreißen können, indem Sie das Verhältnis zu Ihrem Vater neu gestalten.»

Tief beschämt über meine Unaufrichtigkeit, versprach ich ihm, daß ich nunmehr in der Wahrheit leben wolle.

Ich blieb weitere fünf Tage bei den Forditen, bis ich mich zur Rückkehr in die Welt gerüstet fühlte. Im zweiten Anlauf erging es mir mit den Exerzitien nicht viel besser, doch da ich nun nicht mehr unter dem Druck stand, ein zweiter Ignatius von Loyola werden zu müssen, konnte ich mich besser konzentrieren. Ich war nicht mehr durch die Sorge abgelenkt, wie Darrow über mein Versagen denken würde.

Täglich veränderte Darrow meine geistige Diät, und allmählich fürchtete ich mich nicht mehr vor der Manöverkritik, sondern begrüßte sie. Seine Fragen verschafften mir Klarheit, ließen mich meine Schwächen erkennen und gaben mir zusätzlichen Anreiz zur Konzentration. Bald stellte sich heraus, daß er immer wußte, wann ich mich nach Kräften bemüht und wann ich unwissentlich nachgelassen hatte, und als ich erst ganz sicher wußte, daß er nie meine Anstrengungen unterschätzte oder meine Fähigkeit überschätzte, konnte ich mich willig seiner Disziplin unterwerfen und mein ganzes Streben auf die Erlangung des ausgeglichenen Lebens richten, das meine Probleme so augenfällig verhindert hatte.

Wir sprachen nur einmal über Starbridge, ehe ich Grantchester verließ. Am Abend vor meiner Abreise sagte ich zu Darrow: «Ich habe noch einmal darüber nachgedacht, ob ich Lyle schreiben soll. Ich glaube, es wäre besser, wenn ich nicht Lyle, sondern Mrs. Jardine ein paar Zeilen schriebe. Schließlich war sie meine Gastgeberin bei diesem schrecklichen Abendessen, und das mindeste, was ich jetzt tun kann, wo es mir besser geht, ist, daß ich mich für mein Benehmen entschuldige.»

Darrow sagte nur: «Was würde ein solcher Brief erreichen außer der Bestätigung Ihrer guten Manieren?»

«Er würde sie meiner inneren Festigkeit versichern. Ich glaube, wenn ich Lyle jetzt einen leidenschaftlichen Brief schriebe, würde sie ihn nur als einen weiteren Beweis dafür abtun, daß ich übergeschnappt bin.»

«Schön, schreiben Sie ruhig an Mrs. Jardine, aber sagen Sie, Charles, beunruhigt Sie der Gedanke, Lyle in der Schwebe zu lassen, noch immer?»

«Ja, aber ich habe mich damit abgefunden. Ich habe akzeptiert, daß zuerst meine Eltern kommen.»

«Sie werden sich als wesentliche Ablenkung erweisen . . . Und wie fühlen Sie sich jetzt kurz vor der Rückkehr in die Welt?»

«Nervös. Aber voller Hoffnung, weil ich weiß, ich tue etwas Richtiges für meine Wiedergeburt. Ich lasse Sie nicht im Stich, Father, das verspreche ich.»

«Ich bin es nicht, den Sie nicht im Stich lassen dürfen.»

«Ich weiß, aber darf ich Sie nicht als Symbol betrachten?»

Darrow lächelte ein wenig. «Es ist gefährlich, Menschen als Symbole zu betrachten. Sie stehen auf viel festerem Boden, wenn Sie in mir einfach einen Priester sehen, der die ihm von Gott aufgetragene Arbeit tut.» Er erhob sich und setzte hinzu: «Kommen Sie nach dem Frühstück zu mir ins Abtszimmer, damit ich Ihnen meinen Segen geben kann», und ehe ich noch etwas entgegnen konnte, verließ er rasch den Raum.

4

Am nächsten Tag verabschiedeten wir uns in aller Form in dem reich ausgestatteten Zimmer. Ich kniete nieder, um seinen Segen zu empfangen, und als ich mich erhob, um ihm die Hand zu schütteln, sagte er: «Jetzt beginnt eine neue Phase Ihrer Prüfung, Charles. Ich werde mit all meinen Kräften für Sie beten, bis wir uns wiedersehen.»

Es war schwierig, ihm angemessen zu danken, doch ich versuchte, in den üblichen Formeln die Dankbarkeit mitschwingen zu lassen, die Worte nicht auszudrücken vermögen. Ich wollte ihm auch das geliehene Kreuz zurückgeben, aber er winkte ab. «Nein», sagte er, während er mich zur Eingangstür brachte, «ich glaube, Sie brauchen es noch eine Weile.»

Ich dankte ihm noch einmal, streifte mir das Kreuz um den Hals und ging von ihm fort in die Welt hinein.

5

Ich fuhr mit dem Bus in die Stadt und traf in meiner Wohnung in Laud's ein, als es von der Kathedrale elf schlug. Ich ließ diese vertraute, aber eigenartig fremde Umgebung auf mich einwirken, in der mein blendendes Bild sich so angestrengt bemüht hatte, den Mythos seiner Vollkommenheit aufzubauen, aber endlich schloß ich die Tür, stellte die Reisetasche ab und ging zum Schreibtisch, um meine Eltern anzurufen.

Ehe ich den Hörer abhob, legte ich den Halskragen ab und riß das neu gekaufte Zigarettenpäckchen auf. Der erste Zug an der Zigarette beschwor das sprichwörtliche Bild vom Nektar der Götter herauf, und, die Ellenbogen auf den Tisch gestützt, auf dem Stuhl vorgebeugt, inhalierte ich den Rauch in einer Trance der Befriedigung, während ich die Korrespondenz überflog, die sich inzwischen angesammelt hatte. Wie üblich waren zu viele Rechnungen darunter, aber mehrere meiner Studenten hatten mir hübsche Ansichtskarten aus allen Ecken Europas geschickt, und ein unbekannter amerikanischer Professor hatte die Lektüre meines Buches mit einem freundlichen Brief quittiert. Ohne mich um den Stapel von theologischen Journalen und Kirchenzeitschriften zu kümmern, begann ich schon die Nummer in Epsom zu wählen, als mein Blick auf die *Times* fiel, die ich gerade gekauft hatte. China kämpfte noch immer gegen Japan. Die Spanier kämpften noch immer gegeneinander. In Deutschland ging noch immer der Teufel um. So viel zur Welt. Ich dachte gerade, daß das Leben im Kloster – obwohl Frauen fehlten – einiges für sich hatte, als das Klingelzeichen in Epsom endlich verstummte und das mit großer Geduld seine Nasenpolypen ertragende Hausmädchen meiner Eltern den Hörer abnahm.

«Hallo, Ada», sagte ich, nachdem sie sich mit «Hier bei Ashworth» gemeldet hatte. «Sie hören sich gut in Form an.»

«Mr. Charles – was für eine Überraschung! Einen Augenblick, Ihre Mutter ist beim Friseur, aber Ihr Vater ist da – ich hole ihn gerade aus dem Gewächshaus –»

Ich zog tief den Rauch meiner Zigarette ein. Minuten vergingen, und ich wollte gerade den Hörer in die andere Hand nehmen, weil meine Muskeln zu schmerzen begannen, als ich am anderen Ende einige Geräusche und dann die abrupte Stimme meines Vaters hörte: «Charles?»

«Guten Morgen, Vater. Ich –»

«Was soll das? Bist du in Schwierigkeiten?»

Mein Herz begann heftiger zu klopfen. «Ich kann mir nicht denken, warum du das sagst», sagte ich und brachte es irgendwie fertig, mit der Zigarette ein Loch in die Titelseite der *Times* zu brennen.

«Und ich kann mir nicht denken, weshalb du sonst anrufst, wo wir doch zur Zeit deiner Aufmerksamkeit nicht würdig sind! Nun, ich nehme nicht an, daß du mit mir sprechen willst. Deine Mutter hat gesagt, sie ist um zwölf wieder zurück. Das heißt also um eins. Ich sage ihr, daß du angerufen hast.»

«Leg nicht auf!» Ich war mir verschwommen bewußt, daß ich aus irgendeinem Grund meine halbgerauchte Zigarette ausdrückte. «Vater, ich möchte morgen zum Mittagessen nach Epsom kommen – ich hatte eine Flasche Champagner mitbringen wollen –»

«Champagner?»

«Ja, ich will das Kriegsbeil begraben» – ich stampfte die Zigarette im Aschenbecher jetzt in Stücke –, «und ich dachte, das Begräbnis sollte man feiern.»

«Angeberisches Zeug, Champagner, außer bei Hochzeiten. Kein Grund, dein Geld zum Fenster hinauszuwerfen. Komm einfach morgen zu Mittag und werde nicht unhöflich, dann kannst du sicher sein, das Kriegsbeil liegt gleich sechs Fuß unter der Erde. Dann können wir ein Glas von meinem besten Sherry trinken, und die Sache ist erledigt.»

«Ja, Vater.»

«Du solltest dich vor Extravaganzen hüten, Charles. Mußt dich nicht wie einer aus der Hautevolee in der Stadt aufführen.»

«Ja, Vater.»

«Also dann bis morgen mittag. Deine Mutter wird sich sehr freuen. Aber fahr vorsichtig und bau keinen Unfall, nur weil du dich für einen großen Rennfahrer hältst!» sagte mein Vater streng und legte auf, ehe ich noch etwas erwidern konnte.

Ich dachte an Darrow, faßte an mein Kreuz und tat mehrere tiefe Atemzüge. Dann versuchte ich, nicht mehr an meine Eltern zu denken, und beschäftigte mich mit den vielen prosaischen Angelegenheiten, die sich während meiner Abwesenheit angehäuft hatten. Später, auf dem Weg zur Bank, stattete ich meinem Wagen einen Besuch ab, der treu und brav im Vorhof des Colleges stand. Mir war, als wäre ich von den Toten auferstanden; das Gefühl, ein neues Leben zu beginnen, wurde stärker.

Gegen Abend schrieb ich Lang einen langen, freundlichen Brief, in dem ich mich für meinen verspäteten Bericht entschuldigte, und ich polsterte die Seiten mit einigen sorgsam ausgewählten Eindrücken meiner Einkehr aus. Das gab mir die Gelegenheit, Darrow zu loben und einen gelehrten Absatz über den Mystizismus abzufassen. Zwischen die unwichtigen Abschnitte eingefügt, schrieb ich: «Was Ihren Auftrag betrifft, konnte ich nichts feststellen, was nicht so war, wie es hätte sein sollen, und es wird Sie beruhigen, zu erfahren, daß unser Mann wegen des Fehlens jeglicher Beweise zwangsläufig vor Lästerzungen sicher ist.» In weniger dramatischem Ton fügte ich noch hinzu: «Sollten Sie mich in dieser Angelegenheit persönlich sprechen wollen, komme ich natürlich sofort nach Lambeth, aber ich werde Ihnen kaum mehr sagen können, als daß ich der großzügigsten Gastfreundschaft begegnet bin während meines Aufenthalts, der übrigens in mancher Hinsicht viel angenehmer verlief, als ich erwartet hatte.»

Ich war jetzt meiner Rolle als erzbischöflicher Spion endgültig entronnen. Ich verschloß den Umschlag, ging hinunter, um den Brief in den Briefkasten bei der Kathedrale zu werfen, und kehrte dann, noch immer die Befreiung von der Last genießend, die den Beginn meiner großen Prüfung ausgelöst hatte, dankbaren Sinnes zum Abendessen ins College zurück.

7

Vor dem Zubettgehen schenkte ich mir ein kleines Glas Whisky ein, das mir beim Einschlafen helfen sollte, aber der Whisky schmeckte so übel, daß ich ihn fortschüttete. Die Folge war, daß ich stundenlang keinen Schlaf fand und, als der Wecker um sechs Uhr klingelte, kaum die Augen aufbekam. Doch ehe ich wieder in die Bewußtlosigkeit zurücksinken konnte, fiel mir Darrow ein, und Sekunden später rollte ich mich aus dem Bett, um Kaffee zu machen.

Die Exerzitien schienen wieder vertrackt schwierig, die Texte ausgefallen, mein Meditieren fruchtlos, und als ich um Konzentration rang, konnte ich nur daran denken, wie merkwürdig es war, daß ich so unbeholfen auf mein neues Leben zutastete in diesem Zimmer, in dem das Trugbild so geschickt seine Techniken zur Erringung seiner oberflächlichen Erfolge ausgespielt hatte. Und verzweifelt darüber, daß ich so langsam und täppisch war, sehnte ich mich plötzlich mehr denn je nach meinem neuen Leben. Das Sehnen hatte keine Worte, aber ich wußte, ich betete um eine Kraft, die mir von außen gewährt werden mußte, weil sie mir von innen, wo meine Hilfsquellen so erschöpft waren, nicht zufließen konnte. Es war, als sagte ich: «Laß mich leben!», und im nächsten Augenblick kehrte Jane in meine Erinnerung zurück. Ich sah sie während unserer Hochzeitsreise über den Strand zum Meer hinausrennen, ich hörte sie, wie sie mich fröhlich drängte: «Komm, Charles, *komm schon!*», und während in Laud's die frühe Morgensonne ins Fenster fiel, pulsierte der tote Text vor meinen Augen auf einmal vor Leben. «Schau, Charles – die Flut hat sich gedreht!» Ich hörte ihren Ruf, und als mir das Buch aus den Händen glitt, war ich mir ihrer Liebe bewußt, die mich auf der Flut meiner Erlösung zu dem leuchtenden Dunkel trug, das ewig jenseits liegt.

8

Ich erreichte Epsom pünktlich um Mittag an diesem Samstag und hielt auf die Außenbezirke der Stadt zu, wo meine Eltern in der Nähe der Rennbahn wohnten. Ihr Haus, gegen Ende des letzten Jahrhunderts erbaut, hatte sechs Schlafzimmer, drei Empfangsräume und einen sehr großen Garten, aber mein Vater hatte nicht umziehen wollen, als seine Kinder ausgeflogen waren. Dies war sein Haus, das er mit harter Arbeit verdient hatte, und daran hielt er fest, bis man ihn mit den Füßen voran hinaustrug – so ungefähr drückte er sich meiner Mutter gegenüber aus, wenn sie wieder einmal sehnsüchtig von einem hübschen modernen Bungalow schwärmte, in dem sie es im Alter gemütlich haben könnten. An das Haus angebaut war ein altertümlicher Wintergarten, den Ada «Gewächshaus» nannte, seit langem Mittelpunkt der Hobbygärtnerei meines Vaters und jetzt die große Leidenschaft seines Lebens. Als ich an diesem Tag in die Einfahrt einbog und die Sonne auf das Glasdach scheinen sah, fragte ich mich, ob es inzwischen seinem Ehrgeiz gelungen war, Orangen zu züchten, die größer als Pflaumen waren.

Ich stieg aus dem Wagen und zog mein Jackett an. Ich hatte mich gegen die geistliche Kleidung entschieden, da mein Vater so oft bissige Bemerkungen darüber machte, und trug statt dessen einen hellgrauen Anzug und ein einfaches Hemd und dazu meine alte Schulkrawatte. Ich hoffte, daß ich gesetzt aussähe, ohne prätentiös zu wirken, elegant, ohne protzig zu erscheinen, wohlerzogen, ohne mehr als Mittelklasseniveau anzustreben. Mit anderen Worten, ich wollte meinen Vater davon überzeugen, daß er, wie immer es um meine Herkunft stand, an seiner Vaterschaft nicht über siebenunddreißig Jahre umsonst gearbeitet hatte.

Ada machte auf, und als sie plattfüßig und mit leuchtenden Augen auf der Schwelle stand, kam Nelson, der Hund meines Vaters, bellend herbeigerannt.

«Dieser Hund!» sagte Ada barsch, als Nelson aufgeregt an mir hochsprang, und auf meine Frage nach ihrem Befinden gab sie die übliche Antwort, daß ihre entzündeten Ballen sie umbrächten. Aber die brachten Ada schon seit mindestens zwanzig Jahren um, und nachdem ich ihr mein ebenfalls traditionelles Mitgefühl ausgesprochen hatte, konnte ich mich endlich nach meinen Eltern erkundigen.

«Sie freuen sich so sehr über Ihren Besuch, Mr. Charles. Madam ist heute morgen schon früh ausgegangen und hat sich ein neues Kleid gekauft. Bewundern Sie es, aber sagen Sie nicht, ich – oh, da kommt sie schon! Guten Tag, Mr. Charles, schön, Sie zu sehen...» Sie tappte fort zur Küche, indes meine Mutter in bühnenreifer Haltung die Treppe herabschritt.

«Charles – Darling!»

Meine Mutter war eine Frau Ende Fünfzig, noch immer schlank, mit dunklem Haar, dunklen Augen und einem schmalen, interessanten Gesicht, das nicht unattraktiv war. Ihr Haupthobby war ihre äußere Erscheinung, der sie sich mit großer Hingabe widmete. Ich war überzeugt, daß sie sich das Haar färben ließ, und ebenso überzeugt, daß meinem Vater der Gedanke, sie könne zu solch vulgären Mitteln greifen, noch nie gekommen war – er nahm den esoterischen Mysterien des weiblichen Geschlechts gegenüber eine naive Haltung ein. Sie liebte teure, aber dezente Kleider; jetzt trug sie ein marineblaues Kleid mit einer unaufdringlichen Perlenkette.

«Ich freue mich, daß du noch immer nicht das Geheimnis der ewigen Jugend verloren hast», sagte ich und lächelte sie an. «Das Kleid gefällt mir –»

«Darling, was für ein reizendes Kompliment – das mag ich so gern!» Als wir uns einen Kuß gaben, bemerkte ich, daß sie zart parfümiert war, und plötzlich stellte ich mir vor, wie sie den ganzen Morgen meinetwegen ihr blendendes Bild poliert hatte. «Und du, Charles, wie tadellos du aussiehst ohne diesen Halskragen! Oder bist du böse, wenn ich das sage? Ich will nicht, daß du böse bist... Aber komm nach draußen – ich dachte, wir setzen uns auf die Terrasse, und ich mixe uns als besonderen Genuß Champagnercocktails. Ich weiß, dieser dumme alte Mann hat gesagt, du sollst keinen Champagner mitbringen – so typisch! –, aber warum sollen wir nicht ein Gläschen Champagner trinken? Ich war so aufgeregt, als ich hörte, du besuchst uns – und *auch er*, wenn er's auch nie zugeben würde. Wirklich, Charles, seit er im Ruhestand lebt, ist er unausstehlich –»

«Er vermißt das Büro wohl sehr.»

«Ich möchte wissen, warum – er hat doch seinen gräßlichen Wintergarten! Ich sage ihm immer, züchte Orchideen, aber er will nicht; reine Dickköpfigkeit. Er könnte sehr wohl Orchideen züchten, wenn er wollte.»

«Wie geht es Peter?»

«Der ist auch keine Hilfe, ich will von Peter im Augenblick nichts wissen. Er könnte doch wenigstens einmal in der Woche vorbeikommen und mit deinem Vater ein Gläschen trinken und vom Büro erzählen, aber er arbeitet immer bis spätabends oder geht zum Kricket-Match oder spielt Golf oder ist mit Annabel auf einer Dinnerparty. Annabel beansprucht ihn viel zu sehr, ich finde sie durch und durch egoistisch – oh, da läutet das Telephon. Vielleicht ist das Peter, der sich doch noch meldet, nachdem er uns so lange vernachlässigt hat. Darling, hol doch bitte deinen Vater aus diesem abscheulichen Treibhaus und sag ihm, ich wäre dabei, Drinks zu mixen.»

Nelson begleitete mich durch die Tür auf die Terrasse hinaus und tappte hinter mir her, während ich um das Haus herumschritt. Vor dem Wintergarten, in dem es ihm zu warm war, ließ er sich im Schatten nieder und wartete. Indessen hatte mein Herz wieder heftiger zu klopfen begonnen. Mir war, als hätte mich jeder Schritt in meinem bisherigen Leben auf diesen Augenblick zugeführt da ich die Wintergartentür öffnen und einmal wieder, aber mit neuen Augen, dem grimmigen, geheimnisvollen Mann gegenübertreten würde, der mich großgezogen hatte.

Ich erreichte die Tür, öffnete sie, trat in die schwüle Wärme hinein. Ich glaubte mich in einem Dschungel, besiedelt von einem einzelnen unerbittlichen britischen Soldaten, der hier an seinem privaten Empire baute, über dem nie die Sonne untergehen würde.

«Ah, da bist du ja», sagte mein Vater vom anderen Ende des Wintergartens her. «Schön, daß du heil und ganz eingetroffen bist. Diese dumme Frau sagt, sie macht Champagnercocktails – daß sie dich nicht völlig verzogen hat mit ihrer Schmuserei und Hätschelei, ist mir ein Rätsel, aber was soll's, sie meint es gut, und sie hat nicht jeden Tag einen Vorwand, mein gutes Geld für Champagner auszugeben. Wo hast du dein Hundehalsband? Schön, daß du mal wie ein normaler Mensch aussiehst. Wäre wohl zuviel verlangt, daß du diese verdammte närrische abergläubische Pantomime aufgibst, die sich Kirche von England nennt.»

Ich berührte das Kreuz unter meinem Hemd und ging durch den Wintergarten auf ihn zu.

XVIII

*«Was sodann Erfolg im Leben betrifft, glaube ich, daß sich
alles darum dreht, welchen Sinn man dem Erfolg beimißt.
Ich zweifle nicht daran, daß man meine berufliche Laufbahn
als erfolgreich bezeichnen könnte, aber das ist nicht der
Gesichtspunkt, der zu irgendeiner Zeit meine Billigung
gefunden hätte.»* HERBERT HENSLEY HENSON

I

Mein Vater war siebzig Jahre alt, aber man hätte ihn für einen
Mann Anfang Sechzig halten können. Er war von straffer,
aufrechter Gestalt, nicht groß, und auch in seinem Gang noch eher
jugendlich. Sein Haar, einst prosaisch braun, war jetzt ebenso
prosaisch graumeliert-weiß; kurz und gerade gescheitelt, wich es an
beiden Seiten der hohen Stirn jäh zurück. Die Augen hinter den
Brillengläsern waren blau. Er hatte eine lange, gerade Nase und ein
spitzes, kämpferisches Kinn. Seine Mundwinkel zogen sich abwärts,
wenn er schmollte, und seine Lippen strafften sich zu einem schmalen Strich, wenn er zornig war, aber er konnte ein rasches, freundliches Lächeln aufsetzen, das offenbarte, daß er noch seine Zähne
hatte; mein Vater haßte die Dentisten fast so sehr wie die Ärzte und
hielt sie allesamt für Scharlatane, die nur auf zweifelhafte Weise zu
Geld kommen wollten.

Als ich näherkam, sah ich, daß er seine schmuddeligste Gärtner-
kleidung trug. «Dachte, ich ziehe mich um, während deine Mutter
dich verhätschelt bei der ersten Runde von diesen verdammten
Cocktails», sagte er, als wir uns die Hand schüttelten. «Sollst du
mich holen?»

Ich erzählte ihm, daß das Telephon geläutet hatte und der Anrufer vielleicht Peter wäre, und mein Vater rümpfte die Nase und begann ein Häufchen Erde von der Werkbank in einen leeren Topf zu streichen.

«Mutter sagte, ihr hättet Peter nicht oft zu Gesicht bekommen in der letzten Zeit», fügte ich hinzu und zog mein Jackett aus, weil mir zu warm wurde.

«Er ist so ungeheuer beschäftigt. Ich gehöre zum alten Eisen, seit ich im Ruhestand lebe. Und diese Annabel hat ihm Flausen in den Kopf gesetzt von wegen Urlaub an der Riviera. ‹Warum genügt euch England nicht?› habe ich ihn gefragt, aber er hat nur gelacht, als wäre ich ein alter Knacker. Er hält mich nicht auf dem laufenden über die Vorgänge im Büro. Wünschte, ich hätte noch nicht Schluß gemacht, aber ich habe immer gesagt, keiner sollte am Ruder bleiben, wenn er über Siebzig ist, und da mußte ich meinem Wort treu bleiben und das tun, was ich selbst gepredigt habe. Und was habe ich jetzt? Einen Sohn, der meine Briefe nicht beantwortet, einen Sohn, der im Ausland herumtanzt, und eine Frau, die mir ständig in den Ohren liegt, ich solle Orchideen züchten! Zum Kotzen. Ach, ich habe das Leben satt, ich wollte, es wäre schon so weit, und ein Glück, daß es kein Jenseits gibt. Das wäre wirklich das Letzte.»

«Es tut mir leid, daß ich auf deinen letzten Brief nicht geantwortet habe, Vater», sagte ich. «Das war nicht nett von mir. Aber kann ich jetzt die Einladung nach Cambridge erneuern? Ich würde mich freuen, wenn du und Mutter –»

«Kann jetzt meine Pflanzen nicht allein lassen. Ein paar sind in einem kritischen Stadium. Brauchen tägliche Pflege.» Mein Vater kratzte die letzten Erdkrumen zusammen und drückte sie ungeduldig in den Blumentopf, ehe er fragte: «Wozu all das Süßholzgeraspel? Was ist los? Warum bist du hier? Hast du Schulden gemacht?»

«Mein lieber Vater –»

«Du brauchst mich nicht in Stimmung zu bringen, bevor du mich anpumpst – heraus damit! Als du gestern angerufen hast, da wußte ich doch gleich, daß du in irgendwelchen Schwierigkeiten steckst –»

«Ich war tatsächlich in großen Schwierigkeiten», sagte ich, «aber die hatten nichts mit Geld zu tun, und es geht mir jetzt schon besser.»

Er schob die heruntergerutschte Brille hoch, damit er mich durch die Gläser ansehen konnte. «Warst du krank?»

«Ich war in einem schweren Streß, aber mit Hilfe meines geistlichen Beraters bin ich jetzt –»

«Mit Hilfe deines *was*»?

«Meines geistlichen Ratgebers. Das ist ein Spezialist für die seelische Gesundheit. So eine Art Seelenarzt.»

«Ekelhaft. Hört sich nach Quacksalberei an. Da solltest du vorsichtig sein, Charles, von diesen Quacksalbern richten manche großen Schaden an.»

«Glaub mir, der Mann könnte kaum seriöser sein – er ist Geistlicher und Mönch, und –»

«Ein Mönch! Das gefällt mir gar nicht, Charles. Kein Mann bei Verstand würde Mönch werden. Aber was hast du denn? Hast du deinen Glauben verloren?»

«Nein, ich hatte meine geistige Orientierung verloren, aber ich finde sie jetzt wieder, und Father Darrow – der Mönch – meint, du könntest mir dabei helfen, daß ich mich wieder ganz erhole. Eigentlich bin ich deshalb heute gekommen.»

Wir standen da und sahen uns an, mein Vater noch immer mit der kleinen Kelle in der Hand, ich noch immer das Jackett überm Arm, während mir das Hemd am Rücken klebte. Mein Herz schlug jetzt schneller.

«Ja, natürlich helfe ich dir, wo ich nur kann, Charles. Dazu sind Väter da. Aber das hört sich für mich verdammt komisch an, und ich begreife nicht ganz, was da vorgeht. Hör auf, von seelischem Dies und geistigem Das zu reden und drück dich in vernünftigem Englisch aus. Hast du einen Nervenzusammenbruch gehabt?»

«Father Darrow wollte es nicht so nennen. Vielleicht könnte man sagen, meine ganze Lebensweise sei zusammengebrochen, so daß ich nicht mehr weitermachen konnte, ohne eine Pause einzulegen, um einige ernste Probleme zu lösen.»

«Ernste Probleme – Quatsch, Charles! Da hat dir dieser fiese Mönch Unsinn eingeredet! Du hast doch keine Probleme – du machst doch aus deinem komischen Beruf den größten Erfolg!»

«Das war das Problem.»

«Mein Gott, sag nur nicht, du schmeißt alles hin und gehst als Missionar nach Afrika!»

«Nein, bevor ich eine neue Einstellung zu meiner Berufung gewinnen kann, muß ich zuerst meine Seele in Ordnung bringen, und deshalb –»

«Jetzt redest du schon wieder dieses schreckliche Kirchenkauderwelsch! Warum kannst du nicht einfach sagen, du steckst in einem Schlamassel? Du machst mir wirklich Sorgen, Charles! Jahre und Jahre habe ich mich abgeplagt, um dich zu einem –»

«Du hast deine Sache wunderbar gemacht, Vater. Ehe ich weiterrede, möchte ich dir versichern, daß ich dich sehr bewundere und dir sehr dankbar bin für alles, was du für mich –»

«Was zum Teufel soll das alles? Dummes sentimentales Gefasel – redest wie so ein Ausländer – reiß dich zusammen, Charles, und geh mir um Gottes willen nicht auf die Nerven!»

Eine Pause trat ein. Ich sah ihn an und wußte, der Augenblick war gekommen – und plötzlich blickte er mich an, und da sah ich, daß auch er es wußte; er wußte, daß keine heftige Zurückweisung mich davon abhalten konnte, zu sagen, was gesagt werden mußte. So standen wir in dem stickig-schwülen Wintergarten, diesem kleinen Dschungel, den er so verbissen kolonisierte in seinem unerschütterlichen britischen Elan, und es war, als sähen wir beide die Sonne untergehen über dem Empire, das er so lange entschlossen am Leben erhalten hatte.

Ich sagte: «Ich muß es wissen. Ich kann nicht länger mit der Ungewißheit leben. Hilf mir – du hast gesagt, du willst mir helfen – dazu seien Väter da, hast du gesagt –»

«Laß die Finger von diesem verdammten Mönch und hör auf, dich wie ein verrückter Schauspieler in einem verrückten Melodrama zu benehmen – mit diesem Rat helfe ich dir am besten!»

«Bist du mein leiblicher Vater?»

Jetzt ging die Sonne über dem Empire unter, und die Nacht sank herab.

Mein Vater wandte sich wieder der Werkbank zu, so daß ich sein Gesicht nur im Profil sehen konnte, und setzte dann langsam, sehr langsam die Brille ab. Es war, als sähe ich am Ende einer langen griechischen Tragödie einen Schauspieler die Maske abnehmen. Dann setzte er sich langsam, sehr langsam wie der alte Mann, der er war, auf einen Hocker und starrte mit blicklosen Augen auf die Brille in seiner Hand.

Endlich sagte er mit müder Stimme: «Dann war also alles umsonst.»

«Wie kannst du nur so etwas sagen?» Ich war erschüttert. Automatisch, kaum wissend, was ich tat, stülpte ich einen großen Blumentopf um, so daß ich mich neben ihn setzen konnte.

«Wollte nicht, daß du es je erfährst. Dachte, wenn du etwas ahnst, dann heißt das, ich habe versagt, und wenn ich versagt hätte, dann heißt das, alles war eine Farce – die Ehe, meine Ideale, alles. Aber du hast es geahnt. Also habe ich versagt. Und es war alles umsonst.»

«Ich glaube nicht, daß du versagt hast», sagte ich. «Das werde ich nie glauben. Und wenn ich nicht glaube, daß du versagt hast, dann kann kaum alles umsonst gewesen sein.»

Er wandte sich jäh ab. Ich wußte, warum. Ihn entsetzte der Gedanke, er könnte sich die Tiefe seiner Not anmerken lassen. Das Schweigen zog sich in die Länge, während er mir den Rücken zukehrte und so tat, als mustere er eine der Kletterpflanzen, aber schließlich sagte er: «Du willst sicher alles wissen.»

«Ich muß. Es tut mir leid.»

«Nun, mach mir keinen Vorwurf, wenn es dir nicht gefällt!» sagte mein Vater in dem vergeblichen Bemühen, zu seiner üblichen Grobheit zurückzufinden. «Wenn du glaubst, er sei ein Held gewesen, dann hast du dich getäuscht.» Und ehe ich noch etwas erwidern konnte, fuhr er schon fort: «Er hieß Alan Romaine...»

3

«Alan Romaine», sagte mein Vater. «Alan Romaine. Typisch für ihn, dieser Name. Vielleicht hatte er ihn aus einem französischen Roman. Würde mich nicht überraschen. An ihm hat mich nie etwas überrascht. Alan Romaine...

Er war Arzt. Aber nicht der ordentliche, anständige Quacksalber, der brav von Haus zu Haus rennt mit seinem Stethoskop und es immer ein bißchen eilig hat. Er war ein besonderer Quacksalber. Er hatte große Ideen. Er wollte in einem großen Londoner Krankenhaus den Helden spielen, und später wollte er in die Facharztgegend Harley Street ziehen, wo ihn all die Damen mit Adelstitel wegen ihrer Wehwehchen konsultieren konnten. Er kannte Leute. Er berief sich auf prominente Namen. Er war im Begriff, seinen Facharzt in Gynäkologie zu machen, aber in jenem Sommer hatte er etwas Zeit und kam als Vertretung für ein paar Wochen nach Epsom. Epsom gefiel Romaine. Nicht weit von London... Austragungsort des Derbys... elegante Leute... Glanz... gerade der richtige Ort für ihn. Als er einmal hier war, ließ er sich im Nu nieder und wollte alle Welt erobern.

Er war erst siebenundzwanzig. Offensichtlich konnte er etwas und war nicht dumm. Erstklassiger Kricket- und Tennisspieler. Aber bescheiden – wußte sich zu benehmen. Alle Frauen von neunzehn bis neunzig sahen in ihm einen griechischen Gott, aber weil er ein so guter Sportsmann war, war er auch bei den Männern beliebt – außer bei mir. Ich durchschaute ihn auf den ersten Blick: ein Schuft, ein Lümmel. Viel zu angeberisch. Und ich machte mir so meine Gedanken. Er erzählte nie etwas von einer Familie. Keiner wußte eigentlich etwas über ihn. Er war natürlich ein Gentleman... aber nicht vertrauenswürdig.

Er trank ziemlich viel. Keinem schien das aufzufallen, aber mir fiel es auf. Einmal bei einem Dinner, als die Damen sich zurückgezogen hatten, trank er ein drittes Glas Portwein, nachdem er sich schon vorher reichlich aus der Rotweinkaraffe bedient hatte, und ich sagte zu ihm: ‹Sie trinken recht viel für einen Arzt, wie?› Da wurde er zornig. ‹Armer alter Ashworth!› sagte er. ‹So alt, so solide, so langweilig!› Aber ich sagte: ‹Sehen Sie sich lieber vor. Flegel, die zuviel trinken, landen nicht in der Harley Street, sondern in der Gosse.› Einen Augenblick lang dachte ich, er wirft mir das Glas ins Gesicht, aber er lachte nur und sagte: ‹Sie sind nur eifersüchtig – und wir können uns auch alle denken, warum!›

Wie du weißt, hatte ich deine Mutter schon seit einiger Zeit heiraten wollen», sagte mein Vater und wandte sich endlich von der Kletterpflanze ab und kam zur Werkbank zurück, «aber ich war viel älter als sie und kein eleganter Typ. Ich war ein gewöhnlicher Mann, der eine Brille trug und sich abarbeitete. Natürlich hatte auch ich meine Träume, aber ich posaunte sie nicht hinaus wie Romaine, und ich war zu der Zeit nicht zufrieden mit meiner Stellung und trug mich mit dem Gedanken, mich völlig zu verändern. Ich dachte auch daran, Epsom eine Zeitlang den Rücken zu kehren – ich wollte nicht dabei sein, wenn Helen einen Mann heiratete, der für meine Begriffe nichts taugte – und als die Heirat unvermeidlich schien, meldete ich mich freiwillig zur Armee.

Wie du dich gewiß erinnerst, habe ich dir davon erzählt, als du fünfzehn warst. Damals habe ich dir aber nicht gesagt, daß die Armee mich sofort abwies. Es verging gar keine Zeit, bis sie sich das überlegt hatten, sie waren einfach nicht interessiert an einem, der schon zweiunddreißig war und schlechte Augen hatte. Nun, ich war am Ende froh, daß ich die Juristerei nicht an den Nagel zu hängen brauchte, wenn mir auch Epsom verhaßt war, solange Helen dieser gefährlichen Neigung nachgab – und glaube nicht, ich hätte nicht versucht, sie davon abzubringen, aber sie sagte, ich solle sie in Ruhe lassen. Und ich sagte schließlich: ‹Denk immer daran, daß ich dich liebe, was auch geschieht, und daß ich dich heiraten will.› Vielleicht hatte ich so eine Ahnung, daß er sie sitzen lassen würde. Aber andererseits gehöre ich nicht zu denen, die Vorahnungen haben.

Und dann... kam sie zu mir. Ich hatte den Bescheid von der Armee schon bekommen, aber noch keinem gesagt, daß ich nun doch in Epsom bleiben würde. Sie kam zu mir und brach zusammen, brach völlig zusammen, es war schrecklich. Ich wollte gleich zu ihm gehen und... Aber ich wußte, das Wichtigste kam zuerst. Er konnte warten. Sie nicht. Sie hatte mich eigentlich nur fragen wollen, was sie tun solle. Ich nehme nicht an, daß sie wirklich geglaubt hat, ich würde zu meinem Wort stehen und sie heiraten. Sie wollte einfach nur wissen, was sie denn tun solle. Romaine –» Mein Vater hielt inne.

Ich wartete. Ich stand inzwischen mit dem Rücken an der Werkbank und umklammerte mit beiden Händen die Kante.

Mein Vater wandte mir das Gesicht zu. «Er war schon verheiratet», sagte er. «Er nannte es eine ‹Jane-Eyre-Situation›. Typisch. Er setzte sein eigenes Verhalten mit einem romantischen Roman gleich – mpf! Das empörte mich. Jedenfalls – er hatte eine Ehefrau, die hoffnungslos geistesgestört in einer Nervenheilanstalt vegetierte, und da war Helen, entehrt und zugrunde gerichtet – oh, es war alles so verkehrt, *so verkehrt*! Ich konnte es kaum ertragen, daran zu denken, und ich wußte sofort, ich mußte das in Ordnung bringen. Was hätte ich sonst tun können? Ich durfte das Böse nicht siegen lassen. Das hätte allen meinen Grundsätzen widersprochen. Ich dachte, ich werde beweisen, daß das Gute am Ende immer siegt... Töricht, töricht, das ist mir jetzt klar, aber damals sah ich keine andere Lösung, und ich wurde in meinem Beschluß noch bestärkt, als sie sagte –» Mein Vater hielt wieder inne. Dann setzte er die Brille wieder auf, sah mich fest an und sagte: «Romaine hatte ihr eine Abtreibung angeboten!

Ich sagte: ‹*Eine Abtreibung kommt unter keinen Umständen in Frage!*› Natürlich war mir klar, daß sie jemanden brauchte, der ihr sagte, daß sie das nicht machen lassen sollte, weil sie im Innersten gewußt haben muß, daß das für sie eine Katastrophe gewesen wäre. Ich sagte, sie werde nie darüber hinwegkommen, ihr eigenes Kind umgebracht zu haben – und das stimmte, das wußte ich, ich kannte Helen, ich wußte, wie sensibel sie unter all dieser fragilen Lebenslust war. Ich sagte: ‹Du heiratest mich, und keiner wird je etwas davon erfahren.› Oh, wie erleichtert sie da war, die Ärmste! Sie weinte und weinte und sagte, sie wolle mir die beste Ehefrau sein...

Ich hatte dann eine einzige kurze Unterredung mit Romaine. Ich achtete darauf, daß ich vollkommen nüchtern war und mich absolut in der Gewalt hatte. Dann ging ich zu ihm und sagte: ‹Sie verlassen Epsom und Sie verlassen England. Vergessen Sie die Harley Street.

Vergessen Sie all diese glanzvollen Träume. Sie gehen binnen eines Monats ins Ausland, oder ich sorge dafür, daß Ihnen die Approbation entzogen wird – und wenn Sie es wagen sollten, sich Helen noch einmal zu nähern›, sagte ich, ‹dann werden Sie das sehr bedauern.› Ich werde diesen Augenblick nie vergessen. Er war leichenblaß. Er hatte natürlich getrunken, ich konnte den Brandy riechen. Aber er war still. Und auf einmal war mir, als sähe ich jemanden an, den niemand in Epsom je wirklich gekannt hatte, die arme Helen schon gar nicht.

Nun, am nächsten Tag, nachdem er sich wieder gefaßt hatte, verkündete er in hochtrabender Pose, er fühle sich zur Arbeit in Afrika berufen, und so ging er fort, der vornehme junge Doktor, romantisch bis zum Letzten... und ich blieb zurück und konnte den Schaden reparieren.

Ich gab vor, kurz vor der Einberufung zur Rekrutenausbildung zu stehen, damit hatten wir einen guten Vorwand für eine sofortige Trauung, aber sie wollte unbedingt in Weiß getraut werden, und das verzögerte die Sache einige Tage, bis das Kleid fertig war. Ich versuchte ihr klarzumachen, daß wir uns die Verzögerung nicht leisten konnten, aber sie meinte, es würde dumm aussehen, wenn sie nicht in Weiß vor den Altar träte, und wir müßten unter allen Umständen den Schein wahren. Aber schließlich war es so weit, und als ich am Abend nach der Trauung die Ehe vollzogen hatte, sagte ich: ‹So, das wäre das. Jetzt seid ihr beide mein – was bedeutet, daß du niemals, unter keinen Umständen, den Namen dieses Mannes noch einmal erwähnst, und daß du niemals, unter keinen Umständen, einem Menschen sagst, daß dieses Kind nicht genauso meines ist wie irgendwelche anderen Kinder, die wir noch bekommen werden. Dieses Kind›, sagte ich, ‹ist mein Kind von diesem Augenblick an, und ich werde es zu einem ordentlichen, anständigen Menschen erziehen, und wenn es das letzte ist, was ich je auf der Welt tue.›»

Mein Vater hielt inne. Er setzte wieder die Brille ab und begann die Gläser mit einem groben Taschentuch zu polieren. «So viel zu den Präliminarien», sagte er in knappem Ton, «aber dann fingen die Schwierigkeiten erst an...»

4

«Nun, natürlich kam am Ende alles anders, als ich erwartet hatte», sagte mein Vater, «obwohl ich heute nicht mehr genau weiß, was ich damals erwartete. Ich dachte wohl nicht weit über die Flitterwochen hinaus, aber Helen machte die Schwangerschaft zu schaffen. Wollte oft vom ehelichen Verkehr nichts wissen. Ich sagte mir, das macht eben ihr Zustand, aber... ich argwöhnte, daß sie sich nach Romaine sehnte.

Dann kamst du an, und sie machte sich Sorgen, was die Leute wohl denken würden – sie hatte gehofft, du würdest eine Spätgeburt sein, aber nein, du kamst genau pünktlich. Sie wollte eine Zeitlang nicht aus dem Haus gehen, wollte keine Menschen sehen, weinte auf ihrem Zimmer – und nicht nur, weil sie fürchtete, man könnte über sie reden. Nein, sie hatte endlich erkannt, daß sie vom Regen in die Traufe geraten war – sie hatte den Skandal vermieden, aber jetzt war sie an einen Ehemann gebunden, den sie... nun, sie hätte mich nicht geheiratet, wenn sie die Wahl gehabt hätte. Sie liebte mich nie so sehr, wie ich sie liebte, und die ganze Zeit... nun, ich wußte, daß sie sich nach Romaine verzehrte.

Sie wollte möglichst bald noch ein Kind haben, und ich wußte, warum. Sie konnte das Schuldgefühl nicht ertragen, das sie hatte, weil sie mich nicht so liebte, wie sie sollte, und sie wollte das wiedergutmachen, aber obwohl sie ganz besessen war von dem Gedanken an ein zweites Kind, wurde sie nicht gleich wieder schwanger. Mehr Tränen, mehr Verzweiflung, mehr Schuldgefühle, dann endlich, Gott sei Dank, bekam sie Peter, und da war alles eine Zeitlang wieder in Ordnung, aber die Ehe funktionierte nie ganz reibungslos. Sie versuchte alles, aber... ich wußte, sie liebte mich nicht, und ich fing an, empfindlich zu werden. Und natürlich warst du die ganze Zeit da, du wurdest größer, die ständige Erinnerung, der Kuckuck im Nest... armer kleiner Bursche, nicht deine Schuld. Du warst ein netter kleiner Kerl. Ich sagte mir: Ich werde es nicht an ihm auslassen... Aber ich brauchte dich nur anzusehen, da dachte ich schon an Romaine.

Da merkte ich eines Tages, daß mein eigener Junge immer mehr übersehen wurde, weil du ein so außergewöhnlicher kleiner Bursche warst. Du warst wirklich ein reizendes Kind. Jeder tätschelte dir den Kopf und war vernarrt in dich, und keiner mehr als deine Mutter. Aber schließlich gingen mir die Augen auf, und ich sah, daß man dich schrecklich verwöhnte und dir hochfliegende Ideen in den Kopf setzte, und da war mir klar, daß es von meiner Seite aus kein Verhätscheln geben durfte, wenn ich dir ein guter Vater sein wollte, aber natürlich hat deine Mutter das nicht begriffen, dumme Frau, dachte, ich würde es an dir auslassen. Aber dem war nicht so. Ich wollte nur nicht, daß du zu so einem Menschen heranwächst, wie er einer war, und ich glaubte, in dir alle Anlagen dazu zu sehen . . . Also wurde ich sehr streng zu dir, und deine Mutter nannte mich brutal, und wir hatten oft schlimme Auseinandersetzungen, immer deinetwegen, aber ich blieb Sieger, ich brachte sie zum Schweigen, ich schlug sie sogar manchmal, schrecklich, sehr schlimm, man sollte nie eine Frau schlagen, aber ich wollte mir in meinem Haus von keinem etwas gefallen lassen, nicht nach all dem, was ich durchgemacht hatte, und die Folge war, daß ich dich mit der einen Hand geduckt hielt, während ich mit der anderen Peter dazu verhalf, hochzukommen. Keine schöne Situation, aber ich wollte nicht, daß mein Junge mit dem Gefühl aufwächst, weniger wert zu sein, nur weil er diesen außergewöhnlichen älteren Bruder hatte. Natürlich hast du mich dafür gehaßt, daß ich Peter mehr Aufmerksamkeit schenkte, du hast jeden gehaßt, der sich für Peter interessierte, du wolltest, daß die Welt sich um dich drehte, damit du im Rampenlicht stehen konntest. Dummer kleiner Kerl, aber nicht deine Schuld. Du konntest nichts dafür, daß alle dir schöngetan haben, aber ich wußte, ich hatte die unbedingte moralische Pflicht, einen Ausgleich herzustellen, und außerdem . . . hatte ich solche Angst, du könntest wie Romaine werden.

Aber mit der Zeit bekam ich sowohl dich wie deine Mutter unter Kontrolle, und du hast dich wirklich außergewöhnlich vielversprechend entwickelt. Sehr erfreulich. Aber natürlich glaubte ich einfach nicht, daß das von Dauer sein würde. Mich quälte immer mehr die Sorge, daß nicht nur trotz aller meiner Bemühungen deine Erbanlagen zum Durchbruch kommen würden, sondern daß du auch die

Wahrheit über die Vaterschaft herausfinden und völlig aus der Bahn geraten könntest. Du hast mir einen schönen Schrecken eingejagt, als du entdeckt hattest, daß du zu früh nach der Heirat geboren warst, aber ich war auf diese Krise vorbereitet, und so konnte ich sie sofort entschärfen. Es gibt nichts Labileres als einen unausgeglichenen jungen Menschen in diesem schwierigen Alter, und ich war überzeugt, du würdest vor die Hunde gehen, wenn du damals herausgefunden hättest, daß ich nicht dein leiblicher Vater war.

Inzwischen hast du schon wie Romaine ausgesehen. Ich habe immer wieder beobachtet, wie deine Mutter dich ansah, und ich wußte, daß sie sich an ihn erinnerte, genau wie ich. Ich war so wütend, so verbittert deshalb, aber ich beruhigte mich dann wieder bei dem Gedanken: Wenn aus diesem Jungen ein ordentlicher Mensch wird, dann wird zumindest etwas Gutes aus dieser Sache hervorgegangen sein. Deshalb habe ich dich weiter ermahnt, komm nicht vom geraden Weg ab und so, bis du eines Tages nach Cambridge gingst, um Jura zu studieren. Da dachte ich: Ich hab's geschafft. Aus dem Jungen ist etwas geworden, und jetzt wird er ein grundanständiges Leben führen. Keinen schönen Schein, keine Schauspielerei, keine Hirngespinste. Aber da – mein Gott – da kommst du heim und sagst mir, *du willst Geistlicher werden*! Kein Wunder, daß ich fast einen Anfall bekam. Ich dachte, du hättest die Verbindung zur Realität verloren. Du warst schon immer ein kleiner romantischer Idealist – ein Glück, daß der Krieg aus war, ehe du durch einen kühnen Heldentod dein Leben wegwerfen konntest! Ich dachte, dieser Kirchenunsinn, das ist nur eine Pose, so wie Romaine aller Welt sagte, er fühle sich zum Arzt in Afrika berufen, und da war ich weiß Gott nahe daran, bezüglich deiner Herkunft die Katze aus dem Sack zu lassen.

Aber das habe ich natürlich nicht getan. Nun, ich hätte es gar nicht tun können, nicht wahr? Das wäre gewesen, als hätte ich einen Mann geschlagen, der schon am Boden lag. Da warst du, ganz Emotion, und hast von Gott gefaselt – wie hätte ich da etwas anderes tun können, als den Mund zu halten? Ich durfte dich nicht verstoßen, ich mußte dich beschützen, und außerdem... wenn ich damals zu dir gesagt hätte: ‹Du bist nicht mein Sohn›, wäre das eine Lüge gewesen, denn inzwischen *warst* du mein Sohn. *Ich* hatte dich erzogen, *ich* hatte dir meine Wertvorstellungen eingeimpft, *ich* hatte dich zu dem gemacht, was du warst... Aber da sagst du mir nun plötzlich, was ich aus dir gemacht habe, das ist ein verdammter Geistlicher! Gott, welch ein Widersinn! Ich wußte nicht, ob ich lachen oder weinen sollte.

Nun, ich bin auf dich losgegangen, habe versucht, dich vor dir selbst zu retten, aber du warst hartnäckig und wolltest nicht nachgeben. Ich habe dich wider Willen bewundert für die Art, in der du deine Ideale verteidigt hast, und schließlich dachte ich, na schön, zumindest führt er ein ordentliches, anständiges Leben. Aber dann dachte ich, wie hält er das je durch, Kurat, Hilfspfarrer, kein Geld zum Heiraten, da geht er vor die Hunde, da fängt er an, zuviel zu trinken, läßt sich in eine Affäre mit einer Frau ein, und dann war alle meine Mühe umsonst, und meine Ehe wird eine größere Katastrophe denn je. Aber ich hatte dich unterschätzt, nicht wahr? Du warst nicht der durchschnittliche unbedeutende junge Pfarrer, der in einem entlegenen Weiler auf dem Land sentimentales Zeug predigt. Du warst etwas Besonderes. Du hattest große Ideen. Du kanntest große Leute. Und natürlich brachtest du es schon bald zum Lieblingspudel des Erzbischofs. Typisch. Mußte dich bewundern, ob ich wollte oder nicht. Aber wie hast du mich an Romaine erinnert...

Ich konnte nicht glauben, daß es gutgehen würde. Ich dachte ständig, du kommst ins Schleudern, aber nein – du bekommst diesen tollen Posten in St. Aidan's und heiratest dieses liebe, nette Mädchen. Wunderbar. Aber dann hatte ich Angst, die Ehe geht schief, dachte, sie ist vielleicht ein bißchen *zu* lieb und nett für dich, dachte, du könntest später ein Auge auf eine blendendere, verlockendere Schönheit werfen... Du siehst, keine Ruhe, selbst da nicht. Als ich deine Mutter heiratete und dich mit übernahm, da dachte ich, die Vaterschaft hört genau mit deinem einundzwanzigsten Geburtstag auf, aber sie hat nicht aufgehört. Elternschaft endet erst mit dem Grab. Ich machte mir weiter verrückte Sorgen um dich, aber da warst du, hast alles gut gemacht, und ich konnte mich immer mit dem Gedanken trösten: Alles gut, mit diesem Jungen habe ich zumindest Erfolg gehabt. Du warst zum Schluß wie ein Symbol, ein

Symbol dafür, daß meine Ideale über diese ganze Tragödie triumphiert hatten...

Doch dann letztes Jahr... dieser entsetzliche Streit. Ich war so deprimiert. Ich dachte, vielleicht habe ich doch bei dir versagt. Es ging wieder etwas besser, als die Einladung kam, dich zu Ostern in Cambridge zu besuchen, aber der ganze Brief hörte sich viel zu sanft an, und ich wußte, da hatte während der Fastenzeit so ein alter Geistlicher an dich hingeredet. Ich rieche Unaufrichtigkeit meilenweit. Also schrieb ich dir diesen etwas groben Brief in der Hoffnung, du würdest darauf etwas Echtes, Ehrliches schreiben, aber nein, du hast dich aufs hohe Roß gesetzt und bist nicht mehr heruntergekommen.

Da fühlte ich mich auf einmal sehr alt. Ich hatte mich gerade aus dem Geschäft zurückgezogen. Ich hatte meine Arbeit nicht mehr, nichts, was mich von meinem Elend ablenkte. Du hattest dich mir entfremdet, Peter war zu sehr damit beschäftigt, das Leben zu genießen, das ich einmal geführt hatte, um mir viel Aufmerksamkeit zu widmen... Ich war ziemlich eifersüchtig auf Peter, er war jung, führte das Leben, das ich noch immer führen wollte... Ich war ein-, zweimal etwas barsch zu ihm. Ein Fehler. Er war beleidigt. Dummer Junge, steht bei dieser gräßlichen Annabel völlig unterm Pantoffel... Wahrscheinlich ist er glücklich. Vielleicht ist er auch unglücklich. Wer weiß? Ich weiß nur, daß *ich* verdammt unglücklich bin, hier in Epsom eingesperrt Tag für Tag mit deiner Mutter; aber die arme Helen, sie tut mir in mancher Beziehung so leid. Das Leben war für sie eine Enttäuschung, nicht das Leben, das sie sich vorgestellt hatte. Sie hätte lieber einen glänzenderen Ehemann gehabt, einen romantischen Typ, jemanden... na ja, jemanden wie Alan Romaine.

Wir haben nie mehr von ihm gesprochen, nie, nicht einmal bei unseren vielen Auseinandersetzungen deinetwegen, aber er war immer bei uns. Er ist noch immer da. Er ist jetzt hier, dringt in meinen Wintergarten ein, schlägt alles zusammen... und jetzt», sagte mein Vater und wandte sich grimmig an mich, «jetzt willst du ihn wohl aufspüren? Ich sehe schon, wie du ganz gerührt und sentimental wirst und Gott dankst, daß du endlich deinen wirklichen

Vater gefunden hast – so viel zu Gott! Ich rackere mich jahrelang ab und bemühe mich, dir ein guter Vater zu sein, und da kommt jetzt dieser verdammte Romaine daher und heimst die Früchte ein! Ekelhaft! Aber das ist typisch für das Leben, nicht? Die wahren Schurken steuern immer das Happy-End an, während die Anständigen in den Staub getreten werden. Das Gute triumphiert nicht über das Böse, nicht im wirklichen Leben, das Gute wird niedergetrampelt und bespuckt. Gesetz des Dschungels. Kein Gott. Nichts. Begreife nicht, wie jemand etwas anderes glauben kann.»

Er ließ sich plötzlich wieder auf den Hocker fallen und tastete nach seiner Brille, um sie ein zweites Mal zu putzen. Ich wartete, gab ihm Zeit, sich wieder zu fassen; ich neigte den Kopf, damit er sich unbeobachtet glauben konnte, als er sich verstohlen mit dem groben Taschentuch die Augen wischte; aber dann setzte ich mich abermals zu ihm, beugte mich vor und umschloß behutsam seine zitternden Hände mit den meinen.

5

Hohe Absätze knallten in der Ferne wie Gewehrfeuer: Meine Mutter kam. Wir fuhren beide zusammen, blickten beide zur Tür. Ich hatte inzwischen die Sprache verloren, aber meinen Vater trieb die Angst zum Handeln, und er schob meine Hände weg und erhob sich mühsam.

«Kein Wort, Charles. *Kein Wort.*» Er sprach in energischem Flüsterton, das Gesicht in seine strengsten Falten gelegt, jeden Muskel vor Entschlossenheit gespannt. «Deine Mutter darf nicht wissen, daß du es weißt. Sie darf es nie erfahren. *Niemals.* Und wenn du von unserem Gespräch auch nur eine Silbe erwähnst, dann –»

Meine Mutter trippelte zur Tür herein, ehe er den Satz zu Ende sprechen konnte. «Also wirklich, ihr zwei!» rief sie ungeduldig aus. «Was treibt ihr bloß? Wir wollten doch Champagnercocktails trinken! Eric, zieh dir diese schmutzigen Sachen aus und laß Charles heraus aus diesem gräßlichen Höllenloch!»

Ich brachte irgendwie eine ablenkende Bemerkung zustande. «War der Anruf von Peter?»

«Ja, er läßt dir viele Grüße bestellen, und es tut ihm leid, daß er dich nicht sehen kann, ehe du wieder nach Cambridge fährst, aber er und Annabel müssen zu einer Gartenparty nach Richmond.»

«Typisch!» sagte mein Vater. «Keine Zeit für seine Familie!»

«Wann kommt er denn, um mit Vater zu sprechen?» sagte ich, ehe meine Mutter die ganze Schuld Annabel geben konnte.

«Morgen abend um sechs. Siehst du, Eric? Ich wußte, er hat dich nicht vergessen; das war Unsinn, was du gestern gesagt hast.»

«Er kommt nur, um mich bei Laune zu halten. ‹Stelle mich lieber gut mit dem alten Knacker›, sagt er sicher zu dieser schrecklichen Annabel, ‹sonst macht er noch etwas Dummes mit seinem Testament.› Aber mir ist es gleich, ob er kommt oder nicht. Mir ist es ganz egal.»

«Dummer alter Mann!» sagte meine Mutter und gab mir durch eine Grimasse zu verstehen, daß sie ihn unerträglich fand. «Was redest du da für einen Unsinn!»

Doch mein Vater stieß sie beiseite und ging schwankend mit schnellen Schritten in den Garten hinaus.

6

«Er benimmt sich tatsächlich völlig unmöglich», sagte meine Mutter. «Ich bin mit meiner Weisheit am Ende – schon seit einiger Zeit sogar –, und Darling, als ich hörte, daß du heute kommst, da habe ich fast an göttliche Vorsehung geglaubt, denn ich habe das Gefühl, wenn ich nicht bald mit einem Menschen darüber sprechen kann, wie schrecklich das Leben im Augenblick ist, dann gehe ich die Wände hoch. Schnell, komm auf die Terrasse, wir trinken schon etwas, während er sich umzieht.»

«Er schien sich über meinen Besuch zu freuen –»

«Er hat auch allen Grund dazu! Heute morgen habe ich zu ihm gesagt: ‹Hoffentlich bist du in besserer Stimmung, wenn Charles kommt, sonst läßt er sich so bald nicht wieder sehen›, aber er hat nur gesagt: ‹Er kommt sowieso nicht so bald wieder, weshalb soll ich mir da große Mühe geben?› Gräßlicher alter Mann, schleicht da herum wie der Tod in Person, und das ist so schrecklich für mich, an einen Menschen gebunden zu sein, der die ganze Zeit aussieht, als suche er nach einem Sarg, in den er sich hineinlegen kann. Ich bin noch nicht einmal sechzig, und er macht aus dem Leben ein Jammertal... Ich wollte, er wäre noch nicht in den Ruhestand gegangen. Er weiß nicht, was er mit sich anfangen soll, er werkelt nur in diesem scheußlichen Gewächshaus herum – und die Hitze drinnen ist bestimmt nicht gut für ihn. Er könnte einen Herzanfall bekommen. Vielleicht will er das sogar. Ich weiß es nicht, Gott weiß, was er will, aber ich weiß, was *ich* will, nämlich einmal richtigen Urlaub machen. Peter und Annabel fahren mit den Kindern nach Südfrankreich, eine so hübsche Idee, aber Eric hat dem gleich einen Dämpfer aufgesetzt und Peter praktisch einen unpatriotischen Schwachkopf genannt, weil er die Ferien nicht in England verbringen will – kein Wunder, daß Peter da beleidigt war, kann ich gut verstehen, obwohl auch ich glaube, daß er sich von Annabel zuviel sagen läßt. Annabel hat doch etwas recht *Gewöhnliches*, aber schließlich wissen wir ja alle, daß ihr Vater sein Geld als Geschäftsmann verdient hat.»

Wir waren inzwischen bei dem schmiedeeisernen Tisch angelangt, den ein weißer Sonnenschirm beschattete, und ich schenkte aus dem Krug die Cocktails ein. «Es tut mir leid, daß alles so schwierig ist», sagte ich, als ich mich zu ihr setzte und ihr Feuer für ihre Zigarette gab.

«Denken wir nicht mehr daran, Darling, trinken wir auf deinen Besuch – hmmm, herrlich, der Champagner! Aber jetzt darf ich dich nicht länger mit meinen gräßlichen Problemen langweilen, jetzt mußt du einmal von dir erzählen. Ich muß sagen, du siehst etwas spitz aus. Ich hoffe, du hast nicht zu hart gearbeitet.»

«Ich habe gerade eine längere Einkehr bei den Forditen-Mönchen in Grantchester hinter mir.»

«O Darling, kein Wunder, daß du da so spitz aussiehst! Ein Wunder, daß du nicht völlig mit den Nerven herunter bist – wie ich. Wirklich, Charles, ich komme nicht darüber hinweg, wie erstaunlich es ist, daß du gekommen bist. Ich hatte ständig gehofft, du würdest dich sehen lassen, und ich hatte auch vor, dir zu schreiben, aber ich wollte dir nicht lästig werden, und ich habe solche Angst, ich könnte eine dieser furchtbaren Mütter werden, die sich an ihre Kinder klammern – jeder weiß heutzutage, welchen Schaden solche Mütter anrichten können. Eric hat mir immer vorgeworfen, ich würde dich verwöhnen, und dabei habe ich so sehr versucht, vernünftig zu sein, und ich will dir ganz bestimmt keine Last sein, ich – o Gott, ich sehe schon, ich gehe dir auf die Nerven, ich sage lauter verkehrte Sachen, aber ich bin so nervös, in einer solchen Verfassung – bitte, bitte, sei mir nicht bös...» Und sie begann zu weinen.

«Aber, Mutter...» Ich zog meinen Stuhl um den Tisch herum, damit ich den Arm um sie legen konnte. «Das tut mir so leid – daß du Angst hattest, mir zu schreiben, schlimm ist das, und daß ich dich so lange allein gelassen habe –»

«Oh, es geht mir gut», sagte sie und trank ihr Glas halb aus. «Lieber Himmel – das wollte ich nicht, du sollst nicht bedauern, daß du hergekommen bist! Alles ist absolut in Ordnung – nur daß ich manchmal glaube, ich kann nicht mehr –» sie brach wieder zusammen.

«Wie schwierig ist er denn? Ist er nur grob und mürrisch oder –»

«Nein, er schlägt mich nicht, jetzt nicht mehr. Gott, er ist immer so zornig geworden – aber ich habe mich doch so sehr bemüht, ihm eine gute Frau zu sein, wirklich, das habe ich... Aber was ich auch tat, es schien nie genug zu sein. Manchmal war ich so verzweifelt, daß ich mir sagte, ich verlasse ihn, wenn ihr groß seid, du und Peter, aber als es dann so weit war, hatte ich zu große Angst. Er hätte mir wegen der Scheidung Schwierigkeiten gemacht, und ich wollte nicht gesellschaftlich ausgestoßen sein... Vielleicht, wenn ich einen anständigen Mann kennengelernt hätte... Aber das habe ich nicht. Alle anständigen Männer waren schon glücklich verheiratet.»

«Alle? Und wie war es früher?»

«Als ihr beide noch klein wart? Ja, da hat es schon ein, zwei Männer gegeben, die mich gewollt hätten – obwohl ich nie untreu war, weil ich solche Angst hatte, Eric könnte es herausbekommen, und er hatte mir deswegen schon gedroht. ‹Wenn du mich nur ein einziges Mal betrügst›, sagte er, ‹ist es aus. Und glaub nicht, daß du dann einen deiner Söhne wiedersiehst.› Na ja, damit war das klar, nicht? Außerdem – Peter wäre vielleicht ohne mich ausgekommen, aber du ... oh, ich hätte dich niemals verlassen können. Nein, nein, das war ganz unmöglich. Ich bin am Ende deinetwegen bei ihm geblieben – es war wie eine Art schrecklicher Strafe, aber das machte nichts. Ich habe sie akzeptiert, ich hätte alles für dich getan, und du brauchtest mich, das wußte ich, besonders da Eric so schlimm ... oh, wie habe ich ihn manchmal gehaßt! Aber von Verlassen konnte nicht die Rede sein, und außerdem bin ich nie einem Mann begegnet, den ich so lieben konnte, wie ... wie ich wußte, daß ich lieben konnte –» Sie hielt inne.

«Du meinst», sagte ich nach einer Pause, «da war eine Erinnerung, die dir als Maß diente?»

«Ja, ich bin einmal einem Mann begegnet ... bevor ich verheiratet war ... erste Liebe ... und keiner, den ich später kennenlernte, kam ihm gleich. Es war, als könnte ich die anderen nur in Schwarzweiß sehen, während diese Erinnerung in allen Farben strahlte.» Sie trank einen großen Schluck aus ihrem Glas.

«Was ist aus ihm geworden?»

«Ich weiß es nicht. Er mußte fort, aber es war so merkwürdig, Charles, weil ich immer dachte ... immer dachte –»

«– er kommt zurück.»

Sie nickte und kämpfte wieder mit den Tränen. Ihre Wimperntusche war verwischt. Der Puder war verschmiert. Ich sah die tiefen Falten in ihrem Gesicht. «Aber er kam nicht», sagte sie ruhig. «Dumm von mir, mich romantischen Träumen hinzugeben, nicht wahr? Aber Eric sagt ja immer, ich sei eine dumme Frau.»

«Vater gibt vieles von sich, was ungerecht ist. Vielleicht hat er das Gefühl, das Leben sei ungerecht zu ihm gewesen, und da will er zurückschlagen.»

«Das Leben ungerecht zu ihm? Aber er hatte doch ein wunderbares Leben, er war so erfolgreich! Er hatte alles, was er wollte!»

«Ja, aber ... na ja, sprechen wir einmal nicht von Vater, sprechen wir von dir. Erzähl’ mir noch mehr von dieser ersten Liebe.»

«O Darling, das kann ich nicht. Eric wäre sehr böse, wenn er wüßte, daß ich überhaupt davon gesprochen habe, und außerdem... gibt es Dinge, über die man am besten nicht spricht.»

«Meinst du? Ich habe gerade mehrere Tage lang mit dem geistlichen Gegenstück eines Psychiaters über mein Leben gesprochen, und mir ist jetzt viel wohler.»

«Charles! Darling, was hat dir gefehlt? Oh, wenn du nur wüßtest, welche Sorgen ich mir deinetwegen mache – hat es mit Jane zu tun? Ich weiß, wie schrecklich ihr Tod für dich war, ich habe gespürt, wie der Kummer sich all diese Jahre in dir aufgestaut hat, du hast nie von ihr gesprochen – o Charles, ich wollte dir helfen, so sehr, aber ich wußte nie, was ich sagen sollte... Ich hatte Jane so gern. Ich habe so geweint, als sie starb –»

«Mutter –»

«Doch, Charles, doch! So ein braves, nettes Mädchen war sie, immer so freundlich zu mir, gar nicht wie diese Annabel, die mich wie eine betrunkene alte Vettel behandelt. Ja, ich weiß, ich trinke manchmal zuviel – und besonders, wenn ich mich mit Annabel abgeben muß, aber mit mir ist alles in Ordnung, Charles, alles in Ordnung –»

«Ich komme nächste Woche wieder und bleibe dann zwei Tage. Ich glaube, es ist wichtig, daß du mir von allem erzählst, was dir einmal Kummer gemacht hat –»

«Oh, wenn du wüßtest, wie gern ich mich dir anvertrauen würde!» sagte sie. «Aber ich darf es nicht. Eric würde mir das Leben zur Hölle machen, wenn er glaubte, ich hätte dir hinter seinem Rücken etwas gesagt.»

«Er hat dir das Leben schon zur Hölle gemacht. Mal sehen, ob wir die Platte wechseln können. Komm, Mutter, wir haben wahrscheinlich noch zehn Minuten Zeit, bis er kommt – trink noch einen Cocktail und erzähle mir alles von dieser ersten Liebe, die du noch immer nicht verwunden hast.»

«Ich darf seinen Namen nicht nennen», sagte meine Mutter. «Eric hat gesagt, er darf nie mehr erwähnt werden, aber als ich ein junges Mädchen war, da war es für mich ein Name, wie er zu einem romantischen Helden paßte... Ich weiß, was du jetzt denkst, Darling. Du denkst, wenn es um Männer geht, sind die jungen Mädchen närrische Dinger! Aber so einfach war das nicht. Ich machte damals eine schreckliche Zeit durch, und es war, als hätte dieser Mann mit seinem wunderbaren Zauber und seiner ganzen romantischen Art so etwas wie einen Gegensatz zu all dem Grauenhaften dargestellt, was mir damals widerfuhr.

Du wirst dich noch erinnern: Ich habe dir einmal erzählt, daß ich mit achtzehn Jahren nach Deutschland ging, um noch sechs Monate in einem Mädchenpensionat für höhere Töchter den letzten Schliff zu bekommen. Nun, ich habe immer so getan, als wäre das sehr lustig gewesen, aber das war es nicht. Ich hatte gar nicht gehen wollen, aber Großtante Sophie sagte, es wäre besser, wenn ich für eine Weile von zu Hause fortginge, weil meine Mutter damals so schwer an Tuberkulose erkrankt war und mein Vater sich eine Geliebte genommen hatte... Gott, heute würde sich darüber keiner mehr aufregen, aber das war 1898, und Tante Sophie war sehr moralisch – eben victorianisch. Das mit der Geliebten hatte mir natürlich niemand erklärt, und ich begriff nicht, warum ich fortgeschickt wurde – ach, ich war so unglücklich! Aber im Frühjahr 1899 durfte ich heimkommen, weil die Geliebte Epsom verlassen hatte, und jetzt war nicht nur meine Mutter todkrank, auch mein Vater lag im Sterben, er hatte Krebs. Das meiste davon hast du wohl schon gehört, Darling, aber wahrscheinlich hast du dir nie Gedanken darüber gemacht, wie schrecklich das alles für mich war.

Nun, Papa starb dann – ich glaube, der alte Dr. Barnes hat ihn zum Schluß mit Morphium getötet –, und da war ich, neunzehn Jahre alt, in diesem Haus, das wie ein Leichenhaus war. Meine Mutter verlor Tag für Tag ein Stückchen Leben mehr, und Tante Sophie knarrte in ihren Korsetts herum, und alles war Gebetbuch und gedämpftes Flüstern, und mir war, als müßte ich ersticken.

Und dann . . . in diesem Sommer . . . brach sich der alte Dr. Barnes bei einem Unfall einige Knochen, und für drei Monate kam ein junger Arzt zur Vertretung nach Epsom.

Ich bin ihm schon bald begegnet. Er kümmerte sich um meine kranke Mutter. Ich weiß nicht, ich saß gerade wieder über einer sinnlosen Stickerei, als ich draußen das Geräusch von Rädern hörte, und als ich ans Fenster trat, da sah ich diesen jungen Mann mit seiner Arzttasche vom Einspänner herunterspringen. Er erblickte mich – aber er faßte sich nicht nur an den Hut, um gleich weiterzugehen. Er riß sich den Hut vom Kopf und hob die Hand und lächelte und . . . Es war wie ein frischer Lebenshauch, Charles. Ich rannte zur Eingangstür, um ihn einzulassen.

Er war bei all unseren Bekannten bald sehr beliebt. Alle mochten ihn, außer Eric, aber jeder wußte, daß Eric eifersüchtig war. Ich kannte Eric schon seit Jahren . . . und hatte Achtung vor ihm . . . aber er schien mir so schrecklich alt, über dreißig – stell dir vor! –, und ich wollte zwar heiraten, um von zu Hause fortzukommen, aber daß ich einen älteren Mann nehmen würde, das konnte ich mir nicht vorstellen. Ich kannte Eric damals noch nicht richtig. Später habe ich alle seine wunderbaren Eigenschaften entdeckt und . . . nun, ich habe ihn ja auch geheiratet, nicht? Aber vorher . . . nachdem ich diesen anderen Mann kennengelernt hatte, wollte ich gar nichts mehr von Eric wissen.

Eric sagte, ich hätte mich nur in das Äußere dieses Mannes verknallt, aber das stimmte nicht. Ja, er war sehr attraktiv, aber ich verliebte mich in ihn, weil er der einzige Mensch war, der zu verstehen schien, was ich durchmachte. Er sagte, er habe selbst die Hölle mitgemacht, weil jemand, den er sehr liebte, gerade für geistesgestört erklärt worden war. Er sagte: ‹Das Leben ist in mancher Beziehung so schrecklich, so viele schreckliche Dinge können selbst den besten Menschen widerfahren, und deshalb muß man das Leben bis zur Neige genießen, solange man kann, und alles Glück mitnehmen, das man ergattern kann.›

Ich sagte: ‹Genauso empfinde auch ich.›

Es war ein etwas feierlicher Augenblick, aber dann küßte er mich – zum erstenmal –, und er lachte und sagte: ‹Ich habe ein *unwiderstehli-*

ches Verlangen nach Champagner – durchstöbern wir den Keller und stibitzen wir eine Flasche!› Oh, er war so lustig! Es war erst drei Uhr nachmittags, wirklich nicht die Zeit für Champagner, aber Tante Sophie hielt immer bis vier Uhr ihr Mittagsschläfchen, und so war kein Aufpasser da. Wir schlichen in den Keller und fanden eine Flasche Champagner und tranken sie dann heimlich im Gartenhäuschen – oh, was haben wir gelacht und wie lustig war alles! Aber äußerst ungezogen, natürlich – Tante Sophie wäre gestorben! Ich sagte: ‹Ich komme mir schrecklich ungezogen vor!›, und er sagte: ‹Ich auch! Ist das nicht herrlich?›, und er lachte wieder und zitierte Verse von Browning – dieses Gedicht, in dem es heißt, man soll seine Gelegenheiten nicht versäumen – ‹Die Statue und die Büste›. Ich erinnere mich noch, wie er im Gartenhäuschen auf dem kleinen Sofa saß mit dem Champagnerglas in der Hand und rezitierte: ‹Die große Sünde verbitterter Seelen: die nicht entflammte Fackel, das ungesattelte Pferd.› Dann stellte er plötzlich das Glas ab und sagte: ‹Ich verspüre den köstlichen Drang, Fackeln zu entflammen und Pferde zu satteln.› Oh, wie romantisch war das, wie aufregend, ich liebte das, ich war völlig hingerissen . . .

Nun, wie gesagt, das war alles schrecklich ungehörig, und natürlich konnte es nicht so weitergehen, und nachdem wir uns noch ein paarmal begegnet waren . . . na ja, um es kurz zu machen», sagte meine Mutter, nachdem sie rasch ihren zweiten Cocktail ausgetrunken hatte, «es stellte sich heraus, daß er schon verheiratet war – die Person in der Irrenanstalt war seine Frau – und so wurde nichts aus meiner großen Romanze, und dann ging er nach Afrika, und ich heiratete Eric. Aber Eric war diese Episode meines Lebens immer verhaßt, und deshalb darfst du ihm nie sagen, unter keinen Umständen, daß ich dir – o Gott, da ist er. Kein Wort, Darling, versprich mir das, *kein Wort* –»

«Ihr trinkt wohl noch immer diese ekelhaften Cocktails», sagte mein Vater, als er, ein Glas Sherry in der Hand, die Terrasse betrat. «Schon wieder eine Flasche guten Champagners hingemordet . . . Helen, wie siehst du denn aus?»

«Sie fragt sich, weshalb sie wegen des Mordes keine Gewissensbisse verspürt», sagte ich leichthin, aber keiner von beiden lächelte, und in dem Schweigen, das dieser trivialen, aber makellos glatten Erwiderung folgte, wußte ich, daß sie mich beide anblickten und Dr. Romaine vor sich sahen.

8

Obwohl ich innerlich tief aufgewühlt war, bemühte ich mich nach Kräften, beim Mittagessen keinen Streit aufkommen zu lassen. Ich sorgte für Frieden, wenn sie aufeinander einhacken wollten, erkundigte mich nach ihren Bekannten und hörte mir die endlosen Geschichten von Peters Versäumnissen und Annabels Schändlichkeiten an. Schließlich kamen wir auf die Krönung zu sprechen, und als erst, was sich nicht vermeiden ließ, von Dr. Lang die Rede war, der bei der Zeremonie eine so wichtige Rolle gespielt hatte, kamen wir bald auf das Verhalten der Kirche bei der Oberhausdebatte über die Gesetzesvorlage von A. P. Herbert zu sprechen.

«Ich bin ganz begeistert von diesem Bischof von Starbridge», sagte meine Mutter. «Er scheint der einzige zu sein, der etwas von der Ehe versteht, und da war ein wahnsinnig attraktives Foto von ihm letzte Woche in der *Illustrated London News*.»

«Bischöfe haben für Frauen nicht attraktiv zu sein», sagte mein Vater. «Der Mann wird als Eunuch in Gamaschen bezahlt, nicht als Rudolph Valentino in der Mitra. Und was hat er überhaupt seinen Chef öffentlich zu attackieren? Fragwürdiges Benehmen, für meine Begriffe, aber es heißt ja auch, Starbridge ist kein Gentleman. Hat nie die richtige Schule besucht.»

«Kennst du ihn genauer, Charles?» fragte meine Mutter.

Ich gab eine stark zensierte Darstellung meiner Aktivitäten in Starbridge, und bis zum Ende des Mittagessens herrschte eine Atmosphäre atemlosen Ergötzens, während meine Mutter mich bereits in einem Bischofspalais sah und mein Vater im Geist der Kurve meiner Karriere eine weitere aufsteigende Linie hinzufügte. Doch nachdem meine Mutter etwas widerstrebend dem Brauch nachgekommen war, daß sich Damen nach dem Essen zurückzogen, sagte mein Vater, während er die Pfeife anzündete: «Ich würde mich an deiner Stelle nicht zu sehr mit Starbridge einlassen. Du könntest dir's mit Canterbury verderben. Oder wie ihr Kleriker sagen würdet: Halte dich an Cantuar und laß die Finger von Staro. Du scheinst derzeit mit einigen sehr dubiosen Leuten zu tun zu haben, Charles, und Sorgen macht mir vor allem dieser komische Mönch.»

«Aber ich versichere dir, Vater, er ist ein ganz außerordentlicher Mann – du brauchst dir wirklich keine Sorgen zu machen.»

«Natürlich mache ich mir Sorgen! Ich habe mir mein ganzes Leben lang Sorgen um dich gemacht, Charles, und jetzt noch mehr denn je – mein Gott, wie ich das Mittagessen eben durchgestanden habe, ist mir ein Rätsel, aber ich mußte den Schein wahren, denn was auch geschieht, deine Mutter darf niemals erfahren, daß wir über Romaine gesprochen haben.»

«Warum nicht?»

«Warum nicht?»

«Ja, warum nicht? Ist es nicht höchste Zeit, daß wir drei uns einmal zusammensetzen und von ihm reden, damit er endlich ein für allemal exorziert werden kann?»

«Eine so wahnsinnige Idee habe ich in meinem Leben noch nicht gehört! So eine idiotische, lächerliche –»

«Vater, du solltest wirklich einmal mit meinem Mönch sprechen – ich glaube, er könnte uns beiden hier helfen. Komm doch mal nach Cambridge, dann –»

«Ich kann meine Pflanzen nicht allein lassen, und außerdem rede ich nicht mit so einem neugierigen alten Mönch, den man schon vor Jahren hätte in den Sarg legen und begraben sollen!»

«Er ist erst siebenundfünfzig.»

«Das ist noch schlimmer. Ein alter Mönch ist schon schlimm genug, aber einer im mittleren Alter ist einfach eine Schande. Warum hat der nicht Frau und Kinder und wohnt in einem hübschen Haus mit einem Tennisplatz daneben?»

«Nun, da seine Frau nicht mehr lebt und die Kinder erwachsen sind, hat er sich gesagt, daß er Gott besser dienen kann, wenn er –»

«Der Mann ist offensichtlich irgendwie gestört. Ich will ihn nicht sehen – und ich komme nicht nach Cambridge.»

«Macht nichts. Ich habe Mutter schon gesagt, daß ich nächste

Woche wiederkommen und zwei Tage bleiben möchte. Ich glaube, es ist sehr wichtig, daß wir –»

«Daß ich nicht lache! Du kommst nicht wieder – dich bekommen wir so bald nicht mehr zu Gesicht! Du jagst jetzt hinter diesem verdammten Romaine her!»

Ich sagte: «Wenn er noch lebt, möchte ich ihn gern sehen – nur einmal, um meine Neugier zu befriedigen. Aber du glaubst doch nicht im Ernst, ich könnte mich mit jemandem anfreunden, der bereit war, mich umzubringen, als ich zwei Zentimeter groß war?»

«Also wirklich, Charles, manchmal verblüffst du mich! Wie kann ein Mensch mit deinem Verstand eine so naive Bemerkung machen? Denk lieber nach, ehe du diese unheilvolle Büchse der Pandora aufmachst! Der Kerl wickelt dich um den Finger und richtet dich zugrunde – ich seh's schon kommen –»

«Vater, ich bin kein unerfahrenes Mädchen von neunzehn Jahren!»

«Ich wollte, das wärst du. Dann könnte ich dich einsperren, damit du in Sicherheit bist. Mein Gott, wenn du jetzt vor die Hunde gehst, nachdem ich mich fast achtunddreißig Jahre abgerackert habe, dich auf dem geraden Weg –»

«Ich kann nicht vor die Hunde gehen – dafür hat Darrow gesorgt, und wenn du einmal mit Darrow redest, gelangst du vielleicht allmählich zu der Überzeugung, daß ich gar nicht so ein potentieller Wüstling bin, wie du glaubst!»

«Nun, natürlich halte ich dich nicht für einen –»

«Doch, das tust du, und das ist ungeheuer unfair! Ich weiß, du willst nicht unfair sein – ich sehe jetzt, daß du das nicht willst –, aber du kannst einfach nicht anders, und das alles nur, weil Romaine diese Familie heimsucht wie ein nicht exorzierter Geist –»

«Du wirst ihn kaum exorzieren, indem du ihn ausgräbst und dir ansiehst – du wirst nur in einen noch schlimmeren Schlamassel geraten! Um Gottes willen, Charles, geh zu deinem verrückten Mönch und sprich mit ihm, ehe du etwas so Unseliges tust. Vielleicht hörst du auf ihn, wenn du schon nicht auf mich hörst!»

«Ich bespreche ganz gewiß alles mit Darrow, wenn ich ihn morgen wieder sehe, aber er ist nicht verrückt, er ist einer der gescheitesten Menschen, denen ich je begegnet bin. Und jetzt bitte keinen Streit mehr, Vater! Mach diese gräßliche Pfeife aus, und dann gehen wir zu Mutter ins Wohnzimmer...»

9

Als ich mich um drei Uhr verabschiedete, umarmte mich meine Mutter und sagte mit Tränen in den Augen: «Du kommst wirklich nächste Woche wieder, Charles, ja?»

«Ja, Ehrenwort.» Ich gab ihr einen Kuß und fühlte die Tränen auf ihren Wangen, als sie sich an mich drückte.

«Herrgottnochmal!» rief mein Vater in einem Anfall von peinlicher Verlegenheit aus. «Hör auf, den Jungen zu beheulen! Ekelhaft!»

«Oh, sei still, du Scheusal!» schrie meine Mutter ihn an und lief schluchzend ins Haus.

«Dumme Frau», sagte mein Vater. «Ich kann diesen Unsinn nicht ertragen. Das ist sehr schlimm für dich, und so sollte sich eine Mutter nicht aufführen. Eltern sollten ihre Kinder nicht merken lassen, wenn sie verstört und aufgewühlt sind. Unverantwortlich. Macht man nicht.»

Wir schüttelten uns stumm die Hand. Dann sagte ich: «Lebewohl, Vater, Gott segne dich.» Und sein Mund, in den Winkeln schon herabgesenkt, begann zu zittern.

Ich stieg in meinen Wagen und fuhr davon.

10

Ich fuhr direkt zur Stadtbibliothek von Epsom. Das Ärzteverzeichnis wartete auf mich in einem Regal mit Nachschlagewerken, und meine Hand war ganz ruhig, als ich den Band herauszog.

Mir ging eine Vielzahl von Schicksalen durch den Kopf, die Romaine widerfahren sein mochten: Er war in Afrika am Alkohol zugrunde gegangen; er war im Krieg als Held gefallen; nach langem, an den Kräften zehrendem Exil in England an Altersschwäche gestorben; oder er war noch am Leben, aber kein Arzt mehr. Man

hatte ihm vor Jahren die Approbation wegen Alkoholmißbrauchs
und Verführung von Patientinnen entzogen; er hatte ein Tabakge-
schäft in Eastbourne oder eine Buchhandlung in der Charing Cross
Road oder eine Kneipe in Cornwall; er war in einer Irrenanstalt oder
in einem Altersheim; er lebte in einem Ein-Zimmer-Apartment; in
einer großen Villa mit seiner fünften Frau und zehn Kindern. Jedes
Schicksal war möglich, aber wenn er noch als Arzt in England
praktizierte, dann stand er in diesem Buch, das ich jetzt in der Hand
hielt.

Ich blätterte, kam an den Buchstaben R. Wahrscheinlich war er ja
tot. Oder wenn er noch lebte, war er vielleicht im Ausland, lebte
glücklich und zufrieden irgendwo in den Kolonien.

ROM – ROMA – ROMAI – ROMAINE –

Er lebte noch.

ROMAINE, ALAN CHARLES –

Charles! Mein Vater konnte seinen zweiten Vornamen nicht
gekannt haben, er hätte sie umgebracht, wenn er es erfahren hätte.

– Oaktree Cottage, Starvale St. James –

Ich hatte von Starvale St. James gehört. Es lag ganz in der Nähe
meines Freundes Philip Wetherall, des Pfarrers von Starrington
Magna. Es war ein Dorf, keine zwanzig Meilen von Starbridge
entfernt.

Ich mußte mich setzen. Ich saß lange so da, während Leute
zwischen den Bücherregalen hin und her schritten in dem stillen
Raum, aber schließlich stellte ich das Handbuch wieder an seinen
Platz, verließ die Bibliothek und machte mich auf die lange Heimfahrt nach Cambridge.

XIX

*«Es ist schwierig, die Wahrheit zu erkennen, wenn man sich
nur auf das Zeugnis der Menschen stützen kann; das ist
offensichtlich und, vom religiösen Standpunkt aus, zutiefst
verwirrend.»* HERBERT HENSLEY HENSON

I

Das Telephon läutete, als ich am Abend heimkam. Ich hob den
Hörer ab, und da war mein Bruder Peter: «Charley, ich bin's.
Wie hast du den Besuch beim alten Herrn überstanden?»

«Laß mich mal gerade meinen Puls fühlen – ja, ich hab's überlebt.»

Er lachte, sagte aber in drängendem Ton: «Charley, was glaubst
denn du, was los ist? Mutter scheint den ganzen Tag an der
Ginflasche zu hängen, der alte Herr verkriecht sich in seinen
Wintergartendschungel, und ich kann ihm nichts recht machen. Der
alte Herr scheint mir vorzuwerfen, daß ich ihn nicht ausführlich
genug über die Vorgänge in der Firma auf dem laufenden halte, aber
Charley, er kann doch nicht erwarten, daß er über *alles* informiert
wird, wo er jetzt im Ruhestand lebt! Er muß doch endlich mal die
Zügel loslassen, aber irgendwie bringe ich es nicht über mich, ihm
das zu sagen – der Ärmste, er tut mir so leid, obwohl er im Moment
recht grob zu mir ist. Annabel sagt, ich soll fest bleiben, aber ich will
ihm auch nicht weh tun. Annabel versteht das nicht ganz, und wenn
einerseits Annabel mit mir herummeckert und andererseits der alte
Herr über mich herfällt, Charley, da bin ich manchmal in der
Stimmung, nach Australien auszuwandern!»

«Ich kümmere mich um die verrückt gewordenen Eltern, wenn
du dich um die streitbare Ehefrau kümmerst. Ich fahre nächste
Woche noch einmal für zwei Tage hin und knöpfe sie mir beide vor.»

402

«Gott sei Dank. Ich wußte, du würdest mir zu Hilfe kommen, Charley. Glaub nicht, ich hätte nicht auf dich vertraut, aber ich war tatsächlich ganz verzweifelt –»

«Nur ruhig, Peter, du kannst alle Auswanderungspläne ad acta legen. Jetzt macht sich endlich die Kirche von England auf!»

2

Ich fiel ins Bett, schlief bis sechs Uhr, stellte den ratternden Wecker ab, absolvierte meine Exerzitienstunde, zog mein langes Obergewand an, wohnte in der Kathedrale der Kommunion bei, frühstückte, ging zur Morgenliturgie und Gesangseucharistie in die Kathedrale zurück, sprach danach zehn Minuten mit meinem Bischof, der mich zum Mittagessen einlud, entwischte um drei, stellte fest, daß einer meiner Studenten samt Eltern in Laud's eingetroffen war, servierte ihnen bei mir Tee, kehrte um sechs zur Abendliturgie in die Kathedrale zurück, eilte dann wieder ins College, warf ein paar unentbehrliche Sachen in die Reisetasche, schwankte zu meinem Wagen, fuhr nach Grantchester und traf erschöpft, aber noch bei Bewußtsein um halb acht bei den Forditen ein. Ich hatte mich schon für die Nacht angemeldet, und der kleine weißhaarige Mönch hieß mich wie einen alten Freund willkommen und sagte, er habe mir mein gewohntes Zimmer gegeben. Es schien mir der dem Himmel nächste Ort auf Erden zu sein, den ich seit langem gefunden hatte, und in meiner Zuflucht angelangt, streifte ich die Schuhe von den Füßen, ließ mich aufs Bett fallen und lag dann einige Minuten so leblos da wie ein gestrandeter Wal.

Als Darrow kam, sagte er nur: «Sie scheinen Schwerarbeit geleistet zu haben.»

Wir lächelten uns an. Ich sprang auf, als er das Zimmer betrat, und wir schüttelten uns die Hand. Seine erste Frage war: «Haben Sie mit Ihren Exerzitien weitergemacht?»

Ich war mir seiner Prioritäten bewußt; seine Sorge um mein Seelenheil ging der Neugierde bezüglich meiner Eltern vor.

«Gestern hatte ich das Gefühl, ich schaffe es bald», sagte ich, «aber heute morgen war ich nach dem Blick auf die Oase wieder zurück in der Wüste.»

«Sie waren zweifellos abgelenkt durch die Ereignisse des gestrigen Tages. Wer ist denn nun Ihr Vater?»

«Wir hatten recht. Mein Vater ist Eric Ashworth, aber gezeugt hat mich ein unglückseliger Arzt namens Alan Romaine.»

3

Wir sprachen dann nicht weiter; er war nur in den Gästeflügel gekommen, um mich zu begrüßen, aber später kehrte er zurück, und wir hatten eine lange Sitzung. Sein abschließendes Verdikt lautete: «Sie haben bei Ihren Eltern viel erreicht und größere Fortschritte gemacht, als ich angesichts der kurzen Zeit für möglich hielt. Aber wo liegt Ihrer Ansicht nach das Schlachtfeld jetzt?»

«In Starvale St. James.»

Darrow schwieg.

«Ist das falsch?» sagte ich. Meine Zuversicht hatte sogleich einen Dämpfer bekommen.

«Es ist weder richtig noch falsch; es ist lediglich unvermeidlich. Wenn ich zögere, so deshalb, weil ich noch überlege, wie wir am besten an diese Sache herangehen, die sehr gefährlich ist und potentiell eine Brutstätte schmerzlicher Illusionen.»

Ich war noch stärker beunruhigt. «Mein Vater war bestürzt, als ich von meinem Vorhaben sprach», fühlte ich mich verpflichtet zu bekennen. «Er nannte es eine Büchse der Pandora, aber dahinter stecken vielleicht Vorurteil und Eifersucht. Er glaubt natürlich, Romaine schickt mich schnurstracks ins Verderben.»

«Natürlich. Wir müssen wohl damit rechnen, daß Ihr Vater zu diesem Lieblingsalptraum zurückkehrt, wenn er unter Anspannung steht, aber welche Versicherung haben Sie ihm denn dafür gegeben, daß Sie sich vernünftig an Ihre Pandorabüchse heranmachen?»

«Ich sagte ihm, was ich Ihnen neulich sagte: Ich will den Mann nur einmal sehen. Dann kann ich mich zurückziehen und sagen: ‹So, ich hab's geschafft!› Und dann ist die Sache erledigt.»

«Das hört sich an, als wäre Dr. Romaine eine touristische Sehenswürdigkeit, aber ist er wirklich mit dem Buckingham-Palast oder dem Tower zu vergleichen?» Und ehe ich noch etwas erwidern konnte, setzte er hinzu: «Warum sind Sie so fest entschlossen, Romaine nicht mehr als einmal zu sehen?»

«Es wäre treulos meinem Vater gegenüber, der mich, wie ich jetzt erkannt habe, keineswegs zurückgewiesen, sondern Jahr um Jahr auf seine wirre, gutgemeinte, sture Weise versucht hat, mir der beste aller Väter zu sein. Ich brauche jetzt keinen weiteren Vater in meinem Leben, und ganz gewiß brauche ich keinen ausgelaugten alten Quacksalber, der mich umzubringen versuchte, als ich noch ein Embryo war.»

«Warum wollen Sie ihn dann überhaupt sehen?»

Ich war verblüfft. «Aber ich muß ihn sehen!» rief ich aus. «Er ist der Ursprung meines Lebens – ich muß ihn einfach sehen –»

«Ja, das ist ein ganz natürliches Bedürfnis. Sie befinden sich also in einer vertrackten Lage, nicht wahr? Sie wollen sich gleichzeitig auf etwas einlassen und nicht darauf einlassen.»

«Ich will mich auf gar nichts einlassen.»

«Wenn dem so wäre, würden Sie ihn nicht sehen wollen.»

«Also schön», sagte ich, in Hitze geratend. «*Schön*. Ich lasse mich auf etwas ein, aber nur ganz wenig. Schließlich hat er mich zurückgewiesen – versucht, mich zu töten –»

«Das ist freilich eine Zurückweisung, ja. Aber wissen wir tatsächlich, ob er die Abtreibung durchgeführt hätte? Wie ernst war es ihm wirklich damit? Diese Frage kann Ihr Vater nicht beantworten, weil er nicht dabei war.»

«Ja, ich kenne nur die Darstellung meines Vaters –»

«Nein, Sie kennen auch die Ihrer Mutter, und die beiden Darstellungen unterscheiden sich doch sehr, nicht wahr?»

«Aber deshalb will ich ihn ja sprechen! Ich will auch seine Darstellung kennen!»

«Gut so.» Darrow lehnte sich befriedigt auf seinem Stuhl zurück. «Sie suchen nach der Wahrheit; deshalb wollen Sie Dr. Romaine sprechen und deshalb sollte, was Ihr Vater auch sagt, das Gespräch stattfinden. Sie bedürfen einer Vorstellung von der Realität, die es

Ihnen ermöglicht, mit den schwierigen Tatsachen, die Sie an diesem Wochenende herausgefunden haben, in Frieden zu leben.»

«Aber dazu genügt ein einziges Gespräch», entgegnete ich. «Dann kann ich ihm den Rücken kehren und fortgehen.»

«Und darf ich fragen», sagte Darrow, «was Sie als Priester zu erreichen hoffen, wenn Sie ihn so zurückweisen, wie Sie glauben, daß er Sie einmal zurückgewiesen hat?»

Schweigen. Der Spannungsknoten schwoll an, indes sich meinem Zorn ein Schuldgefühl hinzugesellte. «Meinen Sie damit», fragte ich schließlich, «ich sollte ihn in eine groteske Vaterfigur verwandeln, die ich in einen Schrank einsperre, um sie mir in regelmäßigen Abständen anzusehen?»

«Ich meine, Sie sollten sich in einer sehr schwierigen Situation den klaren Blick bewahren. Romaine ist zwar ein Fremder, aber er hat dennoch den Funken geschlagen, der Sie in die Welt setzte, und das bedeutet, daß er in einem sehr realen Sinn bei Ihnen ist, solange Sie leben. Also müssen Sie lernen, mit ihm zu leben, nun da er identifiziert ist, aber wie kann man ersprießlich mit jemandem leben, wenn man bei dem Gedanken an all das, was er getan hat, in einem Zustand des Zorns verharrt?»

Nach einer weiteren schmerzhaften Pause sagte ich: «Was tue ich also?»

«Was würden Sie meinen?»

Ich hatte Mühe, die Worte auszusprechen: «Ich muß ihm verzeihen.»

«Ja», sagte Darrow, «Sie müssen ihm verzeihen, damit Sie mit ihm in Frieden sind – und das mag wirklich sehr schwer sein. Stellen Sie sich also Ihren Besuch in Starvale St. James nicht als einen kleinen Ausflug zu einer Touristenattraktion vor, Charles. Denken Sie ihn sich lieber als eine neue, böse Folter in Ihrer andauernden Prüfung – dann gehen Sie an die Begegnung mit einer realistischeren Einstellung heran.»

Ein Schweigen trat ein, während ich mein Unternehmen in diesem neuen Licht betrachtete. Schließlich sagte ich: «Angenommen, ich bin ihm nicht gewachsen und werde am Ende zugrunde gerichtet, so wie es mein Vater prophezeit?»

406

«Ah, jetzt sind wir auf dem richtigen Weg. Da kommt dieser eine Dämon, Ihre Angst, Sie könnten untauglich und unwürdig sein.»

«Angenommen, ich mag ihn, aber er mag mich nicht?»

«Da kommt dieser andere Dämon, Ihre Angst, Sie könnten zurückgewiesen werden.»

«Angenommen, er erinnert sich nicht einmal meiner Existenz?»

«Wenn er nicht an Amnesie leidet, wird er schwerlich die Katastrophe von Epsom vergessen haben, die seine Hoffnung auf eine Harley-Street-Praxis zunichte gemacht hat», sagte Darrow trocken, aber ich hörte kaum zu. Ich spähte endlich mit klarem Blick in mich hinein, und mich entsetzte, was ich da sah. Ich hörte mich sagen: «Ich möchte, daß er mich mag, damit ich ihm weh tun kann, indem ich ihn zurückweise, und ich will ihm weh tun, nicht nur, um ihn für das Leiden meiner Mutter büßen zu lassen, sondern auch, um meinem Vater – und mir – zu beweisen, daß ich ein treuer Sohn bin . . . Aber hören Sie nur! In welcher Verwirrung bin ich, ich rede irre –»

«Es ist besser, Sie sind ehrlich. Dann wissen Sie genau, wie schwer Sie an einem echten Verzeihen arbeiten müssen.»

«Was für eine erschreckende Situation!» Der Verzweiflung nahe fragte ich, ob ich länger in seinem Hause bleiben könne, als wir vorgesehen hatten, um den nächsten Tag unter seiner Anleitung mit Nachdenken und im Gebet zu verbringen. «Dann breche ich am Dienstagmorgen ganz früh auf und fahre nach Starvale St. James», sagte ich.

«So sei es. Gut, Charles, versuchen Sie jetzt zu schlafen, und morgen werden wir Sie gegen die Dämonen wappnen.»

4

Wenn ich keinen sehr großen Umweg machen wollte, konnte ich auf der Fahrt nach Starvale St. James Starbridge nicht vermeiden, doch als ich an diesem Dienstag kurz nach Mittag von den Höhen herunterkam, sah ich, daß der Dom nicht mehr gleich der üppigen Verzierung auf einer Hochzeitstorte glitzerte, sondern von einem Dunst verhangen war, der durch die Rieselwiesen heranzog; ich hatte keine mystische sonnenbestrahlte Stadt vor mir, sondern eine unansehnliche ländliche Gemeinde im Regen. Auf dem Weg zum Marktplatz benutzte ich die Abkürzung durch die Butchers' Alley und umfuhr so das Geschäftsviertel um St. Martin's-in-Cripplegate. Das Haupttor zur Domfreiheit flog an mir vorüber, als ich nach der Kreuzung in die Eternity Street einbog, und dann steuerte ich, vorüber am Staro Arms und über die Westbrücke, dem freien Land jenseits des Flusses entgegen. Im Rückspiegel sah ich, wie der Dom immer weiter zurückblieb, und ich versuchte mir vorzustellen, was jetzt gerade im Palais vorging. Ich dachte an Darrows Worte: «Sie haben einen dicken Stein in diesen Teich geworfen», und sogleich sah ich in meiner Phantasie die Wellen noch immer unerbittlich ans Ufer schlagen.

Diese Gedanken lenkten mich eine Zeitlang ab, doch als ich auf einem Straßenschild den Namen meines Ziels las, begann ich mich auf meinen Besuch einzustellen. Ich erreichte das Dorf um neun Minuten vor halb eins. Es hatte aufgehört zu regnen, der Dunst hatte sich aufgelöst, und die Sonne versuchte durchzukommen. Ich hielt an, erkundigte mich nach dem Weg und erfuhr, daß Oaktree Cottage hinter der Kirche am anderen Ende der Straße lag.

Mein Ziel erwies sich als ein weitläufiges Gebäude mit einem Strohdach; ich vermutete, daß es einmal zwei Häuschen gewesen waren, die ein unternehmungslustiger Bauherr zu einem größeren Haus zusammengefügt hatte. Eine Einfahrt führte vom Fahrweg durch einen gepflegten Garten, in dem ein alter, knorriger Gärtner friedlich an einer Rabatte arbeitete; ich ignorierte das Schild, das Patienten zum Praxiseingang an der Seite des Hauses wies, und näherte mich der Vordertür. Meine Finger rutschten an dem Klingelknopf ab. Automatisch wischte ich mir mit den Händen übers Jackett, während ich wartete, und nachdem die unvermeidliche Ewigkeit vergangen war, öffnete ein älteres Hausmädchen die Tür. «Guten Tag», sagte ich und reichte ihr meine Karte. «Ist Dr. Romaine zu Hause?» Aber ehe das Hausmädchen noch etwas erwidern konnte, rief eine Frau vom dunklen Flur her: «Wer ist es, Withers?»

«Dr. – Mr. – Dr. Ashworth, M'm», sagte das Hausmädchen, das

offensichtlich glaubte, ein Geistlicher, der als «Doktor» angeredet werden wollte, sei eine komische Erscheinung, und reichte meine Karte einer untersetzten Frau mit blondem Haar, die jetzt ins Licht trat.

«Dr. Ashworth – tut mir leid, kennen wir uns? Ihr Gesicht kommt mir bekannt vor, aber ich weiß nicht –»

«Nein», sagte ich, «wir kennen uns noch nicht. Mrs. Romaine?»

«Ja . . . Es ist gut, Withers», sagte sie unvermittelt und schickte das Hausmädchen fort. Sie hatte eine nüchterne Altstimme mit einem leichten nordenglischen Akzent. Das blonde Haar war geschickt gefärbt. «Kommen Sie doch herein, Dr. Ashworth.»

«Ich hatte nur kurz Ihren Gatten sprechen wollen», sagte ich, als die Tür sich hinter uns geschlossen hatte. Natürlich hatte ich mir eine Rede für alle möglichen Varianten der Situation ausgedacht, die mich an Dr. Romaines Haustür erwarten mochte, aber einen Moment lang fürchtete ich, aus dem Konzept zu geraten. Inzwischen musterte mich Mrs. Romaine mit einem wirklich scharfen Blick. «Er kannte meine Eltern in der Zeit vor dem Krieg», hörte ich mich nach einem verlegenen Zögern sagen, «und als ich erfuhr, daß er hier wohnt, kam mir der Gedanke, ihn aufzusuchen. Der Pfarrer von Starrington Magna ist ein Freund von mir, und die Gegend hier ist mir nicht unbekannt.»

Mrs. Romaine entschloß sich, den scharfen Blick durch ein freundliches Lächeln zu ersetzen. «Wie nett von Ihnen, uns zu besuchen! Mein Mann macht gerade noch seine Hausbesuche, aber er muß bald zurück sein. Wenn Sie so lange warten wollen –»

«Vielen Dank.»

«Mich müssen Sie entschuldigen», sagte sie, während sie mich ins Wohnzimmer führte, «ich bin im Begriff, auswärts essen zu gehen. Ich lege Ihre Karte draußen auf das Tischchen, und Withers wird meinem Mann sagen, daß Sie hier sind – hätten Sie inzwischen gern ein Glas Sherry?»

Ich lehnte dankend ab. Sie sagte nicht unfreundlich, ich solle es mir bequem machen, warf mir einen letzten scharfen Blick zu und ging.

Ich sah mich im Zimmer um. Es war recht teuer ausgestattet, passend zu der Eichenbalkendecke und dem Eckkamin, aber alle

Möbelstücke schienen moderne Nachbildungen traditioneller Stile zu sein. Mehrere Nippsachen von zweifelhaftem Geschmack standen auf dem Kaminsims, aber keine Photos. An der Wand hingen in schweren Goldrahmen mehrere schlechte Drucke der berühmten Constable-Gemälde vom Starbridger Dom, und der Teppich war fast schwammig dick, als ich darüber hin zum Fenster schritt. Meine Mutter hätte dieses Zimmer in seinem nach Geld riechenden Bemühen, dem Wohnzimmer einer Lady gleichzukommen, als vulgär bezeichnet und die Hausherrin mit dem vernichtendsten aller Epitheta der Mittelklasse, «gewöhnlich», abgetan.

Dem Fenster mit seinem Ausblick auf den malerischen Garten den Rücken kehrend, schritt ich auf und ab, bis ich schließlich wie ein Ertrinkender mein Leben vorüberflimmern sah, als wäre jener Teil meines Selbst, den Darrow meine gequälte Psyche genannt hatte, mit dem komplexen Versuch beschäftigt, genau nachzuspüren, wie ich in eben diesem Augenblick meines Daseins nach Starvale St. James gelangt war. Mein Gedächtnismechanismus rief mir gerade mit photographischer Deutlichkeit den Gottesdienst in der Kathedrale von Cambridge in die Erinnerung zurück, mit dem ich in mein Amt eingeführt worden war, als draußen jenseits der Diele leise die Tür aufging und ebenso leise wieder ins Schloß fiel.

Ich erstarrte. Stille. Ich hörte die Stimme des Hausmädchens, gefolgt von dem Murmeln einer Männerstimme, darauf ein langes, langes Schweigen. Ich wußte sofort – ich brauchte es nicht zu sehen, niemand brauchte es mir zu sagen –, daß er ungläubig auf meine Karte starrte, aber dann durchquerten seine Schritte endlich die Diele, die Wohnzimmertür öffnete sich langsam, und herein kam Dr. Alan Romaine.

5

Ich verspürte jenen beklemmenden Schock, der auf den Blick in einen Zerrspiegel folgt, und wußte jetzt, warum Mrs. Romaine mich so scharf gemustert hatte, als sie meine äußere Erscheinung erst richtig erfassen konnte. Der Mann vor mir war keineswegs mein

Doppelgänger, aber ich hatte doch das Gefühl, daß mir hier ein unheimlicher Blick auf mich selbst in dreißig Jahren geboten wurde.

Er hatte meine Größe, etwas über einsachtzig, und er war durchaus kein «ausgelaugter alter Quacksalber», sondern in noch recht guter körperlicher Verfassung. Ich erkannte mein lockiges Haar wieder, das, obschon grau und nicht mehr braun, sich noch immer als störrisch erwies; da sich Kahlköpfigkeit in Familien vererbt, stellte ich erleichtert fest, daß sein Haar zwar etwas schütterer war als das meine, aber doch noch ziemlich voll. Ich erkannte die dunklen Augen wieder mit den Fältchen daneben, den Mund, um den herum das Lächeln auf der Lauer lag, die Kerbe im Kinn, die man bei einem Kind Grübchen genannt hätte. Er war wesentlich korpulenter als ich; bei seiner in die Breite gegangenen Figur mußte er über neunzig Kilo wiegen, ich dagegen wog achtundsiebzig, aber er hielt sich gut, und in seinen ruhigen, leichten Bewegungen entdeckte ich den Charme, mit dem er 1899 Epsom erobert hatte.

Ich stand regungslos in der Mitte des Zimmers, die Hände an den herunterhängenden Armen zu Fäusten geballt, und sah zweifellos aus wie das Bild äußerster Anspannung, tiefen Mißtrauens und erschreckter Faszination. Er blieb an der Tür stehen, ein Bild lässiger Belustigung, den Mund in den Winkeln launisch gekräuselt, die Augen hell vor Interesse. Ich dachte daran, was mein Vater gesagt hatte, während er mit den Tränen kämpfte: «Die wahren Schurken steuern immer ins Happy-End, während die Anständigen in den Staub getreten werden.» Ich dachte an die Worte meiner Mutter: «Es war wie eine Art schrecklicher Strafe.» Ich sah diesen freundlichen Fremden an, der so gar nicht von der Tragödie gezeichnet schien, und ich verabscheute ihn.

Er sah auf meine Karte, blickte dann mit einem eigenartigen Lächeln wieder auf und sagte: «Dr. Ashworth!»

«Ja. Guten Tag, Dr. Romaine.»

Unsere Stimmen waren identisch im Timbre, aber verschieden in der Modulation. Modulationen eignet sich ein Kind von den Menschen an, die es großziehen, und in meinem Geist sagte meine

Stimme mit Eric Ashworths heftigen Akzenten: Noch immer schurkisch, noch immer oberflächlich, noch immer wie im Scheinwerferlicht – *ekelhaft*.

Inzwischen sagte seine Stimme mit einer Bewunderung, die mich abstieß: «Ein Doktor der Theologie in Cambridge! Wie stolz Ihre Mutter sein muß ... Und wie geht es Ihrer Mutter, wenn ich fragen darf? Ich hoffe, sie ist wohlauf?»

«Es geht ihr sehr gut», sagte ich. «Meinem Vater auch. Meinen beiden Eltern geht es gut.»

Gewiß, ich erinnerte mich, daß Father Darrow von Vergebung gesprochen hatte. Gewiß, ich erinnerte mich meiner Stunden des Gebets und des Gesprächs in Grantchester. Gewiß, ich erinnerte mich daran, daß ich meine Büchse der Pandora mit ruhiger, christlicher Hand hatte öffnen wollen, doch in diesem Augenblick war ich außer mir vor Zorn. Ich wollte in jedem Satz nur das Schwert meiner Treue zu meinem Vater schwingen.

«Alles blüht und gedeiht noch in Epsom? Wunderbar!» sagte Romaine freundlich, aber er hatte sich von mir abgewandt, und obwohl die Fältchen des Lächelns seinen Mund noch umspielten, lag einen Augenblick lang ein Schatten auf seinem Gesicht. Dann ließ er meine Karte auf einen Beistelltisch fallen und deutete liebenswürdig auf die Ansammlung von Karaffen daneben. «Trinken wir einen Schluck!» sagte er mit einem Lächeln. «Oder halten Sie den Alkohol für eine Erfindung des Teufels? Unser Pfarrer hier hat da sehr strenge Ansichten – er bläut sie uns so oft so unbarmherzig von der Kanzel herunter ein, daß ich jedesmal das Verlangen habe, einen Schluck aus der größten Flasche zu trinken, die ich finden kann.»

«Sie besuchen regelmäßig den Gottesdienst?»

«Ja, ich bin Kirchenvorsteher.»

In der Stille, die nun folgte, war mir, als hätte Gott mich geohrfeigt. Wut, Reue, Schuldgefühl und Schmerz schossen in einer Reihe emotionaler Flutwellen durch mein aufgewühltes Gemüt.

«Whisky, Sherry oder Gin?»

«Sherry. Danke.» Es war eigentlich nicht zu fassen, daß ich sprechen konnte, aber ich sprach nicht nur, mir gelang sogar ein beiläufiger Ton.

«Nun, das ist eine ganz erstaunliche Überraschung!» sagte Romaine in ebenso leichtem Ton, als er mir mein Glas reichte. «Wie haben Sie meine Adresse herausgefunden?»

«Ich habe im Ärzteverzeichnis nachgeschlagen.»

«Natürlich! Was für eine dumme Frage – vielleicht bin ich doch dabei, senil zu werden. Ich sehe jetzt, was ich Sie eigentlich hätte fragen sollen: Wann hat Ihre Mutter Ihnen von mir erzählt?»

«Es war nicht meine Mutter», sagte ich. «Es war mein Vater.»

«Du liebe Güte», sagte Romaine, während er ein paar Tropfen Sodawasser in seinen großen Whisky spritzte, «wie schwierig... Aber setzen Sie sich doch – die Stühle sind lange nicht so schrecklich, wie sie aussehen. Zigarette? Sie rauchen doch?»

«Nicht solange ich meinen Halskragen trage.»

«Bewundernswerte Selbstbeherrschung! Ich rauche wie ein Schlot, gar nicht gut für mich» – er zündete sich beim Sprechen eine Zigarette an – «schlimm, diese schlechten Angewohnheiten, aber andererseits, was wäre das Leben ohne sie... Jetzt, wo waren wir? Ah ja, Ihr Vater – so ein außergewöhnlicher Mann! Ich hatte ihn natürlich unterschätzt, dachte, er ist ein verknöcherter alter Bursche, der gern den Querkopf spielt, aber das Hauptproblem damals war nicht, daß ich Ashworth unterschätzte, sondern daß ich mich überschätzte. Ich glaubte, ich könnte auf dem Wasser wandeln.»

«Auf dem –»

«Auf dem Wasser wandeln, ja. Schreckliche Illusion. Nur die feinsten Kerle wie Ihr Vater können auf dem Wasser wandeln. Wir anderen gehen unter wie Steine. Hat Ihr Vater Ihnen von unserer letzten Begegnung erzählt?»

«Ja, er –»

«Das dachte ich mir, und ich bin sicher, er hat sich dabei nicht einmal ins richtige Licht gesetzt. Er war hervorragend. Ich sehe ihn noch vor mir, als wäre es gestern gewesen, sehr proper mit seinem Eckenkragen, tadellos gekämmt. Was für ein Scharfrichter! Nachdem er mich gehenkt, ausgenommen und geviertteilt hatte, zog er einfach seine Handschuhe an, setzte seinen Zylinder auf und ging davon, während ich mich fragte, ob ich mich erschießen solle. Aber ich besaß keine Pistole, ich trank mich bewußtlos, ehe ich mir eine leihen konnte, und als ich wieder zu mir kam, verspürte ich den höchst unvornehmen Drang, weiterzuleben ... Aber so ist das Leben, nicht wahr? Nur in Romanen nimmt der Bösewicht das wundervolle blutige Ende, das mit seiner Qual auf gehörige Weise Schluß macht. Im wirklichen Leben zieht Gott es vor, ihn mit seiner Tat leben zu lassen – und da wir gerade von Gott sprechen, ich bin richtig *entzückt*, daß Sie Geistlicher sind! Viel aufregender als Arzt – all diese interessanten Predigten aufsetzen und in einer schönen Kirche arbeiten – dazu eine nette Frau, die jedermann mag – Sie sind doch verheiratet?»

«Meine Frau ist bei einem Autounfall ums Leben gekommen.»

«Wie schrecklich ... Kinder?»

«Nein.»

«Ah. Ich bin zum drittenmal verheiratet», sagte Romaine nach einem großen Schluck aus seinem Glas. «Ich – nein, ich rede zuviel, und ich darf Sie nicht langweilen. Das ist eines der größten Übel, wenn man alt wird, man gibt so oft dem Verlangen nach, weitschweifig über die Vergangenheit zu reden.»

Ich sagte: «Diesem Verlangen können Sie jetzt ruhig nachgeben, Dr. Romaine. Ich will ganz offen zu Ihnen sein. Ich möchte von Ihnen ganz genau hören, was damals geschah.»

«Ganz genau? Keine bequeme Schönfärberei? Einfach die nackte Wahrheit?» Er zögerte, als wäge er die Herausforderung ab, blieb aber ganz ruhig. Dann sagte er: «Na schön, aber halten Sie sich an Ihrem Halskragen fest, mein Lieber, denn hier wird Ihre christliche Barmherzigkeit bis an die Grenzen strapaziert.» Und er ließ sich in den nächsten Sessel fallen, schlug ein Bein über das andere und begann höchst unbekümmert mit dem Bericht, den ich so dringend hören wollte.

6

«Ich war natürlich verrückt», sagte Romaine. «Heutzutage würde mich ein freundlicher praktischer Arzt an einen Nervenarzt überweisen, damit ich viele glückliche Stunden auf der Couch liegen und endlos von meiner Kindheit erzählen könnte, aber damals galt man als normal, solange man nicht total verrückt war, und so gab ich mich als normal aus. Ich habe mich immer für irgend etwas ausgegeben. Als junger Mann gab ich mich als romantischer Held aus, und im Rückblick gesehen war das wohl die unglückseligste Rolle, die ich je gespielt habe.

Es begann, als ich noch ein Kind war und den armen kleinen Waisenknaben spielte. Als ich sieben war, starb meine Mutter im Kindbett, mein Vater hauchte sein Leben im Bankrott aus, und die bösen Gerichtsvollzieher beschlagnahmten sogar meine Spielsachen. Aber ich will das ganz kurz machen und nicht den Eindruck erwecken, ich hätte eine Dickenssche Kindheit gehabt, denn als ich meine Eltern verloren hatte, kam ich nach Starbridge zu einer altjüngferlichen Tante, die mich abgöttisch liebte und mir ein wunderschönes Heim bot und ein Kinderzimmer voller neuer Spielsachen sowie ein Kindermädchen, das mich für etwas Besonderes hielt. Habe ich nun jeden Abend Gott auf Knien für dieses gütige Schicksal gedankt? Nein. Als das gräßliche verwöhnte Kind, zu dem ich bald wurde, nahm ich alles als selbstverständlich hin und hielt das ruhige kleine Haus meiner Tante im Schatten des Doms für das Letzte an Freudlosigkeit. Auf Reichtum und Erfolg kam es für mich im Leben an, nicht auf mustergültige Respektabilität. Ich konnte das mustergültig respektable kleine Zimmer nicht vergessen, in dem sich mein Vater eine Kugel in den Kopf gejagt hatte.

Aber an den Selbstmord meines Vaters wollte ich nicht denken, also tat ich so, als hätte es ihn nicht gegeben, und als ich auf der Schule einige Bekannte im kirchlichen Milieu erfand, wobei ich mich auf die seriösen Zirkel meiner Tante stützte, entdeckte ich, daß ich Geschichten erzählen konnte, die von allen geglaubt wurden. Und ebenso merkte ich, daß ich nicht an meiner unromantischen Vergangenheit kleben bleiben mußte, weil ich nur die richtige Rolle zu spielen brauchte, um von den richtigen Leuten akzeptiert zu werden.

In Oxford spielte ich den flotten jungen Aristokraten, aber ich besaß nicht die Mittel, um das lange durchzuhalten, und außerdem wollte ich wirklich diesen Mittelklasse-Beruf des Mediziners ergreifen. Aber ich wollte kein gewöhnlicher Doktor sein. Ich wollte in die Geschichte eingehen als der Arzt, der das meiste zur Rettung der Frauen im Kindbett getan hatte. Ich war immer so wütend darüber, daß meine Mutter bei dem unbedachten Versuch, mir einen Bruder oder eine Schwester zu schenken, gestorben war, und als junger Mensch konnte ich den Zorn über diesen Verlust wohl nur dadurch überwinden, daß ich der medizinischen Wissenschaft die Schuld gab und mir vornahm, den Fehler wiedergutzumachen.

Den Abschluß meiner Ausbildung erhielt ich schließlich an einer höchst renommierten Klinik. Wie meine Tante das alles bezahlt hat, werde ich nie erfahren, aber sie bezahlte alles, bis ich mein Examen bestanden hatte – dann starb sie glücklich und zufrieden und ohne einen Penny auf der Bank. Ich war inzwischen entsetzlich verwöhnt – als ich von ihrem Tod erfuhr, war mein erster Gedanke: Verdammt, wo bekomme ich jetzt Geld her? Das Studium der Medizin dauert lange und ist teuer; und außerdem lebte ich gern flott, wenn ich mit den richtigen Leuten verkehrte.

Verabscheuenswert, nicht wahr? Aber keine Angst – die Nemesis lauerte schon hinter den Kulissen. Ich lernte dieses Mädchen kennen. Eine Patientin. Ich hatte meine Fachausbildung noch nicht begonnen, war noch Allgemeinmediziner und arbeitete damals in der psychiatrischen Abteilung, wie man es heute nennen würde. Die Patientin war eingeliefert worden, weil sie an Wahnvorstellungen litt. Sie war sehr hübsch – und sehr reich. Der Chefarzt gab ihr keine große Chance, aber ich wollte das nicht glauben. Ich dachte: Dummer alter Narr, ich kann das besser. Ich dachte, ich könnte jeden heilen, besonders ein hübsches Mädchen mit einem reichen Vater. Ich sah das schimmernde Wasser vor mir und sagte mir: Wunderbar, ich werde darüber wandeln! Mir kam nie der Gedanke, daß das unmöglich ist.

Ich habe Ihrer Mutter gesagt, ich sei das Opfer eines ‹Jane-Eyre-Syndroms› geworden – ein zweiter Mr. Rochester, der seine Ehefrau aus den besten Motiven in völliger Unkenntnis ihrer Geistesgestörtheit heiratete. Welche Lüge! Und welche Selbsttäuschung, anzunehmen, ich könne die Unheilbare heilen – obwohl mir unglückseligerweise eine vorübergehende Heilung gelang. Ich liebte sie auf die altmodische Weise, indem ich ihre Hand hielt und ihr seelenvoll in die Augen blickte, und ich holte sie aus der Klinik heraus. Ihr Zustand schien sich wirklich auf wunderbare Weise gebessert zu haben. Sie wirkte bei der Hochzeit sogar genauso normal wie ich, aber in Wahrheit lebten wir beide als zwei Schlafwandler in einer Phantasiewelt. Während der Flitterwochen ging sie mit einem Messer auf mich los; eine Woche nach ihrer zwangsweisen Rückkehr in die Anstalt hatte sie einen neuen Schub und vermochte danach nie mehr, sich vernünftig auszudrücken. Ihre ganze Mitgift ging für die beste Nervenheilanstalt und die besten Ärzte drauf, und so stand ich binnen eines Monats nach der Hochzeit wieder ohne Geld da – und mit siebenundzwanzig Jahren an eine Frau gebunden, die noch fünfzig Jahre leben mochte.

Das war die Realität – und natürlich konnte ich ihr nicht ins Auge sehen. Ich war ein Mann, der die Frauen liebte, und dem Privatleben eines Arztes sind fast so enge Grenzen gesetzt wie dem eines Geistlichen. Wie sollte ich das schaffen? Ich hatte keine Ahnung, konnte es mir nicht vorstellen. Und so dachte ich einfach: Es ist nicht passiert, es verschwindet, wenn ich nicht mehr daran denke. Und wie alle, die die Realität von sich fernhalten müssen, begann ich zu trinken.

Ich verließ London bald danach. Ich hatte eine Pause nötig, ehe ich mit der Ausbildung zum Facharzt begann; ich hatte schon beschlossen, eine Vertretung zu übernehmen, weil ich das Geld brauchte, und welch große Erleichterung war es, nach Epsom entrinnen zu können, um dem guten alten Dr. Barnes auszuhelfen! Keiner in Epsom kannte meine Verhältnisse, nicht einmal Barnes selber. Er hatte sich an die Klinik gewandt, und dort hatte man mich ihm empfohlen, ohne etwas von meiner Ehe zu erwähnen.

Ich ging also nach Epsom und begann ein neues Leben. Ich dachte, es ist genauso, als wäre ich noch Junggeselle. Ich war nicht klinisch verrückt, aber ganz gewiß stark gestört – aber glauben Sie bitte nicht, ich würde dies als eine Entschuldigung betrachten für das, was dann geschah. Was ich tat, war durch nichts zu entschuldigen, ich will nur genau erklären, was vorging. Nun, ich lernte Ihre Mutter kennen und... Die Ärmste, was für ein trostloses Leben sie führte!

Sie tat mir so leid, weil niemand zu begreifen schien, was sie durchmachte bei einer Mutter, die langsam dahinstarb, und einer alten Großtante, die herumknarrte wie ein wandelnder Sarg. Ich bewunderte Ihre Mutter so sehr dafür, daß sie sich nicht in eine hysterische Krankheit hineinsteigerte, wie das so viele junge Mädchen damals taten, als man zu wohlerzogen war, um seine Verzweiflung hinauszuschreien. Das ist ein tapferes Mädchen, dachte ich, ein Mädchen mit Charakter, intelligent, sensibel – und sehr liebreizend... Ich begann mir vorzustellen, daß meine Frau sterben würde – und nach einer Weile war es die Realität, die Illusion zu sein schien, und nur die Phantasievorstellungen schienen Wirklichkeit zu sein.

Helen wurde auch nur schwer mit der Realität fertig, und sie erblickte in meinen Phantasievorstellungen ein Mittel, um der schmerzlichen Trostlosigkeit ihres täglichen Lebens zu entrinnen. Später – viel später – wurde mir klar, wie gut es war, daß ich sie als schon gebundener Ehemann nicht hatte heiraten können. Ich richtete sie mit meinen Phantasievorstellungen fast zugrunde; ich hätte sie völlig zugrunde gerichtet, wenn wir geheiratet hätten. Sie brauchte jemanden, der ihr die Realität bieten konnte, die sie nötig hatte, ein anständiges Heim, ein normales Familienleben, Stabilität – und ich hatte ihr nichts zu bieten als Tagträume, die sich nie würden verwirklichen lassen.

Nun... wie mache ich jetzt weiter? Was als Nächstes geschah, wissen Sie – Sie sitzen als der lebende Beweis vor mir. Aber vielleicht fragen Sie sich, wie ich es dazu kommen lassen konnte. Hatte ich schon einmal von dem bösen Wort ‹Empfängnisverhütung› gehört? Ja, natürlich hatte ich davon gehört, aber ich glaubte, daß man Präservative – damals noch recht üble Dinger – nur bei leichten Mädchen zum Schutz vor Geschlechtskrankheiten benutzte. Präservative waren eben nicht *romantisch*, sehen Sie, und ich schwebte doch in diesen hochromantischen Phantasiesphären. Ich redete mir ja auch immer ein, daß ich auf dem Wasser wandeln könne – was in diesem Zusammenhang bedeutete, daß ich mir einbildete, die vollständige Beherrschung über mich zu besitzen in einer Situation, die bekannt dafür ist, daß gerade die Beherrschung fehlt... Welch gefährlicher Glaube im Falle eines Menschen, der sich angewöhnt hat, zuviel zu trinken! Damals habe ich mir gewiß zum letztenmal vorgemacht, ich könnte über das Wasser wandeln.

Nachdem Ihr Vater mich gehenkt, ausgeweidet und geviertelt hatte, ging ich ins Ausland, aber nicht als edle Seele in den finstersten Busch – das erzählte ich nur, um mir von meinen Freunden in Epsom sagen zu lassen, wie wunderbar ich sei –, sondern nach Südafrika, in den Burenkrieg. Ich blieb dort bis Kriegsende, verdiente mir aber keine romantischen Orden, weil ich in einem langweiligen ungefährdeten Lazarett arbeitete. Nach dem Krieg beschloß ich, in Afrika zu bleiben, aber da ich nicht die Mittel zur Einrichtung einer eigenen Praxis hatte, stellte ich mich einem katholischen Missionshospital in Rhodesien zur Verfügung. Nun, zuerst ging alles gut, aber dann ließ ich mich in eine Geschichte mit einer Nonne ein – diese weißen Schleier haben etwas, das bringt das Schlimmste in mir zum Vorschein –, und so wurde ich Schiffsarzt auf einem Dampfer, der nach Indien fuhr. Ich will Sie mit meinen indischen Abenteuern nicht langweilen, aber ich geriet auch dort in Schwierigkeiten und kam schließlich nach Hongkong – und da ich, leider muß ich das sagen, wieder viel trank, blieb ich in keinem der guten Krankenhäuser sehr lange und arbeitete schließlich für eine protestantische Missionsstation in den Slums, wo ich es mit vielen Krankheiten zu tun hatte, an die ich gar nicht mehr denken möchte. Die Folge war, daß ich noch mehr trank, weil ich meine Arbeit haßte, aber nicht das Geld zusammenkratzen konnte, um da herauszukommen.

Und dann geschah das Wunder.

In dieser Klinik gab es eine Schwester. Eine Chinesin und Christin. Sie sah mich nur an und wußte sofort, daß ich Hilfe brauchte, und ich sah sie nur an und wußte, daß ich gerettet werden wollte. Ich sagte mein übliches Versehen – ‹Schlaf mit mir, und alle meine Probleme sind gelöst› –, aber damit hatte ich keinen Erfolg. Ich war sehr beeindruckt. Ich wollte sie aber davon überzeugen, daß ich schließlich doch kein so übler Bursche sei, und sagte: ‹Ich trinke nur, weil ich einsam bin›, und sie sagte: ‹O nein, das bilden Sie sich ein! Sie trinken, weil Sie sich schuldig fühlen und sich das, was Sie getan haben, nicht verzeihen können.›

An den Chinesen ist etwas ganz Wunderbares; sie wußten schon über die Welt Bescheid, als wir noch im Lendenschurz um den Starbury Ring tanzten. Und es ist etwas Wunderbares an einem Christen, einem wirklichen Christen, der das lebt, was er predigt. Ich sagte: ‹Ich kann mir nicht verzeihen›, aber sie sagte: ‹Christus kann es› und zitierte Konfuzius. Mein Gott, ich war verrückt nach ihr! Schließlich sagte ich: ‹Können wir nicht einfach so tun, als wäre meine Frau schon tot?› Aber sie sagte, wir könnten Gott nichts vormachen, und wenn er wolle, daß ich sie heirate, werde er das schon einrichten. Und verdammt noch mal – na, Sie ahnen schon, was geschah, nicht wahr? Zwei Wochen später traf ein Telegramm aus England ein: Meine Frau war gestorben.

Und so heiratete ich meine Chinesin. Sie war wesentlich älter als ich, und wir konnten keine Kinder bekommen, aber wir lebten dennoch zehn Jahre glücklich und zufrieden zusammen. Ich hörte ganz auf zu trinken und bekam schließlich wieder eine Anstellung in einem guten Krankenhaus. Ich arbeitete auf der Entbindungsstation und war seit Jahren zum erstenmal glücklich ... Aber dann starb meine Chinesin, und für mich brach alles zusammen. Ich hielt es nicht mehr in Hongkong aus, ich wußte, es war Zeit, heimzukehren.

Ich will Sie nicht mit den zweifelhaften Abenteuern während meiner Heimfahrt langweilen, die ich mir auf einer Reihe von haarsträubend alten Kähnen verdiente. Als ich schließlich die weißen Klippen von Dover erblickte, war ich fünfundvierzig, und es war Krieg.

Sobald ich eine Anstellung in einem Hospital im East End gefunden hatte, das hauptsächlich Verwundete versorgte, engagierte ich einen Privatdetektiv und schickte ihn nach Epsom. Er sollte herausfinden, was sich dort tat. Ich erfuhr, daß Mr. und Mrs. Ashworth zusammen mit ihren Söhnen Charles und Peter in einem sehr hübschen Haus am Stadtrand von Epsom wohnten. Nun mußte ich eine Entscheidung treffen. Sollte ich noch einmal das Leben anderer ruinieren oder nicht? Doch ich wußte, was meine Chinesin gesagt haben würde. Sie hätte mir gesagt, wenn ich wirklich die Vergangenheit wiedergutmachen wolle, müsse ich meine Neugierde hintanstellen und die Ashworths in Frieden leben lassen. Natürlich, wenn Ihre Mutter verwitwet gewesen wäre, hätte ich sie sofort in

Epsom aufgesucht, aber so . . . Nein, ich hatte nicht das Recht, mich einzumischen.

Nach dem Krieg bekam ich eine bessere Stelle in einem Krankenhaus in Manchester – in London hatte ich immer ein wenig Angst, ich könnte Ashworth begegnen –, und dort lernte ich meine jetzige Frau kennen, auch eine Krankenschwester. Ich kann mit der Hand auf der Bibel schwören, daß ich, als ich um sie anhielt, nicht wußte, daß ihr Vater mit der Herstellung von Korsetts ein kleines Vermögen verdiente.

Schließlich starb der alte Herr, und Bea stand plötzlich mit ‹ein paar Mille in bar› da, wie ein Dandy sagen würde, und da beschlossen wir, Manchester zu verlassen und in einem Häuschen mit Strohdach das ideale Landleben zu führen. Ich hatte Sehnsucht nach der Gegend um Starbridge; komisch, wie es einen gegen Ende des Lebens immer an den Anfang zurückzieht . . . Aber es ist schön hier, nicht wahr? Und jedesmal, wenn ich den Drang zum Gähnen verspüre, sage ich mir, daß ich noch immer in einer Slumklinik arbeiten und täglich eine Flasche Whisky trinken könnte. Aber denken Sie nicht, daß ich mich beklage – wirklich nicht! Ich sage mir immer, wie glücklich ich mich schätzen kann und für wie vieles ich dankbar sein muß.»

Ich kannte diese Art, sich mit der Realität auseinanderzusetzen. Ich selbst hatte diese Pose oft eingenommen, wenn ich mir weismachen wollte, in meinem Leben sei alles in Ordnung, und während ich beobachtete, wie er sich einen zweiten doppelten Whisky einschenkte, sagte ich: «Haben Sie und Ihre Frau Kinder?»

Er spritzte sich einen weiteren Tropfen Sodawasser ins Glas, ehe er mir das Gesicht zuwandte. «Nein», sagte er. «Ich hatte mit keiner meiner drei Ehefrauen ein Kind. Aber ich betrachte das», setzte er, das Glas an die Lippen hebend, hinzu, «als einen Teil der Strafe.»

Und da blickte ich durch sein blendendes Bild hindurch auf die Trauer, die dunkel dahinterlag.

7

«Trinken Sie noch ein Glas», sagte Romaine. «Ich fürchte, ich trinke etwas schnell, und allmählich habe ich das Gefühl, als hätte ich einen Sandsack an den Kopf bekommen. Trinken Sie noch ein Glas von diesem gräßlichen Sherry! Ich war vorhin so durcheinander und habe Ihnen nicht gesagt, daß er süß ist und nicht trocken.»

«Nein, ich möchte nichts mehr, danke. Und ich sollte jetzt gehen, damit wir uns beide von unserem jeweiligen Sandsack erholen können.»

«Oh, aber Sie können doch noch nicht gehen – ich will doch auch Ihre Geschichte hören! Wissen Sie was, ich habe eine Idee: Ich gieße diesen lächerlichen Whisky aus und hole uns eine feine Flasche Veuve Cliquot aus dem Keller, die ich für eine besondere Gelegenheit aufgehoben habe!»

«Vielen Dank», sagte ich, «aber das muß ich ablehnen. Ich habe eine lange Autofahrt vor mir.»

«Aber Sie sollten nicht auf leeren Magen fahren. Bleiben Sie zum Lunch!»

Ich sagte mit einiger Mühe: «Sie müssen mich entschuldigen, Dr. Romaine. Aber ich muß gehen.»

«Na schön», sagte er und trank sein Glas halb aus, «wie Sie wollen. Aber sagen Sie mir bitte vorher noch, wann ich Sie einmal predigen hören kann. Ich würde gern nach Cambridge kommen und den Gottesdienst besuchen.»

«Ich bin im Augenblick nicht im Dienst. Ich predige erst wieder am ersten Sonntag im nächsten Monat.»

«Wunderbar, ich komme übers Wochenende. Wo steigt man in Cambridge am besten ab?»

«Am besten im Blue Boar, aber –»

«Ich bestelle telephonisch ein Zimmer. Sie brauchen nicht zu glauben, Sie müßten mich bewirten oder so – Sie brauchen mich nicht einmal zu sehen, wenn Sie nicht wollen, das ist schon in Ordnung, ich verstehe das. Nur weil ich gerade eben den Kopf verloren und angefangen habe, von Champagner zu reden, dürfen Sie nicht meinen, ich sei darauf aus, Ihnen als langweiliger alter

Trunkenbold das Leben zur Qual zu machen. Nein, ich komme nur ganz heimlich nach Cambridge, gehe ganz heimlich in die Kathedrale, um Sie predigen zu hören, und verschwinde dann heimlich wieder – keine Aufregung, keinen Ärger, keine Umstände –»

Ich hörte, wie ich ihn zum Mittagessen im Speisesaal des Colleges einlud, wenn er nach Cambridge kam.

8

Während er mich zum Wagen brachte, sagte er: «Wie wunderbar muß das für Ashworth sein, daß Sie es so weit gebracht haben! Und Ihr Bruder – hat er es auch zu etwas gebracht?»

«Er ist Partner in der Anwaltsfirma meines Vaters.»

«Glücklicher Ashworth! Aber da würde meine Chinesin wieder sagen, daß die Guten belohnt werden. Was war er für ein erstaunlicher Mensch! Als ich in den Slums von Hongkong arbeitete und jeden Tag eine Flasche Whisky brauchte, da habe ich ihn mir oft vorgestellt, wie er siegreich durchs Leben zieht mit seinem Eckenkragen. Er hat mich verfolgt, wissen Sie, und Ihre Mutter auch – sie haben mich beide all diese Jahre verfolgt... Ich nehme an, Ihre Mutter sieht noch immer gut aus?»

«Sei hat sich erstaunlich gut gehalten, ja.»

«Das freut mich, aber ich möchte sie lieber nicht mehr sehen, ich behalte sie lieber so in Erinnerung, wie sie war. Manchmal», sagte Romaine in beiläufigem Ton, «ist es viel klüger, die Vergangenheit nicht wieder auferstehen zu lassen.»

Ich sah ihn nur an. Ich dachte an meine Mutter, die sich Jahr um Jahr nach seiner Rückkehr gesehnt hatte – und keine Erwiderung war möglich.

Romaine merkte sofort, daß er einen Fehler begangen hatte. «Aber natürlich bin ich sehr froh, daß Sie heute gekommen sind!» sagte er. Offenbar fürchtete er, ich hätte seine Bemerkung als persönliche Abfuhr aufgefaßt. Er hatte die rechte Hand aus der Tasche genommen, aber als er merkte, daß ich nicht die Absicht hatte, ihm die Hand zu geben, tat er so, als wische er sich ein Stäubchen vom

Ärmel. «Es war eine solche Überraschung!» fügte er verzweifelt hinzu. «Ich bin so froh, daß ich Sie kennengelernt habe!»

«In dem Fall war es ja ein Glück, daß Ashworth Sie daran gehindert hat, mich abzutreiben, nicht wahr?» sagte ich, zog die Wagentür zu und fuhr mit aufheulendem Motor davon, um jede mögliche Erwiderung zu übertönen.

9

Ich war so aufgewühlt, daß ich zwei Meilen hinter dem Dorf den Wagen am Straßenrand anhielt und den Motor abstellte. Ich umfaßte mein Kreuz und versuchte zu beten, aber ich war zu erregt. Ich wollte nur Romaine aus meinen Gedanken vertreiben, aber da war er, unauslöschlich, ein gewandter, zäher, verschlagener alter Überlebenskünstler, der offenbar genau wußte, wie er auf meine Gefühlsdrüsen drücken mußte. Ich dachte an seinen tapferen Versuch, das rührende Angebot mit dem Champagner zu beschönigen und sich seine Bestürzung nicht anmerken zu lassen, als er sah, daß ich nicht vorhatte, ihm die Hand zu schütteln; ich dachte an seine mitleiderregende Panik, als ihm bewußt wurde, daß er in mir Feindseligkeit ausgelöst hatte, und ich fühlte, daß mein in Grantchester so mühsam wiederhergestelltes Gleichgewicht zerstört worden war. Ich konnte mit der charmanten Maske fertig werden, indem ich sie einfach unsympathisch fand, aber die Qual dahinter ging über meine Kräfte. Ich fühlte mich durch sie bedroht. Ich war durchaus bereit, an einer intellektuellen Formel für Vergebung zu arbeiten, die meiner gequälten Seele Frieden geben und mich gleichzeitig in die Lage versetzen würde, ein guter Christ zu sein, aber meine Gefühle wollte ich nicht mit hineinziehen lassen. Der Instinkt befahl mir, mich zu wehren, ihn fortzustoßen.

Je früher ich zu Darrow zurückkehrte, desto besser, sagte ich mir, aber bis Grantchester war es noch weit. Ich hatte nichts zu Mittag gegessen, und ich wußte, daß Darrow mir geraten haben würde, etwas zu essen, ehe ich weiter mit meinen Problemen rang. Ich ließ den Motor wieder an und fuhr nach Starbridge zurück.

Als ich dort eintraf, waren alle Restaurants, die Mittagessen servierten, geschlossen, aber ich konnte den Foyerkellner im Staro Arms dazu bewegen, mir Sandwiches und Kaffee zu bringen. Danach fühlte ich mich wohler. Darrow hätte mir in dieser Lage wohl Exerzitien empfohlen, daher beschloß ich, einen Spaziergang am Fluß entlang zu machen. Doch als ich an die Brücke kam, erblickte ich den Domturm, und da wußte ich, daß ich es noch einmal mit dem Gebet versuchen mußte. Ich verspürte das dringende Bedürfnis, zu beten, nicht nur um Kraft zur Überwindung meiner Nöte, sondern auch um Vergebung. Ich hatte diesem mitleiderregenden alten Bösewicht in Starvale St. James weh getan, und ich wollte die Last meiner Schuld erleichtern, ehe ich weiterfuhr.

Vorhin im Wagen hatte ich nicht beten können, und ich fragte mich, ob es abergläubisch von mir wäre, anzunehmen, ich würde die geistige Bereitschaft dazu auf wunderbare Weise zurückerlangen, wenn ich erst geweihten Boden betreten hatte, doch ob abergläubisch oder nicht, es zog mich zum Dom hin, und im nächsten Augenblick bog ich schon in die Eternity Street ein.

Ich hatte Darrow fest versprochen, mich vom Palais fernzuhalten, aber da es jetzt schon fast halb vier war, würde ich wohl kaum Lyle oder den Jardines begegnen. Jardine ging am Nachmittag dienstlichen Pflichten nach. Mrs. Jardine würde sich, falls sie zu Hause war, vor dem Tee ausruhen, und Lyle erholte sich wahrscheinlich im Garten nach ihrem geschäftigen Vormittag. Im Gedanken an Lyle gelangte ich an die Kreuzung am Ende der Eternity Street, und ich dachte noch immer an sie, als ich durch den Bogeneingang die Domfreiheit betrat.

Als ich mich Minuten später im Dom befand, wirkte das kühle, gedämpfte Licht sogleich beruhigend, und ich nahm die Atmosphäre des Friedens in mich auf und schritt langsam durch das Schiff auf den Altarraum zu.

Am Ende des südlichen Querschiffs lag die privatem Gebet vorbehaltene Kapelle; ihr holzgeschnitzter Lettner, ergänzt durch Vorhänge vor den Öffnungen im Holzwerk, schirmte die dort Betenden gegen Störungen ab. Ich öffnete die Tür, trat leise ein. Ich hatte erwartet, allein zu sein, doch da kniete eine Frau im Gebet, und als ich hereinkam, blickte sie auf.

Wir hielten beide den Atem an. Einen langen Augenblick verharrten wir regungslos, starrten uns an, aber als Lyle sich aufzurichten begann, sagte ich rasch: «Entschuldigen Sie – ich störe Sie», und zog mich benommen ins Querschiff zurück.

XX

*«Nun ein Wort im Vertrauen: Vielleicht täusche ich mich,
aber ich hatte manchmal den Eindruck, daß in dem, was Sie
sagen und schreiben, etwas von besonderen und privaten
Nöten anklingt. Wenn dem so ist, so befürchten Sie bitte
keinen Augenblick lang, ich würde so zudringlich sein, mich
in Ihre Angelegenheiten einzumischen, aber ich empfinde
eine aufrichtige Zuneigung zu Ihnen und würde Ihnen gern
in jeder nur möglichen Weise helfen.»*

HERBERT HENSLEY HENSON

I

Charles –» Sie stolperte mir nach, aber ich war stehengeblieben,
ehe sie meinen Namen rief. Hinten im Schiff hörte man die leise
Stimme eines Führers, der eine Besuchergruppe durch den Dom
geleitete.

«Sagen Sie mir, daß ich nicht träume», sagte Lyle, noch immer
wie betäubt. «Was machen Sie in dieser Gegend?»

«Ich mußte jemanden in Starvale St. James aufsuchen.» Ich riß
mich zusammen und fügte hinzu: «Hier können wir nicht sprechen –
gehen wir in den Kreuzgang.»

Die schwere Tür ging widerstrebend auf, als ich am Griff zog, und
wir traten aus dem Querschiff in das sonnenhelle Viereck hinaus. In
einer Ecke der grasbewachsenen Fläche stand eine Gartenbank zum
Andenken an einen Wohltäter aus der Zeit König Edwards, und
dorthin setzten wir uns mit dem Blick auf die Zeder, die den Rasen
beschattete.

«Daß es so etwas gibt», sagte Lyle, noch immer fassungslos. «Es
ist wie ein Zeichen.»

«Es ist jedenfalls eine Gelegenheit, Ihnen zu sagen, wieviel ich an Sie gedacht habe. Hat Mrs. Jardine meinen Brief bekommen?»

«Ja, das war auch wie ein Zeichen – der Brief hat Sie wieder Wirklichkeit werden lassen. Ich dachte schon, ich hätte Sie mir nur eingebildet.»

«Meine liebe Lyle...» Ich konnte mich nicht zurückhalten, ihre Hand zu ergreifen, und sie konnte sich offenbar nicht zurückhalten, meine Finger fest zu umklammern. «Verzeihen Sie mein langes Schweigen», sagte ich, «aber ich war bei unserer letzten Begegnung in großer Verwirrung, und Father Darrow mußte viel Mühe darauf verwenden, mich wieder zu entwirren.»

«Wir waren alle so erleichtert, als wir hörten, daß Sie bei den Forditen waren... Ist Father Darrow wirklich so klug, wie alle sagen?»

«Ich kann ihn gar nicht genug rühmen.»

Völlig unerwartet sagte sie: «Ich wollte, ich hätte jemanden, mit dem ich sprechen könnte», und sogleich war ich besorgt um sie. Der Hilfeschrei war nur gedämpft, aber unüberhörbar gewesen. Da sie wohl kaum mit einem ihrer zahlreichen Bekannten in kirchlichen Kreisen über ein Problem sprechen würde, das einen Bischof betraf, sagte ich vorfühlend: «Vielleicht könnte Ihnen eine anglikanische Benediktinernonne helfen. Der Abt von Starwater könnte Ihnen bestimmt jemanden –»

«Ich hasse Nonnen. Ich bin auch nicht scharf auf Mönche, aber wenn Father Darrow wirklich so gut ist, vielleicht... Aber er würde wohl nicht mit einer Frau sprechen wollen, oder?»

«Ich bin sicher, er spricht mit jedem, der in einer Notlage ist.»

«Oh, ich bin in keiner Notlage!» sagte sie sofort. «Mit mir ist alles in Ordnung.»

«Das habe ich mir auch immer vorgemacht, bis ich betrunken vor Father Darrows Tür landete.» Ich war jetzt äußerst besorgt. «Lyle, wenn Sie nicht mehr weiter wissen, rufen Sie mich bitte an, zu jeder Tages- oder Nachtzeit, ich werde Ihnen nach besten Kräften helfen – und glauben Sie mir, ich spiele nicht noch einmal den Casanova. Ich versuche nur, ein guter Geistlicher zu sein, und wenn Sie je meine Hilfe brauchen, werde ich kein ‹romantisches Entgelt› verlangen.»

Sie blickte mich forschend an und sagte dann: «Sie sind ganz anders.»

«Sie haben mich nie richtig gekannt. Ich habe mich hinter einer Maske versteckt – ich nenne sie mein blendendes Bild –, aber Father Darrow hilft mir, diese Maske abzulegen, damit ich der sein kann, der ich wirklich bin.»

Ich sah in ihren Augen das Verstehen aufleuchten. «Oh, wenn Sie nur wüßten», flüsterte sie, «wie ich mich danach sehne, *mein* blendendes Bild abzulegen und die Frau zu sein, die ich wirklich bin!» Doch bevor ich etwas erwidern konnte, sagte sie unvermittelt: «Wie denkt Father Darrow über das alles?»

«Es ist nicht in erster Linie seine Aufgabe, Meinungen zu haben. Er sorgt dafür, daß ich mir eine ehrliche Meinung über mich selbst bilden kann.»

Endlich schwiegen wir, und in unser Schweigen hinein kroch das Rätsel von Starbridge, wogte zwischen uns wie eine dunkle Wolke, um das Ineinanderfließen unserer Gedanken zu trennen. Sie sah auf ihre Uhr und erhob sich. «Ich muß gehen. Carrie braucht mich sicher.»

«Lyle –»

Ihre Augen waren plötzlich dunkel vor Gefühlserregung. «Stellen Sie mir keine Fragen.»

«Ich will Ihnen nur noch zwei weitere Telefonnummern geben für den Fall, daß ich gerade nicht im College bin, wenn Sie anrufen.» Ich fand die Kassenquittung vom Staro Arms und schrieb auf die Rückseite die Nummer meiner Eltern in Epsom und die der Forditen in Grantchester. Dann setzte ich hinzu: «Wenn ich nichts von Ihnen höre, melde ich mich Mitte September – vielleicht können wir dann eine Begegnung Ende des Monats vereinbaren. Wie setze ich mich am besten mit Ihnen in Verbindung? Soll ich schreiben?»

«Nein, tun Sie das nicht», sagte sie rasch. «Gerald bekommt die Post vor mir, und er erzählt dem Bischof alles. Ein Brief mit dem Poststempel von Cambridge wäre zu verräterisch.»

Ich konnte mich gerade noch eines verblüfften Kommentars enthalten und sagte, um einen möglichst beiläufigen Ton bemüht: «Um welche Zeit rufe ich am besten an?»

«Nachmittags. Wenn sich Gerald meldet, legen Sie gleich wieder auf, aber wenn es Shipton ist, rufen Sie mich an den Apparat, und wenn ich nicht im Hause bin, rufe ich zurück. Melden Sie sich als Donald Wilson – das ist ein alter Verehrer von mir, der gelegentlich von sich hören läßt, so daß ich einen Anruf von ihm nicht weiter zu erklären brauche.»

Ich konnte mein Erstaunen nicht verbergen. «Aber Sie reden ja wie eine Gefangene!»

«Ich bin ja auch eine Gefangene! Wir sind alle Gefangene unserer Umstände, aber um Gottes willen, Charles, *um Gottes willen* stürmen Sie nicht das Palais wie ein Don Quixote, um mich zu befreien –»

«Keine Sorge, Father Darrow hat mich gelehrt, daß die wirksamste Hilfe immer angeboten, nie aufgezwungen wird.»

Wir hatten die Bank verlassen und schritten die Nordseite des Kreuzgangs entlang, aber als wir an der Tür zum Querschiff angelangt waren, blieb sie stehen. «Es ist besser, wir verabschieden uns hier.»

«Gut.» Ich wollte sie küssen, wußte aber, daß sie sich abwenden würde; sie drehte schon unruhig den Kopf, um sich zu vergewissern, daß wir auch nicht beobachtet wurden. Statt dessen ergriff ich ihre Hände, und eine Sekunde lang loderte eine unverkennbare Wirklichkeit zwischen uns, ehe sie in dem Miasma von Verzweiflung erlosch, das von ihr ausging.

Ich sagte: «Denken Sie daran – Sie können mich jederzeit anrufen.»

Sie nickte. Ich ließ sie los, und als wir das Querschiff betreten hatten, blieb ich stehen und sah ihr nach, bis sie durch das Nordportal verschwunden war. Dann kehrte ich, beunruhigter denn je, in die Kapelle zurück, um zu beten.

2

Ich fühlte mich zu erschöpft für die lange Fahrt nach Cambridge, und so verbrachte ich die Nacht in meinem Club in London. Ich hatte, mit einer solchen Möglichkeit rechnend, meine Exerzitienbücher in die Reisetasche gepackt, doch selbst nach einer ausgiebigen Nacht-ruhe vermochte ich nicht, mich zu konzentrieren.

Darrow war nicht sofort verfügbar, als ich unangemeldet bei den Forditen eintraf, aber nach einer halben Stunde wurde ich ins Abtszimmer geführt. Er wartete auf mich. Da ich ihn nicht von dringender Arbeit abhalten wollte, entschuldigte ich mich für mein plötzliches Erscheinen und sagte, ich wolle später wiederkommen, um mit ihm über Romaine zu sprechen. «Aber gestern ist etwas Merkwürdiges geschehen», sagte ich, «und ich möchte nur ganz kurz über Lyle mit Ihnen sprechen.»

«Setzen Sie sich, nehmen Sie sich Zeit und geben Sie mir wenigstens einen knappen Bericht von Ihrer Begegnung mit Ro-maine, ehe Sie sich in eine Rauchwolke auflösen.»

Ich merkte, ich machte einen fieberhaften Eindruck, und ver-suchte ruhiger zu werden. «Ich habe meine Sache in Starvale St. James nicht besonders gut gemacht», sagte ich. «Romaine gelingt es, zugleich als gewandter, verschlagener alter Überlebenskünstler und als verletzlicher, geschlagener alter Mann aufzutreten. Er war mit-leiderregend entzückt, mich kennenzulernen. Ich fand das schreck-lich. Ich habe ihn gehaßt. Aber das Schlimmste ist, daß ich ihn für nächsten Monat nach Cambridge eingeladen habe und es nicht erwarten kann, ihn wiederzusehen – und wenn Sie sich daraus einen Vers machen können, Father, dann verdienen Sie einen zönobiti-schen Orden.»

Darrow fragte nur: «Und was haben Sie danach getan?»

«Ich bin nüchtern geblieben», sagte ich und schilderte ihm, was ich bis zu dem Augenblick vor meiner Begegnung mit Lyle getan hatte.

«Sie hatten sich wenigstens in einer Notsituation in der Gewalt», lautete Darrows nicht unfreundlicher Kommentar. «Schön, ehe wir auf Romaine zurückkommen – was war mit Lyle?»

Ich beschrieb ausführlich unsere Begegnung, und als ich geendet hatte, machte er ein so ernstes Gesicht, daß ich hinzufügte: «Father, ich schwöre, ich habe mein Wort nicht gebrochen und nach ihr Ausschau gehalten.»

«Nein, natürlich haben Sie das nicht. Mißverstehen Sie mich

nicht. Ich mache mir keine Sorgen wegen dieser Begegnung, die unerwartet nützlich gewesen zu sein scheint; ich mache mir Sorgen um Lyle. Aber zumindest haben Sie ihr ein Rettungsseil zugeworfen, und das könnte sich als lebenswichtig erweisen.»

«Wären Sie wirklich bereit, sie zu beraten?»

«Ich würde jeden beraten, der in einer Notlage ist, wie Sie ihr ganz richtig gesagt haben, aber unabhängig davon . . . Nein, es wäre nicht ratsam, Charles, aus zwei Gründen. Zum einen berate ich Sie und könnte bei ihr nicht ganz objektiv sein. Und zum anderen ist der Geschlechtsunterschied bei einer Beratung oft hinderlich, selbst wenn die beiden Personen sich mit dem besten Willen und aus den reinsten Motiven heraus begegnen. Sie wäre bei einer Nonne besser aufgehoben als bei einem Mönch.»

«Sie sagt, sie haßt Nonnen.»

«Wenn jemand solch übertriebene Feststellungen trifft, ringt er vielleicht lediglich mit einer Verzweiflung, die sich nicht leicht ausdrücken läßt. Lyle mag das Gefühl haben, daß sie zur Zeit überhaupt nicht über ihre Probleme sprechen kann, auch nicht mit einer Nonne.»

«Aber daß sie solch ernste Probleme hat, kann doch nur bedeuten –»

«Was es bedeutet, können wir nicht mit Sicherheit wissen. Gewiß, Lyle scheint mit beiden Jardines auf eine Weise in Beziehung zu stehen, die seelisch und geistig schlecht für sie ist, aber das muß noch immer nicht bedeuten, daß sie Jardines Geliebte ist.»

«Aber selbst wenn sie nicht seine Geliebte ist, muß bei ihm doch ein Vergehen vorliegen, wenn er eine so unzuträgliche Situation fortdauern läßt», sagte ich. «Offensichtlich redet er sich selbst ein, die Situation sei nicht unzuträglich, aber schließlich beweist sein Fehlverhalten gegenüber Loretta, daß er der schweren Selbsttäuschung fähig ist.»

«Ich habe mich schon gefragt, wann Sie darauf kommen würden.» Ich hörte Darrow an, wie erleichtert er darüber war, daß er seine Meinung nicht mehr für sich zu behalten brauchte, um seine neutrale Position zu wahren, und ich konnte gleich die Schlußfolgerung ziehen: «Wahrscheinlich war ich durch mein eigenes Vergehen gegen

Loretta so verwirrt, daß ich auf sein Vergehen nicht genügend geachtet habe, aber es ist, in geistlichen Begriffen ausgedrückt, Unsinn, zu sagen, er hätte mit ihr keinen Ehebruch begangen.»

«Dr. Jardine sprach als guter Anwalt», sagte Darrow trocken, «aber leider nicht als guter Geistlicher. Ihr Fehler bei Loretta war schwer, aber der Jardines war sehr viel schlimmer: Ein verheirateter Geistlicher, in fleischlichen Beziehungen mit einem seiner Gemeindeglieder begriffen – die ganze Episode ist für jeden Mann der Kirche ein Alptraum, und dabei erkennt man, glaube ich, Charles, wie klug Seine Exzellenz der Erzbischof diese Angelegenheit behandelt. Er ahnt offenbar, daß Jardine des schweren Vergehens fähig ist, und ebenso offenkundig ist, wie wir jetzt sehen, daß Dr. Lang nicht zu Unrecht einen Skandal befürchtet. Aber, Charles, nichts von alledem muß bedeuten, daß Jardine und Lyle ein Liebespaar sind. Bewahren Sie also die Ruhe, urteilen Sie nicht voreilig und versuchen Sie sich fürs erste damit abzufinden, daß Sie, was Lyle betrifft, alles getan haben, was Sie tun konnten.»

3

Am Abend suchte ich Darrow erneut auf, um mit ihm über meine Begegnung mit Romaine zu sprechen, und das dauerte eine Weile.

«Ich verstehe nicht», sagte Darrow schließlich, «warum Sie Feindseligkeit empfinden, aber wenn Sie einem Wiedersehen nicht abgeneigt sind, zeigt dies vielleicht, daß Sie später eine gütigere Einstellung gewinnen.»

«Das bezweifle ich. Der Mann ist ein übler alter Schurke.»

«Ich will Ihnen das gern glauben, wenn Sie es sagen, Charles, aber können Sie mir erklären, weshalb Sie ihn für so übel und schurkisch halten? Sie haben ihn doch als recht angenehm geschildert.»

«Habe ich das?»

«Nun, haben Sie das nicht? Er bemühte sich anscheinend sehr, Ihnen gegenüber aufrichtig zu sein; jedenfalls hat er sich nicht gerade in ein schmeichelhaftes Licht gerückt. Er sprach sich nett über Ihre Eltern aus. Er drückte Ihnen seine Wertschätzung aus, indem er sich sehr erfreut darüber zeigte, daß Sie Geistlicher sind, und schließlich war er kaum davon abzuhalten, eine Flasche Veuve Cliquot aus dem Keller zu holen. Ist das wirklich ein so schändliches Verhalten?»

«Damit wollte er sich bei mir nur lieb Kind machen. Ich kann keinen Augenblick lang vergessen, welches Leid er meinen Eltern zugefügt hat!»

«Gewiß hat er Ihren Eltern beträchtliches Leid zugefügt», sagte Darrow, «aber nach Ihrer Darstellung hat er auf lange Sicht genauso gelitten wie sie, wenn nicht noch mehr.»

«Das ist ihm recht geschehen. Er hat ihre Ehe zerstört.»

«Wer sagt, daß ihre Ehe zerstört ist? Nach allem, was Sie mir sagen, scheint sie viele außergewöhnliche Schwierigkeiten überdauert zu haben. Schließlich leben sie, nach fast vierzig Jahren, noch immer unter demselben Dach, reden noch immer miteinander und sind einander, soviel wir wissen, noch immer treu. Ich sage nicht, ihre Ehe sei nicht schwierig gewesen, aber kann man sie wirklich zerstört nennen?»

«Sie schien mir ziemlich zerstört, am Sonntag.»

«Sie machen gerade eine schwere Zeit durch, aber wie viele Ehepaare, die achtunddreißig Jahre Ehe hinter sich bringen, erleben sie wahrscheinlich ihre guten wie ihre schlechten Zeiten. War ihre Ehe denn wirklich eine solche Hölle? Ihre Mutter konnte das gesellschaftliche Leben führen, das sie liebt, und Ihr Vater hat eine attraktive Frau, die seinen Kindern eine gute Mutter war. Inzwischen machen die Kinder selbst ihren Eltern Ehre und tragen zweifellos ebenso zu ihrem Glück bei, wie sie ihnen gelegentlich auch einmal Kummer bereiten. Mir scheint das alles beruhigend normal – wenn ich auch nicht bestreite, daß zur Zeit nicht normale Situationen bestehen. Aber Sie sollten sehr sorgfältig abwägen, in welchem Maß diese nicht normalen Situationen die Ehe beeinträchtigt haben, Charles, ehe Sie Romaine an einem ehelichen Desaster die Schuld geben.»

Ich schwieg. Mir war, als wäre mir die Wahrheit aus den Händen geglitten und bildete ein neues Muster, das sich meinem Zugriff entzog.

«Romaine hat sich auf Ihre Eltern nachteilig ausgewirkt, das steht fest», sagte Darrow schließlich, «aber ist das allein seine Schuld? Wieviel Verantwortung trifft Ihren Vater, der die Tragödie so erbarmungslos unterdrückte und es ihr dadurch ermöglichte, weiterzuschwären? Und Ihre Mutter – trifft sie kein Vorwurf dafür, daß sie sich so hartnäckig an diese sehr romantische, aber möglicherweise gefährliche, trügerische Erinnerung an ihre erste Liebe klammert?»

Nach einer Weile sagte ich: «Sie sagte mir, sie habe immer geglaubt, er werde zurückkommen. Der Gedanke, daß sie Jahr um Jahr gewartet hat, scheint so –», aber ich sprach den Satz nicht zu Ende.

«Das ist gewiß tragisch, und Sie finden das zu Recht bestürzend, aber wir sollten uns davor hüten, anzunehmen, alle wären später glücklich und zufrieden gewesen, wenn Dr. Romaine nach seiner Rückkehr nach England versucht hätte, seine unglückselige Liebesaffäre wiederzubeleben. Wir sollten uns vor Augen halten, daß Dr. Romaine offenbar selbst überzeugt ist, Ihre Mutter könne von Glück sagen, daß sie ihn nicht geheiratet hat, und wir sollten auch daran denken, daß er mit den einzelnen Umständen ihrer Liebesaffäre viel besser vertraut ist, als Sie oder ich es je sein können. Als er beschloß, sich fernzuhalten, versuchte er wohl zu tun, was er für richtig hielt, nicht nur für sich, sondern auch für Sie und Ihre Eltern. Es war gewiß ein trauriger Entschluß, aber war es wirklich auch ein böser?»

«Nein. Aber ich sage dennoch, er ist ein übler alter Schurke, und ich hasse ihn.» Ich erschauerte, bekreuzigte mich und flüsterte: «Gott verzeih mir.»

«Hat er Sie erschreckt?» fragte Darrow plötzlich. «Wir hassen oft das, wovor wir uns fürchten.»

Ich schwieg.

«Hat er Sie irgendwie aus der Fassung gebracht? Seinem unbekannten Erzeuger gegenüberzustehen könnte schließlich ein erschreckendes Erlebnis sein. Bestand eine Ähnlichkeit–»

Ich zuckte zusammen.

«Eine große Ähnlichkeit?» sagte Darrow und fügte mit seiner erstaunlichen Intuition hinzu: «War es wie ein Blick in einen Spiegel?»

Ich erschauerte von Kopf bis Fuß und bedeckte meine Augen mit den Händen.

4

«Ich habe ihn angesehen, und er war genau wie ich, und ich mußte ihm zuhören, wie er von seinem Trinken und den Frauen erzählte und davon, wie er sein Leben ruiniert hatte – ich habe ihn mit den Augen meines Vaters gesehen, und –»

«Sehr schön, Charles, aber Sie haben doch selbst zwei gute Augen – gebrauchen Sie sie! Hören Sie auf, Romaine mit den Augen Ihres Vaters zu sehen, bilden Sie sich selbst ein Urteil!»

Ich ließ schließlich die Hände sinken. «Aber mein Vater muß recht haben!»

«Warum? Er täuscht sich bei Ihnen – wir haben festgestellt, daß Sie ein viel besserer Bursche sind, als er wahrhaben will. Warum sollte er nicht auch bei Romaine zumindest teilweise im Unrecht sein?»

«Aber Romaine trinkt – die Geschichten mit Frauen –»

«Ja, das spricht gegen ihn, aber jetzt blicken Sie einmal über das Bild des betrunkenen Wüstlings hinaus und sehen Sie, ob Sie einen Blick auf den Mann erhaschen, den Ihr Vater in seiner Voreingenommenheit nicht erkennen kann.»

Ich bemühte mich sehr, und nach längerem Nachdenken konnte ich zögernd hervorbringen: «Er hatte als junger Mensch Ideale. Er wollte, durch den Tod seiner Mutter angespornt, andere Frauen retten. Ich sah keine Anzeichen dafür, daß er nicht ein erfolgreicher Landarzt wäre.»

«Also war er in seinem Beruf kein gänzlicher Versager, wenn er auch das gesteckte Ziel nicht erreichte.»

«In seinem Privatleben hat er auch nicht gänzlich versagt. Er hatte diese Chinesin – und das war eine christliche Ehe –, und offenbar ist er noch immer Christ –»

«Bewundernswert! Trotz all seiner Schwierigkeiten ist er nicht in Zynismus oder Verzweiflung verfallen. Könnte man sagen, er habe sich Ihnen gegenüber in christlicher Weise verhalten?»

Nach einer weiteren Pause sagte ich: «Daß er aus bewußten

religiösen Überlegungen handelte, bezweifle ich. Aber ich kann nicht bestreiten, daß er freundlich war.»

Zu meinem Schrecken begann sich Romaines Schurkentum aufzulösen. «Er verstand alles», sagte ich verzweifelt. «Er verstand, wie ich meinem Vater gegenüber empfinde. Er verstand, warum ich über die Vergangenheit Bescheid wissen mußte. Und ich glaube, er verstand sogar, daß ich mit ihm nicht fertig wurde und gehen mußte.» Es trat wieder eine Pause ein, bis ich hinzusetzen konnte: «Bei all meinem Groll meiner Eltern wegen fürchtete ich, wenn wir erst anfingen, Champagner zu trinken, könnte ich ihn mögen, und das durfte ich nicht zulassen – das wäre so treulos gegenüber meinem Vater gewesen, und ich muß unbedingt zu meinem Vater halten, sonst ist er mehr denn je davon überzeugt, daß ich untauglich und unwürdig bin und vor die Hunde gehe, und solange mein Vater das glaubt, werde ich den Drang spüren, mich hinter meinem blendenden Bild zu verstecken, um mit ihm fertig zu werden – und wenn ich erst wieder hinter meinem blendenden Bild stehe, dann gehe ich wirklich schnurstracks vor die Hunde –»

«Ja, im Augenblick benötigen Sie Ihre ganze seelische Kraft, um mit Ihrem Vater fertig zu werden», sagte Darrow. «Solange er den wirklichen Charles Ashworth nicht akzeptieren kann und ihm nicht zutraut, ein ordentliches Leben zu führen, wird das blendende Bild nicht verschwinden. Aber wenn es Ihnen erst gelungen ist, dieses anstrengende Verhältnis zu Ihrem Vater zu reparieren, Charles, dann werden Sie in Romaine wahrscheinlich nicht mehr einen üblen alten Schurken zu erblicken brauchen.»

5

Als ich mein Gleichgewicht wiedererlangt hatte, rief ich aus: «Welche Ironie, daß ich nach jahrelanger Jagd auf Vaterfiguren jetzt zwei Väter habe, die um meine Aufmerksamkeit wetteifern!» Darrow lachte und sagte dann: «Schön, lassen wir Romaine vorerst einmal beiseite und wenden wir uns wieder Ihrem Vater zu. Entwickeln Sie Ihren nächsten Schlachtplan.»

«Ich fahre morgen für zwei Tage nach Epsom. Aber ich rechne damit, daß es heiß hergehen wird, denn wenn mein Vater hört, daß ich Romaine getroffen habe, wird seine Eifersucht keine Grenzen kennen.»

«Ich kann mir vorstellen», sagte Darrow, «daß Ihr Vater versucht ist, sich schlecht zu benehmen, solange er sich Ihrer Zuneigung nicht gewiß ist und sich unsicher fühlt, aber Sie müssen fest bleiben, Charles. Es ist Ihre Pflicht, gut zu Ihrem Vater zu sein, aber Sie brauchen sich von ihm keineswegs Vorschriften hinsichtlich Ihrer Bekannten machen zu lassen.»

Ein einziges Wort Darrows hatte mich so betroffen gemacht, daß ich nur wiederholen konnte: «*Unsicher?* Aber mein Vater ist der letzte, der unsicher wäre! Er weiß genau, welch große Macht er über mich hat!»

«Das weiß er gar nicht. Er weiß nur, daß *Sie* große Macht über *ihn* haben. Er sieht in Ihnen die Rechtfertigung seiner schwierigen Ehe. Sie beweisen ihm letztlich, ob er als Vater Erfolg gehabt oder versagt hat. Jeder Ihrer Schritte ist für ihn ungeheuer wichtig. Sie haben sich gerade mehrere Monate von ihm ferngehalten. Jetzt scheinen Sie mit Romaine in eine goldene Zukunft davonziehen zu wollen. Ihr Vater hat Angst. Sie haben richtig festgestellt, daß er eifersüchtig ist, aber seine Eifersucht geht nicht auf einen bloßen kleinlichen Groll zurück, Charles. Sie wird von der übermächtigen Furcht gespeist, Sie könnten ihn zurückweisen zugunsten dieses glanzvollen Fremden, so wie Ihre Mutter damals.»

«Aber bei unserer letzten Begegnung habe ich doch alles getan, um ihm zu versichern, daß ich mich auch weiterhin als seinen Sohn betrachte!»

«Das glaubt er Ihnen nicht. Er ist vor Angst von Sinnen. Ihr Vater scheint jetzt sogar zwei verschiedene Probleme zu haben. Da ist zum einen die Angst, er könnte Sie an Romaine verlieren, und da ist zum anderen dieser Alptraum, der das blendende Bild am Leben erhält – der Alptraum, Sie könnten vor die Hunde gehen. Was Romaine betrifft, werden Sie ihn wohl schließlich beruhigen können, aber das zweite Problem ist schwieriger, denn wie oft Sie ihm auch versichern, daß Sie nicht vor die Hunde gehen, er wird es Ihnen nicht glauben. In diesem Punkt wird ihn wohl nur ein Außenstehender beruhigen können.»

«Wenn ich ihn nur dazu bringen könnte, mit Ihnen zu sprechen! Aber was mache ich inzwischen mit ihm, wenn ich morgen in Epsom bin?»

«Schließen wir auch Ihre Mutter in den Schlachtplan ein – sie wird immer so leicht übersehen, aber auch sie ist unsicher, nicht wahr, Charles? Sie hat solche Angst, Ihnen lästig zu fallen und auf die Nerven zu gehen, solche Angst, Sie könnten sie nicht halb so sehr lieben, wie sie Sie liebt. Da haben Sie zwei Menschen mit dem gleichen Bedürfnis: Beruhigende Gewißheit. Sie müssen ihnen jetzt die Gewißheit geben, daß Sie sie lieben, aber andererseits dürfen Sie sie nicht verhätscheln, Charles. Sie müssen Sie selbst sein, nicht der von Ihrem blendenden Bild hervorgebrachte ideale Sohn. Seien Sie natürlich, liebevoll und aufrichtig – und dann werden Sie ein viel besserer Sohn sein, als jedes blendende Bild es je sein könnte.»

Alles, was ich sagen konnte, war: «Beten Sie für mich, Father –»

«Natürlich.»

6

Am nächsten Morgen traf ein Brief aus Starvale St. James ein. Romaine hatte ihn in schräger, fast unleserlicher Handschrift geschrieben.

«Lieber Dr. Ashworth,
natürlich hätte ich das nie getan, aber Ihre Mutter dachte daran, sich das Leben zu nehmen. Ich hätte nicht tatenlos zusehen können. Es war ein verzweifelter Augenblick, ein so verzweifelter, daß keiner von uns für das verantwortlich war, was gesagt wurde. Ich bitte Sie, uns beiden in unserer Angst und Scham Ihr Mitleid zu schenken, auch wenn ein echtes Verzeihen zur Zeit unmöglich ist. Natürlich mindert keines dieser meiner Worte das hervorragende Verhalten Ihres Vaters, der Ihre Mutter von ihrem tragischen Entschluß abbrachte – ein Verhalten, für das er im Laufe der Zeit durch Ihre offenkundige Treue und Zuneigung zu ihm so verdientermaßen belohnt

wurde. Bitte, glauben Sie mir, wenn ich Ihnen versichere, daß ich in keiner Weise bestrebt bin, in Ihrer Zuneigung seinen Platz einzunehmen; das wäre, wie ich mir wohl bewußt bin, unmöglich. Alles, worauf ich hoffen kann, ist ein gelegentliches Zusammentreffen und vielleicht die Gelegenheit, Sie ein wenig besser kennenzulernen.

Ich vermute, Sie glaubten, ich hätte Sie und Ihre Mutter zu rücksichtslos der Vergangenheit überantwortet, aber manchmal muß man rücksichtslos sein, um weiteres Leiden abzuwenden. Vor achtunddreißig Jahren habe ich fast das Leben Ihrer Mutter zerstört. Ich habe jedenfalls das meine für viele Jahre danach zerstört. Wie hätte ich unter diesen Umständen einen Schritt tun können, bei dem die Gefahr bestand, daß ich das Leid noch vergrößerte, das ich bereits verursacht hatte? Natürlich wollte ich Sie sehen, als ich nach England zurückgekehrt war, aber ich glaubte, das Recht dazu verwirkt zu haben. Ich mußte mich mit dem Wissen zufrieden geben, daß Sie bei Ihrer Mutter, die Sie gewiß liebte, in guter Obhut waren, und daß Sie großgezogen wurden in einem ordentlichen Haus von einem Mann, dessen Anständigkeit und Ehrenhaftigkeit ich kannte. Das allein schien ein Wunder zu sein, und der Gedanke, ich könnte unter diesen Umständen einen Anspruch auf Sie oder Ihre Mutter erheben, dünkte mich nicht nur an Niedertracht grenzender Egoismus, sondern an Blasphemie grenzende Mißachtung der Gnade Gottes. So blieb ich Ihnen denn fern, und ich bin sicher, daß das richtig war, aber Sie dürfen nicht glauben, der Entschluß sei mir leichtgefallen oder leicht vergessen worden.

Ich freue mich sehr darauf, Sie im September predigen zu hören. Mit den besten Grüßen und Wünschen immer Ihr

ALAN ROMAINE

Ich las den Brief zweimal. Dann legte ich meinen Halskragen ab, zündete mir eine Zigarette an und las ihn noch einmal. Nach vergeblichen Versuchen schrieb ich schließlich:

Lieber Dr. Romaine,
ich danke Ihnen für Ihren freundlichen und verständnisvollen Brief, der viel freundlicher und verständnisvoller war, als mein sprunghaftes Benehmen am Dienstag es verdient hätte. Bitte verzeihen Sie mir den Schmerz, den ich Ihnen bereitet haben muß, und bitte glauben Sie mir, wenn ich Ihnen

*versichere, daß auch ich mich auf unsere Begegnung im September freue. Ich
hoffe, Ihnen dann beweisen zu können, daß ich weder so ungehobelt noch so
unverschämt bin, wie Sie nicht zu Unrecht annehmen mögen.*

Ihr –

Ich hielt inne. Die Unterschrift. Dann biß ich die Zähne zusammen und erkannte unsere Beziehung an, indem ich meinen Nachnamen wegließ und nur unterzeichnete mit: CHARLES.

7

«... und du hast ihn natürlich wunderbar gefunden», sagte mein
Vater, während er mit heftigen Bewegungen eine Tomatenpflanze
an einen Stock band.

«Da irrst du dich sehr. Ich fand ihn gar nicht wunderbar, und
wenn du mir nicht glaubst, dann komm nach Cambridge und sprich
mit Father Darrow.»

«Ich kann meine Pflanzen nicht allein lassen», sagte mein Vater
automatisch und fügte, ohne abzusetzen, hinzu: «Der verrückte
Mönch hat dieses dumme Anbandeln mit Romaine bestimmt nicht
gutgeheißen!»

«Er hat mich natürlich an meine Pflichten dir gegenüber erinnert –»

«Das wollte ich aber auch gehofft haben! Über siebenunddreißig
Jahre habe ich mich abgerackert –»

«Aber er sagte auch –»

«Ich will nicht wissen, was er gesagt hat, ich halte nichts von
diesem Mönch, er übt einen schlechten Einfluß auf dich aus. Jetzt
komm, Charles, schleich nicht da zwischen den Blumentöpfen
herum, wir wollen mal sehen, ob deine Mutter uns eine neue Sorte
ihrer ekelhaften Cocktails gemixt hat. Ich hoffe nur, sie hat nicht
wieder eine Flasche Champagner hingemordet...»

8

«Ganz seltsam», sagte meine Mutter, nachdem mein Vater gegangen war, um sich nach der Gartenarbeit umzuziehen, «dein Besuch letztes Wochenende muß ihm gutgetan haben, denn es geht ihm viel besser – und wenn es ihm besser geht, geht es auch mir besser. Ich habe das fast nicht mehr ausgehalten – er ist ständig herumgelaufen wie auf der Suche nach einem Sarg, in den er sich gleich hineinlegen kann. Jetzt scheint er sich zu sagen, daß es sich doch lohnen könnte, noch eine Weile zu leben ... Darling –» Sie zögerte, ehe sie dann ganz schnell hinzufügte: «Ist etwas mit dir passiert? Es sieht so aus. Du bist irgendwie anders, älter... klüger... ruhiger – o Charles, hast du dich wieder verliebt? Dein Vater wäre böse, wenn er wüßte, daß ich dich mit neugierigen Fragen quäle, aber ich möchte so gern, daß du wieder glücklich bist mit einem netten Mädchen –»

«Ich habe etwas im Auge, ja, aber behalte es bitte für dich, vielleicht wird gar nichts draus. Es gibt da noch große Schwierigkeiten.»

«Oh, ich erzähle keiner Menschenseele etwas davon!» Es war rührend, wie sie sich darüber freute, daß ich mich ihr anvertraut hatte. «Darling, ich hoffe so sehr, daß es klappt. Ich weiß, die Schwierigkeit kann nicht sein, daß sie geschieden oder schon verheiratet ist, für dich als Geistlichen käme solch eine Frau von vornherein nicht in Frage, aber vielleicht hängt sie einer verlorenen Liebe nach, so wie ich immer?»

Ich lächelte. «Vielleicht.»

«Es war so merkwürdig, wie du letzten Samstag die Rede auf dieses Thema gebracht hast und darüber sprechen wolltest. Es war fast, als... fast als... Aber nein», sagte meine Mutter, «meine Phantasie geht mit mir durch. Aber als ich später noch einmal an unser Gespräch dachte, da war mir wirklich, als –»

Wir sahen uns einen langen Augenblick an.

«– als wüßtest du es schon», sagte meine Mutter, und als sie den Ausdruck in meinen Augen las, trat ich auf sie zu und nahm sie in die Arme.

«Ich kann es einfach nicht glauben! Du hast ihn *gesehen* – du hast ihn wirklich *gesehen* – aber was hat er denn gesagt, was war passiert, hat er nach mir gefragt?»

«Ja, er sagte, er sei sicher, du sähest noch immer gut aus –»

«Oh, ich muß ihn sehen!» rief meine Mutter. «Unbedingt! Daß er noch am Leben ist – und in England! Ist er gerade erst zurückgekommen?»

«Nein, das nicht –»

«Wie hast du ihn denn gefunden? Stand er im Ärzteverzeichnis? Am Anfang habe ich jedes Jahr in der neuen Ausgabe nach seinem Namen gesucht, aber dann sagte ich mir, es sei zwecklos – ich war so sicher, er würde sich mit mir in Verbindung setzen, wenn er zurückkäme, und jetzt, da ich weiß, daß er endlich hier ist – und nach mir gefragt hat –»

«Mutter, ich bitte dich, sieh das alles nicht mit zu romantischen Augen! Er ist mit einer Blondine verheiratet, die dem Akzent nach aus der Gegend von Lancashire kommt und sehr nüchtern wirkt, und sie würde es wohl kaum begrüßen –»

«Hat er sich gefreut, dich zu sehen? Du siehst ihm so ähnlich! Oh, er muß ganz bewegt gewesen sein, tief gerührt – ich fange gleich an zu weinen», sagte meine Mutter und tat es auch.

Ich war noch immer verzweifelt bemüht, diese Flutwelle weiblicher Emotionen einzudämmen, als die Tür aufging und mein Vater das Wohnzimmer betrat.

«Gütiger Gott!» rief er, als er meine Mutter weinen sah. «Du ertränkst den Junge noch! Ekelhaft! Reiß dich zusammen, du dumme Frau, und benimm dich! Was ist denn los zum Donnerwetter?»

Meine Mutter schluchzte noch lauter, und ich fühlte mich verpflichtet, ihr einen Kuß zu geben, ehe ich mich meinem Vater zuwandte. «Es tut mir schrecklich leid», sagte ich, «aber sie ahnte, daß ich von Romaine wußte, und ich habe ihr gerade von meinem Besuch bei ihm erzählt.»

«Du Narr!» sagte mein Vater, rot vor Zorn. «Ich hatte dir doch verboten –»

«Sei still!» kreischte meine Mutter. «Wie kannst du so grausam zu ihm sein, nur weil er dich an seinen Vater erinnert!»

«Mein Vater», sagte ich, «ist der Mann, der sich hier wie ein unvernünftiges eifersüchtiges Kind benimmt. Und jetzt hört mir beide mal zu –»

«Also, eine solche Frechheit ist mir in meinem ganzen Leben noch nicht –»

«Sei bitte still, Vater, und hör mir zu. Alan Romaine –»

«Der Name dieses Mannes wird in Gegenwart deiner Mutter nicht ausgesprochen!»

«– ALAN ROMAINE», sagte ich, seine Stimme übertönend, «hat ein Leben hinter sich, das oft sehr schlimm war – eigentlich ist es ein Jammer, daß ihr ihn nicht sehen könnt, um euch selbst davon zu überzeugen, wie gut es euch im Vergleich zu ihm geht. Aber ihr werdet ihm nicht begegnen, denn wenn er jemanden nicht wiedersehen will, dann Mr. und Mrs. Eric Ashworth.»

«Charles – *Charles* –»

«Tut mir leid, Mutter, aber hier hört der Traum auf und beginnt die Wirklichkeit. Romaine will dich nicht sehen. Was zwischen euch geschehen ist, hat ihn fast zugrunde gerichtet, und eine Wiederauferstehung all dieser schmerzlichen Erinnerungen bei einer qualvollen Wiederbegegnung wäre bestimmt das Letzte, wonach ihm zumute ist.»

«Ich glaube, deine Mutter verträgt das nicht, daß du so mit ihr redest, Charles – du bringst sie um –»

«Unsinn. Ich erspare ihr viel Kummer und Schmerz, wenn ich diese Phantasievorstellung platzen lasse, daß sich Romaine freuen würde, sie zu sehen. Jetzt, Vater, die nächste Phantasievorstellung, die ich platzen lassen will, ist die, daß ich eine Kopie von Romaine wäre. Das bin ich nicht. Ich bin ich. Und die dritte Phantasievorstellung, die ich platzen lassen will –»

«Ich fühle mich ganz schwach, Eric», sagte meine Mutter.

«Hier, trink einen Schluck von diesem furchtbaren Cocktail.»

«Brandy – ich brauche einen Brandy –»

Mein Vater eilte gehorsam zur Brandykaraffe hinüber. «Charles, hol ein Glas aus dem Schrank und *kein Wort mehr.*»

Ich suchte ein passendes Glas aus. «Der dritte Mythos, den ich platzen –»

«Halt den Mund», sagte mein Vater, griff nach dem Glas und plätscherte Brandy hinein, «sonst lasse ich *dich* platzen. Hier, Darling», sagte er zu seiner Frau und schob ihr das Glas in die Hände. «Achte nicht auf diesen dummen Jungen. Er meint es gut, aber er poltert herum wie ein Elefant im Porzellanladen. Das ist der Schock. Hat Romaine noch nicht verkraftet. Hat vorübergehend den Kopf verloren.»

«Der nächste Mythos, den ich platzen lassen will, solange ich den Kopf verloren habe», sagte ich, «ist der Mythos, daß ich euch den Rücken kehren und mich ganz Romaine widmen werde. Das werde ich nicht. Was auch immer zwischen mir und Romaine passiert, ihr beide seid meine Eltern, und ich werde nicht aufhören, euch zu lieben, nur weil –»

«Hör um Gottes willen auf, wie ein ekelhafter Ausländer zu reden, Charles. Kein Wunder, daß deine Mutter aussieht, als müßte sie sich gleich übergeben!»

«Was ist verkehrt daran, von Liebe zu reden?»

«Widerliches, unenglisches, sentimentales Benehmen –»

«Aber würde es uns nicht in Zukunft viele Mißverständnisse ersparen, wenn ich jetzt ganz klar mache, daß ich euch beide wirklich sehr liebe –«

«Sie muß sich übergeben, Charles, und weiß Gott, ich mache ihr keinen Vorwurf. Schnell, die Golftrophäe – die Silberschale –»

«Nein, nicht die Schale!» wisperte meine Mutter. «An der hat Ada den ganzen Morgen poliert –»

«Bitte, übergib dich ruhig, Mutter», sagte ich und reichte ihr die Schale in der Gewißheit, daß sie es sich nicht getrauen würde, Adas mühsame Arbeit zuschanden zu machen, «denn wenn ihr über alles genau nachdenkt, werdet ihr merken, daß es viel besser ist, in einer Atmosphäre der Aufrichtigkeit zu leben als in einer Atmosphäre der Lügen, der Ausflüchte und der nicht ausgetriebenen Geister. Außerdem ist es Zeit, nicht nur immer daran zu denken, wie sehr *ihr* unter der Sache mit Romaine gelitten habt. Denkt auch einmal an mich. Ich habe auch gelitten, und jetzt lege ich beide Romaines ad acta –

und wenn ich beide Romaines sage, dann meine ich nicht nur den wirklichen Romaine, den armen alten Doktor mit seiner unglücklichen Vergangenheit, sondern auch den Romaine der Legende, jenen glanzvollen Arzt mit der brillanten Zukunft, die es nie gegeben hat. Der mythische Romaine muß endlich in eurer Erinnerung ein anständiges Begräbnis bekommen, und der wirkliche Romaine bleibt schön außer Sicht- und Reichweite in seinem Starvale St. James bei seiner blonden Frau und seinen doppelten Whiskys. Ich bin nicht bereit, länger zuzusehen, wie er euer Verhältnis zu mir und euer Verhältnis zueinander ruiniert. Er geistert lange genug in dieser Familie herum, und ich bestehe jetzt darauf, daß er fortgeht. Er geht noch in diesem Augenblick. Fertig. Schluß. Jetzt gehe ich in den Garten mit meinem trockenen Martini, und wenn ich zurückkomme, habt ihr euch hoffentlich zusammengerissen – um meinetwillen, wenn schon nicht um euretwillen. Los, Nelson, du kannst mitkommen, wir inspizieren mal den Tennisplatz.»

Und ich überließ meine Eltern ihrer Sprachlosigkeit und ging, gefolgt von dem Labrador, aus dem Haus und in den Garten hinunter.

10

Schließlich war ich es, der sich übergeben mußte. Am anderen Ende des Rasens trat ich hinter die Eibenhecke und würgte säuberlich mein Frühstück in ein Blumenbeet. Nelson sah mir interessiert zu, schien aber nicht überrascht. Ich selbst war erstaunt. Ich hatte mich aus nervöser Anspannung nicht mehr übergeben müssen seit dem Tag, als ich mit acht Jahren in die Vorschule gekommen war. Ich schüttete den Rest Martini aus, schob mit dem Fuß etwas Erde über die Bescherung, ließ mich auf die Bank fallen, von der aus man den Tennisplatz überblickte, und zündete mir eine Zigarette an. Ich fragte mich, ob die Szene im Wohnzimmer ein Triumph, eine Katastrophe oder lediglich eine chaotische ans Trivial-Pathetische grenzende Vorführung gewesen war, aber ich sagte mir, daß es nur darauf ankam, ob ich meinen Eltern hatte vermitteln können, was ich ihnen sagen wollte. Ich rauchte meine Zigarette weiter, und gelegentlich erschauerte ich. Ich fragte mich, wie andere ihre Familien überlebten.

Ich dachte gerade daran, ins Haus zurückzugehen, als ich meinen Vater über den Rasen kommen sah, und während ich ihm langsam entgegenging, wurde mir klar, daß ich jetzt genau wußte, was Romaine empfunden hatte, als er in sein Wohnzimmer gekommen war, wo ich auf ihn wartete. Ich war äußerlich ruhig, aber innerlich angespannt, strahlte Selbstvertrauen aus, war aber von der Angst gepackt, daß die sich anbahnende Szene ein Desaster würde.

«Gut, daß du dich wieder beruhigt hast nach diesem Auftritt», sagte mein Vater, als wir uns schließlich beim Netzpfosten trafen. «Da darf man ja hoffen, daß du den Kopf nicht ganz verloren hast. Jetzt hör mal zu, Charles: Deine Mutter und ich haben uns besprochen, und wir haben begriffen, was du sagen wolltest, also brauchst du dich jetzt nicht mehr aufzuregen – und uns nicht mehr brüllend mitzuteilen, daß du uns liebst. Sehr peinlich, so was. Schickt sich nicht.»

«Ja, Vater. Ich wollte nur ganz klar feststellen –»

«Richtig. Jetzt – was deine Mutter und ich beschlossen haben: Wir machen alle genauso weiter wie bisher. Wir sprechen natürlich nicht darüber –»

«Vater –»

« – aber einfach deshalb, weil es nicht mehr notwendig ist, darüber zu sprechen – es ist alles gesagt worden. Obwohl wir so weitermachen wie bisher, wird also alles ganz anders sein.»

«Nun, das hört sich schon besser an, aber –»

«Tut mir leid, Charles, deine Mutter und ich sind beide sehr froh, daß du dich so deutlich ausgedrückt hast, aber wir sind der Meinung, daß es besser wäre, so etwas kommt nicht mehr vor.»

«Aber wie wollt ihr denn weitermachen, wenn ich nicht da bin? Wäre es nicht besser, wenn –»

«Besitzt du etwa die unverzeihliche Frechheit, uns vorzuschreiben, wie wir unsere Ehe führen? Ich darf dich daran erinnern, daß wir damit seit achtunddreißig Jahren beschäftigt sind, also können wir nicht alles falsch machen! Ich kenne deine Mutter viel besser als du, Charles, und glaub mir, zu hören, wie ich im Namen der Aufrichtigkeit die Vergangenheit wieder auskrame, das wäre das letzte, was sie sich wünscht. Daß du gelegentlich einmal besonders nett zu ihr bist, damit sie das Gefühl hat, sie gehört nicht zum alten Eisen, wo sie jetzt auf die Sechzig zugeht, das wünscht sie sich. Aber du scheinst das ja, Gott sei Dank, endlich begriffen zu haben, also brauche ich dazu nichts mehr zu sagen. Du hast das offenbar vorher nicht gemerkt, aber sie hat sich sehr einsam gefühlt, als du nicht aus deinem Elfenbeinturm heraus wolltest, und für sie war ich an allem schuld. Und das ist mir natürlich aufs Gemüt geschlagen! Wen läßt das schon gleichgültig, wenn er eine Frau hat, die unglücklich ist, und einen Sohn, der seine Eltern behandelt, als wären sie reif für den Abfalleimer?»

«Das mit dieser Entfremdung tut mir wirklich sehr leid, Vater –»

«Natürlich tut dir das leid. Mir auch. Wenn es uns nicht beiden leid täte, würden wir jetzt hier nicht miteinander reden. Aber Charles, wenn du wirklich etwas wiedergutmachen willst, wo du mich mit meinen Sorgen fast ins Grab gebracht hast, dann laß diesen Lump von Romaine in Ruhe, ehe er dein Leben zerstört, deine Karriere ruiniert und dich ins Verderben stürzt!»

«Oh, lieber Himmel –»

«Was sagt der verrückte Mönch eigentlich zu Romaine, das hätte ich gern gewußt. Ich kann mir nicht denken, daß er diese leichtsinnige Ausgrabung in Starvale St. James gutheißt, aber vielleicht ist er völlig verrückt und heißt alles gut. Hat er dich zu dieser Szene eben angestiftet?»

«Er hat mir gesagt, ich soll fest bleiben und natürlich liebevoll und aufrichtig sein. Ist das ein Verbrechen?»

«Hätte deine Mutter fast umgebracht. Hab mich selbst ein bißchen flau gefühlt, um ehrlich zu sein. Ich glaube, ich komme doch mal nach Cambridge und knöpfe mir diesen Mönch vor. Er geht mir allmählich an die Nieren.»

«Und deine Pflanzen?»

Mein Vater blieb stehen, um Nelson zu tätscheln. «Vielleicht kümmert sich Peter mal ein, zwei Tage um sie. Ich müßte ihm natürlich genaue Anweisungen dalassen, aber die Pflanzen können nicht alle eingehen, oder? Ein paar müssen schließlich überleben.«

Ich nahm den unvertrauten neuen Optimismus wahr und wußte, daß sich die Gezeiten ein weiteres Mal geändert hatten. Ich blieb ebenfalls stehen und tätschelte Nelson, sagte aber nur: «Ich lasse dir im Blue Boar ein Zimmer reservieren.»

II

Als sich mein Vater nach dem Mittagessen in den Wintergarten zurückgezogen hatte, sagte ich zu meiner Mutter: «Entschuldige, daß ich vorhin Romaines wegen so brutal war, aber ich habe mich da hineingesteigert, um mit Vater fertig zu werden –»

«Ja, das hab' ich dann schließlich begriffen.»

Ich legte den Arm um sie, und wir schwiegen eine Weile. «Sieht Alans Frau gut aus?» sagte sie schließlich. «Eine Blondine mit diesem Akzent, das hört sich schlimm an, ich kann mir gar nicht vorstellen, daß er mit einer so gewöhnlichen Frau verheiratet ist!»

«Du kannst ihn eben nur so sehen, wie er früher war. Mutter, ich verstehe schon, daß du ihn gern sehen möchtest, aber ich glaube wirklich –»

«Oh, ich will ihn nicht sehen, wenn er mich nicht sehen will», sagte meine Mutter rasch. «Das wäre schrecklich, so demütigend.»

«Sicher würde er dich einerseits gern sehen, aber vielleicht erfaßt er besser als du, wie schmerzlich das für euch beide wäre. Wenn es zu einer Begegnung käme, wie würde das dann wirklich sein? Romantisch? Oder würde es alles nur noch schlimmer machen, so daß du sogar deine geliebten Erinnerungen nicht ertragen könntest?»

Sie schwieg, bemühte sich, die Situation in ihrem ganzen Ausmaß zu begreifen, und als ich sah, daß sie sich von ihren Träumen endlich verabschiedete, versuchte ich die rechten Worte des Trostes zu finden.

«Zumindest wirst du ihn immer so vor dir sehen, wie er war», sagte ich, «du hast noch immer deine Erinnerungen.»

Sie nickte. «Ich glaube, du hast die Wahrheit früher erkannt, als du von den beiden Alans gesprochen hast. Es ist, als wäre der Alan, den ich liebte, gestorben, und der Alan von heute ist jemand ganz anderer.»

«Das ist zwar etwas traurig ausgedrückt, aber –»

«Das Leben ist oft traurig, nicht wahr? Aber nicht schlimm, ich hatte meine große Romanze, niemand kann sie mir nehmen, und zur Erinnerung daran habe ich dich. Charles, Darling», sagte meine Mutter, als ich den Arm noch fester um sie legte, «wie lieb du zu Eric warst, als du ihn genauso behandelt hast, als wäre er dein richtiger Vater. Niemand weiß besser als ich, was für ein schwieriger Mann er ist, aber es wird schon besser mit ihm werden, wenn du nur ab und zu ein bißchen nett zu ihm bist.«

Ich gab ihr einen Kuß und versprach, nett zu sein.

12

Meine Eltern fuhren am letzten Wochenende im August mit der Bahn nach Cambridge und wohnten auf meine Kosten im Blue Boar. Am Sonntag nach dem Mittagessen zog sich meine Mutter gehorsam auf ihr Zimmer zurück, während ich meinen Vater nach Grantchester fuhr; ich hatte ihr unter vier Augen erklärt, wie wichtig es sei, daß mein Vater allein mit Darrow sprach.

«Wir bleiben nicht lang, nicht wahr», sagte mein Vater unruhig, als wir Cambridge hinter uns ließen. «Ich will nicht lang bleiben – ich wünschte sogar, wir würden überhaupt nicht hinfahren.» Und in seinem mürrischsten Ton setzte er hinzu: «Ist mir ein Rätsel, wie du mich zu diesem Besuch gebracht hast, Charles.»

«Vater, du bist aus freien Stücken mitgekommen –»

«Muß nicht ganz bei Verstand gewesen sein.»

Wir trafen Darrow im Abtszimmer, und als er meinen Vater mitnahm, um ihm den Garten zu zeigen, ging ich für zehn Minuten in die Kapelle, um zu beten. Sie kamen später zu mir ins Besucherzimmer; mein Vater machte ein ungewohnt friedliches Gesicht, aber Darrow war gewohnt gelassen.

«Interessanter Bursche», sagte mein Vater auf der Rückfahrt nach Cambridge. «Hat bei der Marine gedient. Wäre in der Schlacht vor

450

dem Skagerrak beinahe ertrunken. Hat nach dem Krieg in einem Gefängnis gearbeitet, wo Mörder gehenkt wurden. Ist gegen die Todesstrafe. Sehr interessant. Das Mönchsleben hat ihm zuerst gar nicht behagt. Konnte es nicht leiden, herumkommandiert zu werden, wo er so viele Jahre selber kommandiert hatte. Er hat als Mönch hier in Grantchester angefangen, wurde aber rausgeworfen und auf diese Farm in Yorkshire versetzt, weil man glaubte, er hätte eine zu hohe Meinung von sich und müßte mal mit der Nase in den Dreck gestoßen werden. Er sagte, er hat das Melken gehaßt, aber die Schreinerlehre hat ihm gefallen. Ich habe ihn gefragt, warum er dabeigeblieben ist, und da sagte er, daß dies die einzige Art war, wie er Gott dienen konnte, nachdem er nicht mehr für seine Kinder sorgen mußte – er sagte, das war eine jener Situationen, in denen man fühlt, man hat keine andere Wahl, als in einer ganz bestimmten Weise zu handeln. Hat mich an damals erinnert, als ich beschloß, deine Mutter zu heiraten. Interessant. Sehr interessant . . . Natürlich ist er übergeschnappt, aber auf eine höchst faszinierende Weise. Wußtest du, daß sein Sohn Schauspieler ist?»

«Vater, bist du dir klar, daß du in dreißig Minuten weit mehr über Darrow erfahren hast, als er mir in vielen Stunden von sich verraten hat?»

«Wir haben von unseren Söhnen gesprochen und von der schwierigen Aufgabe, die Eltern haben. Er sagte, er hat sich um Martin schreckliche Sorgen gemacht – Martin ist sein Sohn –, hatte Angst, der Junge geht vor die Hunde. Gefährlicher Beruf, Schauspieler. Ich fragte ihn, ob er sich Martins wegen noch immer Sorgen macht, und da sagte er: ‹Nein, das habe ich vor fünf Jahren aufgegeben, als er zu mir kam und sagte, er habe eine kleine Rolle in einem West-End-Stück bekommen. Ich sagte mir: Da ist dieser Junge, er macht seine Sache gut, ist glücklich, besucht mich regelmäßig, warum soll ich mich da quälen, indem ich mir ein dekadentes Leben ausmale, das es vielleicht nie geben wird.› Darrow sagte, ab und zu zwickt ihn noch einmal die Unruhe, so wie ein vorübergehender Zahnschmerz, aber nicht zu vergleichen mit den Qualen, die er vorher litt. Sehr interessant. Höchst interessanter Bursche. Hat mich zum Nachdenken gebracht, das kann ich dir sagen.»

Mein Vater hielt inne. Ich wartete, mit den Händen das Lenkrad umklammernd, den Blick fest auf die Fahrbahn gerichtet. Schließlich sagte mein Vater ganz ruhig: «Wir haben natürlich auch von dir gesprochen, so nebenbei. Ich sagte ihm, daß ich mir große Sorgen mache, weil du da einen Mann ausgräbst, der für mich ein absoluter Schweinehund ist, aber Darrow sagte nur: ‹Sorgen kosten viel Zeit und Kraft. Sind Sie sicher, daß Sie mit dieser Zeit und Kraft nicht etwas Besseres anfangen könnten?› Ich fragte: ‹Wie?› Er sagte: ‹Vertrauen Sie ihm und zeigen Sie ihm, daß Sie ihm trauen.› Und ich fragte noch einmal: ‹Wie?› und da sagte Darrow: ‹Lassen Sie ihn den Schweinehund ausgraben. Sie müssen ihm zutrauen, daß er die Knochen wieder so vergräbt, wie er es für richtig hält.› Aber ich sagte: ‹Wenn er die Sache aber verpatzt?› Und weißt du, was Darrow da sagte? Er sagte: ‹Er ist Ihr Junge. Sie haben ihn erzogen. Sie haben ihn zu dem gemacht, was er ist. Warum sollte er die Sache verpatzen?› Und weißt du, als er das so ausdrückte, da fiel mir keine Antwort ein. Ich habe so etwas gemurmelt, wie: ‹Na ja, wenn er den Kopf verliert, könnte alles passieren›, aber Darrow sagte, der Hauptgrund, weshalb du zuletzt in einen solchen Zustand geraten bist, sei der, daß du kein Vertrauen zu dir selber hättest. ‹Aber wenn *Sie* ihm vertrauen›, sagte Darrow, ‹dann wird er glauben, daß er vertrauenswürdig ist, und alles wird gutgehen. Kinder stehen stark unter dem Einfluß ihrer Eltern›, sagte Darrow, ‹und deshalb haben wir Väter die unbedingte moralische Pflicht, sicherzustellen, daß unsere Meinungen nicht nur richtig sind, sondern daß wir diese richtigen Meinungen auch ganz deutlich machen.› Sehr interessanter Bursche. Als Mönch natürlich am ganz falschen Platz. Tragisch. Er hätte einen guten Anwalt abgegeben. Ich sehe ihn vor mir, wie er sehr geschickt mit Klienten umgeht und bei den Partnerkonferenzen sehr Nützliches beisteuert.»

Das war bei ihm das höchste Kompliment. Ich war so sehr in die Bewunderung von Darrows Geschick vertieft, daß ich beinahe über die Abzweigung zum College hinausgefahren wäre.

«Nun, zum Glück bist du kein Schauspieler, Charles», sagte mein Vater recht beruhigt, als wir uns Laud's näherten. «Dann hätte ich mir wirklich Sorgen machen müssen, nicht wahr? Aber da du

Geistlicher bist, kann ich mich wohl einfach zurücklehnen und dich gewähren lassen. Schließlich hast du dich trotz allem zu einem recht vernünftigen Burschen entwickelt, und wo dieser interessante verrückte Mönch auf dich aufpaßt, da wird schon alles gutgehen.»

Dies bedeutete das Ende des blendenden Bildes. Es begann zu verblassen, und als ich mich an Darrows Metapher erinnerte, sah ich gleichsam, wie das ganze schädliche Unkraut samt seinen ausgegrabenen Wurzeln in der Sonne verwelkte.

Es gelang mir irgendwie, meinen Wagen im Vorhof des Colleges zu parken. «Danke, Vater», sagte ich. Ich wollte noch mehr sagen, aber es kamen keine Worte heraus, und während der ganzen Zeit welkte das blendende Bild, nicht mehr benötigt, auf allen Ebenen meines Wesens dahin.

«Jetzt führ dich nicht gleich wieder wie so ein ekelhafter gefühlsduseliger Ausländer auf, Charles, denn das wäre nichts für meine Nerven. Bring mich so schnell wie möglich auf dein Zimmer und schenk mir einen großen Whisky ein, ja, ehe meine Nerven völlig zusammenbrechen. Man begegnet weiß Gott nicht alle Tage einem verrückten Mönch.»

Das blendende Bild verschied endgültig, aber ich hielt mich nicht damit auf, über seiner Leiche ein Requiem zu sprechen. Ich lächelte meinen Vater an und sagte: «Ich glaube, wir können beide einen Drink vertragen.» Und wir gingen in Eintracht zu meiner Wohnung hinauf.

13

«Ich bedaure nur», sagte ich später zu Darrow, «daß ich mich nicht im Garten hinter einem Busch verstecken und das Wunder beobachten konnte, das Sie an meinem Vater gewirkt haben.»

«Was für ein Wunder?» sagte Darrow belustigt. «Er war ein leichter Fall – ein einfacher, anständiger Mensch, nicht dumm, der darauf brannte, zu erfahren, wie er die Dinge in Ordnung bringen könne. Ich habe gewiß nicht alle seine Probleme gelöst, aber ich habe ihm zumindest dazu verholfen, das Problem, um das es ihm in erster

Linie ging, in einem anderen Licht zu sehen... Und da wir schon von Romaine sprechen, macht Sie der Gedanke an seinen Besuch in Cambridge am nächsten Wochenende noch immer nervös?»

«Ja – aber ich muß jetzt nicht mehr meine ganze Kraft darauf verwenden, meinen Vater davon zu überzeugen, daß ich nicht vor die Hunde gehe, und da habe ich vielleicht eine Chance, zu überleben.»

Darrow sagte ganz offen: «Romaine könnte sicher große Anforderungen an Ihre Kraftreserven stellen. Ein wenig Nervosität erscheint mir da gerechtfertigt.»

«Ich wünschte, er käme nicht.»

«Richten Sie sich an dem Gedanken auf, daß er alles versuchen muß, damit die Begegnung Sie beide zufriedenstellt.»

«Das ist es, was ich befürchte. Wenn sie gut verläuft, was mache ich dann nachher mit ihm? Ich sehe noch immer nicht, wie ich ihn in mein Leben einfügen soll.»

«Sorgen Sie sich darum später. Die Situation erscheint Ihnen vielleicht viel klarer, wenn Sie erst einmal am Sonntag mit ihm gesprochen haben.»

XXI

*«Eine Freundschaft, wie auch immer sie beginnt, ist eine
Entdeckungsreise, voller Gefahren und Überraschungen.»*
HERBERT HENSLEY HENSON

I

Vor seinem Besuch schickte Romaine mir eine kurze Nachricht.
Er schrieb, er hoffe am Samstagabend im Blue Boar einzutref-
fen, erwarte aber nicht, mich vor Sonntag nach den Morgengottes-
diensten zu sehen. Ich überlegte lange, ob ich ins Hotel gehen und
ihn zu einem Drink einladen solle, sagte mir aber dann, daß ich der
Gastfreundschaft Genüge täte, wenn ich ihn am Sonntag zum
Mittagessen ins College einlud. Doch dann kam ich mir wieder
schäbig vor, und um mein Schuldgefühl loszuwerden, sorgte ich
dafür, daß ihn bei seiner Ankunft im Hotel auf dem Zimmer eine
Flasche Whisky erwartete. Und als das erledigt war, begann ich mich
besorgt zu fragen, ob ich damit nicht vielleicht dem Laster eines
Trinkers Vorschub leistete.

Unter dieser akrobatischen Seelengymnastik begann ich meine
Predigt aufzusetzen. Ich mühte mich ab, hoffte ein Meisterwerk der
Homiletik aufzubauen, wurde aber ständig von Zweifeln angefallen.
Waren da zu viele dunkle Anspielungen? Hörte ich mich vielleicht
hoffnungslos pedantisch an? War mein Thema interessant genug,
um dem Husten gelangweilter Chorknaben und der Schläfrigkeit
älterer Gottesdienstbesucher vorzubeugen? Laien haben keine Ahnung, welche Ängste Geistliche durchmachen, wenn sie sich bemühen, das Wort Gottes zu vermitteln, und selbst einem anderen
Geistlichen wäre es schwergefallen, sich die große Beklommenheit
vorzustellen, mit der ich jetzt darum rang, das Wort Gottes nicht nur

meiner Gemeinde, sondern auch dem Fremden zu vermitteln, dessen mangelndes Geschick zur Empfängnisverhütung bei einem Ehebruch irgendwie Jahre später zum Erscheinen wieder eines anderen Geistlichen auf der sonntäglichen Kanzel geführt hatte.

Der Bischof war nicht da – man hatte ihn eingeladen, in Durham zu predigen –, und die beiden anderen Kanoniker waren in Urlaub, aber der Dekan war anwesend, um sich mit mir bei den Sonntagsgottesdiensten in die Arbeit zu teilen. Der Morgengottesdienst begann; ich ließ den Blick über die Gemeinde schweifen und entdeckte Romaine, und endlich, nach dem dritten Lied, stieg ich die Stufen zur Kanzel hinauf, um über die Stelle bei Jesaja zu predigen, die ich ausgewählt hatte: «Das Gras verdorrt, die Blume verwelkt, aber das Wort unseres Herrn bleibet ewiglich.»

2

«Dieser Text rührt mich immer sehr an», sagte Romaine später, als wir zum College zurückgingen. «Er rückt alle Triumphe und Tragödien des Lebens in die richtige Perspektive, und das war natürlich Ihr Thema, nicht wahr?, oder eines Ihrer Themen – es war sehr interessant, und mir gefiel die Geschichte von dem Mönch, der eine Katze mit einer Maus im Maul an den Rand des Manuskripts zeichnete. Meine Chinesin liebte Katzen; ich mußte sogar viel an sie denken während Ihrer Predigt – und ich dachte auch an Ihre Mutter und daran, daß ich ihr Verse von Wordsworth vorgetragen habe – ich trug ihr immer Verse von Wordsworth vor, von Wordsworth oder Browning –, und als Sie sagten: ‹Das Gras verwelkt›, da dachte ich an die Stelle mit dem ‹Glanz im Gras›, bis Vergangenheit und Gegenwart zu verschmelzen schienen, und da war mir ungewöhnlich wehmütig zumute. Nun, eigentlich bin ich sogar ein eher gefühlsbetonter Mensch. Das ist wohl das französische Blut in mir. Mein Großvater kam seinerzeit nach England, um in einer Londoner Kaufmannsfamilie Französischunterricht zu geben, und dann heiratete er eine Engländerin und blieb hier – o Gott, da erzähle ich schon wieder von mir! Es wird Zeit, daß Sie auch einmal zu Wort kommen.

Wie haben Sie diese wunderbare Predigt konzipiert? Wie lange müssen Sie daran gearbeitet haben! Sie haben gewiß lange daran geschrieben.»

Schließlich langten wir in meiner Wohnung im College an.

«Wie schön!» sagte Romaine und blickte sich in dem einfachen Hauptraum um, der mir als Wohnzimmer, Eßzimmer und Bibliothek diente. «Wie gemütlich Sie sich eingerichtet haben, wie anregend zur Arbeit mit Büchern! Und diese schönen Drucke von Cambridge! Wenn ich ein Vermögen besäße, würde ich es für Bilder ausgeben – ein Glück, daß mein derzeitiges Vermögen, sofern man davon sprechen kann, ganz meiner Frau gehört, die sehr präzise Vorstellungen davon hat, wie es ausgegeben wird. Ich hätte alles im Nu vergeudet.»

Ich bot ihm einen Drink an, ehe wir zum Essen in den Speisesaal gingen.

«Nun, da sage ich nicht nein», sagte Romaine, «obwohl ich mir wie ein Schuft vorkomme, wenn ich Sie Ihres Whiskys beraube, nachdem Sie so ungewöhnlich liebenswürdig waren, mein Hotelzimmer mit einer Flasche Johnnie Walker Black Label zu dekorieren. Was für ein Hochgenuß! Meine Frau ist gegen teure Whiskys, und sie achtet mit Falkenaugen auf den Pegelstand in der Karaffe – und natürlich vollkommen zu Recht. Ich brauche jemanden, der auf mich aufpaßt.»

«Haben Sie ihr von mir erzählt?»

«Sie hat es erraten. Als sie mich vor siebzehn Jahren kennenlernte, da sah ich Ihnen noch ähnlicher als jetzt. Ihre erste Frage, als sie nach Ihrem Besuch zurückkam, war: ‹Wann zum Donnerwetter ist denn *das* passiert?› Aber als ich sagte: ‹Ach, das war nur ein kleines Mißgeschick in Epsom in den schlimmen Neunzigern, Liebes›, da ist sie fast an die Decke gegangen. ‹Erzähl mir nicht, es sei ein kleines Mißgeschick gewesen, wenn es so offensichtlich eine Katastrophe war!› sagte sie zurechtweisend, und da habe ich ihr alles gestanden. ‹Und wie viele kleine Mißgeschicke werden noch aus der Täfelung hervorkriechen?› fragte sie mit Donnerstimme, und da sagte ich nur, es gebe keine anderen, weil dieses kleine Mißgeschick mir eine Lehre gewesen sei, die ich nie vergessen hätte, und da machte sie dieses empörte Geräusch, das sich wie pfff anhört. Ich muß da sehr behutsam sein, fürchte ich, arme Bea, sie ist sehr traurig, daß sie mir keine Kinder schenken kann. Ich wußte von Anfang an, daß es besser sei, allein nach Cambridge zu fahren an diesem Wochenende, denn Sie würden sie nur daran erinnern, daß eine andere Frau geschafft hat, was ihr nicht gelungen ist... Aber da bin ich schon wieder bei mir. Mein lieber Charles, jetzt müssen Sie aber endlich auch einmal zu Wort kommen. Arbeiten Sie an einem neuen Buch?»

Das war eine Frage, die mein Vater mir nie gestellt hatte. Ich wollte mir gerade einen Sherry einschenken und hielt mitten in der Bewegung inne. «Woher wußten Sie, daß ich ein Buch geschrieben habe?» fragte ich.

«Ich dachte mir, als Doktor der Theologie haben Sie vielleicht etwas Wichtiges veröffentlicht, und da habe ich Blackwells in Oxford angerufen und Ihr Buch bestellt, sobald ich davon erfuhr. Ich muß sagen, was Sie da über diese heftigen Debatten über die Dreifaltigkeit schreiben, das ist höchst unterhaltend. Wenn man an die schrecklichen Dinge denkt, die heute vorgehen – Hitler, Mussolini, der Bürgerkrieg in Spanien –, da freut man sich richtig, in eine ferne Welt entfliehen zu können, wo die eine große Streitfrage lautete, ob der Sohn aus der gleichen Substanz sei wie der Vater!«

Hier war jemand, der verstand. Die Versuchung war zu groß. Ich reichte ihm seinen Whisky und begann über das Konzil von Nicäa zu sprechen.

3

«Das war wirklich ein ganz köstliches Essen, Charles, und der Rotwein war hervorragend – wie Sie der Versuchung widerstehen konnten, mehr als ein Glas zu trinken, begreife ich einfach nicht. Wirklich, es war köstlich! Aber jetzt sollte ich mich vielleicht in mein Hotel zurückziehen, nicht wahr? Ich will Sie nicht aufhalten, wenn Sie Wichtigeres zu tun haben.»

«Ich bin frei bis zur Abendandacht.»

«Kann ich da auch kommen?»

«Mein lieber Dr. Romaine –»

«Charles, ich bestehe darauf, daß Sie mich Alan nennen. Schließlich waren Sie so großmütig, Ihren Brief mit dem Vornamen zu unterzeichnen, was mir die Tränen in die Augen getrieben hat –»

«Mein lieber Alan, wenn Sie zur Abendandacht kommen wollen – wie kann ich Sie daran hindern? Aber inzwischen schlage ich vor, daß wir einen Kaffee trinken – schwarzen Kaffe –»

«Ja, gut, aber ich bin eigentlich völlig nüchtern – ich könnte jetzt mit absolut ruhiger Hand operieren. Soll ich Ihnen mal die Geschichte von dem ganz merkwürdigen Blinddarm erzählen, den ich damals in Bombay herausgenommen habe?»

«Nun –»

«Nein, lieber nicht, sonst wollen Sie nie mehr etwas von Medizinern wissen ... Oh, da sind wir ja wieder in Ihrem schönen Zimmer – hatten Sie ein Haus, als Sie verheiratet waren, oder eine Wohnung? Nein, antworten Sie nicht, ich möchte nicht, daß Sie glauben, ich wollte in Ihrer Ehe herumschnüffeln. Aber à propos Ehe, was halten Sie von der Gesetzesvorlage von A. P. Herbert – in Sachen Ehescheidung? Scheidung aufgrund geistiger Erkrankung – endlich! Kommt für mich achtunddreißig Jahre zu spät, aber es tut einem immerhin gut, zu wissen, daß sich kein anderer törichter junger Mann mehr das Leben zu ruinieren braucht, nur weil er sich einbildet, er kann auf dem Wasser wandeln. Aber wie hat sich die Kirche dabei im Oberhaus aufgeführt! Der einzige, der einigermaßen vernünftig geredet hat, war der Bischof von Durham – und der Bischof von Starbridge natürlich. Das ist so richtig ein Mann nach meinem Herzen! Kennen Sie ihn?»

Ich begann von Dr. Jardine zu erzählen.

4

«Ausgezeichneter Brandy, Charles. Schwarzer Kaffe schmeckt erst richtig mit Brandy dazu, finde ich, und ich sehe mit Freuden, daß Sie auch ein Gläschen trinken, um sich für die Abendandacht aufzumöbeln. Ja, das ist alles höchst faszinierend. Wahrscheinlich ist es von

Miss Lyle ja nur so eine Schulmädchenschwärmerei, wissen Sie – unerwidert. Soll ich Ihnen sagen, warum ich das glaube?»

«Bitte.»

«Wenn sie mit ihm geschlafen hätte, wäre die Flamme inzwischen längst erloschen. Nur die ungestillten Leidenschaften dieser Welt gehen immer weiter wie eine endlose Grammophonplatte, und ich persönlich bin der Ansicht, es ist immer besser, ins Bett zu steigen und die Sache hinter sich zu bringen – obwohl ich so etwas natürlich zu einem Geistlichen nicht sagen sollte. Gott, was wäre ich für ein schlechter Geistlicher geworden! Zu versuchen, sich wie ein Arzt zu benehmen, war schon schwer genug . . . Soll ich Ihnen von der Frau mit den ganz seltsamen Brüsten in Rangun erzählen?»

«Erzählen Sie mir alles, was Sie wollen. Trinken Sie noch einen Schluck Brandy.»

«Gern, alter Junge. Sie sind ein großartiger Gastgeber – aber trinken Sie selbst nichts mehr?»

«Ich möchte nicht, daß mich der Dekan nach der Abendandacht des Amtes enthebt. Aber hören Sie, Alan, ich hätte Ihnen von Lyle nichts sagen sollen – muß nicht ganz bei mir gewesen sein –»

«Mein lieber Charles, nur keine Sorge. Ich bin die Verschwiegenheit in Person – fragen Sie Bea. Sie hat keine Ahnung, wer mit wem schläft in Starvale St. James, aber ich weiß alles bis zur letzten Bettdecke.»

«Aber zumindest über Jardine hätte ich den Mund halten sollen –»

«Warum? Mich fasziniert der Gedanke, daß er vielleicht ein knuspriges junges Mädchen zur Aufmunterung im Bett hatte nach seiner verkorksten Ehe – obwohl ich eher annehme, daß er sich dazu eine ältere Frau ausgesucht hat, so wie ich meine Chinesin genommen habe. Ich setze auf diese mysteriöse schwedische Stiefmutter, auch wenn sie zwei Zentner schwer war. Ich habe die Frauen selbst gern üppig. Muß Ihnen mal erzählen von – nein, ich tu's nicht. Muß mich beherrschen.»

«Ich scheine mich gar nicht beherrscht zu haben. Ich weiß einfach nicht, was in mich –»

«Ich werde all meinen Stolz dareinsetzen, Ihnen meine absolute Verschwiegenheit zu beweisen, und fürs erste bin ich richtig entzückt, daß Sie da ein attraktives Mädchen an der Angel haben – aber wie wollen Sie sie aus dem Palais hervorlocken? Natürlich, wenn Sie kein Geistlicher wären, würde ich sagen, verführen Sie sie so bald wie möglich; wenn Sie sie erst einmal im Bett hätten, würde sie Jardine bald vergessen, selbst wenn sie seine Geliebte war.»

««Hebe dich weg von mir, Satan!»»

«Im Ernst, alter Junge! Ein Bursche von siebenunddreißig wird doch fertig mit einem alten Schlachtroß von – wie alt ist Jardine?»

«Achtundfünfzig.»

«Na, da haben Sie's. Über seine beste Zeit hinaus, wie ich. Ich schaff's natürlich noch, aber am besten in Form bin ich früh am Morgen – und Bea will von nichts etwas wissen – schon gar nicht von mir mit heruntergezogener Pyjamahose –, ehe sie nicht ihre erste Tasse Tee getrunken und die Schlagzeilen im *Daily Express* gelesen hat. Aber so ist eben die Ehe. Ein ewiger Kompromiß... Wie hieß noch einmal Ihre Frau mit Vornamen, Charles?»

«Nein, von Jane erzähle ich Ihnen nichts, noch nicht. Ich habe Ihnen für einen Nachmittag schon zuviel erzählt –»

«Ja, ich gehe in den Blue Boar, damit Sie noch etwas Ruhe haben.»

«Trinken Sie Ihren Brandy aus, dann machen wir noch einen Spaziergang.»

5

«Die Predigt des Dekans war nicht halb so gut wie Ihre, Charles, aber trotzdem war es eine sehr schöne Abendandacht. Und jetzt denken Sie wohl: Wann werde ich endlich diesen lästigen alten Knacker los? Aber keine Angst, der alte Knacker verzieht sich jetzt in den Blue Boar und unterhält sich in andächtigem Schweigen mit dieser köstlichen Flasche Johnnie Walker –»

«Kommen Sie mit ins College, wir essen bei mir noch etwas Brot mit Käse. Sie allein mit einer köstlichen Flasche Johnnie Walker, die Vorstellung gefällt mir nicht. Mein Gewissen sagt mir, daß Sie vor diesem Schicksal unbedingt gerettet werden müssen.»

«Oh, ich lasse mich gern retten!» sagte Romaine. «Vielen Dank –

aber könnte ich zu dem Brot mit Käse noch einen kleinen Tropfen Brandy haben?»

6

«... und so gehe ich jetzt zwei- oder dreimal in der Woche zu diesem Mönch und erzähle ihm alles, und er löst dann die Probleme, die ich habe... Na schön, noch ein halbes Glas – ich trinke gewöhnlich nicht zweimal am Tag –»

«Ein kleiner Schluck Rotwein tut Ihnen gut nach Ihrer anstrengenden Arbeit. Aber ehe ich mich jetzt in den Blue Boar verziehe –»

«Das habe ich schon einmal gehört.»

«– müssen Sie mir noch mehr von diesem Mönch erzählen. Ich bin so froh, daß Sie einen Menschen haben, mit dem Sie reden können, denn das Leben ist manchmal so schwierig, keiner weiß das besser als ich, und mir ist auch klar, wie schwierig das für Sie gewesen sein muß, mit... na ja, mit Problemen aufzuwachsen –»

«Oh, hören Sie auf und trinken Sie noch ein Glas Rotwein. Ich wollte, ich hätte Ihnen nie von meinen Problemen erzählt. Ich weiß wirklich nicht, warum ich Ihnen von all diesen privaten und persönlichen Dingen erzähle. Ich werde mir Vorwürfe machen, wenn Sie gegangen sind –»

«Nein, tun Sie das nicht. Gehen Sie lieber zu Ihrem Mönch und erzählen Sie ihm, wie widerwärtig ich war und wie ich Sie arm getrunken und mich stundenlang an Sie geklammert habe, wie ein Alptraum auf zwei Beinen. Wenn Sie dann Ihren Zorn auf mich losgeworden sind, fühlen Sie sich wohler.»

Wir blickten uns in dem spärlich erhellten Zimmer über die Rotweinkaraffe hinweg an. Nach längerem Schweigen sagte ich: «Sie sind gar nicht dumm, nicht wahr? Da erzähle ich Ihnen den ganzen Tag von mir, und jetzt wissen Sie genau über mich Bescheid.»

«Unsinn! Der Mensch ist viel zu kompliziert, keiner weiß über den anderen schon nach ein paar Stunden genau Bescheid. Sagen wir: Wir haben uns gegenseitig Hinweise über uns gegeben – und denken

Sie an den Spaß, den wir hatten dank Ihrer Liebenswürdigkeit und Großzügigkeit!«

«Ich weiß einfach nicht, wie ich mit Ihnen fertig werden soll. Das ganze Problem ist mir völlig außer Kontrolle geraten –»

«Das ist unmöglich», sagte Romaine in entschiedenem Ton, «weil es nämlich überhaupt kein Problem gibt. Sie brauchen nicht mit mir fertig zu werden. Ich werkele einfach weiter in Starvale St. James und Umgebung herum und kreuze gelegentlich in Cambridge auf, um Sie predigen zu hören, und eines Tages sterbe ich, und dann ist das erledigt. Bea muß mit mir fertig werden, wenn ich einmal senil und bettlägerig bin, und unter diesen unbestreitbar düsteren Umständen brauchen Sie nur um Starvale St. James einen großen Bogen zu machen.»

«Nicht daran zu denken. Ich werde am Sterbebett sein und mich völlig durcheinander fühlen.» Ich trank einen großen Schluck aus meinem Glas.

«Das hätte ich allerdings gar nicht gern», sagte Romaine. «Da wäre ich sehr böse. Keinen Besuch am Sterbebett, versprechen Sie mir das! So victorianisch, so trübselig, so *langweilig*!»

«Nicht zwangsläufig. Ich würde eine Flasche Champagner mitbringen.»

«Mein lieber Junge, was für eine herrliche Idee! Das erinnert mich an Tschechow. Wußten Sie, daß Tschechow auf seinem Sterbebett ein Glas Champagner trank und mit einem beseligten Lächeln auf dem Gesicht starb?»

Wir fingen an zu lachen. Schließlich sagte ich: «Entschuldigen Sie. Ich war wieder sehr grob.»

«Sie haben mit dem Champagnerangebot am Sterbebett alles wiedergutgemacht! Keine Sorge, Charles, ich verstehe schon. Ich weiß, Sie brauchen mich zur Zeit in Ihrem Leben nicht – ich lenke Sie nur von den Dingen ab, die wirklich wichtig sind, aber ich möchte Ihnen eines Tages doch einmal von Nutzen sein können. Schließlich kann Gott uns nicht ganz ohne Grund zusammengeführt haben, nicht wahr, und wenn er gewollt hätte, daß wir uns fremd bleiben, hätte er es uns nicht so leicht gemacht, uns anzufreunden. Für mich ist sogar ganz klar, was vorgeht: Er erlöst meine Vergangenheit, indem er zeigt, daß aus der ganzen Tragödie doch etwas Gutes erwachsen ist, und er gibt Ihnen – aus Gründen, die wir nicht kennen – jemand anderen in Ihrem Leben, auf dessen Treue Sie vertrauen können, ganz gleich, unter welchen Umständen. Ist das wirklich eine so düstere Aussicht? Ich glaube nicht, und wenn Sie mit Ihrem Mönch darüber sprechen, dann wird er mit mir einer Meinung sein, da wette ich um eine Flasche Johnnie Walker. Und à propos Johnnie Walker, ich weiß, Sie denken, jetzt ist es wirklich Zeit, daß ich mich ins Hotel verziehe –»

«Setzen Sie sich», sagte ich. «Sie müssen noch einmal gerettet werden. Es ist Zeit für eine weitere Runde schwarzen Kaffees.»

7

Am darauffolgenden Nachmittag um drei Uhr fand ich mich wiederum bei den Forditen ein und ließ mich im Besucherzimmer auf den erstbesten Stuhl fallen. Ich hatte einen anstrengenden Morgen hinter mir – Kommunion in der Liebfrauenkapelle der Kathedrale, Abschied von Romaine im Blue Boar und Kapitelversammlung unter dem Vorsitz eines gereizten Dekans, der mit dem Ersten Stabträger im Streit lag. Beim Mittagessen hatte ich den Master von Laud's zu besänftigen versucht (der ebenfalls einen Streit mit dem Dekan hatte) und vorsichtig-taktvolle Bemerkungen zu der Ansicht der Gattin des Masters gemacht, daß alle Geistlichen ehelos bleiben sollten. (Die Ehefrau des Dekans war allgemein unbeliebt.) Ich war anschließend mit großer Erleichterung nach Grantchester aufgebrochen.

«Ich weiß nicht, wie Sie glauben konnten, die Situation würde klarer sein, wenn ich erst Romaine wiedergesehen hätte», sagte ich etwas ärgerlich zu Darrow, nachdem ich ihm einen Bericht von Romaines Besuch gegeben hatte. «Ich bin in einem schlimmeren Durcheinander denn je. Ich streite nicht ab, daß ich den alten Schurken mag, aber ich fürchte mich trotzdem zu Tode vor ihm.»

«Ein gewisses Maß an Mißtrauen mag in diesem Stadium ganz nützlich sein – ich wäre sogar viel beunruhigter, wenn Sie ihn mit beiden Armen als Vaterfigur umarmten und untrügliche Anzeichen von Heldenverehrung zeigten.»

Dieses Urteil ermutigte mich. Als ich meines inneren Gleichgewichts sicher war, konnte ich auch meine Gefühle genauer analysieren. «Das Verhältnis zu meinen Eltern ist viel entspannter», gestand ich zu. «Sie werden mich gewiß auch weiterhin zur Verzweiflung bringen, aber ich habe zumindest eine Atmosphäre des Vertrauens und der Aufrichtigkeit geschaffen, in der ich mit ihnen verkehren kann, ohne mich hinter meinem blendenden Bild zu verstecken. Aber Romaine! Da fühle ich mich überhaupt nicht sicher.»

«Sehen Sie in ihm noch immer den Beweis, daß Sie dazu verdammt sind, vor die Hunde zu gehen?»

«Nein, diese Ansicht ist nur typisch für meinen Vater in seinen irrationalsten Augenblicken, das sehe ich jetzt.»

«Aber dennoch erschreckt Sie Romaine.»

«Vielleicht sollte man sagen, er macht mich beklommen. Er ist tatsächlich ein alter Schurke. Father – ich bin sicher, daß ich mir das nicht nur einbilde –»

«Daß Ihr Urteil lediglich Ihrer Einbildung entspringt, ist sehr unwahrscheinlich, aber Sie könnten aus reiner Angst übertreiben. Können Sie ein Detail herausgreifen, das Sie beklommen macht?»

«Er hat keiner der Kommunionsfeiern beigewohnt.»

«Ah. Ja, das hätte mich auch stutzig gemacht.»

Ich fühlte mich wieder genügend ermutigt, um mit meiner Gefühlsanalyse fortzufahren. «Schließlich», sagte ich, «hat er mir beim Morgengottesdienst und bei der Abendandacht praktisch an den Lippen gehangen. Vielleicht meinte er, die Singmesse mit der Eucharistiefeier sei zu hochkirchlich für ihn, aber warum ist er dann weder gestern noch heute zur Frühkommunion erschienen? Man sollte doch meinen, er hätte der erste in der Reihe sein wollen, wenn ich das Sakrament austeile.»

«Vielleicht ist er sehr protestantisch orientiert und wohnt der Abendmahlsfeier nur gelegentlich bei. Aber ja, dann ist es doch merkwürdig, daß er dies jetzt nicht als eine solche Gelegenheit angesehen hat.»

«Nun, als ich mich erst einmal zu fragen begann, ob er im Stand der Gnade sei», sagte ich, endlich zur Wurzel meines Mißtrauens vorstoßend, «fragte ich mich auch, ob er mit seiner Frau ganz glücklich ist, die ihn nicht nur knapp bei Kasse hält, sondern auch die Whiskykaraffe überwacht. Ich weiß, er ist Kirchenvorsteher und sollte die Achtbarkeit in Person sein, aber ich habe den schlimmen Verdacht, daß seine christlichen Überzeugungen ihn nicht zwangsläufig daran hindern, Ehebruch zu treiben, übermäßig zu trinken und was weiß ich sonst noch zu tun. Aber vielleicht tue ich ihm darin Unrecht.»

«Vielleicht, aber lächerlich erscheinen Sie mir deshalb nicht, Charles, oder gar übertrieben zynisch. Ihre Verdachtsmomente hören sich recht plausibel an. Und wenn Sie tatsächlich recht haben damit: Wie stark würde sich sein dubioses Privatleben auf Ihr Leben im fernen Cambridge auswirken?»

«Das ist es gerade, was mich so beklommen macht.» Ich war sehr erleichtert, daß ich die Wahrheit nicht nur erkennen, sondern ihr auch Ausdruck geben konnte. «Wenn seine Ehe zerbricht oder wenn man ihm wegen sexueller Beziehungen zu Patientinnen die Approbation entzieht, müßte ich ihm helfen – was kommt da auf mich zu! Wie kann ich mich nur gegen den Alptraum schützen, daß er eines Tages total ruiniert und ohne einen Penny vor meiner Tür steht?»

«Sie könnten versuchen, sich zu sagen, daß Sie diesen Alptraum nicht haben müssen.»

«Ich wünschte, ich wäre da so optimistisch wie Sie.»

«Nun überlegen Sie einmal, Charles. Romaine ist, wie Sie mir selbst gesagt haben, ein verschlagener alter Überlebenskünstler, und verschlagene alte Überlebenskünstler haben wie verschlagene alte Katzen gewöhnlich ein gutes Gespür dafür, wann sie sich eine Dummheit leisten können und wann sie sich die Pfoten lieber nicht verbrennen sollten. Nach vielen Schicksalsschlägen hat Romaine jetzt ein schönes Heim, eine gute Praxis und eine wohlhabende Frau, die ihn mit einem garantierten Maß an Whisky und Sex versorgt. Das ist, von Romaines Standpunkt aus gesehen, so gut wie der Himmel auf Erden, und er wird jede Versuchung abwehren, die eine Fahrkarte zur Hölle wäre. Sie können sich hier schon einigen Optimismus erlauben, Charles, wirklich.»

Zum erstenmal seit Beginn unseres Gesprächs vermochte ich mich zu entspannen. «Ein schlimmer alter Schurke!» sagte ich. «Aber wieviel Spaß wir miteinander hatten! Und zum Schluß... Nun, ich war natürlich gerührt, als er sagte, Gott erlöse die Vergangenheit, indem er mich in sein Leben bringe. Ich weiß, das klingt gefühlsduselig und sentimental, aber in dem Augenblick –»

«– in dem Augenblick unternahm Dr. Romaine den meisterhaften Versuch, Ihr Herz zu gewinnen, und wer kann ihm daraus einen Vorwurf machen? Ich muß sagen, er hört sich an, als ob er mit Gott auf vertrautem Fuße stünde, aber bei Laien weiß man nie genau, ob das auf Arroganz, Ehrfurcht oder Ignoranz hindeutet.»

«Er schien schon ehrfürchtig zu sein, aber natürlich beging er wie viele Laien den Fehler, anzunehmen, er wisse ganz genau, was Gott im Sinn hat. Aber da Romaine und ich uns gerade erst kennengelernt haben und noch nicht abzusehen ist, wie es weitergeht, wäre jede Spekulation über Gottes Pläne im Augenblick nutzlos – zumindest habe ich diesen Eindruck», setzte ich hinzu in der Befürchtung, er könnte mich für zu dogmatisch halten.

Aber Darrow sagte ohne Zögern: «Richtig. Wann sehen Sie ihn wieder?»

«Der schlaue alte Schurke war sehr darauf bedacht, daß ich mich nicht bedrängt fühlte – er hat sich auf kein Datum festgelegt. Aber er kommt wieder, das ist gar keine Frage.»

«Kluger Dr. Romaine! Und da wir gerade bei seiner Schlauheit sind – ich finde, er hat einige interessante Bemerkungen zum Thema Rätsel von Starbridge gemacht. Sollten wir vielleicht noch einmal kurz von Lyle sprechen, ehe Sie gehen?»

Er hatte erkannt, daß sich dieses Problem wieder in den Vordergrund meines Denkens schob, nachdem ich bei meinen Eltern für klare Verhältnisse gesorgt hatte und Romaine in Starvale St. James gut aufgehoben war.

Ich schob meine drei Eltern hinter mich, beugte mich vor und trat in das nächste Stadium meiner Prüfung ein.

«Ich weiß, daß ich sie heiraten will», sagte ich. «Ich weiß es ganz sicher, seit wir uns im Dom trafen. Auf beiden Seiten besteht echtes Gefühl, und ich bin überzeugt, wenn wir uns das nächste Mal sehen, sagt sie mir genau, was vorgeht.»

«Glauben Sie? Ich habe da meine Zweifel. Das ganze Problem ist mit äußerst ernsten Schwierigkeiten behaftet, und ehe Sie Ihren letzten Vorstoß nach Starbridge machen, müssen Sie unbedingt begreifen, welcher Art diese Schwierigkeiten sind. Können Sie morgen wiederkommen?»

Das konnte ich nicht. Kurz vor Semesteranfang begann sich mein Terminkalender zu füllen, und ich mußte auch meinen Pflichten als Kanonikus an der Kathedrale nachkommen.

Nachdem wir uns für Donnerstagabend verabredet hatten, sagte Darrow: «Jetzt seien Sie offen zu mir: Fühlen Sie sich versucht, nach Starbridge zu eilen – oder Lyle wenigstens sofort anzurufen?»

«Ich glaube, die ehrliche Antwort auf beide Fragen ist ja. Ich weiß, ich habe ihr dieses Rettungsseil zugeworfen, und da sie es nicht benutzt hat, darf ich annehmen, es ist zu keiner Krise gekommen. Aber ich bin doch sehr in Sorge um sie, und ich habe mich gefragt –» Ich zögerte, vermochte aber nicht an mich zu halten und fuhr fort: «– ob Sie vielleicht etwas sehen. Können Sie mit Ihrem Sinn nach Starbridge hinüberblicken und –»

Darrow sagte streng: «Charles, sehen Sie in mir bitte einen Priester und keinen Scharlatan in einer Wahrsagerbude an einem Hafenkai.»

«Es tut mir leid, aber manchmal quäle ich mich so –»

«Ich verstehe sehr wohl, wie schwer Ihnen dieses Warten fällt.» Er hatte Erbarmen mit mir. «Wenn ich wüßte, was vorgeht, würde ich es Ihnen sagen», sagte er, «aber meine Kräfte sind in mancher Hinsicht sehr begrenzt. Ich habe eine gewisse Fähigkeit dafür, Eindrücke von jemandem aufzufangen, den ich sehen kann, aber in Fernintuition war ich nie sehr gut, es sei denn, die andere Person in der geistig-seelischen Kommunikation steht mir gefühlsmäßig nahe.»

«Sehen Sie je die Zukunft?»

«Ja, aber es gibt viele Zukunftsmöglichkeiten, und nicht alle werden wahr.» Er beugte sich über den Tisch, als wollte er ausgreifen, um meine Qual zu lindern. «Am Donnerstag werden wir uns die Zukunft vorstellen», sagte er, «aber spannen Sie sich inzwischen nicht auf die Folter, indem Sie sich die Gegenwart vorstellen. Sie könnten das falsche Bild sehen, und selbst wenn es das richtige wäre, sind Sie unfähig, es auszulöschen. Aber die Zukunft ist etwas anderes. Sie zeichnen ein Bild, löschen es aus und zeichnen ein neues. Ich möchte Ihnen dabei helfen, mehrere Bilder zu zeichnen, damit Sie einen umfassenden Einblick in das bekommen, was geschehen könnte.» Er erhob sich, um das Gespräch abzuschließen. «Sie haben vor kurzem die Kraft gefunden, die Gegenwart durch Überprüfung der Vergangenheit zu ertragen, Charles, aber nun da die Vergangenheit überprüft und neu zusammengesetzt ist, wird es Zeit, die Gegenwart durch Schau und Zusammensetzung der Zukunft zu ertragen. Und wenn das erst geschafft ist, werden Vergangenheit, Gegenwart und Zukunft zusammenfließen können, und das Ergebnis wird die Lösung des Rätsels von Starbridge sein – obwohl die Lösung wiederum ein Rätsel sein mag, das weiter zu anderen Rätseln führt, denn wie ich Ihnen einmal sagte, die Rätsel des Lebens lassen selten glatte Lösungen zu... Aber ich muß aufhören, wie ein Mystiker zu reden oder gar – Gott behüte – wie ein Scharlatan am Hafenkai; ich muß Sie vielmehr drängen, an Ihre zunehmende Kraft zu glauben und vor allem auf Gott zu vertrauen, der allein den Dämon der Angst fernhalten kann, der Sie jetzt quält... Lassen Sie mich ein Gebet sprechen, das Ihnen in Ihrer Prüfung helfen soll, und dann gebe ich Ihnen meinen Segen.»

Meine Qual war von mir genommen. Wenige Minuten später fuhr ich nach Cambridge zurück, aber lange bevor ich im College eintraf, spürte ich, daß ich stark genug war, den Zukunftsmöglichkeiten, die auf mich warteten, ins Auge zu sehen.

«Als erstes», sagte Darrow, als wir uns zwei Tage später wieder trafen, «möchte ich Sie an die vier Hauptgründe erinnern, die Sie daran hindern sollten, sofort auf dem nächstbesten Schimmel nach Starbridge zu preschen, um Ihre Herzensdame aus der Bedrängnis zu erretten.»

«Die vier Haupt...»

«Ja. Ich habe mich gefragt, ob Sie sie alle zusammenzählen können. Nun, Charles, es genügt nicht, großartig zu sagen, daß Sie diese Frau heiraten wollen. Sie müssen mir eine gründliche Analyse der Situation geben, die beweist, daß Sie genau wissen, was Sie tun.»

Ich war sogleich entschlossen, das Gleichgewicht meiner Verstandeskräfte zu demonstrieren, zu denen er mir verholfen hatte. «Ich darf vor allem nicht überstürzt nach Starbridge gehen», sagte ich, «weil wir das Datum noch nicht erreicht haben, das Sie für Ende des Monats festgesetzt hatten. Mit anderen Worten, ich bin jener unglückseligen Szene im Palais noch immer zu nahe und sollte noch warten, damit ich Lyle illusionslos sehen kann.»

«Gut.»

«Dies gilt weiter, obwohl ich seit der Begegnung im Dom überzeugt bin, daß meine Gefühle echt sind und daß ich sie heiraten will.»

«Noch besser. Fahren Sie fort. Grund Nummer zwei.»

«Sie ist eine reife Frau von fünfunddreißig Jahren. Ich kann nicht unaufgefordert in ihr Leben eindringen – zumal sie mich gebeten hat, dies nicht zu tun. Ich muß an dem Plan eines Treffens unter vier Augen Ende des Monats festhalten und darauf vertrauen, daß sie mich anruft, wenn sie vor diesem Termin Hilfe braucht.»

«Gut. Weiter zu Grund Nummer drei.»

«Ich bin mit meiner Weisheit am Ende. Soviel zu meiner ausführlichen Analyse.»

«Lassen Sie mich die Frage genauer formulieren: Warum ist es so wichtig, daß Sie Lyle jede Gelegenheit geben, die Dreierbeziehung von sich aus zu beenden?»

«Ich könnte durch mein Eingreifen alles zunichte machen.»

«Gewiß, ja, aber ich dachte an eine etwas fernere Zukunft. Angenommen, Sie und Lyle heiraten, aber es geht zwischen Ihnen schief. Dann könnte sie Ihnen vorhalten: ‹Du hast mich dazu gebracht, zu gehen, als ich gar nicht gehen wollte.›» Er sah meinen Gesichtsausdruck, als dieser Blick auf eine unangenehme Zukunft enthüllt wurde, und setzte rasch hinzu: «Auf die möglichen ehelichen Schwierigkeiten kommen wir später zurück. Jetzt zum vierten Hauptgrund, weshalb Sie nicht sofort auf dem nächstbesten Schimmel nach Starbridge preschen sollten?»

«Tut mir leid, ich falle bei diesem Test durch – »

«Nein, Sie haben die beiden ersten Gründe richtig genannt, doch die sind nur auf die Gegenwart bezogen. Denken Sie an die Zukunft. Sie könnten trotz allem feststellen, daß Sie sie nicht heiraten wollen – ja, ich weiß, daß ist unwahrscheinlich, aber Sie müssen die Tatsache akzeptieren, daß es noch immer eine Möglichkeit ist – und wenn Sie jetzt aktiv in die Verhältnisse in Starbridge eingreifen, können Sie einer Ehe praktisch nicht mehr aus dem Wege gehen. Eines möchte ich noch klarstellen: Haben Sie zu Lyle je von einer Heirat gesprochen?»

«Nein, aber sie weiß natürlich, daß es mir darum geht.»

«Aber Sie haben sich noch nicht unwiderruflich festgelegt und könnten notfalls einen Rückzieher machen.»

«Ja, aber –»

«Ich weiß, Sie halten mich für pervers, Charles, aber es ist einfach so, daß Sie noch nicht wissen, wie sich das Rätsel löst, und es könnte ja sein, daß es sich auf eine Weise löst, die Ihnen eine Ehe mit Lyle unmöglich macht.»

«Sie meinen, wenn ich zum Beispiel herausfände, daß sie Jardines Geliebte war?»

«Hören wir Ihre Ansicht, nicht meine.»

Ich schwieg einen Augenblick, dann sagte ich: «Ich könnte damit fertig werden, wenn ich genau wüßte, daß die Affäre zu Ende ist. Ich würde ihr kein unmoralisches Verhalten vorwerfen, weil ich überzeugt bin, daß sie nicht mit ihm geschlafen haben würde, wenn sie nicht ehrlich geglaubt hätte, daß sie seine Ehefrau ist. Sie wäre dann wie jemand, der im guten Glauben einen Bigamisten geheiratet hat.»

«Ein faires Urteil. Schön, Sie schrecken also nicht zurück, wenn Sie feststellen, daß sie unter Täuschung zum Ehebruch gebracht wurde. Aber angenommen, Ihre Theorie von der informellen Trauung ist falsch. Angenommen, beide sind vom Glauben abgefallen, geben sich aber als gute Christen aus und begehen wissentlich Ehebruch. Was dann?»

Ich sagte langsam: «Dann könnte ich sie nicht heiraten. Eine Ehe mit einer Nicht-Gläubigen wäre unmöglich – es gäbe kein gemeinsames geistiges Leben – kein Geistlicher könnte dergleichen in Betracht ziehen... Natürlich, wenn sie bereute und zur Kirche zurückkehren wollte, würde ich ihr vergeben und alles tun, um ihr zu helfen. Doch ganz gleich, wie weit ich ihr vergäbe – es wäre im höchsten Grade fraglich, ob ich jemanden heiraten könnte, der jahrelang im Ehebruch gelebt und ständig das Sakrament mißbraucht hat. Für die Kirche und für meine Arbeit ist eine fromme Frau wesentlich.»

«Mit anderen Worten, der Gedanke an eine Ehe mit Lyle würde unhaltbar werden. Sie denken jetzt gewiß, diese Möglichkeit liege zu fern, als daß man sich darum sorgen müsse – aber sind alle Ihre Probleme tatsächlich gelöst, wenn sie lediglich ein unschuldiges Opfer ist, das sich wirklich für Jardines Ehefrau hielt? Sie mögen sich eine Fahrt über ruhige See hin zu einem goldenen Horizont ausmalen unter diesen Umständen, Charles, aber in Wirklichkeit könnten alle möglichen Stürme auf Sie lauern. Denken Sie scharf nach, vielleicht können Sie diese Stürme einen nach dem anderen identifizieren.»

Ich wußte, ich wurde wieder getestet. «Die Erinnerung an Jardine könnte sich einschleichen», meinte ich vorsichtig.

«Ja, das ist natürlich ein Risiko in allen Fällen, in denen der Partner vorher schon verheiratet war. Es ist nicht unüberwindbar, aber es sollte immerhin in Betracht gezogen werden. Weiter.»

«Mich könnte der heimliche Gedanke plagen, daß sie nur die Pferde gewechselt hat – daß sie auf mich gesetzt hat, weil ich ihr letztlich mehr bieten konnte als Jardine. Anders ausgedrückt, ich könnte fürchten, daß sie mich nicht um meiner selbst willen liebt, und dann könnte sich wieder meine Furcht vor einer Zurückweisung einstellen.»

«Schön. Bei diesem Test machen Sie Ihre Sache gut. Und weiter?»

«Möglicherweise werde ich mich immer fragen, ob ich die ganze Geschichte dieser Beziehung zu Jardine kenne, und wenn ich daran zweifelte, daß ich die ganze Wahrheit vom Boden des Fasses gekratzt habe, könnte ich mich wieder unsicher fühlen.»

«Ausgezeichnet.»

«Mir fällt dann nur noch ein, daß ich mich natürlich irgendwann mit Jardine auseinandersetzen müßte, und das könnte sich als dicker Stolperstein erweisen.»

«Ja, Jardine wirft große Probleme auf. Zu ihm kommen wir gleich. Ist damit die Liste Ihrer Schwierigkeiten wirklich zu Ende? Noch haben Sie eines der entscheidendsten Probleme nicht erwähnt.»

«Nein?» Ich versuchte, in meiner Stimme keine Verzweiflung anklingen zu lassen.

«Sie haben die Situation ausschließlich von Ihrem Standpunkt aus betrachtet, aber was ist mit Lyle? Nehmen wir wieder an, Ihre Theorie stimmt und sie betrachtet Jardine als ihren Ehemann. Wenn sie ihn verläßt, wird sie zweifellos unter einem gewissen Schuldgefühl leiden, aus welch gutem Grund sie die Liaison auch immer beenden mag. Möglicherweise leidet sie auch unter Schock und Kummer – ganz gewiß wird es zu einer Periode beträchtlicher emotionaler Schwierigkeiten kommen. Wie wird sie mit diesen Gefühlen fertig werden? Wie werden Sie damit fertig? Wie wird Ihre Ehe die destruktiven Auswirkungen dieser Gefühle überstehen? Charles, ich sage nicht, dieses Problem sei unüberwindlich, aber es ist sehr groß. Sie müssen ganz, ganz, ganz sicher sein, daß Sie sie lieben und auch das nötige seelische und geistige Durchhaltevermögen entwickeln, wenn Sie sich nicht nur an dieses Problem heranmachen, sondern an alle Probleme, die wir bisher aufgezählt haben.»

Er hielt inne, um mich über diese Warnung nachdenken zu lassen, und endlich sagte ich: «Ich muß sie davon überzeugen, daß sie erfahrenen Rat braucht. Vielleicht wäre sie bei einem Psychiater doch besser aufgehoben als bei einer Nonne.»

«Ich weiß nicht. Das Dumme bei den Psychoanalytikern ist, daß sie jahrelang auf Zehenspitzen in der Kindheit eines Patienten herumgehen können, ohne das seelische Ausmaß der Probleme zu erkennen. Ich glaube noch immer, die beste Hilfe wäre eine in Beratung erfahrene Nonne, die einmal verheiratet war oder eine lange quälende Liebesaffäre überstanden hat – oder beides.»

«Wie soll ich die finden?»

Darrow sagte völlig unerwartet: «Ich werde mich für Sie umsehen. Ich muß der Äbtissin in Dunton bald den alljährlichen Abtsbesuch abstatten, und bei der Gelegenheit werde ich sie um Hilfe bitten.«

Im Gedanken an Lyles Voreingenommenheit gegen Nonnen sagte ich: «Das wird schwierig werden.»

«Das wird es in der Tat, und ich bedaure es, Sie damit belasten zu müssen, aber Sie sehen gewiß, wie wichtig es ist, daß Sie über den goldenen Horizont hinausblicken und sehen, was für eine Art Ehe dort im dunkeln auf Sie wartet – wenn Lyle Sie heiraten will. Eine andere mögliche Zukunft ist die, daß sie sich nicht zu trennen vermag; sie könnte es vorziehen, in der *ménage à trois* zu verbleiben.»

«In diesem Fall würde ich eingreifen.»

«Wenn Lyle mental nicht in der Lage ist, zu gehen, wäre ein Eingreifen wahrscheinlich zwecklos. Aber lassen wir diese Schwierigkeit offen, vielleicht kommt es gar nicht dazu. Wozu es aber kommen wird, das ist eine Konfrontation mit Jardine, früher oder später; die betrachte ich als unvermeidlich.»

«Wenn ich sie einfach entführte, brauchte ich ihn gar nicht zu sehen.»

«Er würde Sie nach der Hochzeit sprechen wollen.»

«Wozu? Doch nicht, um mir seinen Segen zu spenden?»

«Warum nicht? Er mag in Lyles Fortgehen eine Strafe Gottes sehen und es als eine Art Buße betrachten, wenn er Sie zu einem Schwiegersohn macht.»

«Eine widerwärtige Vorstellung.»

«Aber keine unmögliche, und wir beschäftigen uns ja mit Zukunftsmöglichkeiten. Bedenken Sie seine Mentalität: Ich vermute, daß Jardine Söhne sammelt, so wie Sie Vaterfiguren zu sammeln pflegten, und daß einer der Gründe, weshalb Sie beide so gut

miteinander auskamen, der war, daß Sie einer des anderen neurotische Bedürfnisse befriedigten – Sie jagten beide einer Vater-Sohn-
Beziehung nach. Wenn er jetzt Ihrer Ehe seinen Segen gibt, büßt er
nicht nur eine eventuelle frühere Sünde zusammen mit Lyle ab und
macht Carrie glücklich, indem er Lyle in der Familie behält, sondern
erwirbt auch auf Dauer einen tadellosen Sohn, dem er schon sehr
zugetan ist. Und zusätzlich verschafft er sich natürlich die Möglichkeit von Adoptivenkeln, eine Möglichkeit, die Carrie nicht weniger
begrüßen würde –»

«Ehe es dazu kommt, würde ich nach Australien auswandern!»

«Sie haben mein volles Mitgefühl – wenn man diese ungesunde
Beziehung fortbestehen läßt, selbst in umgewandelter Form, könnte
sie für Lyles und Ihr geistig-seelisches Gleichgewicht sehr gefährlich
werden, aber Sie sehen doch wohl, Charles, daß von Jardines
Standpunkt aus eine *ménage à quatre* eine attraktive Möglichkeit sein
könnte, ja?»

«Nun, da muß man natürlich einen sauberen Bruch schaffen –»

«Ja, aber das wird schwer zu erreichen sein, wenn Jardine eine
ménage à quatre schaffen will und Lyle unbedingt beide Jardines
behalten möchte. Diese Situation könnte sehr bald Ihre Ehe gefähr-
den. Wenn Sie auf der Heirat bestehen, müssen Sie und Lyle, ehe Sie
vor den Altar treten, sich darüber einig werden, wie ihr Verhältnis zu
den Jardines aussehen soll.»

Nach einer langen Pause hörte ich mich sagen: «Nun, ich habe ja
den großen Trumpf in der Hand – ein Wort zum Erzbischof, und er
ist erledigt.»

«Ich habe mich schon gefragt, wann Sie daran denken würden.»
Darrow beugte sich vor. «Es würde nicht funktionieren, Charles –
aus zwei Gründen. Zum einen würde Lyle Ihnen und sich selbst
Jardines Sturz nie verzeihen. Und zum anderen könnte Lang, wenn
Jardine sich stur stellen und alles abstreiten würde, ihn nicht ohne
einen gewaltigen Skandal zur Amtsniederlegung zwingen – was
Lang ja gerade vermeiden will.»

«Also kommt Jardine bei seinem Ehebruch ungestraft davon –
zum zweitenmal!»

«Nicht zwangsläufig. Überlassen Sie Jardine Gott, Charles. Gott wird viel besser mit ihm fertig als Sie oder der Erzbischof von Canterbury.»

«Nun, Gott scheint sich bisher blind gestellt zu haben!» sagte ich, aber sobald ich die Worte ausgesprochen hatte, war ich entsetzt. «Entschuldigen Sie, verzeihen Sie mir, aber mich hat so der Zorn gepackt bei dem Gedanken, daß Jardine mit alledem davonkommt und dabei noch eine äußerst erfolgreiche Karriere macht –»

«Ja, der Zorn verschleiert Ihren Blick; wenn Sie sich beruhigt haben, werden Sie erkennen, daß Sie da zu sehr anfechtbaren Schlußfolgerungen kommen. Was wissen wir schließlich über Jardines Vergangenheit? Wir wissen, daß er mit Loretta eine schwere Sünde beging, aber ist er damit wirklich davongekommen? Was heißt hier eigentlich ‹davonkommen›? Gewiß hat Jardine in der Welt Erfolg gehabt, nachdem er sich von Loretta getrennt hatte, aber in welchem Maß hat das zu seinem Glück oder zu seinem Seelenheil beigetragen? Die Folge war doch, daß seine Ehe noch tiefer in die Krise geriet, weil seine Frau nicht mit ihren neuen Pflichten fertig wurde, und Jardines Not muß unweigerlich größer geworden sein. Ich glaube, wenn Sie weltlichen Erfolg mit ‹davonkommen› gleichsetzen, Charles, da stehen Sie auf schwankendem Boden.»

Ich machte eine Geste, die andeuten sollte, daß ich darauf nichts zu erwidern hatte.

«Es ist gefährlich, ein Urteil abzugeben, wenn man nicht alle Fakten kennen kann», fuhr Darrow fort, «und da nur Gott alle Fakten kennen kann, überläßt man das Urteil am besten ihm. Wer außer Gott weiß zum Beispiel, wann Jardines derzeitige Schwierigkeiten begannen? Man könnte mutmaßen, sie begannen mit seiner Eheschließung, aber warum hat er diese unglückselige Ehe überhaupt so übereilt geschlossen? Kein reifer Mann bei gesundem Verstand macht doch einer Frau einen Antrag, die er gerade erst vier Tage kennt! Ein solches Verhalten deutet auf Labilität hin, auf irgendeine Art von geistiger Notlage. Bestand tatsächlich ein Verhältnis mit der Stiefmutter? Wenn man über ein Urteil spekulieren wollte, könnte man die Theorie vorbringen, die Ehe selbst sei eine Strafe für irgendein früheres Vergehen gewesen, aber wir wissen nicht. Und wir werden es nie wissen. Es ist unmöglich, über einen

Menschen die ganze Wahrheit zu wissen, Charles, und wir können nur um so viel Erleuchtung beten, wie Gott uns zu schicken für richtig hält. Seien Sie also vorsichtig bei dem, was Jardine betrifft. Wehren Sie den Zornesdämon ab. Selbst wenn er in schlimmste Vergehen verstrickt ist, sollten Sie sich ihm dennoch mit Barmherzigkeit nähern und eines Urteils enthalten.»

Nach langem Schweigen sagte ich widerstrebend: «Ich sollte mich also noch immer vor der Annahme hüten, daß ein ehebrecherisches Verhalten stattfindet.»

«Ja, weil es weiterhin nicht bewiesen ist – und die letzte Möglichkeit hier ist natürlich, daß kein Ehebruch vorliegt, Lyle aber dennoch durch eine unheilvolle innere Beziehung an beide Jardines gebunden ist, die es ihr unmöglich macht, ein normales eigenes Leben zu führen.»

«Aber selbst in diesem Fall wäre die Situation schwierig, nicht wahr? Ich müßte noch immer mit den Jardines fertig werden und mit Lyles Schuldgefühl, weil sie sie verläßt –»

«– und Sie hätten es nach wie vor mit der Befürchtung zu tun, daß Sie dem Rätsel nicht ganz auf den Grund gekommen sind und sie vielleicht doch mit ihm geschlafen hat. Nein, das wäre gegenüber der anderen Möglichkeit keine Verbesserung der Situation. Man könnte sogar sagen, mit einem unwissentlichen Ehebruch Lyles könnten Sie eher fertig werden als mit irgendeiner ausgefallenen Neurose, die sie an die Jardines bindet.»

«Wenn Ehebruch vorliegt, ist das allein schon ausgefallen genug. Denken Sie an die Komplikationen!» Ich erschauerte. «Haben wir nun alle Möglichkeiten erschöpft, oder sind noch andere Zukunftsvarianten in Betracht zu ziehen?»

«Es gibt noch immer die Zukunft, die wir nicht voraussagen können. Jardine mag zum Beispiel plötzlich sterben. Aber ich glaube, wir haben alle Möglichkeiten erfaßt, die nach den bisherigen Erkenntnissen voraussehbar sind.»

«Diese Aussichten sind schon eine Herausforderung.» Ich sah ihm in die Augen. «Aber wenn ich nach diesem Gespräch die falsche Entscheidung treffe, ist es bestimmt nicht Ihre Schuld.»

«Ich werde darum beten, daß es nicht zu einer falschen Entschei-

477

dung kommt. Und da wir gerade beim Beten sind – wir müssen noch über Ihr geistliches Leben sprechen, ehe Sie gehen, denn Sie brauchen für dieses Finale alle Kraft der Seele, die Sie nur bekommen können.»

10

Ich erinnere mich noch genau, wann das Ende begann. Es war der 14. September – am Tag darauf hätte ich Lyle anrufen sollen, um eine Begegnung Ende des Monats zu verabreden. Ich hatte den Vormittag in einer Sitzung der theologischen Fakultät der Universität verbracht, bei der es um eine Neugestaltung der Tutorenkurse ging; zwei Professoren waren sich wegen der pelagianischen Häresie in die Haare geraten, und am Nachmittag, während ich einige Korrespondenzen erledigte, überlegte ich müßig, ob ich Pelagius in meiner nächsten Predigt unterbringen könne, als neben mir auf dem Schreibtisch das Telephon läutete.

Ich hob den Hörer ab. «Ashworth.»

«Charles –»

Es war Lyle. Ich sprang auf wie von einem Seil emporgerissen. Sie sagte: «Ich brauche Sie.»

«Wo sind Sie?»

«In London. Ich will nach Cambridge kommen.»

Ich sah auf die Uhr auf dem Kaminsims. «Es geht ein Zug um drei Uhr zwanzig ab Liverpool Street. Ich hole Sie hier am Bahnhof ab.»

«Danke», sagte sie und hängte ein.

Die letzten Wellen, die von meinem dicken Stein ausgingen, hatten endlich den Rand des Teiches erreicht, und jetzt war es offenbar Lyle selbst, die mir vor die Füße gespült wurde. Sofort fragte ich mich, ob Darrow dieses unbestimmbar unheimliche Ende meiner Wochen des Wartens vorausgesehen hatte, und im nächsten Augenblick wählte ich schon die Nummer der Forditen in Grantchester.

DRITTER TEIL

Der Ruf

«... die möglichen endgültigen Berufungen einzelner Seelen sind in ihrer Ganzheit nur Gott allein und der Seele
bekannt, wenn sie über wirkliche Erkenntnis verfügt, und
auch nur dann, wenn sie auf dem geistigen Wege schon weit
vorangeschritten ist.»

Geistliche Ratschläge und Briefe
des Barons FRIEDRICH VON HÜGEL

XXII

*«Mit einem verderbten, verwirrten oder mangelhaften mora-
lischen Empfinden ist dennoch achtungsvoll umzugehen,
nach der Weise des Erlösers, der den glimmenden Docht nicht
auslöschte und das zerstoßene Rohr nicht zerbrach.»*

HERBERT HENSLEY HENSON

I

Darrow war nicht erreichbar. «Father Abt macht einen Besuch», sagte der Mönch, der meinen Anruf entgegennahm.
Bei ihm hörte sich das so an, als wäre es ein sehr kühnes, mit
gefährlichen Möglichkeiten befrachtetes Unternehmen. Er dämpfte
die Stimme zu einem Flüsterton: «Er spricht bei der Äbtissin in
Dunton vor.»

Ich sah uns alle wie Figuren auf einem Schachbrett vorrücken – ich
suchte Darrow, Darrow suchte eine Beraterin für Lyle, Lyle,
unterwegs nach Cambridge, suchte Hilfe. «Wann ist er zurück?»

«Um sechs Uhr, Doktor.»

«Bitte, sagen Sie ihm, daß ich angerufen habe.» Ich legte auf,
dachte einen Augenblick nach und rief dann im Blue Boar an, um für
Lyle ein Zimmer zu bestellen. Dann mußte ich einige Termine
absagen, und nachdem ich das erledigt hatte, bat ich einen der beiden
anderen Kanoniker, mich zwei Tage in der Kathedrale zu vertreten
unter der Bedingung, daß ich ihm später einmal den gleichen
Gefallen tun dürfe.

Nach diesen wichtigen Telephongesprächen sah ich auf meine
Uhr. Dann umfaßte ich zur Stärkung mein Kreuz und fand Ruhe
beim Lesen der Abendandacht. Ich mußte noch gut zwei Stunden
warten.

2

Der Zug fuhr kurz vor fünf Uhr in den Bahnhof ein. Ich stand auf dem Bahnsteig, als Lyle aus dem letzten Wagen stieg und linkisch in meine Arme stolperte. Sie trug nur eine Umhängetasche.

«Ihr Gepäck –» Ich glaubte, sie habe es im Zug vergessen.

«Ich habe keines dabei. Ich sollte an sich abends von London wieder zurück sein.» Sie war sehr blaß, wirkte aber ruhiger, als ich erwartet hatte. Keine Anzeichen von Tränen. «Bevor ich in den Zug stieg, habe ich den Jardines ein Telegramm geschickt, um sie wissen zu lassen, daß ich über Nacht bleibe. Ich habe nicht gesagt, wo und warum.»

Ich gab ihr einen raschen Kuß, führte sie hinaus und sagte ihr, daß ich im Blue Boar ein Zimmer für sie bestellt hätte. «Aber wir fahren zuerst zum College», sagte ich, «dort mache ich Ihnen eine Tasse Tee.»

«Ein Whisky wäre mir lieber», lautete die trockene Erwiderung, und als ich sie etwas verblüfft ansah, sagte sie: «Ja, Gesellschafterinnen trinken keinen Whisky, nicht wahr? Aber ich will die Maske jetzt ablegen, Charles – das blendende Bild, wie Sie es nannten –, und wenn Sie mich dann so sehen, wie ich bin» – plötzlich kämpfte sie mit den Tränen –, «vielleicht wollen Sie mich dann nicht mehr, aber wenigstens sind Sie dann frei und können sich eine andere suchen.»

Ich sagte, während ich den Motor anließ: «Was auch immer die Zukunft bringt, ich helfe Ihnen durch diese gegenwärtige Krise, das verspreche ich Ihnen.»

3

«Vielleicht wäre ein Brandy noch besser als ein Whisky», sagte ich, als wir in meinem Apartment waren.

«Ja, ich glaube auch. Danke. Mit Soda.» Sie suchte in ihrer Tasche nach einer Zigarette. Nachdem ich ihr Feuer gegeben hatte, setzte sie hinzu: «Ich habe mich nicht einmal für Ihre Hilfsbereitschaft bedankt. Ich bringe gewiß Ihren Terminkalender durcheinander und halte Sie von Ihren Pflichten in der Kathedrale ab.»

«Sie sind wichtiger als Terminkalender und Kathedralen.» Ich reichte ihr den Brandy, und nachdem ich mir etwas Sodawasser in ein Glas gespritzt hatte, setzte ich mich nicht zur ihr auf das Sofa, sondern in einen Sessel daneben. Ich trug den Halskragen und wollte deshalb nicht rauchen. Statt dessen beugte ich mich im Sessel vor und umfaßte das Glas mit beiden Händen. Draußen im Innenhof schien die Sonne. In meinen Zimmern war es still, sehr friedlich.

«Entschuldigen Sie», sagte Lyle, «ich scheine in einer Art Koma zu sein. Ich will reden, aber ich weiß nicht, wie ich anfangen soll.»

«Wie sagt der König in *Alice im Wunderland*? ‹Fang am Anfang an und erzähle dann weiter bis zum Ende.› Trinken Sie noch einen Schluck Brandy.»

«Das Dumme ist, ich weiß nicht, wo der Anfang anfängt... Charles, könnten Sie sich zu mir setzen? Oder haben Sie sich nicht nur in den Sessel gepflanzt, damit ich keine Angst vor einem Überfall bekomme, sondern auch, damit Sie sich eher verhalten können wie ein – ha! beinahe hätte ich ‹Eunuch› gesagt. Das blendende Bild geht in die Brüche. Gesellschafterinnen in klerikalen Häusern dürfen nicht wissen, was solche Worte bedeuten.»

«Wenn eine solche Dame die Bibel liest und Zugang zu einem Lexikon hat, dürfte es ihr schwerfallen, ihre Unschuld zu bewahren», sagte ich, und als sie lachte, setzte ich mich neben sie und nahm ihre zitternden Hände in die meinen.

«Dieser ganze biblische Sex!» rief sie aus, und plötzlich spürte ich, daß sie gesehen hatte, wo sie anfangen konnte. «Dieser gräßliche Gebrauch des Wortes ‹erkennen›! Ich weiß noch, daß ich einmal zu meinem Großonkel in Norfolk gesagt habe: ‹Im Alten Testament scheinen sich alle so gut zu kennen!› Erkennen, kennen und wissen, das ging bei mir alles durcheinander. Ich habe von Sex erst ziemlich spät erfahren – nun, ich wollte nichts davon wissen. Meine Mutter sagte bei Gelegenheit zu einer ihrer Freundinnen, als ich an der Tür lauschte: ‹Natürlich würde sich kein Mädchen zur Ehe entschließen, wenn es *alles wüßte*›, und mein Gott, wie sie das sagte! Ich schlich mich davon und nahm mir fest vor, nie, nie, nie zu heiraten. Ich wollte sowieso keine Kinder haben, und da kam mir die Ehe nicht nur abstoßend, sondern auch sinnlos vor. Ich sagte Ihnen, daß meine Mutter nicht ganz gesund war, ja? ‹Vor der Heirat war ich in

483

Ordnung›, sagte sie immer, ‹aber nach der Geburt des Kindes war ich nie wieder wie vorher.› Was für ein Alptraum! Ehe, Mutterschaft und *alles wissen* – uff! Ich wünschte, ich wäre als Mann auf die Welt gekommen.

Aber als ich vierundzwanzig war und noch immer in diesem trübseligen Pfarrhaus in Norfolk lebte, da dachte ich: Das Leben muß doch mehr sein als nur das! Ich werde noch verrückt, ich komme um vor Langeweile, wenn ich nicht bald etwas passieren lasse. Und da begann ich rational über die Ehe nachzudenken. Ich wußte auch, daß mein Großonkel nicht mehr lange leben würde, und wenn er gestorben war, würde ich ohne Geld auf der Straße sitzen. Und da dachte ich, ich versuch's mal mit der Ehe. Zufällig war damals einer meiner Verehrer der Sohn eines der wohlhabenden Landwirte aus der Nachbarschft, kein sturer Klotz, sondern ganz gebildet, und ich dachte, der ist vielleicht eine Lösung für mein Problem. Der Gedanke, ihm eines Tages auf seinem Hof zu helfen, sagte mir zu, und zu dem Hofgebäude gehörte auch noch ein hübsches Wohnhaus aus dem achtzehnten Jahrhundert, keine kleine Bruchbude – es war durchaus verlockend –, und ich sehnte mich nach einem richtigen eigenen Heim. Ich rechnete damit, daß seine Eltern es höchstens noch zehn Jahre machen würden, seine Schwestern würden bald verheiratet sein, und dann konnte ich das Regiment führen. Die Frage war nur: Würde ich mit dem ‹Alles wissen› fertig werden?

Nun, ich wägte alles ab – ich bin schrecklich berechnend, Charles, Sie werden mich immer weniger mögen, wenn ich weitererzähle, aber ich mußte berechnend sein, mußte hart sein, wie hätte ich sonst überleben können, nachdem mein Vater in den Krieg gegangen und den Heldentod gestorben war? Verdammte Kriege! Verdammte Helden! Warum konnte er nicht heimkommen, anstatt mich so allein zurückzulassen? Er hat mir nichts hinterlassen, nichts außer einer Mutter, die auf einer Chaiselongue dahinwelkte, und als sie gestorben war, mußte ich es in diesem gräßlichen Haus in Norfolk aushalten, ohne Geld, ohne anständige Bildung, ohne richtigen Umgang, nur abgelegte Sachen, Langeweile und Verzweiflung – mein Gott, ich kam mir in meiner Jugend vor wie ein Kätzchen, das man in die Regentonne gesteckt hat, um es zu ersäufen.

Aber ich paddelte darin herum und hielt mich irgendwie über Wasser, und ich dachte, ich könnte Thomas dazu benutzen, aus der Tonne herauszukrabbeln. Aber ich hatte solche Angst vor dem ‹alles wissen›, und da sagte ich zu Thomas: ‹Bevor ich mich zu einer Heirat entschließe, muß ich genau wissen, was zu einer Ehe alles gehört.› Ich hielt das für eine sehr vernünftige Idee, aber natürlich war er entsetzt. Er war ein anständiger junger Mann, der einem anständigen jungen Mädchen aus dem Pfarrhaus den Hof machte – um festzustellen, daß er es mit einer Dirne zu tun hatte. Er brach die Freundschaft in selbstgerechter Empörung ab, kam aber später zurückgeschlichen. Nun, das tun die Männer ja gewöhnlich, nicht? Sie können selten einem Angebot widerstehen, wenn es um Sex geht...

Jedenfalls, ich landete auf Thomas' Heuboden und *wußte* dann *alles*, und natürlich war es nicht halb so schlimm wie jener Alptraum, den ich mir zurechtgelegt hatte. Ich glaube, was mich am meisten überraschte, war die schiere Banalität der Sache. Ich war nicht abgestoßen, ich wunderte mich nur, daß jemand das mehr als einmal machen konnte. Ich jedenfalls wußte, daß ich mir diese Mühe nicht machen wollte – nein, vielen Dank! –, und so mußte ich Thomas sagen, daß es mit einer Heirat nichts sei. Armer Thomas! Aber er tut mir nicht leid, jetzt nicht mehr, denn ich weiß, ich hätte ihn sehr unglücklich gemacht.

Nun, dann war es so weit: Mein Großonkel starb, und die Kirche forderte mich zum Auszug auf. Aber ich versank nicht in Verzweiflung. Ich war viel zu zornig. Ich dachte: Dieser Bischof in Norwich sollte etwas für mich tun! Ich ging zu ihm und verlangte eine Stellung. Der Bischof war ganz purpurne Aufgeregtheit, aber zufällig hatte er damals den Bischof von Radbury zu Gast, und der dachte sofort an seinen neuen Dekan.

Ich ging nach Radbury und stellte mich vor. Kennen Sie das Dekanat dort? Ein schönes altes Stadthaus aus dem achtzehnten Jahrhundert mit zehn Schlafzimmern, viel schöner als Thomas' verblühtes Landhaus – das war etwas, was mich *wirklich* verlockte! Vor der Begegnung mit Mrs. Jardine war mir etwas bang, aber als ich sie sah, wußte ich sofort, was für ein Typ sie war und daß ich mit ihr fertig werden konnte. Mrs. Jardine war eine viel sanftere, viel liebenswertere Version meiner Mutter – die Frau, die von Gott dazu erschaffen ist, Chaiselonguen zu zieren und Ehegatten in den Alkohol oder in den Heldentod zu treiben auf irgendeinem greulichen Schlachtfeld. Ich sah, daß Carrie mich mochte, und da wußte ich, die erste Hürde war überwunden. Aber dann kam noch das Gespräch mit dem Dekan.

Carrie führte mich in sein Arbeitszimmer. Ich hatte mit einem weißhaarigen, korpulenten alten Knacker gerechnet – ist Ihnen aufgefallen, wie viele bedeutende Geistliche weißhaarige, korpulente alte Knacker sind? –, und da können Sie sich vorstellen, wie mir zumute war, als ich zum erstenmal Alex Jardine sah.

Er war achtundvierzig. Ich war fünfundzwanzig. Ein Blick, und ich begriff endlich, was *alles wissen* bedeutete. Ich glaube, mir wurde schwach in den Knien – stellen Sie sich das vor! Man rechnet nie damit, daß ein Geistlicher auf einen wirken kann wie ein Filmidol, obwohl das keineswegs selten ist – ich erinnere mich, ich habe einmal von einem victorianischen Geistlichen gelesen, der alle Frauen in seiner Gemeinde so inspirierte, daß sie in den Bänken ohnmächtig wurden, und ich dachte: So ist es bei Alex Jardine! Geistliche üben auch einen zusätzlichen Reiz aus, weil sie bemüht sind, ein anständiges Leben zu führen, und jede Frau träumt insgeheim von einem ganz tollen Kerl, der es irgendwie fertigbringt, sich nicht im Dreck zu wälzen wie die anderen Schweine – obwohl sie natürlich möchte, daß er sich mit ihr im Dreck wälzt. Entschuldigen Sie, Charles, sind Sie entsetzt über meine Offenheit? Vielleicht sollten Sie lieber auch einen Brandy trinken. Aber so bin ich, Charles, so bin ich hinter meiner Maske – kühl, berechnend, sexbesessen. Diese ganze gezierte Wohlanständigkeit war nur Theater.

Nun, wenn das ein Roman von D. H. Lawrence wäre, dann wären Jardine und ich sofort ins Bett gestiegen, aber das Leben ist nicht ganz so einfach, wie die modernen und die victorianischen Schriftsteller zu glauben scheinen. Im wirklichen Leben sind die Menschen viel unentschiedener, und das Leben ist viel unsicherer, unvorhersehbarer, rätselhafter; die Menschen können viel schlimmer sein als in Romanen, aber auch viel besser.» Sie hielt inne. Dann sagte sie «Alex –» und hielt wieder inne.

Die zwei vertraulichen Silben hingen zwischen uns in der Luft. Der Vorhang nach dem ersten Akt ging herunter, der Vorhang vor dem zweiten Akt hob sich, aber ich sagte nur: «Fahren Sie fort», und tat einen Tropfen Brandy in mein Sodawasser.

4

«Alex war – und ist – ein guter Mensch», sagte Lyle und hielt mir ihr leeres Glas hin. «Das möchte ich ganz deutlich hervorheben, denn wenn Sie das nicht begreifen, begreifen Sie gar nichts. Er ist gut – und er ist fromm. Wenn es anders gewesen wäre, hätte er es nicht geschafft, Charles; dann wäre er nicht da, wo er heute ist.

Aber das verstand ich damals nicht. Obwohl ich so lange in einem Pfarrhaus gelebt hatte, wußte ich so gut wie nichts über fromme Geistliche oder von einem wahrhaft religiösen Leben. Mein Großonkel war so alt und interessierte sich nur für Schmetterlinge; ein Geistlicher sein, das hieß für ihn, ein sicheres Dach über dem Kopf zu haben und zu seinen Nachbarn freundlich zu sein. Religion, dachte ich, das ist etwas, was man sonntags tut. Ich war auch auf Gott böse, weil er es zugelassen hatte, daß mein Vater getötet wurde. Vom Intellekt her kannte ich das Christentum, aber was meine Seele betraf, so war ich eine Analphabetin. Als ich merkte, daß Alex mich attraktiv fand, dachte ich deshalb, ich warte einfach ab, bis er den ersten Schritt tut. Schließlich hatten andere Männer das immer getan. Aber ehe ich noch wußte, was geschah, versuchte Alex, mich wieder loszuwerden.

Ich konnte es nicht glauben. Ich war fassungslos. Da merkte ich, wie wenig ich wußte und wie viel komplizierter die Welt war, als ich gedacht hatte. Ich kam mir schlecht vor. Es war, als hätte ein anständiger Mensch den Scheinwerfer auf mich gerichtet und dieses abstoßende Häufchen Fleisch und Knochen ins Licht gezerrt... Erinnern Sie sich, wie Augustinus zumute war, als er sich bewußt wurde, wie er vor seiner Bekehrung in den Augen Gottes ausgesehen hatte? Mir war genau wie Augustinus zumute. Und wie er verabscheute ich mich und wollte ein guter Christ sein. Ich sage nicht, daß ich sofort durch den Ruf Gottes eine andere wurde, denn so war es nicht. Ich wandelte mich nicht sehr, aber ich wuchs innerlich, wurde etwas demütiger, erkannte deutlicher meine Ignoranz, wollte etwas mehr darüber wissen, was es eigentlich bedeutete, ein Christ zu sein.

Doch ich wurde nicht entlassen, weil Carrie außer sich geriet, als sie hörte, sie würde mich verlieren, und da tat Alex mir plötzlich leid. Er hatte ja nicht nur das schlimme Problem mit seiner Frau – ich hatte die eheliche Situation natürlich bald erkannt –, sondern ich war ja auch ein Problem, das er direkt vor der Nase hatte. Und da sagte ich mir: Wenn ich ihn wirklich liebe, dann helfe ich ihm. Und da sagte ich ihm dann, daß ich nicht in sein Haus gekommen sei, um ihm die Karriere zu verderben, sondern um es ihm zu ermöglichen, bis ins Oberhaus zu kommen. Ich war so nervös, daß ich mich eher grob und trotzig anhörte, und ich dachte zuerst, Alex würde vor Zorn explodieren, aber das tat er nicht. Er lachte schließlich und sagte: ‹Was für eine Person!›

Dann wurde er ernst. ‹Sie waren offen zu mir›, sagte er, ‹und das hat Mut erfordert. Jetzt will auch ich offen zu Ihnen sein. Alles, was ich will, ist, Gott nach bestem Vermögen zu dienen, aber meine Probleme sind mir immer wieder im Weg. Wenn wir eine Partnerschaft begründen, in der Sie sich um einen Teil meiner Probleme kümmern, damit ich Gott dienen kann, dann, das schwöre ich Ihnen, werden Sie nie mehr heimatlos sein. Aber wir können eine Partnerschaft nur begründen, Miss Christie, wenn wir uns beide davor hüten, das Leben im Dekanat zu einer Kreuzung von *Barchester Towers* und *Lady Chatterley's Lover* zu machen. Drücke ich mich ganz deutlich aus?› Ich bestätigte es ihm. ‹Gut, Sie bekommen eine neue dreimonatige Probezeit›, sagte er, ‹und dann werden wir sehen, wie wir miteinander auskommen.› Ich sagte: ‹Wunderbar›, und wir schüttelten uns die Hand.

So hat alles angefangen. Harmlos, nicht? Und wir versuchten beide nur, gut und anständig zu sein. Der Weg zur Hölle ist nicht mit Champagner, leichten Mädchen und schnellen Wagen gepflastert, wie Bischof Winnington-Ingram, dieser alte Narr, einmal gesagt hat. Er ist wirklich mit guten Vorsätzen gepflastert.

Natürlich hätte Alex bei seiner ersten Entscheidung bleiben und mich entlassen sollen. Aber Carrie... die gute, arme, liebe Carrie... Wenn ich nicht dagewesen wäre, um den Dekanatshaushalt zu führen und sie aus ihrem Nervenzusammenbruch zu retten, hätte sie ihm die Karriere verdorben. Ich mußte Carrie einfach gern haben, und nicht nur, weil man sie kaum *nicht* gern haben kann, sondern auch weil sie mich wirklich wie eine Tochter liebte. Da ich nie Kinder hatte haben wollen, hatte ich bis dahin nicht geahnt, was Frauen mitmachen, wenn sie sich Kinder wünschen und keine bekommen können, und Carrie hatte die Hölle durchgemacht. Alex hatte auch gelitten, aber er wurde besser damit fertig; er hatte seine Arbeit und konnte seine väterlichen Gefühle bei seinen Chorknaben und Ordinanden abreagieren, die ständig um ihn waren, aber Carrie hatte, bis ich kam, niemanden, den sie bemuttern konnte.

Ich fragte sie, warum sie kein Kind adoptiert hätten, aber Alex hatte den Standpunkt vertreten, daß man nie genau wisse, was man mit einem fremden Baby ins Haus bekommt, und er hatte lieber stillen Anteil am Werdegang von Personen genommen, die schon älter waren. Nun, für ihn war das schön und gut, aber für sie war es schlimm. Sie stritt jedoch nie mit Alex, damals nicht mehr; sie hatte zu Anfang der Ehe einmal versucht, sich mit Alex zu streiten wegen seiner Stiefmutter, aber als ich ins Dekanat kam, war Alex in ihren Augen Gott, und sein Wort war Gesetz. Seltsamerweise gehörte das mit zu dem Eheproblem. Alex mußte gelegentlich angebrüllt werden – er kann es nicht ausstehen, wenn Carrie sich in Tränen auflöst, denn dann fühlt er sich so schuldig, daß er sie nicht so lieben kann, wie er sollte. Was für eine erbarmungswürdige Ehe! Sie taten mir beide so leid, lebenslang aneinander gekettet und nichts miteinander gemein außer ihrer Unvereinbarkeit und ihrem Doppelbett...

Jetzt werden Sie wissen wollen, was inzwischen aus meiner Sexbesessenheit geworden war – nun, sie entwickelte sich schön weiter. Wie üblich war immer ein Mann in der Nähe, der mir Sonette schrieb, aber ich hatte Augen nur für Alex und lebte ganz in Phantasievorstellungen; ich lag im Bett und hatte das, was die Geistlichen ‹unreine Gedanken› nennen. Sicher fragen Sie sich, wie ich die Frustration aushielt, aber unerfüllte Liebe kann herrlich sein – fragen Sie einmal ein vernarrtes Schulmädchen. Man brennt und schmachtet in seligem Behagen, und die böse, brutale Wirklichkeit kommt gar nicht an einen heran ... Ich fühlte mich einfach wunderbar, ich hatte Freude an meiner Arbeit, sah den Mann, den ich liebte, jeden Tag, genoß jede Nacht in der Phantasie die leidenschaftlichsten Umarmungen – und auch nur da wollte ich sie genießen. Trotz meiner Gefühle für Alex wurde ich noch immer den schlimmen Verdacht nicht los, daß die im Fleische vollzogene Vereinigung, selbst mit ihm, zu einer Enttäuschung führen würde, und so gefiel mir die Situation, die sich im Dekanat entwickelt hatte, eigentlich recht gut. Ich will ehrlich sein, ich hatte meine eifersüchtigen Momente, aber die waren ganz selten, und das war Carries leuchtender Triumph. Sehen Sie, sie ist der christlichste Mensch von uns allen – sie liebt Alex, sie liebt mich, sie ist immer so freundlich und gut ... Und am Ende war es nicht Alex, der mich zum wahren christlichen Glauben brachte, sondern Carrie, die arme, dumme, hilflose Carrie, aber sie zeigte mir, wie man ein christliches Leben lebt, und schließlich liebte ich sie viel mehr, als ich meine eitle, jammernde, egozentrische Mutter je geliebt hatte.

Und dann kamen wir endlich nach Starbridge ... Aber verstehen Sie auch, was ich Ihnen klarzumachen versuche? Ich fürchte, Sie glauben, ich sei die von den bösen Jardines versklavte Heldin, aber das bin ich nicht, Charles. Alex und Carrie sind beide gut und fromm. *Ich* bin der Schurke des Rätsels von Starbridge, und erst jetzt komme ich zu meiner richtigen Schurkerei.»

5

Während ich ihr für ihre zweite Zigarette Feuer gab, sagte ich: «Ist es denn in der Tat eine Geschichte von Helden und Schurken? So simpel ist das wirkliche Leben doch nie!»

«Ja, das sagte ich am Anfang, daß sich im wirklichen Leben die Konturen viel weniger klar abzeichnen als in den Romanen ...» Sie war jetzt ruhiger. Ihre Finger zitterten nicht mehr, und ihre Hand faßte die meine mit festem Griff. «Mir ist wohler», sagte sie. «Ob das der Brandy ist oder der Beichtstuhl? Sicher der Brandy, denn gebeichtet habe ich noch nichts, außer daß ich eine sexbesessene Abenteurerin bin.»

Ich sagte freundlich: «Ich weiß nicht, ob Ihnen das klar ist, aber wenn Sie ein Mann wären, würde man Ihre Initiative bei der Erlangung einer guten Stellung, Ihre Genialität beim Behalten dieser Stellung, Ihr Bestreben, diese Arbeit zu einem Erfolg zu führen, Ihr Verlangen nach körperlicher Liebe (ein Verlangen, das bei Menschen, die nicht zum Zölibat berufen sind, keineswegs ungewöhnlich ist) – würde man all das als bewundernswert oder doch zumindest normal bezeichnen.»

Unvermittelt traten ihr Tränen in die Augen. «Sie dürfen mich nicht besser machen, als ich bin. Ich bin so verdorben, so unwürdig –»

«Ah ja!» sagte ich. «Diese Szene habe ich auch immer gespielt, bis Father Darrow kam und den Text veränderte. Kopf hoch! Sie mögen unwürdig sein, aber bestimmt nicht unwürdiger als ich, und außerdem – vielleicht wird das ganz interessant, gemeinsam unwürdig zu sein. Aber kehren wir zu Ihrer Geschichte zurück. Sie kamen endlich nach Starbridge –»

Die Pause war vorüber. Der Vorhang hob sich zum dritten Akt.

6

«Wir kamen endlich nach Starbridge», sagte Lyle, heftig an der Zigarette ziehend, «und fast gleichzeitig begann die Krise. Sie hatte sich schon seit einiger Zeit angekündigt. Ich war dreißig, Alex dreiundfünfzig und Carrie achtundvierzig – und Carrie war in die Wechseljahre gekommen. Körperlich war das nichts Dramatisches. Sie litt nicht unter argen körperlichen Symptomen, aber geistig ging etwas in ihr in die Brüche, weil sie sich in einer schwierigen Ehe an der Hoffnung auf ein Baby aufgerichtet hatte. Das Zusammenleben mit Alex ist nicht ganz leicht, und obwohl sie ihn anbetete, setzte er ihr mit seinem ungestümen Temperament und seiner scharfen Zunge oft sehr zu. Aber der Wunsch nach Kindern hatte sie befähigt, das zu sein, was Alex ‹pflichtbewußt› nennt – was für ein ekelhaftes victorianisches Wort! –, und obwohl der Vollzug der ehelichen Liebe ihr nie viel bedeutet hatte, konnte sie doch mehr oder weniger ihren Pflichten nachkommen, wenn sie nicht gerade einen Nervenzusammenbruch erlitt. Aber wie sollte sie jetzt einer kinderlosen Zukunft ins Auge sehen? Das war die große Frage, und hinzu kam noch, daß sie Angst hatte, Radbury zu verlassen, wo (dank meiner Hilfe) ihr Leben geordnet war, und nach Starbridge in ein riesiges Palais mit zwölf Dienstboten zu ziehen. Natürlich konnte sie sich auch weiterhin auf mich stützen, aber deshalb mußte sie doch in der ganzen Diözese die ‹Frau Bischof› spielen.

All das war schon schlimm genug, aber die Katastrophe kam, als Alex' Schwester starb und seine Stiefmutter ins Palais geholt werden mußte. Carrie haßte die alte Mrs. J. nicht – ich glaube, Carrie könnte überhaupt niemanden hassen –, aber sie verzweifelte daran, mit ihr fertig zu werden. Sie hatte einen Minderwertigkeitskomplex, so nennt man das wohl, und kam sich ihr gegenüber dumm und unterlegen vor. Die alte Mrs. J. war tatsächlich eine sehr robuste Frau, und sie haßte Carrie nicht nur, sie verachtete sie.

Doch als die alte Mrs. J. kam, war sie sogar recht freundlich – sie freute sich so sehr, wieder bei ihrem Adam zu sein –, und der richtige Ärger rührte nicht von ihrem feindseligen Verhalten her, sondern davon, daß Carrie einfach nicht glauben konnte, daß die alte Mrs. J. wirklich nett zu sein versuchte – Sie wissen, wie geplagten Menschen zumute ist, wenn sie vor einem Kollaps stehen. Ich habe den Ärzten zugesetzt, sie um Hilfe angefleht, und nachdem sie alle Pillen verschrieben hatten, empfahl einer von ihnen eine psychiatrische Behandlung. Aber da reagierte Alex so, als hätte der Mann von Hexerei gesprochen. Alex hält die Psychiatrie für Unsinn, für Ketzerei, gleichzusetzen mit Spiritismus.

Dann erreichte die Krise schließlich ihren Höhepunkt. Carrie, die inzwischen die Öffentlichkeit scheute und das Palais nicht mehr verlassen wollte, erklärte Alex, sie wolle ein separates Schlafzimmer haben. Kein Sex mehr. Wozu, sagte sie, wenn nichts mehr daraus entstehen kann. Nun, Alex konnte ohne die Hoffnung auf Kinder leben, aber nicht ohne die Aussicht auf Sex. Das wußte ich. Carrie erzählte mir inzwischen alles – die Ärmste, sie hatte sonst niemanden, dem sie sich anvertrauen konnte, aber als Alex herausbekam, daß sie über ihr Eheleben mit mir gesprochen hatte, ging er fast an die Decke. Wir hatten eine Auseinandersetzung, und er warf mir vor, eine unzuträgliche vertrauliche Beziehung zu Carrie zu kultivieren. Ich sagte, das sei Unsinn, und das wisse er sehr wohl. ‹Seien Sie froh, daß sie sich mir und keinem anderen anvertraut›, sagte ich, ‹denn Sie wissen genau, daß ich bis zum Jüngsten Tag den Mund halten werde.› Er sagte: ‹Ich sollte Sie wirklich loswerden›, und ich sagte: ‹Oh, seien Sie kein so verdammter Narr!› Das gefiel ihm. Alex liebt es, wenn eine Frau ihm widerspricht. Er sagte: ‹Was soll ich nur machen?›, und ich sagte: ‹Seien Sie nicht so stur victorianisch und gehen Sie mit ihr zum Psychiater.›

So fuhr er denn mit ihr nach London – nun, wir fuhren zu dritt, genauer gesagt –, und der Psychiater war ein netter Mann. Natürlich konnte er sie nicht heilen; er konnte keinen Zauberstab schwingen und die Menopause hinausschieben. Immerhin konnte sie ihn gut leiden; wir begannen, Hoffnung zu schöpfen, und als er meinte, eine kleine Ferienreise könnte guttun, fuhren wir alle drei für ein paar Tage nach Bournemouth.

Carrie ging es tatsächlich etwas besser; der Psychiater war kein völliger Fehlschlag, und als ich sie aus dem Palais gelockt hatte, damit sie sich für Bournemouth Kleider kaufte, war sie fast wieder wie früher. Alex hielt sie für geheilt. Wunschdenken... Ich sagte: ‹Sie bestellen auch wirklich drei Zimmer in dem Hotel, Dr. Jardine, ja?› Er sagte: ‹Das ist eine höchst impertinente Frage, Miss Christie, die ich Ihnen nicht zu beantworten brauche.› Nun, wir kamen ins Hotel, und natürlich hatte er für sich und seine Frau ein Doppelzimmer bestellt. Ich wußte, es würde eine Katastrophe geben, und so kam es auch. Am ersten Abend kam Carrie in Tränen aufgelöst zu mir, während er ein Bad nahm, und fragte, ob sie die Nacht in meinem Zimmer verbringen dürfe. Sie war außer sich, fast hysterisch, und als sie schluchzte, sie getraue sich nicht, es Alex zu sagen, da sagte ich sofort: ‹Beruhigen Sie sich, Liebes, *ich* sag's ihm.›

Sie hatten ein Zimmer mit Bad – Alex wollte in Hotels immer das Beste haben. Ich setzte mich im Morgenrock auf die Bettkante und hörte ihn nebenan planschen, und endlich kam er heraus mit nur einem Tuch um die Hüften. Zuerst sah er mich nicht. Er nahm einfach an, es sei Carrie, und er sagte: ‹Der Bischof von Durham hat erzählt, daß er in Schweden einmal versehentlich von einer jungen Masseuse gebadet wurde – ein Jammer, daß unser Hotel diesen interessanten Komfort nicht zu bieten hat!› Komisch, wie deutlich ich mich an diese Worte erinnere – wahrscheinlich, weil ich mich auch so deutlich daran erinnere, daß ich dachte: Jetzt ist es so weit, ich habe endlich ihren Platz eingenommen, er spricht zu seiner Frau, und ich höre ihn reden. Und in *dem* Augenblick wußte ich, daß ich endlich richtigen Sex wollte.

Eine Sekunde später drehte Alex sich um und sah mich. Er wurde aschfahl. Dann zog er langsam seinen Morgenrock an und knüpfte die Gürtelschnur fest zu.

Ich erzählte ihm, was geschehen war. Er sagte: ‹Ich muß mit ihr reden.› Ich antwortete: ‹Ich halte das nicht für eine gute Idee – lassen Sie sie heute nacht lieber da, wo sie jetzt ist, und gehen Sie das Problem morgen noch einmal neu an.› Er sagte: ‹Und wo schlafen Sie, wenn ich fragen darf?› Ich sagte: ‹Ich bin es gewöhnt, einzuspringen, wenn Carrie mit etwas nicht fertig wird, das ist für mich nichts Besonderes. Warum soll ich nicht auch hier einspringen?› Und Alex – der liebe Alex – sagte: ‹Meine liebe Miss Christie, wir scheinen in die Seiten von *Lady Chatterley's Lover* geraten zu sein – darf ich vorschlagen, daß wir sofort zu den Seiten von *Barchester Towers* zurückkehren?› Und er setzte hinzu: ‹Bitte, gehen Sie auf Ihr Zimmer und sagen Sie Carrie, sie soll zurückkommen und allein hier in diesem Bett schlafen, während ich im Lehnstuhl beim Kamin schlafe. Sagen Sie, ich werde nicht böse sein, werde nicht die Beherrschung verlieren und kein einziges Wort des Vorwurfs sagen, weil ich viel zu sehr damit beschäftigt sein werde, Gott auf Knien zu bitten, daß er uns herausholt aus diesem höchst peinlichen, absolut katastrophalen und anscheinend unlösbaren Schlamassel.›

War er nicht herrlich?

Ich ging in mein Zimmer zurück und versicherte Carrie, daß sie nichts zu befürchten hätte. Dann erzählte ich ihr alles, was ich zu Alex gesagt hatte. Ihre erste Reaktion war: ‹Aber natürlich! Die perfekte Lösung!› Und sie gab mir einen Kuß. Ihre zweite Reaktion war: ‹Aber es wäre nicht richtig, und Alex würde das nie tun.› Aber im nächsten Augenblick schon sagte sie: ‹Es ist aber so merkwürdig, weil ich das Gefühl habe, es *müßte* richtig sein – haben Sie auch dieses Gefühl, Lyle?› Ich sagte, ja, das hätte ich. Schließlich hatten wir alle das Gefühl, daß es richtig sei. Aber keiner von uns wußte, wie es moralisch zu verantworten wäre.

Wir kürzten den Ferienaufenthalt ab und kehrten nach Starbridge zurück unter dem Vorwand, daß Carrie sich nicht wohl fühle, aber in Wirklichkeit ging es Carrie viel besser. Sie hatte das Licht am Ende des Tunnels gesehen, und ich hatte das auch, aber ich machte mir die größten Sorgen um Alex, weil ich wußte, wie verzweifelt er war. Aber nachdem er tagelang mit seinem Tagebuch Zwiesprache gehalten hatte und alles vergeblich gewesen war, verstieß er gegen die eigene eiserne Regel, nie mit seiner Stiefmutter über seine ehelichen Angelegenheiten zu sprechen, und natürlich hatte sie unser Problem bald gelöst. Ihr war völlig klar, daß Alex nicht ohne Aussicht auf Sex leben konnte, und sie sah mich in der Rolle, die sie bei ihrer großen Romanze mit Alex' Vater gespielt hatte. Aber die Geschichte wiederholt sich nie ganz, nicht wahr? Alex' Vater war Witwer gewesen, und Alex war noch immer ein verheirateter Mann.

Aber die alte Mrs. J. war als Lutheranerin aufgewachsen, und sie wußte, daß Luther geglaubt hatte, die Verweigerung der ehelichen Rechte sollte ein Scheidungsgrund sein. Sie hatte auch fünfundzwanzig Jahre an der Seite von Alexs' Vater gelebt, der Geistliche für überflüssig und die Gesetzesbürokratie für eine Zumutung gehalten und geglaubt hatte, jedes Paar könnte sich selbst vor Gott trauen, ohne sich nach all den von Menschen gemachten Regeln von Kirche und Staat zu richten. Der alten Mrs. J. war ganz klar, was Alex tun mußte, Carrie war es klar, mir war es klar –

Aber Alex war völlig verzweifelt.

Schließlich gab Mrs. J. mir ihren Trauring – diesen Ring, meinen Siegelring. Alex war dabei. Sie hatte uns beide sprechen wollen, und wir waren in ihrem Zimmer. Sie sagte zu ihm: ‹Ich will, daß sie meinen Ring trägt, und ich will, daß du ihn ihr an den Finger steckst.›

Sie hat uns mehr oder weniger getraut. Aber dann mußte Alex es doch etwas ordentlicher tun; er hat eine juristische Ader, und er hat zweideutige Situationen gern richtig definiert, ehe sie fein säuberlich zu den Akten gelegt werden. Er holte Carrie. Es war inzwischen schon spätabends, und Carrie wollte gerade zu Bett gehen, aber sie kam in einem ihrer tollen Negligés – sie sah besser aus, als sie seit Monaten ausgesehen hatte. Ich trug Abendkleidung, ein schwarzes Kleid, das eher einem Trauerkleid glich, aber Alex nahm eine Rose aus Mrs. J.s Vase und steckte sie mir effektvoll an den Ausschnitt. Er trug seine Bischofskleidung, Schurz, Gamaschen, Brustkreuz, die ganze Montur. Mrs. J. war in ihrem üblichen Eisengrau. Was müssen wir für eine Versammlung gewesen sein! Und was für eine eigenartige Szene das war! Alex hielt eine kurze Rede zur Klärung der Lage – ich glaube, er mußte eine Rede halten, um sich selbst davon zu überzeugen, daß er das Richtige tat, und als er fertig war, schien natürlich alles so richtig, daß man sich fragte, warum vor uns noch keiner an so etwas gedacht hatte. Er sagte zu Carrie, er wolle von ihr geschieden werden wegen Verweigerung der ehelichen Pflichten, und er glaube aufrichtig, daß diese Verweigerung ihre Ehe zu einer rein nominellen Angelegenheit gemacht habe; das geistige Band der Ehe sei zerrissen, es blieben nur noch die gesetzlichen Formalitäten, und was die betreffe, brauche Gott gewiß kein Palaver von Anwälten, um die Auflösung eines spirituellen Nichts zu heiligen. Beiderseitige Zustimmung allein genüge, um von Menschen geknüpfte Bande zu lösen.

Alex versprach Carrie, daß er immer für sie sorgen und daß sie, so lange sie lebe, in den Augen der Welt seine Frau bleiben werde. Dann fragte er sie, ob sie mit allem einverstanden sei, was er gesagt habe, und sie sagte, ja, sie liebe ihn sehr und sei sicher, dies sei die beste Lösung; sie versprach, alles zu tun, um ihm in der Öffentlichkeit eine gute Ehefrau zu sein. Alex sagte: ‹Dann erkläre ich vor Gott meine Ehe mit Caroline für aufgelöst›, und nach einer Pause gab er ihr einen Kuß und fragte sie, ob sie dabei bleiben wolle, wenn er mich heirate. Sie sagte: ‹O ja, Liebster – ich ziehe schnell mein bestes Negligé an!› Wir lachten alle, aber es war ein Augenblick äußerster Anspannung, weil wir alle den Tränen so nahe waren. Die alte Mrs. J. sagte unvermittelt: ‹Adam, hole Champagner und ein paar Gläser für nachher.› Sie wußte, er war im Moment zu überwältigt, um weitermachen zu können. Also ging er, um sich wieder zu fassen, und Carrie ging auf die Toilette, und ich setzte mich neben Mrs. J.s Rollstuhl, und Mrs. J. hielt meine Hand.

Als Alex mit dem Champagner zurückkam, wurden wir getraut. Wieder machte er alles sehr förmlich, brachte alles zur Sprache, sagte, es müsse eine geheime Ehe bleiben, solange Carrie lebe. Ich war einverstanden, wir tauschten das Ehegelöbnis, und er steckte mir den Ring an den Finger. Carrie weinte natürlich in ihrer Rolle als ‹Brautmutter›. Uns allen war sehr seltsam und gefühlvoll zumute. Ich umarmte sie und bat sie, mich weiter zu lieben. Sie sagte nur: ‹Wie könnte ich damit aufhören? Ich werde euch beide immer lieben und wünsche, daß ihr glücklich werdet.›

Nachdem wir alle ein Glas Champagner getrunken hatten, schickte die unerbittliche Mrs. J. Carrie ins Bett, weil sie mit uns allein sein wollte. Dann küßte sie mich und sagte: ‹Jetzt kann ich in dem Bewußtsein sterben, daß Adam endlich glücklich ist› – und sie starb tatsächlich, wenn auch erst nach ein paar Monaten, so daß sie noch sehen konnte, wie glücklich er mit mir war.

Inzwischen hatten Alex und ich die Hochzeitsnacht im Bett beendet. Es war nicht wie in meinen Phantasievorstellungen – er war in seiner großen Erregung zunächst impotent. Er sagte: ‹Ich fürchte, es ist doch nicht wie in *Lady Chatterley's Lover*›, aber ich sagte: ‹Nun, es ist ganz gewiß nicht wie in *Barchester Towers*!› Da lachten wir, und alles war in Ordnung.»

Lyle drückte die Zigarette aus. Sie hatte mich lange nicht angesehen, und auch jetzt noch hielt sie das Gesicht abgewandt, als sie rasch sagte: «Ich habe das sehr ausführlich erzählt, aber ich will, daß Sie genau wissen, wie es war.»

«Das will ich auch. Soll ich uns jetzt einen Tee machen? Wenn wir weiter so die Brandys kippen, haben wir beide vor dem letzten Vorhang den Geist aufgegeben.»

Sie wagte es endlich, mich anzusehen. Ich lächelte sie beruhigend an. Dann ließ ich ihre Hand los, erhob mich und ging an die Anrichte, um den Wasserkessel zu füllen.

7

Als ich zurückkam, sagte Lyle: «Entwickelt sich die Geschichte so, wie Sie vermutet hatten?»

«Ja und nein. Die reinen Fakten habe ich geahnt, wie Sie wissen, aber ich dachte nicht, daß solch ein Aufwand an Gefühlen dabei war – und ich konnte nicht ahnen, wie jeder seine Rolle gespielt haben würde. Ich hielt natürlich Jardine für den Anstifter.»

«Nein, das war ich, am Anfang. Dann gab ihm die alte Mrs. J. den letzten Schubs. Ich wünschte, Sie hätten sie kennengelernt, Charles. Sie hatte einen sehr großen Einfluß auf Alex.»

«Was genau –»

«Ich weiß es nicht», sagte Lyle. «Ich habe die Musterehefrau gespielt, darauf gewartet, daß er sich mir anvertraut, aber Alex war immer zurückhaltend.»

«Vielleicht gibt es nichts anzuvertrauen.»

«Ich bin sicher, daß da etwas war. Ich vermute, sie hatten eine dieser innigen Beziehungen, bei denen Sex entweder unnötig oder unwichtig ist – Geschwisterbeziehungen können gelegentlich in diese Kategorie fallen, obwohl sich Ingrid und Alex sehr wahrscheinlich nicht als Bruder und Schwester betrachtet haben. Ich weiß, daß er sie auch nie als seine Mutter angesehen hat – er sagte mir, er könne sich zu gut an seine eigene Mutter erinnern, und außerdem war Ingrid nicht mütterlich. Als er heranwuchs, hat er in ihr wahrscheinlich die Ehefrau seines Vaters gesehen, aber als er das mit der informellen Heirat herausfand – das war, als sie von daheim fortging, um ihm den Haushalt zu führen –, sah er in ihr wohl einfach die ungebundene Frau, die ihn liebte. Ich bezweifle noch immer, daß sie miteinander geschlafen haben – Alex ist so fromm –, aber wer weiß? Wenn es eine völlig harmlose Beziehung war, warum kann er dann nicht offen mit mir darüber sprechen? Und weshalb stürzte er sich so schnell in diese Ehe, sobald er es sich leisten konnte – als wäre es ihm darauf angekommen, sich endgültig der Versuchung zu entziehen?»

«Vielleicht hatte in Starmouth etwas begonnen, das aufhörte, als sie zu dem alten Mann zurückkehrte, und dann später in London wieder anfing, nachdem der alte Mann gestorben war.»

«Ich weiß es einfach nicht. Man könnte auch sagen, er hätte sich in die Ehe gestürzt, weil er befürchtete, aus der platonischen Beziehung werde schließlich eine sexuelle. Ein Mann kann doch die Frau seines Vaters nicht heiraten, nicht wahr, und auch wenn Ingrids Heirat so merkwürdig war, hielt Alex sie am Ende doch vor Gott für gültig. Also konnte er sie nicht heiraten – und eine andere Beziehung wäre für ihn als frommen Geistlichen nicht denkbar gewesen. Aber ich will Ihnen eines sagen, Charles: Wir wissen zwar nicht mit Sicherheit, ob sie und Alex je ein Liebespaar waren, aber ich bin ganz sicher, daß Mrs. J.s Haß auf Carrie im Grunde von Eifersucht herrührte.»

«War sie nie auf Sie eifersüchtig?»

«Das erschien ihr offenbar von vornherein sinnlos. Im Jahr 1932, als ich Alex heiratete, war sie über siebzig, sie wußte, sie hatte nicht mehr lang zu leben und wollte nur noch Adam glücklich sehen. Jedenfalls mochte sie mich. Wir kamen gut miteinander aus. Die Trauung war ihr eine Wonne – wenn ich eine wirklich bizarre Theorie vorbringen soll, würde ich sogar sagen, es war für sie ein ungeheuer erregendes Erlebnis aus zweiter Hand, mich Alex zuzuschieben und sich uns beide im Bett vorzustellen, aber wer weiß, was sie wirklich dachte? Wer weiß, wo die Wirklichkeit überhaupt zu finden ist? Denken Sie an all diese Philosophen – Berkeley, Hume und –»

«Ich denke lieber an Sie. Nehmen Sie Zucker zum Tee?»

«*Das* ist Wirklichkeit! Nein, danke. Nur Milch.»

Ich schenkte Tee ein. «Bis jetzt», sagte ich, «kann ich weder Helden noch Schurken erkennen, nur Opfer.»

«Opfer Gottes?» sagte sie. «Oder Opfer des Teufels?» Und sie setzte unerwartet hinzu: «Das ist ein Charisma, nicht wahr – die Fähigkeit, in zweifelhaften Situationen die Manifestationen Gottes von den Manifestationen des Teufels zu unterscheiden? Alex sagte mir, man nennt es das Charisma des Erkennens von Geistern.»

Wir schwiegen eine Weile, und dann sagte ich: «Lassen Sie den Vorhang zum nächsten Akt aufgehen, und stellen wir mein Unterscheidungsvermögen auf die Probe.»

XXIII

«Ich persönlich neige zu der Ansicht, daß man, wo immer sich eine Situation herausstellt, in der die Kohabitation von Ehemann und Ehefrau vernünftiger- oder gerechterweise nicht verlangt werden kann, von einem potentiellen Scheidungsfall ausgehen muß.

Ehe man diese Leute zu Recht auffordern kann, sich zu trennen, müssen wir ganz sicher sein, daß sie nicht in spiritueller Hinsicht verheiratet sind. Auf dem Gebiet der essentiellen Moral können wir uns nicht allein auf das Vorliegen oder Fehlen des rechtsgültigen Zertifikats stützen.»

HERBERT HENSLEY HENSON

I

Lange ging alles gut», sagte Lyle und trank von ihrem Tee. «Oder vielleicht sollte ich sagen, es ging alles gut trotz der eigenartigen Umstände, die es in der Tat sehr schwierig machten. Das erste größere Problem war die Geheimhaltung; ich verlegte mein Schlafzimmer in diesen entlegenen Winkel im Südturm, aber Alex meinte, es könnte merkwürdig aussehen, wenn auch er sich gleichzeitig umquartierte, und so teilten er und Carrie weiterhin ihr Zimmer, nur daß er jetzt immer im Umkleidezimmer schlief. Später dann schafften sie sich zwei gleiche Einzelbetten an, so daß sie gelegentlich innerhalb derselben vier Wände schlafen und den Dienstboten eine Fassade ehelicher Intimität bieten konnten.

Gefahr drohte der Geheimhaltung aus einem ganz anderen Grunde. Alex und ich hatten fünf Jahre Erfahrung im Unterdrücken unserer Gefühle füreinander, aber es war nicht so einfach, den harmlosen Anschein aufrechtzuerhalten, nachdem wir diesen

Gefühlen nun im intimen Zusammensein nachgeben konnten – das jeweilige Umschalten war es, was so schwierig war. Wir stellten die strikte Regel auf, daß wir nie und unter keinen Umständen außerhalb meines Zimmers einander nahe kamen – und das fiel uns schwer, weil uns oft danach verlangte, einen raschen Kuß zu tauschen, aber das war das Risiko nicht wert. Wir achteten auch darauf, Carrie nicht zu vernachlässigen – Carrie war sogar am Anfang ein großes Problem, weil wir uns ihr gegenüber schuldig fühlten; das war so, obwohl wir beide wußten, daß sie der Scheidung aus freien Stücken zugestimmt hatte. Carrie war auch noch in anderer Hinsicht ein Problem – wir fürchteten, sie könnte uns unabsichtlich verraten. Ich beobachtete sie in den ersten Monaten wie ein Habicht, aber Carrie fiel nie aus der Rolle – sie war sich zu sehr bewußt, wie entscheidend es darauf ankam, daß sie keinen Fehler machte.

Die andere größere Schwierigkeit zu Anfang war der Liebesvollzug. Das mag Sie überraschen – wahrscheinlich haben Sie sich vorgestellt, wir hätten es stundenlang fröhlich miteinander getrieben, aber uns lähmte beide die Angst, daß ich ein Kind bekommen könnte, und noch lange nach der ersten Nacht haben wir es überhaupt nicht soweit kommen lassen. Der Vorteil war, daß ich mich an das Intimleben gewöhnen konnte, ohne davon überwältigt zu werden, aber schließlich ging ich nach London in die Mary-Stopes-Klinik, gab mich als rechtmäßig verheiratete Frau aus und ließ mir ein Pessar einpassen. Danach war alles in Ordnung, aber der Sex hatte immer seine leicht trübe Seite – das Anrüchige der heimlichen Liebesaffäre. Wir machten uns zum Beispiel beide Sorgen wegen der Bettücher, und so lagen wir schließlich immer auf einem großen Schal, den ich selbst waschen konnte... O Gott, Charles, entschuldigen Sie, daß ich diese Details anführe, aber ich will ganz aufrichtig sein, ich will, daß Sie sehen, wie alles wirklich war –»

«Es ist viel besser, wenn Sie ganz offen sind. Aber, sagen Sie, ist Jardine nie dabei beobachtet worden, wie er auf Ihr Zimmer ging? Das würde mir an seiner Stelle Sorgen gemacht haben.»

«Er kam selten nachts. Er sagte sich, daß jeder gleich das

Schlimmste argwöhnt, wenn ein Mann nachts im Morgenrock auf Fluren herumschleicht, aber keiner mit der Wimper zuckt, wenn man voll angekleidet wie ganz selbstverständlich bei hellem Tageslicht herumläuft. Gewöhnlich kam Alex früh am Morgen um sechs zu mir. Das Zimmer neben dem meinen war zu einem Badezimmer umgebaut worden, so daß ich kein Hausmädchen zu befürchten hatte, das morgens mit heißem Wasser kam, und im Winter machte ich selbst das Feuer an, ‹um dem Personal Arbeit zu ersparen› – das kam im Dienstbotenzimmer gut an –, und so kam kein Hausmädchen in die Nähe meines Zimmers, bis zwischen neun und zehn Uhr mein Bett gemacht wurde. Frühmorgens war immer die beste Zeit – manchmal trafen wir uns auch am frühen Abend, wenn sich alle zum Dinner umkleideten... Aber wir kamen nur als Liebespaar zusammen, nie als Mann und Frau. Am Anfang war alles sehr aufregend, aber später begann ich mich nach einer ganzen Nacht mit ihm zu sehnen, wie eine richtige Ehefrau. Doch er sagte immer, das sei unmöglich; ein unglückseliger Pfarrer mochte sich eine Kugel durch den Kopf jagen, oder der Dom brannte ab – und dann war die Hölle los, wenn man den Bischof nicht im richtigen Bett fand.

Sie können sich wohl denken, wie das jetzt weiterging, nicht wahr? Ich wurde unzufrieden. Das kam allmählich, so allmählich, daß ich es zuerst gar nicht merkte, aber je besser ich als Alex' inoffizielle Ehefrau war, desto mehr sehnte ich mich danach, in den Augen der Welt ‹Frau Bischof› zu sein. Es war, als hätte unsere Situation von Anfang an den Keim der eigenen Zerstörung in sich getragen.

Die Unzufriedenheit wirkte sich auf mein geistiges Leben aus – Sie als Geistlicher haben sich das wohl schon gefragt. Nun, nach der Trauung ging alles gut; Alex hatte mir gesagt, es sei ausgeschlossen, daß wir Ehebruch begingen, und ich glaubte ihm natürlich. Warum auch nicht? Verdammt noch mal, er war schließlich der Bischof! Deshalb hatte ich keine Gewissensbisse und ging jede Woche zur Kommunion, aber als ich unglücklich wurde... war es nicht mehr so einfach. Ich begann mich zu fragen, ob ich vielleicht bestraft würde... Aber ich wollte über diese Ungewißheit mit Alex nicht sprechen – nicht nur weil ich mich schämte, daß ich an ihm zweifelte, sondern auch weil Alex eigentlich kein geborener Berater ist. Er ist mitfühlend und durchaus zu intuitivem Verstehen fähig, aber er kann nur schwer der Versuchung widerstehen, eine brillante Rede zu halten, die das Problem löst, indem sie einem vorübergehend seinen Standpunkt aufzwingt. Ich wußte, wenn ich Zweifel äußerte, würde Alex sie mir sofort ausreden, aber ich brauchte keinen zum Reden, ich brauchte jemanden zum Zuhören, und es gab niemanden, zu dem ich gehen konnte.

Dann geschah etwas sehr Merkwürdiges. Ich sagte Ihnen schon, daß ich nie sehr mütterlich war, aber eines Tages, als ich in der Stadt war, sah ich ein Baby in einem Kinderwagen, und plötzlich dachte ich: Wenn ich eine richtige Ehefrau wäre, hätte ich solch ein Kind. Und sofort stellte ich mir einen süßen kleinen Jungen mit leuchtenden Augen vor, der ‹Mami, Mami› sagte und die Ärmchen nach mir ausstreckte, um liebkost zu werden. Können Sie das fassen? Ich konnte es nicht. Ich dachte, wie kannst du nur so hoffnungslos sentimental werden? Und die Antwort schien zu lauten: Nur zu leicht. Ich erzählte Alex davon, aber der regte sich gleich auf. Er sagte: ‹Glaubst du, ich wünschte mir ein Kind von dir nicht mehr als alles auf der Welt?› Aber eine derart emotionale Reaktion war mir überhaupt keine Hilfe; sie machte alles nur noch schlimmer, und schließlich gerieten wir in Streit. Das beunruhigte Carrie. Sie spürte immer, wenn zwischen uns etwas nicht in Ordnung war. Eines Tages sah ich, daß sie weinte. Zuerst wollte sie mir nicht sagen, was sie hatte, aber schließlich kam es heraus: ‹Du wünschst sicher, ich wäre tot, damit du ihn richtig heiraten kannst.› Da fühlte ich mich ganz elend, richtig erschlagen. Ich warf meine Arme um sie und sagte nein, nein, niemals, niemals ... Aber natürlich fragte ich mich oft, wie lange sie es noch machen würde.

Sehen Sie jetzt, wie schlimm sich die Situation entwickelte? Mir war, als hätte jemand – Gott oder der Teufel – einen riesigen Löffel genommen und rühre uns langsam um und um. Ich fühlte mich so ratlos. Ratlos wegen Carrie, ratlos wegen Alex, ratlos wegen der Ehe ... Schließlich wollte ich von Sex nichts mehr wissen. Alex war das gar nicht recht – und nicht nur aus rein egoistischen Gründen, sondern weil er glaubte, der Ärmste, er könne eigentlich so wenig für mich tun, daß er mich zumindest im Bett befriedigen wollte. Es dauerte eine Weile, bis ich das begriff, und dann fühlte ich mich so schuldig, so unglücklich, und natürlich ließ ich mich zum Schluß wieder zum Bett überreden. Und da – als er mich wieder zum Sex verführte – da . . . Nein, ich kann es nicht in Worte fassen. Manche Dinge sind wirklich so ausgefallen, daß man nicht darüber sprechen kann. Aber er sorgte dafür, daß der Sex besser war denn je.

Können Sie sehen, wie das Dreieck allmählich brüchig wurde? Wir liebten uns alle, aber keiner war mehr glücklich. Inzwischen – es war im vergangenen Mai – konnte ich nicht mehr mit ansehen, wie Carrie in der Öffentlichkeit die Gattin des Bischofs spielte, wie sie Feste eröffnete, bei Sitzungen von Wohltätigkeitsausschüssen den Vorsitz führte, bei großen Gottesdiensten alle Aufmerksamkeit bedeutender Geistlicher und ihrer Frauen auf sich zog . . . Es war unerträglich. Ich spürte, wie ich immer zorniger und verbitterter wurde – *ich* erledigte alle schwere Arbeit, *ich* sorgte für sein Glück im Bett, *ich* war die, die er liebte, und doch war ich niemand, nur die alternde Jungfer, der man eine mitleiderregende heimliche Liebe zum Bischof nachsagte. Oh, ich hätte oft schreien mögen vor Wut und Frustration, und richtig durchgedreht habe ich dann bei der Krönung, als Carrie den Platz der Bischofsgattin in der Westminster-Abbey bekam. Da ist etwas in mir geplatzt, und ich habe sie beide mit meinem ganzen Zorn überschüttet . . . Dann verabscheute ich mich deswegen, weil sie so schrecklich verstört waren – und ich wußte sofort nicht nur, wie sehr ich sie beide liebte, sondern auch, wie sehr ich an sie *gebunden* war. Daß ich sie beide zugleich liebte – auf sehr unterschiedliche Weise –, das war es, was mich so lähmte, und das Gewicht ihrer gemeinsamen Liebe schien mich am Boden festzuhalten, so daß es kein Entrinnen gab.

Nun, wir versöhnten uns wieder, aber ich fuhr nicht mit nach London. Ich saß zu Hause und dachte und dachte . . . Ich war in jener schrecklichen Verfassung, in der sich die Gedanken im Kopf im Kreise drehen. Carrie konnte morgen sterben oder sie konnte noch fünfundzwanzig Jahre leben. Wie lange konnte ich noch so weiter-machen wie bisher? War meine Ehe in Gottes Augen gültig oder nicht? Ich konnte mir noch immer einreden, daß sie es war, aber ich begann mich doch zu fragen, ob ich mich nicht auf einen schlimmen Betrug eingelassen hatte. Ich war fünfunddreißig Jahre alt, die Zeit verging, und würde ich je meinen süßen Jungen mit den leuchtenden Augen bekommen, oder würde er ein ungeborener Traum bleiben? Ich wurde fast verrückt, quälte mich mit diesen Gedanken herum, und die ganze Zeit – die ganze Zeit – sagte ich mir: Ich kann sie niemals verlassen.

Und dann... mitten in diese schreckliche Situation hinein, als Gott – oder der Teufel – die Schrauben an meiner seelischen Folterbank wirklich ganz fest anzog... Nun Sie wissen, was als nächstes geschah, nicht wahr?»

«Großer Auftritt von Dr. Asworth auf seinem prächtigen Schimmel», sagte ich. «Noch etwas Tee?»

2

«Nun, ich hatte mich schon vor Ihrer Ankunft wie auf der Folterbank gefühlt», sagte Lyle, als ich neuen Tee in unsere Tassen goß, «aber das war nichts, das war nur der Vorraum zur Folterkammer gewesen. Ich warf einen einzigen Blick auf Sie und dachte – genauso wie ich gedacht hatte, als ich das Baby im Kinderwagen sah: So einen hätte ich gern. Einen gutaussehenden jungen Kanonikus mit einer blendenden Zukunft... Ich sah alles vor mir, bis hinunter zu den neuen Vorhängen, die ich bestellen würde, wenn ich endlich Frau Bischof in meinem eigenen Bischofspalais war.

Aber dann schlug das Schuldgefühl zu wie ein Hammer, und ich verabscheute mich. Ich dachte: Wenn ich eine wirkliche Ehefrau wäre, würde ich nie so bösen Träumen verfallen. Und ich kam mir so untauglich vor... oh, so beschmutzt durch alles. Aber ich beschloß, sehr energisch gegen die Versuchung anzukämpfen und Alex eine gute Frau zu sein, damit er und Carrie nie erfuhren, welch häßliche und treulose Gedanken ich gehabt hatte.

Aber Sie hatten nicht die Absicht, mir die Treue leicht zu machen, nicht wahr? Mein Gott, wie haben Sie mich erschreckt! Sie haben uns alle erschreckt. Einer der schlimmsten Augenblicke war, als ich sah, daß Sie mit der Rose und den Limerickversen auf meinem Zimmer gewesen waren. Meine Verhütungssachen bewahrte ich in der verschlossenen Schmuckschatulle auf, damit sie in Sicherheit waren, aber den verräterischen Schal hatte ich nur in eine Schublade gestopft, und wenn Sie mein Zimmer durchsucht hätten... die Flecke... ich habe praktisch vor Angst gezittert.

Aber Alex beruhigte mich. Wir hatten eine Besprechung, er, Carrie und ich, und er sagte: ‹Es gibt nur eines: So zu tun, als wäre alles normal. Je feindseliger wir werden, desto eher glaubt Ashworth, wir hätten etwas zu verbergen.› Dann sagte er zu mir: ‹Sei eben so kühl zu ihm wie zu den sonstigen verliebten Kaplänen, dann merkt er bald, daß er nur seine Zeit verschwendet.›

Natürlich wußte Alex, daß Sie eine größere Gefahr waren als ein verliebter Kaplan, aber er baute darauf, daß ich nicht untreu würde, und in diesem Stadium waren Sie einfach ein ganz großes Ärgernis. Aber gleichzeitig – und das war wirklich bizarr – schien er Sie faszinierend zu finden. Er sprach viel von Ihnen. Er war überzeugt, daß Sie ernste Probleme hätten, die alle mit Frauen und Ihrem Vater zu tun hatten – nun, ich dachte einfach, er sieht Sie an und erblickt sein eigenes Spiegelbild. Ich nahm ihn nicht ernst, und inzwischen war ich vollauf damit beschäftigt, mir einzureden, Sie seien nur ein flotter Doktor der Theologie, der gern flirtet. Aber nach diesem herrlichen Abend im Staro Arms war es mir unmöglich, kühl und zurückhaltend zu bleiben. Dieser Kuß vor dem Dom... ein Wunder, daß ich nicht ohnmächtig wurde. Ich hätte mit Ihnen ins Bett springen und Sie bis zum Morgen in den Armen halten mögen.

Doch als ich auf meinem Zimmer war, überfiel mich sofort wieder das Schuldgefühl. Mir war, als hätte ich Alex betrogen, mich selbst betrogen – und am nächsten Morgen wußte ich, ich konnte nicht zur Kommunion gehen. Natürlich wurde Alex da mißtrauisch. Wir hatten vor Ihrer Abreise keine Gelegenheit zu einem Gespräch unter vier Augen, aber danach hatten wir eine schreckliche Auseinandersetzung. Er hatte geahnt, was geschehen war, und er war außer sich vor Eifersucht und Zorn... Aber wir beendeten den Streit schließlich im Bett, und danach sagte er: ‹Du bist meine Ehefrau vor Gott. Vergiß das nie.› Und ich wußte nicht, wie ich das gekonnt hätte...

Nun, wir erholten uns gerade von Ihrem Besuch, als das wirklich Schreckliche geschah und Sie wieder auftauchten. Ich brauche Ihnen nicht zu sagen, wie entsetzlich das Abendessen war. Es war schlimm genug, daß Sie die Wahrheit geahnt hatten, aber schlimmer noch war, daß Sie offensichtlich sehr betrunken und sehr verwirrt waren und Ihren Verdacht hätten in die Welt hinausposaunen können. Ich stellte auch zu meinem Schrecken fest, daß Alex recht gehabt hatte: Sie hatten tatsächlich Probleme, denn Sie waren jetzt ganz offensichtlich in einer wirklich schlechten Verfassung.

Als Sie gegangen waren, sagte Alex: ‹Wir streiten alles ab. Der Mann ist einwandfrei gestört. Da steht sein Wort gegen das unsere, und uns wird man glauben.› Doch dann kam wieder das bizarre Element zum Vorschein – wie viele bizarre Elemente hat diese Geschichte eigentlich, oder ist das Leben einfach bizarrer, als man zugeben will? –, und er begann sich Ihretwegen wirkliche Sorgen zu machen. Der Gedanke, Sie könnten in betrunkenem Zustand mit dem Wagen einen Unfall gehabt haben, ließ ihm keine Ruhe. Er sagte immer wieder, alles sei seine Schuld, und der Teufel hätte sich seines Charismas bedient – o Gott, es war einfach schrecklich! Ich verfrachtete Carrie ins Bett und saß bei ihm, während er sich mit Schuldgefühlen ans Kreuz nagelte – und *alles Ihretwegen*. Er sagte sogar, Sie wären genau der Sohn, den er sich immer gewünscht habe – und das war gerade zwei Tage nachdem er gesagt hatte, er hasse Sie, weil Sie versucht hätten, mich ihm wegzunehmen! Wirklich, Charles, es gab nur einen Menschen, der in diesem Augenblick Ihretwegen in größerer Verwirrung war als ich, und das war Alex Jardine.

Nun, ich hatte schließlich genug von dieser Selbstgeißelung – ich war inzwischen völlig erschöpft –, und ich ließ wohl meine Verärgerung merken. Sofort schlug er einen anderen Kurs ein. Ihm fiel wieder ein, daß Sie ein Rivale waren, und er sagte: ‹Ach, übrigens – das wird dich interessieren: Ashworth hat zugegeben, daß er gestern mit Loretta geschlafen hat – hast du bestimmt nicht mit ihm geschlafen letztes Wochenende?›»

«Oh, meine liebe Lyle –»

«Wir hatten einen Riesenkrach. Ich dachte, er lügt. Dann wurde

507

mir klar, daß er die Wahrheit sagte. Und ich war so entsetzlich verstört und verwirrt und verletzt –»

«Darling, ich –»

«Schon gut, mir ist es jetzt gleich, ob Sie mit ihr geschlafen haben oder nicht – nun, es ist mir nicht ganz gleich, aber ich glaube nicht, daß es wichtig ist. Offenbar waren Sie in einer sehr seltsamen Gemütsverfassung, und wenn Sie mit ihr geschlafen haben, dann war das sicher ein moralischer Lapsus, den Sie normalerweise nicht begehen würden. Aber als Alex mir das sagte, war ich wie vom Donner gerührt – und natürlich war ich auch wütend auf ihn, weil er mich der Untreue bezichtigte, wo ich mich so sehr bemüht hatte, ihm treu zu bleiben.

Als nächstes fand Alex heraus, daß Sie bei den Forditen waren, und da wäre er vor Erleichterung fast gestorben. Aber er hatte noch immer Angst, Sie könnten mit Ihrem Verdacht zu Lang rennen, wenn Sie sich erholt hatten, und natürlich war ihm der Gedanke, daß Father Darrow alles erfuhr, einfach ein *Greuel*. Alex machte sich Sorgen, er hatte keine Ruhe ... Wie er dabei noch seinen Pflichten nachkommen konnte, weiß nur er. Ich fand mich zu den Gottesdiensten wie üblich ein, aber nur, um den Schein zu wahren. Ich war so verwirrt, so unglücklich ... Ich wußte nicht, wie ich das noch länger aushalten sollte, und da ging ich eines Nachmittags in den Dom, um Gott um Hilfe anzuflehen, aber ich konnte nicht beten. Ich war so von ihm abgeschnitten. Ich kniete nur in der Kapelle und sagte im Geist immer wieder: Gott, Gott, Gott ... Es war, als hätte ich eine Nummer gewählt und hörte es am anderen Ende klingeln – und ich hatte nicht eigentlich mit einer Antwort gerechnet, aber dann geschah das Wunder und jemand nahm den Hörer ab.

Sie kamen herein. Wissen Sie noch, daß ich sagte, das sei wie ein Zeichen? Ich wußte sofort, daß ich Alex verlassen mußte, das Dumme war nur, daß ich nicht wußte, wie ich das jemals schaffen sollte.

Ich sagte Alex, daß ich Sie gesehen hatte. Ich glaubte nicht, daß uns jemand beobachtet hatte, der mich kannte, aber ich wollte auf keinen Fall, daß er vielleicht doch durch einen anderen von unserer Begegnung erfuhr. Ich dachte auch, er würde mir meine Aufrichtigkeit zugute halten, aber das tat er nicht, und es kam zu einer schrecklichen Szene, weil er nicht an eine zufällige Begegnung glauben konnte. Ich versuchte ihm zu sagen, daß die Ehe zu Ende sei, aber ich brachte es nicht fertig ... Er hatte solche Macht über mich, ich kann es nicht beschreiben, vielleicht könnten keine Worte es je beschreiben, ich kann nur sagen, ich mußte ihm nachgeben, ich *mußte* ... Und so ging es weiter.

Nun, indes die Tage vergingen, wurde Alex klar, daß Sie Lang nichts gesagt hatten, und da ging es ihm wieder besser. Carrie auch. Aber ich ... oh, Charles, jetzt wird es wirklich sehr schwierig –»

Ich versuchte den Arm um sie zu legen, aber sie schob mich fort.

«Nein», sagte sie, «Sie begreifen nicht. Es wird durch einen gutgemeinten Kuß nicht leichter.» Dabei erhob sie sich und kehrte mir den Rücken zu. Ich ahnte, daß sie sich zusammennahm, um sich einer tieferen Qual zu stellen.

«Sagen Sie mir, was ich tun kann», sagte ich. «Wenn Sie meine Hilfe bei der Veränderung Ihrer Situation im Palais brauchen –»

«Die ist schon unwiderruflich verändert.» Nachdem sie Mut gefaßt hatte, wandte sie sich wieder zu mir um. «Mein Leben im Palais ist zu Ende. Ich habe jetzt keine Wahl mehr. Ich muß gehen.»

In der Sekunde, bevor sie es aussprach, wußte ich, was sie sagen würde.

«Sie sind –»

«Ich bin schwanger», sagte sie und bedeckte ihr Gesicht mit den Händen.

3

In wenigen Sekunden erkannte ich alles: die Unergründlichkeit Gottes, die Tilgung der vergangenen Tragödie, den mühsamen Weg in eine kaum vorstellbare Zukunft. Die Zeit rundete sich zu einem unheimlichen Zirkel. Ich war mein Vater, Lyle war meine Mutter, und der Embryo war ich, der auf den einen Menschen wartete, der den Willen besaß, ihm die Zukunft zu geben, die Gott forderte. Doch alles war auf subtile Weise verändert; ich war nicht mein Vater,

Lyle war nicht meine Mutter, und der Embryo war nicht ich und konnte niemals ich sein. Das Spiel war das gleiche, aber die Karten waren anders gemischt, und es war schwer, die Dimensionen des Blattes zu erkennen, das ich bekommen hatte. Ich wußte nur, daß ich gerufen wurde, dieses Blatt zu spielen. Daran hatte ich nicht den geringsten Zweifel.

Ich umfaßte das Kreuz auf meiner Brust und nahm Lyle, die zu weinen begann, in die Arme.

«Ich helfe dir», sagte ich.

Sie klammerte sich wortlos an mich. Ich strich ihr übers Haar, und dann setzte der Schock mit seinen Hammerschlägen ein, bis ich fast zu betäubt war, um noch denken zu können. Aber es gelang mir, ein Gebet zu bilden. Ich bat um die Gnade eines Blicks auf den neuen Weg, und die vertrauten Worte «Aber nicht mein, sondern Dein Wille geschehe» waren schon in diesem Augenblick mein Trost.

«Denken wir einen Augenblick ans Praktische», sagte ich endlich. «Zunächst: Bist du absolut sicher?»

«Ja, obwohl es noch nicht durch eine Untersuchung bestätigt ist.» Sie ließ mich los, um ein Taschentuch aus ihrer Tasche zu holen. «Ich bin nie mehr als vierundzwanzig Stunden zu spät. Ich wußte sofort, was geschehen war. Ich fühle mich auch anders. Ich konnte keinen Kaffee sehen, es war, als hätte jemand einen Schraubenschlüssel ins Getriebe geworfen und alles leicht durcheinandergebracht.» Sie schneuzte sich die Nase. «Heute bin ich in die Mary-Stopes-Klinik gegangen und habe dort gefragt, ob sie einen Schwangerschaftstest machen könnten, aber es hieß, es sei noch zu früh... Aber ich weiß, daß das Baby da ist.»

Ich dachte an Scheinschwangerschaften und die Macht des Geistes über den Körper. «Wann, glaubst du, ist es passiert?»

«An dem Tag, als wir uns im Dom begegnet sind.»

«Was war mit der Verhütung?»

«Ich hatte sie nicht angewandt – deshalb weiß ich so genau, wann es war. Es war eine jener seltenen Gelegenheiten, daß er nachts zu mir kam. Gewöhnlich setze ich das Pessar ein, bevor ich zu Bett gehe, damit ich, wenn er frühmorgens kommt, nicht höchst unromantisch ins Badezimmer eilen muß, aber in dieser Nacht hatte ich es nicht eingesetzt, obwohl ich zum Schlafen umgekleidet war, und wurde überrascht. Ehe ich dann noch etwas tun konnte, hatten wir deinetwegen diesen Streit, und danach... als er mich in die Arme nahm... oh, Charles, ich habe mich so hilflos gefühlt, so verwirrt, so völlig *verzweifelt*, daß ich mich nicht mehr um die Verhütung gekümmert habe, mir war alles gleich –»

«Hast du ihm von dem Baby erzählt?»

«Nein.» Sie fand das Zigarettenpäckchen in ihrer Tasche und schüttelte unbeholfen eine Zigarette heraus. «Ich habe keinem von ihnen etwas davon gesagt – ich wäre mit ihren Reaktionen nicht fertig geworden, wo ich kaum mit den meinen fertig wurde. Wie du inzwischen vielleicht gemerkt hast, ist das Kennzeichen meines Verhältnisses zu den Jardines dies, daß ich immer diejenige bin, die mit etwas fertig werden muß. Niemand wird mit mir fertig – und genau deshalb bin ich hier. Ich hatte das Gefühl, du wirst mit mir fertig, sagst mir, was ich tun soll –»

«Wie stehst du zu dem Kind?»

«Ich bin entgeistert. Für mich ist das der schlimmste Irrtum. Ich bin über meinen sentimentalen Traum von einem süßen kleinen Jungen mit leuchtenden Augen hinaus, jetzt male ich mir eine häßliche kleine Göre aus, die die nächsten einundzwanzig Jahre mein Mühlstein um den Hals ist – wenn ich keine Abtreibung vornehmen lasse, natürlich –»

«Keinesfalls!» sagte ich, weil ich gar nichts anderes hätte sagen können, und ich sah die Zeit uns beide umkreisen, indes die Vergangenheit sich in einer Reihe endloser Vertauschungen wiederholte. «Das wäre ganz und gar – schlecht!»

«Oh, das ist so verdammt einfach von dir, dazustehen und das zu sagen – du bist ein Mann!» rief Lyle, womit sie ganz anders reagierte als meine Mutter. «Ich glaube nicht, daß ein Mann das Recht hat, salbungsvoll gegen die Abtreibung zu predigen!»

Auf diesen feministischen Pfeil war ich nicht gefaßt. Er zeigte mir, wie wenig ich sie noch kannte. «Kein Mann hat das Recht, salbungsvoll über irgend etwas zu predigen», sagte ich, «aber ich predige nicht und bin auch nicht salbungsvoll. Ich versuche dir einen realistischen Rat zu geben. Dies ist das Kind eines Mannes, den du geliebt hast, und es ist das Kind, das du oft gewollt hast. Wäre in diesem Fall eine Abtreibung nicht sowohl eine seelische als auch eine moralische Katastrophe für dich?»

Ihr Trotz zerbröckelte; sie brach völlig zusammen. «O Gott, überlebe das nicht, niemals – ich dachte, ich könnte es, aber jetzt weiß ich nicht, wie ich es jemals könnte – ich werde damit nicht fertig, Charles, ich werde einfach nicht damit fertig –»

«Aber ich», sagte ich. «Ich habe mich lange darauf vorbereitet, vielleicht mein Leben lang. Ich werde mit dir fertig, und ich werde mit dem Kind fertig. Du wirst mich heiraten, Lyle.»

4

Ich erzählte ihr kurz von meiner Herkunft. Sie war entgeistert, betäubt und schließlich entsetzt, als sie die Situation aus meiner Perspektive betrachtete.

«Aber Charles... O Gott, ich weiß nicht, was ich denken soll! Offenbar habe ich von dir überhaupt nichts verstanden – ein Mann, der ohne Zwang ein solches Angebot machen kann, der muß völlig anders sein als der Mann, den ich mir unter dir vorgestellt hatte. O nein, das kann ich nicht zulassen, das kann ich einfach nicht – dein Angebot ist der wunderbarste Idealismus, aber –»

«Was hast du gegen Idealismus?» sagte ich und hielt sie an mich gepreßt, als sie wieder zusammenzubrechen drohte. «Wenn es keinen Idealismus gäbe, würden wir alle mit den Tieren im Dreck herumkriechen. Und außerdem ist die beste Art von Idealismus, nämlich die praktizierbare, immer auf Realität gegründet. Ich glaube, ich bin jetzt ein äußerst praktisch denkender Mensch. Ich weiß, du bist die Frau, die ich haben will. Du kommst zu mir mit diesem großen Problem, aber wie ich das sehe, bin ich in einer einzigartigen Lage, damit erfolgreich fertig zu werden. Natürlich wird die Ehe von den ungewöhnlichsten Schwierigkeiten begleitet sein, besonders am Anfang, aber ich glaube, mit bestem Willen und durch die Gnade Gottes können die Schwierigkeiten überwunden werden. Warum nicht? Ich soll schließlich ein Christ sein. Ich bin jetzt ganz eindeutig aufgerufen, die christliche Botschaft von Liebe und Vergebung in einer ganz besonderen Weise nachzuleben, und außerdem... da ich dich doch liebe, wie könnte ich dir da den Rücken kehren?»

Sie vermochte nichts zu antworten. Sie klammerte sich nur wieder mit einer neuen Intensität an mich, und ich wußte, was mein Vater empfunden hatte vor langer Zeit, als ihm die überwältigende Dankbarkeit und Erleichterung meiner Mutter entgegenschlug.

Aber ich hielt es jetzt anders als mein Vater. Ich sagte: «Wir brauchen Hilfe, und wir brauchen sie jetzt gleich. Ich möchte, daß du mit mir zu Father Darrow kommst.»

5

Darrow war noch immer außer Haus, als ich anrief, und so brachte ich Lyle zuerst ins Hotel, wo ich die Zimmerreservierung bestätigte und uns ein paar Sandwiches bestellte.

«Ich könnte nichts essen», sagte sie.

«Nun, ich kann, und du solltest es auch. Bemüh dich mal», sagte ich in festem Ton und erinnerte mich daran, wie unerbittlich Darrow darauf bestanden hatte, daß ich genügend aß, und so saßen wir dann im Salon und aßen Hähnchensandwiches. Lyle schaffte eine halbe Scheibe, und ich verzehrte den Rest; den Tee teilten wir gleichmäßiger unter uns auf.

«Ich bin nicht mehr so versessen darauf, diesen Mann kennenzulernen», sagte Lyle schließlich. «Mir ist klar, daß du mit deinem geistlichen Berater über deine Zukunft sprechen mußt, und ich muß wohl auch dabei sein, weil ich jetzt ein Teil dieser Zukunft bin, aber, offen gesagt, der Gedanke, ihm zu begegnen, behagt mir gar nicht.»

«Ich versichere dir, zu Nervosität besteht kein Grund.»

«Ich bin nicht nervös. Ich glaube nur, eine Frau kann einfach nicht umhin, einen Mönch als persönliche Beleidigung zu betrachten. Was ist aus seiner Frau geworden? Alex hat herausbekommen, daß er einmal verheiratet war.»

«Ich habe keine Ahnung, was aus ihr geworden ist – Darrow hat mir sehr wenig von sich erzählt, aber das geschieht in Übereinstimmung mit den Regeln für eine gute Beratung. Und da wir gerade von Beratung sprechen...» Ich erwähnte, daß Darrow sich nach einer einfühlsamen Nonne umgesehen hatte, aber Lyle zeigte wieder Abneigung.

«Ich könnte darüber mit keiner Frau sprechen», sagte sie. «Ich mag Frauen nicht einmal – abgesehen von der lieben Carrie, und auch die mag ich nicht besonders, ich liebe sie nur einfach.»

Diese Feststellung war so wirr, so kennzeichnend für geistige Not und psychische Hemmung, daß ich es für klüger hielt, nichts zu sagen. Ich fragte mich, wie Darrow das Problem angehen würde.

Wir fuhren nach Grantchester, und als wir bei den Forditen in die Einfahrt einbogen, erschauerte Lyle.

«Darling...» Ich hielt den Wagen an und beugte mich vor, um ihr einen Kuß zu geben. «Versuche, diesen einen Mönch jetzt nicht als persönliche Beleidigung zu betrachten! Er ist bestimmt kein Frauenhasser.»

«Warum sperrt er sich dann hier ein? Daß Leute in geschlossenen Orden eingesperrt leben – wie ich diese Vorstellung hasse! Das ist so verdammt unheimlich und unnatürlich.»

Ich begann mir ernste Sorgen zu machen. Alle Berater erlebten ihre Fehlschläge, und Darrow hatte selbst gesagt, daß er nicht gern Frauen beriet.

Der fröhliche junge Mönch, der mich am Tag meiner ersten Begegnung mit Darrow willkommen geheißen hatte, begrüßte uns freundlich und führte uns ins Besucherzimmer. «Father Abt ist gerade zurückgekommen», sagte er. «Er wird Sie nicht lange warten lassen.»

«Armer alter Darrow», sagte Lyle, als wir allein waren. «Ich hoffe, er bekommt keinen Schrecken, wenn er mit deinem neuen großen Problem fertig werden soll.»

«Darrow wird mit allem fertig.»

«Mit dir, ja, aber mit mir soll er's lieber nicht versuchen! Ein Mann, der den Sex aufgegeben hat!»

Der feindselige Ton war jetzt unverkennbar, und ich suchte

gerade fieberhaft nach einigen besänftigenden Worten, als draußen auf dem Flur Schritte zu hören waren.

Lyle blickte auf, als stünde sie im nächsten Augenblick einem Erschießungskommando gegenüber.

«Lyle, sieh in ihm einen Freund –»

«Aber er ist kein Freund», sagte sie. Sie war sehr blaß. «Er ist der Feind, ich weiß es –»

Und dann trat mein Exorzist ein, um all den Dämonen gegenüberzutreten, bei deren Erkennen ich so beharrlich versagt hatte.

XXIV

«Die Macht der Selbsttäuschung ist bei allen Menschen groß, aber ich glaube, am größten ist sie bei einem populären Beamten wie etwa einem Bischof, der nie etwas anderes hört als seine eigene Stimme und den schmeichlerischen Beifall, den sie auslöst.»   **HERBERT HENSLEY HENSON**

I

Ich war überrascht, als ich Darrow sah, denn er hatte nach seinem Ausflug in die Welt noch nicht wieder das Habit angelegt und trug den Anzug eines weltlichen Priesters. Das Mönchsgewand hatte die Illusion genährt, daß seine Persönlichkeit Teil einer Gemeinschaftsidentität sei, doch in der geistlichen Kleidung ging diese Illusion der Konformität verloren, und seine Individualität wurde auffällig. Er wirkte sogar noch autoritärer, noch selbstbewußter – er wirkte auch ruhelos, wie ein Abenteurer, der gewohnt ist, unerforschte Wasser zu durchfahren. Es war, als hätte die kühle analytische Gelassenheit, die für seinen Mönchscharakter so kennzeichnend war, eine ungestümere, lebendigere Schärfe gewonnen, und zum erstenmal konnte ich ihn mir nicht nur als Marinegeistlichen, sondern auch als Novizen vorstellen, der seine Oberen so zur Verzweiflung gebracht hatte, daß sie ihn zum Kühemelken nach Yorkshire schickten.

Ich hörte, wie neben mir Lyle jäh den Atem einzog, und als ich merkte, daß der Schock vorübergehend ihre Feindseligkeit unterdrückt hatte, wußte ich, daß sie verblüfft war, weil Darrow so gar nicht dem «weißhaarigen korpulenten alten Knacker» glich, den sie sich vorgestellt hatte. Darrow seinerseits warf nur einen Blick auf sie und blieb wie angewurzelt stehen. Ich trat vor.

«Father, darf ich Ihnen Miss Lyle Christie vorstellen? Lyle, das ist Father Jon Darrow.»

Darrow sagte rasch: «Guten Tag, Miss Christie. Bitte, nehmen Sie Platz.» Er reichte ihr nicht die Hand, sondern zog statt dessen einen Stuhl für sie vom Tisch herbei.

«Vielen Dank.» Lyle hörte sich kühl, sehr argwöhnisch an. Die Begegnung begann unter keinem günstigen Vorzeichen, aber ich vermochte die Quelle des Unbehagens nicht auszumachen, bis Darrow sagte: «Wenn ich gewußt hätte, daß Miss Christie mit Ihnen gekommen ist, hätte ich mir die Zeit genommen, mich umzukleiden. Ein Mönch sollte ein Mönch sein, nicht ein etwas exzentrischer Geistlicher mit einem auffallenden Kreuz auf der Brust – das schafft nur Verwirrung. Aber ehe ich mich umkleide – kann ich Ihnen eine Erfrischung anbieten? Vielleicht hätte Miss Christie gern eine Tasse Tee?»

Lyle lehnte den Tee entschieden ab. Ich verzichtete etwas verlegen auf das weiter gefaßte Angebot einer Erfrischung.

«Dann entschuldigen Sie mich bitte einen Augenblick –» Er war schon gegangen.

Sobald sich die Tür geschlossen hatte, wandte Lyles sich mir zu. «Warum hast du mir nicht gesagt, was das für ein Mann ist?»

«Er ist ein erstaunlicher Bursche, nicht wahr? Mein Vater meinte, er hätte Anwalt werden sollen.»

«*Anwalt?* Du liebe Güte, nein! Er hätte Schauspieler werden sollen – ich sehe ihn als einen sehr finsteren Prospero im *Sturm* vor mir oder auch als sehr hypnotischen Claudius in *Hamlet*, als einen Claudius, der ganz deutlich macht, weshalb Gertrude an nichts anderes denken konnte, als mit ihm ins Bett zu gehen –»

«Meine liebste Lyle!» Ich war verblüfft. Ich war nie auf den Gedanken gekommen, daß eine Frau Darrow sexuell attraktiv finden könnte. Ich hatte angenommen, dazu würde er zu kalt, zu streng wirken; aber ich hatte vergessen, daß Frauen für autoritäres Auftreten empfänglich sind, besonders wenn es von einem Air freibeuterischen Selbstbewußtseins begleitet ist.

«Daß so ein Mann Mönch ist – etwas Ausgefalleneres kann ich mir nicht vorstellen», sagte Lyle heftig. «Das muß Theater sein – das ist *sein* blendendes Bild –, und darunter ist er todsicher überhaupt nicht mönchisch. Hast du gesehen, wie er richtig zurückwich, als er mich sah? Offenbar stelle ich für ihn die größtmögliche Versuchung dar – eine zweite Jezabel!»

Jetzt hielt ich es für an der Zeit, eine Grenze zu setzen: «Darrow ist nicht zurückgewichen, als er dich sah, er ist nur stehengeblieben», sagte ich, «und zwar zum einen, weil er ehrlich überrascht war, dich hier zu sehen, und zum anderen, weil er sofort wußte, daß du dir alle möglichen lächerlichen Vorstellungen von ihm machst, solange er nicht sein geschlechtsloses Mönchshabit trägt!»

«Aber wie kann ein solcher Mann ohne Sex leben?»

«Darling, ich sage das nicht gern, aber ich fürchte, du hast hier ein Vorurteil, weil du ehelich mit einem Geistlichen zusammengelebt hast, der mit der Keuschheit nicht fertig wurde, aber –»

«Ja – halt mir nur Alex vor!» rief Lyle, die sich in eine nervöse Wut hineinsteigerte. «Ich wünschte, ich wäre nicht hierhergekommen an diesen gräßlichen Ort!» Und sie brach in Tränen aus.

Ich versuchte noch immer, sie zu beruhigen, fragte mich noch immer, wie um alles in der Welt Darrow mit uns zurechtkommen sollte, erinnerte mich noch immer daran, daß ich kaum erwarten konnte, fürderhin glücklich und zufrieden in einem problemfreien Paradies zu leben, als Darrow wieder eintrat.

2

Lyle stand auf und ging auf ihn zu. «Ich glaube, es ist besser, Sie sprechen mit Charles allein», sagte sie. «Ich laufe nicht davon – ich will nur nicht, daß ein Mönch in meiner Vergangenheit herumstöbert, und um Ihnen zu beweisen, daß ich kein Feigling bin, sage ich Ihnen gleich, daß ich schwanger bin und daß Charles gesagt hat, er will mich heiraten, und daß er natürlich verrückt ist und sich nicht das Leben auf diese Art ruinieren darf. Mir ist es gleich, was mit mir passiert, ich bin zu schlecht, um mir darum Gedanken zu machen, aber Charles ist gut und anständig, und er hat es nicht verdient, in diese üble Sache hineingezogen zu werden – und wenn Sie so großartig sind, wie alle immer sagen, dann werden Sie sicher eingreifen und ihn vor mir retten wollen.»

«Lyle –», begann ich verzweifelt, aber ich wurde unterbrochen.

«Miss Christie», sagte Darrow, «was ich will, ist hier völlig unwichtig. Wichtig ist, was Gott will. Leugnen Sie Gott?»

«Nein!» rief Lyle, und Tränen rannen ihr übers Gesicht.

«Dann wissen Sie, daß Ihre erste Pflicht Gott gilt, und diese Pflicht besteht im Augenblick darin, daß Sie sich beruhigen, damit Sie ihn hören können, wenn er mit Ihnen in Verbindung treten will. Charles, geben Sie ihr Ihr Kreuz. Miss Christie, nehmen Sie das Kreuz und halten Sie es ganz fest ... ja, so ... und jetzt setzen Sie sich hier hin ... Charles, Sie setzen sich auch und legen den Arm um sie ... So, ja ... Und jetzt setze ich mich zu Ihnen beiden, und wir werden alle beten, daß im Namen unseres Herrn Jesus Christus diese Dämonen ausgestoßen und besiegt werden ... und nicht nur um Ihretwillen, Miss Christie, sondern auch um Charles willen und um des Kindes willen ... Schließen Sie die Augen und atmen Sie ganz tief ... und ruhig ... und lauschen Sie meinem stummen Gebet, hören Sie auf jedes Wort von Gott, lauschen und hören Sie sehr sorgsam ... Herr, erhöre unser Gebet.»

Lyle hatte die Augen fest zugedrückt und zitterte an mir, während ich sie umfaßt hielt. Es verlangte mich danach, Darrow zu sagen, er solle dem Heilungsprozeß nachhelfen mit der Kraft, die er durch seine Hände fließen lassen konnte, aber obwohl ich kein Wort sprach, hörte er mich. Er sagte streng: «Charles, konzentrieren Sie sich auf unser Gebet», und ich sagte sofort: «Es tut mir leid.» Zuerst glaubte ich, mich nicht konzentrieren zu können, aber Darrows Training war nicht vergebens gewesen, und nachdem ich mit aller Kraft gebetet hatte, schlug ich die Augen zusammen mit ihm auf. Die Worte waren «Glaube» und «Vertrauen». Ich hatte sie deutlich gehört.

Neben mir erschauerte Lyle abermals und schlug die Augen auf.

Darrow beugte sich vor. «Haben Sie gehört?»

«Nein, ich habe nichts gehört.» Sie rieb sich die Augen. «Aber ich weiß, ich muß an Gott glauben und darauf vertrauen, daß er mir hilft.»

«So ist es. Was haben Sie gehört, Charles?»

«Sie haben um Glauben und Vertrauen gebetet. Ich glaube, ich muß darauf vertrauen, daß Sie uns helfen, und darauf, daß ich die Kraft habe, Gott hier nach meinem besten Vermögen zu dienen.»

«So ist es. Und wir alle müssen Gott dienen, nicht wahr, Miss Christie? Ich muß Gott dienen, indem ich Ihnen beiden helfe, in dieser schweren Prüfung das Richtige zu tun, Charles muß Gott dienen, indem er tut, wozu Gott ihn ruft, und Sie müssen Gott dienen, indem Sie mit aller Kraft zu erkennen versuchen, was er von Ihnen verlangt.»

Lyle sagte erschauernd, noch immer mein Kreuz umklammernd: «Ich will Charles heiraten. Aber vielleicht ist das egoistisch und böse und gar nicht Gottes Wille.»

«Es ist nicht egoistisch und böse, nach der bestmöglichen Lösung für Ihr Dilemma zu suchen. Aber Sie müssen sich sicher sein, daß die Ehe mit Charles die beste Lösung ist.»

Ein Schweigen. Dann schluchzte Lyle: «O Alex, Alex», und sie brach abermals unter Tränen zusammen.

3

«Halten Sie sie fest im Arm», sagte Darrow zu mir, und mir wurde plötzlich bewußt, daß kein körperlicher Kontakt zwischen ihm und Lyle stattfinden sollte. Ich zog sie wieder an mich und küßte sie auf die Wange. Sie umklammerte noch immer das Kreuz, und während ich mit dem rechten Arm ihre Schultern umfaßt hielt, bedeckte ich ihre linke Hand mit der meinen, um ihr noch mehr Halt zu geben.

Als sie etwas ruhiger geworden war, sagte sie zu Darrow: «Alex ist ein so guter Mensch – Sie dürfen ihn nicht verdammen.»

«Es steht mir gar nicht zu, ihn zu verdammen», sagte Darrow, «auch Charles nicht. Wir haben es hier mit einer Tragödie zu tun, bei der Menschen tiefes Leid erfahren haben, aber auch wenn ich von Leiden und Tragödie spreche, Miss Christie, werden Sie als Christin wissen, daß aus jedem Unglück ein neuer Anfang, eine neue Hoffnung, ein neuer Glaube kommen kann – nicht nur für Sie, sondern auch für die Jardines.»

«Aber sie werden ohne mich nicht fertig!»

«Hüten Sie sich vor dem irrigen Glauben, es sei nur eine einzige Zukunft möglich, eine Zukunft, die den Jardines schädlich ist. Eine solche Annahme ist in der Tat eine Form der Eitelkeit; in Wahrheit ist niemand unentbehrlich, also blicken Sie mit Demut in die Zukunft und denken Sie dann daran, daß Sie der Hoffnung fähig sein mögen – und nicht nur für sich selbst, sondern auch für sie. Denken Sie an unser Gebet gerade eben. Sie müssen an Gott glauben und darauf vertrauen, daß er sich um Sie alle drei in den schwierigen, vor Ihnen liegenden Tagen kümmert.»

Lyle schien sich beruhigt zu haben. Nachdem sie sich geschneuzt hatte, sagte sie leise: «Meine Ehe ist ungültig, nicht wahr?»

«Ah», sagte Darrow, «ja, sehen wir uns genau an, wie Ihre Lage ist. Wenn Sie Dr. Jardine in gutem Glauben geheiratet haben, wird man Sie für unschuldig erklären, nun da die Ehe sich als ungültig herausstellt. Sie würden sich nur eines schweren Vergehens schuldig machen, wenn Sie die Ehe fortsetzen, nachdem Sie wissen, daß es gar keine Ehe ist.»

«Dann war alles eine Lüge.»

«Wir kommen der Wahrheit wohl am nächsten, wenn wir es einen ungeheuerlichen Akt der Selbsttäuschung seitens Dr. Jardines nennen. Der Fehler liegt wahrscheinlich nicht in der Zeremonie selbst; man könnte die Ansicht vertreten, daß es möglich ist, eine vor Gott gültige Ehe ohne den Beistand von Kirche und Staat zu schließen. Wenn zum Beispiel ein Mann und eine Frau auf einer verlassenen Insel gestrandet wären und eine christliche Ehe zu führen wünschten – ich glaube nicht, daß man sie dann als Sünder bezeichnen könnte, wenn sie sich vor Gott das Ehegelöbnis gäben und einander fortan gute Ehegatten wären. Dr. Jardines Vater und Stiefmutter sahen sich offenbar in Putney auf einer verlassenen Insel, und sie wäre gewiß als die Lebensgefährtin des alten Mannes betrachtet worden, aber geistlich ist ihrer beider Position zweifelhaft, da würde es sehr auf die Motive des alten Mr. Jardine ankommen. Möglicherweise handelte er in voller Aufrichtigkeit und Ehrfurcht. Wir werden es nie wissen. Was wir aber wissen, ist, daß der alte Mr. Jardine frei war, um eine Ehe einzugehen, was sein Sohn unglücklicherweise nicht war.»

«Aber Alex glaubte – er war so sicher – und Mrs. Jardine, seine Stiefmutter, sie glaubte – und sie war so sicher –»

«Sie glaubten gewiß aufrichtig, sie hätten recht. Aber die alte Mrs. Jardine war offenbar großer spiritueller Anpassung fähig – um es gelinde auszudrücken –, doch Dr. Jardine vollführte seinen berühmten Trick der Verwandlung von Schwarz in Weiß mit einer magischen Fähigkeit, die gar nicht spirituell war.»

«Aber Carrie verweigerte ihm doch die ehelichen Rechte – Martin Luther glaubte –»

«Martin Luther war nicht Gott, noch ist diese seine Ansicht bezüglich der Scheidung mit dem englischen Gesetz vereinbar.»

«Aber wenn das geistige Band zwischen den Eheleuten zerrissen ist –»

«Ich weiß, innerhalb der Kirche erhebt eine Gruppe ihre Stimme, die glaubt, verschiedene Umstände könnten den innersten Kern einer Ehe zerstören und damit eine geistige Auflösung der Ehe darstellen, aber die Verweigerung der ehelichen Rechte zählt nicht zu diesen Umständen und ist auch nach der neuen Gesetzesvorlage von A. P. Herbert für sich allein noch kein Scheidungsgrund. Außerdem kann man wohl kaum sagen, der innerste Kern der Ehe sei zerstört gewesen, wo Mrs. Jardine treu zu ihrem Gatten hielt, um seine Karriere zu retten. Ein Aspekt der Ehe war zweifelsohne ausgefallen, aber in jeder anderen Hinsicht könnte man kaum eine liebevollere und ergebenere Gattin finden, und ich halte es für unstrittig, daß Dr. Jardine vor Gericht damit nicht durchkäme.»

«Aber vor Gott – das Erbarmen und die Vergebung Christi –»

«Wir müssen alle darum beten, daß Gott Dr. Jardine mit Erbarmen und Vergebung ansieht, aber aus geistlicher Sicht, Miss Christie, ist es ganz undenkbar, daß ein Bischof nach einer informellen Scheidung in beiderseitigem Einverständnis eine gültige Ehe schließen könnte. Viele würden sogar sagen, er könnte nicht einmal nach einer formellen Scheidung wieder heiraten.»

Lyle sagte nur: «Er war so sicher.»

«Ja», sagte Darrow, «da lag in der Tat eine große Selbsttäuschung vor. Er machte sich vor, seine Ehe sei in geistiger Hinsicht null und nichtig. Er machte sich vor, nach einer informellen Scheidung könnte eine neue Ehe möglich sein. Er machte sich vor, er stünde über dem englischen Gesetz, und er machte sich vor, eine an Bigamie grenzende Kohabitation sei in den Augen Gottes akzeptabel. Er täuschte auch Sie und seine Frau, indem er Sie glauben ließ, er sei als Bischof berechtigt, dabei seine eigene geistliche Ordnung aufzustellen und mit Gott zu verhandeln, wie es ihm paßte. Das ist die Sünde des Hochmuts und zeigt einen Grad von mangelnder Seelenstärke an, der zum schweren Irrtum führt.»

Lyle war so erschüttert, daß sie nur noch flüstern konnte: «Was soll aus ihm werden?» Sie begann wieder zu weinen.

«Diese Frage kann keiner von uns beantworten. Gleich Ihnen hat er die Wahl zwischen mehreren Zukunftsmöglichkeiten, und wir müssen alle darum beten, daß er angeleitet werde, sich für die richtige zu entscheiden. Aber im Augenblick sind Sie wichtiger als Dr. Jardine. Wollen Sie jetzt weitersprechen, oder möchten Sie sich lieber ausruhen und morgen wiederkommen?»

«Was ist dazu noch mehr zu sagen?» Lyle legte das Kreuz aus der Hand, um ihre Tränen zu trocknen. «Ich weiß jetzt, daß ich frei bin, um Charles zu heiraten – ich kenne jetzt endlich die ganze Wahrheit –»

«Ja, Sie kennen sie. Aber kennt auch Charles sie?»

Sie starrte ihn an, und das tat auch ich. Ich fragte sofort: «Wie meinen Sie das?»

Darrow erhob sich, ging um den Tisch herum und nahm uns gegenüber in der üblichen Haltung des Beraters Platz. Er sagte nur: «‹Eng ist die Pforte und schmal der Weg›.»

Es war wie ein Zeichen der Verständigung zwischen uns, und plötzlich spürte ich, wie mich die Furcht anfiel, aber Lyle verstand nicht. Sie blickte ihn angstvoll an. «Wie meinen Sie das?»

«Vergessen Sie bitte nicht», sagte er zu ihr, «daß ich vor allem Ihnen und Charles helfen will, die richtige Lösung in Übereinstimmung mit dem Willen Gottes zu finden. Und denken Sie daran, daß das nur geht, wenn wir die ganze Wahrheit kennen.»

«Aber ich habe Charles doch die ganze Wahrheit gesagt. Habe ich das nicht, Charles?»

«Es hat sich jedenfalls wie die ganze Wahrheit angehört», sagte meine Stimme. Sie klang vertrauensvoll, wenn auch gezwungen.

«Dann sind Sie wohl so freundlich, Miss Christie», sagte Darrow, «mich in ein, zwei Punkten aufzuklären, die mir noch etwas dunkel vorkommen.»

Lyle blickte ihn weiter ängstlich an. Dann sagte sie zu mir: «Ich weiß nicht, was er meint, Charles, aber er scheint anzudeuten, daß ich dich irgendwie getäuscht habe.»

«Ich glaube nicht, daß er das meint», sagte ich vorsichtig. «Schließlich weiß er nicht, was du mir gesagt hast. Stell dir einfach vor, er leuchtet mit einer Lampe in die dunklen Winkel – und immer zu deinem Heil.»

Sie überlegte. «Schön», sagte sie schließlich zu Darrow. «Fragen Sie. Was wollen Sie wissen?»

«Nun, die erste und nächstliegende Frage», sagte Darrow in sehr behutsamem Ton, «ist die: Wann haben Sie beschlossen, ein Baby zu bekommen?»

4

Ich dachte, sie werde gleich ohnmächtig werden. Mir wurde selbst etwas flau. Ehe sie etwas erwidern konnte, sagte ich rasch: «Es war ein Versehen.»

Aber Darrows erste Sorge galt Lyle. «Charles, gehen Sie auf den Flur und rufen Sie nach Barnabas, er soll ein Glas Wasser bringen.»

«Nein!» keuchte Lyle. Sie klammerte sich an mich. «Laß mich nicht mit ihm allein!»

Sofort stand Darrow selbst auf und rief nach einem Glas Wasser.

«Nun, Miss Christie», sagte er, als er zurückkam, «haben Sie sich die Antwort überlegt?»

Sie beugte sich vor, die Unterarme auf dem Tisch, das Gesicht angespannt. «Ich werde Ihnen keine Einzelheiten aus meinem Geschlechtsleben erzählen. Sie müssen sich Ihre Nervenkitzel aus zweiter Hand anderswo besorgen.»

«Lyle!» rief ich aus, aber Darrow sagte in knappem Ton: «Seien Sie still, Charles. Miss Christie –»

«Sie haben ein Vorurteil gegen Frauen!» rief Lyle. «Sie sehen in mir eine sexbesessene Dirne, die einen guten Menschen ruiniert hat und jetzt noch einen ruinieren will!»

«Das ist der Dämon Ihrer Schuld», sagte Darrow. «Nehmen Sie das Kreuz vom Tisch wieder auf.»

«Sie wollen Charles beweisen, daß ich nur eine berechnende Ehebrecherin bin!»

«Das ist der Dämon Ihrer Scham und Ihres Selbsthasses. Nehmen Sie das Kreuz.»

Lyle sprang auf und schrie: «Halten Sie den Mund! Sie sind nichts als ein Betrüger, Sie verstecken sich hier in diesem abscheulichen Haus, weil Sie Angst haben, wenn Sie in die Welt hinausgehen, könnte Sie jede Frau verführen, die Sie sehen, wie können Sie da die Frechheit besitzen, sich in mein Privatleben einzumischen, wie können Sie es wagen! Ich lasse Sie nicht Ihre Frustration an mir abreagieren, ich lasse Sie nicht meine letzte Hoffnung auf Glück zerstören, *ich lasse mir von keinem Mann das Leben ruinieren –*»

«Das ist der Dämon Ihres Zorns», sagte Darrow, «aber der Zorn ist nicht gegen mich gerichtet. Sagen Sie mir, wie viele andere Männer außer Dr. Jardine haben Sie so schmerzlich enttäuscht?»

Lyle keuchte, packte das Kreuz und schleuderte es nach ihm, aber während ich entsetzt aufsprang, fing Darrow es auf und erhob sich so schnell, daß sein Stuhl krachend umstürzte.

«Wie viele Frauen haben Sie durch die Hölle geschickt, ehe Sie sich mit diesem verdammten Habit kastriert haben?» kreischte Lyle, am ganzen Leib zitternd. «Ich hasse Sie, *ich hasse Sie*, ICH HASSE SIE!»

Ich wollte sie packen, aber ich war vom Schock wie gelähmt. Mir war, als wäre eine gewaltige Kraft explodiert und hätte eine Kluft zwischen uns aufgerissen, doch im nächsten Augenblick überbrückte Darrow den Abgrund. Er ging rasch um den Tisch herum und sagte mit energischer Stimme: «Diese Qual muß enden. Im Namen Gottes – im Namen Jesu Christi – DIESE QUAL MUSS ENDEN!» Und er streifte ihr die Kette mit dem Kreuz über den Kopf, während sie mit den Armen ausschlug, um ihn fortzustoßen.

«Nein, nein, nein –» Sie kreischte laut, aber als er sie endlich in die Arme nahm, hörten die Schreie auf, ihr ganzer Körper erschauerte unter Krämpfen, und sie verlor das Bewußtsein.

5

Eine Sekunde später kam der junge Mönch mit dem Glas Wasser.

«Brandy», sagte Darrow in scharfem Ton.

«Ja, Father.» Er schob mir das Glas in die ausgestreckte Hand und rannte hinaus.

Darrow hatte Lyle auf den langen Tisch gehoben. Mit raschen sicheren Bewegungen streckte er sie der Länge nach aus und klopfte ihr vorsichtig auf die Hüfte. «Gott sei Dank – kein sadistisches Korsett», war sein einziger Kommentar.

Ich überwand meine Bestürzung, stellte das Glas hin und fragte: «Father, was, um Gottes willen, ist geschehen?»

«Es ist alles in Ordnung, in einer Minute kommt sie wieder zu sich. Vorher noch ein paar schnelle Antworten auf ein paar schnelle Fragen. Die Empfängnisverhütung – hat sie behauptet, sie habe versagt?»

«Bei einer Gelegenheit hat sie sich nicht vorgesehen.»

«Wußte Jardine, daß sie es vergessen hatte?»

«Wie ich sie verstanden habe – nein.»

«Weiß einer der Jardines von ihrem Zustand?»

«Nein. Übrigens ist die Schwangerschaft noch nicht durch einen Test bestätigt, aber sie scheint sich sehr sicher zu sein. Father, ich weiß noch immer nicht, was vorgeht –»

«Machen Sie sich keine Sorgen, Charles. Ich glaube eigentlich nicht, daß es eine Verschwörung von allen dreien ist, weil sie ein Wunschkind haben wollten, aber wir müssen sicher gehen . . . Ah, sie kommt zu sich. Jetzt verhalten Sie sich ganz ruhig und überlassen Sie alles mir – ja, komm herein, Barnabas – Charles, schenken Sie ein wenig Brandy ein, bitte.»

«Ist das alles, Father?» fragte Barnabas, neugierig die auf dem Tisch ausgestreckte Frau betrachtend.

«Ja. Raus», sagte Darrow, und Barnabas entwich.

Lyle stöhnte.

«Es ist alles gut», sagte Darrow, über sie gebeugt. «Trinken Sie zuerst einen Schluck Wasser. Dann können Sie Brandy haben.»

Lyle sagte: «Habe ich eine Fehlgeburt?» Sie hörte sich benommen und kindlich an.

«Nein», sagte Darrow in entschiedenem Ton. «Geben Sie ihr das Wasser, Charles.»

Sie trank gehorsam, und nachdem sie auch einen Schluck Brandy getrunken hatte, sagte Darrow: «Probieren Sie einmal, ob Sie sich aufsetzen können, ohne daß Ihnen schwindlig wird.»

Sie versuchte es. Ich stützte sie noch immer. Als sie keine Nachwirkungen spürte, sah sie Darrow an. «Ich habe schreckliche Dinge zu Ihnen gesagt», flüsterte sie. «Ich erinnere mich.»

Wiederum gebrauchte Darrow die alte symbolische Sprache, um tiefe psychologische Wahrheiten auszudrücken. Er sagte mit absoluter Autorität: «Die Dämonen waren sehr stark, aber sie sind jetzt fort. Ihnen ist noch nicht gut, aber Ihnen wird bald besser sein, weil jetzt die Heilung beginnen kann.»

«Wenn aber die Dämonen zurückkommen?»

«Das können Sie nicht, solange Sie mit Gott in Berührung sind. Als Sie die Berührung verloren, konnten die Dämonen in Ihre Seele eindringen, aber Sie werden die Berührung jetzt nicht verlieren.» Zu mir sagte er: «Geben Sie ihr noch einen Schluck Brandy.»

Lyle nippte am Glas und sagte: «Mir ist besser.»

«Gut. Charles, helfen Sie ihr auf den Stuhl zurück.» Er selbst machte keine Anstalten, sich wieder zu setzen, sondern lehnte sich lässig an den Tisch.

Plötzlich sagte Lyle zu ihm: «Ich möchte mit Ihnen sprechen.»

«Sie wollen mir die Wahrheit über das Baby sagen?»

«Aber die kennen Sie doch schon, oder?»

«Charles kennt sie nicht, und wir beide müssen hier an Charles denken.»

«Ich liebe Charles», sagte Lyle, noch immer zu Darrow sprechend. Ich hätte hundert Meilen weit weg sein können. «Ich will ihm die bestmögliche Ehefrau sein.»

«Und deshalb müssen Sie ehrlich sein, nicht wahr? Er hat Ihnen das Geschenk seiner Liebe gemacht, und Sie müssen ihm das Geschenk Ihrer Aufrichtigkeit machen, um zu beweisen, daß Sie seiner würdig sind. Schön, sprechen wir von dem Baby.»

Darrow fest ansehend, sagte Lyle: «Ich weiß nicht genau, wann es empfangen wurde.»

«Sie gaben die Verhütung auf?»

«Ja. Ich wollte schwanger werden.»

«Der einzige Ausweg, ja?»

Sie nickte. In ihren Augen glänzten Tränen.

«Können Sie mir sagen, wie Sie zu diesem Schluß kamen, daß eine Schwangerschaft die einzige Lösung der Probleme sei?»

Lyle sagte: «Ich war in die Domkapelle gegangen, aber ich konnte nicht beten, weil ich so von Gott abgeschnitten war. Dann kam Charles. Da wußte ich, daß ich die Jardines verlassen mußte, aber ich wußte nicht, wie ich je die Kraft aufbringen sollte, die Ehe zu beenden. Charles versteht diesen Teil nicht – den bizarren Teil –, und ich kann die Art von Macht, die Alex über mich hatte, nicht in Worten ausdrücken, aber –»

«Wann hat sich der Liebesverkehr geändert?»

«Vor einigen Monaten. Ich wollte nicht mehr. Ich war in einem solchen Durcheinander wegen all dieser Dinge. Aber Alex redete mir das wieder aus. *Alex redete* –» Sie verstummte.

«– und dann erschien der Sex auf eine neue Weise aufregend.»

Sie nickte wieder gequält. «Ich kann es Charles nicht erklären, ich will es nicht erklären –»

«Er muß es aber wissen. Sonst quält er sich herum, indem er zu erraten versucht, was Sie verbergen.» Er wandte sich an mich. «Ich fürchte, Dr. Jardine hat wieder sein Charisma mißbraucht. Er hat Hypnose angewandt, um seine Macht zu verstärken, und hat dann die Macht in den Geschlechtsakt geleitet mit der Folge, daß der Akt weniger zu einem Ausdruck der Liebe als zur erotischen Unterwerfung einer Gefangenen durch ihren Bändiger wurde... Trifft diese Beschreibung zu, Lyle?»

Sie brachte ein Nicken zustande.

«Schön, wir haben Charles erklärt, daß Ihr Sinn umwölkt und ihr Wille geschwächt waren durch diese hypnotische und äußerst schädliche Beziehung. Aber als Sie Charles in der Kapelle begegneten, agierte er vorübergehend als Schranke zwischen Ihnen und Dr. Jardine mit der Folge, daß Sie Ihre Situation kurz in der wahren Perspektive sehen konnten – und da wußten Sie, daß die Beziehung beendet werden mußte. Aber als Charles gegangen war – als die

528

Schranke wieder entfernt worden war – da waren Sie dem Willen Dr. Jardines wieder ausgesetzt.»

«Ja, als er in dieser Nacht auf mein Zimmer kam, wußte ich, daß ich nicht fähig war, ihn zurückzuweisen, aber zufällig war das Pessar nicht eingesetzt ... und plötzlich sah ich, daß ich nur einfach nichts zu tun brauchte. Ich war unfähig zu einer entschiedenen Handlung, unfähig zu sagen: ‹Ich kann nicht weitermachen.› Ich war nur fähig, stumm zu bleiben, passiv zu sein, und während er mich liebte, dachte ich: Wenn ich ein Baby hätte, könnte er mich nicht behalten, alles Reden der Welt würde daran nichts ändern, wenn ich ein Baby hätte, würde ich gehen müssen. Und da beschloß ich, nie mehr das Pessar zu gebrauchen. Armes kleines Baby, so unrecht, ich hätte es nicht tun sollen –»

«Nachher ist man immer klüger, aber wenn man in einer verzweifelten Krise steckt ... Wie dachten Sie über Ihre Zukunft, als Sie erst schwanger waren?»

«Ich dachte, ich könnte Charles dazu bringen, mich zu heiraten. Ich wußte, ich würde ihm sagen müssen, daß ich schwanger sei – ich hätte nie daran gedacht, ihn wirklich schwer zu täuschen –, aber ich wollte ihm sagen, die Schwangerschaft sei die Folge eines einzigen schrecklichen Versehens.»

«Wie haben Sie Charles dazu gebracht, Ihnen einen Antrag zu machen?»

«Ich sagte immer wieder, wie berechnend und sexbesessen ich sei, wobei ich durchblicken ließ, er werde sicher nichts mehr von mir wissen wollen, wenn er begriffen hätte, wie ich wirklich war – ich dachte, das reizt ihn noch mehr. Attraktive Männer sind immer von einer Frau fasziniert, die sie herausfordern kann.»

«Aber gewiß machten Sie sich dennoch Sorgen, er werde vor dem letzten Hindernis scheuen, wenn er von dem Baby hörte.»

«O ja – ich dachte, am Ende müßte ich ihn vielleicht dazu zwingen. Aber sehen Sie, ich wollte ihn hinters Licht führen, bis ich ihm den Gnadenstoß geben konnte, und da ... o Gott, da kam er mir zuvor –»

«Inwiefern?»

«Er erzählte mir von seinen Eltern», sagte Lyle weinend. «Er

sprach von seinen Idealen, er hielt zu mir, er lebte seinen Glauben –
oh, und da war ich so beschämt, da kam ich mir so gemein, so
schäbig, so niederträchtig vor – ich konnte kaum sprechen, ein
solches Schuldgefühl hatte ich, aber ich wußte jetzt, daß ich ihn
liebte. Vorher hatte ich ihn nicht geliebt. Ich hatte ihn anziehend
gefunden, ja, aber –»

«Ja – noch eine letzte Hürde, Lyle –»

«Ich haßte ihn, ich war so zornig auf ihn, ich wollte es ihm
heimzahlen ?»

«Und wofür?»

«Er hatte mit Loretta geschlafen», sagte Lyle, und die Tränen
liefen ihr die Wangen herunter. «Ich dachte, er hätte sich mit mir nur
amüsiert, ich dachte, ich sei getäuscht worden, ich dachte, er hätte
mich im Stich gelassen – immer haben mich Männer im Stich
gelassen, sogar mein Vater ließ mich im Stich, als er fortging und nie
mehr zurückkam, und ich konnte es einfach nicht ertragen, daß
Charles mich betrog, wo ich ihn so mochte. Ich dachte, ich werde
mich rächen, ich werde ihn dafür büßen lassen, ich werde ihm sagen,
er muß mich heiraten, sonst mache ich einen Skandal und sage, das
Baby ist von ihm. Das hatte ich vor, ich hatte mich dazu aufgerafft,
darauf eingestellt, und da war ich dann, voller Zorn und Abscheu
und Bosheit, richtig *verseucht* von diesen Dämonen, die Sie gerade
eben erkannt haben, und da – was sagten Sie noch ..m Anfang unseres
Gesprächs?»

«Kein Dämon kann der Macht Christi widerstehen.»

«Ja, Charles war so gut, so aufrecht, so christlich – die Dämonen
wichen alle zurück, und ich konnte ihn lieben, aber dann kamen die
Dämonen wieder, sie wollten mich zurückfordern, weil sie wußten,
ich hatte einen solchen Mann nicht verdient, und sie forderten mich
auch zurück, aber durch ein Wunder haben Sie sie ausgetrieben – O
Father, helfen Sie mir, bitte, helfen Sie mir, ich bin so krank –»

Darrow sagte sofort: «Wenn Sie das erkennen, sind Sie schon auf
dem Wege der Heilung.»

«Ich wünsche so sehr, all die schrecklichen Dinge, die ich getan
habe, könnten ausgelöscht werden!»

«Das ist vielleicht gar nicht so schwer, wie Sie glauben. Wenn Sie erst echte Reue empfunden haben, steht Ihnen der Weg zum Beginn eines neuen Lebens offen.»

«Aber nicht mit Charles. Mit Charles wird es jetzt kein neues Leben geben – ich werde ihn verlieren, nicht wahr, Father? Ich werde verlieren, wonach mich am meisten verlangt, und es wird die gerechte Strafe sein für alle meine Lügen und Täuschungen und meine Bosheit.»

Darrow sagte nichts. Er sah mich nur an, und ich werde mich immer daran erinnern, daß er zum Schluß, als die endgültige Entscheidung getroffen werden mußte, nicht nur stumm, sondern auch unergründlich war. Ich und nur ich mußte und konnte die Entscheidung treffen.

«Wenn du mir Loretta verzeihen kannst», sagte ich zu Lyle, «kann ich dir verzeihen, daß du dich rächen wolltest. Und selbst wenn du mir nicht verzeihen kannst, verzeihe ich dir trotzdem, weil ich jetzt weiß, wie schwer du gelitten hast.»

«O Charles – Charles –»

«Und jetzt fahren wir zurück ins Hotel und machen schon ein paar Pläne für die Hochzeit.»

XXV

Der Rückblick hat vieles Demütigende in sich, das nach
Buße ruft; aber Christus in seiner grenzenlosen Barmher-
zigkeit hat mich all diese langen Jahre ertragen, und ich
kann nicht daran zweifeln, daß er bis zum Ende bei mir sein
wird.»   HERBERT HENSLEY HENSON

I

Lyle und ich sprachen auch tatsächlich über die Hochzeit, aber nicht lange. Sie war erschöpft, und um neun Uhr trennten wir uns im Hotelfoyer. Am nächsten Morgen erlöste ich sie, als sie sich im Speisesaal vergeblich mit ihrem Frühstück abmühte, und wir fuhren nach Grantchester zurück; während sie im Dorf einen Spaziergang machte, sprach ich mit Darrow.

«Sie ist noch müde», sagte ich auf seine einleitende Frage, «aber viel ruhiger.» Ich zögerte, ehe ich hinzusetzte: «Wann haben Sie gemerkt, was in ihr vorging?»

«Ich sah sofort, daß sie in Schwierigkeiten war, und als ich merkte, daß sie mich benutzte, um ihren ganzen Zorn auf das andere Geschlecht loszuwerden, fragte ich mich, ob Sie selbst gegen diese Feindseligkeit immun wären... Sie braucht noch viel Hilfe, Charles.»

«Haben Sie eine Nonne gefunden?»

«Ja. So um die Fünfzig, verwitwet, einfühlsam, sehr menschlich.»

«Ich kann nur hoffen, daß sie bereit ist, mit ihr zu sprechen.»

«Wenn die augenblickliche schlimme Anspannung nachläßt, wird sie wohl erneut das Bedürfnis verspüren, sich jemandem anzuvertrauen.»

«Ich wünschte so sehr, Sie könnten sie weiter beraten!»

«Das wäre zu gefährlich. Sie haben ja selbst die sexuelle Note beobachtet, die die Szene annahm, als sie verwirrt war, und wenn ich versuchte, sie allein zu beraten ... Nein, Charles, eine solche Sitzung würde sie nur durcheinanderbringen – und es wäre auch für mich nicht gut. Mönche sind in vieler Hinsicht sehr gewöhnliche Männer, und wir sind keineswegs von Gott dazu ausersehen, uns als Berater mit dem Privatleben hübscher Frauen zu befassen.» Er lächelte und fügte dann hinzu: «Wie sieht Ihr nächster Schlachtplan aus?»

«Wir fahren nach Starbridge. Sie muß ihre wichtigsten Sachen holen, und es ist wohl das Beste, wenn sie sich sobald wie möglich von den Jardines trennt. Natürlich spreche ich zuerst selbst mit ihm.»

«Was glauben Sie, wie er reagieren wird?»

«Genau das wollte ich Sie fragen. Was meinen Sie, Father? Ich bitte jetzt nicht um eine Demonstration Ihrer hellseherischen Fähigkeiten, nur um eine von den vorliegenden Fakten ausgehende Vorhersage.»

«Mehr ist Hellsehen meistens ohnehin nicht.» Darrow überlegte einen Augenblick. «Er wird wie vom Donner gerührt sein – aber nicht von der Mitteilung, daß Lyle ihn verläßt, glaube ich; er muß sich seit einiger Zeit bewußt sein, daß ihre Beziehung aus den Fugen geraten ist. Nein, er wird wie vom Donner gerührt sein, wenn er von dem Kind erfährt, und er wird Sie als erstes fragen, wie oft er es sehen kann. Und da erhebt sich für Sie die Frage, welche Rolle die Jardines in Ihrer Ehe spielen sollen, Charles.»

«Lyle sieht ein, daß es einen völligen Abbruch der Beziehungen geben muß», sagte ich, «und ich gestehe, daß ich in diesem Punkt unerbittlich bin. Sie haben sich fernzuhalten, und wenn sie glauben, sie können regelmäßig kommen und meinem Kind im Kinderwagen schöntun, dann haben sie sich getäuscht.»

Darrow musterte seinen Abtsring und schwieg.

«Wäre das unchristlich?» fragte ich unsicher.

«Nicht zwangsläufig. Was glauben Sie?»

«Ich glaube, Gott hat mich gerufen, diese Ehe zu schließen – die am Anfang gewiß sehr schwierig sein wird –, und deshalb muß ich als erstes dafür sorgen, daß diese Ehe gelingt. Und das wird sie wohl nicht, wenn ich die Jardines in sie eindringen lasse.»

«Ja», sagte Darrow, «wahrscheinlich ist das die einzige Schlußfolgerung, zu der Sie kommen können, solange Sie und Lyle sich von Ihren Prüfungen erholen und einander lieben lernen, aber hüten Sie sich vor Unbeugsamkeit, Charles. Denken Sie daran, welche Schwierigkeiten sich aus der starren Haltung Ihres Vaters ergaben, als er sich nicht von der Überzeugung abbringen ließ, Sie seien eine Kopie von Romaine.»

Jetzt war es an mir, zu schweigen. Schließlich fragte Darrow: «Wie wollen Sie es mit der Trauung halten?»

«Das ist ein weiteres Problem. Wir sind beide der Ansicht, daß sie möglichst bald und im engsten Kreise stattfinden sollte – ich werde natürlich eine Sondergenehmigung einholen –, aber es gibt sicher Gerede, wenn Lyle nicht von Jardine getraut wird.»

«Meinen Sie? Vergessen Sie nicht, daß sie die Angestellte der Jardines ist, nicht ihre Tochter, und zwischen Arbeitgeber und Angestellten gibt es oft Streit. Gewiß, man wird sich schon ein wenig wundern, wenn die Jardines bei der Trauung nicht anwesend sind, aber die Menschen haben ein kurzes Gedächtnis, und die Sache wird bald vergessen sein. Sie müssen vor allem selbstbewußt auftreten, als täten Sie das Natürlichste von der Welt – und das bringt mich zu meinem nächsten Vorschlag: Warum lassen Sie sich nicht von Dr. Lang in der Kapelle in Lambeth trauen? Was könnte es Respektableres geben, als vom Erzbischof von Canterbury getraut zu werden? Und das wird auch die Abwesenheit der Jardines erklären – jeder weiß, daß Lang und Jardine sich nicht grün sind.»

Dieser Gedanke schien mir eine brillante Lösung. «Aber wieviel müßte ich Lang dann sagen?»

«Gar nichts.»

«Und wenn er mich nach Lyles Verhältnis zu Jardine fragt?»

«Mein lieber Charles, Sie sind Geistlicher – Sie brauchen doch keinem Menschen, auch nicht dem Erzbischof von Canterbury, ein Wort von dem zu sagen, was Lyle gestanden hat! Sie brauchen nur zu sagen, die Jardines hätten an Lyle solche Ansprüche gestellt, daß es ihr unmöglich gewesen sei, ein eigenes Leben zu führen. Es war ja eine so sichtbar unzuträgliche Situation, daß sie keines weiteren Kommentars bedarf.»

In meinem Denken schienen sich Nebel zu lichten. Ich merkte, wie sehr mich die Anspannung der letzten vierundzwanzig Stunden erschöpft hatte, und Darrows klarer Verstand war mir ein noch größerer Trost als sonst.

Er sagte plötzlich: «Wollen Sie warten, bis die Schwangerschaft sich bestätigt, ehe Sie das Hochzeitsdatum festsetzen?»

«Nein.» Ich wußte, er fragte das, um zu sehen, ob ich mit dem Gedanken an einen Rückzieher spielte. «Ich will sie auf jeden Fall heiraten, schwanger oder nicht, und je früher, desto besser.»

Er war befriedigt. «Und wie ist Ihnen jetzt zumute, wenn Sie daran denken, daß Sie bald selbst Vater sein werden?» Das war eine weitere Testfrage.

Ich lächelte ihn an. «Nun da ich keine Zeit mehr damit verschwende, für alle meine Vaterfiguren den perfekten Sohn zu spielen, habe ich bestimmt die Energie, die Vaterschaft selbst anzupacken.»

Darrow nickte, wartete aber weiter ab.

«Ich bin mit meiner Ehe nicht fertig geworden», sagte ich. «Ich bin mit meiner Familie nicht fertig geworden, ich bin mit mir selbst nicht fertig geworden. Natürlich scheute ich auch davor zurück, mit irgend jemandem anderen fertig zu werden, besonders mit einem Kind, das von mir abhängig gewesen wäre. Aber jetzt kann ich es schaffen, Father. Leicht wird es nicht sein. Es wird sogar oft recht schwer sein, aber hier fühle ich mich einfach nicht mehr untauglich und unwürdig. Ich glaube, dies ist das Familienleben, das ich nach Gottes Willen führen soll – vielleicht um mich auf einen Ruf vorzubereiten, ihm auf einem anderen Gebiet zu dienen –, und vielleicht macht er mich durch diese schwere Prüfung tauglich und würdig für diese ganz besondere Aufgabe.»

Darrow lehnte sich auf seinem Stuhl zurück, als hätte ein Schiff nach außergewöhnlicher mühsamer Fahrt sicher in den Hafen gefunden. «Gott sei mit Ihnen – und ich bin sicher, er ist mit Ihnen. Gut gemacht, Charles.»

2

Nachdem wir ins College zurückgekehrt waren, packte ich eine Reisetasche für den Besuch in Starbridge, und dann, während Lyle und ich uns an meinem Schreibtisch gegenübersaßen, rief ich im Palais an. Gerald Harvey verband mich sofort mit dem Nebenanschluß in der Bibliothek.

«Ich rufe Sie an, um Ihnen mitzuteilen, daß Lyle mich heiraten will», sagte ich kurz angebunden. «Ich rufe von Laud's aus an, aber wir sind im Begriff, nach Starbridge zu fahren, damit ich Sie heute abend aufsuchen und die Situation mit Ihnen besprechen kann. Ich werde um halb sieben im Palais sein.»

Tiefes Schweigen folgte dieser Kriegserklärung, aber schließlich sagte Jardine mit ruhiger Stimme: «Ich möchte mit Lyle sprechen, bitte.»

«Bis halb sieben – danke, Bischof», sagte ich und beendete das Gespräch. Ich hatte nicht die Absicht, ihn mit Lyle sprechen zu lassen, wenn ich nicht hören konnte, was er sagte.

«Was hat er gesagt?» Lyles Stimme klang beklommen.

Ich sagte es ihr.

«Hat er sich erschüttert angehört?»

«Nicht besonders.» Ich bemerkte ihre Blässe und fügte, um sie abzulenken, hinzu: «Hast du den Brief geschrieben?»

Sie öffnete ihre Handtasche und nahm einen offenen Umschlag heraus, den sie mir reichte.

«Darf ich?» fragte ich, ehe ich den Brief herauszog. Ich hielt es für richtig, höflich zu bleiben, während der Drang, diktatorisch zu werden, zunahm.

«Natürlich», sagte sie.

Sie bestätigte in dem Brief, daß sie mich heiraten wolle und daß sie ein Kind erwarte. Es war ein kühler, nüchterner, kurzer Brief; sie hatte wohl jedes Sentiment vermeiden wollen aus Angst, es könne die ganze Mitteilung durchdringen.

«Ist er gut?» fragte sie nervös.

«Sehr gut.» Ich verschloß den Umschlag, steckte ihn in die Tasche meines Jacketts, und wir machten uns schweigend auf den Weg.

536

3

So kamen wir endlich nach Starbridge, der sonnenhellen und doch düsteren Stadt, die eine so quälende Wirklichkeit hinter ihrem schimmernden, blendenden Bild verbarg. Die Sonne schien wieder auf den Dom, als wir von den Höhen herunterkamen, und der Fluß glitzerte im warmen Septemberlicht. Ich hatte im Staro Arms zwei Zimmer bestellt, aber ich nahm mir nicht die Zeit zum Auspacken. Ich trank einen Schluck Wasser, um mich zu erfrischen, und machte mich gleich auf den Weg zum Palais. Lyle begleitete mich hinunter. Als wir uns trennten, konnte sie sich nicht zurückhalten, mir ein verzweifeltes «Sei nett zu ihm» zuzuflüstern.

Ich hätte sofort das ganze Palais in Schutt und Asche legen mögen, nickte aber nur kurz, bändigte meine Eifersucht und ging die Eternity Street hinunter.

4

Als ich am Palais ankam, war ich innerlich angespannter denn je, aber ich hatte meine Gefühle fest unter Kontrolle. Ich hatte Darrow das geliehene Kreuz zurückgegeben, aber ich hatte mir ein eigenes Kreuz gekauft, das ich unterm Hemd trug, und auf dem Weg durch die Domfreiheit berührte ich es mehrmals, um mein Gleichgewicht zu bewahren.

Ich wurde sogleich in die Bibliothek geführt.

Jardine stand am Fenster, und erst als die Tür sich geschlossen hatte, drehte er sich zu mir um. Sein Gesicht war bleich und unbewegt. Er wirkte entschlossen. Ich ließ mich nicht erschüttern.

«Guten Abend, Dr. Ashworth.» Offensichtlich vermied er es, mich Charles zu nennen, um keine Erinnerung an unsere frühere Begegnung aufkommen zu lassen.

«Guten Abend, Bischof.»

Er bedeutete mir mit einer Geste, Platz zu nehmen, und abermals saßen wir uns am Schreibtisch gegenüber. Schließlich sagte er nach einer unbehaglichen Pause langsam: «Ich hoffe, Lyle geht es gut. Ich mache mir seit einiger Zeit Sorgen um sie.»

«Es geht ihr jetzt besser, nachdem sie sich entschlossen hat, mich zu heiraten.» Ich wartete darauf, daß er sich zur Wehr setzte, wartete darauf, ihm alle Argumente vorzutragen, die gegen seine informelle Trauzeremonie sprachen, und war bereit, es mit der ganzen Kraft seines Charismas aufzunehmen. Aber er wich aus.

«Das Wichtigste ist», sagte er, «daß Lyle seelisch wieder ganz zu Kräften kommt.» Und er griff an das Kreuz auf seiner Brust. Sofort wußte ich, daß er es berührte, um Kraft zu gewinnen zur Fortführung des Gesprächs, und ich fürchtete plötzlich, er werde meine Feindseligkeit aufweichen und mich wiederum in Verwirrung stürzen.

«Ich würde gern mit Lyle sprechen», sagte er, «weil ich es für wichtig halte, daß ich sie freigebe, damit sie in ihrem neuen Leben glücklich wird. Ich würde ihr gern sagen, daß unsere Vereinbarung im besten Falle das war, was die Anwälte eine anfechtbare Ehe nennen, eine Ehe, die die Partner gegebenenfalls aufheben können, und ich möchte ihr versichern, daß ich sie von dem Gelöbnis entbinde, das sie mir vor fünf Jahren geleistet hat. Ich würde ihr auch sagen, daß ich sie natürlich sehr vermissen werde, daß sie sich aber keinesfalls dafür schuldig zu fühlen braucht, daß sie mich verläßt, und ich würde ihr sagen, daß, wenn ich die Ereignisse der letzten Monate bedenke, Sie, Dr. Ashworth, offenbar zu einem bestimmten Zweck in unser Leben geschickt wurden. Ich wäre in der Tat der Gottesleugner, für den Sie mich zweifellos halten, wenn ich nicht verstünde, daß es Gottes Wille ist, wenn Lyle jetzt Ihre Ehefrau wird.»

Mir fehlten die Worte. Ich vermochte nicht zu sagen, ob er mich mit außerordentlicher Klugheit zu einem gefügigen Schwiegersohn zu zähmen versuchte, oder ob er mit großem Heroismus in der bestmöglichen Weise auf die Frau verzichtete, die er liebte, und ich hatte den schrecklichen Verdacht, daß er sich heroisch aufführte.

«Ich bin kein Widersacher Gottes», sagte er, als er sah, daß ich zu verwirrt war, um ihm zu antworten. «Ich faßte den Entschluß, Lyle zu heiraten, weil ich Gottes Zustimmung zu erkennen glaubte. Die Verstandesgründe für die Entscheidung waren schwach, aber ich bin Geistlicher, nicht Rechtsgelehrter, und ich kam zu dem Schluß, daß

Gott diese eigentümliche Lösung meiner Nöte vorgesehen hatte, damit ich ihm weiter nach bestem Vermögen dienen könnte. Die Ereignisse haben offensichtlich bewiesen, daß ich mich im Irrtum befand. ‹Zeit lehrt Wahrheit›, sagt man, aber vor fünf Jahren tat ich, was ich für richtig hielt, richtig für mich, für Carrie und für Lyle.»

Er hielt inne, aber als ich noch immer schwieg, fingerte er wieder an seinem Kreuz und fuhr fort: «Im Rückblick erscheint mein Irrtum schwerwiegend, aber unsere Irrtümer beruhen oft auf Umständen, über die wir keine Kontrolle haben. Im Falle meines Irrtums gehen sie sehr weit zurück, wie Ihnen zweifellos bewußt ist. Mein Vater und meine Stiefmutter hatten einen starken Einfluß auf mich, und obwohl ich mich immer dazu beglückwünscht habe, der Welt, in die ich hineingeboren wurde, entflohen zu sein, sehe ich doch jetzt deutlich, daß meine Laufbahn zwangsläufig durch meine ererbten Anlagen und die eigenartige Umgebung in meiner Jugend mitbestimmt wurde. Aber glauben Sie bitte nicht, damit wollte ich mich entschuldigen, das ist nicht der Fall. Ich versuche nur, mein Verhalten in die rechte Perspektive zu rücken, damit Sie nicht, wenn Sie mich ansehen, für alle Zeit von der Kirche enttäuscht sind. Ich bin nicht der erste Kirchenmann, der einem Irrtum verfallen ist, und ich werde gewiß nicht der letzte sein, aber Sie sollten begreifen, daß ich kein Sendbote Satans bin, sondern nur ein frommer Mensch, der einen entsetzlichen Fehler begangen hat.»

Er hielt inne, und wiederum war ich beeindruckt, aber skeptisch. Die Situation verlangte nach dem Charisma des unterscheidenden Erkennens von Geistern, aber in diesem Augenblick vermochte ich beim besten Willen nicht zu sagen, ob diese Rede von Gott oder vom Teufel kam.

«Lyle wird sich um Carrie und um mich Sorgen machen», fuhr Jardine fort. «Das ist unvermeidlich, und auch aus diesem Grund möchte ich sie gern sprechen. Ich möchte ihr sagen, daß sie sich unseretwegen nicht zu beunruhigen braucht. Ich werde natürlich von meinem Amt zurücktreten. Ich schütze eine angegriffene Gesundheit vor und ziehe mich in ein entlegenes Dorf zurück – irgendwo in der Nähe von Oxford, das wäre ganz schön –, wo Carrie und ich in Ruhe leben können. Ich wollte schon immer eine ernsthafte theologische Arbeit schreiben anstatt zu predigen und Streitschriften zu verfassen, und im Ruhestand werde ich die Zeit dazu haben. Und Carrie kommt endlich zu ihrem Recht. Ehefrau eines bekannten Geistlichen war sie nie gern; ich kann mir vorstellen, daß sie aktiven Anteil am Dorfleben nimmt und bei allen sehr beliebt ist, während jeder insgeheim über ihren unangenehmen und reizbaren alten Ehemann stöhnt... Und wenn Carrie erst einmal so glücklich ist wie seit Jahren nicht mehr, nimmt vielleicht auch unsere Ehe eine Wende zum Guten. Ich hoffe das wenigstens, und vielleicht hoffe ich unter solch veränderten Umständen nicht ganz vergebens.»

Ich hatte nun meine Verwirrung unter Kontrolle. Mit der durch Darrows Training entwickelten Kraft hatte ich zu genügender Konzentration gefunden, um die Tafel meines Bewußtseins blank zu wischen, so daß Gott darauf schreiben konnte, wenn er dies wollte. Dann betete ich erneut um die Gabe des Erkennens.

Schließlich fragte Jardine: «Wann gedenken Sie zu heiraten?»

«Sobald wie möglich. Ich werde eine Sondergenehmigung einholen.»

Jardine war etwas erstaunt. Ein wenig skeptisch sagte er: «Entschuldigen Sie, ich will mich da nicht einmischen, aber ist diese Eile wirklich ratsam? Ich spreche als jemand, der selbst überstürzt geheiratet hat, und ich bitte Sie dringend, nicht meinem Beispiel zu folgen.»

Wortlos griff ich in die Tasche und gab ihm Lyles Brief.

Er suchte nach seiner Brille. Als er den Umschlag öffnete, fiel der Siegelring heraus, und ich sah, wie er zusammenzuckte, als er ihn in die Tasche schob. Ich beobachtete ihn weiter, und dann hörte ich ihn scharf den Atem anhalten, als er an die entscheidende Stelle kam. Im nächsten Augenblick erhob er sich, indem er sich auf die Tischkante stützte. Auf dem Beistelltisch stand eine Karaffe mit Brandy, stummer Zeuge seiner inneren Anspannung seit meinem Anruf am Morgen, und jetzt goß er sich einen kräftigen Schluck in das Glas, das, wie ich bemerkt hatte, schon benutzt worden war. Dann sagte er nur: «Ich muß allein sein.»

Ich zog mich in die Diele zurück. Ich benutzte noch immer meine

Konzentration dazu, die Tafel meines Bewußtseins blank zu halten, doch obschon ich weiter um Erleuchtung betete, hielt die Verwirrung an. Wie Darrow so zutreffend bemerkt hatte, war ich in vieler Hinsicht ein sehr gewöhnlicher Geistlicher und fühlte jetzt mein seelisches Gleichgewicht wanken. Abermals betete ich um die Gnade Gottes, die meine Schwäche in Stärke verwandeln würde, und abermals hallte das vertraute Gebet Christi in meinem Sinn wider: Nicht mein, sondern dein Wille geschehe.

Die Tür zur Bibliothek ging auf. Ich hatte wahrscheinlich kaum fünf Minuten in der Diele gewartet, aber es kam mir viel länger vor. Von der Schwelle her sagte Jardine: «Kommen Sie bitte wieder herein.» Er hielt das Gesicht beim Sprechen abgewandt, und erst als ich im Zimmer war, sah ich, daß er gerötete Augen hatte. Die Gabe des unterscheidenden Erkennens überwältigte mich sofort; als ich durch die Maske der heroischen Resignation hindurchsah, die seine makellose Rede so mühelos projiziert hatte, erblickte ich nicht den Sendboten des Teufels, sondern nur einen guten Menschen, der mit seinen aufwühlenden Gefühlen rang.

«Ich danke Ihnen, daß Sie mich diesen Augenblick allein gelassen haben», sagte er, und während ich mich noch darüber wunderte, wie selbstbeherrscht er sich anhörte, wurde mir bewußt, daß er nicht fortfahren konnte. Aber als wir uns beide wieder gesetzt hatten, vermochte er sich ein wenig zu fassen. «Entschuldigen Sie», sagte er, «ich bin so überwältigt, ich kann es noch immer kaum glauben, es ist, als wäre die ganze Tragödie getilgt, abgebüßt – sogar der Verlust Lyles wird erträglicher, denn das ist natürlich der wundersamste Ausgleich –»

Ich sah plötzlich, was geschehen würde, und während ich Darrow sagen hörte: «Überlassen Sie Jardine Gott, Charles», begann die Kreide endlich auf die Tafel in meinem Sinn zu schreiben. Ich konnte es kaum ertragen, die Botschaft zu lesen, aber ich wußte, ich hatte nicht die Macht, sie auszulöschen. Ich war an meinen Ruf gebunden, und nur ein Weg stand meinem Handeln offen.

«Ich wollte schon immer ein Kind haben», sagte Jardine. «Ich glaube, es ist jetzt sogar das, was ich vor allem anderen will. Es war so schwer, sich damit abzufinden, daß Gott meine Ehe nicht mit

Kindern segnete, die gelebt haben, und ich hatte oft das Gefühl, ich hätte dies leichter akzeptieren können, wenn wir überhaupt keine Kinder bekommen hätten. Dieses totgeborene Kind... Dieser quälende Blick auf eine Zukunft, zu der es nie kam... Zu wissen, daß man ein Kind hervorgebracht hatte, nur um es zu verlieren, ehe es noch den ersten Atemzug in dieser Welt getan hatte, das war fast unerträglich.»

Ich konnte ihn nur schweigend beobachten, und in meinem Bewußtsein hielt die Kreide endlich still.

«Und wie herrlich, daß Sie sie heiraten wollen!» sagte Jardine, zu sehr mit seinen Gefühlen beschäftigt, um mein Schweigen zu bemerken. «Unter den Umständen ist auch das ein Wunder – alles ist ein Wunder – ich habe mich so vernichtet gefühlt durch dieses Unglück, aber jetzt kann ich wieder anfangen zu hoffen.» Ungeschickt schenkte er sich noch etwas Brandy ein. «Nach Ihrem Anruf heute morgen wußte ich nicht, wie ich ihren Verlust ertragen sollte, aber allmählich, nach vielem Beten, erkannte ich, daß ich nicht zuerst an mich denken durfte, sondern Lyle helfen mußte, indem ich sie freigab. So wollte ich denn den Tapferen spielen – aber das war so schwer, weil ich wußte, wie sehr Sie mich verabscheuen mußten – oh, wie beschämend war das, als Sie vorhin hier hereinkamen, wie schrecklich, Sie anzusehen und *zu wissen, daß Sie wußten*... Verzeihen Sie, ich sehe, ich bringe Sie mit meiner Offenheit in Verlegenheit, aber ich habe so sehr gelitten, glauben Sie nicht, ich hätte nicht gelitten, und deshalb ist diese Nachricht so wunderbar, weil sie all diese Leiden verwandelt und endlich erträglich macht.» Er zögerte, ehe er zaghaft hinzusetzte: «Ich freue mich so sehr darauf, es heranwachsen zu sehen.»

Ich schwieg.

Sein Gesichtsausdruck veränderte sich. Er hatte seinen Scharfrichter erkannt, konnte aber noch nicht ganz glauben, daß die Hinrichtung kurz bevorstand. «Ich nehme doch an, ich werde das Kind von Zeit zu Zeit sehen dürfen», sagte er.

Mir war, als erblickte ich einen Mann, der sich einem Exekutionskommando gegenübersieht, dessen Kugeln in Zeitlupentempo geflogen kommen, aber als ich sprach, war dies nicht, weil ich es wollte, sondern weil mir keine Wahl blieb. Die Botschaft mußte übermittelt werden.

«Sie werden davon ausgehen müssen, daß das Kind mein Kind ist und nicht das Ihre», sagte ich. «Es tut mir leid, aber ich bin gerufen worden, diese schwierige Ehe einzugehen, und in Anbetracht der besonderen Liaison, die Sie mit Lyle hatten, kann ich es unmöglich riskieren, Sie in meiner Ehe irgendeine Rolle spielen zu lassen. Das steht außer Frage –» Ich zögerte, zwang mich aber dann, hinzuzufügen: «Vorläufig.»

Er griff nach dem Rettungsseil. «Aber später –»

«Das werden wir sehen. Es hängt sehr davon ab, wie Lyle und ich miteinander auskommen, und das hängt wiederum davon ab, wie sorgfältig Sie sich aus unserem Leben heraushalten.»

«Ich muß ja Lyle nicht begegnen. Aber wenn ich gelegentlich das Kind sehen könnte – mit Hilfe einer dritten Person –»

«Nein. Lassen Sie sich nicht von der sentimentalen Vorstellung hinreißen, Ihre biologische Verbindung gäbe Ihnen das Recht, mein Kind als das Ihre zu behandeln.» Ich hörte die Heftigkeit meines Vaters aus meiner Stimme heraus. Ich faßte an mein verborgenes Kreuz und bemühte mich erneut, ruhig zu bleiben. «Natürlich wird es eines Tages die Wahrheit erfahren müssen», sagte ich, «und wenn es sie erfahren hat, wird es Sie sehen wollen, aber bis dahin müssen Sie sich fernhalten, es sei denn, ich hätte den Eindruck, es besteht keine Gefahr, wenn Sie sich uns nähern.»

Er kämpfte mit seinen Gefühlen, und es dauerte einige Zeit, bis er sich wieder gefaßt hatte. «Könnte Lyle mir vielleicht gelegentlich ein Photo schicken?»

«Lyle wird Ihnen gar nichts schicken», sagte ich, «und ich verbiete Ihnen, sich mit ihr in Verbindung zu setzen. Das gelegentliche Photo werde *ich* Ihnen schicken.» Dieser letzte Satz kostete mich Kraft.

Er versuchte mir zu danken, aber ich schnitt ihm das Wort ab. Nachdem ich zu einer entschiedenen Haltung gezwungen worden war, wollte ich nicht, daß er mir durch Zurschaustellung von Demut Schuldgefühle eingab.

Schließlich sagte er: «Kann ich Lyle nicht sehen – auch nicht, um ihr Lebewohl zu sagen?»

«Ich komme nach dem Abendessen zusammen mit ihr wieder hierher, und dann können Sie ihr in meiner Gegenwart Ihre vorbereitete Rede halten. Inzwischen ist Mrs. Jardine vielleicht so freundlich, für Lyle ein paar Kleider zum Mitnehmen einzupacken – und wenn wir in Cambridge eine Wohnung gefunden haben, wäre ich Ihnen dankbar, wenn Sie uns den Rest von Lyles Sachen schicken könnten, auf meine Kosten.»

Er nickte. Ich nahm an, es gebe jetzt nichts mehr zu sagen, doch als ich mich erhob, fragte er plötzlich: «Hätten Sie gern etwas getrunken, ehe Sie gehen? Das Gespräch kann für Sie kaum weniger qualvoll gewesen sein als für mich.»

«Danke, Bischof, aber da ich so betrunken war, als Sie mich das letzte Mal hier zu Gast hatten, enthalte ich mich lieber – das ist das mindeste, was ich tun kann.»

Wir lächelten beide, und plötzlich blitzte allen Umständen zum Trotz der Funke des Verstehens zwischen uns auf. Aus einem Impuls heraus sagte er: «Es tut mir leid, daß ich die Beratung neulich abends so verpatzt habe – ich wollte Ihnen wirklich helfen, aber ich war so von Gott abgeschnitten durch all meine Angst und Furcht, daß ich keine Hilfe zu geben hatte. Das war ein sehr schweres geistliches Versagen.»

«Das widerfährt uns allen.»

«Nun, ziehen Sie aus dem meinen eine Lehre.» Er ging mir zur Tür voran. «Zumindest haben Sie aufgehört, ungehörige Fragen zu stellen», sagte er beiläufig über die Schulter hinweg. «Ich sollte gewiß für kleine Wohltaten dankbar sein.»

«Ich könnte mir noch einige weitere ungehörige Fragen vorstellen», sagte ich, mich seinem leichten Ton anpassend, um meine vorausgegangene Strenge abzumildern, «aber ich wüßte nicht, weshalb Sie sie beantworten sollten. Sie werden zum Beispiel keinem die wirkliche Wahrheit über Ihre Stiefmutter sagen, oder?»

«Und was, wenn ich fragen darf, verstehen Sie unter ‹wirklicher Wahrheit›?»

«Ich glaube, sie war die Liebe Ihres Lebens. Sonst niemand. Ich glaube, Lyle war eigentlich nur ein Substitut, jemand, den Ihre Stiefmutter sanktionierte, als sie wußte, daß sie nicht mehr lange zu leben hatte. Ich glaube, wenn Sie Lyle wirklich geliebt hätten, hätten Sie nicht in Radbury keusch mit ihr unter einem Dach leben können.»

«Welch wahrhaft absonderliche Theorien Sie aus Ihrer wahrhaft fruchtbaren Phantasie heraufbeschwören, Dr. Ashworth!»

«Das Leben *ist* manchmal absonderlich, Dr. Jardine –»

« – und manchmal ist es nur harmlos. Ingrid war die Ehefrau meines Vaters. In diesem Satz liegt die ganze Geschichte.»

«Aber was ist es für ein komplexer und ambivalenter Satz!»

Wieder lächelte Jardine mich an. Es war schmerzlich, zu sehen, wie die Belustigung in diese leuchtenden bernsteinfarbenen Augen zurückkehrte, während sie noch von Tränen gerötet waren. Es vertiefte den Anblick des Kummers, dessen Beobachter ich nicht sein wollte. «Dann haben Sie Ihre Unverschämtheit also wiedererlangt», sagte er. «Ich stelle mit Freuden fest, daß wenigstens Sie unversehrt aus dem Kampf hervorgegangen sind!»

«Niemand geht unversehrt aus einem Kampf hervor. Ich komme nachher mit Lyle zurück», sagte ich, und während ich hinausging, fühlte ich mich unerträglich zugerichtet und wie zerschmettert.

5

Später am Abend überwachte ich die endgültige Auflösung von Jardines *ménage à trois*. Es war eine traurige, mühsame Begegnung. Jardine hielt seine kurze Rede, aber er sprach viel stockender als zuvor mit mir. Lyle weinte. Ich ließ sie Carrie umarmen, aber dann machte ich der Szene rasch ein Ende. Inzwischen war Jardine aschfahl, keines Wortes mehr fähig, und beide Frauen waren in Tränen aufgelöst. Ich verstaute die Koffer, die für Lyle gepackt worden waren, und fuhr sehr schnell die Einfahrt hinunter und zur Domfreiheit hinaus. Lyle weinte lautlos auf dem ganzen Weg zum Staro Arms.

Nachdem der Hausbursche die Koffer auf ihr Zimmer gebracht hatte, bestellte ich zwei Glas Brandy, und wir saßen in der hereinbrechenden Dämmerung auf der Bank am Fenster. Der goldene Schein des Sonnenuntergangs war fast verblaßt, und ich mußte daran denken, daß Darrow von dem Dunkel hinter dem Horizont gesprochen hatte, das die Realität der Ehe nach der Euphorie der Verlobung darstellen würde.

Während wir unseren Brandy tranken, sagte Lyle rasch: «Du willst gewiß mit mir schlafen. Du kannst, wenn du willst. Es macht schließlich nichts aus, wenn wir die Hochzeitsnacht vorwegnehmen, oder?»

«Doch», sagte ich. «Das wäre, als ob ich eine Zigarette rauchte, solange ich den Halskragen trage. Es gibt Dinge, die Geistliche einfach nicht tun sollten, wenn sie respektiert werden wollen, und wenn ich je diesen unglückseligen Fehler mit Loretta wiedergutmachen will –»

«Bitte, sprich nicht mehr davon.» Sie tastete nach meiner Hand. «Du hast es ja erklärt. Ich habe das verstanden. Wir haben uns all das Schreckliche verziehen. Ich dachte nur, daß vielleicht –»

«Nun, natürlich möchte ich mit dir schlafen», sagte ich, «aber seien wir einmal einen Augenblick vernünftig. Du machst den Vorschlag aus einem Schuldgefühl heraus; du schämst dich, weil du im Palais gezeigt hast, wie sehr du noch immer an ihm hängst. Wenn ich dein Angebot annähme, würde ich es tun, weil ich meine Unsicherheit ersticken wollte, indem ich dich körperlich unterwerfe, so wie er das tat: Aber überleg dir, Lyle – überlege! Wollen wir wirklich unser Eheleben so beginnen?»

Sie schüttelte den Kopf und umklammerte meine Hand noch fester.

«Du willst warten, nicht wahr?» sagte ich. «Du hast genug von Quasi-Ehen. Du hast dich alle diese Jahre danach gesehnt, eine richtige Ehefrau zu sein, so wie ich mich alle diese Jahre nach einer zweiten Ehe gesehnt habe, und warum sollten wir uns jetzt mit weniger als dem Richtigen zufriedengeben?»

«Ich dachte, du wolltest mich vielleicht ausprobieren.»

«Wozu? Auch ohne vorehelichen Sex wissen wir, daß die physische Seite der Ehe schwierig sein wird. Es kommt nicht darauf an, daß wir uns diese offenkundige Tatsache vor der Ehe bestätigen, sondern darauf, daß wir nach der Hochzeit bereit sind, alles zu tun, um das Problem zu überwinden.» Ich küßte sie und setzte dann hinzu: «Außerdem brauchen wir beide Zeit. Du bist erschöpft, und ich bin es auch. Wir trinken jetzt unseren Brandy aus, dann kriechen wir in unsere getrennten Betten und schlafen. Das ist vielleicht kein besonders romantisches Ende eines anstrengenden Tages, aber bestimmt das vernünftigste.»

«Ich finde es gar nicht so unromantisch», sagte Lyle. «Ich glaube, wenn du mich nicht so sehr liebtest, hätte der anstrengende Tag ein noch anstrengenderes Ende.»

Doch in einer kurz aufblitzenden Erkenntnis sah ich mein Verhalten in einem komplexeren und trüberen Licht. Ich erkannte meinen Wunsch, das Richtige zu tun, und mein Bestreben, sie vor weiterem Streß zu bewahren, aber ich erkannte auch meine geheime Furcht, mit Jardine verglichen und für ungenügend befunden zu werden. Doch dieses Stück Selbsterkenntnis war zu schwierig, als daß ich mich im Augenblick damit hätte befassen können. Ich verschloß mich gegen alle unangenehmen Gedanken und umarmte sie im hereinbrechenden Dunkel, und als ich später zum Fenster hinausblickte, sah ich, daß es endlich Nacht geworden war und die Sterne zu leuchten begannen.

6

Dr. Lang traute uns zwei Wochen später in der Kapelle von Lambeth in Anwesenheit meiner Eltern, meines Bruders, meiner Schwägerin, meiner zwei Nichten, meines Neffen und eines Bekannten von Lyle, eines liebenswürdigen altehrwürdigen Geistlichen, der während Jardines Amtszeit als Dekan Kanonikus an der Kathedrale von Radbury gewesen war. Er übernahm die Rolle des Brautführers. Lang leitete die Zeremonie in seiner üblichen theatralisch-würdevollen Art, und als er eine kurze Predigt über die Freuden ehelichen Glücks derjenigen hielt, die nicht zu einem Leben in Keuschheit berufen waren, ging mir der Gedanke durch den Kopf, daß er vielleicht von den Umständen meines Witwerdaseins doch mehr geahnt hatte, als anzunehmen mir lieb war. Der Erzbischof blieb hinter seiner pompösen englischen Fassade der schlaue Schotte, und ich dachte, daß die Ereignisse ihm mit seiner Einschätzung des Bischofs von Starbridge recht gegeben hatten.

Es schien unter den gegebenen Umständen klüger, auf eine längere Hochzeitsreise zu verzichten, und so beschlossen wir, lediglich ein Wochenende in einem kleinen Hotel in den Cotswolds zu verbringen, das ich kannte. Wir trafen dort kurz vor dem Abendessen ein, und später, als Lyle sagte, wie gut ihr das einfache, aber gut zubereitete Mahl geschmeckt habe, wußte ich, daß sie sich ebensosehr bemühte, mich davon zu überzeugen, daß sie glücklich war, wie ich bestrebt war, mich davon überzeugen zu lassen. Ich sagte mir, es müsse mir ein Trost sein, daß sie so sehr meinen Wunsch teilte, dem Wochenende zum Erfolg zu verhelfen, doch als wir uns schließlich aufs Zimmer zurückzogen, stellte ich fest, daß ich noch weiterer Versicherung bedurfte. Ich hörte mich rasch sagen: «Also wenn du nicht kannst, um Gottes willen, dann sag's. Es hat keinen Zweck, daß wir anfangen zu schauspielern und uns etwas vorzumachen.»

Lyle sagte: «Ich will geliebt werden. Und ich will von dir geliebt werden. Und ich will jetzt von dir geliebt werden. Dann hört diese quälende Spannung vielleicht auf.»

Das war gewiß ungeschminkte Aufrichtigkeit, und ich bemühte mich um eine ebenso offene Erwiderung. «Mir geht es genauso» sagte ich, aber ihr Mangel an Wärme verletzte mich. Wenn ich Jardine gewesen wäre, hätte sie mich Darling genannt und die Arme nach mir ausgestreckt.

Vor meinem inneren Auge öffnete sich ein langer, schwieriger Weg in meine Ehe, aber ich ließ im Geist die Jalousie herunter, um ihn nicht zu sehen. Ich hatte nicht sieben mühsame Jahre lückenhaften Zölibats verbracht, nur um in der Hochzeitsnacht zimperlich zu sein, doch jetzt schlich sich der Dämon des Zweifels in meine Gedanken ein. Ich sah Lyle an, die so tapfer versuchte, sich von der Vergangenheit zu lösen, und ich fragte mich, ob sie sich selbst jetzt insgeheim noch nach Jardine sehnte. Und sobald dieser schreckliche Gedanke sich in mir eingenistet hatte, quälte mich die Angst, sie könnte immer Geheimnisse haben, die mich von ihr trennen mochten und die sie nie offenbaren würde.

Ich umfaßte mein Kreuz und fragte mich statt dessen, ob es überhaupt möglich sei, die ganze Wahrheit über einen anderen Menschen zu erfahren.

Ich dachte an Jardines zweideutiges Schweigen über das Verhältnis zu seiner Stiefmutter, ein Schweigen, das vielleicht gar nicht auf Schuld, sondern nur auf das Verlangen hindeutete, einen ihm sehr lieben Teil seines Lebens ganz für sich zu behalten; niemand würde je wissen, was da geschehen war, und vielleicht war das auch gut so. Ich dachte an Darrow, der gesagt hatte: «Wir können nur um soviel Erleuchtung beten, wie Gott uns zu schicken für richtig hält», und da wurde mir plötzlich bewußt, daß Darrow ein noch größeres Rätsel war als Jardine, ein Mann, der alle seine Geheimnisse verbarg, um sich von seiner Vergangenheit in der Welt zu lösen. Was lag hinter diesem Ruf, Mönch zu werden? War er glücklich verheiratet gewesen? War er seinen Kindern ein guter Vater gewesen? Hatte Lyle recht gehabt mit ihrer intuitiven Überzeugung, daß er eigentlich nicht für die Ehelosigkeit geschaffen sei, und wenn ja, war dann sein Leben ein ständiger Kampf um jene Abgeklärtheit, die doch so natürlich wirkte? Wahrscheinlich würde ich nie eine Antwort auf diese Fragen erhalten, und dennoch wurde mein Verhältnis zu Darrow kaum dadurch beeinträchtigt, daß er in so mancher Hinsicht ein Rätsel war.

Da sah ich, daß Lyle immer ihre Geheimnisse haben würde, und ich sah auch, daß ich mit ihnen nur leben konnte, wenn ich mich nicht damit abquälte, sie zu erforschen, sondern sie als die von Gott in Seiner Absicht gesetzte Grenze meines Wissens akzeptierte. Der Dämon des Zweifels wich von mir, und ich ließ das Kreuz los und begann mich auszukleiden.

7

Ich sah mich nun endlich der geheimen Furcht gegenüber, daß ich es mit Jardines unerlaubter, aber verlockender Fehlleitung seiner charismatischen Kräfte nicht aufzunehmen vermöchte. Ein weiterer qualvoller Ausblick in die Zukunft öffnete sich vor meinem Auge, und wieder mußte ich ihn aus meinem Sinn löschen. Mich plagte jetzt jener alte Dämon der Angst vor der Untüchtigkeit, und ich rollte mich von Lyle fort und tastete im Dunkeln nach dem Kreuz, das ich auf den Nachttisch gelegt hatte.

Während ich mir das Kreuz umhängte, dachte ich wieder an Darrow. Ich sah uns im Kräutergarten, erinnerte mich, wie das Wort «Mut» in meinem Sinn widerhallte, und auf einmal konnte ich ohne Worte um Geduld, um Kraft, um den Willen beten, alle meine Schwierigkeiten zu ertragen, und um die Weisheit, sie zu überwinden.

Die Dämonen gingen von mir, als mein Sinn Gott offen stand, und abermals schritt ich durch die enge Pforte hinaus auf den langen schmalen Weg, um meinem geheimnisvollen Ruf zu folgen. Mein neues Leben in Gottes Dienst erstreckte sich vor mir; ich wußte, es gab kein Zurück. Ich konnte nur weitergehen in dem absoluten Vertrauen, daß mir seine Absicht eines Tages ganz offenbart würde, und im Licht dieses Vertrauens schwand das Dunkel meiner Angst. Das blendende Bild der sichtbaren Welt löste sich auf in den großen Wahrheiten, die dahinter lagen, und die Wahrheiten waren kein schöner Traum, wie Loretta geglaubt hatte, sondern die äußerste Wirklichkeit. Liebe und Vergebung, Wahrheit und Schönheit, Mut und Erbarmen flammten auf in einem Glanz, der den billigen Schimmer der Illusion weit überstrahlte, und da wußte ich mit noch tieferer Überzeugung, daß im Dienste Gottes der Mensch nur seinem Bedürfnis nachkam, nach einem Leben in diesem ewig machtvollen Licht zu streben. Die berühmten Worte des heiligen Augustinus kamen mir in den Sinn: «Gott, du hast uns zu dir hin geschaffen, und unruhig ist unser Herz, bis es ruhet in dir.»

Sogleich kam Friede über mich. Mein Selbstvertrauen kehrte zurück, und als ich endlich meine Frau und mein Kind beanspruchte, dachte ich, wie mein Vater vor mir gedacht hatte: Jetzt sind sie beide mein.

Danach sagte ich behutsam zu Lyle: «Ich glaube, du könntest mich eines Tages tatsächlich lieben», und sogleich sagte sie: «Darling!» und streckte die Arme aus.

Zweifellos war eine schwierige Hürde überwunden. Ich fragte mich, welches die nächste sein würde.

Ich schlief ein und träumte von einem kleinen Jungen, der mich mit seinen leuchtenden bernsteinfarbenen Augen quälte.

Nachwort

Die Person des Charles Ashworth ist meine Erfindung.

Die Person des Alex Jardine basiert zum Teil auf dem Leben und der Laufbahn des Herbert Hensley Henson (1863–1947), eines führenden Mannes der Kirche von England im frühen zwanzigsten Jahrhundert. Henson war der Sohn eines Selfmademans, der sich früh aus dem Geschäft zurückzog und dann, während er sich einer exzentrischen und düsteren evangelikalen Frömmigkeit hingab, über seine Verhältnisse lebte. Die Mutter starb, als der junge Henson sechs Jahre alt war, und drei Jahre später «heiratete» der Vater wieder, wenn auch keine Unterlagen über die Eheschließung gefunden wurden. Als Henson vierzehn Jahre alt war, brachte seine deutsche Stiefmutter den Vater endlich dazu, ihn auf die Schule zu schicken – erster Schritt auf dem Weg nach Oxford, wo er Fellow von All Souls wurde. Er wurde mit dreiundzwanzig Jahren ordiniert; als er Vikar von Barking in Essex wurde, zog die Stiefmutter zu ihm und führte ihm den Haushalt.

Nach Jahren stillen Wirkens – Henson mußte seine Familie unterstützen und war zu arm, um heiraten zu können – kam die entscheidende Beförderung: Er erhielt die Pfarrstelle von St. Margaret's Westminster und wurde Kanonikus in Westminster Abbey. Endlich der finanziellen Nöte enthoben, heiratete er Isabella Dennistoun, und zwei Jahre später kam ein totgeborenes Baby zur Welt. Sie konnten keine Kinder mehr bekommen. Henson wurde 1912 Dekan von Durham, und 1916 hielt eine junge Frau, Fearne Booker, als Mrs. Hensons Haushaltshilfe im Dekanat Einzug; sie blieb über dreißig Jahre lang bei den Hensons. Im Jahre 1918 wurde Henson Bischof von Hereford, aber schon 1918 wurde er nach Durham versetzt, wo er blieb, bis er 1939 in den Ruhestand trat. Seine Stiefmutter verbrachte ihren Lebensabend bei ihm in der Bischofsresidenz, Auckland Castle. Es ist hervorzuheben, daß weder zwischen

Henson und seiner Stiefmutter noch zwischen Henson und Miss Booker ungehörige Beziehungen bestanden haben.

Die Person der Lyle Christie ist meine eigene Erfindung, und jede Ähnlichkeit mit Miss Booker wäre rein zufällig.

William Cosmo Gordon Lang war von 1928 bis 1942 Erzbischof von Canterbury. Im Jahre 1938 griff Henson während einer Abessinien-Debatte im Oberhaus Lang ungewöhnlich heftig an, aber da war der Öffentlichkeit schon bekannt, daß beide Meinungsverschiedenheiten hatten; ein Jahr zuvor bei der Oberhausdebatte über die Eherechts-Gesetzesvorlage hatte Lang lediglich eine neutrale Position vertreten, während Henson sich für eine Erweiterung der Scheidungsgesetze aussprach mit einer Eloquenz, die später von A. P. Herbert, der die Gesetzesvorlage eingebracht hatte, mit dankbarer Bewunderung vermerkt wurde.

Susan Howatch

DIE ERBEN VON PENMARRIC
Roman
704 Seiten

DIE HERREN AUF CASHEMARA
Roman
704 Seiten

DIE REICHEN SIND ANDERS
Roman
840 Seiten

DIE SÜNDEN DER VÄTER
880 Seiten

DER ZAUBER VON OXMOON
Roman
1248 Seiten

Albrecht Knaus Verlag München und Hamburg

GROSSE FRAUENROMANE

Sandra Paretti
Laura Lumati
9565

Judith Krantz
Ich will Manhattan
9300

Danielle Steel
Das Haus hinter dem Wind
9412

Susanne Scheibler
Und wasche meine Hände
in Unschuld   9639

Erica Jong
Serenissima
9180

Sally Beauman
Diamanten der Nacht
9591

GOLDMANN

Große Frauenromane

Sandra Paretti
Der Winter, der ein Sommer war 9201

Sandra Paretti
Die Pächter der Erde 9249

Karleen Koen
Wie in einem dunklen Spiegel 9305

Charlotte Link
Verbotene Wege
9286

Charlotte Link
Die Sterne von Marmalon
9776

Nancy Cato
Der ewige Baum
9637

GOLDMANN

Moderne Frauenliteratur

Patricia Castet
Silvie Thomas, Die Träume der Frauen 9588

Sue Townsend
Mit einem Schlag war alles anders 9549

Fiona Pitt-Kethley
Reisen in die Unterwelt
9563

Danièle Sallenave
Phantom Liebe
9646

Jane LeCompte
Mondschatten
9715

Sherley Anne Williams
Dessa Rose
9650

GOLDMANN

Die Waffen der Frauen

Elisabeth Barillé
Maries Begierden
9818

Julie Burchill
Die Waffen der Susan
Street   9810

Margaret Diehl
Hexenherz
9838

Ingeborg Middendorf
Etwas zwischen ihm
und mir   9164

Shirley Lowe/Angela Ince
Wechselspiele
9613

GOLDMANN

Goldmann
Taschenbücher

Allgemeine Reihe
Unterhaltung und Literatur
Blitz · Jubelbände · Cartoon
Bücher zu Film und Fernsehen
Großschriftreihe
Ausgewählte Texte
Meisterwerke der Weltliteratur
Klassiker mit Erläuterungen
Werkausgaben
Goldmann Classics (in englischer Sprache)
Rote Krimi
Meisterwerke der Kriminalliteratur
Fantasy · Science Fiction
Ratgeber
Psychologie · Gesundheit · Ernährung · Astrologie
Farbige Ratgeber
Sachbuch
Politik und Gesellschaft
Esoterik · Kulturkritik · New Age

Goldmann Verlag · Neumarkter Str. 18 · 8000 München 80

Bitte
senden Sie
mir das neue
Gesamtverzeichnis.

Name: _____

Straße: _____

PLZ/Ort: _____